Le bleu de l'été

DÉJÀ PARUS DU MÊME AUTEUR

DANS LA SÉRIE HAPPINESS KEY

La saison des fleurs sauvages
La maison des secrets
Le parfum du thé glacé

DANS LA SÉRIE LA VALLÉE DE LA SHENANDOAH

Le temps des promessess
Le chemin de l'espoir
La vallée des secrets
L'écho du passé
Le temps d'un été

DANS LA SÉRIE IRLANDAISE

Le refuge irlandais
Promesse d'Irlande

DANS LA SÉRIE LOUISIANE

Secrets de Louisiane
Retour à Grand-Isle

Autres publications

L'héritage des Robeson
Du côté de Georgetown
L'écho de la rivière

EMILIE RICHARDS

Le bleu de l'été

Roman

MOSAÏC

Collection :
MOSAÏC

Titre original :
ONE MOUNTAIN AWAY

Traduction de l'américain par KARINE XARAGAI

Photo de couverture
Femme : © GETTY IMAGES / VETTA / ROYALTY FREE
Réalisation graphique couverture : DP COM

83-85, boulevard Vincent-Auriol, 75646 PARIS CEDEX 13.
Service Lectrices — Tél. : 01 45 82 47 47
www.harlequin.fr

ISBN 978-2-2802-7837-9

A toutes les femmes qui m'ont tendu la main tout au long de ma vie. Mes déesses anonymes à moi, trop nombreuses pour être recensées ou citées.

1

Journal du Premier Jour : 28 avril

Aujourd'hui, Maddie est en bleu, un bleu couleur de ciel d'été. C'est un excellent choix. Toutes les nuances de bleu doivent lui aller, mais il est vrai que, jusqu'à l'entrée dans l'adolescence, la plupart des enfants s'accommodent avec bonheur de toute la palette de l'arc-en-ciel. A l'âge de Maddie, on a le teint radieux et sans défaut, les cheveux brillants. Elle doit avoir les yeux bleus. Il s'agit d'une pure déduction de ma part — je me fie à ses cheveux châtain clair, à ses joues pétale de rose et à son goût marqué pour la gamme allant du bleu roi au bleu pervenche. On a dû lui dire que cette couleur la flattait. Je me rappelle l'hypersensibilité aux compliments des fillettes de dix ans. Sa mère, en tout cas, y était très sensible.

Ce parc est toujours rempli d'enfants. J'y viens pour les regarder jouer et, parallèlement, je m'inquiète qu'ils n'apprennent trop vite les dures réalités de la vie. Me sentant ridiculement mère poule, je me fais un devoir de surveiller les inconnus qui leur témoignent trop d'intérêt ou les abordent dans le dessein d'engager la conversation.

Attitude absurde, bien entendu, puisque, pour ces petits, je suis moi aussi une inconnue. Une inconnue profitant de cette brève incursion au royaume d'une enfance qui n'a jamais été la sienne. Une inconnue noircissant un journal après des semaines de résistance, cédant à un attrait devenu trop fort.

Je l'ai baptisé « Journal du Premier Jour » en référence à une citation datant des années soixante-dix. Quand j'ai débarqué à Asheville, cette expression irradiait en couleurs psychédéliques à la devanture de tous les magasins du centre-ville.

« Aujourd'hui, c'est le premier jour du reste de ta vie. »

Fait ironique, à l'époque où cette formule suscitait un véritable engouement populaire, j'étais trop occupée pour méditer dessus. Pour moi, la définition d'un jour était quelque chose de tout simple : un laps de temps qui devait être vécu pour passer au suivant. Désormais, chaque fois que je m'installerai quelque part pour consigner mon histoire et mes pensées, ce rappel me sera nécessaire : chaque jour apporte un nouveau départ, qu'on en ait besoin ou non.

Un cri strident me fait lever les yeux. Le petit garçon qui peine à grimper les barreaux menant au dôme métallique où s'est perchée Maddie s'appelle Porter. Apparemment, sa tignasse de cheveux noirs l'empêche de bien y voir, car il n'arrête pas de secouer la tête avec frustration, ou avec l'espoir que sa vue restera dégagée le temps qu'il parvienne à se hisser jusqu'au sommet. Je connais son prénom car les autres enfants l'interpellent souvent et avec force. A bien des égards, Porter est ce qu'on appelle une petite brute. Gros, mal fagoté, un peu pataud.

A mon avis, c'est ce dernier handicap qui le pousse à s'en prendre à Maddie. Car Porter a saisi une vérité éternelle : tant qu'il ridiculise quelqu'un d'autre, il détourne l'attention de sa personne. Ce raisonnement a beau me révolter, j'en comprends la logique. Le monde est rempli de petites brutes. Et pourtant, à la naissance, aucune ne lorgne le berceau d'à côté, bien résolue à s'approprier par la force la tétine de son voisin. Ce n'est que plus tard qu'elles apprennent que jouer des poings peut leur assurer une position dominante.

Aussi, bien que contrariée par l'attitude de Porter, je ne puis me défendre d'une certaine compassion pour lui. Ce n'est encore qu'un petit garçon. J'ai envie de le prendre par la main et de lui inculquer les bonnes manières qui lui seront indispensables pour réussir en société, mais Porter n'est ni mon fils ni mon petit-fils. A l'intérieur de ce parc, je ne suis qu'une inconnue assise sur un banc, qui regarde les enfants commettre des erreurs et se faire des ennemis, prendre des décisions et se faire des amis.

L'une des camarades de Maddie progresse vers le dôme, inquiète à l'idée que, d'une bourrade, Porter puisse faire tomber sa copine. Cette petite fille mince au teint olivâtre se prénomme Edna, ce qui n'a pas manqué de me surprendre la première fois que j'ai entendu un autre enfant l'appeler ainsi. Bien entendu, les prénoms obéissent à un cycle. Certains reviennent en vogue après une longue période de désuétude. Les jeunes mamans d'aujourd'hui n'ont sans doute jamais eu de tante Edna parfumée à la naphtaline et à la gaulthérie qui les caressait sous le menton lors des réunions familiales. Elles trouvent à ce prénom une musicalité à laquelle ma génération n'a jamais été sensible.

Justement, cette petite Edna respire la musique. C'est une fillette qui danse sa vie. Il me semble que, si nous conversions toutes les deux, elle me délivrerait ses répliques en chantant. Ce qui est sûr, c'est qu'Edna lit aisément dans le cœur des autres enfants. A ce jeu-là, elle les bat tous. Elle est capable de redresser n'importe quelle situation. Pleine de tact quand il le faut, énergique si nécessaire, et experte dans l'art de désamorcer les problèmes avant qu'ils ne se posent. C'est d'ailleurs ce à quoi elle s'emploie présentement. Si personne ne la prive de cet honneur, il se pourrait fort bien qu'Edna devienne la première présidente des Etats-Unis.

Elle escalade lestement les barreaux métalliques avec une grâce naturelle, puis se balance au sommet avant que Porter ne puisse tramer un mauvais coup. Vu d'ici, il est clair qu'elle lui parle. Je dis bien qu'elle lui parle, pas qu'elle lui fait la leçon car, au bout d'un moment, j'entends le petit garçon se mettre à rire. Pas de façon moqueuse, mais comme l'enfant qu'il est. Edna doit lui avoir raconté une histoire drôle, car Maddie aussi se met à rire. C'est une enfant courageuse qui ne montre aucune peur. Si Porter la faisait tomber par terre, elle se relèverait et recommencerait son ascension. Je crois que Maddie ne laisse rien ni personne se mettre en travers de sa route. Mieux encore, elle ne semble pas nourrir de rancune, ni pester contre les obstacles. Elle cherche simplement un moyen de les contourner.

Il m'arrive rarement de pleurer. J'étais plus petite que Maddie quand j'ai compris la terrible futilité des larmes. Et, pourtant, mes yeux s'embuent devant ces trois enfants qui se divisent le monde. L'avenir se joue là, sous mes yeux. Edna mènera la danse avec efficacité, prudence, équité. Porter, lui, tentera de semer la zizanie dans son entourage. Toutefois, peut-être se forgera-t-il un meilleur rôle sous l'influence d'Edna. Et Maddie ? Maddie affrontera les aléas de la vie, mais sortira toujours victorieuse de l'épreuve.

Pour l'heure, néanmoins, tous trois sont encore des enfants qui s'amusent de la blague opportune d'Edna, tandis qu'assise sur un banc je m'essuie les yeux, à vingt-cinq mètres d'eux. En relevant la tête, j'aperçois Ethan, le grand-père de Maddie, qui traverse le terrain de base-ball d'en face pour aller récupérer sa petite-fille.

Je détourne rapidement le regard, de crainte qu'il ne m'aperçoive. Et, quand cela serait, éprouverait-il un brin de compassion envers moi ? Comprendrait-il la raison qui me pousse à venir observer une enfant à laquelle je n'ai jamais adressé la parole ? Me rejoindrait-il sur ce banc étroit pour me parler de cette petite-fille qui nous est commune, cette petite-fille que nous n'avons plus jamais évoquée entre nous, depuis cette terrible nuit d'il y a dix ans, quand, postés devant la vitre des soins intensifs du service de néonatologie, nous nous sommes mutuellement brisé le cœur ? Je rassemble mon sac et mon pull, glisse les talons dans mes chaussures et réfléchis à la suite. Tant de possibilités s'offrent à nous à chaque instant de notre existence, des possibilités auxquelles il est rare que nous prêtions attention… Nous enchaînons les étapes par habitude, l'une après l'autre, sans jamais prendre le temps d'observer tous les chemins menant à d'autres lieux, à d'autres vies. Là, je pourrais aller à la rencontre du grand-père de Maddie et, à mi-chemin du terrain de base-ball, le prier de me parler d'elle, voire de me présenter à elle, à cette petite qui est notre chair et notre sang.

Comme toujours, les options sont trop nombreuses pour être envisagées dans leur totalité mais je sais, en me levant pour m'éloigner dans la direction opposée, que je prends la seule direction qui me soit échue.

2

Charlotte Hale s'efforçait toujours de respecter la loi. Elle se conformait strictement au code de la route et il était rare qu'elle prenne le risque de passer à l'orange. Sur l'autoroute, elle ne roulait sur la voie de dépassement qu'en cas de nécessité absolue. Assez bonne conductrice dans l'ensemble, elle n'avait qu'un seul défaut : jamais elle n'avait appris à se garer correctement.

Consciente de ses limites, la plupart du temps, elle improvisait. Non sans culpabilité, elle s'attardait dans des zones de stationnement interdit ou laissait sa voiture avec les warnings allumés dans un couloir de circulation. Quand la chance lui souriait et qu'elle trouvait un espace assez grand pour se garer le long du trottoir, elle insérait un maximum de pièces dans l'horodateur, bien au-delà de la limite de temps autorisée, ce qui ne l'empêchait pas d'empiéter sur le marquage destiné à séparer son véhicule des autres, même quand elle n'avait pas à faire de créneau serré. En conséquence, et même si elle était perfectionniste dans tous les autres domaines de sa vie, elle avait appris à vivre avec des éraflures sur les ailes et des papillons sur le pare-brise. Depuis le temps, elle avait payé suffisamment de PV pour rémunérer une contractuelle à son unique usage personnel.

En descendant de voiture, sur le parking situé à l'arrière de l'église de l'Alliance d'Asheville, elle s'aperçut que ses roues mordaient d'environ soixante centimètres sur l'emplacement voisin du sien ; mais, vu qu'il y avait encore de nombreuses places libres, elle décida de ne pas bouger. Non qu'elle se reconnût un quelconque passe-droit. Simplement, mieux valait en rester là plutôt que de risquer une manœuvre plus périlleuse.

La brise de fin d'après-midi avait la douceur des pétales d'azalée ; on n'entendait que le bruit de la circulation et le chant des oiseaux perchés à la cime des arbres majestueux. Elle se dirigea vers l'église. Ses talons claquaient sur l'allée en pierre qui semblait avoir été récemment lavée par Felipe, leur dynamique sacristain. Ce dernier avait de toute évidence suivi au pied de la lettre l'avis du comité paroissial, qui avait suggéré de tailler plus sévèrement les buis en bordure de l'allée. On aurait dit qu'un coiffeur de l'armée avait fait subir à la haie une stricte coupe réglementaire.

La chance était avec elle. Felipe ou quelqu'un d'autre avait déverrouillé la porte d'entrée de l'église en prenant soin de la maintenir ouverte par une cale, peut-être pour laisser entrer un rayon de soleil à l'intérieur. Cela lui évitait d'aller frapper à la maison paroissiale pour quémander la clé, ou d'attendre que la secrétaire lui ouvre la porte de l'église, et c'était un encouragement.

Si, dehors, l'air était chaud et d'une pureté d'alpage, à l'intérieur, on ne pouvait pas en dire autant. Comme toujours, il régnait dans le sanctuaire une vague humidité mêlée de vieux relents. Parfums de femme, pages moisies de livrets de chants, cire de bougie et lys du dimanche passé, émanant du chœur.

L'église possédait de beaux volumes dominés par de massives croisées d'ogives, et sa nef était flanquée de larges allées. Certaines fois, le lieu lui faisait l'effet d'une grotte, d'autres fois, d'une crypte. Mais, d'ordinaire, même Charlotte, dont l'esprit était en temps normal absorbé par mille autres choses, y éprouvait un sentiment de paix, comme si les fragments des prières murmurées là depuis plus d'un siècle voletaient encore au-dessus de sa tête.

Aujourd'hui, elle se sentait écrasée par la grandeur de l'église déserte, et inférieure à un grain de poussière. Certes, devant Dieu, l'humilité était une qualité fortement requise — même si, pour Charlotte, celle-ci arrivait un peu tard — mais, cet après-midi, elle avait surtout besoin de chaleur et de réconfort. Aussi espérait-elle que Dieu ne les lui accorderait pas à contrecœur.

Elle s'avança en direction de la chapelle latérale, où la lumière entrait à flots par les vitraux de couleurs vives — on entendait les oiseaux chanter de l'autre côté.

Arrivée à l'un des premiers bancs, elle courba la tête. C'était la première fois depuis des semaines qu'elle remettait les pieds dans une église et, durant cette période, elle n'avait pas davantage marmonné de prière toute faite. Depuis sa plus tendre enfance, la pratique religieuse était toujours allée de soi pour elle, son caractère nécessaire lui ayant été martelé par une grand-mère pour qui la prière avait représenté l'unique rempart contre la défaite. Elle tenta de formuler une prière dans son esprit, mais n'y parvint pas. Comme il était étrange qu'au tournant de son existence, au moment même où la plupart des gens se tournent vers Dieu, toutes les manifestations extérieures de sa foi se soient tout bonnement volatilisées…

Elle ferma les yeux dans l'espoir d'entrer en relation avec une présence qui la dépasserait, mais se sentit tomber dans un néant aussi noir et infini qu'un ciel de nuit sans étoiles. Elle rouvrit les paupières, consciente des battements de son cœur. Un voile de transpiration couvrait ses joues et mouillait ses cheveux ; ses mains, bien que jointes sur ses genoux, tremblaient.

Le silence de la chapelle semblait se refermer sur elle, comme pour l'interroger sur la raison de sa présence en ces lieux. Incapable de trouver les mots, son esprit voletait d'image en image, sans trouver d'endroit où se poser. Malgré tout, l'église pouvait lui procurer autre chose.

Ou, plutôt, *quelqu'un*.

Il n'y avait pas de confessionnal dans l'église de l'Alliance, et le pasteur de Charlotte, une femme élégante et directe, était plus jeune qu'elle. Toutes deux s'étaient affrontées si souvent que Charlotte se demandait si, au fond de son cœur, la révérende Analiese Wagner n'éprouverait pas un certain plaisir à constater son désarroi.

Cependant, vers qui d'autre pouvait-elle se tourner ? A qui d'autre pouvait-elle se confier ?

Pour une femme qui s'était toujours targuée de distribuer ses conseils à tout le monde, Charlotte découvrait avec surprise que bien peu de ses réponses avaient du sens.

En engageant sa voiture sur le parking de l'église, la révérende Analiese Wagner songeait à la nourriture, pensée qui, pour elle, n'avait rien d'inhabituel. Elle songeait toujours à manger lorsqu'elle était soucieuse ou qu'elle devait jongler avec cinq choses en même temps. Peut-être était-ce pour cette raison que son esprit lui envoyait des visions de doubles cheeseburgers accompagnés de doubles rations de Chunky Monkey de Ben & Jerry's. Cet après-midi, elle était doublement stressée.

— Si je parviens jusqu'au bout de l'office commémoratif, je prendrai double ration de fromage sur ma prochaine pizza, se promit-elle à voix haute, même si elle n'avait pas mangé de pizza depuis des années.

En effet, quand elle en entamait une, il lui était tout aussi impossible de s'arrêter que de se calmer sur les cacahuètes salées. Aujourd'hui encore, à trente-huit ans, et après des années passées dans la peau d'une adulte élancée de taille quarante-deux, la fillette boulotte à l'intérieur d'elle-même ne demandait qu'à ressortir. Analiese était condamnée à compter les calories dans son assiette et à faire de l'exercice avec une discipline de fer jusqu'à la fin de ses jours.

Une voiture stationnait contre la barrière de côté, sur l'emplacement réservé aux membres du clergé. La conductrice — car Analiese savait qu'il s'agissait d'une femme — s'était garée sur l'emplacement voisin du sien, mais si maladroitement que l'Audi gris métallisé occupait en réalité deux places, dont celle d'Analiese. Elle reconnut la voiture.

— Charlotte Hale.

Mentalement, elle frappa du plat de la main le volant de sa Corolla âgée de dix ans, celle-là même au sujet de laquelle Charlotte Hale l'avait interrogée plusieurs mois plus tôt, juste avant de lui tendre la carte d'un concessionnaire automobile susceptible de lui proposer un prêt à taux modéré et la reprise de son ancien véhicule.

Analiese ne se souvenait pas d'avoir vu Charlotte assister à des offices ou à des réunions depuis un mois environ, mais cela signifiait sans doute qu'aujourd'hui Charlotte venait la voir munie d'une liste de problèmes longue comme le bras dont elle tiendrait à s'entretenir avec elle.

Analiese trouva un autre emplacement au bout de la rangée, mais, après avoir coupé le contact de la Toyota, elle demeura assise dans l'habitacle et ferma les yeux.

— Je vous en prie, Seigneur, pria-t-elle doucement, aidez-moi à tenir ma langue, à rester polie et, tant qu'on y est, accordez-moi pour aujourd'hui une ration supplémentaire de compassion, même si le goût en est amer.

Elle hésita.

— Je ne cracherais pas non plus sur une part de pizza à zéro calorie, mais je comprends que ce serait abuser.

Par habitude, elle glissa deux doigts au creux de sa gorge pour desserrer son col ecclésiastique — et s'aperçut qu'elle n'en portait pas. Elle n'enfilerait sa robe de pasteur que dans une demi-heure, en vue du service qu'elle était venue célébrer, de sorte qu'elle était encore vêtue d'une simple robe bleu marine à encolure ronde. Pour l'heure, quelqu'un qui ne la connaîtrait pas aurait pu la prendre pour l'une des personnes venues honorer la mémoire de Minnie Marlborough.

Rien, dans sa silhouette, n'évoquait ses fonctions ecclésiastiques. Ses cheveux presque noirs lui arrivaient aux épaules, et il était rare qu'elle les relève en chignon sinon pour se vieillir ou rendre son allure plus passe-partout. Ses traits réguliers lui conféraient une beauté tout à fait saisissante. Personne n'exigeait d'une femme pasteur qu'elle soit séduisante, mais son premier métier avait été celui de journaliste de télévision, domaine où son physique l'avait toujours bien servie.

Elle rouvrit les yeux et continua à respirer par le ventre, le regard fixé sur l'édifice qui se dressait juste en face de son emplacement de parking.

La première fois qu'elle avait été conduite ici par un membre du bureau chargé du recrutement pastoral, elle était restée assise ainsi, contemplant l'avenir qui l'attendait. En découvrant ses arcs en ogive et sa tour nord aux multiples flèches — sans parler des imposants blocs de granit de Caroline du Nord et des vitraux issus des célèbres Lamb Studios de Greenwich Village —, elle avait su avec certitude que l'église de l'Alliance d'Asheville résisterait à l'Armageddon et serait encore là lors du Second Avènement.

Selon tous les manuels d'architecture, cet édifice — qui abritait par ailleurs la congrégation protestante la plus influente de la ville — était bien loin de pouvoir rivaliser avec d'autres exemples plus impressionnants de la gloire néogothique. L'église faisait pâle figure à côté de St. Lawrence, la basilique catholique romaine richement ornée du centre-ville, ou encore la Cathedral of All Saints qui se dressait non loin de là dans Biltmore Village, siège épiscopal de la région. Mais Analiese n'avait jamais surmonté son premier choc viscéral, à la vue de l'église dont elle devait devenir le pasteur par la suite. Aujourd'hui comme alors, elle se sentait encore indigne d'en être le chef spirituel.

Une dernière inspiration profonde la propulsa hors de sa voiture. Avant d'en verrouiller les portières, elle attrapa sur la banquette arrière le fourre-tout bariolé que lui avait tricoté sa sœur aînée à l'occasion de son ordination. Le sac en bandoulière, elle se hâta vers l'église, évitant la maison paroissiale ainsi que la propriétaire de l'Audi gris métallisé, du moins l'espérait-elle. Arrivée à la porte, elle constata que Felipe l'avait précédée. L'espace d'un instant, elle se réjouit de ne pas avoir à lutter avec la serrure en fonte qui, dans le meilleur des cas, mettait toujours une bonne minute avant de céder. Mais, alors qu'elle s'apprêtait à se faufiler discrètement dans l'église, un doute l'assaillit. Etait-ce bien Felipe qui avait ouvert la porte ? Ou *quelqu'un* qui avait emprunté la clé l'attendait-il déjà à l'intérieur ?

Quelqu'un qu'elle n'était pas pressée de voir ?

Sa brève bouffée de bonne humeur s'envola.

Elle préférait l'église lorsqu'elle était remplie de monde et que la musique se répercutait sur ses murs. Aujourd'hui, les bancs étaient vides, ce qui ne signifiait pas forcément qu'il n'y avait personne. Analiese avança jusqu'au transept d'un pas prudent, arpentant les tomettes cirées, parfois glissantes, remontant vers la chapelle latérale, plus intime, qui avait été adjointe à l'édifice au début du XXe siècle par un gros industriel ami des Vanderbilt.

D'un point de vue historique, la chapelle avait toujours été destinée à une calme contemplation mais, aujourd'hui, elle servait surtout pour les offices des enfants. Des banderoles en feutrine confectionnées par les classes de l'école du dimanche étaient accrochées entre deux étroits vitraux au dessin contemporain. Des colombes stylisées aux teintes chatoyantes, portant dans leur bec un rameau d'olivier, rivalisaient avec des représentations excentrées de l'Etoile de David, du yin-yang taoïste et de multiples bouddhas, à la fois sombres et souriants.

La femme assise sur le banc de devant, le regard fixé sur les banderoles, n'était ni sombre ni souriante. Cela dit, Charlotte Hale n'était pas femme à manifester ses émotions. En dix ans de ministère à l'église de l'Alliance, Analiese avait appris que les femmes comme elle étaient les membres de la congrégation que tout pasteur vigilant se devait de craindre le plus.

Elle réfléchit à l'attitude à tenir. Elle ne pouvait croire que Charlotte soit venue pour l'office à la mémoire de Minnie. En outre, celui-ci ne débuterait pas avant une heure, afin de permettre aux personnes désireuses d'y assister de s'y rendre à la sortie de leur travail.

Analiese s'apprêtait à tourner les talons quand une intuition lui dicta de n'en rien faire. Peut-être était-ce la façon dont Charlotte était assise. Ou le silence qui régnait dans la chapelle et dans le sanctuaire au-delà, ajouté au fait que Charlotte avait pénétré seule dans l'église.

Analiese franchit le seuil de la chapelle en faisant suffisamment de bruit pour alerter Charlotte. Cette dernière n'était pas habillée pour assister à un office commémoratif. Elle portait un pull prune à col roulé et à manches trois quarts, léger et décontracté, ainsi qu'une jupe dans le même ton. Le vent avait dépeigné ses cheveux auburn, et elle n'avait pas pris la peine de mettre des bijoux, à l'exception des minuscules clous en or qui brillaient à ses oreilles. Elle semblait aux abois, hagarde et complètement perdue.

— Charlotte ?

La femme se tourna avec un regard vide. Ses joues étaient pâles et elle paraissait épuisée, chose qui ne lui ressemblait pas.

— Révérende Ana…

Elle la salua d'un hochement de la tête, mais sans sourire.

— Je ne sais trop quoi vous proposer, lui avoua Analiese. Du réconfort ou du silence. Vous semblez avoir besoin des deux.

— Je songeais à ces banderoles.

Au prix d'un énorme effort, Analiese parvint à réprimer un soupir.

— Oui, je crains que nos élèves de CP et de CE1 ne soient pas au summum de leur création artistique, reconnut-elle sans s'excuser. Mais ils n'en savent rien. Ils sont très excités de voir leur œuvre exposée là pendant une semaine ou deux.

— Donc vous comptez les enlever ?

— Uniquement parce que les autres classes de l'école du dimanche sont en train d'en fabriquer d'autres, et que ces élèves attendent chacun leur tour.

Charlotte reporta son attention sur les banderoles.

— J'espère que toutes seront aussi amusantes que celles-ci. L'Etoile de David de gauche compte sept branches. Vous aviez remarqué ? Quant à ce bouddha…

Elle désigna un bonhomme bâton filiforme.

— … il a l'air d'avoir suivi le régime South Beach.

Analiese rebondit sur la remarque, mais sans grande conviction.

— D'un point de vue historique, il est sans doute correct. La représentation du *gros* Bouddha se fonde en fait sur le conte traditionnel écrit par un moine chinois prénommé P'utai, dans lequel il apparaît comme éternellement hilare et heureux, mais également bien nourri.

— Histoires que les enfants et nous-mêmes apprenons de votre bouche chaque dimanche.

— Le monde est petit, et nous sommes tous voisins.

Si Charlotte était en désaccord à ce sujet, au moins eut-elle la courtoisie de ne pas exprimer sa divergence de vue.

— Cela m'a fait plaisir de trouver la porte ouverte. Quand j'étais petite — il y a de cela des millions d'années —, j'aurais aimé avoir un lieu tranquille comme celui-ci pour venir y méditer.

Analiese ignorait l'âge que pouvait avoir Charlotte. L'église était fréquentée par un bon millier de fidèles, sans compter ceux qui ne venaient que pendant les vacances. Il y avait belle lurette qu'elle avait renoncé à mémoriser la biographie de chacun. Charlotte devait avoir la quarantaine bien sonnée, voire une petite cinquantaine d'années. Le talent d'un chirurgien esthétique avait très certainement estompé les outrages du temps sur son visage, de sorte qu'elle affichait l'allure d'une femme d'âge mûr qui sait tirer le maximum de sa beauté. C'est pourquoi il était étrange de l'entendre se décrire comme quelqu'un d'âgé, même si, aujourd'hui, son dos était voûté et ses traits tirés.

Analiese essaya d'entrebâiller la porte invisible qui les séparait. Elle se laissa choir à côté de Charlotte tout en veillant à ne pas envahir son espace vital.

— Vous aviez besoin d'un endroit où méditer ?

— J'étais membre du comité exécutif du conseil paroissial, l'année où nous avons voté la fermeture de l'église entre les offices, décision que j'ai regrettée par la suite, chaque fois que l'envie m'a prise de me glisser à l'intérieur, de m'asseoir sur un banc et de contempler le vitrail à la rose. Mais nous redoutions le vandalisme.

— C'est une inquiétude tout à fait fondée.

— Je le pensais aussi à l'époque, et pourtant je suis là, aujourd'hui.

Elle se tourna vers Analiese.

— Parce que la porte de l'église était ouverte. Y a-t-il une raison à cela ?

— Une messe aux défunts va avoir lieu dans une heure. Felipe a sans doute calé la porte après avoir nettoyé, à moins qu'il n'ait pas pris la peine de fermer après que le fleuriste a livré les compositions florales.

— Je les ai vues. C'est très joli, on dirait que quelqu'un est allé se promener sur le terrain d'une ferme abandonnée pour en rapporter tout ce qui était en fleur.

Analiese pensa simplement que l'effet produit était merveilleusement opportun, et que les nombreux amis de Minnie avaient dû œuvrer en ce sens.

— Je n'ai pas encore vu les compositions. J'allais juste m'assurer que tout était en place à l'autel avant de me changer.

— J'ignorais qu'une cérémonie était prévue. S'agit-il d'un membre de notre congrégation ?

— Pas d'un membre, non. Mais il fallait une église des dimensions de la nôtre pour contenir toute l'assistance.

— Quelqu'un d'important, alors.

Analiese opina.

— Oui, c'était une femme importante.

Elle marqua une pause avant de se jeter à l'eau.

— Le service est à la mémoire d'une certaine Minnie Marlborough.

Le visage de Charlotte ne changea pas d'expression, mais ses traits se figèrent, très certainement parce que ce nom ne lui était pas inconnu.

— Minnie Marlborough est morte ?

— La semaine dernière.

— Je suis navrée, je l'ignorais. Je me suis absentée quelques semaines. Etait-elle malade depuis longtemps ?

La question embarrassa Analiese. Dès qu'elle avait vu la voiture de Charlotte, elle avait su que cette conversation serait inévitable, même si, sur le moment, elle avait douté que Charlotte se souvienne de Minnie. A présent, elle était aussi perplexe sur l'attitude à tenir qu'elle l'avait été plus tôt en murmurant sa prière sur le parking.

— Je ne sais pas trop quoi vous répondre, dit-elle après avoir observé une longue pause. J'ignore ce que vous attendez de moi exactement. Je peux vous dire la vérité ou vous en donner une version édulcorée.

— Je me rappelle la première fois que je vous ai entendue prêcher ici ; j'avais été stupéfiée par votre franc-parler.

Charlotte laissa passer quelques secondes, mais pas assez pour permettre à Analiese de répliquer.

— Fascinée, aussi.

— Ah bon ?

— A l'époque, vous deviez bien savoir qu'ainsi vous anéantissiez vos chances d'être nommée pasteur ici, mais cela ne vous a pas empêchée de nous assener nos quatre vérités, sans la moindre concession.

— Et pourtant, dix ans après, regardez où ça m'a menée : nous avons toutes deux été complètement prises de court par la tournure des événements.

— J'avais voté contre vous.

— Je le pensais bien.

Charlotte se frotta un œil, geste qui détonnait chez une femme qui donnait toujours l'impression qu'elle ne broncherait pas même sous la torture.

— Alors faites ce que vous réussissez le mieux et dites-moi la vérité, s'il vous plaît.

— Minnie ne s'est jamais adaptée à la vie citadine.

Charlotte attendit la suite, mais Analiese haussa les épaules.

— Je regrette, mais c'est aussi simple que ça. Sa petite ferme, ses animaux, c'était toute sa vie. Et, quand tout cela lui a été enlevé, elle a perdu sa raison de vivre. Du moins, c'est ce qu'affirment ses amis.

— Et vous m'en rendez responsable.

Ce n'était pas une question.

— Je suis votre pasteur, Charlotte. Mon rôle n'est pas de vous blâmer. Je ne savais même pas si vous vous souviendriez d'elle.

— Et Analiese Wagner — la femme — est-ce qu'elle me blâme, *elle* ?

— J'aimerais pouvoir séparer les deux aussi facilement…

Analiese lui retourna sa question.

— Et Charlotte Hale — la femme ? Qu'éprouve-t-elle ?

Charlotte s'exprima sans se presser, comme si elle rassemblait ses souvenirs.

— Le terrain de Minnie Marlborough était indispensable pour construire une maison de retraite qui a profité à des centaines de personnes âgées. Ses voisins étaient d'accord pour vendre, une fois informés de nos conditions. Nous avons pensé que tout le monde y trouverait son avantage. La municipalité s'est enrichie grâce aux taxes que lui verse la maison de retraite. La route a été élargie, améliorée et, partant, notre décision a également bénéficié aux résidents du secteur.

« Nous », comme le savait Analiese, c'était Falconview Development, dont Charlotte Hale était la fondatrice et le P.-D.G.

Elle pesa soigneusement ses mots avant de répondre, s'efforçant de se montrer équitable.

— Je sais que vous-même ou quelqu'un d'autre de Falconview lui aviez trouvé un appartement où elle pouvait garder certains de ses…

— Je n'ignorais pas à quel point Minnie était attachée à ses bêtes. C'est moi qui ai obtenu du propriétaire qu'il lève les restrictions sur les animaux de compagnie, afin qu'elle puisse prendre avec elle ses deux chats les plus anciens, répliqua Charlotte, sans toutefois se mettre sur la défensive.

— Et qui avez trouvé un foyer pour presque tous ceux qui étaient en bonne santé, je sais.

— Aviez-vous vu sa maison ? Vous êtes-vous seulement rendue sur sa propriété ? Chaque centime de ses économies, chaque sou de ses allocations allait aux animaux qu'elle recueillait. Et Minnie était une cible facile. Dès qu'un gentil petit chaton commençait à se faire les griffes sur les meubles de quelqu'un, elle trouvait un petit compagnon déposé sur le pas de sa porte. Elle ne savait pas dire non, et personne ne l'ignorait. On m'a dit que la ferme tombait en ruine. Je ne pense pas qu'elle mangeait aussi bien que les animaux qu'elle nourrissait.

Analiese réfléchit longuement avant de parler.

— Je pense que les décisions les plus difficiles à prendre sont celles dont nous tirons profit du résultat. Comment, dans ces conditions, rester objectif ?

— Je suppose que, par là, vous voulez dire que je ne l'ai pas été.

— On m'a rapporté que les amis de Minnie venaient la voir tous les jours pour lui prêter main-forte. Ils lui apportaient de la nourriture, emmenaient les animaux chez le vétérinaire et l'aidaient à trouver un foyer pour chacun de ses pensionnaires, des iguanes aux lamas. On m'a dit que, pour chaque personne qui profitait d'elle, il y en avait une autre qui lui tendait la main. Minnie n'était pas une vieille folle qui recueillait les animaux de manière obsessionnelle. Elle était pauvre, submergée de travail, mais elle était heureuse. Elle avait des amis, un but dans la vie, des bêtes qu'elle adorait, une maison dans laquelle elle avait toujours vécu.

— Oui, vous me blâmez.

— Pour l'instant, je me soucie davantage de ce que vous allez ressentir si vous vous attardez dans l'église. Vous m'avez accusée d'un excès de franchise, mais il me semble que vous êtes en droit de savoir. Dans un moment, des gens vont franchir ces portes, et certains ne seront guère enchantés de vous trouver ici.

— J'étais venue pour…

Charlotte secoua la tête.

— N'ayez aucune inquiétude. Je ne compte pas rester.

Elle posa la main sur le bras d'Analiese lorsque celle-ci amorça le mouvement de se lever.

— Vous vous attendez donc à accueillir beaucoup de monde ?

— C'est l'impression que j'ai.

— Elle avait tant d'amis que cela ?

— PDU.

Elle vit que Charlotte ne comprenait pas ce terme de show-biz.

— « Places debout uniquement ».

— Tous ces gens…

Charlotte laissa retomber sa main.

— Viennent rendre un dernier hommage à quelqu'un qui aura bien vécu sa vie.

Analiese se leva. Elle avait délivré son message et, malgré l'extrême franchise de ses propos, pensait avoir rendu service à Charlotte. Le chagrin s'était mué en colère chez certains amis de Minnie, qui reprochaient à Falconview ainsi qu'à tous ceux qui y étaient liés le déclin et le décès de Minnie. Aujourd'hui, Charlotte serait *persona non grata* dans l'église, et les amis de Minnie ne manqueraient sans doute pas de le lui signifier très clairement.

— C'était une situation compliquée, dit Charlotte, qui était restée assise.

— Je sais. C'est notre spécialité, dans cette église.

— Les dons à la mémoire de la défunte sont-ils acceptés ?

Charlotte chercha son sac à main.

— Laissez !

Analiese avait répliqué si sèchement que son refus se répercuta sur les murs en pierre, impossible à retirer.

D'abord surprise, Charlotte inclina la tête sur le côté d'un air interrogateur.

— Je pensais simplement… Peut-être pour le refuge d'animaux ? Je peux faire un chèque.

— Minnie Marlborough n'a jamais sollicité de dons de son vivant, aussi je doute qu'elle ait voulu qu'on en fasse après sa mort. C'était une femme qui tendait la main aux autres pour les aider, pas pour demander l'aumône. C'est ce que les gens aimaient chez elle. C'est pour cela qu'ils viennent tous aujourd'hui.

— Vous délivrez un sermon, et je suis seule à l'entendre.

Charlotte avait raison, Analiese le savait, mais elle était incapable de s'excuser.

— Déformation professionnelle.

— D'après vous, combien de gens viendront à vos obsèques à vous ?

— Pardon ?

— Quand vous mourrez, combien de gens viendront vous dire adieu ?

Analiese ne s'était jamais posé la question.

— Pourquoi me demandez-vous ça ?

— C'est peut-être à cette aune que se mesure une vie bien vécue.

— Seulement si les gens sont là par véritable envie.

En se faisant plus sincère, le sourire de Charlotte lui adoucit le visage, telle une lumière s'allumant dans une pièce au crépuscule. Malgré la tristesse de ce sourire, cette expression lui ressemblait davantage.

— Vous voulez dire que les élégants hommes d'affaires absorbés par leur Smartphone ne comptent pas ?

— Il serait injuste de les ignorer complètement. Disons que… trois hommes d'affaires égalent un ami fidèle.

— Alors, je ferais peut-être mieux de réserver cette petite chapelle pour mes funérailles… Ou le placard à balais du sacristain.

Charlotte sourit de nouveau, presque réconfortée.

Ne sachant trop comment répondre, Analiese se dit que Charlotte devait plaisanter.

— Dans ce cas, j'ai bien peur qu'il ne vous faille prendre un numéro. Le placard à balais est réservé pour des mois !

Comme réplique finale, la boutade assortie d'un sourire faisait l'affaire, et pourtant Analiese ne se décidait pas à partir. Elle entendait les secondes s'égrener dans sa tête, mais elle ne pouvait s'en aller sans proposer mieux. Si étrange que cela puisse paraître, elle avait l'impression que Charlotte avait tenté de lui offrir quelque chose.

— Je ne pense pas qu'il faille déjà nous en préoccuper, reprit-elle. Nous avons sans doute encore le temps de cultiver quelques amitiés supplémentaires, des gens qui nous pleureront le jour venu. Car, à moins que nous ne prenions nous-mêmes les choses en main, seul Dieu connaît l'heure exacte de notre mort.

Charlotte parut surprise.

— Comme c'est étrange que vous disiez cela…

— Pourquoi ?

— C'est précisément l'expression que j'avais en tête, juste avant que vous n'entriez.

— Cultiver des amitiés ?

— Non, que seul Dieu connaît l'heure exacte de notre mort. J'ai entendu ces mêmes paroles il y a bien longtemps, dans un lieu très différent d'ici, et je ne les ai jamais oubliées.

3

Dès les tout premiers mois de Maddie, Ethan Martin avait compris que son rôle principal — outre celui d'adorer sa petite-fille sans mesure — était de lui insuffler la confiance en soi nécessaire pour devenir une adulte capable d'assumer son sort avec habileté et audace. Cette prise de conscience impliquait que, sans lui mentir, il ne se montre jamais tout à fait franc avec elle, du moins pas quand elle lui causait de grosses frayeurs. Chose qui n'était pas rare.

A présent, il tremblait pour elle en la voyant se balancer au sommet d'une installation soigneusement conçue pour l'escalade, semblable à un pirate scrutant les mers en quête de vaisseaux à piller. Elle s'y trouvait en compagnie de deux autres enfants. L'un d'eux était Edna Ferguson, dont la mère, Samantha, était une amie de longue date de sa propre fille. Sam n'était pas bien loin ; assise sur un banc, elle pianotait sur un ordinateur portable. Pourtant, il réussit à croiser son regard. Elle hocha la tête, puis leva le pouce de façon quasi imperceptible pour lui signaler que Maddie allait bien, mais qu'elle avait gardé l'œil sur elle, au cas où. Tout allait bien.

— Salut, ma puce ! lança-t-il quand il fut à portée de voix de sa petite-fille. Tu te rappelles que nous dînons de bonne heure, ce soir ?

— Papy !

Maddie se balança plus bas, à une hauteur qui n'angoissait plus son grand-père. Pour lui, de toute façon, le danger était le même. A partir de quelle hauteur la fillette pouvait-elle tomber sans se faire de mal ? A partir de quelle hauteur risquait-elle une fracture ? Un traumatisme crânien ? Il l'ignorait, mais savait que son rôle n'était pas de la freiner. Maddie et sa mère avaient établi des règles auxquelles, jusqu'ici, la petite s'était conformée sans rechigner, sans doute parce que ces principes étaient peu nombreux et frappés au coin du bon sens.

De la cage à écureuils, Maddie se jeta dans ses bras tendus, comme l'aurait fait un plus petit enfant. Mais elle était petite pour son âge, et d'ossature délicate. Il l'attrapa sans effort et la posa par terre.

Il lui ébouriffa les cheveux.

— Tu aperçois la Blue Ridge Parkway[1], de là-haut ?

— J'ai pas fait attention. Edna nous racontait un truc sur un film qu'elle a vu à la télé. Elle est où, maman ?

— Elle prépare le repas. Elle donne un cours, ce soir, ce qui fait qu'on sera rien que tous les deux.

— *Cool !*

Une lueur de joie dansa dans les yeux bleus de la fillette.

— Et tu manges avec nous ?

— Oui, j'ai même apporté le dessert.

— Des cookies ?

— Aux pépites de chocolat.

Maddie cria au revoir aux autres enfants. Puis elle agita la main en direction de Samantha, qui leva les yeux comme si elle venait à peine de s'apercevoir de sa présence et lui répondit par un sourire.

Ils traversèrent le parc en discutant de l'école. Bien qu'âgée de dix ans, Maddie n'était encore qu'en CM1, ce qui en soi n'avait rien d'exceptionnel. Les parents gardaient souvent un an de plus les enfants nés en été, même s'ils pouvaient officiellement les scolariser avant. Mais Taylor, la fille d'Ethan, avait décidé que Maddie pourrait entrer à l'école plus tardivement, puisque, entre autres choses, elle était née prématurée de deux mois.

1. Blue Ridge Parkway : route pittoresque de 755 km reliant deux parcs nationaux et traversant les Blue Ridge Mountains.

Taylor et Maddie habitaient dans une rue éclectique, mélange de modestes maisons à un étage et de demeures plus cossues. Cet éclectisme se retrouvait également dans les styles architecturaux, ce qu'Ethan, en sa qualité d'architecte, appréciait tout particulièrement : il lui aurait déplu que les maisons soient toutes bâties à l'identique. La plupart étaient bien entretenues, mais certaines, notamment celles qui étaient en location, avaient bien besoin d'un coup de peinture ou d'un aménagement paysager.

Le propriétaire de sa fille était la plupart du temps invisible, Taylor ne le contactant que pour lui demander une grosse réparation. En retour, celui-ci n'augmentait pas le modeste loyer. Ethan espérait que la situation continuerait à se maintenir en ces termes dans un avenir proche. Pour sa fille, cette maison représentait l'indépendance, chose dont elle avait bien besoin.

Ils étaient encore à deux maisons de leur but quand une odeur de charbon de bois lui parvint aux narines. Arrivés à destination, ils coupèrent par le jardin bordé de plates-bandes de jonquilles et de muscaris en fleur, et firent le tour de la maison. A l'arrière, sa fille déposait des steaks hachés sur la grille du barbecue, au centre d'une terrasse de la taille d'un timbre-poste, pavée de dalles de récupération qu'elle et Maddie avaient disposées ensemble. Végétarienne convaincue, Taylor avait réalisé ces steaks à partir de haricots noirs et il se pouvait fort qu'elle ait également confectionné elle-même les petits pains. Les steaks seraient sans nul doute délicieux, mais Ethan, tout en faisant claquer ses lèvres de satisfaction, n'en regretterait pas moins du bon bœuf premier choix.

— Coucou, chérie ! lança Taylor à sa fille. Tu peux aller prendre la salade dans le frigo ? Pose-la juste sur la table de jardin. Ensuite, tu iras chercher la citronnade. Ces steaks n'ont besoin que de quelques minutes de cuisson de chaque côté.

Maddie obéit en maugréant, plus par principe que par conviction, et gravit le perron de derrière.

— Elle va bien ? s'enquit Taylor à voix basse.

Avant de répondre, Ethan prit un instant pour admirer sa fille. De taille moyenne, Taylor était trompeusement mince — trompeusement parce que ses hanches étroites et ses longues jambes ne reflétaient pas sa force intérieure. Elle portait ses cheveux bruns aussi court qu'un garçon, mais arrangés en mèches féminines qui encadraient son visage et sa nuque. La coupe mettait en valeur des yeux bruns frangés de cils épais, copie conforme de ceux de son père, et une bouche délicate héritée de sa mère. Elle était déjà en tenue pour donner son cours de yoga — débardeur vert sous une blouse vaporeuse très décolletée et leggings. Elle ne portait pas de bijoux à l'exception de créoles en or. Taylor n'accordait guère d'attention à son apparence, mais le résultat n'en était pas moins remarquable.

— Quand je suis arrivé au parc, elle était au sommet de la cage à écureuils, répondit-il. Mais Sam avait l'œil sur elle. Tu ne crois pas que Maddie sait que Sam la surveille ?

— Bien sûr qu'elle le sait, mais nous vivons dans un monde où les parents se doivent de surveiller leurs enfants, non ?

— Tu ne m'as pas dit que Sam cherchait à changer d'emploi ?

— Si, et d'ailleurs elle en a trouvé un. Elle est folle de joie. En tant que cadre infirmier, elle souhaitait exercer davantage de responsabilités. Elle sera désormais directrice d'un dispensaire prénatal. J'aurais bien aimé avoir quelqu'un comme Sam pour surveiller ma grossesse…

— Comme elle surveille ta fille aujourd'hui.

Taylor baissa, elle aussi, la voix.

— Je n'ai qu'un nombre limité de prétextes pour me rendre au parc. Et voilà trois mois que Maddie n'a pas eu de crise importante. Je dois la lâcher. Je ne vais pas l'empêcher de vivre normalement si ça n'est pas nécessaire.

Trois mois sans crise majeure, c'était un record, et Ethan comme sa fille nourrissaient un espoir plein de prudence. Plusieurs fois par jour, Maddie voyait des tourbillons de lumière ou éprouvait de drôles de sensations dans l'estomac. Il s'agissait de manifestations de crises partielles simples, mais la petite ne perdait pas connaissance et, d'habitude, seuls ses proches étaient en mesure de repérer qu'il s'était produit chez elle quelque chose d'anormal.

Les enfants prématurés sont plus nombreux à souffrir d'épilepsie que ceux nés à terme, mais les médecins ne savaient pas vraiment pourquoi Maddie en était précisément victime. Ses crises avaient débuté à l'âge de trois ans. A partir de là, elle avait eu de fréquentes crises, dites « partielles complexes », classées comme telles parce que Maddie perdait conscience du monde qui l'entourait, et que son corps était parfois secoué de mouvements incontrôlables.

Le neurologue qui la suivait, un homme âgé et prudent, possédait une grande expérience en matière d'épilepsie. Dès le début, il s'était longuement entretenu avec Taylor, la questionnant avec soin et prêtant une oreille attentive à ses réponses. Malgré son statut d'éminent spécialiste, il tenait plus du légendaire médecin de famille qui trouve toujours le temps de passer un coup de téléphone à ses patients. Trois mois plus tôt, il avait changé le protocole médicamenteux de Maddie, afin de contrôler ses crises, devenues plus graves et plus fréquentes, tout en la sevrant progressivement de ses anciens médicaments. Taylor était confiante, persuadée que sa fille était entre de bonnes mains et que le nouveau traitement lui procurerait enfin une meilleure qualité de vie.

Jusqu'ici, elle semblait ne pas s'être trompée.

— Elle s'est bien amusée, aujourd'hui, dit Ethan. Et l'exercice physique lui fait du bien.

— La semaine prochaine, si rien ne l'empêche, je l'emmènerai faire du vélo dans le parc.

Taylor devait avoir lu l'interrogation dans le regard de son père car elle ajouta :

— Maddie doit se sentir capable de conquérir le monde. Or, la seule façon de s'en assurer, c'est de la laisser s'y frotter.

Ethan se garda bien de protester. La petite portait un casque pour faire du vélo — de toute façon, c'était obligatoire pour les enfants, en Caroline du Nord. Si jamais une crise survenait, Maddie se retrouverait dans la même situation que des millions d'autres enfants qui tombent de vélo. Elle remonterait en selle aussi vite que possible et poursuivrait sa route à grands coups de pédale.

— Je suis soulagée que tu la gardes ce soir, poursuivit Taylor. Avec tous les devoirs qu'elle a à faire, elle sera mieux à la maison. On leur en donne tant, de nos jours ! Elle doit rédiger un poème sur le printemps, lire un chapitre de son manuel de sciences sociales et faire des recherches sur internet à propos d'un thème qui l'intéresse. Et, comme si ça ne suffisait pas, ils ont déjà commencé la géométrie en classe, tu te rends compte ? Elle a des fiches de travail.

— Ah, la géométrie ! C'était ta passion, tu te souviens ? ironisa-t-il.

— Pas du tout, comme c'est bizarre…

Taylor sourit d'un air de conspirateur, son dédain pour les maths étant légendaire. C'était toujours Ethan qui l'aidait dans cette matière. Charlotte, elle, n'avait jamais…

Il chassa cette pensée aussitôt qu'elle se forma dans son esprit. Il était très fort pour bloquer toute pensée concernant la mère de Taylor.

Sa fille retourna les steaks, puis se dévissa le cou pour tenter d'apercevoir sa fille, ou du moins son ombre, dans la cuisine située derrière eux.

— Je me demande ce qui la retient si longtemps…

— Elle a dû faire un crochet par le petit coin. Je vais aller voir. J'en profiterai pour prendre la citronnade au passage.

— Super, je mets la table.

Ethan s'introduisit dans la maison par la porte à moustiquaire et appela Maddie. Pas de réponse. Sur le plan de travail, il n'y avait ni salade ni citronnade. Oui, la petite devait être aux toilettes. Il sortit du réfrigérateur un saladier rempli d'un luisant méli-mélo de feuilles vertes et de légumes finement coupés, ainsi qu'une carafe de verre taillé contenant une citronnade à la surface de laquelle flottaient des rondelles de citron. Lorsqu'il mangeait chez sa fille, celle-ci soignait tout particulièrement le repas. Elle pensait, à tort, que son père ne se nourrissait pas correctement quand il était seul. Ethan ne mettait guère d'énergie à la persuader du contraire, vu que cette idée fausse lui garantissait des dîners tels que celui-ci.

— Maddie ?

La minuscule habitation ne recelait pas un seul recoin où ne serait pas parvenue une voix de stentor masculine. Ethan sentit l'inquiétude le gagner.

Taylor entra à son tour dans la maison, les sourcils froncés.

— Elle ne répond pas ?

— Pas encore…

Ethan avança dans la maison, Taylor sur ses talons. Ils n'eurent pas à aller loin. Maddie gisait par terre, devant la porte de la salle de bains. Ses yeux grands ouverts se révulsèrent dans leurs orbites, tout son corps se cambra et elle se mit à convulser.

Ce fut une Maddie exténuée qui se pelotonna contre son grand-père sur le canapé du séjour et chipota dans son assiette. Après ce qu'Ethan avait identifié comme une crise généralisée, il l'avait allongée là pour qu'elle puisse dormir, et elle n'en avait pas bougé depuis. Taylor avait téléphoné au Dr Hilliard pour lui décrire la violence de l'épisode convulsif. La longue succession de semaines sans crise avait pris fin, mais, surtout, la fillette semblait être entrée dans une nouvelle phase de la maladie. Ethan, très au fait de l'état de santé de sa petite-fille, savait qu'avec la survenue de cette crise il fallait s'attendre à un nouveau jargon, à de nouvelles théories, et sans doute à des traitements inédits ou complémentaires qui accompagneraient Maddie sur son chemin solitaire.

Entre-temps, il faudrait que Taylor se rende à l'école de la petite afin d'indiquer à l'institutrice la conduite à tenir, si jamais sa fille était victime d'une crise similaire en classe. Ses petits camarades savaient que Maddie souffrait d'épilepsie. Elle avait déjà eu des crises à l'école, mais plus modérées que celle-ci, moins effrayantes. Même lui, qui en avait vu beaucoup, s'était senti en proie à la colère et à l'impuissance devant cette dernière crise. Il y avait si peu de choses à faire… Mettre les objets hors de sa portée. Lui glisser un coussin sous la tête. Rester près d'elle pour la rassurer, lorsqu'elle reprenait connaissance, et la réconforter, ou la tourner sur le côté pour qu'elle puisse profiter d'un sommeil réparateur.

Maddie tripotait le bracelet médical qui ne quittait jamais son poignet.

— La maîtresse a tout expliqué à la classe. Elle a dit aux autres élèves que c'était comme un cordon de lampe. Des fois, il y a un court-circuit à l'intérieur, des fils qui frottent ou un truc comme ça, et quand quelqu'un déplace le cordon la lampe se met à clignoter, ou même elle s'éteint. Ensuite, si on remet le fil au bon endroit, il recommence à marcher comme si rien ne s'était passé.

— Et qu'as-tu ressenti quand elle a dit ça ?

— Rien, ça allait. Les autres enfants m'ont demandé quel effet ça faisait d'avoir une crise. Je leur ai répondu que j'en savais rien, que je pouvais pas m'en souvenir. Ils ont trouvé ça bizarre. Il y a un garçon qui m'a dit que, si je ne bougeais plus la tête, peut-être que j'aurais plus jamais de crise, comme si on bougeait plus le cordon de la lampe. Mais je ne vois pas trop comment je pourrais faire.

— Et, surtout, ça ne servirait à rien, car tu n'es pas une lampe.

— Maman croyait que les nouveaux comprimés m'avaient complètement guérie. Mais ils me faisaient un drôle d'effet. Comme si j'étais plus moi.

— Qu'est-ce que tu veux dire par là ?

— C'était comme si quelqu'un *m'observait*.

Perplexe, Ethan se tut. Taylor avait connu une courte phase durant laquelle elle refusait qu'on administre des médicaments à sa fille. Elle avait adapté l'alimentation de Maddie, essayant de lui faire adopter un régime cétogène, approche qui semblait être bénéfique à certains enfants. Ensuite, elle s'était tournée vers les vitamines et les compléments alimentaires. Elle avait enseigné à Maddie la pratique du yoga et de la méditation, et l'avait emmenée chez des chiropracteurs et des naturopathes.

A contrecœur, elle avait fini par admettre que les crises de sa fille étaient moins fortes et moins fréquentes sous médication, si imparfaits que soient les traitements. C'était à cette époque qu'elle avait rencontré le Dr Grant Hilliard, qui avait restauré sa confiance en l'allopathie.

— Tu penses pouvoir faire quelques-uns de tes devoirs ?

Ethan brandit le manuel de sciences sociales.

— J'ai apporté mon ordinateur portable. Quand tu auras lu ton chapitre, tu pourras t'en servir pour faire des recherches sur internet.

— Dans un petit moment.

Son élocution était ralentie et elle semblait encore un peu étourdie. Il était hors de question de la brusquer ; c'était inutile. Maddie s'appliquait toujours à faire de son mieux à l'école, mais son intelligence et son désir de s'instruire se heurtaient aux effets secondaires de son traitement médicamenteux, qui la rendait parfois somnolente en fin de journée, comme ce soir, où les devoirs ne seraient sans doute pas achevés. De plus, elle était handicapée par les « absences » dont elle souffrait parfois en cours, et durant lesquelles elle était sourde à toute consigne ou information.

Et puis il y avait les taquineries de ses camarades et l'ostracisme dont elle était la victime, éternel fléau des enfants « différents » à quelque égard que ce soit.

Ethan la serra fort contre lui. Bien que la télévision n'ait jamais provoqué de crise chez Maddie, Taylor interdisait catégoriquement qu'on allume le poste, passé 13 heures.

— Et si je te faisais la lecture ? Nous pourrions commencer un nouveau livre. Nous n'avons jamais fini *Le Monde de Narnia.*

Avant que Maddie ait pu répondre, le téléphone se mit à sonner. Ethan passa un bras derrière elle pour saisir le combiné. C'était sans doute Taylor qui se dépêchait de prendre des nouvelles de la petite pendant que ses élèves étaient encore à l'échauffement.

Mais la voix à l'autre bout du fil était celle d'un homme. Ethan la reconnut immédiatement.

— Bonsoir, Jeremy.

Il sentit Maddie remuer et le repousser.

— C'est papa ?

Ethan opina.

— C'est moi qui la garde, ce soir, expliqua-t-il. Taylor donne un cours le jeudi soir, maintenant.

Un nasillement de musique country formait un fond sonore agréable à la voix grave et traînante de Jeremy Larsen. Il devait faire une pause pendant une répétition de son groupe.

— Elle ne chôme pas, on dirait…

Ethan ne savait jamais quoi dire au père de Maddie. Dans l'intérêt de leur fille, Jeremy et Taylor entretenaient des relations cordiales, mais la tâche n'allait pas de soi. Il fallait dire que leur histoire n'était pas simple. Maddie avait été conçue alors que Taylor n'avait que seize ans et Jeremy à peine un an de plus. Leur amourette de lycée avait été courte et orageuse, et l'enfant s'était annoncé après le point final, en post-scriptum. Ils n'avaient quasiment aucun souvenir heureux sur lequel prendre appui.

Ethan ne savait jamais si les questions de Jeremy ou même ses commentaires désinvoltes exigeaient une réponse. Cette dernière remarque, par exemple. Se bornait-il à faire la conversation ? Sous-entendait-il que Taylor travaillait trop pour être une bonne mère ? Cherchait-il un grain de sable pour enrayer la mécanique bien huilée de leur accord de garde partagée ?

— Taylor réussit à tout mener de front, répliqua-t-il d'un ton affable, une vraie championne !

— Maddie est encore debout ?

— Bien sûr. Il faudrait un événement exceptionnel pour qu'on la couche de si bonne heure. Je te la passe.

La petite s'était assise plus haut et, d'un coup de tête, elle expédia sa queue-de-cheval dépeignée par-dessus son épaule.

— Papa !

Ethan passa dans la cuisine afin de laisser sa petite-fille téléphoner à son père en toute intimité. Même si, techniquement, Jeremy et Taylor se partageaient la garde de Maddie, le plus clair du temps, c'était Taylor qui avait la petite. Jeremy pouvait voir sa fille à Asheville chaque fois que c'était possible, mais Maddie n'était jamais allée chez lui, à Nashville. Taylor l'avait-elle convaincu que leur fille se sentait mieux dans un environnement familier ? Jeremy avait-il refusé d'intégrer les connaissances requises pour prendre soin d'elle ? Ethan l'ignorait. Quoi qu'il en soit, Maddie adorait son père et se languissait de lui.

Taylor n'ayant pas eu le temps de mettre les assiettes au lave-vaisselle, Ethan entreprit de remplir le modèle gain de place, conçu pour les petits appartements, qu'il lui avait offert à Noël. Pourvu que Taylor soit arrivée à l'heure à l'atelier... Elle donnait huit cours par semaine au Moon and Stars. La propriétaire était certes une personne compréhensive, mais il espérait quand même que Taylor n'avait pas trop tiré sur la corde, ce soir.

Quand il eut fini de ranger la cuisine, Maddie bavardait toujours avec son père. Ethan se planta devant l'évier et considéra le jardin. L'ombre de son reflet se découpait sur la fenêtre à guillotine à deux châssis mobiles. Son visage long, au menton pointu et au front haut, faisait de lui un homme encore séduisant, si l'on se fiait aux invitations à dîner qu'il recevait de la part de femmes âgées d'au moins dix ans de moins que lui.

Au-delà de son reflet, le vague contour d'un croissant de lune se détachait au bas du ciel encore clair, à peine visible passé la limite des arbres du voisin. La brise au parfum de glycine que laissait entrer la porte à moustiquaire fit voleter ses cheveux grisonnants. Il avait à peine cinquante-six ans. Charlotte en avait vingt-cinq lorsqu'elle avait donné naissance à Taylor, et celle-ci, tout juste dix-sept quand Maddie était née. Pourtant, ce soir, Ethan se sentait vieux comme les pierres.

Le printemps était une période de renouveau, de floraison, d'accouplement d'oiseaux et de nidification. Ethan était par deux fois divorcé, mais c'était sa première femme, la mère de Taylor, qui occupait son esprit à présent, ainsi que le printemps qui avait précédé leur première rencontre.

A peine âgé de vingt-cinq ans à l'époque, il effectuait un stage dans un cabinet d'architectes et ne connaissait pas encore la ville qui allait devenir son point d'ancrage définitif. Sans guère de contacts et loin de ses amis, il s'était mis à faire du jogging le soir, en rentrant chez lui. Il se garait souvent dans des endroits qu'il n'avait pas encore explorés, et courait le long des rues du centre ou des quartiers résidentiels, afin d'en apprendre davantage sur la communauté des Blue Ridge Mountains où il avait atterri.

Il se rappelait une soirée semblable à celle-ci ; autour de lui, le crépuscule commençait à peine à s'épaissir et l'air était, comme aujourd'hui, imprégné du même parfum entêtant. Pour sa séance de jogging, il avait choisi Montford, quartier historique composé d'un agréable mélange de créations architecturales, certaines miteuses et en mal de rénovation, mais aussi de nombreux spécimens remarquables, témoignant de l'artisanat des anciennes générations. Parti de l'avenue Montford, il avait ensuite tourné dans une petite rue pour éviter le flot des voitures.

Absorbé par les plans d'un immeuble de bureaux qu'on lui avait demandé de commenter, il avait à peine assez conscience de son environnement pour ne pas s'égarer dans la circulation ni passer derrière une voiture reculant d'une allée. Il avait esquivé une femme promenant deux caniches jappeurs parfaitement identiques et trébuché sur un morceau de béton détaché sur le sol.

C'était quand même fou qu'il se souvienne de ce genre de détails !

Arrivé au coin de la rue, il s'apprêtait à faire le tour du pâté de maisons pour revenir à sa voiture, quand une femme marchant dans la rue suivante avait attiré son attention. A l'époque, tout comme aujourd'hui, Asheville foisonnait de jeunes femmes. Ce réservoir d'occasions pour des rencontres n'était pas pour déplaire au jeune hétérosexuel qu'il était. Néanmoins, à peine remis d'un échec sentimental, il restait également circonspect dans ce domaine.

Vue de loin, cette femme tenait plus d'une apparition que d'une créature en chair en os. Un jupon à volants ondulait juste au-dessus de ses chevilles, un chemisier au décolleté plongeant dénudait son cou long et gracieux. Sa chevelure brillante bouclait sur ses épaules, illuminée par des reflets qui laissaient à penser qu'elle pouvait être rousse, même si, dans la lumière déclinante, il n'aurait pu l'affirmer avec certitude.

Quelque chose dans son allure pressée le titilla. Souple et élancée, elle avançait tête baissée contre le vent, ployée tel un jeune arbre au bord d'un torrent de montagne. Son maintien lui plut, tout comme la courbe de sa chevelure, de sa mâchoire, de ses seins. Il aimait sa façon gracieuse et pourtant décidée d'arpenter la rue, comme si elle avait tout son temps mais aucune minute à perdre.

Il s'était alors demandé si la femme de chair et de sang ne se révélerait pas décevante, comparée à cette vision fugace. Regretterait-il que son rêve s'éclipse, remplacé par la réalité ? Il se souvenait d'avoir été déchiré entre l'envie d'accélérer le pas et celle de ralentir, mais, avant qu'il ait pu se décider, l'apparition était entrée au rez-de-chaussée d'un vieil immeuble de style typiquement Tudor et avait disparu derrière la porte. Il ne devait plus jamais la revoir à cet endroit-là, malgré des séances de jogging de plus en plus fréquentes et de plus en plus désespérées.

Charlotte Hale, cette apparition crépusculaire qui, plusieurs mois plus tard, prendrait vie dans un amphithéâtre d'université et qui, durant des années, ne l'avait jamais déçu en rien.

Charlotte, qui, s'était-il avéré, était plus facile à aimer de loin.

Charlotte, qui, cet après-midi, avait, sauf erreur de sa part, délaissé son banc à son approche, à vingt mètres à peine de la cage à écureuils où leur petite-fille s'amusait en compagnie de ses amis.

4

Journal du Premier Jour : 28 avril

« Seul Dieu connaît l'heure exacte de notre mort ! »

Assise dans un café non loin de Biltmore Forest, je ne me résous pas encore à affronter cette soirée seule dans ma maison vide. J'écris ce journal avec l'espoir que ces mots cesseront de me trotter dans la tête une fois couchés sur le papier. Cet après-midi, la révérende Ana a prononcé cette phrase, sans se douter une seule seconde de l'impact qu'ont eu ces paroles sur moi. J'aimerais bien oublier le jour où je les ai entendues pour la première fois, car, à de trop nombreux égards, ce jour-là me définit.

Si, dans la réalité, je suis en avril de ma cinquante-deuxième année, dans mon esprit c'est le mois d'août, et si je fais le compte à rebours, il doit s'agir de l'année 1970. J'ai dix ans, l'âge de Maddie aujourd'hui, et il y a au moins un siècle que je suis assise dans notre petite église de campagne. Mais bien entendu, à dix ans, on a trop souvent cette impression-là.

A deux mètres de moi, le pasteur fait claquer sa Bible sur le lutrin, ouvrage de menuiserie dont ma grand-mère tire une fierté particulière, puisque c'est son père qui l'a sculpté à partir d'un noyer d'Amérique. J'avais six ans lorsque grand-mère m'a désigné la souche de « l'arbre au lutrin », dans un bosquet tout proche de son potager. Parfois, je m'y rends pour réfléchir, surtout quand Hearty rentre ivre à la maison, c'est-à-dire la plupart du temps.

Ce bruit sec me fait sursauter, et seul le bras flétri de Gran passé en travers de ma poitrine m'empêche de plonger sous le banc de devant.

— Allons, Lottie Lou ! Redresse-toi et cesse donc de roupiller, chuchote Gran en m'attirant à elle. Sans quoi, c't' idiot te prendra comme exemple dans son sermon, si tu vois ce que j'veux dire.

Le prédicateur serine les mêmes paroles de sa voix grinçante. Il a été invité à prêcher dans notre église, l'Independent Baptist Church de Trust, parce que le pasteur titulaire, aussi tonitruant que celui-ci mais moins enclin au rabâchage, transporte jusqu'à Raleigh un chargement de tabac Burley récolté à la main. Il officie à l'église en complément de son activité principale, par amour du Seigneur.

Le prédicateur invité est lui aussi producteur de tabac, sauf que le sien est aussi mauvais que ses sermons, raison pour laquelle il est peu probable qu'il ait besoin d'un camion ou de partir pour Raleigh dans un futur proche. Aussi décharné qu'une tige de maïs en période de sécheresse, il bave en vociférant — son menton est tout brillant de salive.

Je me tortille sur le banc dénué de tout rembourrage afin de faire circuler le sang dans mon derrière. L'office a commencé par des cantiques, puis le prédicateur a exigé que nous arrêtions de chanter afin qu'il puisse délivrer son sermon — ce qu'il fait depuis une éternité. Je m'angoisse à l'idée que nous soyons coincés ici encore une heure, voire plus.

Et, pendant que nous écoutons le remplaçant du pasteur Pittman bafouiller à la recherche de ses mots, qu'est-ce que Hearty Hale doit fabriquer ?

Il fait si chaud à l'intérieur qu'on se croirait dehors en plein soleil. L'église reste fermée toute la semaine et il faut plus d'une demi-heure avant le début de l'office pour chasser l'air chaud vers l'extérieur. L'édifice se dresse en bordure d'une route de campagne et n'a pas l'électricité qui permettrait de faire fonctionner des ventilateurs ; en revanche, nous disposons d'un poêle à bois pour l'hiver.

Les murs sont troués de nombreuses fenêtres, de manière à faciliter la circulation de l'air dans la mesure du possible, mais nous n'avons pas de stores. Les guêpes entrent, sortent et décrivent des cercles au-dessus des têtes fraîchement lavées des paroissiens.

Je n'ai rien à faire, à part songer aux paroles qui m'ont tirée si brutalement de ma torpeur. Je n'arrive pas à me figurer un Dieu qui connaît le jour de la mort de chacun et qui, par-dessus le marché, en garde une trace dans Ses archives. Prend-Il des notes ou se contente-t-Il de claquer des doigts pour faire apparaître aussitôt le renseignement voulu ?

J'imagine Dieu pointant le doigt en criant : « Hep, toi, là-bas ! Ton jour sera le 17 juillet 1977 et pas une heure de plus ! Et à ta place, ce matin-là, je ne m'embêterais pas à sortir des côtelettes de porc en me levant. Tu n'en auras plus besoin. »

Comme je me mets à pouffer, Gran me donne un coup de coude. Pour me changer les idées, je regarde ailleurs. Mon attention se porte à deux rangées de là sur une fille de l'école qui a deux ans de plus que moi. Ses cheveux fins et légers sont d'un blond presque blanc, retenus par un serre-tête en velours noir, orné sur le côté d'un nœud fixé par un amas de strass. Elle s'appelle Sally Klaver et habite non loin d'ici dans une maison toute neuve, livrée par camion et posée telle quelle sur une dalle en béton. La maison a la couleur d'un fond de torrent et une véranda sur le devant, juste assez large pour y mettre un pot de fleurs et un paillasson portant le mot « Bienvenue » joliment calligraphié.

L'ancienne maison de Sally se dresse toujours à l'arrière, cachée par les arbres, mais, à présent, elle est barricadée par des planches et doit grouiller de souris et de nids de frelons. Le père de Sally élève du bétail et en engraisse davantage encore grâce à ses hectares de champ de maïs. M. Klaver cultive plus de tabac que tout le voisinage. Je me demande l'effet que ça doit faire d'avoir une maison où personne d'autre n'a jamais vécu, d'avoir suffisamment de bétail pour pouvoir manger du steak tous les soirs et suffisamment d'argent pour entrer tranquillement dans un magasin et acheter un serre-tête en velours noir si ça vous chante.

Je n'en ai pas seulement marre d'être assise, j'en ai aussi marre de me faire du souci. Ce matin, nos voisins Bill Johnston et sa femme se sont arrêtés pour nous faire monter dans leur voiture, Gran et moi, alors que nous nous rendions à pied à l'église. Gran s'est serrée à l'intérieur de la cabine pendant que moi, installée à l'arrière du pick-up, je me faisais un petit nid dans un vieux morceau de toile afin de ne pas salir ma robe.

J'étais contente d'être assise à l'air libre. Tandis que nous cahotions sur la route de terre battue, j'ai cherché mon père des yeux, mais je n'ai pas vu trace de son pick-up ni de lui-même. Je ne me soucie pas de ce qui a pu arriver à Hearty. Je n'espère même pas qu'il lui est arrivé quelque chose, du moins pas pendant l'office, car il se peut que Dieu ait l'oreille encore plus fine en ces lieux. Or, souhaiter que son propre père tombe raide mort est une pensée susceptible de vous attirer de gros ennuis.

Pour l'instant, j'ai juste envie de savoir où Hearty passe sa matinée et s'il compte nous rendre encore plus malheureuses, Gran ou moi.

Le prédicateur, enfin épuisé, interrompt son discours et ponctue son retentissant « Amen ! » d'un ultime claquement de Bible sur le lutrin. Aussitôt, la préposée au piano se lève d'un bond et se jette sur sa banquette, comme si elle redoutait qu'il puisse encore changer d'avis.

Un instant plus tard, nous entonnons tous « Sur les rives du Jourdain » et le pasteur exhorte les pécheurs à s'avancer pour prendre un engagement auprès de Jésus. La mauvaise humeur doit être générale dans cette fournaise, car seules quelques personnes se traînent vers lui, sans doute par crainte qu'il ne continue à vociférer jusqu'à l'heure du dîner.

Après le dernier chœur, je secoue ma robe en admirant

la dentelle qui en orne le bas. Ma grand-mère l'a ajoutée à la main, afin « d'enjoliver » ma tenue, une espèce de chose confectionnée à partir d'une robe ayant appartenu à ma mère quand elle était petite.

Plus jeune, j'aurais été transportée de joie par ce lien avec Thalia Hale mais, aujourd'hui, je n'en suis plus aussi sûre. Ma mère ayant succombé à une pneumonie un mois après avoir mis au monde son unique enfant, j'estime probable, au bout de dix ans de réflexion, qu'elle ait jugé la traversée du Jourdain comme étant le moyen le plus rapide et le plus sûr de fuir Hearty et son nourrisson criard.

J'aimerais me tromper, mais Gran elle-même reconnaît avoir outrageusement gâté la jeune Thalia, de constitution fragile, si bien qu'après celle-ci n'en a fait qu'à sa tête. Gran m'a raconté de belles histoires d'oisillons sauvés par ma mère, m'a énuméré les poèmes qu'elle avait appris et les chansons qu'elle chantait mais, à part ma grand-mère, personne n'a jamais proféré en ma présence une seule parole aimable au sujet de Thalia. Et, pourtant, j'ai fait attention.

Autour de moi, les gens sortent par petits groupes. La plupart s'arrêtent près des fenêtres ou de la porte, s'informant des derniers potins de la semaine tout en essayant de profiter d'un courant d'air. Gran va s'attarder. Malgré l'état lamentable de la ferme Sawyer — que tout le monde ici, à Trust, appelle notre maison — et l'état tout aussi lamentable de son gendre, les gens du coin ont du respect pour Gran et ne lui veulent que du bien. Dans la mesure de leurs moyens, ils s'efforcent de se montrer bons voisins, du moment que cela n'implique pas de prêter assistance à Hearty Hale.

— Lottie Lou…

Sally Klaver, la fille au serre-tête en velours, contourne son banc et marche droit sur moi.

— C'était horrible, non ? Ce bonhomme qui n'en finissait pas de parler… Dommage qu'on ne soit pas allés à Marshall. Là-bas, ils ont la climatisation dans l'église,

mais mon père dit qu'on doit aussi venir ici, parfois, pour que les gens oublient pas qui nous sommes.

Je ne vois pas comment on pourrait oublier les parents de Sally : les Klaver ne manquent jamais aucune occasion d'exhiber leur fortune, comme un drap claquant au vent.

Le regard de Sally tombe sur mes jambes.

— C'est une robe neuve ? s'enquiert-elle avec un petit sourire.

Je bombe le torse malgré moi.

— C'est ma grand-mère qui l'a faite.

— Elle a dû tailler grand, sûrement pour que tu puisses la porter très, très longtemps.

Je sens mes joues s'embraser.

— En même temps, poursuit Sally, le vert, ça va bien aux rousses. Bien sûr, avec des cheveux comme ça, il faut faire attention à ce qu'on porte. Moi, j'ai la chance que tout aille avec les miens. C'est ce que j'ai dit à maman quand elle m'a rapporté cette nouvelle robe de Charlotte. « Tu peux m'acheter n'importe quoi, je lui ai dit. A moi, tout me va ! »

Sally déploie la courte corolle de sa robe à rayures noires et jaunes, qui ressemble à s'y méprendre à un maillot de corps pour homme.

Je donnerais n'importe quoi pour en avoir une, moi aussi.

— Elle est vraiment très jolie, dis-je. Et ta mère l'a sûrement choisie un peu grande pour qu'un jour tu puisses la remplir correctement.

Sally a des yeux étroits, un peu trop rapprochés et, à ces mots, ils s'étrécissent encore.

— Et ton petit papa, comment qu'il va ? J'ai cru voir son pick-up descendre la route au-delà du torrent.

D'un geste désinvolte, elle pose une main sur son épaule.

— Il va à la pêche pendant que tu te mets en règle avec Jésus ?

Je me demande s'il y a du vrai dans l'affirmation de Sally.

— Ça se pourrait. Hearty a pas de comptes à me rendre.

— Tu appelles ton père « Hearty[1] » ? demande Sally en feignant la surprise.

— Tout le monde l'appelle Hearty.

Je n'ai jamais appelé mon père autrement, bien qu'il ait écopé tout jeune de ce sobriquet en raison de son nom de famille, de son torse d'homme tonneau et de ses larges épaules.

Sally essaie de me sonder.

— Il t'a rien dit en partant, ce matin ?

Voilà deux jours que je n'ai pas vu mon père, mais pas question que je l'avoue à cette pimbêche. Je fais non de la tête.

— Parce que ton père à toi te dit à chaque minute où il va ? Ça doit sacrément l'occuper, dis donc, mais p't-être qu'il a que ça à faire, s'occuper de toi.

Sally se borne à reproduire son sourire sournois assorti à ses yeux.

— Non, parce qu'il travaille beaucoup. Mais, quand bien même il travaillerait qu'une heure par semaine, ça serait déjà plus que ce que travaille ton père en un mois.

Je peux difficilement répliquer. J'attends le prochain coup. L'église n'est pas différente de l'école, où l'on me traite en paria parce que je suis issue d'une des familles les plus indigentes de ce comté pauvre. J'ai appris à me défendre un peu, mais j'ai aussi appris que cet effort était vain. Quoi que je puisse dire ou faire, rien ne changera jamais l'opinion des gens. Je suis Lottie Lou Hale, la fille de Hearty Hale, dont la réputation est aussi trouble que les flots de la Spring Creek durant une tempête d'hiver.

— Tu devrais venir chez nous des fois, suggère Sally. Dis à ton paternel de t'amener si t'arrives à mettre la main dessus.

Elle fait la grimace et se détourne de moi en me saluant d'un geste désinvolte. A nous voir, on doit nous prendre pour des amies.

Je vais retrouver ma grand-mère qui bavarde devant l'église avec la femme de notre véritable pasteur. Mme Pittman

1. En anglais, *hearty* signifie « robuste » et *hale*, « vigoureux ».

n'a rien à envier en taille aux hommes du coin, sa peau a trop vu le soleil et ses yeux ont trop vu de malheurs. Il y a des années de cela, les Pittman ont perdu leurs deux enfants dans l'incendie d'une maison. Mme Pittman prétend que sa foi lui a permis de surmonter cette épreuve mais, à voir l'expression de sa bouche tombante et de son regard fatigué, je ne crois pas que ça ait marché.

— Mme Pittman me disait justement qu'elle allait nous ramener, m'informe Gran.

Elle attend que je joigne mes remerciements aux siens.

— C'est rudement gentil à vous, dis-je docilement. Ça fait loin pour Gran, entre son arthrite et tout le reste.

L'arthrite de Gran, qui tord ses bras et handicape ses jambes autrefois robustes, constitue à mes yeux un fléau bien pire que le fait d'avoir un ivrogne pour père et une mère qui a préféré mourir plutôt que d'affronter ses choix de vie malheureux. Gran a suffisamment de mal comme ça à joindre les deux bouts avec rien, à élever sa petite-fille et à éviter que la ferme de son mari ne soit saisie par le fisc ou vendue par son gendre avide.

Malheureusement, mon grand-père n'a jamais fait de testament. Il est mort subitement et la ferme a été divisée par l'Etat : une moitié est revenue à Gran, l'autre à ma mère, leur fille unique. Quand Thalia est morte intestat, sa part a été de nouveau divisée, moitié pour Hearty et moitié pour moi. Ce qui veut dire que Hearty ne possède qu'un quart de la propriété, mais il le brandit comme une hache. Chaque fois qu'il est malheureux, il menace de vendre sa part et la mienne, et de quitter pour toujours le comté de Madison.

Autrement dit, Gran a largement sa dose de problèmes. Néanmoins, elle garde la tête haute, autant que le lui permet sa nuque douloureuse, et elle fait aller. Mais elle est vieille et son arthrite l'épuise. Elle accueille toute l'aide qu'on lui propose avec de plus en plus de reconnaissance et affirme que la fierté est un luxe qu'une femme comme elle ne peut pas se permettre.

— Nous allons y aller dans quelques minutes, dit Mme Pittman. Le révérend Pittman m'a demandé d'aller voir deux personnes avant de partir. Vous connaissez notre voiture. Si vous voulez, vous pouvez vous avancer et monter dedans. Je fais aussi vite que possible.

Je me demande si Mme Pittman appelle aussi son mari « révérend Pittman » dans l'intimité, à table ou quand ils bêchent leur jardin.

— Bien aimable de sa part, lance Gran après le départ de celle-ci, partie d'un pas décidé à la recherche des objets d'inquiétude du révérend Pittman. J'avais guère envie d'rentrer à pied après être restée assise si longtemps.

— Sally Klaver dit qu'elle a vu Hearty de l'autre côté du torrent, en bas.

Je désigne du doigt une zone au-delà l'église.

— Bah, tous ces Klaver, c'est menteur et compagnie ! C'est comme ça qu'ils se sont approprié autant de terres. Le grand-père de la petite a volé l'héritage d'un de ses frères, oui, exactement comme Esaü et Jacob, il se l'est mis dans la poche. Alors moi, ce qu'ils disent, ces gens-là, je le prends avec des pincettes.

Cela me réconforte un peu de ne pas être la seule à venir à l'église avec des parents peu fréquentables.

— Peut-être qu'il est revenu là-bas, dis-je. Peut-être qu'il dort près du torrent. Ça serait bien de lui.

— Dans ce cas, il se réveillera de lui-même une fois frais et dispos. Te fais point de mauvais sang pour Hearty !

Etant encore à l'intérieur de l'église, je n'ose provoquer le courroux du Seigneur en lui avouant le peu d'inquiétude que me cause mon père. Je baisse la voix.

— J'avais peur qu'il se réveille et qu'il vienne traîner par ici…

— On sera parties avant.

Mais Gran se trompe lourdement. Lorsque nous sortons de l'église pour monter dans la voiture du pasteur, Hearty s'avance sur la route d'un pas mal assuré, la chemise fripée et déboutonnée, le ceinturon défait et le pantalon pendouillant sur les hanches. Il est sale, pas rasé, et ses cheveux, qu'il n'a pas coupés depuis des mois, ressemblent à une masse de fil de pêche enchevêtré.

Une bonne moitié des fidèles bavarde encore dans l'ombre des cornouillers alourdis de fleurs crémeuses. Ils se tournent d'un seul bloc pour regarder Hearty approcher.

— Va donc voir si tu peux le détourner, me dit Gran d'une voix douce. J'ai point la force de le faire moi-même, et puis je suis pas assez rapide.

— Qu'est-ce que je lui dis ?

— J'en sais trop rien. Parle-lui peut-être de son pick-up. Comme quoi qu'on t'aurait dit qu'il avait un pneu à plat. Dis-lui que tu iras voir ça avec lui.

En effet, Hearty voue une véritable passion à son vieux pick-up. Quand il est sobre, ce qui arrive rarement, il passe des heures sous son capot et, bien que sa paresse l'empêche de chercher la bagarre pour un rien, il est capable de voir rouge pour une éraflure ou une bosse sur la carrosserie. Le shérif l'a déjà flanqué en prison à une ou deux reprises pour des agressions en lien avec son cher pick-up.

Je m'avance rapidement vers mon père, les joues brûlantes de honte. Je garde la tête haute, même si je meurs d'envie de regarder par terre pour ne pas voir les visages qui se tournent vers moi. Quelqu'un ricane et je vois Sally Klaver en compagnie d'un petit groupe d'enfants de son âge me suivre du regard, le doigt pointé sur moi.

— Je t'avais bien dit que je l'avais vu en bas, près du torrent, me lance-t-elle. T'aurais dû aller chercher ce vieux poivrot avant qu'il vienne faire du foin ici !

Je me contente de relever un peu le menton et je presse le pas.

J'arrive à hauteur de Hearty avant qu'il ne s'engage sur le parking.

— Hé, Hearty ! Tu vas où ?

Il cligne les yeux comme s'il essayait de me remettre.

Dans le temps, il a été assez beau pour conquérir ma mère, en dépit de toutes les mises en garde de ma grand-mère. A présent, sa bedaine déborde de son pantalon, comme le ventre d'une femme au dernier trimestre de sa grossesse, sa peau est flasque et son teint brouillé. Je n'ai rien hérité du physique de mon père, à l'exception de ses cheveux auburn, mais aujourd'hui les siens sont couleur de la boue de Géorgie.

— Chuis venu chercher le fric…

Il s'interrompt, comme s'il tentait déjà de se rappeler ce qu'il vient de dire.

— Ta fichue grand-mère…, achève-t-il au bout d'un long moment durant lequel il se balance de gauche à droite, comme s'il se demandait de quel côté s'écrouler.

— Gran a pas d'argent, Hearty. Son chèque arrivera que la semaine prochaine et il reste rien du dernier.

Je me remémore le conseil de ma grand-mère : le distraire de son but.

— Ecoute, puisque t'es là, y a une de ces filles, là-bas, qui m'a dit qu'elle avait vu ton pick-up et qu'un pneu avant était à plat. Je vais aller voir ça avec toi. A nous deux, on pourra peut-être le changer.

— Toi… venir avec moi ?

Il renifle avec mépris.

— Depuis quand… tu recherches ma compagnie ?

— Tu veux que je t'aide à le changer, ce pneu, ou non ?

— Plus d'essence.

Il fixe un point au-delà de moi, comme s'il cherchait ma grand-mère afin de pouvoir plaider sa cause auprès d'elle.

Hearty travaille dans la forêt, il coupe et débarde du bois de construction, mais il a rarement de l'argent. Quand il parvient à amasser quelques sous, il achète de l'essence et de l'alcool — dans cet ordre. En effet, l'alcool étant prohibé en Caroline du Nord, il a besoin du premier carburant pour se procurer le second. Je doute qu'il soit vraiment à court d'essence. En revanche, il est à court d'alcool, j'en mettrais ma main au feu.

Un bruit dans mon dos me fait me retourner. Mme Pittman vient vers nous. Elle porte une robe à carreaux rouge et blanc qui me rappelle la nappe que Gran réserve aux mois d'été, et dont le bas claque rageusement sur ses mollets.

— Cette vieille… chouette…

Hearty écarte les bras comme pour illustrer son expression, geste qui l'envoie tituber vers moi.

— Que se passe-t-il, ici ? demande Mme Pittman d'un ton qui indique qu'elle sait déjà à quoi s'en tenir.

— Per… personne z'a sonnée, vous ! bredouille Hearty.

— Votre fille mérite mieux qu'un père qui se donne en spectacle dans l'état où vous êtes ! lâche Mme Pittman. Vous leur faites honte, à elle et à votre belle-mère.

— M'en fous.

Hearty agite la main de nouveau.

— J'ai besoin de fric ! Si vous en avez de reste, j'suis preneur… Après, je m'en irai.

— Vous êtes plus vil qu'un serpent à sonnette, Hearty Hale ! Vous devriez implorer à genoux la miséricorde de Notre-Seigneur ! Voilà trop longtemps que vous abusez de la patience de tout le monde. Il ne vous reste plus que Lui.

Hearty crache à ses pieds.

— Y a quelqu'un ici qui va me filer du fric !

— Pas tant que je serai là. Et, maintenant, retournez d'où vous venez, compris ?

J'ai envie de me jeter du haut d'une corniche. Je sais que tout le monde nous regarde, et un coup d'œil par-dessus mon épaule m'apprend que deux hommes présents à l'office s'avancent dans le dos de Mme Pittman — le prédicateur de ce matin et le père de Sally Klaver.

Dès que Hearty les aperçoit, il comprend qu'ils ne viennent pas lui donner un coup de main. Avec un grognement mauvais, il bascule en avant. Je ne sais trop s'il se projette en direction de Mme Pittman ou s'il a tout bonnement perdu son équilibre précaire, mais, d'instinct, je fais un pas de côté, juste à temps. L'instant d'après, mon père est étalé de tout son long sur Mme Pittman, la clouant au sol.

Les deux hommes se précipitent sur Hearty pour dégager l'épouse du pasteur. Il a beau être soûl, il se débat comme il peut, flanquant son poing dans l'estomac du prédicateur, décochant des coups de pied à M. Klaver du bout de son vieux godillot de travail. Mais, en quelques secondes, tout est fini. Alors qu'à jeun Hearty se serait bien défendu, là, ses mouvements sont lents et mal coordonnés. Les deux hommes l'attrapent par les aisselles et l'écartent de Mme Pittman, qui se met sur son séant et, avec mon aide, parvient à se relever. Entre-temps, Gran nous a rejoints.

Hearty cligne les yeux de toutes ses forces, comme s'il tentait de se souvenir de ce qui vient de se passer.

— Vous êtes blessée, madame Pittman ? s'enquiert M. Klaver, en poussant Hearty de côté. Il vous a fait mal ?

Elle semble un peu hagarde, mais secoue la tête en signe de dénégation et se met à épousseter sa robe à carreaux.

— Il veut de l'argent.

— On ne donne pas d'argent à un homme comme lui.

M. Klaver regarde Gran.

— Qu'est-ce que vous allez en faire ? Et, d'ailleurs, comment ça se fait que vous l'ayez laissé venir ici ?

J'ai envie de pleurer, mais Mme Pittman intervient.

— Qu'est-ce que vous racontez ? C'est une vieille femme. Elle ne peut rien faire du tout, ce serait plutôt aux hommes de cette communauté d'envisager de mettre au point un plan d'action. Elle et cette petite ont besoin de protection, pas d'accusations.

— Hearty n'a jamais fait de mal à personne, lance Gran. Il boit, c'est tout.

— Et il ment et il vole ! réplique le prédicateur. Ne faites pas semblant de l'ignorer. Il est capable de dérober n'importe quoi en niant la main sur le cœur, tout ça pour s'acheter de l'alcool. Les gens d'ici ferment les yeux, par

respect pour vous mais, un de ces jours, il passera les bornes et quelqu'un ira le débusquer avec un fusil !

— C'est moi qui… qui sortirai mon fusil le premier, bredouille Hearty avant de se plier en deux et de vomir aux pieds du prédicateur.

— Laissez-nous, vous autres.

Gran hoche la tête devant son gendre secoué de haut-le-cœur.

— On va l'éloigner d'ici. Mais on y arrivera mieux sans vous. Je regrette qu'on en soit arrivé là.

— Non, réplique Mme Pittman d'un ton sec. Ces hommes vont le raccompagner d'où il vient. Moi, je vous ramène chez vous. Si vous êtes accablée d'un tel gendre, c'est à cause de la sottise de votre fille. Aujourd'hui, vous n'avez plus à le supporter. Allons, venez !

J'espère que ma grand-mère va refuser, que l'ordre qui perce dans la voix de cette femme va l'irriter suffisamment pour qu'elle reste plantée là. Pour rien au monde je ne veux retourner à la voiture du pasteur et affronter de nouveau les petits groupes de fidèles. Mais Gran a l'expression d'un chien qui vient de tâter du fouet. Elle n'a pas la force de dire non. Clopin-clopant, elle suit Mme Pittman et me fait signe de la rejoindre.

La traversée du parking jusqu'à la voiture du pasteur me paraît interminable. Je sens tous les regards braqués sur moi, en particulier celui de Sally, et je devine ce que tout le monde pense.

Si jamais j'avais nourri l'espoir que les gens d'ici oublient un jour l'homme qui m'a engendrée, pour me considérer comme une personne à part entière, je sais à présent que cet espoir était ridicule. Je resterai pour toujours Lottie Lou Hale, la fille de ce bon à rien de Hearty Hale. Et aussi longtemps que je vivrai à Trust, Caroline du Nord, mon avenir sera tout tracé.

5

Le coffee-shop où Charlotte s'était installée pour écrire son journal avait été rénové depuis peu. A présent, c'était officiellement devenu un café-brasserie dont l'enseigne refaite à neuf annonçait l'évolution. L'endroit avait malgré tout conservé son nom : le Cuppa.

L'Orange Peel, un club au bas de la rue, sortait de son sommeil diurne pour entamer sa longue nuit de fête. Bientôt, ses clients commenceraient à affluer, et Charlotte se félicitait d'être arrivée suffisamment de bonne heure pour trouver une place où se garer.

Le Cuppa donnait sur la rue par une rangée de hautes fenêtres, séparées par des topiaires fantaisie soigneusement taillées. Des fougères étaient suspendues aux fenêtres et le comptoir d'accueil était flanqué de trios de palmiers en pot. Au-delà, cependant, Charlotte avait constaté l'ambiance décontractée du petit restaurant. Le port du jean était de rigueur et plusieurs clients avaient installé leur ordinateur sur les tables. D'autres conversaient oisivement au téléphone devant un mug fumant. Debout près du bar à café qui faisait saillie d'un côté du local, deux jeunes femmes bavardaient en attendant que le *barista* apporte leur commande. Si les propriétaires avaient agrandi l'espace en vue d'ajouter des tables et de servir de vrais repas, l'endroit ne devait guère avoir changé.

En entrant, Charlotte avait demandé une table au calme, et un jeune homme en T-shirt vert avait fait de son mieux pour l'éloigner du brouhaha sans pour autant la pousser vers l'issue de secours. Durant un bon bout de temps, elle avait eu l'endroit rien qu'à elle, mais, maintenant qu'elle finissait d'écrire son journal, on était à l'heure du dîner et une famille avec deux bambins querelleurs se partageait une pizza à la table voisine de la sienne. Un couple d'âge mûr qui semblait avoir passé une mauvaise journée, ou avoir gâché celle de quelqu'un d'autre, venait de s'asseoir à quelques pas des deux tables, et l'homme, d'une petite quarantaine d'années, louchait sur la carte comme si celle-ci avait été repêchée dans l'épave d'un naufrage.

Charlotte savait qu'elle avait accaparé sa table trop longtemps, commandant par mauvaise conscience un café, puis une pâtisserie à laquelle elle n'avait pas touché. Sauf qu'à présent elle avait faim ; sans doute ferait-elle mieux d'essayer d'avaler quelque chose avant de rentrer. Le Cuppa n'était pas vraiment son genre d'établissement — la brasserie était bien plus décontractée que les lieux qu'elle fréquentait habituellement en compagnie de ses collègues et de ses amis —, mais l'ambiance y était joyeuse et la pizza de la table voisine sentait délicieusement bon.

Elle étudia le menu glissé en même temps qu'une succincte carte des vins entre la saupoudreuse à sucre et l'ensemble salière et poivrier. Le choix était simple : pizzas, salades, wraps, une sélection de sandwichs et quelques spécialités italiennes. Pourtant, si ordinaires et répandus que soient les plats, leur composition semblait assez innovante. Il y avait des pousses de petit pois et des champignons shiitakés dans la salade Cobb, et le wrap à la grecque contenait des pousses d'épinard, des poivrons rouges grillés à la flamme et des tomates séchées au soleil.

Depuis le temps qu'elle était assise, elle avait eu droit à un changement d'équipe. A présent, une grande jeune femme s'approchait de sa table, vêtue elle aussi du T-shirt vert foncé au logo du restaurant, assorti à une jupe kaki qui lui arrivait aux chevilles. Elle avait de longs cheveux blondis par le soleil attachés en queue-de-cheval basse, des milliers de taches de rousseur et des yeux frangés de cils couleur sable. Ces caractéristiques incontournables de l'Américaine type étaient gâchées par un anneau d'or dans le nez et par les bords ailés d'un tatouage à peine visible sur le côté droit de son cou. Il devait représenter une fée ou une libellule, songea Charlotte.

Des yeux verts se posèrent brièvement sur le menu qu'elle tenait à la main, avant que la jeune femme ne s'adresse directement à elle.

— Bonsoir, je m'appelle Harmony. Que puis-je faire pour votre service ?

Son sourire timide laissait entrevoir des dents mal plantées.

— Ma foi, dit Charlotte, la pizza aubergines-provolone m'a l'air tout à fait délicieuse. Est-elle aussi bonne que son nom le laisse penser ?

— Personnellement, je la trouve excellente.

Charlotte commanda la pizza accompagnée d'une salade, et demanda qu'on lui serve une bouteille d'eau gazeuse.

La jeune femme prit sa commande, puis alla se présenter au couple qui venait d'arriver.

— Harmony ? dit l'homme, assez fort pour que la moitié du restaurant puisse l'entendre. Ça m'étonnerait que ce soit le nom que vous a donné votre mère à la naissance...

La jeune femme parut perplexe.

— Harmony « Pas de Second Prénom » Stoddard, c'est ce qui est inscrit sur mon acte de naissance. Puis-je vous servir quelque chose à boire avant de vous indiquer notre plat du jour ?

— Je parie que vous êtes née à Asheville.

Charlotte essayait de ne pas écouter, mais c'était impossible, car le couple était assis trop près. Les gens n'avaient pas tous une très haute opinion de leur communauté montagnarde, elle ne l'ignorait pas. Certains de ses collègues jugeaient Asheville vieillotte et surclassée. Pour eux, cette petite ville frontalière n'était qu'un avant-poste hippie, peuplé d'un contingent de bouseux qui parvenait tout juste à l'empêcher de sombrer dans le marasme économique. Heureusement, les gens gardaient en général pour eux ces jugements peu flatteurs — du moins dans les lieux publics —, mais cet homme avait soit trop bu, soit accumulé trop de frustrations.

Devant la perplexité de la serveuse, la compagne de l'homme, une brune mal fagotée qui semblait d'un commerce à peine plus agréable que le sien, expliqua :

— Mon mari veut simplement dire que ce prénom est plus fréquent ici qu'ailleurs. C'est une déduction logique de sa part.

— Harmony, Serenity, Moonbeam, Sagittarius…

L'homme s'empara de la carte des vins et l'agita devant lui comme pour chasser les mouches.

— Vous vendez le vin à la bouteille ?

— Je suis originaire du Kansas. Non, nous ne le vendons qu'au verre. Qu'est-ce qui vous ferait plaisir ?

La jeune serveuse semblait calme mais sur ses gardes.

— Je prendrai un verre de vin rouge, répondit la femme. Un cabernet, vous avez ça ?

Harmony opina.

— Et pour monsieur ?

— Ça m'est égal…

— Un cabernet pour vous aussi, alors ?

Il acquiesça d'un bref hochement de tête.

Charlotte ne connaissait que trop bien les sentiments qui devaient agiter la jeune femme. Son propre passé de serveuse était révolu depuis longtemps, mais cette époque de sa vie n'était pas de celles qui se laissent oublier facilement. Quand le restaurant n'était pas trop bondé et que les clients étaient sympathiques, servir les autres constituait un métier acceptable, voire agréable. Mais quand les clients se montraient grossiers, comme cet homme ce soir, le service semblait durer une éternité.

Harmony revint avec la bouteille d'eau de Charlotte et lui promit que sa pizza serait prête dans une vingtaine de minutes. Puis elle apporta les verres de vin au couple voisin et posa également une carafe d'eau glacée sur leur table.

— Souhaitez-vous que je vous indique notre plat du jour ?

L'homme eut un sourire dédaigneux.

— Oui, à condition qu'il soit allégé, composé de céréales complètes et surmonté d'une montagne de légumes.

— C'est une description des plus précises. Mais, à mon avis, notre tourte devrait vous plaire. Le chef…

Il la coupa :

— Je trouve exagéré de qualifier de « chef » la personne qui travaille ici. Nous nous partagerons une grande pizza aubergines-provolone.

— Je suis navrée, mais le *chef* vient justement de me dire qu'il avait utilisé sa dernière aubergine pour une autre commande. Puis-je vous recommander notre pissaladière ? Il s'agit d'une pizza à l'oignon agrémentée de thym, de romarin, de feta et de…

— Incroyable !

Charlotte fronça les sourcils. Harmony paraissait pâle, comme si le fait d'affronter la mauvaise humeur de l'homme lui coûtait physiquement.

La femme poussa son menu en direction de la jeune serveuse, comme pour couper court à toute aggravation de l'humeur de son mari.

— Nous nous partagerons une grande pizza, et apportez-nous aussi deux salades vertes, s'il vous plaît. Je prendrai la vinaigrette à la framboise à part. Nous prendrons la champignons-fromage bleu.

Harmony repartit avec la commande.

— Plus d'aubergines, hein ? cracha l'homme d'une voix forte après avoir bu une longue rasade de son cabernet.

Quelques minutes plus tard, Harmony revint avec les salades sur un plateau. Elle servit d'abord Charlotte, puis déposa une assiette devant la femme de la table voisine. Au moment où elle allait poser celle de l'homme sur son set de table, une des fillettes de la table voisine poussa un hurlement et sauta de sa chaise, heurtant violemment la jeune serveuse qui en lâcha le bol en céramique. La salade atterrit sur la table et les genoux de l'homme, tandis que le bol rebondissait sur le rebord de la table avant d'aller se fracasser par terre.

— Oh ! Je suis vraiment désolée ! s'écria la mère assise à la table voisine, visiblement horrifiée par le désastre provoqué par sa fille.

Saisissant la petite par le bras, elle la fit se rasseoir de force sur sa chaise tandis que l'homme se levait d'un bond, ses yeux lançant des éclairs.

Harmony, qui n'aurait pu éviter l'incident, même avec la souplesse d'une gymnaste olympique, tenta de s'excuser, mais l'homme était hors de lui. Sa veste de sport et son pantalon étaient éclaboussés de vinaigrette, et des feuilles de laitue dégringolèrent sur ses chaussures.

— Il vous faut changer de métier ! Vous n'êtes pas faite pour être serveuse ! Allez me chercher le patron. Tout de suite !

Les yeux de la jeune femme se mirent à briller et ses taches de rousseur ressortirent nettement sur ses joues livides.

— Elle… La patronne n'est pas là. Je l'enverrai chercher dès que…

L'homme cessa de tamponner la tache et jeta sa serviette sur la table.

— Parce que vous vous imaginez que nous allons rester ?

— Laissez-moi noter votre numéro de téléphone et je veillerai personnellement à ce qu'elle vous appelle…

— Vous y veillerez, *personnellement* ?

Il avait l'air de sous-entendre que même *ça*, elle serait incapable de le faire correctement.

La jeune femme baissa les yeux sur les légumes et les morceaux de faïence jonchant le sol à ses pieds. La petite flaque de vinaigrette s'écoulait vers un tas de fromage parsemé de verdure et, soudain, la couleur se retira de son visage. Elle ferma les yeux, se couvrit la bouche d'une main et fila vers le bar à café.

Charlotte ne pouvait plus se taire une minute de plus. D'un geste fluide, elle tira un calepin de son sac, se leva et le tendit à l'homme.

— Rendez-nous service et inscrivez votre numéro de téléphone ici. Vous n'aurez qu'à le laisser en partant. Et peut-être même pourrez-vous y ajouter vos excuses.

Il eut la bonne grâce de paraître honteux, mais peut-être s'inquiétait-il simplement que Charlotte puisse continuer.

— Laissez tomber.

Il se leva et fit signe à sa compagne.

— On s'en va.

Il contourna la table et se dirigea vers la porte, sa femme sur ses talons.

Charlotte allait retourner s'asseoir quand elle s'avisa que son peu d'appétit s'était envolé. Elle était trop bouleversée pour manger. Elle sortit son porte-monnaie et déposa deux billets de vingt sur la table avant de se diriger à son tour vers la sortie.

Harmony avait disparu.

De l'avis de Charlotte, sa maison constituait le plus bel exemple d'architecture néocoloniale de tout Biltmore Forest, le quartier chic d'Asheville. Construite en brique saumon, la bâtisse agrémentée d'imposants piliers blancs et de boiseries ornementales dominait ses voisines depuis une butte, au centre d'une parcelle de huit mille mètres carrés.

La maison était trop grande pour une personne seule, ce qui n'avait pas empêché Charlotte, alors fraîchement divorcée, de sauter dessus quand elle avait été mise en vente dix ans plus tôt. Il y avait des années qu'elle la guignait. Elle avait même tenté de l'acheter à l'époque où elle était encore mariée. Aussi avait-elle fait en sorte d'être la première sur les rangs quand la propriété était revenue sur le marché.

Depuis, et ce malgré la crise économique, la maison avait pris de la valeur grâce à ses soins constants de rénovation et d'aménagement paysager. Charlotte pouvait donc jubiler à sa guise, mais sans personne pour partager son enthousiasme puisque, bien entendu, elle y vivait seule. La maison inspirait une ou deux réactions indésirables. La première, c'était une crainte respectueuse, souvent lourdement teintée d'envie. La seconde était pire, un sentiment qu'elle ne pouvait définir que comme de la consternation. La maison absorbait manifestement argent et ressources sans pitié ni distinction.

La demeure de Biltmore Forest avait été un rêve, un symbole, un « oui ! » satisfait au terme d'une route longue et atroce.

Du moins le pensait-elle.

Elle s'engagea dans l'allée, ses sacs de provisions calés sur le siège passager. Après son départ du Cuppa, elle s'était arrêtée chez Earth Fare pour se ravitailler en salades et en plats cuisinés, son réfrigérateur étant aussi vide que sa fin de soirée promettait de l'être.

Pour le moment, elle n'avait qu'une envie : ranger les sacs au réfrigérateur sans même en sortir ses achats et se laisser tomber tout habillée sur le lit. Sa lassitude était telle que chaque cellule de son corps lui semblait s'être ratatinée.

Elle ne prit pas la peine de rentrer sa voiture au garage. Elle s'engagea dans l'aire de stationnement pavée que dissimulait une tonnelle de lierre et coupa le moteur.

— Terminus, tout le monde descend ! lança-t-elle à voix haute, avant de se forcer à suivre sa propre injonction.

Une fois à l'intérieur, elle rangea les provisions et songea qu'il était bien agréable d'être chez soi. Mais, lorsqu'elle se fut préparé une tasse de thé bien chaud accompagnée d'une tranche de pain grillé, elle s'allongea, recrue de fatigue, sur le canapé du séjour, les yeux rivés au plafond. Finalement, la grande horloge de parquet sonna 22 heures. Charlotte se leva, défroissa ses vêtements du plat des mains, sortit de la maison, donna un tour de clé à la porte d'entrée et repartit pour le Cuppa.

Après avoir été forcée de se garer dans une petite rue à plusieurs pâtés de maisons du café-brasserie, elle se retrouva devant l'établissement. Harmony Stoddard ne serait sans doute guère ravie de revoir un témoin de la fâcheuse scène de la soirée, mais Charlotte tenait à s'assurer que le mauvais coucheur ne s'était pas plaint d'elle à la direction. Et, si quelqu'un d'autre avait parlé à la directrice du Cuppa — la mère de la table voisine, peut-être, ou une autre serveuse —, elle voulait être sûre qu'on ne reprochait pas à Harmony un incident qui n'était en rien sa faute.

A l'intérieur, il n'y avait personne à l'accueil. Au-delà, quelques personnes sirotaient leur café, mais l'une d'elles rangeait son ordinateur portable dans sa sacoche. Un homme musclé, d'âge mûr, vêtu du T-shirt vert du Cuppa, s'arrêta devant Charlotte alors qu'elle s'avançait vers le fond de la salle.

— Nous fermons, dit-il. Vous fallait-il quelque chose ?

— Seriez-vous par hasard le directeur de cet établissement ?

— La patronne est rentrée chez elle de bonne heure. C'est moi qui la remplace.

— J'étais ici, plus tôt dans la soirée. Il se trouve que j'étais assise au fond de la salle quand un enfant a bousculé ma serveuse qui a renversé un bol de salade sur un homme assis à une table voisine. Je tenais simplement à m'assurer que la serveuse n'a pas eu d'ennuis. J'ai tout vu et ce n'était absolument pas sa faute.

L'homme parut surpris.

— Et c'est pour ça que vous êtes revenue ?

— Oui, et aussi pour m'assurer qu'elle allait bien.

Charlotte décida de jouer franc-jeu.

— Cet homme s'est mal conduit envers elle, il ne lui a pas présenté d'excuses. J'ai donc pensé que quelqu'un d'autre devait le faire.

— Vous savez à quel point il est rare que quelqu'un agisse ainsi ?

Il passa la main sur ses cheveux ras.

— Qui était-ce ? Harmony ?

— En effet.

Comment le savait-il ? s'étonna Charlotte.

La bouche de l'homme se tordit en un sourire ironique.

— Je ne sais pas pourquoi, mais elle a passé une mauvaise soirée.

— Est-ce qu'elle est encore là ? Je pourrais peut-être la lui adoucir.

— Elle est partie il y a une demi-heure, à la fin de son service.

Charlotte éprouva un pincement de regret.

— Peut-être pourrais-je lui laisser un mot ?

— Bien sûr. Vous n'avez qu'à le poser sur le bar. Je veillerai à ce qu'elle l'ait.

Charlotte alla s'asseoir sur un tabouret, griffonna quelques lignes sur une feuille de carnet et signa. Puis, sur un coup de tête, elle ajouta sa carte professionnelle et encercla son numéro de portable, même si elle doutait que la jeune femme l'appelle.

Ne pouvant rien faire de plus, elle laissa le mot sur le comptoir et repartit d'un pas lourd vers sa voiture. L'air était frais, et même si la rue n'était pas déserte, elle éprouvait un sentiment de solitude absolue. Dans la rue, dans la ville, sur cette bonne vieille planète Terre. Elle songea à l'office commémoratif où sa présence n'avait pas été souhaitée. Ainsi qu'à l'expression méfiante de son propre pasteur.

Elle songea enfin à sa petite-fille grimpant jusqu'au sommet d'une cage à écureuils, sans savoir qu'assise à quelques mètres d'elle sa grand-mère l'observait.

Charlotte ralentit le pas. Elle n'avait aucun endroit où aller, sinon chez elle, et rien à faire ici, à part songer.

Si elle n'avait pas ralenti, elle n'aurait pas jeté un coup d'œil à l'intérieur de la voiture garée devant elle. Sous la lumière d'un réverbère, la berline ressemblait à une vieillerie dont General Motors avait arrêté la production depuis des lustres. Les moyeux étaient incrustés de rouille. Le hayon avait été salement embouti et quelqu'un — pas un professionnel, à l'évidence — avait essayé de redresser la carrosserie à coups de marteau. Plus grave, ce qu'elle vit à l'intérieur en arrivant au niveau du véhicule la fit piler net, les yeux écarquillés.

La jeune femme étendue sur la banquette arrière, la tête posée sur une couverture en guise d'oreiller et le corps enveloppé dans une seconde couverture, était reconnaissable entre mille.

Charlotte réfléchit à la conduite à tenir. Elle était venue trouver Harmony Stoddard, mais pas comme ça. Elle hésitait encore quand Harmony ouvrit les yeux. Les deux femmes se dévisagèrent.

— Je vous prie de m'excuser, dit Charlotte.

Seule une vitre les séparait l'une de l'autre.

Elle reprit son chemin, s'arrêta et revint sur ses pas.

— Vous allez bien ?

Harmony, qui s'était assise, s'essuya les yeux avant de se déplacer vers la portière qu'elle ouvrit, lançant ses longues jambes au-dehors pour faire face à Charlotte.

— Qu'est-ce que vous faites là ?

Elle n'avait pas l'air fâché.

— Eh bien, je retourne à ma voiture mais, en fait, je sors du Cuppa, où j'espérais vous trouver. Je voulais vous présenter des excuses. Cet homme s'est si mal conduit tout à l'heure… Je voulais m'assurer que vous n'aviez pas eu d'ennuis à cause de ce qu'il aurait pu dire ou faire.

Des larmes brillèrent sur les joues de Harmony, qui les frotta de son poing fermé avant de répondre. Elle rappelait à Charlotte sa propre fille. Bébé, Taylor faisait toujours ainsi. Taylor, sa fille à qui elle n'avait pas parlé depuis bientôt onze ans.

— Vous n'étiez pas obligée de revenir. Ça va.

Harmony sortit de la voiture et s'y adossa.

— Non, décréta Charlotte. Ça ne va pas du tout.

Elle réfléchissait. Que dire ? Que faire ? Une partie d'elle-même songeait qu'il lui fallait retourner à sa voiture. Mais, soudain, elle se rendit compte que la grossièreté d'un inconnu n'était plus au cœur de leur échange. Non, il s'agissait maintenant de tout autre chose.

— Non, reprit-elle, ça ne va pas du tout. Vous passez la nuit dans votre voiture ?

— Non…

Harmony se mordit la langue.

— Pas toute la nuit, en tout cas.

— Juste une partie ?

— Je… j'habite chez une amie.

— Et vous ne pouvez pas rentrer chez elle ? Vous n'avez pas la clé ?

— Ce n'est pas ça…

La jeune femme semblait se débattre avec sa conscience.

— Elle avait rendez-vous avec quelqu'un, ce soir. Je ne veux pas être là quand…

Charlotte comprit.

— Ah, oui… Je vois.

Elle hésita.

— Il s'agit sans doute d'un petit appartement ?

— Grand comme un placard à balais, je dors sur le sofa le temps que je puisse trouver quelque chose de mieux. Je…

Elle secoua la tête, mais Charlotte insista :

— Vous êtes chez elle depuis longtemps ?

— Je ne veux pas en parler.

Harmony eut un sourire mouillé de larmes.

— Après tout, ça n'est pas votre problème, pas vrai ?

— En effet. Pas du tout, même.

Charlotte sourit à son tour.

— C'est pourquoi vous pouvez tout me raconter.

A ces mots, Harmony fondit en larmes. Charlotte ne savait trop comment réagir mais, avant qu'elle ait pu décider quoi que ce soit, elle enlaçait déjà la jeune fille et la serrait contre elle.

— A quand remonte ton dernier repas ? lui demanda-t-elle tandis que Harmony, la taille courbée, sanglotait dans son cou.

Elle la sentit rentrer la tête dans les épaules en réponse à sa question. Sa décision était prise.

— Tu peux laisser ta voiture ici ?

— Je… je crois, oui. Mais je ne…

— Tu vas venir chez moi, et ne t'inquiète pas, tu pourras appeler ton amie pour lui dire où tu es. Tu ne risques rien, je ne suis pas une tueuse en série.

— Rien ne vous oblige à faire ça pour moi.

Charlotte craignait que si, au contraire. Elle craignait même d'y être tenue plus que quiconque.

6

Pour Taylor Martin, habiter Asheville était un compromis. Au début, après la naissance difficile de Maddie, sa ville natale s'était imposée comme le seul endroit où il lui était *possible* de vivre. Sans le soutien de son père, à la fois financier et psychologique, jamais elle n'aurait été en mesure de subvenir à ses propres besoins et de s'occuper de sa fille.

Les parents de Jeremy, qui habitaient également Asheville, l'avaient aidée, eux aussi, et Taylor ne pouvait se défendre d'une réelle affection envers les Larsen, malgré le mépris que lui inspirait le père de sa fille. Dès le début, ils avaient assumé leurs responsabilités, insistant auprès de Jeremy pour qu'il reconnaisse l'enfant, puis proposant une aide financière à Taylor. Après la naissance de Maddie, ils avaient poussé leur fils à faire des études, du moins avaient-ils essayé. En tout cas, les Larsen avaient été clairs avec lui : s'agissant de la pension alimentaire, ils comptaient bien que Jeremy prendrait le relais dès qu'il serait en mesure de gagner sa vie.

Les Larsen ne résidaient à Asheville qu'une partie de l'année, préférant passer les mois les plus froids en Floride ; mais, quand ils étaient là, ils se montraient toujours enthousiastes pour garder Maddie au pied levé. Et même si, à présent, Jeremy payait la pension alimentaire de sa fille, ses parents s'occupaient de régler tous les frais de santé supplémentaires que ne couvrait pas la mutuelle.

Taylor aurait eu tout intérêt à s'installer dans une ville plus dynamique où les emplois seraient plus nombreux et les rémunérations plus élevées, elle ne l'ignorait pas. Peut-être même dans une ville où exerçaient d'éminents spécialistes de la neurobiologie. Mais, nulle part ailleurs, elle ne retrouverait le réseau de soutien dont elle jouissait ici, et nulle part ailleurs Maddie ne serait entourée d'autant d'amour.

Pourtant, ce soir-là, elle se laissait aller à reconsidérer sa position. Les cours au Moon and Stars étaient physiquement éreintants et, en plus du yoga, elle enseignait le pilates et la zumba dans un club de gym de la ville. Ces activités lui rapportaient assez pour joindre les deux bouts, mais guère plus. Détentrice d'un diplôme de coach en santé et bien-être, elle avait espéré poursuivre sa formation dans le domaine médical, mais cette seule qualification avait déjà été suffisamment compliquée à décrocher, même avec l'aide d'un réseau d'amis et de parents sur place.

Il y avait peu d'emplois à Asheville, et beaucoup d'habitants nantis des mêmes compétences que les siennes. Dans des moments comme celui-là, elle se surprenait à envisager de trouver un moyen moins épuisant de tirer le diable par la queue. Cela dit, elle avait de la chance d'avoir ces jobs. Ses employeurs, au club de gym et à l'atelier de yoga, comprenaient volontiers que, parfois, elle était plus nécessaire à Maddie qu'à ses élèves… Ce dernier avantage était inestimable.

Ce soir-là, en se garant devant sa maison, elle fixa du regard le croissant de lune qui s'élevait dans le ciel. Elle savait que Maddie allait bien — sans quoi son père aurait appelé. La petite devait dormir pour se remettre de la plus grave crise qu'elle ait eue depuis des années, une « récidive sous traitement », ainsi que l'avait qualifiée le médecin joint par téléphone. Et dire qu'elle croyait qu'ils avaient enfin trouvé le bon traitement ! Même le Dr Hilliard avait été d'un optimisme prudent. Et voilà qu'à présent il allait peut-être falloir repartir de zéro…

Ce n'est qu'en descendant de voiture qu'elle remarqua que l'Acura de son père ne stationnait plus devant la maison. Sa place avait été prise par une Coccinelle Volkswagen jaune qu'elle connaissait bien.

La porte d'entrée n'était pas verrouillée, ce qui ne la surprit pas. Taylor donnait un tour de clé avant de se coucher, mais le quartier était tranquille, et ses deux voisins les plus proches avaient des petits-enfants et tout le loisir de regarder ce qui se passait derrière leur carreau. Ses voisins : autre raison qui la dissuadait d'aller chercher un job plus lucratif dans une grande ville peuplée d'anonymes.

Elle referma la porte bruyamment pour indiquer à son invitée qu'elle était rentrée. La maison était si petite qu'il ne lui fallut que quelques secondes pour traverser la cuisine, le salon, et déboucher dans la salle de séjour, à peine assez grande pour contenir une petite télévision et un sofa. La télévision était éteinte et Samantha Ferguson, pelotonnée contre les coussins du sofa. Mais, si elle avait dormi, elle était à présent bien réveillée. Elle lui sourit et étira les bras, les poings fermés.

— Vous n'êtes pas mon père, déclara Taylor avec humour. Il est plus âgé et ses cheveux grisonnent.

— J'avais oublié que tu avais cours, ce soir. J'ai fait un saut ici en revenant de chez maman et, quand j'ai vu que tu n'étais pas là, j'ai dit à ton père que je t'attendrais. Il avait l'air crevé. Je crois qu'il était content de partir.

Taylor éprouva un tiraillement de culpabilité. Certes, son père adorait Maddie, mais n'abusait-elle pas de son dévouement ? En sollicitant constamment son aide et son soutien, l'empêchait-elle de trouver une femme avec laquelle il pourrait refaire sa vie ?

Elle jeta son sac à dos sur la table basse et se laissa choir à côté de son amie.

— Où est Edna ?

— C'est maman qui la garde. Elle part demain en excursion pédagogique dans une ferme des environs, et comme maman est en vacances de Pâques, elle m'a dit qu'elle l'accompagnerait.

Taylor baissa la voix.

— Maddie dort déjà ?

— Depuis une bonne heure. Elle était épuisée.

— Papa t'a raconté ce qui s'était passé ?

— Il m'a dit qu'elle avait eu une crise tonico-clonique.

La formation médicale de Samantha facilitait leurs échanges.

Avec elle, Taylor n'était pas obligée de rester dans l'approximation, et elle lui en savait gré.

— Une anomalie de parcours, peut-être.

Samantha hocha la tête.

— C'est difficile à dire.

En temps normal, Taylor se serait octroyé un verre de vin après une journée aussi longue, mais Samantha ne buvait pas, et leur amitié remontait si loin que celle-ci se serait servie toute seule, si elle avait voulu quelque chose. Taylor chercha à en savoir plus.

— Elle avait l'air d'aller ?

— Elle était un peu désorientée. Je ne pense pas qu'elle ait pu faire grand-chose de ses devoirs.

— Il faudra que j'appelle son institutrice. En général, elle essaie de ne pas donner de travail pour le week-end. Maddie pourra peut-être rattraper ce qu'elle n'a pas fait samedi.

Son amie était à moitié allongée, à moitié assise, ses cheveux sombres étalés sur le dossier du vieux sofa. Samantha était d'ascendance mixte, comme si tous les continents du monde s'étaient bousculés à sa naissance. Son père était mi-coréen, mi-afro-américain. L'héritage de sa mère était inconnu, mais sans doute européen. Samantha avait un visage long et élégant, des yeux immenses, légèrement en amande, des cheveux en bataille et un teint de miel. Sa beauté n'avait rien de classique, et « exotique » était un terme à trop forte connotation pour la décrire. Elle était différente, hors du commun. A vingt-neuf ans, elle avait déjà vécu plus vite et plus fort que la plupart des gens qui avaient le double de son âge.

— Maddie m'a dit qu'elle avait parlé à son père, se hasarda-t-elle à indiquer.

Taylor ne tenta même pas de dissimuler une grimace.

— Elle a précisé de quoi, exactement ?

— De sa crise. Elle m'a dit qu'il lui avait posé tout un tas de questions.

— Ah, pour poser des questions, il est fort ! Ça lui donne l'impression de s'impliquer, comme s'il prenait véritablement part à la vie de sa fille !

— Euh… selon mes critères, mon chou, Jeremy mérite le titre de Père de l'année. Il paie la pension alimentaire de sa fille et met de l'argent de côté pour financer ses études supérieures.

Il y avait du vrai, là-dedans. Samantha, pour sa part, refusait simplement d'évoquer le père d'Edna, qu'elle prétendait avoir totalement effacé de son existence. Par opposition, l'année précédente, après avoir vendu l'une de ses chansons à une maison de disques, Jeremy avait fait parvenir à Taylor un chèque supplémentaire, destiné à couvrir les dépenses urgentes. Il fallait lui rendre justice sur ce point.

— Signer des chèques, c'est bien joli, rétorqua-t-elle. Mais il ne vient ici que pour rappeler à Maddie qu'elle a un père, juste assez pour lui faire regretter de ne pas en avoir un vrai le reste du temps.

— Et qu'est-ce que tu ferais s'il était tout le temps là ? Tu préférerais ça, vraiment ?

Taylor rejeta l'argument d'un haussement d'épaules.

— De ce côté-là, je n'ai pas de souci à me faire, ça n'arrivera jamais ! Il a Nashville dans le sang, et c'est là-bas que son groupe gagne de l'argent. Je ferais mieux de croiser les doigts pour qu'il n'en parte jamais, sinon il se mettra à pondre des ballades à la chaîne sur le thème du père trop fauché pour payer la pension alimentaire de sa fille !

Le téléphone sonna juste à temps pour empêcher Samantha de répliquer. Elle se leva et passa d'un pas nonchalant dans la cuisine pour laisser Taylor téléphoner en toute intimité.

— Je prendrais bien un thé, lui lança-t-elle, juste avant de décrocher.

La voix masculine était reconnaissable entre toutes, mais l'homme déclina son identité, au cas où.

— Taylor, c'est Jeremy.

Même s'il était relativement tôt, elle se sentait fatiguée, et ne put s'empêcher de se demander s'il en jouait. Jeremy n'avait rien d'un manipulateur, mais il était passé maître dans l'art de calculer le meilleur moyen d'obtenir ce qu'il voulait. Il appelait cette aptitude sa « capacité à évaluer une situation », stratégie qui l'avait aidé à forcer les portes de la scène musicale country. Certes, cela n'avait pas suffi à faire de lui une star, mais son groupe, les Black Balsam Drifters, assurait désormais la première partie de grands noms de la musique, et les chansons dont il était le compositeur-interprète parvenaient aux oreilles des décideurs du show-biz.

— La journée a été longue, dit-elle, dans l'espoir de le déstabiliser par sa franchise. On peut faire court ?

— Maddie et moi avons eu une petite conversation très sympa.

— C'est ce que m'a dit Sam, oui.

— Comment va-t-elle ?

— Sam ? Elle est dans la cuisine, elle patiente en attendant la *fin* de notre petit entretien téléphonique.

— Maddie m'a raconté qu'elle avait eu une crise monstre cet après-midi.

— Ce sont les mots qu'elle a employés ?

— Disons qu'elle m'a décrit ce qu'elle avait ressenti sur le moment, et j'ai deviné le reste. Je me trompe peut-être ?

— Non.

Taylor soupira.

— Pourtant, elle allait vraiment très bien. J'espérais que les nouveaux médicaments…

Elle n'acheva pas sa phrase.

— Grave à quel point, cette crise ?

— Beaucoup trop.

— Tu as appelé le médecin ?

— Non, j'ai envoyé Maddie jouer dans la rue.

Elle se serait volontiers giflée, mais les mots lui avaient échappé.

— Excuse-moi, Jeremy. La journée a été longue, vraiment.

— Qu'est-ce qu'il a dit ?

Jeremy s'en tenait presque toujours à la raison, et il était rare qu'il s'engage dans une escalade de piques. Mais, d'habitude au moins, Taylor restait polie. Elle tenta de perpétuer la tradition.

— Il m'a dit de la surveiller et de la lui amener lundi. Si quoi que ce soit de significatif ressort de cette consultation, je te le ferai savoir, promis.

— Taylor, je sais que le moment est mal choisi pour aborder le sujet. J'ai bien compris que tu étais à cran. Mais je pense qu'on peut trouver mieux que le Dr Hilliard. Je sais que tu l'aimes bien…

— Que je l'aime bien ? Avant le Dr Hilliard, Maddie n'était qu'un nom sur une liste ! La moitié du temps, je suis sûre que le toubib de garde ne consultait même pas son dossier médical. Si j'ai un problème, le Dr Hilliard me rappelle. Il fait tout ce qu'il peut pour ajuster le traitement, pour que nous n'ayons plus à revivre des scènes telles que celle que nous avons eue au dîner.

— Mais ça ne marche pas.

— Il ne s'agit pas d'une sinusite ! Si l'épilepsie était aussi facile à soigner que ça, j'irais chercher un médoc à la parapharmacie du coin !

Le silence s'éternisa, au point qu'elle commençait à se demander s'ils avaient été coupés. Enfin, Jeremy prit la parole.

— Le moment est mal choisi. Et ce n'est pas une critique de ma part, Taylor. Mais je me fais du souci, tu comprends ? Toi, tu es sur place, tu peux surveiller l'évolution de la maladie et prendre des décisions en te fondant sur ce que tu vois. Moi, je n'ai pas ce…

— Ce quoi ? Ce luxe ? C'est ça que tu allais dire ? Tu crois peut-être que c'est un luxe de la voir endurer ça ?

— Je n'ai pas ce *savoir*. J'ai besoin de passer davantage de temps avec elle.

— Tu sais où on habite. Tu lui envoies un chèque de pension alimentaire tous les mois à cette adresse.

— Je veux qu'elle vienne à Nashville, cet été.

Cette fois, le silence se prolongea du côté de Taylor.

— Attends, j'ai bien entendu ? demanda-t-elle au bout d'un moment. Tu veux que Maddie vienne à *Nashville* ? Et puis ? Tu la traîneras avec toi quand tu fileras donner un concert ailleurs et tu la colleras en coulisses ? Ou bien quoi ? Elle restera à ton appartement sous la garde d'une baby-sitter totalement ignorante de la conduite à tenir en cas de crise ?

— Non, rien de tout ça. Ecoute, Taylor, il n'y a pas de façon agréable de t'annoncer ça. Je suis fiancé. Elle s'appelle Willow, elle était promotrice sur notre dernière tournée. Elle adore les enfants. Je veux qu'elle fasse connaissance avec Maddie avant qu'on se marie.

Taylor accusa le coup.

— Alors là, je tombe des nues. Bon... Maddie est au courant ?

— Willow et moi sommes ensemble depuis un bout de temps, mais je ne voyais pas l'intérêt d'en parler à Maddie avant d'être certain de l'avenir de notre couple.

— Encore heureux !

— Je ne pense qu'à son bien, tu sais ?

— Et pourquoi tu ne fais pas venir Willow à Asheville pour qu'elle rencontre Maddie ?

— Je ne veux pas qu'elle *rencontre* Maddie. Je veux qu'elle passe du temps avec elle. Deux semaines au début de l'été. Et puis Maddie n'arrête pas de me demander de la faire venir à Nashville. Willow possède une petite maison avec du terrain en dehors de la ville, un endroit génial pour un gosse. C'est là que nous habiterons. Le groupe va faire une pause le temps de composer notre prochain CD, il n'y a donc aucun risque qu'on parte en tournée. Je veux leur présenter ma fille chez moi, à Nashville. Ici, je ne subis la pression de personne.

— Personne ici n'essaie de te mettre la pression, Jeremy. Mais je pense qu'il vaudrait mieux que tu fasses les présentations dans un endroit où Maddie se sent à l'aise et en sécurité. Son médecin est ici.

— Elle a besoin d'être à Nashville avec moi, *sans toi*, répliqua-t-il avec insistance. Pour laisser une véritable chance à Willow, Maddie doit s'éloigner d'Asheville. Nous avons de bons médecins à Nashville et, d'ici là, je me procurerai une copie de son dossier médical. Notre accord de garde m'y autorise.

Son ton ne contenait aucune menace, mais ses paroles étaient inquiétantes en soi. Leur accord de garde... Des documents qu'ils avaient signés. Des décisions qu'ils avaient prises alors qu'ils n'étaient encore qu'adolescents.

— Il faudra mettre ça au point, finit-elle par lâcher.

— Nous avons tout le temps de nous organiser, riposta-t-il.

Je ne changerai pas d'avis. Je n'en ai pas encore parlé à Maddie parce que je voulais d'abord te prévenir, mais je ne manquerai pas de le lui annoncer la prochaine fois que je l'aurai au téléphone.

Il avait dit « te prévenir », pas « te consulter ». Taylor saisissait la nuance.

— Autre chose ? s'enquit-elle. Tu as encore une bombe à lâcher, plus agréable, celle-là ?

Il reprit avec une lenteur délibérée et une émotion surprenante, comme s'il avait répété la suite de son discours.

— Ecoute, Taylor. On s'en est toujours étonnamment bien sortis, toi, moi et la petite. C'était plutôt mal parti entre nous, les circonstances n'étaient pas franchement favorables, pourtant on s'est bien débrouillés, on a même réussi à mûrir au passage. Tu as écopé de la plus lourde tâche, je le sais, pendant que moi, je réalisais mes rêves en roulant ma bosse aux quatre coins du monde. Mais il est temps pour moi d'assumer les problèmes du quotidien, et il est temps pour toi de jouir d'un peu de flexibilité et de liberté. Il ne s'agit pas d'une visite exceptionnelle, Taylor. C'est le commencement d'une nouvelle phase pour nous tous. Alors faisons en sorte que ça fonctionne dans l'intérêt de Maddie, d'accord ?

— Je veux toujours agir au mieux pour elle.

— Dans ce cas, nous sommes sur la même longueur d'onde.

Il lui souhaita bonne nuit et raccrocha.

Quand Samantha revint avec deux mugs rouge vif remplis de thé, elle trouva Taylor abîmée dans la contemplation du mur.

Elle lui tendit un mug d'où émanaient des senteurs de menthe poivrée et de camomille.

— Allez, ça ne peut pas être si terrible que ça…

Taylor lui expliqua que si, justement.

Samantha se laissa choir lourdement à côté d'elle sur le sofa.

— Ma foi, qu'est-ce que tu en sais ?

— Pas grand-chose, en réalité. Je n'ai rien vu venir, il a été très discret.

— Vous n'abordez jamais le terrain de la vie privée tous les deux. Pourquoi Jeremy l'aurait-il fait ?

— Parce qu'il va donner une belle-mère à ma fille. Tu ne crois pas qu'il aurait pu m'en parler, non ?

Samantha agita sa main libre d'un geste théâtral.

— A tes yeux, Jeremy est incapable de faire quoi que ce soit qui aille. Tu t'en rends compte, quand même ? Ce que je veux dire par là, c'est qu'il y a encore cinq minutes tu lui reprochais de ne pas s'occuper suffisamment de Maddie. Et, maintenant, tu lui en veux de vouloir consacrer deux semaines de son temps exclusivement à sa fille, pour lui présenter quelqu'un qui va jouer un rôle important dans sa vie.

Taylor réfléchit à cette théorie, mais pas trop.

— Tu sais, un jour... Tiens, il y a onze ans de ça, à un ou deux mois près. Je suis allée le trouver, en larmes, et je lui ai annoncé que j'étais enceinte de lui. Et tu sais ce qu'il m'a répondu ?

— Une réplique idiote ? Comme n'importe quel gamin de dix-sept ans qui se retrouve piégé ?

— Maddie n'est pas un piège.

— Tu le sais et lui aussi le sait. Il le sait *aujourd'hui*. Mais, sur le moment, c'est sa vie qui a basculé, et Jeremy n'était qu'un gosse. Vous n'étiez que des gosses, tous les deux.

— Il y a onze ans, il m'a dit que ça n'était pas son problème, que c'était moi qui étais enceinte et que j'avais intérêt à le laisser en dehors de tout ça.

— Et tu ne le lui as jamais pardonné.

Non, Taylor ne lui avait jamais pardonné. Certaines fois, elle avait failli. Elle se rendait bien compte que personne ne devrait être jugé sur des paroles prononcées alors que son monde était en train de s'écrouler. D'autant que, par la suite, confronté à ses parents, Jeremy n'avait pas nié être le père de l'enfant. Evidemment, toute tentative de déni aurait été futile — un test de paternité aurait suffi à prouver qu'il mentait.

— Tu te souviens de ce qui s'est passé, reprit-elle. Nous avons rompu. Jeremy sortait déjà avec une autre fille quand je me suis aperçue que j'étais enceinte de lui. Il pensait même que j'avais inventé toute cette histoire de grossesse par représailles, il me l'a avoué plus tard.

— Je le comprends.

— Ah, oui ? Eh bien, pas moi. Il me connaissait mieux que ça, tout de même !

— Peut-être pas. C'était le mauvais sujet de la classe. Ta mère ne t'aurait jamais laissée sortir avec lui, pas vrai ? Chaque fois que tu le voyais, tu le faisais en douce, dans son dos. Comment est-ce que tu aurais pu le connaître vraiment ? Combien de temps avez-vous passé ensemble ?

— Assez pour faire un enfant.

Taylor secoua la tête.

— On s'en est plutôt pas mal tirés, vu notre départ catastrophique. Nous nous détestons cordialement, mais nous adorons Maddie. Sauf que, maintenant, tout va changer.

— Surtout si tu t'enferres dans cette attitude.

Samantha était son amie depuis trop longtemps pour que Taylor puisse s'offenser de ses paroles. Elle se borna à lui donner une bourrade dans le bras.

— Je ne crois pas que le problème soit Jeremy, poursuivit Samantha, imperturbable. Je crois plutôt que tu refuses de partager Maddie avec quelqu'un d'autre. Et, là, tu te demandes ce que tu vas bien pourvoir faire sans elle pendant deux semaines. D'un côté, tu souhaites qu'elle se rapproche de son père et tu espères sans doute qu'elle s'entendra bien avec sa future belle-mère. Mais, d'un autre côté, tu comptes bien que toute cette histoire va capoter et que Maddie ne voudra plus jamais te quitter.

— Si tu dis vrai, ça n'est pas très joli-joli.

— Non, mais c'est assez humain. Personnellement, je n'ai pas ce problème, puisque le père d'Edna n'a jamais fait partie du décor. Mais si demain il se pointait, la gueule enfarinée, en m'affirmant qu'il n'a jamais cessé de nous chercher pendant tout ce temps, ma première réaction serait sûrement la même que la tienne. Je le verrais comme l'ennemi escaladant les murs de mon château fort, comme un envahisseur tentant de revendiquer des droits sur ma fille *à moi*.

— Quand je pense que dans l'esprit des gens, le plus dur,

dans le fait d'être mère célibataire, c'est de n'avoir personne avec qui partager l'éducation de ses enfants !

— Le plus dur, dans le rôle de mère, c'est de savoir quand lâcher prise et quand s'accrocher.

Sans raison précise, Taylor songea à sa propre mère. Et, comme toujours, elle s'en voulut.

7

JOURNAL DU PREMIER JOUR : 29 AVRIL

J'ai employé la majeure partie de ma vie d'adulte à tenter d'oublier mon enfance. Peut-être pensais-je qu'en me métamorphosant en quelqu'un d'autre le passé s'estomperait en même temps que mon accent des Appalaches, et qu'un jour la petite campagnarde répondant au nom de Lottie Lou Hale cesserait d'exister.

A présent, je me rends compte que c'était une perte de temps. Quelque effort qu'on fasse pour enfermer les souvenirs à double tour, ils se libèrent de leurs chaînes et, parfois, reprennent vie lorsque nous sommes confrontés à d'autres personnes aux prises avec les mêmes problèmes, comme c'est le cas pour la jeune femme qui ce matin dort dans ma chambre d'amis. A l'instar de Harmony Stoddard, il fut un temps où j'étais quasiment à la rue, sans personne pour m'aider et sans aucun plan de rechange.

Ce n'est pas un souvenir que j'évoque avec tendresse. Pourtant, ce matin, en attendant que mon invitée se réveille, je vais l'exhumer de ma mémoire et le disséquer dans ce journal.

Ce dimanche matin, presque sept ans jour pour jour après l'esclandre provoqué par Hearty à l'Independent Baptist Church de Trust, je suis assise à côté de lui sur un banc, face à la chaire, et cette fois personne n'essaie de le persuader de partir.

L'an passé, quelqu'un a fait don de stores à l'église et

quelqu'un d'autre a convaincu le comté de la raccorder à une ligne électrique, de sorte qu'à présent des ventilateurs posés au sol brassent des courants d'air sur les fidèles assez chanceux pour être placés à proximité.

Je ne fais pas partie de ceux-là. Je suis assise sur le banc de devant, assez près du cercueil de ma grand-mère pour espérer pouvoir me lever d'un bond et chasser les mouches qui sont entrées dans l'église en même temps que le cortège. Mais je ne me risquerai pas à provoquer une scène. J'ai dix-sept ans, je viens d'avoir mon bac et je suis une femme, à présent. Les amis de ma grand-mère rassemblés aujourd'hui dans l'église n'apprécieraient pas la moindre pause dans le discours du pasteur Pittman. Ils sont venus ici par respect pour elle, mais personne ne tient à rester assis dans cette étuve une seconde de plus que nécessaire. Ventilateurs ou pas, la température avoisine les trente-deux degrés et le mercure continue de grimper à mesure que le soleil s'élève dans le ciel.

— Quelqu'un souhaite-t-il prononcer quelques mots ? demande enfin le pasteur.

Je me tourne vers mon père. Il est vêtu d'une chemise et d'un pantalon propres et, pour une fois, il est rasé de près. Même Hearty Hale a compris qu'il devait se montrer aux obsèques de sa belle-mère s'il ne voulait pas risquer de perdre le dernier lambeau de crédibilité encore attaché à son nom. J'articule en silence.

« Ne te lève pas. »

Ses yeux s'étrécissent, comme s'il s'efforçait d'élucider le sens de ces paroles. Je m'avise alors que pas un instant l'idée de prononcer quelques mots à la mémoire de Gran ne lui a traversé l'esprit.

Derrière nous, un voisin se lève et se met à parler, détaillant la bonté de ma grand-mère envers les siens, les menus présents que Gran faisait à ses enfants alors qu'elle avait à peine de quoi s'acheter du bacon et des haricots secs. Quelqu'un d'autre se souvient à quel point elle travaillait dur pour tenir à bout de bras toute sa petite famille, allant jusqu'à procurer un foyer à son gendre et à sa petite-fille. Evidemment, le message implicite est que quiconque a pu supporter Hearty Hale durant toutes ces années se trouve d'ores et déjà assis à la droite du Seigneur.

Je sais que, par chacune de ses attentions, ma grand-mère a peu à peu réussi à gagner le respect de tous ses voisins. Et que, maintenant que Gran a finalement succombé aux tourments de son corps tout tordu, elle emporte dans sa tombe le respect qu'on accordait aux derniers habitants de l'ancienne ferme Sawyer. Certes, les gens du coin s'apitoieront sur mon sort, ils déploreront le fait que je reste seule pour gérer mon alcoolique de père, ses dettes et ses bouffonneries, mais ils garderont leurs distances au maximum, de peur d'être aspirés par la spirale tragique de ma vie quand la leur est déjà bien assez difficile comme ça.

Lorsqu'il devient évident que personne d'autre n'a l'intention de parler, je prends mon courage à deux mains et je me lève.

— Ma grand-mère était la seule mère que j'aie jamais connue, dis-je d'une voix forte et claire malgré la boule qui m'obstrue la gorge. En bonne chrétienne, elle craignait Dieu et mettait en pratique tous les préceptes ordonnés depuis cette chaire. Je pense qu'elle s'est accrochée à la vie juste assez longtemps pour me voir diplômée mais, à présent, je suis heureuse qu'elle nous ait quittés, car elle souffrait. Enormément.

Je m'éclaircis la voix.

— Je tenais simplement à remercier tous ceux d'entre vous qui nous ont témoigné leur bonté, à elle et à moi, pendant ses derniers jours d'agonie. C'est ce qu'elle aurait voulu que je fasse.

Je me rassieds et le pasteur hoche la tête. On chante un cantique, on récite une prière et c'est la fin du service.

Nous nous levons tous lorsque quatre des diacres s'avancent pour soulever le cercueil en pin et le porter à l'extérieur.

Je leur emboîte le pas et, quelques secondes après, mon père se lève pour me suivre. J'espère qu'il ne va pas trébucher ou même pire. Si Hearty arrive jusqu'au cimetière sans faire de scène, son comportement témoignera de l'estime qu'il portait à ma grand-mère

Gran a demandé à être enterrée chez nous, à la ferme, dans le cimetière familial, aux côtés de son mari et de ma mère. Dehors, je jette un regard à mon père, adossé à un arbre. Ses paupières se ferment peu à peu. Je me demande s'il est assez sobre pour se souvenir de l'endroit où il a garé son pick-up.

Le cercueil est chargé dans un corbillard et je m'assieds à côté du chauffeur. Combien de personnes vont nous accompagner ? Je regarde furtivement par-dessus mon épaule : il y a là une dizaine de véhicules, tous phares allumés. Je me rends compte de l'hommage que cela représente pour ma grand-mère.

Le trajet ne dure que quelques minutes. Sur le versant de la colline qui abrite notre cimetière, une tombe a déjà été creusée et, Dieu merci, la cérémonie est brève. Mme Pittman, vêtue d'une jupe et d'un chemisier noirs, ses cheveux grisonnants rassemblés en chignon serré, vient se poster à mon côté. Elle pose la main sur mon bras après que j'ai jeté la première poignée de terre sur le cercueil contenant la seule personne qui m'ait jamais aimée.

— Pourquoi ne viendrais-tu pas chez nous, Lottie Lou ? me demande-t-elle, en me détournant du cercueil qui disparaît peu à peu sous les mottes de terre jetées par le reste du cortège.

Les bénévoles de l'église achèveront de combler la tombe quand tout le monde sera parti, mais les amis de ma grand-mère accomplissent leur devoir avec application.

— Le révérend Pittman pourra te ramener chez toi après le souper.

Mme Pittman se mord la lèvre, comme perturbée par la pensée de mon retour à la ferme, privée de la protection de ma grand-mère. La tradition voudrait que les voisins montent chez nous après l'enterrement. Là, il leur serait servi une collation et tout le monde échangerait des souvenirs, mais personne ne tient à venir à la maison, sachant que Hearty Hale s'y trouvera aussi.

Mais déjà quelques personnes s'approchent pour m'exprimer leurs condoléances, aussi dois-je répondre à la femme du pasteur sans tarder.

— C'est très gentil à vous, mais j'ai d'autres projets.

J'hésite avant de poursuivre à voix basse :

— Je pars pour Asheville. C'est Bill Johnston qui m'y conduit. Il a des fleurs en pot à livrer là-bas, cet après-midi. Il en profitera pour me livrer en même temps, si je puis dire.

— Asheville ?

Mme Pittman semble perplexe.

— Tu as de la famille là-bas ? Des amis ?

— J'ai le petit pécule que Gran avait mis de côté pour moi. Je trouverai du travail. Je ne peux pas continuer à vivre ici.

Mme Pittman se racle la gorge.

— Tu as peur de te retrouver seule avec ton père ?

Je sais que c'est ce qui l'inquiète, mais je secoue la tête.

— Pas dans le sens où vous l'entendez.

— Dans ce cas, tu ne crois pas que tu devrais rester, le temps de t'organiser ? Nous pourrions peut-être t'aider à trouver du…

— Je ne peux pas rester une minute de plus ici. J'ai fait mes bagages, et mes affaires sont déjà chargées dans le pick-up de Bill. Il a pris ma valise en passant me chercher pour me conduire à l'église. Plus rien ne me retient ici. Il est temps que je parte refaire ma vie.

— Ton père…

— C'est un traîne-savates de la pire espèce, même quand il est sobre. Et je n'ai pas le pouvoir de le changer. En revanche, si je reste ici, c'est lui qui m'entraînera dans

sa déchéance. Gran me mettait toujours en garde, et elle avait raison.

Mme Pittman ne discute pas, car qu'y aurait-il à dire, même pour une femme de pasteur ?

— Et la ferme ?

— Il peut y rester, s'il le souhaite.

Sur le côté, les gens qui rongent leur frein commencent à avancer.

— Il le sait ?

— Il le découvrira bientôt.

Mais les événements se précipitent. Après le départ de tout le monde, le révérend Pittman presse sans un mot deux billets de vingt dollars et son numéro de téléphone au creux de ma paume, et s'en va, lui aussi. En faisant volte-face, j'aperçois le pick-up de Bill Johnston, qui contourne le cimetière pour s'engager dans notre allée. Je sais que Bill espérait se mettre en route assez tôt pour la ville, et le moment est venu pour moi de partir — et vite. Mais, avant que j'arrive à hauteur du véhicule, je vois le regard de mon père fixé sur le plateau du pick-up, ses yeux louchant sur la petite valise qui appartenait jadis à ma mère, une valise qui, visiblement, lui dit quelque chose.

— Qu'est-ce qui se passe, ici ?

Hearty abat sa main sur mon épaule alors que j'essaie de passer.

J'avais espéré lui dire que Bill Johnston m'emmenait chez une amie, mais aucun mensonge ne me vient à l'esprit pour justifier la présence de la valise. L'heure est donc venue de lui dire la vérité.

— M. Johnston me conduit à Asheville.

D'une torsion de l'épaule, je me libère de sa main.

— Je m'en vais.

— Tu t'en vas ?

Il semble dans l'incapacité de comprendre le sens de cette phrase.

— C'est ça. Je repars de zéro.

— Avec quoi ?

Je réfléchis quelques instants à sa réaction. Je quitte la maison, je m'engage dans un avenir incertain, et Hearty se focalise sur le seul point qui compte pour lui. Comment ai-je pu rassembler suffisamment d'argent pour prendre la poudre d'escampette, et comment pourrait-il mettre la main dessus ?

— Toi aussi, tu me manqueras, Hearty, dis-je en m'approchant de lui. Merci pour tout ce bon temps qu'on a passé ensemble, et merci aussi de me souhaiter bonne chance.

Son regard s'étrécit.

— Où t'as trouvé le fric pour partir ?

— Gran m'a laissé juste assez pour m'éloigner de toi. Elle a fait du mieux qu'elle pouvait.

— Combien ?

Je secoue la tête.

— Aucune importance. Tu n'en auras pas un centime.

— Et qui c'est qui va s'occuper de tout ?

Son revirement est si brutal qu'il me faut un moment pour comprendre.

— Tout quoi ?

— Qui va s'occuper de la ferme ? Et qui va me faire à manger quand je rentrerai le soir ? Qui va s'occuper de tout, quoi ?

— Je n'en ai pas la moindre idée. Tu trouveras peut-être une solution.

— T'iras nulle part !

— Essaie un peu de m'en empêcher !

J'entends le claquement de la portière du pick-up et le bruit des pas de Bill, qui fait le tour de la cabine.

— C'est à toi de rester pour t'occuper de… de tout ça !

Voyant Bill s'avancer dans le dos de mon père, je lui demande :

— On peut y aller, maintenant ?

Bill est un homme costaud, qui fait bien vingt-cinq kilos de plus que mon père et le dépasse d'au moins dix centimètres. Sur le moment, je me réjouis que pendant des années sa femme lui ait fait accumuler les kilos à coup de fritures campagnardes.

— T'as pas le droit de l'emmener ! déclare Hearty.

— Ecoute, je tiens pas à me battre avec toi, réplique Bill. Mais la petite est libre d'aller où elle veut.

Hearty médite là-dessus. Je le vois presque soupeser mentalement les options qui s'offrent à lui. Avoir le dessus sur un Bill bien nourri n'en fait pas partie. Il se retourne vers moi.

— Si tu me laisses tomber maintenant, je léguerai ma part de la ferme que ta grand-mère aimait tant à un de mes potes ivrognes. Y a pas une seule pierre qui te reviendra.

Je hausse les épaules : de toute façon, j'ai la quasi-certitude que Hearty détruira la ferme avant, en y mettant le feu ou je ne sais quoi d'autre.

Voyant qu'il ne m'impressionne pas, il insiste :

— Et cette corniche non plus. T'en auras pas un centimètre carré !

De ses parents, Hearty a hérité un terrain trop abrupt pour y faire autre chose que du bûcheronnage, activité à laquelle il se livre uniquement quand son besoin d'argent se fait trop pressant. Le seul terrain de valeur des Hale a été légué à ses quatre sœurs — qui ne boivent pas, elles — et qui se tiennent à l'écart de Hearty — et de moi, par extension — comme si la maladie de leur petit frère pouvait être contagieuse. La corniche représentait donc pour nous une bénédiction car, quand Hearty entreprenait le débardage de quelques troncs, son absence durait plusieurs jours.

— A ta guise, dis-je. Je ne veux plus poser les yeux sur toi. Plus jamais. Tu peux te soûler à mort si ça te chante ou arrêter de boire et changer de vie. Ça m'est parfaitement égal.

Je jette un regard à Bill — la dernière partie de mon discours semble l'avoir plongé dans la consternation. Sachant que je dois paraître sans cœur, je soupire :

— Evidemment, dans ton intérêt, j'espère que tu peux encore changer, Hearty.

— Je veux une partie du fric que t'a filé ta grand-mère. Là, maintenant !

Il tend une main tremblante vers moi, paume ouverte.

— Je le mérite.

— La petite veut faire sa vie, et toi, tu veux lui prendre son argent ? s'indigne Bill.

— Si elle a du fric, il lui vient de cette ferme. Et j'en possède une partie, moi, de cette ferme.

Bill secoue la tête et, cette fois, me lance un regard empreint de compassion.

— Allez, on s'en va, maintenant.

Bill contourne Hearty et me prend par le bras.

J'évite mon père et m'avance vers le marchepied. Zettie, la femme de Bill, se déplace vers le centre de la banquette pour me faire de la place, puis elle se penche et m'ouvre la portière.

— Monte, Lottie Lou ! Et, surtout, ne file pas un centime à ce type.

Je me glisse à l'intérieur, mais Hearty s'accroche à la portière.

— Alors, comme ça, t'as rien pour ton père ?

— Rien, non : c'est ce que j'ai reçu de ta part depuis que je suis née.

Les mots sortent péniblement de ma gorge subitement nouée. Hearty Hale est mon père et, malgré le mépris qu'il m'inspire, il est mon sang et mon passé. Soudain, l'avenir m'apparaît plus effrayant que prévu.

— C'est ce que t'auras si tu me laisses tomber ! lâche Hearty. Je te préviens !

Bill a déjà rejoint son côté du pick-up ; il referme sa portière et fait démarrer le moteur. Sans un mot de plus, il passe une vitesse. Je saisis la poignée et, quand mon père lâche enfin prise, je claque la portière.

Une partie de moi-même sait que je devrais tourner la tête pour contempler une dernière fois l'homme qui m'a engendrée. Je ne reviendrai pas. Ce sont nos ultimes instants passés ensemble. Mais je ne me retourne pas. Durant tout le trajet jusqu'à Asheville, je garde la main crispée sur la poignée de la portière.

8

Harmony s'éveilla dans un lit inconnu et, l'espace d'un instant, un sentiment de panique l'envahit. Une seconde plus tôt, elle rêvait de la maison, des pas de sa mère assourdis par les chaussons qu'elle lui avait offerts pour son anniversaire. Avant cela, quelle que soit la saison, Janice Stoddard ne se déplaçait dans la maison que pieds nus pour ne pas faire de bruit, de peur de réveiller son mari trop tôt.

Voilà à quoi s'était résumée l'enfance de Harmony : marcher sur la pointe des pieds, étouffer ses rires ou ses larmes, présenter ses excuses. Ce rêve en soi n'avait rien de surprenant, mais ce lit et cette chambre la tétanisaient. Elle avait peur de bouger, peur de crier. Et, de toute façon, qui aurait-elle bien pu appeler ?

Lentement, les événements de la nuit précédente lui revinrent. Son service au Cuppa, l'homme qui avait réussi à l'humilier et à la ridiculiser. Les bouts de salade répandus par terre à côté d'une flaque de vinaigrette…

Elle ne voulait pas y repenser.

Charlotte Hale, qui avait été témoin de la scène, l'avait trouvée étendue sur la banquette arrière de sa Buick. A ce souvenir, ses joues se mirent à brûler de honte. Elle n'avait pas osé se garer dans une ruelle plus sombre, en attendant de pouvoir rentrer à l'appartement de Jennifer. Alors, elle s'était garée assez loin du Cuppa afin que personne ne la repère. Quand elle était revenue à sa voiture, après son service, elle s'était allongée à l'arrière dans une position aussi confortable que possible, une couverture de l'armée roulée sous sa tête et une autre entourant son corps.

Elle s'était demandé où était Davis à ce moment-là — et avec qui. Elle s'était demandé aussi à quoi rimait encore sa vie.

Puis, en ouvrant les yeux, elle avait vu Charlotte Hale, qui la regardait.

Et, à présent, elle se trouvait dans la demeure de cette femme — une demeure, oui, il ne lui venait aucun autre mot pour décrire cette maison. Jamais elle n'avait mis les pieds dans une bâtisse pareille, dotée d'un hall d'entrée aussi vaste que l'appartement de Jennifer tout entier. Elle avait traversé le rez-de-chaussée dans un état de sidération, ses semelles s'enfonçant dans des tapis aussi moelleux que des oreillers, déambulant dans une succession de pièces aux plafonds vertigineux. Incapable d'avaler autre chose qu'un verre de lait, elle l'avait bu à petites gorgées en admirant bouche bée ce qui, à première vue, ne pouvait être qu'une pièce où les plats étaient assez débrouillards pour se préparer tout seuls, sans intervention humaine.

Charlotte — cette dernière avait insisté pour qu'elle la tutoie et l'appelle par son prénom — n'avait pas manqué de voir son degré d'épuisement et de confusion. Elle l'avait conduite jusqu'ici, dans cette chambre jaune et verte aux meubles de bois de cerisier, agrémentée d'une salle de bains où Harmony aurait volontiers établi ses quartiers. Charlotte était ensuite revenue, munie d'une chemise de nuit trop courte de plusieurs centimètres, mais par ailleurs parfaite, et lui avait indiqué où trouver une brosse à dents neuve, du savon et tout ce qu'elle pouvait désirer d'autre, avant de la laisser seule.

Les yeux rivés au plafond, Harmony n'en revenait toujours pas. Même ce plafond était extraordinaire. Il était incroyablement haut, comme tous ceux qu'elle avait remarqués la veille mais, en plus, son centre était marqué par un médaillon en plâtre qui n'aurait pas déparé dans un palais. Elle crut reconnaître dans le relief sculpté des grappes de raisin et des visages de chérubins. Le plafond s'incurvait vers des murs vert sauge et, au niveau des moulures supérieures, il y avait encore plus de décorations, de lierre en plâtre, de fleurs, d'oiseaux. A une autre époque, pensa-t-elle, des artistes auraient trimé des mois pour créer ces motifs. Aujourd'hui, il existait sans doute des techniques plus rapides et des ornements manufacturés que les ouvriers du bâtiment pouvaient poser directement. Néanmoins, elle restait impressionnée par la somme de temps et d'argent que ce décor avait nécessitée, sinon par l'ouvrage lui-même.

Seul son regard se déplaçait. Sa tête, elle, restait immobile. Elle avait retenu la leçon de la semaine passée. Au réveil, elle ne devait pas bouger trop vite : il était important qu'elle laisse à son corps le temps de s'adapter et de se préparer. Ensuite, elle pouvait se lever par étapes, faire pivoter ses jambes au ralenti, avançant centimètre par centimètre jusqu'à pouvoir s'asseoir au bord du lit. Avec un peu de chance, elle aurait pensé, la veille au soir, à poser son sac à portée de main — il contenait des sachets de crackers salés issus de l'ample réserve du Cuppa. Si elle ne bougeait pas trop vite, si elle prenait son temps en grignotant un petit morceau à la fois, elle n'aurait pas à se précipiter en hoquetant vers la splendide salle de bains en marbre.

Aurait-elle le temps de se doucher, une fois qu'elle aurait enfin réussi à se mettre debout ? A cette heure-ci, Charlotte devait se demander quelle mouche l'avait piquée d'inviter une inconnue à dormir sous son toit. Il n'y avait qu'à regarder autour de soi pour comprendre que l'endroit contenait largement de quoi intéresser un voleur. La maison regorgeait d'objets d'art ; même dans cette chambre, il y avait des figurines en porcelaine qui, de toute évidence, ne provenaient pas du rayon déco de Wal-Mart. Bien entendu, Harmony n'avait jamais volé ne serait-ce qu'un cure-dent de sa vie. Même les crackers dans son sac étaient un cadeau de sa patronne.

Un quart d'heure plus tard, elle était sur ses jambes, dans un équilibre relatif. Ainsi qu'elle l'avait escompté, les biscuits apéritifs avaient apaisé son estomac chaviré. Elle hésitait à prendre une douche, mais, finalement, ne put résister à l'attrait du luxe. A l'intérieur de la cabine carrelée de marbre, trois jets différents lui martelèrent la peau. A elle seule, la douchette possédait plus de réglages que la télé à écran plat dernier cri de Davis. Pourtant, elle ne s'y attarda pas : l'eau chaude lui soulevait le cœur.

Elle enfila sa jupe et son T-shirt Cuppa froissés. Elle n'avait rien d'autre à se mettre, tant qu'elle ne pouvait pas retourner à l'appartement de Jennifer pour fourrager dans ses valises à la recherche d'un vêtement propre. Elle écarta ses cheveux mouillés de son visage et les attacha avec le même élastique que la veille. Puis elle partit à la recherche de Charlotte.

En chemin, elle s'avisa que son hôtesse dormait peut-être encore. Harmony avait toujours été une lève-tôt — on ne lui avait jamais laissé l'occasion de paresser au lit. Enfant, si elle voulait passer un peu de temps dans la salle de bains avant de partir à l'école, il lui fallait se lever aux aurores car, dès que son père et son frère, Buddy, étaient levés, la maison et tout ce qu'elle contenait leur appartenait de droit. Et, en été, on exigeait qu'elle soit debout à 6 heures afin d'aider Buddy à ensacher les journaux de sa tournée.

Depuis qu'elle était partie de la maison, elle n'avait jamais vécu dans un endroit où on pouvait dormir à son aise. Même du temps où elle vivait chez Davis, elle se sentait obligée de se lever de bonne heure pour lui préparer son petit déjeuner avant qu'il ne parte pour le bureau. Davis ne lui avait jamais demandé expressément de le faire, mais il avait lâché tant de railleries méprisantes sur les « femmes entretenues » qu'elle s'était bien gardée d'en devenir une.

Il était facile de se perdre dans la maison de Charlotte. Harmony remonta le couloir sur la pointe des pieds. Elle avait beau essayer de se repérer, elle déboucha par erreur dans un bureau lambrissé d'acajou. Elle le dépassa très vite, ainsi que la salle à manger, bien qu'elle eût juré en avoir vu une autre ouvrant sur le hall d'entrée. Deux salles à manger dans la même maison… Quelle drôle d'idée ! Pour organiser des dîners séparés ? Les invités se rendaient-ils compte qu'ils devaient partager leur hôtesse avec l'autre côté de la maison ?

Elle trouva enfin la cuisine, guidée par l'arôme du café en train de passer. Le café, elle y avait renoncé, mais l'odeur familière était si alléchante que son estomac s'abstint de faire des siennes.

Elle entra et vit Charlotte, vêtue d'un peignoir duveteux, debout devant la cuisinière.

— Bonjour, dit-elle timidement.

Charlotte se tourna vers elle et lui sourit d'un air si accueillant que Harmony sentit ses tensions s'envoler.

— J'espère que je ne t'ai pas réveillée en m'affairant dans la cuisine, dit Charlotte.

— La maison est si grande que tu pourrais y chercher du pétrole sans que je m'en aperçoive.

A peine ces mots prononcés, Harmony s'inquiéta que sa boutade puisse passer pour une critique mais, avant qu'elle ait pu s'en excuser, Charlotte se mit à rire.

— En outre, l'entrepreneur s'est évertué à insonoriser les pièces. Il les pensait peut-être destinées à abriter toute une smala tapageuse.

Harmony s'avança encore et, obéissant à un signe de main de Charlotte, prit place à l'îlot central.

— C'est une maison extraordinaire. Vraiment.

— Et encore, tu n'en as même pas vu la moitié. C'est une enfilade ininterrompue de pièces, et tu n'es pas encore montée à l'étage. Si tu étais chaussée pour la randonnée, je te ferais volontiers faire le tour du propriétaire.

Harmony se détendit un peu plus encore.

— Je ne sais vraiment pas comment te remercier pour…

Charlotte leva une main.

— C'est si peu, Harmony. Tu étais bien installée, cette nuit ?

— Mieux que bien. Je n'ai jamais dormi dans un lit aussi confortable.

— Cela me fait plaisir de l'entendre. Tu dois être la première personne à tester le matelas.

— Il est neuf ?

Charlotte eut une hésitation à peine perceptible.

— Disons qu'il ne sert pas. Je ne reçois guère d'invités.

Elle brandit une cafetière.

— Ça te dit ?

Harmony fit non de la tête.

— Je ne... je ne bois pas de café. Enfin, pas pour le moment.

Charlotte opina.

— Du thé ?

Harmony ne savait pas si elle pouvait prendre du thé non plus. En fait, elle ignorait ce qu'elle était censée boire.

— Je...

Elle fit non de la tête.

— Du jus d'orange, alors ?

— Oh, oui, parfait ! Mais je ne veux pas te causer de dérangement.

— Ah, si tu avais été là hier matin, tu aurais pu m'en causer. Le réfrigérateur était quasiment vide. Mais pas aujourd'hui. Je suis ravie de partager avec toi. Voyons un peu ce que nous pourrions manger... J'ai du pain à griller, des baies fraîches, des yaourts. Je ne cuisine presque plus, mais ça, c'est encore dans mes cordes.

— Tu veux dire que personne ne cuisine, ici ?

Harmony n'en croyait pas ses oreilles. En inconditionnelle de Food Network, elle était sûre que Giada, Rachael et Paula[1] n'avaient jamais vu de cuisine aussi bien équipée que celle-là.

— Je sais. Ça paraît assez injuste, mais je crains qu'elle ne serve que rarement. Et, même quand je donne un dîner, ce sont surtout les traiteurs qui l'occupent. Le reste du temps, je mange au restaurant ou sur le pouce.

Harmony s'aperçut qu'elle avait faim. A quand remontait son dernier vrai repas, au juste ? C'était un wrap du Cuppa, acheté au tarif préférentiel accordé aux employés. Elle allait devoir trouver mieux — et vite.

— Tout me fait envie, avoua-t-elle.

— Formidable ! Tout me fait envie, à moi aussi. Faisons donc une orgie !

— Une orgie..., sourit Harmony. De nos jours, ce terme se rapporte souvent à autre chose qu'à de la nourriture.

1. Giada De Laurentiis, Rachael Ray et Paula Deen, chefs cuisiniers et présentatrices d'émissions sur la chaîne thématique Food Network.

Le rire de Charlotte était grave, presque sensuel, ce qui, d'une certaine manière, ne cadrait pas avec son allure élégante.

— Ah, peut-être ! Mais il y a belle lurette que je ne fréquente plus les bars à célibataires.

— On y trouve toujours les mêmes dragueurs, sauf qu'aujourd'hui ils brandissent d'une main leur dernière analyse de sang et de l'autre des préservatifs à toute épreuve.

Sitôt ces mots prononcés, Harmony, confuse, regretta de ne pas avoir fait vœu de silence.

— Ce n'est donc pas de cette façon-là que tu t'es retrouvée enceinte, conclut Charlotte au bout d'une courte pause.

Harmony courba la tête.

— Comment as-tu deviné ?

— Ma foi, j'ai une fille. Et, bien que ma grossesse ne soit plus qu'un lointain souvenir, je n'ai jamais oublié le charme très particulier des nausées matinales qui se prolongent toute la journée. C'est hier soir que j'ai compris.

— Non, en effet, je n'ai pas rencontré le père dans un bar à célibataires.

Harmony s'éclaircit la voix.

— Nous vivions ensemble, mais je suis partie de chez lui quand je me suis aperçue qu'il couchait avec une autre femme.

— Et cela s'est passé récemment, je suppose, ce qui explique que tu dormes sur le canapé d'une amie ?

Harmony acquiesça de la tête.

— C'était il y a trois semaines. Jusqu'à la semaine dernière, je… j'ignorais que j'étais enceinte, du moins je n'en étais pas tout à fait sûre.

— Ce doit être une période assez déstabilisante. Et ne pas avoir de logement ne doit pas arranger les choses.

— Une des serveuses du Cuppa a peut-être une adresse de chambre à louer. Elle m'a promis de s'en occuper.

— Le réseau, hein ?

Harmony leva les yeux et fit la grimace.

— Ce n'est pas une fille très fiable, mais le bail de Jennifer expire fin juin. Si d'ici là je n'ai rien trouvé d'autre, elle m'a proposé qu'on loue quelque chose de plus grand à deux.

— Autrement dit, tu as des projets.

— Je m'en sortirai.

Charlotte ne fit pas de commentaire. Elle sortit les aliments du réfrigérateur et déclina la proposition d'aide de Harmony. Après avoir glissé les tranches de pain dans le toaster, elle entreprit de verser le yaourt dans deux bols, puis lava les baies qui devaient l'accompagner, posant les choses une à une sur l'îlot au fur et à mesure qu'elle s'activait.

Harmony l'observait avec attention. Charlotte Hale était pour elle une inconnue, mais certains indices dans son apparence permettaient de déduire le genre de femme qu'elle était. D'âge mûr, elle avait des mains soignées et des cheveux d'un roux profond, sans doute teints, mais dans une nuance très proche de sa couleur d'origine, car elle se combinait à merveille avec sa peau crémeuse. Jennifer, qui travaillait dans un salon de beauté prestigieux, ne manquait jamais d'attirer son attention sur ce genre de détails.

Charlotte devait être à peu près de l'âge de sa mère, mais elle paraissait beaucoup plus jeune grâce à la quantité de temps et d'argent qu'elle pouvait consacrer à s'occuper de sa personne — un avantage matériel renforcé par sa conviction d'y avoir droit, sentiment qui faisait défaut à la mère de Harmony. Son accent traînant évoquait évidemment le Sud, mais ses intonations cultivées pointaient plutôt vers un endroit moins « montagnard », comme Atlanta ou Charlotte. D'ailleurs, peut-être tenait-elle son prénom de cette ville. Elle se mouvait avec grâce, mais aussi avec une certaine lenteur, comme si elle mettait en doute la capacité de son corps à accomplir les tâches qu'elle lui avait fixées ce matin.

De toute évidence, elle était riche. A moins qu'elle ne fût seulement la gouvernante au service de la véritable propriétaire des lieux. Harmony sourit, quasiment certaine que ce n'était pas le cas.

Charlotte referma le réfrigérateur.

— Veux-tu manger ici ? Dans le coin à petit déjeuner ?

— Ici, oui, c'est parfait.

Son estomac gargouillait et le petit déjeuner avait l'air délicieux.

— Ah, tant mieux ! Moi aussi, je préfère.

Charlotte poussa tous les aliments en direction de son invitée, puis lui fit signe de prendre une assiette et de se servir.

— Après ça, je m'en irai, déclara Harmony, afin d'éviter tout malentendu. Et je trouverai un moyen de retourner à ma voiture. Inutile de t'en faire, Jennifer peut…

— Rien ne presse. A moins que tu ne commences de bonne heure, au Cuppa ?

— Non, mon service commence à 16 heures. Il faut juste que je rentre me changer chez Jennifer avant d'y aller.

Elle plongea sa cuillère dans son petit déjeuner qui n'aurait pas pu être plus savoureux.

— Harmony, cela ne me regarde pas, mais…

Charlotte s'était installée à côté d'elle et, tout en parlant, elle versait quelques baies sur la petite cuillerée de yaourt que contenait son bol.

— Tu veux savoir, pour l'enfant, c'est ça ?

— Seulement si tu souhaites m'en parler.

Harmony s'interrogea. Charlotte était-elle membre d'une de ces organisations qui se donnaient pour mission de dissuader des filles comme elle d'avoir recours à l'IVG ? Etait-ce la raison qui avait poussé Charlotte à lui prêter asile pour la nuit, parce qu'elle avait deviné son état et peut-être sa solitude ?

Le raisonnement tenait la route, sauf que Charlotte n'avait rien d'autoritaire, contrairement à l'idée que se faisait Harmony des individus militant dans ce genre d'organisations. D'une certaine manière, ça ne cadrait pas avec sa personnalité : elle ne semblait pas chercher à vendre quoi que ce soit.

— Cette grossesse n'était pas du tout prévue. J'ai toujours pris mes précautions. Mais, visiblement, ça n'a pas suffi.

— Je suis passée par là, moi aussi. Je comprends.

Il existait peut-être, songea Harmony, une espèce de solidarité entre les femmes « qui avaient pris leurs précautions » et s'étaient malgré tout retrouvées confrontées à un choix tel que le sien.

Pourtant, elle n'osait pas demander à Charlotte de lui raconter son histoire, même si elle était curieuse de la connaître.

— Davis n'est pas au courant. Je ne lui en ai pas encore parlé.

— Tu dois sans doute avoir une bonne raison pour cela.

Harmony se détendit de nouveau.

— Je n'ai pas envie qu'il me dise ce que je dois faire. C'est assez son genre. Quand on vivait ensemble, je le laissais faire — il était chez lui, après tout, je respectais ses règles. Mais, depuis que je suis née, les autres n'ont jamais cessé de me dicter ma conduite. Aujourd'hui, il me semble que ce choix m'appartient. Parce que cet enfant ne comptera jamais autant pour les autres que pour moi. Autrement dit, c'est à moi de prendre la décision.

— Cela me paraît logique, bien que tu aies l'air de penser que l'enfant ne comptera pas autant pour ton ami…

— Davis n'aime pas les enfants.

— Tu es donc absolument certaine de sa réaction, quand tu lui annonceras ta grossesse ?

— Il ne va pas sauter de joie, c'est sûr.

Charlotte posa sa main sur celle de Harmony.

— Ecoute. Le point positif, c'est qu'il ne peut pas te forcer à faire quoi que ce soit. Personne n'a ce pouvoir-là.

— C'est juste que… Eh bien, pendant quelque temps, ça va être un peu spécial. Il va falloir que j'y réfléchisse sérieusement.

— En effet. Sans interférence extérieure.

Harmony se réjouit de l'entendre prononcer ces trois derniers mots.

— J'avais pensé faire une liste. Enumérer les choses que je dois faire et les décisions que je dois prendre, tu vois ? Ça me donnera peut-être une meilleure vision d'ensemble. Cocher les entrées l'une après l'autre…

Charlotte lui tendit l'assiette de toasts et Harmony se resservit avec plaisir. Le pain était délicieux et Charlotte l'avait tartiné de vrai beurre. Elle tenta de se rappeler à quand remontait sa dernière tartine au vrai beurre. Davis insistait toujours pour prendre de la margarine à l'huile d'olive, parce qu'il voulait vivre éternellement.

— Et qu'est-ce qui arrive en tête de ta liste ? lui demanda Charlotte. As-tu déjà poussé ta réflexion jusque-là ?

— Trouver un logement.

— Manifestement, tu as des priorités bien définies.

— Ça vient en numéro un, c'est clair. Mais, pour ça, il faut que j'économise encore un peu, même si je m'installe en colocation avec Jennifer. J'enchaîne les heures supplémentaires, et puis j'ai mis de l'argent de côté quand je vivais chez Davis. Mais j'ai eu des ennuis avec ma voiture, et ensuite le Cuppa est resté fermé pendant un mois, le temps de finir les travaux.

Harmony se demanda pourquoi elle racontait tout cela à Charlotte. Sans doute parce que cette dernière l'écoutait. Elle n'avait pas le souvenir qu'on l'ait jamais vraiment écoutée.

— J'aime ta façon d'analyser la situation, dit Charlotte. Tu as des décisions importantes à prendre, mais je comprends que tu veuilles être installée avant d'aller trop loin.

— Il faut aussi que je trouve un meilleur boulot. Un job avec des horaires réguliers et une mutuelle. Mon enfant y a droit. Et quand il faudra que je paie la crèche…

Harmony secoua la tête.

— Mais chaque chose en son temps, pas vrai ?

— Ça doit être assez effrayant, non ?

— Parfois.

— Je peux te raconter une histoire ?

Autant il lui avait plu de bénéficier d'une oreille attentive, autant Harmony se réjouit de ne plus être sous les feux des projecteurs.

— La tienne ?

— La mienne, oui. Parce que, quand j'aurai fini, je te proposerai la chambre d'amis où tu as dormi — enfin, celle-là ou une autre, le temps que tu puisses faire le point sur ta situation.

D'une main levée, elle coupa court aux protestations de Harmony.

— Laisse-moi d'abord te raconter mon parcours, ensuite nous en reparlerons. D'accord ?

Harmony ne pouvait pas dire non à Charlotte Hale. Comment

aurait-elle pu refuser une si petite faveur à cette femme qui, en dix heures à peine, lui avait rendu sa dignité d'être humain ?

Charlotte regardait les expressions se succéder sur le visage de Harmony tandis qu'elle lui faisait le récit des obsèques de sa grand-mère, le même que celui qu'elle avait consigné dans son journal le matin même, avant le réveil de son invitée. Depuis qu'elle avait découvert la jeune fille allongée dans sa voiture, la nuit dernière, ce jour était revenu la hanter, et partager ce souvenir avec elle lui semblait une chose naturelle, même si, de toute sa vie, elle n'en avait parlé qu'à une seule personne.

Ethan.

— Et donc, tu es partie de chez toi comme ça ? demanda Harmony quand Charlotte eut terminé son récit.

Celle-ci se força à revenir au présent et hocha la tête avec gravité.

— Comme ça, oui.

— Tu devais être terrifiée. Je le sais.

Charlotte décida de ne pas prendre la remarque de Harmony au sens littéral.

— Je suppose qu'il t'est arrivé quelque chose de semblable ?

Harmony se mordit la lèvre inférieure. Puis elle hocha la tête.

— J'ai quitté la maison, exactement comme toi. Je... je ne pouvais plus rester. Mon père ne boit pas, mais c'est un homme très antipathique.

Charlotte attendit la suite, mais voyant que Harmony ne continuait pas, elle dit :

— L'expérience d'un mauvais père devrait justement nous faire apprécier les hommes bien qui croisent notre route... mais, sans entraînement, nous n'en sommes pas toujours capables.

— Il m'arrive parfois de continuer à croire aux choses désagréables que disait mon père à mon sujet.

— Sans savoir de quoi il s'agit, je dirais pourtant que tu es en train de reconsidérer son jugement.

Harmony eut un petit sourire.

— Qu'est-ce qui s'est passé, ensuite ? Quand tu as débarqué à Asheville ?

— Oh ! ç'a été assez épouvantable...

Charlotte jeta un regard par la fenêtre à la luxueuse pelouse qui s'étendait devant elle depuis la maison, aux cornouillers en fleurs, aux magnolias en boutons. Elle n'était pas arrivée jusque-là dans son journal, et les mots adéquats la fuyaient. Ç'avait été épouvantable, oui. En y repensant, elle éprouvait encore un frisson de crainte, malgré tous ses efforts, entre-temps, pour effacer ce jour-là de sa mémoire.

— Je ne connaissais personne. Je n'avais nulle part où aller.

Elle se retourna vers Harmony.

— Ça s'est passé comme ça pour toi, à ton arrivée ici ?

— J'avais une amie de l'époque du collège qui s'était installée ici. C'est pour ça que j'ai choisi Asheville. Ses parents m'ont donné un toit pour l'été mais, ensuite, ils ont déménagé. A présent, ils vivent en Californie. N'empêche, ils m'ont aidée à me retourner, à trouver du boulot, une voiture, à me faire des amis...

Charlotte ne lui fit pas remarquer que son filet de sécurité était plein d'accrocs et de déchirures. Harmony était bien placée pour le savoir...

— J'avais un peu d'argent, poursuivit-elle, mais pas beaucoup. Les billets que le révérend m'avait donnés, le peu que ma grand-mère avait réussi à mettre de côté. Quand nous sommes arrivés en ville, il était tard. Bill et Zettie m'ont conduite à un hôtel pas cher et m'ont payé la chambre pendant une semaine, et ce malgré mes réticences — je savais qu'ils ne pouvaient pas se le permettre. Ils m'ont dit de les appeler si je ne trouvais ni travail ni logement, qu'ils viendraient me chercher. Mais je savais que, dans ce cas, je finirais ma vie dans la montagne, que jamais je n'infléchirais le cours du destin.

— J'ai pourtant l'impression que tu y es parvenue, fit remarquer Harmony en embrassant la pièce du regard.

A elle seule, la maison de Charlotte témoignait de sa réussite.

— Ma semaine à l'hôtel était écoulée ; il ne me restait plus qu'une seule nuitée payée d'avance. J'avais frappé à toutes les portes, j'avais parlé à tout le monde. Je m'étais acheté une miche de pain ainsi qu'un pot de beurre de cacahuète en promotion, et j'en avais mangé tous les jours. Arrivée au fond du pot, j'en avais acheté un autre. Personne ne voulait de moi. Personne n'avait besoin de moi. Je n'avais aucune expérience. Je n'étais pas habillée comme il fallait. J'étais aux abois, mais qu'est-ce que cela signifiait ?

Elle regarda Harmony.

— Téléphoner au révérend ou aux Johnston, et admettre que j'avais échoué ? Braquer une banque ?

Elle parvint enfin à arracher un sourire à Harmony.

— Ma foi, j'aurais tendance à le croire…, ironisa cette dernière. Ça expliquerait pas mal de choses.

Charlotte se réjouit de voir que son histoire réconfortait la jeune fille, d'autant que le fait de la lui raconter s'avérait plus facile que prévu.

— J'étais assise dans un café, en train de lire le journal dans l'espoir d'avoir manqué une petite annonce, un job auquel j'aurais pu postuler, une piste d'emploi — n'importe quoi. C'est alors que deux femmes sont entrées. Elles se sont assises à une table voisine de la mienne et ont commandé un petit déjeuner. Moi, j'avais pris le plat du jour : un œuf, une tranche de pain grillé et une tasse de café. Le tout pour seulement quatre-vingt-dix-neuf *cents* ! Tu te rends compte ?

— Dis-moi vite où se trouve cet endroit !

— Hélas, il a fermé. Les deux femmes ont commandé un petit déjeuner pantagruélique. Du bacon, des saucisses et du pain perdu. J'avais si faim que j'aurais pu leur piquer la nourriture directement dans l'assiette.

Elle vit que Harmony comprenait, et posa de nouveau sa main sur la sienne.

— Tu sais, je n'ai jamais parlé de cette période de ma vie à personne.

— Tout le monde ne comprendrait pas.

Charlotte lui tapota la main.

— Au bord des larmes, j'ai commencé à écouter leur conversation pour distraire mon esprit de l'avenir. L'une des deux avait la trentaine, et j'ai compris qu'elle se plaignait de ne pas avoir de nounou à domicile pour l'été. Personne ne voulait d'un petit boulot mal payé comme celui-là. Son amie s'est mise à rire en disant que le véritable problème était peut-être de savoir comment maîtriser ses deux petits diables. Qu'il lui faudrait quelqu'un de « jeune » et de « dynamique ». Sans oublier « stupide », a répliqué l'autre, et là-dessus elles se sont mises à rire.

— Rien de tel que les boulots dont personne ne veut, hein ? lança Harmony.

— Alors, je me suis levée et je me suis penchée au-dessus de leur table. Et je leur ai dit : « Je ne suis pas stupide, en revanche je suis à la recherche d'un petit boulot pour l'été et d'une chambre où dormir. » Elles m'ont dévisagée comme si je tombais de la planète Mars. Je savais que j'avais trente secondes pour vanter mes mérites. Alors, je leur ai expliqué que j'avais des références, que je venais des montagnes mais que j'avais mon bac et, surtout, un besoin urgent de ce job et du logement, car ma grand-mère venait de mourir. J'ai promis à la mère que si elle voulait bien m'engager elle pourrait dormir sur ses deux oreilles : je ne me barrerais pas du jour au lendemain — c'est l'expression que j'ai employée —, parce que je n'avais nulle part où aller. Peu m'importait que ses petits garçons soient particulièrement turbulents. Par ailleurs, j'avais aidé ma mamie pendant des années à enseigner à l'école du dimanche — par conséquent, je savais m'y prendre avec les enfants.

— C'est comme si quelqu'un avait placé cette femme sur ta route.

Charlotte réfléchit. Peut-être, à l'époque, l'avait-elle vécu ainsi, mais, dans les années qui avaient suivi, elle s'était convaincue qu'on est soi-même l'instrument de son propre destin — sans doute afin de pouvoir se sentir encore plus fière du chemin parcouru.

— C'est la définition de la foi, n'est-ce pas ? Franchement, Harmony, je ne sais pas si j'y crois. En revanche, je suis persuadée d'une chose : si la vie t'offre une opportunité, il faut sauter dessus et s'y cramponner de toutes ses forces. C'est ce que j'ai fait. Mme King n'a jamais regretté une seule seconde d'avoir saisi sa propre opportunité en m'engageant. Je suis restée dans cette famille pendant deux ans et, quand ils ont déménagé, je n'avais plus peur. Je savais que je pouvais m'en sortir, et c'est ce que j'ai fait.

— Lottie Lou ?

Charlotte se sentit sourire.

— Une idée de ma mère, et je vais te confier un secret. Ce n'est même pas un surnom. C'est le prénom qui figure sur mon acte de naissance. Je l'ai fait changer officiellement dès que j'ai eu l'argent pour ce faire, mais il n'en demeure pas moins que Charlotte Hale est un imposteur.

— Un imposteur, ça, non. Tu es quelqu'un de très généreux. Et c'est pour ça que tu m'offres un toit ? A cause de cette période de ton passé ?

Charlotte songea à toutes les raisons qui l'avaient poussée à proposer une chambre à la jeune fille — il y en avait tant qu'elle n'aurait pas pu toutes les énumérer. Elle s'était déjà dévoilée de manière inhabituelle, cela suffisait pour la journée.

— Oui, c'est pour ça, répliqua-t-elle. Parce que je sais ce que c'est que d'avoir besoin d'un refuge à soi où panser ses blessures. J'ai été à la rue. Je sais l'angoisse qu'il y a à ne pas savoir où on va dormir et si on sera en sécurité. Je voulais que tu saches que je comprends vraiment très bien ta situation.

— Oh…

Les yeux de Harmony s'emplirent de larmes.

— Mais la femme du restaurant, elle t'avait donné un *job*, Charlotte.

— Harmony, un job, tu en as un. Tu n'as que faire d'un second.

— Non, ce n'est pas pareil. Toi, tu as fourni un travail en échange de ce qu'on te donnait. Tandis que moi, je ne ferais que squatter, ici.

Brusquement, elle s'illumina.

— Je pourrais peut-être te faire la cuisine ? Et le ménage !

Charlotte comprit que, dans l'esprit de Harmony, gagner sa chambre à la sueur de son front ferait toute la différence.

— J'ai une femme de ménage à temps partiel, mais elle ne fait pas la cuisine. Tu aimes cuisiner ?

— J'adore ! Enfin... quand mon estomac veut bien se montrer coopératif. En revanche, je suis végétarienne. Je ne fais pas de viande. Et il faudra que je te prépare les dîners à l'avance si j'assure le service du soir au Cuppa. Ça t'irait ?

— Et comment ! De toute façon, j'ai un appétit d'oiseau, je n'exigerai donc rien de bien extravagant. Et, bien entendu, je paierai toutes les provisions.

— Est-ce que je pourrai me charger des courses ? Tu n'auras qu'à m'indiquer les choses que tu aimes et je veillerai à ce qu'il y en ait toujours à la maison.

Charlotte se pencha vers elle et lui tendit la main, paume vers le ciel.

— Ça me serait d'une aide incommensurable.

Harmony tapa dans la main tendue.

— Tu as renversé la situation de manière à me mettre à l'aise. Mais nous savons toutes les deux que c'est *toi* qui me viens en aide.

— Fais-moi confiance si je t'affirme que c'est réciproque, d'accord ?

— De quoi pourrais-tu avoir besoin que tu n'as pas déjà ?

Charlotte tenta de sourire. De quoi avait-elle besoin ? D'un millier de « premiers jours » pour réparer toutes les erreurs qu'elle avait commises ? De serrer sa fille et sa petite-fille dans ses bras ? D'une chance de dire à Ethan qu'elle regrettait d'avoir si commodément disposé de leur vie conjugale ?

— Nous en reparlerons un jour, se borna-t-elle à répondre. Disons simplement que, pour l'instant, j'ai besoin d'une amie et d'une cuisinière.

— Je peux inspecter la cuisine ? Histoire de voir ce qu'elle contient ?

— Je t'en confie officiellement les clés.

Harmony rayonnait. On aurait dit que Charlotte venait de lui faire un cadeau.

— Tu ne le regretteras pas, je t'assure !

Charlotte avait peu de certitudes dans l'existence, mais elle était convaincue d'une chose : elle ne regretterait pas d'avoir fait cette proposition à la jeune fille. Car, quoi qu'il puisse advenir, qu'avait-elle à perdre ?

9

Si Analiese avait eu une réclamation à formuler au sujet de l'église de l'Alliance, elle aurait invoqué les migraines que lui causaient les tâches administratives : réunions, comités divers, campagnes de dons, et même sa collaboration avec l'académie de l'Alliance, l'école privée affiliée à l'église… Le jour où elle avait été appelée à la vocation pastorale, elle s'était imaginé une vie bien différente de celle-là, consacrée à la prière et aux besoins spirituels de ses paroissiens. Au lieu de quoi, elle se retrouvait bien trop souvent à éplucher les budgets, bidouiller les déclarations de mission, assurer la coordination des bénévoles, etc. Même l'administrateur, avec toutes ses compétences, ne pouvait lui en épargner la plus grosse partie.

Dès sa première semaine à l'église de l'Alliance, il lui était apparu clairement qu'elle ne tarderait pas à s'épuiser si elle laissait les histoires de paperasse dévorer ses journées. A partir de cette constatation, elle avait donc établi des règles. Sauf urgence, le jeudi était consacré à l'office du dimanche, au sermon, à la liturgie ainsi qu'aux travaux de recherches afférents. Le vendredi était exclusivement réservé aux vocations pastorales et aux entretiens avec ses ouailles.

D'ordinaire, le vendredi était son jour préféré. Et pourtant, ce matin-là, elle s'éveilla en proie à un vague sentiment de crainte.

Elle effectua deux visites à des malades de l'hôpital avant de s'arrêter au centre-ville, le temps d'avaler un sandwich en compagnie du tout nouveau directeur du comité financier de l'église. Ce jeune expert-comptable venant de divorcer, ils délaissèrent volontairement le sujet des budgets et dotations pour deviser de la façon dont il s'adaptait à sa nouvelle vie. Assez bien, estima Analiese, lorsque le jeune homme lui avoua que son principal souci avait été de savoir à qui irait la garde du colley. Restait à espérer qu'il attendrait quelques années avant de se lancer de nouveau dans l'aventure conjugale. Toutefois, elle se réjouit qu'il ait finalement pu garder son chien, à défaut de son épouse.

Passé la pause-déjeuner, Analiese se retrouva seule face à l'après-midi qui s'étendait devant elle. Elle avait deux entretiens prévus en début de soirée et des tas de choses à faire à l'église. Cependant, il lui restait encore une personne à voir avant de retrouver la paix relative de son bureau.

L'image de Charlotte Hale assise dans la chapelle n'avait cessé de la tracasser depuis la veille. Tout au long des obsèques de Minnie Marlborough et jusqu'à une heure tardive de la soirée, consacrée à la réunion mensuelle du conseil paroissial. Aussi avait-elle compris, dès son lever, qu'il lui fallait revoir Charlotte.

Elle ne tenait ni à l'appeler à Falconview, ni à y aller Elle s'était déjà rendue une fois au siège de la société, dans le cadre de ses fonctions pastorales. Il n'y avait rien à redire à l'immeuble moderne de Hendersonville Road, tout en surfaces lisses et vitres fumées, sauf que les mots semblaient y résonner dans le vide avant de se dissoudre dans le bureau de Charlotte. A l'époque, elle s'était demandé si l'effet était voulu. Après tout, Charlotte n'était pas très portée sur l'écoute empathique…

Analiese sortit son téléphone portable et appela Charlotte à son domicile pour lui laisser un message. Elle comptait lui demander si elle pouvait passer ce soir, mais elle obtint Charlotte à la première tonalité. Son étonnement fut tel qu'il lui fallut quelques secondes pour changer son fusil d'épaule.

— Excusez-moi…, bredouilla-t-elle. Je pensais vous laisser un message. J'appelais pour savoir si je pouvais faire un saut chez vous, ce soir, mais, puisque vous êtes là, seriez-vous d'accord pour que je vienne tout de suite ?…

Charlotte accepta sa proposition d'une voix qui lui parut pourtant lasse.

Une demi-heure plus tard, Analiese se garait devant la maison. Peu enthousiaste à l'idée d'y entrer, elle resta quelques minutes dans sa voiture, à contempler le paysage serein. Même s'il ne s'agissait pas de sa première visite, elle s'étonnait toujours qu'une femme vive seule dans une maison assez vaste pour abriter trois générations d'une même famille.

Plusieurs années auparavant, Charlotte avait ouvert au public les portes de sa splendide demeure à l'occasion d'une collecte de fonds menée par la paroisse. Une centaine de personnes s'y étaient rassemblées sans problème, à l'intérieur et autour de la piscine décorée de lumières, conduisant Analiese à déplorer que le comité n'ait pas cherché à accueillir deux fois plus de monde.

La collecte de fonds s'était déroulée sans encombre, grâce à l'organisation sans faille de la maîtresse des lieux qui avait tout supervisé, et ce jusqu'à l'ultime part de cheese-cake. Tout avait été parfait, certes, mais personne ne s'était attardé, n'avait parlé trop fort ni mangé plus que sa part. Personne n'avait ôté ses escarpins ou ses chaussures de ville, retroussé son pantalon et trempé les orteils dans l'eau turquoise de la piscine miroitante. Sur le coup de 22 heures, les traiteurs s'étaient éclipsés et, suivant le mouvement des autres invités, Analiese était rentrée chez elle, étrangement sobre malgré l'abondance de bons vins et la présence d'un barman aux compétences illimitées.

A présent, elle ne savait trop ce qu'elle allait dire. *Je regrette de m'être montrée cassante alors que vous tentiez de faire amende honorable ? Je n'arrive pas à me défaire de l'idée que vous aviez peut-être besoin de parler et que j'aurais dû vous écouter ? Je me fais du souci pour vous, bien que vous soyez une femme qui décourage ce genre de sentiment ?*

Sans plan bien arrêté, elle descendit de voiture et marcha jusqu'à la porte d'entrée. Parfois, mieux valait s'enquérir directement auprès de la personne et improviser selon ses besoins. Du reste, il était tout à fait possible que Charlotte la raccompagne fermement à la porte sans lui laisser le temps de tâter le terrain.

Elle actionna la sonnette. Les notes électroniques du carillon Westminster résonnèrent dans le hall et s'élevèrent dans la cage d'escalier incurvée. Charlotte prit son temps, mais vint lui ouvrir en personne, et s'effaça pour la laisser entrer. Elle ne souriait pas, mais ne semblait pas non plus être agacée par son intrusion.

— J'ai du thé glacé, dit-elle. Et des jus de fruits. Que diriez-vous d'aller boire un verre au bord de la piscine ? Il fait une belle journée, finalement, vous ne trouvez pas ?

Analiese acquiesça, mais demanda plutôt de l'eau avec des glaçons. Quelques minutes plus tard, elles étaient installées sur une terrasse dallée, au bord de la piscine étincelante en forme de haricot.

— C'est ainsi que vous prenez de l'exercice ? s'enquit Analiese. Avec le temps qui se réchauffe, vous devez avoir hâte de vous remettre à nager.

Charlotte fit rouler distraitement son verre de thé glacé entre ses paumes, effaçant la buée accumulée sur la paroi.

— J'ai peine à l'avouer mais, en fait, je ne m'en sers presque jamais. A l'époque où j'ai emménagé, je nageais tous les jours sans exception, mais au fil des années…

Elle haussa les épaules.

De l'avis d'Analiese, nager était une activité conviviale. D'ailleurs, elle n'avait pas souvenir de s'être baignée seule dans une piscine. Etait-ce cela qui décourageait Charlotte ?

Mais, avant qu'elle ait pu songer à la façon d'aborder le sujet qui l'amenait, Charlotte l'interrogea :

— Comment s'est passé le service commémoratif ?

— Les offices les plus réussis sont ceux qui apportent du réconfort aux gens en leur permettant de relativiser les notions de vie et de mort. C'est ce que nous avons commencé à faire hier, je pense. Les anecdotes sur Minnie sont allées bon train pendant presque une heure. On a beaucoup ri. C'est toujours une bonne chose.

— Je ne l'ai jamais rencontrée.

— Je m'en doutais.

— Quand j'ai compris que nous devions nous approprier sa ferme, j'ai envoyé des employés de Falconview lui parler. Ces personnes m'ont fait leur rapport. Elles ont effectué tout le travail sur le terrain. Je n'ai vu la maison qu'une fois, juste avant sa démolition. Je n'ai jamais vu…

Elle secoua la tête, le regard fixé sur la piscine.

— Vous arrive-t-il parfois de vous pencher sur le passé, et de ne pas comprendre comment vous avez pu vous fourvoyer à ce point, alors que, sur le moment, vous aviez l'absolue certitude d'avoir raison ?

Analiese ne savait que répondre. Elle connaissait Charlotte Hale depuis presque dix ans, mais la femme qui lui faisait face semblait être une autre personne.

Une anecdote personnelle s'imposait.

— Vous savez qu'avant j'étais présentatrice de JT ? Il m'est arrivé cent fois de pousser des personnes à faire certaines révélations, tout en sachant que celles-ci reviendraient les hanter. Mais je me disais que l'opinion publique avait le droit de connaître la vérité. C'était notre principal argument, à nous autres, journalistes. Pourtant, quand j'y repense aujourd'hui… Je n'ai pas l'impression que ça serve à grand-chose.

— Vous dites cela pour être gentille.

— Je dis cela parce que je suis sincère.

— J'ai tant de regrets…

Analiese avait l'impression d'être entrée dans la quatrième dimension.

Charlotte se tourna vers elle et remarqua sa confusion.

— Et voilà ! Maintenant, vous vous demandez si vous n'êtes pas en train de converser avec un clone de Charlotte Hale…

— Non, j'étais en train de songer que je suis contente d'être ici avec vous. Ma visite ne sera pas source de regrets pour *moi*.

Charlotte soupira.

— Je vais mourir.

L'espace d'une seconde, Analiese crut avoir mal entendu. Elle se pencha et posa le bout des doigts sur le bras de Charlotte.

— Que voulez-vous dire ?

— Je dramatise peut-être. Mais, enfin, j'ai une leucémie — de forme aiguë. Autrement dit, le pronostic n'est guère encourageant. Je suis tombée malade il y a deux mois — en fait, je suis passée à deux doigts de la mort. En théorie, les médecins prétendent qu'il est encore possible que je ne meure pas du tout. Pas de ma leucémie, en tout cas. Néanmoins, même les plus optimistes d'entre eux s'accordent à dire que mes chances de survie auraient été meilleures si le diagnostic avait été posé plus tôt. Obnubilée par mes affaires, j'ai négligé ma santé jusqu'au point de non-retour. J'étais trop occupée à transformer le paysage du comté de Buncombe. Trop occupée à gagner de l'argent et à essayer d'imposer mon point de vue à tout le monde.

Elle eut un petit sourire.

— Trop occupée pour me demander pourquoi je ne guérissais pas de ce que je croyais être un rhume qui traînait.

— Je suis vraiment navrée, Charlotte.

— Oui, moi aussi.

— Mais… vous avez vaincu la maladie ?

— J'ai subi un lourd protocole de chimio au CHU de Duke et, actuellement, je suis en rémission ; j'attends que mes forces reviennent et que mes numérations globulaires remontent assez pour entamer la prochaine phase. L'ennui, c'est que, malgré la bonne réaction de ma moelle osseuse, mes analyses ne sont pas satisfaisantes. Par conséquent, mes médecins restent prudents.

— Comment vous êtes-vous débrouillée pour que personne ne l'apprenne ?

— J'ai dit à mon entourage que je partais pour l'Europe avec un groupe d'investisseurs et que, de là, je prendrais des vacances bien méritées à Saint-Martin. Pourtant, la chimio n'a pas été une partie de plaisir, vous pouvez me croire.

Elle se toucha la tête.

— Par chance, je n'ai pas trop perdu de cheveux — c'était un avantage — et puis j'ai les moyens de m'offrir d'excellents coiffeurs et tout un tas de lotions qui leur donnent un semblant de volume. J'essaie aussi de reprendre du poids.

— Pourquoi ne pas m'en avoir parlé *à ce moment-là* ? Aviez-vous quelqu'un pour… ?

— Pour me soutenir ? Non, vous êtes la première personne à qui j'en parle, et peut-être resterez-vous la seule pendant quelque temps. Je ne veux surtout pas qu'on me plaigne. Je ne veux pas que les gens s'efforcent d'être gentils avec moi pour ne pas avoir mauvaise conscience le jour où je mourrai.

Analiese se sentait déjà accablée par ce lourd secret. Tous ses secours ne seraient d'aucune utilité à Charlotte, pas tant que celle-ci refuserait de faire savoir aux autres qu'elle avait besoin de leur soutien.

— Mais…, lui demanda-t-elle enfin, pourquoi m'en parlez-vous à *moi* ?

Charlotte eut un petit rire dans lequel Analiese perçut une sincérité qui n'avait rien de forcé.

— Vous ne croyez pas que j'ai besoin de vous pour m'absoudre de tous mes péchés, n'est-ce pas ? C'est cela que vous essayez de me dire ?

Analiese répondit en souriant :

— Je le ferais volontiers si c'était en mon pouvoir.

— Je le sais bien. Vous prenez votre travail très au sérieux.

— Il s'agit d'un travail très sérieux, je le crains.

— Surtout dans des moments comme celui-ci.

— En effet, ce n'est pas l'aspect de ma mission que je préfère.

— Vous sentez-vous écrasée par le fardeau ?

— Qui vient en aide à qui, pour le moment ?

Charlotte se tut quelques minutes, comme si elle avait besoin de temps pour mettre de l'ordre dans ses idées.

— Vous savez, Analiese, si vous étiez un vieux pasteur plein de bonté, affichant trente ans de ministère au compteur et un sourire béat…

— … ça serait plus facile pour vous, la coupa la jeune femme.

— En fait, non, ce n'est pas ce que j'allais dire. J'allais dire au contraire que cela me serait impossible.

— Ah bon ?

— La vérité, la voici, et croyez bien que j'y ai beaucoup réfléchi. En dépit de tout ce qui nous sépare, je sais que je peux vous faire confiance. Et je sais aussi que vous allez tenter au mieux de m'aider. Vous allez tout prendre en compte, être pleine de bon sens, vous allez creuser plus profondément que quelqu'un qui est persuadé de détenir toutes les réponses parce qu'il est trop fatigué pour se donner la peine d'en chercher d'autres.

— C'est peut-être la chose la plus gentille qu'on m'ait jamais dite sur mon ministère.

— Et, venant de moi, vous attendez maintenant l'estocade...

Charlotte posa son verre sur la table et s'essuya les mains à son pantacourt beige.

— Je devrais mourir plus souvent... Ce genre de situation engendre de savoureux échanges de bons mots.

— Merci, mais je préférerais que vous vous absteniez.

— Je suis certaine que vous le pensez vraiment.

— Je le crois, moi aussi.

Charlotte retomba dans un silence qu'Analiese se garda bien de meubler.

— Je vous ai dit que j'avais d'innombrables regrets, reprit enfin Charlotte. Voici le plus gros de tous. Quand on m'a annoncé ma maladie, juste avant que je ne file à Durham, j'ai éprouvé une énorme bouffée de soulagement.

Elle détourna son regard, qui, jusque-là, était perdu dans la contemplation de la piscine.

— J'avais beau être terrifiée, je me suis dit : « Quel bonheur de mourir et d'en finir une fois pour toutes ! »

Analiese comprit que son expression devait trahir son inquiétude, car Charlotte s'empressa d'ajouter :

— Jamais de la vie il ne me viendrait à l'idée de me supprimer. Il faut que vous le sachiez. Mais quand j'ai pris conscience qu'il ne me serait sûrement pas donné d'arriver à un âge avancé, au terme d'une vie bien remplie, j'ai eu envie de fermer les yeux et d'attendre la fin. Ma grand-mère me disait toujours que la mort était l'ultime montagne à gravir. Et, juste avant de mourir, elle a ouvert les yeux et regardé par la fenêtre de sa chambre comme si elle contemplait un miracle.

— Ce doit être un souvenir précieux pour vous.

— Quand le médecin m'a livré son diagnostic, j'ai repensé à ce jour-là, à l'expression du visage de ma grand-mère, et je me suis prise à espérer qu'elle n'avait pas vu les portes du paradis, qu'en réalité il n'y avait rien à espérer. Rien, à part un sommeil éternel. C'est à ce moment-là que je me suis rendu compte du gâchis qu'avait été ma vie.

Quand elle ne savait pas quoi dire, Analiese savait se taire. Elle avait la quasi-certitude que ce moment n'appelait pas de paroles de réconfort, même s'il paraissait cruel de ne pas en prononcer.

— Je dois changer les choses, finit par dire Charlotte. Je m'aperçois que, quel que soit le temps qu'il me reste à vivre, qu'il se compte en mois ou en années, je ne peux pas quitter cette Terre avec la conscience d'avoir commis autant d'erreurs et sans m'être efforcée de les réparer. Je me rends compte qu'à l'heure de mourir l'intérêt ne réside pas dans ce qui vient après, car, quel que soit le degré de notre foi, nous ne pouvons pas vraiment savoir ce qui nous attend — moi, du moins, j'en suis incapable. Non, à mon avis, l'intérêt, c'est ce qui s'est passé avant. L'influence que nous avons eue en ce monde. L'amour que nous avons prodigué. Les cœurs que nous avons laissés intacts…

Elle s'éclaircit la voix et ses yeux s'emplirent de larmes.

— … ou ceux que nous avons brisés.

— J'espère, Charlotte, que vous n'êtes pas en train de me dire que vous n'avez rien fait d'important de votre vie jusqu'ici. Car vous avez donné avec générosité et de bien des manières.

— Trop souvent pour de mauvaises raisons.

Charlotte leva la main pour empêcher Analiese de répliquer.

— Rien n'est aussi tranché dans la vie, je le sais bien. J'ai fait certaines choses parce que je savais qu'elles étaient justes et importantes, et parfois c'était le cas. Mais j'ai aussi fait beaucoup de choses qui me semblaient justes et qui se sont révélées terriblement dommageables. Terriblement, oui. Comme expulser Minnie de sa propriété. Et voici comment je l'ai compris. Quand on m'a appris que j'allais mourir, j'ai réalisé que pas une personne au monde ne se soucierait vraiment de ma disparition. Que j'avais passé cinquante-deux ans sur cette Terre, et que même si certains éprouveraient des sentiments partagés, voire un soupçon de tristesse, personne ne me regretterait vraiment. Pas parce que les gens sont cruels, mais parce que je ne leur ai jamais donné de raisons de me regretter.

Analiese aurait donné n'importe quoi pour pouvoir la contredire, mais ce n'était pas la bonne approche. En outre, il était à craindre que Charlotte n'ait énoncé que la pure vérité.

Qui regretterait Charlotte, à l'église de l'Alliance ? Le conseil paroissial et les membres des divers comités dont elle avait trop souvent ignoré ou négligé les opinions ? Les employés qui tressaillaient quand elle s'avançait vers eux, munie d'une nouvelle liste de corvées à accomplir, voire pis, de conseils utiles pour mener leurs tâches à bien ?

Et que dire du reste de ses connaissances ? Elle avait la réputation de tenir les rênes de Falconview d'une poigne de fer, provoquant chaque année un exode d'employés tombés en disgrâce pour s'être trouvés une fois de trop en désaccord avec elle. Et si, au niveau municipal, Charlotte exerçait des fonctions au sein de tous les conseils d'administration, les faisant bénéficier de son sens des affaires, de son soutien financier et de son prestige, il n'en restait pas moins qu'elle mettait à rude épreuve la patience de leurs administrateurs ainsi que celle des autres membres.

Et puis, bien entendu, il y avait sa famille, à laquelle elle ne faisait jamais aucune allusion, alors que sa fille résidait ici même, à Asheville.

— Des raisons de vous regretter... Mais pourquoi ne leur en avez-vous donné aucune ? lui demanda-t-elle. Pourquoi n'avez-vous *jamais* permis qu'on vous approche ?

— Si je devais vous l'expliquer, il nous faudrait plus de temps que nous n'en disposons maintenant.

— Mais, à vous entendre, on dirait que vous le comprenez, du moins un peu ?

— Tout le temps que j'ai passé au Duke, raccordée à des perfusions, je n'avais rien d'autre à faire qu'à penser. On devrait tous s'isoler quelques semaines en tête à tête avec soi-même, sans rien d'autre à faire que réfléchir au sens de son existence.

— Et se savoir condamné serait une bonne incitation à le faire.

— C'est le véritable moteur de l'entreprise.

Analiese tâtonna à la recherche des paroles adéquates.

— Je vous admire, Charlotte. Ou, plutôt, j'admire ce désir de vouloir mettre de l'ordre dans votre vie, de réévaluer votre parcours, même si votre existence touche à sa fin. En même temps, chercheriez-vous par hasard à passer un marché avec Dieu ?

— Non, j'ai de Lui une conception plus élevée.

— De votre part, c'est un aveu de taille, surtout face à quelqu'un qui vous a si souvent affrontée dans le passé.

— C'est justement ce qui vous fait de vous l'interlocutrice idéale, Analiese. Car, si vous aviez eu quoi que ce soit à perdre en étant franche avec moi, ce serait déjà fait. Par conséquent, j'estime pouvoir compter sur vous pour me conserver votre franchise, me réprimander *illico* si je perds les pédales et m'aider à vivre le temps qu'il me reste de manière à ce que les remords ne viennent pas m'assaillir à ma dernière heure. C'est ce que je redoute le plus. Qu'un jour plus très lointain je passe mes derniers instants à faire le bilan de ma vie, et que rien là-dedans ne m'apporte de réconfort.

Charlotte se rapprocha d'elle.

— C'est beaucoup demander, je le sais, plus que ce que je ne devrais. Mais vous avez sans doute déjà deviné le tort que je veux essayer de réparer avant de mourir.

— Minnie ? Vous avez voulu me donner de l'argent pour le refuge d'animaux…

— En rentrant chez moi, ce soir-là, j'ai rédigé un chèque à sa mémoire et, malgré votre refus, je l'ai quand même envoyé. Mais vous aviez raison, ce n'est pas ce qu'elle aurait fait, *elle*. Certes, il s'agit d'une noble cause et je me félicite de l'avoir fait, mais Minnie aurait donné de sa personne sans se préoccuper des conséquences pour elle-même. C'est pourquoi je vais chercher d'autres moyens d'y parvenir moi-même. D'honorer sa mémoire.

Analiese prit les mains de Charlotte entre les siennes. Ce geste lui était venu spontanément, même si, avant ce jour, jamais elle n'aurait cru pouvoir toucher Charlotte Hale avec affection.

— Voulez-vous que je cherche des façons de vous y aider ?

— Non, je vous remercie. Pas encore, en tout cas. Il me

semble que, le moment venu, je saurai reconnaître les meilleurs moyens d'action. Je voulais simplement que quelqu'un sache ce que j'éprouve. Et puis j'avais sûrement besoin d'exprimer tout cela à haute voix.

Analiese hocha la tête, mais serra les mains de Charlotte un peu plus fort et les sentit se détendre entre les siennes.

— Que puis-je faire d'autre pour vous ?

— Me laisserez-vous vous parler de ma fille ?

10

Journal du Premier Jour : 30 avril

Chaque jour passé au parc ressemble à une vie humaine. Au petit matin, tout étincelle de promesses. Les brins d'herbe brillent de rosée. Les trottoirs sont des pages vierges que des pieds chaussés de baskets n'ont pas encore imprimées. L'air demeure immobile, comme s'il fallait à la journée le souffle échappé des lèvres d'un ange pour se mettre en branle.

Au fil de la matinée, le parc commence à s'éveiller. Perchés sur les branches, les oiseaux chantent et, dans les allées, de jeunes tourtereaux marchent main dans la main. Sur des bancs tels que le mien, on boit des cafés, on déplie des journaux, on tire d'une poche des téléphones portables, le temps d'une conversation à bâtons rompus. Deux mamans promènent des poussettes en bavardant. Le soleil perce à travers la voûte du feuillage.

Dans l'après-midi, les ballons sifflent dans les airs et les enfants crient des commandements. Autour de l'aire de jeux, les mamans ne perdent pas de vue les bambins qui supplient qu'on les balance encore plus haut. Le dôme d'escalade devient un vaisseau spatial, les cages à écureuils une course d'obstacles au-dessus de flaques grouillant de barracudas. Le soleil tape sur les casquettes de base-ball et sur les pages des livres ouverts.

A la tombée du soir, les retardataires prennent leur temps pour partir, l'air navré de devoir passer à autre chose. Certains ramassent des détritus et les jettent dans les poubelles. D'autres traînent les pieds sur le gazon nouvellement semé, comme pour s'assurer d'y laisser leur empreinte. L'obscurité est tenue à distance par des lumières placées de façon stratégique.

Il n'y a qu'à cet égard qu'une journée au parc diffère d'une vie humaine. Rien ni personne ne peut tenir nos ténèbres à distance, quels que soient les efforts consentis. C'est une certaine Gwen qui, alors que je ne lui demandais rien, m'a inculqué cette leçon à l'hôpital, principe puissant qui accompagne désormais chacun de mes pas.

C'est le matin, et voilà une heure que j'attends. Maddie n'est pas là, bien qu'elle vienne souvent au parc le samedi. Je me demande si elle a beaucoup d'amis. Les autres enfants sont-ils effrayés par ses crises ? L'évitent-ils afin de ne pas être témoins de celles-ci ?

Edna est là avec sa mère, qui pianote sur son ordinateur portable, assise sur un banc proche de la cage à écureuils. Sa mère s'appelle Samantha, et il m'a fallu des jours avant de comprendre qui elle était exactement. Je l'ai connue adolescente. Que cela m'ait échappé si longtemps a de quoi surprendre car, plus de dix ans après, Samantha est toujours aussi belle — j'aurais dû la reconnaître tout de suite.

Pour être juste, l'adolescente que je connaissais se comportait toujours comme si elle avait envie d'en découdre, alors que cette jeune femme sourit et se déplace avec une grâce extraordinaire. Elle a le rire facile et, de toute évidence, elle adore sa fille. Elle n'a pas l'air de surveiller Edna et ses amies, mais je sais, pour l'avoir observée, qu'elle ne les perd pas une seconde de vue. Sa métamorphose est si totale que je me demande ce qui peut bien l'avoir provoquée.

Je m'interroge également sur sa mère, Georgia Ferguson, jadis directrice de l'académie de l'Alliance, le lycée que fréquentaient Taylor, Samantha et même Jeremy, le père de Maddie.

Au bout d'une heure, Samantha se lève et s'approche de moi. Ne pouvant aller nulle part sans attirer l'attention, je détourne le regard. Samantha reste plantée devant moi jusqu'à ce que je sois obligée de lever les yeux.

— Elle ne viendra pas, aujourd'hui, dit-elle.

Je ne feins pas de ne pas comprendre. Je la remercie, elle hoche la tête et fait signe à Edna, qui lui emboîte le pas à regret jusqu'en haut de la colline.

Depuis quand sait-elle que je viens ici pour regarder ma petite-fille ? Et pourquoi cette femme-là se soucie-t-elle assez de moi pour ne pas livrer ce secret à ma fille ? Samantha n'a rien dit à Taylor, sinon je l'aurais su. J'ai beau ne pas lui avoir parlé depuis des années, Taylor saurait me trouver.

Ma visite au parc se solde par une déception, mais je pense m'être découvert une amie, bien que je ne la mérite pas.

11

En sortant du parc, Charlotte roula au hasard avant de réfléchir à une destination éventuelle. S'étant d'instinct dirigée vers la ville, elle se gara près du centre et orienta ses pas vers le marché municipal, chose qu'elle n'avait pas faite depuis des années.

Après une tasse de café et une séance d'introspection, elle flâna parmi les étals, achetant chez un traiteur une livre de linguine aux poivrons rouges, plat qu'apprécierait Harmony, ainsi que du miel et des œufs. Le dernier marchand vendait des corbeilles en osier tressé. Sur un coup de tête, elle en acheta une et la remplit de savons parfumés de confection artisanale, tous affublés d'appellations romantiques telles qu'« Océan de Lune », « Gingergrass » ou « Soie ». Charlotte se félicitait d'être venue au marché : elle savait précisément à qui offrir ce panier, à condition d'oser le faire.

Elle sortit son téléphone portable, appela Falconview et obtint l'adresse de Samantha en demandant à l'agent d'accueil d'éplucher les annuaires.

Cinq minutes après, elle était en chemin et, dix minutes plus tard, elle se garait devant un minuscule pavillon en brique, non loin de la rue où résidait Taylor. La maison était nettement plus petite que ses voisines, affichant sur le devant une pelouse réduite au minimum par une allée circulaire et, à l'arrière, ce qui ressemblait à une absence totale de jardin. Elle comprenait maintenant pourquoi Samantha et Edna passaient autant de temps au parc.

Une Volkswagen jaune étant garée dans l'allée, Charlotte

songea qu'elle les trouverait sans doute chez elles. Avant de trop réfléchir à ce qu'elle allait faire, elle inspira un grand coup, fourra la corbeille sous son bras et avança jusqu'à la porte d'entrée pour actionner la sonnette. Un rire s'échappa des fenêtres ouvertes et, au bout d'un court instant, Edna vint lui ouvrir.

— Je vous ai vue au parc, lui lança-t-elle en guise de salut.

— Oui, c'est vrai. Je m'appelle Charlotte.

De près, la fillette était encore plus jolie que prévu, mais cela n'avait rien d'étonnant — sa mère était une véritable beauté. Les yeux verts d'Edna étaient mis en valeur par son teint café au lait, et ses cheveux d'un noir brillant cascadaient en boucles à peine au-dessus de ses épaules. De minuscules créoles ornaient ses oreilles et son sourire était éblouissant.

— J'apporte un cadeau à ta mère, expliqua Charlotte, mais je parie que tu en profiteras, toi aussi.

Elle tendit la corbeille à Edna, qui fourragea dedans, choisissant le premier savon pour le humer.

— Mmm… ça sent bon !

— Oui, il m'a plu, à moi aussi.

— Maman ? cria Edna.

Samantha, qui devait entendre le moindre murmure dans cette maison de poupée, sortit sur le pas de la porte en s'essuyant les mains à un torchon. Elle s'arrêta net en reconnaissant leur visiteuse, puis lui sourit.

— Entrez donc, Charlotte.

Edna se précipita vers sa mère pour lui montrer la corbeille de savons, tandis que Charlotte, soulagée, entrait dans la maison et refermait la porte derrière elle.

— C'est vraiment adorable, dit Samantha. Dis, Edna, et si tu emportais la corbeille dans la salle de bains ? Tu pourrais choisir le savon que tu veux pour ton bain de ce soir.

Edna se retourna, la corbeille à la main.

— Merci, dit-elle à Charlotte.

Et, sur ce, elle fila comme une flèche.

— A mon tour de vous remercier, dit Samantha. Mais vous savez…

— Ce n'était pas la peine ?

Charlotte se détendit.

— Je sais, mais cela me faisait plaisir. Vous avez certainement pris des risques pour moi, et cela sans aucune raison valable qui me vienne à l'esprit.

— Sauf que je comprends à quel point vous souhaitez sans doute connaître Maddie. Asseyez-vous donc. Thé chaud ou glacé ?

— Ce qui vous dérange le moins.

Charlotte s'installa confortablement sur un sofa recouvert d'une housse et prit un verre de thé glacé lorsque Samantha revint chargée d'un plateau. Elle y ajouta une rondelle de citron et une dosette de sucre en poudre avant de prendre la parole.

— Je dois vous avoir mise dans une situation délicate. Car je suppose que vous êtes amie avec Taylor ? Et que vous ne lui avez pas dit que vous m'aviez vue au parc ?

— Notre amitié remonte aux bancs de l'école. Evidemment, elle était plus jeune que moi, mais c'était mon âme sœur. Nous ne nous sentions pas à l'aise à l'académie. Et puis, aujourd'hui, bien sûr, nous avons chacune une fille.

— J'adore regarder Edna jouer au parc. Elle est très diplomate, dans le meilleur sens du terme.

— Je ne vous ai reconnue que la semaine dernière. Depuis quand venez-vous ?

— Au début, de temps en temps. Et puis… ma foi, j'y viens souvent, maintenant.

— Je n'ai rien dit à Taylor.

Charlotte n'en fut pas surprise, vu la gentillesse que lui avait témoignée la jeune femme jusqu'ici.

— Je souhaite lui parler, Samantha. Pensez-vous qu'elle soit disposée à m'écouter ?

Samantha resta longtemps silencieuse. Charlotte l'observait tout en remuant son thé. La jeune femme portait un T-shirt pourpre où s'élevaient des spirales violettes parsemées de sequins, et un short en jean qui dénudait des jambes interminables. Ses gestes, tandis qu'elle soulevait la tasse, ajoutait du sucre et du citron, évoquaient le doux ressac de l'océan. Charlotte ne s'étonnait plus qu'Edna soit une fillette aussi gracieuse.

— Non, je ne le pense pas, répondit enfin Samantha. De plus, je suis absolument sûre et certaine qu'il ne servirait à rien qu'une intermédiaire plaide votre cause.

— Jamais je ne vous demanderais une telle chose, mais cette situation ne peut pas continuer ainsi. Personne ne doit être tenu au secret à cause de moi. Je n'ai jamais eu l'intention d'impliquer qui que soit d'autre dans cette histoire.

— Vous devez vous sentir frustrée.

— C'est bien le moins que je mérite.

Samantha ne répondit pas, et Charlotte se réjouit que la jeune femme n'ait pas protesté ni tenté de lui trouver des excuses.

— Ça dure depuis trop longtemps, ce problème entre vous deux, finit par lâcher Samantha. Je sais que le temps guérit tout mais, parfois, il peut intensifier la souffrance. J'ai peur que ce ne soit le cas.

— Vous avez une suggestion à me faire ?

— Vous saviez qu'on est revenus à la case départ, en ce qui concerne le traitement des crises de Maddie ? C'est à cause de ça que la petite n'était pas au parc, aujourd'hui. Taylor traverse une période stressante. Ce n'est peut-être pas le meilleur moment pour resurgir dans sa vie.

Charlotte aurait voulu connaître tous les détails, mais, bien entendu, elle n'avait aucun droit à ces renseignements. Pourtant, elle se devait de poser la question.

— J'apprécie votre mise en garde, mais y a-t-il quoi que soit que vous puissiez me dire au sujet de l'état de santé de Maddie ? Sans que vous ayez l'impression de trahir Taylor ?

— Eh bien, vous savez sans doute déjà que Maddie souffre d'épilepsie du lobe temporal et que sa mère et elle passent par des hauts et des bas. Les médecins cherchent l'association idéale de médicaments pour stopper ses crises mais, d'après ce que j'ai lu dans mes revues d'infirmière, je ne suis pas sûre que ce soit simple. Cela dit, Taylor et le médecin de Maddie sont très déterminés.

— Vous êtes infirmière, Samantha ?

— Appelez-moi Sam. Oui, je suis infirmière de formation. Et je viens de décrocher le poste de mes rêves à Mountain Medical. Le dispensaire du côté du parc Martin-Luther-King, vous voyez ? J'en suis la directrice, responsable du programme « Bien-Etre mère-enfant ».

Charlotte la félicita tout en enregistrant cette information à l'intention de Harmony.

— Autrement dit, vous n'êtes pas convaincue qu'une association idéale de médicaments soit juste une affaire de tâtonnements ?

— Si, peut-être, mais souvent, lorsqu'un enfant ne réagit pas de façon favorable à l'une des associations, il y a de fortes probabilités pour que cette tendance se poursuive.

— Cela ne semble guère optimiste…

— Taylor est persuadée que Maddie et elle feront mentir les statistiques.

— Comme elle doit se sentir frustrée… Je ne peux que me l'imaginer.

Et c'était la vérité, voilà *tout* ce qu'elle pouvait faire. Imaginer. S'inquiéter. Se vautrer dans les regrets.

— Maddie est une petite fille formidable, heureuse, bien dans sa peau…

Charlotte trouvait Samantha d'une franchise étonnante, mais sans doute ne lui fournirait-elle d'autres renseignements qu'à contrecœur. Jadis, Charlotte n'aurait pas laissé cela l'arrêter, mais c'était il y a longtemps.

Elle se mordit la lèvre, s'efforçant de trouver la meilleure transition vers un autre sujet de conversation tout aussi épineux que le premier. Finalement, elle décida d'aller droit au but.

— En fait, Samantha, vous avez deux bonnes raisons de ne pas m'aimer. La première, c'est Taylor. La seconde, c'est…

Elle marqua une pause et Samantha combla le silence :

— Ma mère ?

Charlotte acquiesça d'un hochement de tête.

— Les gens changent…

Charlotte attendit la suite, mais Samantha ne poursuivit pas.

— Oui, c'est vrai, répliqua Charlotte timidement. Mais parfois cela prend du temps.

— Taylor est sans doute ma meilleure amie. Nous avons beaucoup de choses en commun, elle et moi, mais il y a au moins un point sur lequel nous différons. Les secondes chances. Il faut dire que Taylor n'en a pas eu beaucoup, vous êtes bien placée pour le savoir. En revanche, si je me penche sur mon propre passé, sur la fille que j'étais et sur la femme que je suis devenue, je peux dire que oui, en effet, les gens changent, j'en suis un exemple parfait. Moi-même, j'ai bien failli me détruire.

Pour illustrer qu'elle était passée à un cheveu de le faire, elle rapprocha le pouce de l'index.

— Oui, je sais que vous en avez connu, des moments difficiles au lycée.

— Si seulement c'était aussi simple !

Samantha sourit d'un air détendu.

— Je buvais. Beaucoup. Je passais mon temps à faire la bringue. Vous êtes certainement au courant.

— En gros, oui.

— A part m'enchaîner à mon lit, ma mère a tout essayé pour garder le contrôle sur moi. Et puis, un soir, j'ai fait le mur et je suis montée dans la voiture d'un type que je connaissais à peine. Nous nous sommes rendus à une fiesta particulièrement alcoolisée, en pleine campagne, et au retour, à mi-chemin de la maison, j'ai décidé de conduire parce que mon cavalier avait failli s'endormir au volant. Evidemment, je n'étais pas en état de conduire non plus et la voiture s'est mise à zigzaguer sur la route. J'ai trouvé ça hilarant. Un flic nous a repérés. J'ai voulu voir si je pouvais le semer et nous nous sommes engagés dans une course-poursuite à travers les montagnes, jusqu'au moment où j'ai bien failli nous tuer tous les deux quand j'ai quitté la route et atterri dans un fossé.

Charlotte se souvenait de la suite.

— Après cela, j'ai pris prétexte de votre arrestation pour convaincre les membres de l'académie de l'Alliance de renvoyer votre mère de son poste de proviseur.

— Vous leur avez dit, je crois, que si maman était incapable de me contrôler, elle était incapable de contrôler les enfants des autres.

Charlotte s'abstint de souligner son échec à contrôler sa fille par la suite. Elles en étaient bien conscientes toutes les deux.

Cette fois, Samantha ne sourit pas, mais parla de façon terre-à-terre, comme si ce qu'elle avait à dire avait déjà été exprimé à de nombreuses reprises, dans de nombreuses salles remplies de nombreux auditeurs.

— Et, pour tout vous dire, c'est sans doute le renvoi de maman qui m'a sauvée. Car, une fois assez remise pour me rendre compte des conséquences qu'avaient eues mes agissements pour elle — la perte de son emploi, voire de son rang dans la communauté du fait de mon égoïsme —, j'ai commencé à comprendre que je devais me racheter une conduite. Cette prise de conscience, les passages au tribunal, un formidable agent de probation et, bien sûr, plus tard, Edna. Tout ça m'a remis les pieds sur terre. Sans oublier la menace bien réelle de la prison, si jamais je recommençais mes bêtises.

Charlotte se sentait mal à l'aise car, même si le renvoi de la mère de Samantha avait involontairement eu des retombées positives, il n'en demeurait pas moins que ses agissements à elle avaient été profondément injustes.

— Vous étiez jeune, Samantha, une adolescente perturbée. Alors que moi, j'étais adulte, je n'avais aucune excuse. Avec votre mère, nous ne voyions pas la gestion de l'académie du même œil. Elle voulait que les élèves jouissent de plus de liberté et d'autonomie et, moi, je voulais qu'elle s'en aille. Je me suis servie de votre drame personnel pour l'éliminer. Vous ne pouvez pas savoir à quel point je le regrette aujourd'hui.

— Tout ça est assez bizarre, je dois dire. Je sais que les gens changent mais, franchement, je n'aurais jamais imaginé avoir cette conversation avec vous. Et je suis sûre que maman non plus.

Charlotte se pencha en avant et lui avoua la vérité. A présent, à quoi rimait de faire semblant ?

— C'est en suivant *mon* exemple que Taylor a appris à nourrir de la rancune. Savez-vous la place que la rancune occupe dans le cœur ? Quand on se débarrasse de ses rancunes, on se retrouve quasiment vide à l'intérieur.

— Si je comprends bien, vous vous êtes mise en quête d'autre chose pour combler ce vide. Et je pense que vous voudriez y mettre votre fille ainsi que votre petite-fille.

Samantha s'effleura la poitrine.

Charlotte sentit une boule enfler dans sa gorge.

— Je ne suis pas certaine que cela puisse se produire. Il se peut que j'aie franchi une limite, celle que vous n'avez pas franchie, vous. Vous vous êtes reculée juste à temps de votre propre précipice, Sam. J'ai peut-être basculé dans le mien.

— Ne baissez pas les bras cinq minutes avant le miracle.

Charlotte inclina la tête sur le côté d'un air interrogateur.

— J'ai appris cela aux Alcooliques anonymes, expliqua Samantha. Il faut persévérer dans ses efforts parce que, si on s'arrête, on risque de passer à côté de quelque chose d'extraordinaire, quelque chose qui est tout proche. A mon avis, Charlotte, vous allez devoir retrouver seule le chemin du cœur de Taylor, parce que vous êtes la seule à pouvoir reconnaître le tournant à prendre quand vous le verrez. Mais je promets de vous encourager.

Charlotte n'avait pas beaucoup de certitudes, mais elle était persuadée que cette extraordinaire jeune femme pensait chacune des choses qu'elle disait.

Le samedi était l'unique jour de congé de Harmony, mais également son jour de paie. Et, même si son revenu se composait en majeure partie de pourboires, les petits chèques hebdomadaires en formaient un complément non négligeable. Elle les déposait aussitôt à la banque, dans l'espoir de disposer d'assez d'argent pour louer son propre appartement. Si elle avait espéré pouvoir partager un logement avec Jennifer dès la fin du bail de celle-ci, elle ne comptait plus là-dessus désormais. Jennifer ignorait qu'elle était enceinte, et les nuits perturbées par les pleurs d'un nourrisson n'auraient guère d'attrait pour une colocataire.

Harmony devait trouver un logement dont elle pourrait payer seule le loyer et, en comptant les frais de la crèche, la somme à réunir n'en finissait pas d'augmenter.

Par bonheur, le pire de ses tracas lui était momentanément ôté des épaules. Elle allait rassembler toutes ses affaires encore entreposées chez Jennifer et les transférer chez Charlotte. Après avoir visité l'étage, ce matin, elle avait choisi une chambre au fin fond de la maison.

La pièce, qui communiquait avec une luxueuse salle de bains attenante, était spacieuse, percée d'une demi-douzaine de fenêtres et, en ouvrant les vitres, on entendait le jet d'eau de la piscine. Mais le mieux, c'était que la chambre ne se trouvait pas au rez-de-chaussée, où Harmony serait constamment à pied d'œuvre. Elle aimait ses murs beurre frais et le couvre-lit blanc brodé qui recouvrait les draps lilas. Elle aimait les aquarelles représentant des champs de tournesols et de lavande à la manière de Van Gogh. Sa mère lui ayant appris à faire des frivolités, elle pensait pouvoir s'offrir la quantité de fil de coton nécessaire pour border de dentelle les taies d'oreiller. Ce serait sa manière de remercier Charlotte quand elle emménagerait dans la maison.

Elle-même se demandait ce qu'elle avait bien pu faire pour recevoir un tel cadeau. Une merveilleuse chambre où elle pourrait se reposer, mettre de l'argent de côté et se préparer à l'avenir, c'était presque inconcevable. Aujourd'hui, après avoir touché son chèque et rassemblé ses affaires, elle allait acheter des provisions pour le dîner avec les billets de vingt dollars tout craquants que lui avait remis Charlotte.

Elle se souvint qu'au Cuppa sa bienfaitrice avait commandé une pizza aubergines-provolone. Le chef, Ray, accepterait sans doute de lui en donner la recette afin qu'elle puisse lui faire la surprise de lui en préparer une pour ce soir. La cuisine de Charlotte recelait tous les ustensiles possibles et imaginables, y compris des moules à pizza perforés qui portaient encore leur étiquette. Elle allait s'amuser comme une folle !

Elle se gara au bout de la rue du Cuppa et sourit aux clients installés aux tables en terrasse. A l'intérieur, elle aperçut Ray en train de parler à Stella, sa patronne. Malheureusement, à mi-chemin de la salle, alors qu'elle allait les rejoindre, elle aperçut également Davis. Ou, plutôt, c'est lui qui l'aperçut, car, brusquement, il fut devant elle, sa silhouette dégingandée lui barrant le passage.

— Salut, dit-il.

L'euphorie de Harmony retomba. Presque aussitôt son estomac chuta dans ses chaussures, donnant corps à sa théorie qui voulait que le stress multiplie par deux les nausées matinales.

— Qu'est-ce que tu fais là ? lui demanda-t-elle.

— D'après toi ? Je suis venu te chercher. Je sais que tu viens toucher ton chèque le samedi matin.

— Et tu penses m'impressionner par ta mémoire ? Ce n'est pas tout à fait se souvenir d'être fidèle, mais c'est déjà quelque chose.

— Harmony…

Il secoua la tête.

— Je t'en prie, ne sois pas sarcastique.

Elle sentit la piqûre, mais bomba le torse.

— N'inverse pas les rôles, Davis, ce n'est pas mon problème, c'est le *tien*.

— On peut s'asseoir pour parler ? Je t'offre un café, un repas, ce que tu veux.

Elle mourait d'envie de l'envoyer au diable, mais se maîtrisa. En fait, elle avait de nouveau faim, et manger pourrait peut-être apaiser son estomac nauséeux. Elle dégusterait volontiers un des scones aux myrtilles de Ray, accompagné d'un *latte* décaféiné.

Le long visage de Davis s'éclaira d'un sourire lorsqu'elle accepta son invitation. Sans un mot, elle dénicha une table d'angle et le regarda s'avancer vers le bar. Elle espérait que le *barista* prendrait son temps pour préparer le *latte*. Davis était d'une impatience notoire et, à l'époque où ils vivaient ensemble, c'était toujours elle qui s'appuyait ce genre de situation. Elle faisait la queue pour commander les plats, pendant que, assis à leur table, il menait ses affaires sur son ordinateur portable ou son Smartphone.

Aujourd'hui, elle ne leva pas le petit doigt. Au contraire, elle le regardait avec plaisir patienter en transférant son poids d'une jambe sur l'autre.

Elle n'aurait pas cru que Davis viendrait la chercher. Dès qu'elle avait appris qu'il couchait avec la nouvelle assistante dentaire du cabinet, elle avait fait ses valises et emménagé chez Jennifer. Une semaine après, il était venu la voir au Cuppa pour lui avouer qu'en effet il l'avait trompée, mais qu'en réalité il s'agissait d'une aventure sans lendemain qui s'était étirée sur des semaines, et qu'à présent c'était fini. Il regrettait sa faute et, d'ailleurs, cet écart ne comptait absolument pas pour lui. Harmony devait revenir.

Elle n'était pas revenue. Elle n'avait pas beaucoup de cran, elle le savait. Ayant grandi dans un foyer où le rôle de la femme se résumait à ramper devant l'homme, elle avait du mal à se défaire de ses vieilles habitudes, même consciente que cette vision du couple était parfaitement erronée. Malgré tout, il y avait des limites. Elle ne tolérait pas la maltraitance physique et elle ne tolérait pas l'infidélité. A moins qu'elle n'ait été capable de s'en tenir à ce principe, *justement* parce qu'elle n'aimait pas vraiment Davis. Pendant un temps, elle avait cru l'aimer mais, depuis qu'elle avait déménagé, elle se demandait si elle n'avait pas surtout apprécié les avantages qui accompagnaient sa personne. L'appartement design qu'elle astiquait jusqu'à ce qu'il étincelle de propreté. La cuisine bien équipée où elle s'était tant amusée à confectionner de bons petits plats. Le lit king-size au matelas moelleux où leur enfant avait été conçu.

Leur enfant.

Elle le regarda se pencher par-dessus le comptoir pour passer commande au *barista*. Davis était mince mais bien proportionné — larges épaules, hanches étroites, longues jambes musclées. Et, de là où elle était assise, le verso n'était pas mal non plus. Ses cheveux bruns étaient toujours coupés court, genre expert-comptable, et il était séduisant avec son visage sérieux, limite maussade, marqué par un nez proéminent. Il portait bien le costume et ne se privait pas de l'afficher, même si, aujourd'hui, il était en pantalon de toile et polo bleu pâle. Même ses tenues décontractées étaient amidonnées et repassées à la perfection.

Il revint à leur table chargé d'une salade de fruits et d'un scone qu'il déposa devant elle.

— Je sais combien tu aimes le melon.

Elle le remercia d'un hochement de tête et il repartit vers le bar, revenant un instant après avec un *latte* géant pour elle et un jus d'orange pour lui.

— C'est du déca ? lui demanda-t-elle.

Il fit oui de la tête et s'installa en face d'elle.

— Tu vas bien ? s'enquit-il.

— Oh ! en ce moment, je ne touche pas terre…

— Et, pour aujourd'hui, tu as de grands projets ?

— Ma foi, je ne compte pas me présenter à l'élection présidentielle, mais j'ai certaines choses à faire, oui.

— Je vais au bureau dans un petit moment.

Elle se demanda pour quelles raisons il s'imaginait que cela pouvait l'intéresser. Davis était employé au sein de l'un des plus anciens cabinets comptables d'Asheville. Il avait pour ambition de passer associé et, à long terme, d'en devenir le grand manitou. Aussi, pour parvenir à ses fins, passait-il au crible tous les éléments de sa vie en considérant leur impact possible sur son avenir professionnel. Il avait une longue liste de certificats à passer et faisait des heures supplémentaires tous les jours, dans le seul dessein de prouver qu'il avait la carrure pour le poste. Pas étonnant qu'il se rende à son bureau, à moins qu'il ne compte passer la journée dans le lit d'une autre femme…

— Tu loges toujours chez Jennifer ?

— Non, j'habite à Biltmore Forest.

Il parut surpris.

— Sans blague ?

— C'est provisoire, mais beaucoup plus confortable que le sofa de Jennifer.

— C'est quel genre de chambre ? Tu vis chez qui ?

Elle se mit à remuer son *latte*, domptant la mousse à la petite cuillère.

— Qu'est-ce qui te donne le droit de me poser cette question, Davis ?

— Ma foi, c'est tellement inattendu… Tu connais quelqu'un, *toi*, dans ce quartier ?

— Tu veux dire : comment une fille comme moi pourrait-elle connaître quelqu'un dans le quartier le plus huppé d'Asheville ? Une fille sans talent, sans ressources, sans éducation…

Il posa la main sur la sienne.

— Je n'ai rien dit de tout ça.

— Eh bien, ça ne te regarde pas, répliqua-t-elle en baissant les yeux.

Elle se demanda s'il avait posé la main sur la sienne par affection ou parce que cela l'agaçait de la voir remuer son café. Davis était facilement agacé.

— Très bien.

Il retira sa main.

— Je m'inquiétais pour toi, c'est tout.

— Ton inquiétude arrive un peu tard, tu ne crois pas ?

— Harmony… J'ai commis une erreur.

— Bien vu.

— Ecoute, je sais que tu m'en veux. Et à juste titre. Je ne sais pas ce qui m'est passé par la tête.

— Très franchement, Davis, je ne pense pas que ta *tête* ait eu quoi que ce soit à voir là-dedans. Tu as suivi ton envie sans te poser davantage de questions. Point barre.

— Quand tu es venue habiter chez moi, il s'agissait d'un engagement. Je pense ne pas l'avoir compris, c'est tout. Je n'ai pas su me mettre à ta place. J'avais encore la mentalité d'un célibataire.

Elle leva les yeux.

— Merci pour le petit déjeuner, Davis. Tu es libre de partir, maintenant.

Il se pencha vers elle. Il avait des yeux marron foncé surmontés d'épais sourcils et usait de son regard à son avantage, l'implorant avec émotion.

— Harmony, pouvons-nous repartir de zéro ?

Elle portait son enfant. S'il n'en avait pas parlé, c'est qu'il ne devait pas soupçonner la vérité. Ce qui l'avait poussé à lui présenter des excuses, et tenter de la reconquérir recouvrait bien autre chose. Se pouvait-il qu'elle lui manque ? Ou regrettait-il le soin qu'elle prenait de son appartement, les bons petits plats qu'elle lui préparait et la façon dont elle s'efforçait de ne pas l'irriter ?

— Je ne pense pas qu'en amour on puisse repartir de *zéro*, Davis. Nous avons commencé une histoire et nous y avons mis un terme. Une relation amoureuse, ça n'est pas un moteur calé. Sur l'autoroute de la vie, il n'y a pas de service de dépannage.

— Ta façon de t'exprimer me manque. M'éveiller auprès de toi aussi.

— Oui, sans oublier ma façon de laver tes sous-vêtements, de faire tes courses et de recevoir tes collègues. C'est même moi qui ai emmené ton chat se faire piquer chez le vétérinaire parce que tu étais trop occupé !

— Tu me l'as proposé toi-même parce que Paws souffrait trop. J'allais le faire le lendemain.

Quand l'état de Paws avait empiré, Davis était pris par des réunions de travail, et c'était en sanglotant qu'elle avait emmené le pauvre animal toute seule. Elle se demanda quel genre de père ferait Davis. Son métier passerait-il avant les besoins de son enfant ? Il lui avait dit qu'il n'en voulait pas, persuadé qu'il était de ne pas avoir la fibre paternelle. Elle craignait qu'il n'ait vu juste.

— Alors, nous pouvons tout recommencer, insista-t-il, cette fois en posant ses mains sur les siennes, même si elle ne les agitait pas nerveusement. D'accord, nous avons laissé quelques saletés derrière nous, sur cette fameuse autoroute de la vie mais, une fois cette épreuve surmontée, nous pourrons peut-être mettre de la distance entre elles et nous. Tu veux bien qu'on essaie ?

Elle avait envie de répondre non, mais pourquoi, au juste ? Pour lui faire du mal ? Peut-être. Parce qu'elle savait qu'il n'était pas l'homme fait pour vivre avec elle à long terme ? Peut-être. Parce que, malgré toute l'angoisse qu'elle avait ressentie en le quittant pour tracer seule son chemin, il ne lui avait pas manqué ?

En dépit de toutes ces raisons, elle portait son enfant, son fils ou sa fille. Et couper radicalement les ponts avec lui n'avait pas grand sens. En définitive, si elle menait cette grossesse à terme, Davis devrait être mis au courant, il devrait prendre part à l'événement, ne serait-ce que pour lui verser une pension alimentaire.

— Qu'est-ce que tu proposes ? lui demanda-t-elle enfin.

— On peut y aller en douceur.

Il sourit.

— On pourrait sortir un soir, tous les deux. Je t'emmènerai au Zambra. Tu adores aller là-bas. On peut prendre notre temps et discuter en dégustant des tapas. Rien de plus, promis. Nous pourrions voir comment ça se passe et décider de la suite.

— Et tu verrais ça quand ?

— Quand tombe ton prochain jour de congé ?

— Ce soir, mais je suis prise.

— Qu'est-ce que tu fais ?

Il leva la main avant qu'elle puisse répliquer.

— Pardon, pardon ! Quel soir t'irait bien ?

— Samedi prochain.

— Quoi, pas avant toute une semaine ?

— L'attente est une excellente chose, comparable au déni.

Il n'avait pas l'air enchanté, mais il hocha la tête. Décidément, la patience n'était vraiment pas son fort…

— O.K., fais-moi savoir à quelle adresse je dois venir te chercher.

Sans pouvoir se l'expliquer, elle ne voulait pas que Davis vienne chez Charlotte.

— On peut se retrouver au restaurant.

— Merci, Harmony. Tu verras, les choses vont changer entre nous, je te le promets.

Il était loin d'imaginer à quel point… Elle se borna à lui adresser un petit sourire tandis qu'il se levait.

— Bon, on se voit samedi, alors, vers 19 heures.

Il se pencha et, avant qu'elle ait pu l'en empêcher, déposa un baiser sur sa tête. Elle le regarda s'en aller et s'efforça d'analyser les sensations qui l'agitaient.

La faim, estima-t-elle. Et elle reporta son attention sur l'assiette posée devant elle.

12

Journal du Premier Jour : 1er mai

J'avoue avoir commencé ce journal avec réticence. C'est la psy du service d'oncologie qui m'a recommandé d'en tenir un. Elle m'a conseillé de me pencher sur le chemin parcouru, pour voir ce que j'avais accompli, ce que j'avais gagné, ce que j'avais perdu. J'étais censée trouver par là des moyens d'espérer et d'autres de renoncer.

Pour ma part, j'étais persuadée que cette histoire de journal était stupide. J'étais au Duke pour être soignée, pas pour être transformée. Quand je lui ai répliqué cela, la thérapeute m'a demandé de quoi je voulais être guérie. De mon cancer ? De ma colère ? De mon déni face au caractère inéluctable de la mort ?

Après que j'ai consenti de mauvaise grâce à cet exercice, elle m'a suggéré d'écrire comme si je revivais les événements. D'après elle, cette technique remettrait immédiatement le passé au présent et me permettrait d'approfondir ma compréhension des événements.

Une fois lancée, je me suis rendu compte que je ne pouvais plus m'arrêter.

Ce sont les choses les plus importantes qui sont les plus difficiles à coucher sur le papier. Ma leucémie. Les semaines de traitement. La confrontation avec la vérité. Taylor et Maddie.

Il est grand temps que j'écrive sur Ethan car, depuis que je l'ai aperçu au parc jeudi, il est revenu hanter mon sommeil.

Dans mes rêves, je suis jeune et lui aussi. Le monde nous est donné. Tout ce que nous avons à faire, c'est tendre les mains.

En tant que fille de la campagne, j'ai beaucoup de mal à m'adapter à ma nouvelle existence à Asheville. Après avoir persuadé Mme King de me prendre à l'essai comme nounou pour l'été, j'emménage dans la maison et sympathise avec ses deux garnements. Au début, la ville me fait peur. J'ai une chambre dans le grenier, au deuxième étage, et la maison n'est pas loin du domaine Biltmore[1]*, où nous allons nous promener à pied ou à vélo, les garçons et moi. Les bois et les sentiers me rappellent la maison, et j'y passe le plus de temps possible avec les enfants. A la fin de l'été, les King m'invitent à rester chez eux en échange de séances occasionnelles de baby-sitting et d'un peu de ménage, arrangement qui va durer des années.*

Reconnaissante d'être une fois de plus tirée d'affaire, je trouve rapidement un second emploi de serveuse le midi dans un petit café de Biltmore Village, fréquenté par une clientèle généreuse en pourboires. Plus important, ces gens-là font partie du cercle auquel je veux appartenir. Les côtoyer s'avère instructif et j'observe avec attention, m'entraînant à devenir quelqu'un d'autre.

Deux étés se passent, et j'économise assez d'argent pour m'inscrire à temps partiel à la fac. Je passe le peu de mon temps libre seule. Je suis entourée de jeunes de mon âge, mais, absorbés par notre rêve d'une vie meilleure, nous ne profitons pas de celle que nous partageons au présent. Parallèlement, ma sensation de vivre sur la corde raide s'atténue. Même s'il m'arrive à l'occasion de croiser des gens qui ont connu Lottie Lou Hale, la plupart du temps, je suis libre d'œuvrer à un avenir bien différent.

Toute ma vie est axée sur la réussite. Il y a tant de choses

1. Le domaine de Biltmore abrite une immense demeure inspirée du château de Blois, construite à la fin du XIXe siècle par l'un des fils Vanderbilt. Toujours propriété de la famille, il est aujourd'hui ouvert au public.

que je veux laisser derrière moi qu'il me reste peu de temps pour réfléchir à la suite. J'ai besoin d'argent pour vivre. J'ai besoin de parfaire mon instruction. Prestige et respect sont mes deux objectifs. Je ne veux plus jamais qu'on me regarde de haut. Je veux être celle qui commande, celle vers qui on lève les yeux. Je veux toutes les bonnes choses que je vois autour de moi.

Je ne veux pas regarder passer les autres depuis le bas-côté de la route.

C'est si important pour moi que je passe des heures à échafauder mes projets. D'abord, la fac du coin. Ensuite, moyennant une bourse d'études, accéder à l'une des meilleures universités de l'Etat. Peut-être un diplôme de commerce, bien que je vise plus haut que diriger un service ou fourrager dans la paperasse. Rien ne me semble assez prestigieux. Contrairement à mon père, je refuse de me laisser dégringoler le long de la voie la plus facile mais, quelle que soit la route sur laquelle je m'engage, il faut que ma destination finale vaille l'effort du voyage.

J'ai beaucoup appris sur mon nouveau port d'attache. Après le remboursement par la municipalité de tous les emprunts contractés avant la Grande Dépression, notre petite ville de montagne est sortie de son sommeil. Du fait de la menace économique qui planait au-dessus de nos têtes, personne n'a eu intérêt à raser notre patrimoine architectural au nom de la promotion immobilière, si bien que nous nous retrouvons, presque fortuitement, nantis d'une offre considérable. Les retraités s'adaptent aux changements de leurs montagnes et il règne désormais un regain d'optimisme. Je veux y prendre part.

Entre-temps, je sors, mais très peu. J'ai peur de commettre la même erreur que ma mère en unissant mon destin à celui d'un bon à rien. Entre autres efforts pour transformer Lottie Lou en Charlotte Louise, j'étudie les vêtements et la mode, les coiffures et le maquillage. Chez les King, j'observe les riches, leurs façons de marcher et de s'asseoir, leurs façons de se tenir et de discuter à table, leurs inflexions et leurs accents. Je veille à ne pas prendre de grands airs, comme aurait dit Gran, mais peu à peu je laisse derrière moi la petite montagnarde.

Au cours de mon cinquième été à Asheville, Ethan entre dans ma vie ou plutôt dans ma salle de classe. Je viens de terminer mon troisième semestre de cursus et les King ont décidé d'aller vivre dans le Rhode Island.

Les heures que j'ai consacrées à leurs deux fils sont aussitôt récupérées par le café où je travaille, et je gagne désormais assez d'argent pour louer une chambre ensoleillée dans une grande maison de Montford. Cet été-là, je ne m'inscris qu'à un seul cours d'humanités. Notre professeur accueille avec enthousiasme les conférenciers invités. Nous écoutons discourir des peintres et des musicologues, et, un jour, nous assistons à l'exposé d'Ethan Graves Martin qui nous présente un diaporama historique consacré à l'architecture européenne et aux liens qui unissent chaque monument, chaque site, aux siècles qui l'ont précédé.

Ethan, qui entame son stage d'architecte dans un cabinet de la ville, connaît mon professeur. Ensemble, ils jouaient dans la même équipe de crosse à l'université de Virginie. Ethan a vingt-six ans, moi, vingt-trois. Il a un regard brun et chaleureux, des cheveux bruns un poil trop longs, à peine ondulés, et une silhouette longiligne de sportif. Son meilleur atout, ce qui le distingue de l'ordinaire, c'est son sourire — ses yeux qui se plissent, ses lèvres qui se retroussent naturellement, un sourire qui dit tout de lui. Manifestement, son sujet le passionne et il nous transforme d'étudiants désireux de se faire un nom en participants dotés d'avis personnels. Ethan subjugue son auditoire.

Je me souviens de tout. Ce jour-là, je porte une robe bain de soleil toute neuve, dénichée dans une friperie — un joli imprimé floral assorti à une courte veste verte et à des sandales de même couleur. J'ai rassemblé mes cheveux longs en chignon haut, à l'exception de fines mèches dégradées qui s'enroulent autour de mon visage. C'est un style que j'affectionne pour sa simplicité.

Durant le cours, Ethan concentre son regard sur moi. Comme il n'y a pas de mal à cela, je flirte sans vergogne avec lui. A la fin du diaporama, je regrette que la prestation de ce conférencier invité reste unique, car jamais je n'ai autant été intriguée par un homme. Les jeunes gens que je rencontre et qui exercent des professions libérales sont soit en chasse, soit déjà pris. Je ne sais jamais de quoi leur parler. Ma vie est d'un ennui mortel et il est hors de question que je leur confie des anecdotes sur mon enfance. Je ne connais personne qui ait envie de discuter avec moi de mes apprentissages universitaires ou de ma quête de la voie qui m'apportera richesse, respect et sécurité.

Après la conférence, je rassemble mon sac et mon bloc-notes ; quand je me lève, Ethan est planté devant moi. Je vois son regard s'égarer vers mon annulaire gauche.

— Non, lui dis-je, en réponse à sa question tacite. D'ailleurs, je n'en ai pas envie. Et toi ?

De près, son sourire est encore plus ravageur. Mon cœur, qui depuis ma naissance est toujours resté fermement accroché dans ma poitrine, dégringole dans mes chaussures. Ethan me propose d'aller prendre un café avec lui. Nous optons finalement pour un petit déjeuner informel le lendemain matin.

Le lendemain matin s'avère tout sauf informel et, avant midi, nous nous retrouvons au lit, où Ethan m'initie aux fantastiques plaisirs de l'amour prodigués par un homme attentionné. Intermède amplement mérité, selon moi, dans une vie de travail et de ténacité. Tandis que, lentement, Ethan m'ôte un à un mes vêtements et que le désir remplace la franchise, j'invente les mensonges que je ne cesserai de me répéter dans les années qui suivront.

Ethan ne s'inscrit pas dans mes projets. Il est architecte, mais son intention est davantage de changer le monde que de progresser sur un plan personnel. Nous n'en sommes qu'aux balbutiements du développement durable, mais Ethan souhaite déjà composer et bâtir de façon à ne pas nuire à l'environnement. Le cabinet où il vient de commencer son stage est à la pointe du changement. L'objectif d'Ethan est de distancer les structures déjà éco-responsables et d'encourager les autres à l'imiter.

Pour la première fois depuis mon départ de chez moi, je me fourvoie. Mais je me dis que je mérite bien cette petite parenthèse de bonheur et que, lorsque nos divergences se révéleront par trop flagrantes, Ethan et moi serons soulagés de mettre un terme à cette exploration d'un territoire inconnu.

Dans les mois qui ont suivi, j'ai appris une chose à mon sujet. J'ai toujours été sourde aux battements du cœur humain. Mais jamais autant qu'à cette époque.

13

Depuis le jeudi, Ethan réfléchissait à la conduite à tenir vis-à-vis de Charlotte. Sa première inclination avait été de ne rien faire. Bien évidemment, il n'avait pas signalé à Taylor la présence de Charlotte au parc. Si mûre et responsable que fût sa fille, elle redevenait une enfant dès lors qu'on mentionnait sa mère.

Peut-être Charlotte, de passage dans le quartier, s'était-elle tout simplement installée sur un banc pour donner quelques coups de téléphone ou parcourir ses e-mails… Etait-il impossible qu'elle se soit assise là par hasard, sans savoir que l'un des enfants escaladant la cage à écureuils n'était autre que sa propre petite-fille ?

Il aurait pu dire beaucoup de choses sur son ex-femme mais, hélas, pas qu'elle n'était pas au courant.

Il lui restait donc deux options. Fermer les yeux sur ce qu'il avait vu ou se préparer à une confrontation.

Lorsqu'il se réveilla, le dimanche matin, il avait choisi la seconde. Si Charlotte venait fréquemment se promener au parc, elle finirait un jour ou l'autre par tomber sur Taylor. Il était donc de son devoir de prévenir son ex-femme que leur fille risquait de très mal prendre le fait que sa mère puisse vouloir nouer un lien avec Maddie. Il doutait même que Charlotte prenne la juste mesure de la colère de Taylor.

Après une douche, il prit une seconde tasse de café pour se fortifier et enfila une chemise confortable, un pantalon de toile et des mocassins au cuir éraflé. Il ressemblait plus à un ouvrier venu réparer l'évier ou une fuite dans la toiture qu'à l'ex-mari de l'une des notables de Biltmore Forest, mais il ne cherchait pas à faire bonne impression sur les voisins de Charlotte. De toute évidence, il avait déjà prouvé son incapacité à l'impressionner, elle.

Le trajet jusqu'à la maison de Charlotte ne lui prit que quelques minutes. Il se gara sur le devant et demeura assis dans la voiture, perdu dans ses souvenirs.

La dernière fois qu'il était venu ici, Charlotte s'était efforcée de le convaincre que cette maison représentait la solution à tous leurs problèmes. A l'époque, leur mariage battait de l'aile et leur fille devenait de plus en plus incontrôlable. Charlotte croyait dur comme fer que l'acquisition d'une maison dans Biltmore Forest, et plus particulièrement l'acquisition de cette maison-là, leur changerait la vie. Elle serait tellement plus heureuse d'habiter une demeure aussi grandiose ! De plus, ils pourraient devenir membres du Country Club, ce qui leur permettrait d'élargir leur réseau de contacts professionnels. Enfin, Taylor y serait confrontée à de meilleurs exemples, à des jeunes filles dotées d'ambitions et de relations plus prestigieuses.

Ethan avait détesté cette maison au premier coup d'œil. Pour lui, elle trônait sur la parcelle telle une verrue maligne sur la courbe des hanches d'une belle femme. S'il avait dû concevoir une maison pour ce charmant paysage onduleux, il l'aurait construite en tenant compte des panoramas, de l'énergie passive et du développement durable. Il aurait dessiné des couloirs et des embrasures pour optimiser la circulation de l'air. La simplicité aurait été son maître mot, et le résultat de ses efforts aurait été élégant sans être austère.

En suivant Charlotte en silence à travers un dédale de pièces qui semblaient n'avoir aucune destination bien définie, il s'était rendu compte, pas à pas, que leurs espoirs d'avenir commun étaient faibles.

Pour finir, ils avaient contemplé la piscine grâce à laquelle, s'imaginait Charlotte, leur fille serait catapultée dans la bonne société de l'académie de l'Alliance. Elle s'était alors tournée vers lui.

— C'est la maison de nos rêves, Ethan, avait-elle dit, du fond du cœur.

Il avait planté son regard dans le sien et compris qu'ils avaient finalement atteint le point de non-retour.

— Dans mon esprit, la maison idéale était censée être une des miennes, avait-il lâché.

De fait, il avait commencé à dessiner pour elle les plans d'une résidence à la campagne, comme cadeau d'anniversaire, même si, les derniers temps, l'inspiration lui faisait plutôt défaut.

Charlotte avait eu la courtoisie de paraître peinée.

— Je voulais dire la maison idéale *pour le moment*, avait-elle précisé. Jusqu'à ce que nous fassions construire dans les montagnes.

Et, brusquement, il avait compris ce qu'il refusait de s'avouer depuis déjà trop longtemps : Charlotte et lui n'avaient jamais partagé les mêmes rêves, et ils ne les partageraient jamais.

Ils n'avaient pas acheté la maison. Il avait refusé de signer les documents, invoquant de multiples facteurs, y compris la taille ridiculement démesurée de la demeure, et Charlotte en avait été anéantie. Après leur divorce, la maison « de leurs rêves » était revenue sur le marché, et Charlotte avait sauté sur l'occasion. Cette baraque qui était trop grande pour eux était à présent habitée par une seule personne.

Ce matin-là, il ne prit pas la peine de chercher à repérer d'éventuels changements. Des travaux, Charlotte en avait fait. Après tout, elle était du genre à imprimer sa marque à tout ce qu'elle touchait. Elle pouvait tout aussi bien avoir ajouté une aile afin de pouvoir déambuler dans plus de pièces vides, ou creusé une seconde piscine, histoire d'avoir le choix entre deux bassins durant ses rares moments de loisirs.

Il descendit de son SUV et en claqua la portière avec plus de force que nécessaire. Il ne savait toujours pas comment il allait aborder le sujet qui l'amenait. Asheville était une ville assez petite pour que Charlotte et lui se soient plus d'une fois retrouvés dans un même lieu, depuis qu'il avait mis un point final à leur mariage. Lors de ces occasions, ils s'étaient montrés cordiaux l'un envers l'autre, parfaitement conscients que tous les regards étaient braqués sur eux. Il lui avait même présenté sa seconde femme, Judy.

Après coup, cette dernière lui avait confié qu'elle comprenait l'attrait que Charlotte avait pu exercer sur lui, mais aussi, et d'autant plus, le fait qu'il ait divorcé d'elle. Les avis tranchés qu'assenait Judy avec désinvolture continuaient à lui manquer. Celle-ci vivait désormais à Chicago. Il leur arrivait encore de se parler de temps en temps mais, comme il seyait à leur changement de statut marital, Judy avait mis un frein à son franc-parler.

Arrivé à la porte d'entrée flanquée de pensées, Ethan tira la sonnette et attendit. Le paillasson d'extérieur portait deux initiales séparées par un H si tarabiscoté qu'il en était à peine reconnaissable. Il s'agissait des initiales officiellement modifiées de Charlotte, pas de celles de son baptême, ce qui, en soi, n'avait rien d'étonnant. Du reste, malgré leurs dix-sept années de mariage et le fait qu'à Asheville elle se fût bâtie une réputation dans l'immobilier sous le nom de Charlotte Martin, elle avait repris son patronyme de Hale tout de suite après leur divorce, comme si cet ultime point commun avec son ex et sa fille représentait pour elle le rappel malvenu d'une erreur de jeunesse.

La porte lui fut ouverte par une jeune femme vêtue d'un short en jean et d'un débardeur révélant un tatouage de fée aux ailes arachnéennes. Son nez était percé d'un anneau en or, et ses cheveux, couleur de blé mûr, dont certaines mèches étaient tressées, lui descendaient jusqu'à la taille. Elle avait un charmant sourire, imparfait et sincère, détail plutôt rafraîchissant.

— Que puis-je faire pour vous ? lui demanda-t-elle.

— J'espérais voir Charlotte. Est-ce qu'elle est là ?

— Qui la demande ? Je préfère la prévenir.

— Veuillez lui dire qu'Ethan souhaiterait la voir.

La jeune femme laissa la porte entrebâillée, signe qu'elle le considérait comme un individu digne de confiance, et revint au bout de quelques minutes. Le temps qu'il devait lui avoir fallu, pensa-t-il, pour trouver Charlotte.

— Pardon de vous avoir fait attendre. Charlotte cueille des fleurs au jardin. Vous voyez où c'est ? Derrière, juste après la piscine.

Avant de venir, Ethan avait calculé qu'il avait peut-être

cinquante pour cent de chances de trouver Charlotte chez elle, mais jamais il ne se serait attendu à la trouver au jardin. Durant leur mariage, elle avait mis un point d'honneur à ne jamais travailler dehors, invoquant les années d'enfance où elle avait été obligée de le faire. Au lieu de cela, elle avait aménagé le terrain avec des rochers, du paillis et des conifères, et, deux fois par an, des professionnels de l'entretien d'espaces verts venaient tailler et pulvériser les végétaux.

— Je trouverai mon chemin, affirma-t-il.

— Je vous guiderais volontiers, mais je dois aller acheter quelques provisions…

Elle cligna des yeux, éblouie, en regardant le soleil.

— Je vais sans doute tomber en pleine sortie de l'office, non ?

— En vous dépêchant, peut-être pas.

Elle lui sourit et le salua de la main en passant devant lui pour aller vers le garage. Ethan avait renoncé à se demander qui elle était, bien avant d'être parvenu à trouver la sortie de la maison et d'avoir foulé les environs de la piscine. Il s'était solennellement promis de ne pas fureter à l'intérieur, mais une constatation sautait aux yeux. Quand elle s'était installée ici, Charlotte avait pris un nouveau départ. Dans toute la maison, il n'y avait pas un seul tableau, pas un seul meuble, pas même un plat datant de l'époque de leur mariage.

Ethan, songeait Charlotte, devait s'attendre à la trouver au milieu d'une vaste étendue de pelouse bien verte, style jardin à l'anglaise, en train de cueillir quelques tulipes et jonquilles plantées autour d'un tronc d'arbre. Il ne s'attendait sûrement pas à un vrai jardin ; et, pourtant, c'était bien cela qu'il découvrirait, une fois qu'il aurait réussi à trouver la sortie de la maison. Quatre plates-bandes surélevées bordaient un côté du jardin, de sorte qu'elles ne participaient pas au paysage de derrière, mais elles avaient été aménagées là à sa demande, pour y faire pousser des fleurs à couper. Ethan trouverait certainement la chose étrange, vu qu'elle n'avait jamais arraché une seule mauvaise herbe ou planté une seule petite fleur durant leur vie commune.

Si elle avait su qu'il viendrait, elle aurait tâché de faire meilleure impression. Dans quel dessein, au juste, elle l'ignorait. Ethan l'avait vue dans le pire état qui fût. Couchée avec la grippe. Après une nuit blanche passée au chevet de leur fille victime de coliques du nourrisson. Et même en train d'accoucher — bien qu'il ait dû se battre pour obtenir ce privilège. Le fait de la voir en jean, chemisette bouton-d'or et coiffée d'un chapeau à large bord, munie de sécateurs dans une main et d'un panier d'osier dans l'autre, ne le ferait pas fuir.

Remarquerait-il aussi à quel point elle était terrifiée ? Car il s'agissait de bien plus qu'une simple confrontation avec son ex-mari. Si cette rencontre se passait mal, elle risquait d'anéantir définitivement toute chance de se réconcilier avec Taylor.

Elle se courbait pour atteindre la base d'une tulipe perroquet, d'un violet si sombre qu'elle semblait être noire, lorsque des pas résonnèrent derrière elle. Elle se redressa lentement, la fleur à la main, et se retourna.

— Je ne sais pas trop comment ces tulipes sont arrivées là, mais Harmony vient de les découvrir et elle en a fait une folie. Je lui en coupe un bouquet.

— Harmony ?

— La jeune femme qui t'a fait entrer.

Elle se doutait qu'il n'était pas venu dénicher des renseignements sur sa vie, mais la curiosité d'Ethan semblait sincère. Curieux valait mieux que furieux. Aussi poursuivit-elle sur sa lancée.

— Elle a des goûts assez inhabituels, lui confia-t-elle avec un sourire qu'elle alla chercher au plus profond d'elle-même. Ça tombe bien, d'ailleurs, car j'ignore ce que je ferais de ces fleurs, autrement. Je suis quasiment certaine que l'étiquette indiquait un lot de tulipes hâtives doubles, roses et blanches. Décidément, la vie est pleine de surprises.

— Parce que c'est *toi* qui les as plantées ?

— Il y a deux ans, j'en ai eu assez de payer des sommes astronomiques pour avoir des bouquets. Gran disait toujours que, si on ne peut pas faire pousser quelque chose soi-même, on doit s'en passer. Ce qui explique que je n'avais jamais goûté d'artichaut ni d'avocat avant de me marier avec toi.

Elle cueillit une autre tulipe qui vint rejoindre ses sœurs dans le panier. Puis elle glissa le sécateur dans un étui qu'elle portait à la taille, d'une main qui tremblait un peu.

— Mais tu n'es pas venu ici pour parler de mon jardin, Ethan. Comment vas-tu ?

Il ne semblait pas le savoir. Apparemment, il prenait davantage d'intérêt à la dévisager.

Elle avait dix ans de plus que la femme dont il avait divorcé et, de fait, elle accusait nettement chaque année passée. Sa peau n'était plus aussi lisse que les pétales des tulipes couchées dans son panier. Des sillons entouraient ses yeux bleu-gris au regard las, elle était trop maigre et son cou avait perdu son impeccable fermeté. Pourtant, vu ce qu'elle avait enduré, Charlotte se trouvait encore passable pour une femme de cinquante-deux ans.

— C'est étrange, dit-il. D'être ici, dans cette maison, après tant d'années.

Même si l'air était frais, elle savait que la transpiration perlait à son front et que ses cheveux se mouillaient peu à peu. Le moindre exercice l'épuisait, et toute fatigue lui était déconseillée.

— Asseyons-nous. Je suis restée trop longtemps au soleil.

Ethan la suivit jusqu'à un banc installé à l'ombre d'un immense érable. Charlotte s'assit lentement sur le coussin et se laissa aller contre le dossier à lattes de bois, ôtant son chapeau pour s'éventer le visage.

— Tu devais savoir que tu prenais un risque en venant ici sans me téléphoner d'abord, dit-elle.

— Si j'avais appelé, m'aurais-tu proposé de passer ?

— Mais bien entendu…

Il la considéra d'un air sceptique.

— Je suis content de t'avoir trouvée chez toi.

— Ma foi, tant mieux, car Dieu sait ce que tu éprouveras au terme de notre conversation ! Je suis persuadée qu'il ne s'agit pas d'une visite amicale.

— Je t'ai vue au parc, jeudi.

Elle resta trop longtemps silencieuse pour qu'Ethan ne comprenne pas le message : elle ne comptait pas lui répondre.

— C'était bien toi ?

— J'étais là-bas, oui.

— Tu observais Maddie.

Elle aurait donné n'importe quoi pour pouvoir s'expliquer, mais les mots lui faisaient défaut.

— Oui, ainsi qu'Edna, la fille de Sam, et aussi un dénommé Porter qui est bien parti pour devenir une terreur, sauf si Edna se met en tête de vouloir le changer, ce dont elle est tout à fait capable.

— C'est ta façon de me dire, je suppose, qu'il ne s'agissait pas de ta première visite au parc.

Charlotte se tourna vers lui et vit sur son visage les mêmes altérations qu'il devait avoir remarquées sur le sien, mais Ethan vieillissait bien. Les ans dépouillent les fioritures, mais conservent toute l'essence d'un homme. L'ossature d'Ethan le porterait toujours à quatre-vingts ans, mais ses yeux, ce regard brun doré à qui rien n'échappait mais qui ne jugeait pas, l'avantageraient plus encore.

Ces yeux l'avantageaient d'ailleurs présentement, même si, pour une fois, ils n'étaient pas neutres à proprement parler.

— C'est une très jolie petite fille, dit-elle.

Avant d'ajouter en détournant la tête :

— On ne s'ennuie pas à la regarder.

— Charlotte, tu n'es pas du genre à faire quoi que ce soit sans en avoir mûrement pesé les conséquences. Que penses-tu qu'il va se passer, quand Taylor découvrira ton petit manège ?

— Je n'en sais trop rien, Ethan.

— Dans ce cas, c'est moi qui vais te le dire. Taylor sera furieuse.

Charlotte n'en était pas surprise outre mesure — après tout, Samantha elle aussi avait été très claire sur ce point — mais, d'une certaine façon, sottement, elle avait espéré autre chose. Elle hocha la tête, dissimulant par ce geste une immense émotion.

— J'espérais une réponse différente, mais Sam m'a tenu le même discours que toi. D'après elle, ce ne sera pas simple.

Ethan parut surpris que Samantha ait consenti à lui adresser la parole.

— Comment pouvais-tu imaginer une autre réaction de la part de Taylor ?

— Avec le temps, les choses changent, et les gens aussi. J'espérais sans doute que…

Elle s'avisa qu'elle portait encore ses gants de jardin et entreprit de les ôter lentement, pour se donner une contenance, car elle était incapable de poursuivre.

Ethan, lui, n'avait pas ce problème.

— Taylor a dû mûrir très vite quand elle a su qu'elle allait être mère, et elle s'en est admirablement bien sortie. Mais elle n'a pas encore dépassé le stade de la colère.

— Pas encore ?

— J'espère que cela viendra un jour.

— Tu l'entretiens dans son ressentiment ?

Elle veilla à ce que sa question ne sonne pas comme une accusation. Elle souhaitait vraiment savoir.

Il se rembrunit et sa réponse fut aussi désagréable que sa question.

— Nous ne parlons jamais de toi. Taylor ne me le permettrait pas. Mais, si cela se produisait, j'essaierais de lui faire comprendre qu'à ta façon tu essayais de la protéger.

— A ma façon…

Elle plia les gants, qu'elle posa dans le panier.

— A ma façon, comme tu dis, j'essayais bel et bien de la protéger, Ethan. J'étais certaine de savoir où était son intérêt. J'avais toujours été douée pour savoir où était l'intérêt des autres. J'en tirais un certain orgueil.

— La décision concernant sa grossesse lui appartenait, à elle seule. Elle n'avait nullement besoin qu'on lui mette encore plus de pression.

— Bien entendu, c'était sa décision à elle.

Ethan sembla surpris qu'elle ne discute pas sur ce point. Et

Charlotte était surprise que leur conversation ait ramené à sa mémoire des souvenirs aussi nets du jour où il avait demandé le divorce. C'était inévitable, elle le savait, et pourtant la force de ses émotions lui fit fermer les yeux quelques secondes. Puis, voyant qu'Ethan ne réagissait pas, elle déclara :

— Je veux reprendre ma place dans la vie de Taylor. Et je veux faire la connaissance de ma petite-fille. Il me faudra trouver un moyen pour y parvenir. Solliciter ton aide ne manque pas d'audace, je le sais, mais tu es ici, assis à côté de moi. Et tu me connais, Ethan, je ne manque jamais de saisir une occasion qui se présente.

— L'audace n'a rien à voir là-dedans.

Se tournant vers lui, elle le regarda droit dans les yeux, sûre, cette fois, que ses sentiments se lisaient sur son visage.

— Je me mettrai à genoux devant elle. Je ferai ce qu'il faudra. J'ai commis une épouvantable erreur — épouvantable — et je veux la réparer, pour leur bien à toutes les deux.

— Vraiment ? Ou ne s'agit-il que de *toi* et de *tes* besoins ?

— C'est tout à la fois. Taylor a besoin de tirer un trait sur toute cette histoire, et il me semble que Maddie peut avoir besoin de sa grand-mère. Quant à moi, j'ai besoin de ma famille. J'ai besoin d'agir dans le bon sens. J'aime Taylor. Je n'ai jamais cessé de l'aimer.

— Je peux déjà te dire ce qu'en pensera ta fille, car je partage sa façon de voir les choses. Tu vas essayer de tout régenter. Tu vas vouloir faire ceci pour Taylor et cela pour Maddie, toutes ces choses que tu considères comme indispensables et qui n'ont rien à voir avec les besoins de ta fille.

Charlotte prit quelques instants avant de répondre, comme si elle réfléchissait à ce qu'il venait de lui dire, même si c'était inutile.

— Je comprends ton sentiment, Ethan, mais je peux t'assurer que cela ne se passera pas ainsi.

— Maddie souffre d'épilepsie. Tu le sais, ça ?

Elle opina.

— Taylor prend toutes les décisions concernant la santé et

les traitements de sa fille. Elle n'accepte aucun conseil et refuse toute intervention extérieure.

— En a-t-elle besoin ?

— Là n'est pas la question. Maddie est sa fille, et Taylor a le droit d'agir dans ce qu'elle estime être son intérêt.

— Et Jeremy ?

— Il adore Maddie. Ils ont pris un mauvais départ, et d'ailleurs Taylor ne lui a pas vraiment pardonné son refus initial, mais il a assumé ses responsabilités. Et ses parents ont été formidables.

— J'en suis très heureuse.

Ce n'était pas la réaction à laquelle s'attendait Ethan, Charlotte en était certaine. Elle avait méprisé Jeremy, qui, au lycée, jouait dans un groupe de rock baptisé Insidious Pagans et défiait toute autorité. Elle avait interdit à sa fille de le fréquenter, s'assurant par là même que Taylor continuerait à le voir en cachette, mais aussi qu'elle le trouverait encore plus séduisant et succomberait à son charme.

— Je ne sais pas ce que je peux faire pour toi, Charlotte.

— Et ce que tu *veux* faire pour moi.

— Aussi, oui.

Charlotte n'ignorait pas qu'elle avait peu de temps pour le convaincre, aussi s'efforça-t-elle de donner du sens à chacune de ses paroles.

— Je peux imaginer ce que tu éprouves, Ethan. Je peux même imaginer ce que tu éprouves envers *moi*. Je t'en prie, sache simplement que je suis profondément désolée et que mes regrets remontent à bien avant notre terrible dispute — la dernière. Je ne peux pas changer le passé, mais peut-être puis-je modifier l'avenir. Du moins un peu ?

Ils restèrent silencieux une bonne minute. Charlotte attendait sa réaction en s'éventant. Ses mains tremblaient.

— Elle ne va pas apprécier les intermédiaires, finit-il par lâcher. Ça, c'est certain. Taylor ne fait pas de prisonniers de guerre et refuse les médiateurs. Si tu veux avoir la moindre chance de faire amende honorable auprès d'elle, il te faudra y aller en personne.

— Sam m'a dit la même chose. Quel moment serait le plus propice, d'après toi ? Une période où elle ne serait ni surmenée ni inquiète ?

— Ecoute, je reprendrai contact avec toi.

Il se leva du banc et elle l'imita.

— Tu me promets de le faire, Ethan ? Tu ne dis pas ça pour te débarrasser de moi ?

— A quoi cela servirait-il ?

— Si tu ne veux plus me revoir ou me reparler, je le comprendrai. Après tout, pourquoi le ferais-tu ? Pourquoi *devrais*-tu le faire ?

— Parce que nous avons une fille en commun, même si l'intéressée préférerait l'oublier. Et aussi une petite-fille. Au moins, nous avons réussi ça.

Cet aveu arracha à Charlotte un faible sourire qu'Ethan lui rendit. A son corps défendant, elle sentit une chaleur monter en elle comme une fumée de feu de bois s'élevant en volutes dans le ciel, par un bel après-midi d'automne.

— Tu as l'air en forme, Ethan. Es-tu heureux ?

— Quelle importance ?

— Je tiens à ce que tu le sois.

— Et toi, rétorqua-t-il. Tu es heureuse ?

— Je vais peut-être arriver à me frayer un chemin vers le pays du bonheur, même s'il y a belle lurette que j'en ai égaré la carte. Rafraîchis-moi la mémoire, c'est bien un sentier qui franchit les montagnes, n'est-ce pas ?

— Une montée très escarpée, oui.

Elle effleura son bras. Sans s'attarder, avec tendresse.

— Merci pour tout, Ethan. Merci d'être venu, de m'avoir écoutée et d'avoir réfléchi à ma proposition.

Il hocha la tête avant de rebrousser chemin vers la maison.

Charlotte se demanda s'il passerait par la cuisine — c'était le plus court chemin jusqu'à la porte d'entrée. Dans ce cas, sur le mur près du réfrigérateur, il apercevrait trois peintures au doigt qu'il connaissait bien — les premières œuvres de Taylor sur les bancs de l'école maternelle. A l'époque, ils les avaient fait encadrer afin de les exposer dans la maison où vivait leur petite famille. Ethan ne devait pas avoir repensé à ces dessins depuis leur divorce.

Charlotte, elle, ne les avait jamais oubliés.

14

Journal du Premier Jour : 4 mai

Ethan et moi avons vécu pas loin de onze ans chacun de notre côté, mais aujourd'hui, durant les quelques moments que nous avons passés dans le jardin, j'ai presque eu l'impression que notre séparation n'avait jamais eu lieu. Le mariage exige un degré d'intimité qui transforme les conjoints de manière indélébile. A certains égards, c'est comme si Ethan avait laissé une empreinte dans mon cœur. C'est exactement ce que je redoutais, jadis. J'ai essayé de m'en protéger, mais l'amour finit toujours par triompher.

Dans mes souvenirs, j'ai de nouveau vingt-trois ans, mon histoire d'amour avec Ethan m'apparaît impossible, et en même temps impossible à interrompre. Il me surnomme Lulu et m'entraîne dans des bars où l'on joue du bluegrass, ou au sud de la ville, voir des pierres mouvantes et des cascades. Je l'emmène sillonner à vélo les allées du domaine Biltmore que nous nous étions appropriées, les petits King et moi.

Pour Noël, nous nous rendons dans sa famille à Roanoke, en Virginie, et mes intuitions concernant son milieu et son éducation se trouvent confirmées. Ethan et son jeune frère sont de purs produits d'écoles privées, de camps d'été en Nouvelle-Angleterre et de cours particuliers quand leurs notes sont un poil au-dessous de la perfection.

On m'accueille avec intérêt. Sa physicienne de mère délaisse ses occupations le temps de prendre le thé avec moi et me montre des photos d'Ethan enfant ainsi que des portraits de leurs ancêtres, aux origines profondément enracinées dans l'aristocratie sudiste. Son avocat de père me vante les talents de golfeur de son fils.

Nous fêtons le réveillon de Noël à leur Country Club et, pour l'occasion, Mme Martin me prête une étole en renard argenté pour aller avec ma splendide robe achetée en friperie. Ethan, bien entendu, me prie de laisser l'étole à la maison — il est contre le port de la fourrure et contre le Country Club de ses parents qui pratique la ségrégation.

Le lendemain matin, des cadeaux m'attendent, disposés sous le sapin, et sa famille semble sincèrement ravie de recevoir mes modestes présents. Pourtant, je sens que sa mère m'observe et me jauge, comme si son regard pouvait transpercer ma fine couche de vernis et deviner que je ne suis pas assez bien pour porter ses petits-enfants.

Dans la famille, toutes les conversations sont étonnamment tièdes, comme si tout sujet d'intérêt était banni à dessein. Je demande à Ethan si ses parents se montrent tout particulièrement polis envers moi, mais il me répond que non, que j'ai vu sa famille au naturel.

Cette nuit-là, il se glisse discrètement dans ma chambre et nous faisons l'amour avec une passion surprenante. Soudain, je comprends que, alors que sa famille et sa maison m'apparaissent idéales, elles ne l'ont jamais été pour lui.

Pour la première fois, je me rends compte qu'Ethan et moi ne sommes pas destinés à nous éloigner peu à peu l'un de l'autre. Je prends conscience que nous avons créé un lien qu'il ne sera pas aisé de trancher. Est-il possible de vivre une relation à long terme en ayant chacun des ambitions aussi opposées ? J'aspire à la vie qu'il a connue enfant, à celle que ses parents continuent à mener et qu'il méprise. Si Ethan et moi devons nous marier, ne pouvons-nous pas concilier les deux ?

Cet hiver et ce printemps-là, j'assiste à mes cours et j'assure au café les services du midi et du soir. Mine de rien, Ethan commence à parler mariage, mais je me contente d'être avec lui, de lui préparer un repas ou de faire la sieste avec lui. Au moins la moitié de nos nuits se passent-elles dans mon lit ou dans le sien. Lui aussi travaille d'arrache-pied et, pour le moment, nous nous satisfaisons de pouvoir nous retrouver chaque fois que c'est possible.

L'été marque un tournant dans notre relation. Sa mère, qui se rend chez une amie de Highland, fait un crochet par Asheville et débarque sans crier gare à l'appartement. Ce soir-là, je dîne chez Ethan. Sa mère semble surprise de constater que nous sommes encore ensemble, même si elle parvient très vite à dissimuler son étonnement. Le lendemain matin, elle m'emmène à sa boutique préférée d'Asheville. Elle sait si peu de choses sur moi, prétend-elle, tout en me sondant au passage. Je sais qu'elle cherche à confirmer ses soupçons.

Je me limite au minimum. Je lui dis que ma famille est installée dans les montagnes depuis des générations et que j'y ai été élevée par ma grand-mère. Je lui raconte que la vie dans le comté de Madison n'était pas simple, mais que ma famille travaillait dur et priait plus fervemment encore. Je ne mentionne pas Hearty. Même Ethan ne sait pas grand-chose sur mon père.

Tandis que nous effectuons nos emplettes, sa mère corrige avec subtilité la plupart de mes propos et de mes gestes, l'air vaguement compatissant, comme soudain consciente de la vanité de ses efforts. A la fin de la matinée, je lui dis au revoir, luttant contre les larmes. Puis, bizarrement, je suis prise de nausées en rentrant chez moi.

Une semaine plus tard, mes soupçons sont confirmés. Je n'ai pas la grippe, j'attends un enfant.

15

Jeudi après-midi… Taylor Martin jonglait avec les ordonnances, les échantillons et les modes d'emploi des nouveaux médicaments de Maddie tout en réussissant à sourire à Rhonda, l'infirmière qui travaillait au cabinet du Dr Hilliard depuis le jour où celui-ci avait vissé sa plaque. Rhonda, qui aurait pu faire valoir ses droits à la retraite, lui avait confié que seule sa fidélité au médecin l'empêchait de sauter le pas. Pas étonnant quand on connaissait l'homme : stimulant, compatissant, impliqué. Pourtant, lui aussi, un jour, cesserait d'exercer, décision qui laisserait Taylor bien désemparée.

— Dis donc, Maddie, qu'est-ce que tu pousses ! s'exclama Rhonda. Ta maman doit te gaver comme une petite oie ?

Maddie ne sourit pas, elle avait mal dormi. Elle n'avait pas souffert d'autres crises généralisées, mais, d'après le Dr Hilliard, son sommeil était peut-être perturbé par des crises moins intenses. Après l'épisode de grand mal survenu le soir du barbecue, il avait modifié le dosage d'un des médicaments et, après la consultation d'aujourd'hui, en avait ajouté un autre à son traitement. Il avait bon espoir que cette nouvelle association médicamenteuse allongerait les périodes de répit. Taylor connaissait également un regain d'optimisme, teinté malgré tout d'une certaine appréhension au moment de prendre connaissance des éventuels effets secondaires du nouveau médicament.

— Avec maman, j'ai presque jamais droit à un dessert, répliqua Maddie d'un ton geignard qui ne lui ressemblait pas.

Rhonda, qui semblait considérer le dessert comme un simple

hors-d'œuvre, agita l'index d'un air espiègle en direction de la fillette.

— Quelle que soit la méthode de ta maman, elle est efficace ! La prochaine fois que je te verrai, tu auras encore pris trente centimètres !

Taylor guida sa fille en direction du hall climatisé, puis de l'ascenseur. Elle croisait les doigts pour que la prédiction de Rhonda se réalise, mais comme souvent, lors des consultations chez le médecin, elle soupçonnait que sa fille n'avait pas grandi d'un millimètre.

Une fois hors de l'immeuble, Maddie balaya du regard les voitures garées le long du trottoir.

— Papy n'est pas là.

Taylor vérifia l'heure.

— Nous sommes sorties tôt. Ne sois pas trop sévère avec lui.

Son père avait accepté de leur servir de taxi pour la journée, le temps que Taylor fasse changer le train de pneus de sa voiture.

On pouvait faire confiance à Ethan pour se trouver à l'endroit convenu et surtout *à l'heure dite*, mais cela ne lui était pas naturel. Charlotte, se souvenait Taylor, avait toujours été la plus à cheval des deux sur la ponctualité, battant la semelle au rythme de la trotteuse si jamais on la faisait attendre. A l'époque, c'était son père le lambin, l'esprit créatif qui s'attardait devant chaque maison inconnue, se demandant comment l'espace était divisé à l'intérieur ou tremblant qu'un décorateur sans talent n'ait installé des faux plafonds et enduit de peinture blanche les précieuses boiseries d'acajou.

Désormais, pourtant, Ethan était toujours à l'heure, mais uniquement parce qu'il savait que sa fille et sa petite-fille comptaient sur lui. Il arrivait parfois à Taylor de songer que, dans ses efforts pour assumer seul le rôle de père et de mère, il avait pris le meilleur des deux.

La voix de Maddie n'avait pas perdu son intonation geignarde.

— Je veux pas retourner à l'école. La journée est presque finie, et puis tout le monde va me regarder.

Taylor avait gardé la bonne nouvelle pour la fin, au cas où

Maddie aurait eu besoin de réconfort après sa consultation chez le neurologue.

— Tu n'y retournes pas. Comme il fait très chaud cet après-midi, papy nous emmène manger une glace.

— C'est vrai ?

— Ensuite, nous irons à Pack Square, histoire que tu te mouilles comme un canard. La journée est trop avancée pour que tu retournes en classe, et puisque ta maîtresse m'a donné tes devoirs nous allons faire l'école buissonnière !

Maddie, enchantée, leva la main et elles scellèrent leur accord en se tapant dans la paume. A cet instant, la voiture d'Ethan apparut. Il parvint à s'extraire de la circulation et effectua un créneau sans effort dans un petit emplacement situé juste devant le cabinet du médecin. Maddie s'empressa de grimper à l'arrière du véhicule tandis que Taylor s'asseyait à côté de son père.

— Alors, s'enquit-il, ça s'est bien passé ?

— Il lui a diminué un médicament et lui en a prescrit un nouveau. Merci d'être passé nous chercher. Le garage m'a appelée, ma voiture est prête. Si ça ne te dérange pas, tu pourras nous déposer là-bas en revenant du parc.

Ils bavardèrent jusqu'à ce qu'Ethan gare la voiture devant l'Ultimate Ice Cream Company, l'un des lieux de prédilection de Maddie. Ils hésitèrent longuement sur les parfums, débattant des avantages et des inconvénients de chacun, mais la fillette fut la première à se décider. Après avoir passé commande — un cône Moon Pie pour Maddie, un sorbet menthe-citron pour Taylor et du fromage de chèvre aux griottes pour Ethan —, ils effectuèrent le court trajet jusqu'au centre-ville pour arriver devant Pack Square Park.

Où qu'il fût, Ethan trouvait toujours une place pour se garer. Taylor ne savait pas comment il se débrouillait. Perplexe, elle avait fini par conclure que son père devait jouir d'un bon karma, lequel, aujourd'hui, battait tous les records. A mi-rue du parc, il se gara sur un emplacement payant mais dont l'horodateur était en panne. Ils n'eurent même pas à chercher des pièces de vingt-cinq cents…

— Tu es sûre que tu veux mouiller tes vêtements ? demanda-t-il à Maddie. Tu es toute belle !

La fillette ouvrit la portière de son côté.

— C'est rien qu'un jean et un T-shirt…

— N'empêche que tu es très jolie.

Elle lui décocha un sourire avant de filer vers Splasheville.

Pack Square Park faisait partie du patrimoine historique d'Asheville, mais de récents travaux, à la fois coûteux et innovants, semblaient avoir pour but d'en faire le cœur de la cité. Les rues avoisinantes avaient été rendues aux piétons et la zone d'activités développée. Le parc était désormais divisé en sections. Ethan et Taylor s'engagèrent droit devant eux, en direction du Roger McGuire Green, espace de verdure qui s'étend entre le remarquable palais de justice d'architecture néoclassique et le non moins remarquable hôtel de ville de style Art déco. Les urbanistes n'avaient pas lésiné sur la plantation d'arbres et d'arbustes indigènes. Ils avaient également décidé de la construction d'une estrade de quinze mètres, ornée de carreaux de céramique admirablement ouvragés. A l'intention des enfants, ils avaient également prévu une fontaine interactive dont les jets d'eau jaillissaient par intermittence d'un bassin circulaire à fond carrelé.

Taylor laissa sa fille s'élancer en courant. C'était un plaisir de la voir recouvrer goût à la vie. Depuis qu'elle prenait ce nouveau traitement, elle était somnolente et grognon. Taylor espérait que les modifications prescrites par le Dr Hilliard apporteraient un changement à son état.

— Elle a l'air heureuse, lâcha Ethan.

— Une glace, l'école buissonnière et, maintenant, ça.

Taylor regardait sa fille s'avancer à pas prudents vers les gerbes d'eau qui jaillissaient du sol.

— Maddie mérite d'être heureuse.

— Toi aussi, lui fit remarquer son père.

— L'un ne va pas sans l'autre. Si j'arrive à améliorer sa qualité de vie, le reste suivra. Pour l'instant, ce qui m'importe, c'est que son état soit stabilisé avant qu'elle parte pour Nashville. Je préfère ne pas penser à ce qui risque de se passer si Jeremy se retrouve obligé de faire face à une urgence.

Ils s'assirent sur l'un des bancs en pierre disposés sur le côté et regardèrent Maddie se comporter comme la petite fille qu'elle était, courant entre les jets d'eau et se faisant éclabousser en compagnie des autres enfants.

Taylor ne détachait pas son regard d'elle. Il était facile de glisser sur le carrelage inondé, mais la plupart des enfants gardaient l'équilibre sans problème. Maddie savait qu'à la première sensation bizarre elle devait vite s'asseoir. Elle n'était pas toujours en mesure de repérer l'arrivée d'une crise mais, lorsque c'était le cas, au moins avait-elle le réflexe de ne pas rester debout.

— J'ai toujours adoré cet endroit, lui confia son père, mais jamais autant que maintenant. C'est un plaisir pour les yeux. Tu es déjà allée à Pack Tavern ?

Il indiqua de la tête le bâtiment en brique qui faisait l'angle à main droite.

— Encore un monument historique. Tu savais que c'était un speakeasy durant la Prohibition ? Il paraît que des tunnels le reliaient à des commerces du centre-ville — un formidable moyen de transporter clandestinement de l'alcool d'un point à un autre !

— Je suis une inconditionnelle de leurs pickles frits, hélas ! C'est *ça* qui devrait être interdit à la vente !

— Avant, ça s'appelait le Bill Stanley's Barbeque and Bluegrass. Tu te souviens ? Un vrai bastringue, et l'endroit idéal pour les fans de grillades et de bluegrass. A l'époque où nous sortions ensemble, ta maman adorait y aller.

Taylor réfléchit. C'était étrange d'entendre « ta maman » dans la bouche de son père.

— Je n'arrive pas à imaginer ma mère dans un endroit pareil.

— Il y avait des ribs, de la bière et les meilleurs violonistes country du monde. Ta mère savait danser le clogging, ou du moins elle en connaissait les rudiments. Tu l'aurais vue taper des pieds sous la table ! Elle crevait d'envie de rejoindre les autres danseurs, mais je n'ai jamais réussi à la convaincre de se lancer. Elle trouvait ça inconvenant.

— C'est étrange de t'entendre parler d'elle.

Taylor s'aperçut qu'elle mangeait ses mots, les crachait comme s'ils avaient mauvais goût.

— Ça ne t'arrive jamais.

Elle craignait que dans son intonation ne perce la conclusion, implicite : « Et je ne veux pas que tu le fasses. »

— Taylor… Charlotte et moi sommes restés longtemps mariés. Et, à nous trois, nous avons formé une famille durant des années. Nous avons eu de bons moments ensemble, tu sais, plus que tu ne le crois. Il serait peut-être utile de t'en souvenir.

— Tu as raison sur un point.

Il se tourna vers elle, le regard attentif.

— Lequel ?

— S'agissant de ma mère, je ne crois pas que nous ayons jamais connu de bons moments.

16

Journal du Premier Jour : 7 mai

Harmony ne m'a pas confié grand-chose de ses projets, sans doute par crainte de mon éventuelle désapprobation. En cela, elle se méprend lourdement, mais comment pourrait-elle savoir que c'est en voulant conseiller ma fille de seize ans sur sa grossesse que je l'ai perdue, peut-être pour toujours ?

Harmony ignore aussi que, bien des années avant cet épisode, j'avais moi aussi été confrontée à la décision irrévocable qu'elle va bientôt devoir prendre.

Je ne me souviens que trop bien de ce qu'on éprouve à vingt-cinq ans. Lorsque j'apprends ma grossesse imprévue, je suis plus âgée que Taylor et Harmony dans les mêmes circonstances. Ethan souhaite avoir des enfants, mais quand, moi, je l'envisage, c'est dans un avenir lointain, une fois que j'aurai acquis une situation professionnelle. Si nous nous marions, je tiens à m'établir de façon prospère et à pousser Ethan vers un cabinet d'architectes entreprenant et lucratif, peut-être à Charlotte, cette ville débordante de dynamisme, voire à Atlanta. Je veux donner à nos enfants tout ce qui m'a manqué quand j'étais petite et couper définitivement les ponts avec mon passé.

Dans mon affolement, je me demande ce que je dois faire. Comme je suis tombée enceinte malgré l'emploi d'un contraceptif, il ne me sera sans doute pas bien difficile de mettre en route une nouvelle grossesse, désirée celle-là, dans un an ou deux. Sans grande conviction, je me dis qu'à ce stade l'embryon n'est encore qu'un grain de sable, pas même un têtard. Je peux me rendre dans un dispensaire en dehors de la ville, Ethan n'en saura jamais rien. Plus tard, si nous nous marions, si nous envisageons sérieusement d'avoir un enfant et que nous organisons sa venue dans les moindres détails, alors oui, nous pourrons fonder une famille.

Je consulte un médecin qui confirme ce que je sais déjà. Il m'examine avec soin, puis m'avoue son étonnement au vu de mon état. J'apprends alors que je souffre d'une forme grave d'endométriose, maladie entraînant des problèmes de stérilité : le fait que je sois enceinte relève du miracle. Je dois, toujours selon le médecin, tâcher par tous les moyens de mener cette grossesse à terme, car il n'y en aura sans doute pas d'autre.

Mon univers s'écroule.

Ce soir-là, je me résous à dire la vérité à Ethan, sans trop savoir quelle va être sa réaction. Je commence par lui parler de ma matinée passée en compagnie de sa mère, et de la crainte quasi palpable de celle-ci de me voir anéantir ses chances d'accéder à un avenir prometteur.

— Et au statut de membre des meilleurs Country Clubs du pays, me rappelle-t-il, avec une impassibilité de marbre. N'oublie pas, Lulu, que tu risques aussi d'anéantir ce privilège-là, vu que, le week-end, je préfère de loin rester au lit avec toi plutôt que d'aller faire un dix-huit trous.

— Je ne sais pas combien de temps nous pourrons encore faire la grasse matinée, dis-je, les larmes aux yeux. Il va nous falloir changer des tonnes de couches !

Sa mère ne me juge peut-être pas assez bien pour épouser son fils et porter ses enfants, mais Ethan, lui, sait apaiser tous mes doutes. Depuis que le monde est monde, aucun homme n'a jamais été aussi enthousiasmé par l'annonce de sa future paternité. Et aucune femme n'a jamais autant aimé un homme.

Huit mois plus tard presque jour pour jour, après avoir été unis par un juge de paix lors d'une cérémonie à laquelle la famille d'Ethan s'est efforcée de faire bonne figure, nous devenons les heureux parents d'une petite fille. Ethan décide de l'appeler Taylor à la mémoire de ses grands-parents Taylor. Je consens à ce choix dans l'espoir que ce prénom effacera les inquiétudes de ma belle-mère concernant notre mariage. Je rate le retour à la maison de ma fille, à cause d'une hystérectomie pratiquée en urgence qui me tient éloignée d'elle une semaine.

Mon médecin avait vu juste. Taylor restera notre unique enfant. Et mon intuition aussi était la bonne : je ne suis pas prête à être mère. Quand je rentre à la maison, ce petit bébé m'est totalement étranger, alors qu'il ne l'est déjà plus du tout pour son père.

17

Ce samedi matin, le petit déjeuner se prenait dans la plus modeste des deux salles à manger — Harmony aimait la table et les chaises en cerisier clair, aux pieds délicatement incurvés. Elle avait repoussé les lourdes tentures des fenêtres à petits carreaux afin de laisser le soleil inonder la pièce et illuminer la table. Le jus d'orange serait servi dans des verres à pied en cristal taillé.

Lorsqu'elle eut fini d'arroser ses flocons d'avoine d'un filet de miel, Harmony leva les yeux avec un certain embarras. Après tout, le moment convenait aussi bien qu'un autre pour faire son annonce.

— Charlotte, j'ai décidé de garder l'enfant.

Peu sûre du sentiment qui se peindrait sur le visage de Charlotte — joie ou consternation —, elle fut soulagée de ne voir ni l'un ni l'autre. Charlotte eut l'air intéressé, voire approbateur, mais se garda bien de manifester une quelconque opinion personnelle.

— J'ai beaucoup réfléchi… En fait, je n'ai pas arrêté d'y penser, poursuivit Harmony. Et même si tout semble indiquer que je ne suis pas prête à avoir un enfant, je suis encore moins prête à avorter, tu comprends ? Je suis allée dans un dispensaire et j'ai parlé avec une infirmière, juste pour me faire une idée de mes options. Au bout de cinq minutes, j'ai su que ça n'était pas la solution. J'imagine déjà à quoi va ressembler cet enfant, je me demande déjà si c'est un garçon ou une fille — les autres femmes que j'ai vues là-bas ne pensaient pas à ça, j'en mettrais ma main à couper. Elles pensaient qu'il leur fallait refermer cette porte derrière elle, et vite.

— Et toi, tu veux la laisser ouverte ?

Harmony apprécia le ton de la question. Il n'y avait pas l'ombre d'un jugement dans la voix de Charlotte.

— Oui. Ça ne veut pas dire que je sais ce que je ferai après la naissance du bébé. Mais voilà au moins une décision qui n'est plus à prendre.

Charlotte s'empara de la théière que Harmony avait placée devant elle et se versa un mince filet de thé dans une délicate tasse blanche. Harmony aimait dresser la table avec la porcelaine de Charlotte ; aujourd'hui, elle avait choisi des assiettes si fines qu'elles étaient presque iridescentes dans le soleil. Harmony était libre d'employer à sa guise les quatre services que possédait Charlotte, aussi s'amusait-elle à mélanger, compliquer et ajouter des éléments inutiles, simplement parce qu'elle avait la possibilité de le faire. Elle ressemblait à une petite fille préparant une dînette raffinée pour ses poupées, mais cela lui était égal. Le jeu n'avait guère été présent dans son enfance et, parmi ses plus beaux souvenirs, il y avait celui de sa mère leur servant le thé à toutes les deux dans le service de sa grand-mère.

— Je… je voulais juste te mettre au courant, dit-elle. J'ai raison, tu crois ?

Charlotte reposa la théière sur un napperon brodé, découvert par Harmony dans un tiroir débordant de linge magnifique.

— D'après moi, tu as raison sur toute la ligne. Tu as pris ton temps pour réfléchir et consulter des professionnels de santé. Tu as la tête sur les épaules, et tu t'en sers pour prendre les bonnes décisions.

Harmony prit conscience qu'elle avait du mal à accepter les compliments de Charlotte. Elle ne les méritait pas.

— Pourtant, je me suis bien plantée ! Je suis tombée enceinte par accident et je ne suis pas prête à être mère. Je n'arrive même pas à me faire à cette idée…

— Là-dessus, tu es en excellente compagnie, lâcha simplement Charlotte.

— Ça n'a pas été facile de prendre une décision pour cette histoire d'enfant. J'ai grandi dans une famille où tout était soit noir, soit blanc. Il n'y avait pas de place pour la nuance. Notre église était très stricte, et mon père l'était encore plus. Surtout envers ma mère et moi.

— Cela signifie donc que tu as un frère ou une sœur ?

— *J'avais* un frère.

— Ce qui explique que, maintenant, tu t'efforces de trouver d'autres manières de faire tes choix. Autrement qu'au moyen de principes à l'emporte-pièce.

— En fait, c'est peut-être plus difficile, se hasarda à dire Harmony, songeant à toutes les décisions qui l'attendaient encore.

— Mais beaucoup plus profitable.

— Profitable ?

— Oui, car chaque fois que tu prends une décision, qu'elle soit bonne ou mauvaise, tu apprends quelque chose. D'accord ? Si tu te bornes à faire ce qu'on te dit, tu n'apprends rien du tout.

La sonnerie du téléphone retentit à ce moment, et Charlotte alla décrocher. Harmony termina son porridge en songeant à sa mère, qui n'avait jamais eu la possibilité de penser par elle-même. Puis elle songea à Davis, qui, à l'instar de son père, avait des idées bien arrêtées sur la façon dont les autres devaient vivre leur vie.

Si *elle* avait la capacité de changer, le pouvait-il, *lui* ? Les hommes tels que Davis se transformaient-ils jamais en bons époux et pères de famille ? Il était à craindre qu'une telle métamorphose ne nécessite l'intervention d'une baguette magique. Or, malgré la pléthore de boutiques New Age du centre-ville, cet outil-là ne se trouvait pas en sa possession.

Charlotte revint dans la salle à manger juste au moment où Harmony s'apprêtait à aller faire réchauffer le porridge de son amie. Charlotte se rassit mais ne toucha pas à son assiette.

— C'est ton jour de congé, n'est-ce pas ? Tu fais quelque chose de particulier, aujourd'hui ?

— Je dîne au restaurant ce soir, mais avant ça, rien. Je peux faire quelque chose pour toi ?

Charlotte posa sa main sur celle de Harmony.

— Rends-moi service. Tu veux bien passer la journée à la

campagne ? Je te promets que nous serons rentrées à temps pour ton rendez-vous.

Charlotte n'aurait su dire pourquoi elle avait demandé à Harmony de l'accompagner. En fait, si, elle le savait très bien ; simplement, elle se refusait à l'admettre. Elle avait demandé à Harmony de se joindre à elle parce que sa jeune amie avait besoin de soutien, mais aussi et surtout parce qu'elle-même avait besoin du sien.

Harmony croyait manifestement en la providence et, pour Charlotte, ce devait être l'explication la plus plausible à cette excursion. Elle avait deux raisons d'aller à Doggett Mountain par cette magnifique journée, et l'esprit trop pratique pour ne pas voir que faire d'une pierre deux coups s'avérerait payant à long terme.

— Donc qu'allons-nous faire tout en haut d'une montagne ?

Harmony s'était habillée en conséquence. Jean délavé qui tombait sur ses hanches, corsage à manches longues noué juste sous les seins, ceinture à maillons dorés retombant sur la peau nue de sa taille qui ne trahissait pas encore son état.

Charlotte réserva sa réponse.

— Tu es sûre que tu t'en sens capable ? Durant la seconde moitié du voyage, la montée sera raide, et faire demi-tour risque d'être assez ardu.

— Je ne suis jamais malade en voiture.

— Pas même enceinte ?

— Ça, je ne sais pas, c'est la première fois que ça m'arrive.

— Je retire ma question…

— En tout cas, si je suis malade, tu auras le droit de te payer ma tête jusqu'au retour.

— Seulement si tu ne vomis pas dans ma voiture !

— Il fait chaud, je mettrai la tête à la fenêtre…

Charlotte se mit à rire. Cela lui faisait du bien de rire. C'était l'autre raison pour laquelle elle emmenait Harmony. Auprès de sa nouvelle amie, elle pouvait encore prétendre être jeune et pouvoir rire bêtement de tout.

L'agglomération d'Asheville étant peu étendue, selon les

critères urbains, elles roulèrent très vite dans la campagne. Elles dépassèrent des mobile homes installés à flanc de coteau et des bâtiments commerciaux branlants, devant lesquels stationnaient des pick-up garés n'importe comment. D'élégantes maisons de construction plus récente parsemaient également le paysage, ainsi que quelques bâtisses victoriennes rénovées, datant d'un autre siècle. Partout, les terres avaient été aménagées en jardins. La route plongeait, décrivait des lacets et des virages en épingles à cheveux, mais Charlotte savait que la véritable montée était encore à venir.

— Nous devrions être presque arrivées à la première étape de notre voyage, dit-elle après avoir vérifié son odomètre. A partir de là, nous sommes censées chercher une grange…

— Ça sera facile, répliqua Harmony. Enfin, ce que je veux dire, c'est qu'il n'y a pas beaucoup de granges en Caroline du Nord.

Charlotte lui adressa un sourire.

— Elle est sur la gauche, avec des lattes en diagonale, ce qui sort plutôt de l'ordinaire. A gauche de la grange, il y a une mare, et la route vient d'être recouverte de gravier. C'est typique de la Caroline du Nord, comme indications ! On tourne et on suit le gravier sur environ deux kilomètres et demi avant de tourner sur une route en terre battue. La ferme se trouve à environ cent mètres après l'embranchement.

— On est ici pour ton travail ? Tu es dans la vente immobilière, c'est ça ?

— Pas tout à fait.

— J'ai remarqué des brochures dans ton bureau. De promotion immobilière. Et j'ai vu ta photo en couverture.

— Nous vendons effectivement de l'immobilier, mais le plus souvent nous nous occupons de promotion.

D'un coup d'œil, elle vit que le sujet intéressait Harmony et poursuivit :

— Nous achetons des terrains, soit pour nos projets, soit pour ceux de nos investisseurs, et nous nous occupons de les valoriser en vue d'autres destinations. Implantations, permis de construire, rendus d'architecture, par exemple.

— Quel genre de projets ?

— Des centres commerciaux, des complexes de bureaux, des logements sociaux… Des institutions telles que des écoles ou des banques. Parfois, nous nous chargeons de la construction, sinon nous nous contentons de défricher, d'accomplir certains aménagements et de vendre le terrain à ceux qui vont bâtir dessus.

— Et, avec la crise, il reste encore des gens qui construisent dans le coin ?

— Pas tant que ça, non.

Charlotte s'aperçut qu'elle n'éprouvait même pas de frustration à la pensée de tous les logements sociaux qui n'avaient jamais été achevés, à tous ces terrains qui n'avaient jamais été mis en chantier. Une maladie grave, cela change le regard qu'on porte sur la vie. Désormais, elle se fichait pas mal de savoir si elle engrangeait de l'argent à la pelle. Plus que tout, elle plaignait les gens qui n'avaient pas été aussi chanceux qu'elle dans leurs investissements et regrettait de ne pouvoir leur venir en aide.

Elle jeta un autre coup d'œil à sa compagne de voyage.

— Falconview est sur la corde raide, mais la société tiendra le coup le temps que la situation économique s'améliore. Nous avons eu la prévoyance de sortir de certains contrats et de vendre des terrains qui sinon nous auraient fait couler définitivement. A l'époque, certaines personnes nous ont pris pour des fous, car nous avons accusé de lourdes pertes, mais, depuis, ces mêmes personnes se sont faites discrètes.

— Ce qui m'épate, c'est comment on apprend à faire ce genre de boulot.

Charlotte fut soulagée d'apercevoir la grange en question. Parler de Falconview la mettait mal à l'aise. De dirigeante hyperactive, elle était passée aux abonnés absents, déléguant à ses proches collaborateurs la plupart des tâches et des décisions qu'elle assumait en temps normal. Elle se rendait à son bureau tous les matins ou presque, mais seulement en coup de vent, esquivait les questions inquisitrices et évitait les explications approfondies. Son désintérêt pour la société dont elle était la fondatrice alimentait les conversations dans les bureaux, elle ne l'ignorait pas. Et elle savait aussi que cette situation risquait d'engendrer des jeux de pouvoir qu'elle n'était plus assez forte pour contrecarrer.

Elle ralentit afin de négocier le premier tournant et orienta la conversation vers un sujet plus léger.

— Pour l'instant, je vais te dire ce que nous sommes venues faire ici.

Elle attendit de s'être engagée sur la route gravillonnée, se félicitant d'avoir pris sa Jeep Cherokee plutôt que l'Audi, à la suspension plus basse. A une époque de sa vie, une route recouverte de gravier telle que celle-ci lui serait apparue comme le comble du luxe…

— Au bout de cette route habite une femme, expliqua-t-elle. Une certaine Marilla Reynolds, éleveuse de chiens. Elle est spécialisée dans l'élevage de chiens de travail.

— Pour l'armée, c'est ça ? Comme les chiens d'attaque ?

— Non, c'est plus sympathique que ça. La plupart de ses chiots sont confiés à des agences qui les éduquent en vue de devenir des aides de vie. J'ai lu des articles à ce propos. Ces chiens sont capables d'assister les aveugles ou les malentendants, voire certaines personnes à mobilité réduite. Bref, toutes les personnes qui ont besoin de l'aide d'un chien spécialement éduqué.

Elle laissa passer quelques secondes.

— Même celles souffrant de crises épileptiques.

— Comment ça marche ?

Le gravier grondant de plus en plus fort sous les roues du Cherokee, Charlotte ralentit encore. Elle ne voulait pas élever la voix.

— De tout un tas de façons. En premier lieu, les chiens restent auprès de la personne qui fait une crise. Ils peuvent même se coucher à côté d'elle pour amortir les chocs, afin qu'elle ne se blesse pas. Ils savent donner l'alerte et demander de l'aide. La nuit, ils sont capables de retirer les draps, les oreillers et les couvertures du lit pour réduire le risque qu'un enfant s'étouffe en faisant une crise.

— Dis donc, c'est incroyable !

Ça l'était, en effet.

— Ah, une dernière précision… La route où nous devons tourner est bordée de saules pleureurs de chaque côté, et il y a un panneau indiquant « Les Canins compétents ».

— J'ouvrirai l'œil.

— Il y a autre chose que seuls certains chiens sont en mesure de faire. Ils arrivent à détecter l'imminence d'une crise. C'est étrange, mais bien réel. Ces chiens peuvent prévenir leur maître de ce qui l'attend, afin qu'il puisse s'allonger ou se mettre en lieu sûr. Ce sont les propriétaires de ces chiens qui s'en sont aperçus tout seuls, les premiers. A partir de là, ils ont commencé à en parler à leurs médecins. Les chercheurs ont alors mené des études qui ont apporté la preuve scientifique du phénomène.

— Mais est-ce qu'il est possible qu'en prévenant son maître ce soit le chien lui-même qui induise la crise ? demanda Harmony. Tu sais, comme quand quelqu'un te dit que tu as marché sur du sumac vénéneux et que tu commences à te gratter, même si c'est une fausse alerte ?

Charlotte n'avait jamais douté de l'intelligence de Harmony, mais elle en accueillait la démonstration quotidienne avec plaisir.

— C'est une bonne question. Les chercheurs ont en fait découvert que les crises diminuent en nombre grâce à la présence d'un chien détecteur de crises. Le fait d'avoir un compagnon canin procure une certaine détente. En outre, les chiens brisent la glace entre les individus et encouragent la vie sociale. Bref, leurs maîtres se sentent plus en sécurité et plus à l'aise au quotidien, et la présence de cet animal leur est d'un grand réconfort.

— Finalement, on peut dire que ces chiens de travail leur redonnent du poil de la bête…

Charlotte sourit.

— J'adore ta façon de t'exprimer.

Harmony parut surprise.

— Davis m'a dit un truc approchant la dernière fois qu'on s'est vus, sauf que, venant de lui, c'est faux. Il préfère que je ne m'exprime pas du tout.

Charlotte, qui d'habitude se gardait bien d'intervenir dans la vie privée de la jeune femme, ne put s'empêcher de faire remarquer :

— Sur toute une vie, ça peut devenir pénible.

— J'ai déjà connu ça. Crois-moi.

Charlotte aperçut les saules et la pancarte ; elle ralentit encore pour s'engager sur le chemin et Harmony changea de sujet.

— Tu ne m'as pas dit pourquoi tu t'intéressais à ces chiens.

— Une de mes proches…

Charlotte se rendit compte que l'expression était particulièrement inappropriée à la situation, c'en était même ironique. Elle soupira — de façon audible, hélas.

— Une personne dont, à mon grand regret, je ne suis *pas* proche, souffre de crises d'épilepsie. Or, ces chiens coûtent très cher à l'achat, plusieurs milliers de dollars une fois éduqués. Et ils sont difficiles à se procurer. L'ennui, c'est qu'il n'existe aucun moyen de savoir si un chien sera vraiment capable de détecter une crise imminente. Les dresseurs peuvent toujours l'espérer, mais il s'agit d'une aptitude exceptionnelle, voire peut-être innée. On peut les éduquer pour tout le reste mais, cette aptitude-là, rien ne garantit qu'ils la possèdent.

— Et tu comptes acheter un chien aujourd'hui ? Pour ton amie ?

— Il s'agit de ma petite-fille.

— Je ne savais pas que tu avais une petite-fille ! Ce doit être elle, alors, l'auteur des dessins dans la cuisine ?

— Non, ceux-là sont de ma fille.

Une maison se dressa devant elles tandis que le Cherokee suivait l'allée qui s'incurvait en une montée abrupte. C'était une vieille ferme de Caroline du Nord, parfaitement authentique et d'époque, pas une imitation, peinte en bleu-vert foncé et soulignée de blanc. Des hortensias en fleur bordaient une véranda grillagée et des balançoires ornaient un jardin sur le côté, juste en face d'un garage surmonté d'un étage.

Quand elle coupa le moteur, Charlotte s'attendait à entendre un concert d'aboiements mais, à l'exception du croassement courroucé d'un corbeau, il régnait sur la propriété un silence inquiétant.

— Elle s'appelle Maddie. Sa mère m'en veut terriblement ; nous ne nous sommes pas reparlé depuis la naissance de la petite. Je n'ai jamais rencontré ma petite-fille, bien qu'elle vive à Asheville, elle aussi.

— Oh…

On pouvait mettre beaucoup de choses dans une seule syllabe, songea Charlotte.

— C'est assez difficile à comprendre. Moi-même, je ne comprends pas tout, sauf que c'est ma faute.

— Et ce chien… C'est un moyen pour toi de lui tendre la main ? A ta fille ?

Charlotte ouvrit sa portière.

— Ma fille risque d'interpréter mon geste comme une espèce de pot-de-vin. Mais il ne s'agit que de…

Elle cherchait la formulation exacte.

— Il ne s'agit que d'un cadeau. Sans aucune attente en retour. A condition, déjà, que je parvienne à lui trouver un de ces fameux chiens !

— Comment ta fille pourrait-elle ne pas t'en être reconnaissante, ou du moins un peu, après coup ?

Elles étaient toutes deux descendues de voiture et montaient le sentier menant à la maison. Charlotte tenta de lui expliquer la situation.

— D'après ce que tu m'as dit, je me doute que, toi aussi, tu as un problème avec ta mère ?

Harmony émit une espèce de grognement.

— Non, ma mère et moi, on a le même problème : mon père.

— Eh bien, imagine que tu aies besoin de quelque chose et que, d'un coup de baguette magique, ton père te l'offre. Lui ferais-tu confiance d'emblée ? Ou soupçonnerais-tu des complications et des pièges cachés ?

— La réponse est très simple, je le crains.

— Tu vois donc quel est mon problème.

— Disons que j'en vois la partie que tu veux bien me montrer.

Passant un bras autour de son cou, Charlotte la serra brièvement contre elle.

— Merci de m'avoir accompagnée, Harmony. Ta présence me facilite cette démarche.

— Ça me fait plaisir.

Une fois sous la véranda, Charlotte frappa à la porte à moustiquaire ornée d'un éventail décoratif et de colonnettes de bois d'un autre âge. Tandis qu'elles patientaient, Charlotte se demanda s'il y avait quelqu'un. Elle avait espéré à tout le moins un concert d'aboiements, mais la maison était étrangement silencieuse.

— Comment tu as trouvé cet endroit ? s'enquit Harmony.

— C'est mon pasteur qui m'a mise sur la piste. Le coup de téléphone au petit déjeuner, c'était elle. Nous avons parlé de Maddie récemment, ce qui fait qu'elle connaît toute l'histoire. Bref, elle célébrait un mariage, hier soir, et il se trouve qu'une des invitées de la noce accueille des chiots issus de ce chenil. Mon pasteur s'est dit que leur travail pourrait m'intéresser, et que j'envisagerais peut-être même de m'inscrire sur liste d'attente, si c'est ainsi que ça fonctionne.

— Elle accueille des chiots ?

— Ici, nous sommes chez des éleveurs. Certains chiens de travail sont issus de refuges, mais cette éleveuse essaie de perfectionner une lignée de chiots goldendoodles à partir de parents qui se sont montrés particulièrement aptes à la détection de crises épileptiques.

— Des « goldendoodles » ? Qu'est-ce que c'est que ça ? Tu me fais marcher ou quoi ?

— Il s'agit d'un croisement entre un caniche et un golden retriever. Une fois les chiots sevrés, ils sont confiés à des familles d'accueil. Ces personnes leur inculquent les bases de l'obéissance, et les habituent à différents environnements tout en consignant leurs progrès ou leur absence de progrès. Devenu adulte, le chien est évalué et, si ses aptitudes sont validées, il passe à la phase d'éducation spécifique, puis à celle de l'apprentissage avec son nouveau maître et, enfin, il peut partir pour son nouveau foyer.

— C'est ton pasteur qui t'a raconté tout ça ?

— J'ai fait quelques recherches sur internet ce matin, avant de partir.

— Suffisamment pour savoir si cet élevage est toujours en activité ?

Charlotte s'efforçait de ne pas céder à la déception.

— Le site Web indiquait ses coordonnées mais, quand j'ai essayé de téléphoner, le répondeur a coupé avant que j'aie pu laisser un message. Je me suis dit qu'en y allant je pourrais au moins lui laisser un petit mot.

— Alors tu ferais mieux de sortir ton stylo…

Harmony alla jusqu'au bout de la véranda et regarda au-delà de la maison.

— On pourrait essayer la grange. C'est peut-être là-bas qu'elle garde les chiots ? Peut-être qu'elle s'y trouve ?

— Faisons cela avant de déclarer forfait. J'espère seulement qu'il n'y a pas de chiens en liberté.

— Les chiens m'aiment bien, d'habitude. Je ne sais pas pourquoi, mais j'ai l'air de les attirer.

Charlotte la suivit jusqu'en bas des marches et le long d'un chemin de terre creusé par de fréquents passages, qui menait à une petite grange de bois brut. Le soleil entrait à flots par l'ouverture centrale, mais on n'y voyait rien d'autre.

— Tu avais un chien quand tu étais petite ? demanda-t-elle à Harmony.

— Les chiens, ça fait des saletés. Et, les saletés, c'était interdit chez nous. Ainsi que le bruit. Et le désordre.

Charlotte éprouva une bouffée de colère à l'encontre d'une famille qu'elle ne connaissait même pas.

— Ce n'est pas facile de grandir dans ces conditions.

— Si tout se passait exactement selon sa volonté, mon père pouvait être agréable. Il offrait des fleurs à ma mère, il la remerciait avec effusion de lui rendre la vie aussi facile. Une fois, il m'a acheté un collier en or sous prétexte que j'étais la meilleure fille au monde. Ce soir-là, il a frappé ma mère si violemment qu'elle est allée heurter le plan de travail de la cuisine. Elle a eu six points de suture à la tête. Je ne me souviens plus de ce qu'elle avait fait pour le mettre dans une telle colère, mais la vue du sang n'a fait qu'augmenter sa rage. Il l'a accusée de s'être cognée exprès au plan de travail. Pendant qu'ils étaient à l'hôpital, j'ai jeté mon collier dans les toilettes et j'ai tiré la chasse.

— Je ne sais même pas quoi te dire, répliqua Charlotte, et c'était la vérité.

— Ma mère n'a jamais porté plainte contre lui. S'il avait été odieux tout le temps, elle aurait peut-être trouvé le courage de partir comme je l'ai fait. Mais la gentillesse, les fleurs, les compliments… C'est cette incertitude qui la clouait sur place. Maintenant, chaque fois que je lui téléphone, sa voix me semble de plus en plus lointaine. Un jour, elle va s'effacer complètement et personne ne s'apercevra de sa disparition.

— Je suis vraiment navrée pour toi, Harmony, mais bien contente que tu sois partie.

— Des fois, je me dis que j'aurais dû rester pour la protéger. Mais c'est elle qui m'a aidée à faire mes bagages, c'est même elle qui a acheté mon ticket de bus.

Harmony hésita.

— Pardonne-moi de te raconter tout ça. Je ne sais pas ce qui m'a pris…

— Eh bien, moi, j'espère que tu ne le regrettes pas réellement. Et puis tu ne peux pas protéger ta mère tant qu'elle ne sera pas prête à accepter de l'aide. De toute évidence, elle souhaitait que tu aies une vie meilleure que la sienne.

— J'ai toujours pensé que ma mère m'avait appelée Harmony parce que, pour elle, c'était la seule façon d'en avoir à la maison. Elle avait un grand sens de l'humour, avant. Ça mettait de l'huile dans les rouages.

Charlotte nota l'emploi du passé.

— C'est un très joli prénom, Harmony. Et tu lui fais honneur.

— Tu es trop gentille avec moi, Charlotte…

Elles avaient atteint le bâtiment. C'était une grange typique, avec un toit à pignons et des enclos de chaque côté, séparés par une large ouverture couverte qui leur permit d'entrer sans difficulté. L'intérieur était désert, même si une odeur de chevaux flottait dans l'air.

Harmony désigna du doigt la porte du fond.

— C'est là-bas que se trouve le chenil.

Elles traversèrent la grange et se retrouvèrent dehors. Là, elles se dirigèrent vers le chenil, un long bâtiment de plain-pied clôturé par des chaînes, en bordure d'une pente herbeuse. Jusqu'ici, tout ce qu'avait vu Charlotte était propre et bien entretenu. Pas de peinture écaillée, de détritus ou de mauvaises herbes envahissantes, et pourtant quelque chose clochait. L'endroit ressemblait plus à un cimetière qu'à une ferme en activité.

Elles firent le tour de la clôture, arrivèrent à la porte du chenil et frappèrent. Charlotte ne s'attendait pas à ce qu'on leur réponde. A vrai dire, elle commençait à se faire l'effet d'une intruse et était prête à jeter l'éponge pour aujourd'hui. Juste au moment où elle allait s'adresser à Harmony, un homme ouvrit la porte et les dévisagea de ses yeux cerclés de rouge.

Leur hôte semblait à peine avoir émergé de sa sieste. Agé de trente-cinq ans au maximum, il portait une salopette blanche de poussière de paille sur ce qui semblait être un sweater d'université. Ses cheveux bruns avaient besoin d'une bonne coupe et lui de se raser, ce dont il parut se rendre compte car sa main se porta à son menton.

— Je ne reçois pas souvent de visites dans ce trou perdu, dit-il en guise de salutation.

Charlotte prit la parole.

— Je vous prie de m'excuser. Nous avons pris l'initiative de venir voir s'il y avait quelqu'un. Nous étions sur le point de repartir.

L'homme ouvrit la porte plus largement et leur fit signe d'entrer. Après une courte hésitation, Charlotte précéda Harmony à l'intérieur d'un bureau lambrissé à peu de frais ; contre un mur se trouvait un bureau en métal et contre l'autre des meubles classeurs ainsi qu'un panneau d'affichage.

— Vous m'avez surpris au mauvais moment, leur dit-il, mais au moins vous m'avez mis la main dessus. Une heure après, vous ne me trouviez pas. Je vais en ville.

Au-delà du bureau se trouvait un vaste local divisé en grands quartiers cloisonnés ouvrant sur des enclos attenants, à l'arrière du bâtiment. Là aussi, tout était propre et bien rangé. Sauf qu'il n'y avait pas la moindre trace de chiens.

Charlotte lui tendit la main et déclina son identité, puis celle de Harmony. L'homme s'essuya la paume sur sa salopette avant de leur serrer la main à toutes les deux.

— Brad Reynolds.

— Non contentes d'être venues au mauvais moment, je pense que nous sommes aussi venues au mauvais endroit, s'excusa Charlotte. On m'a dit que vous éleviez des goldendoodles pour en faire des chiens détecteurs de crises d'épilepsie, mais il semblerait que vous ayez cessé votre activité.

D'une main, l'homme ratissa ses cheveux en arrière. Il semblait toujours à moitié endormi.

— Non, pas du tout, vous êtes bien au bon endroit, mais vous tombez mal. Nous sommes fermés pour le moment. L'élevage, c'était le projet de ma femme, mais elle a eu un accident de voiture il y a trois semaines.

— C'est affreux, dit Harmony. Elle va bien ?

— Disons que ça ira mieux après quelques mois de rééducation. Elle va encore rester hospitalisée deux semaines dans un centre de Caroline du Sud où sa mère est infirmière. Mes beaux-parents gardent nos deux enfants. Je vais aller les voir dans un petit moment.

— Nous n'allons pas vous retarder, dit Charlotte. Encore une fois, je suis absolument navrée. Puis-je vous laisser ma carte pour plus tard, quand les choses seront revenues à la normale ?

— Qu'est-il arrivé aux chiens ? s'enquit Harmony avant que l'homme ait pu répondre. Même si vous n'avez pas de chiots, vous devez bien avoir des reproductrices ?

— Nous sommes entre deux portées — enfin, à part une chienne qui est sur le point de mettre bas. Des amis nous gardent les autres femelles, en même temps que les chevaux, mais personne n'est en mesure de s'occuper d'une portée de chiots.

— Qu'est-ce que vous allez faire d'elle ?

— Je n'ai pas vraiment le choix. L'organisme auquel nous vendons les chiots est fermé pour deux semaines, leurs responsables sont en vacances et je ne peux pas les joindre pour savoir ce qu'ils comptent faire. De toute façon, l'organisme en question se trouve dans l'Indiana, alors ils ne me seraient pas d'une grande aide pour le moment, pas tant que les chiots ne sont pas assez grands pour être transférés dans les familles d'accueil, qui se chargent de leur éducation et de leur socialisation.

Comme il n'avait pas répondu à la question de Harmony, Charlotte revint à la charge.

— Et donc qu'allez-vous faire de cette chienne ?

— Ce soir, ma sœur descend de Johnson City. Elle emmènera Velvet chez son vétérinaire. Elle la garderait bien, mais elle a déjà deux femelles très territoriales qui n'accepteraient pas ma chienne. Alors le véto a accepté de la prendre et, le moment venu, il récupérera son investissement en vendant les chiots à des familles sympa. Malheureusement, nous n'aurions pas les moyens de payer ses honoraires si nous voulions les reprendre.

Il parut surpris de s'être autant confié à elles.

— Ecoutez, je…

— Ils ne seront pas éduqués pour devenir des chiens détecteurs de crises, alors ? s'enquit Charlotte.

— Sans doute pas. C'est trop compliqué à mettre en place, comme logistique. Rilla, ma femme, avait mis de grands espoirs dans cette portée, elle aussi.

Il jeta un coup d'œil à la pendule murale.

— Je…

— Et est-ce qu'une personne bénévole ne pourrait pas élever les chiots ? Du moins en attendant qu'ils soient assez grands pour être confiés aux familles d'accueil qui vont les éduquer ?

L'homme parut frustré et écarta les mains d'un air d'impuissance.

— Si, mais je ne connais *personne* de ce genre ! J'ai arrêté les frais avec les amis et la famille, même avec mon propre véto. Ils s'occupent déjà tous de quelque chose pour nous.

Charlotte songea à Minnie Marlborough, qui se serait certainement proposée sans l'ombre d'une hésitation. Ils auraient bien eu besoin d'elle à présent, ou de quelqu'un lui ressemblant… Analiese lui avait parlé de tous ces gens qui avaient soutenu et aimé la vieille femme. Elle repensa au chèque substantiel qu'elle avait adressé à la SPA locale, en guise de pénitence.

— Moi, je pourrais les prendre, s'entendit-elle dire. Gratuitement, bien sûr. Jusqu'à ce qu'ils soient assez grands, je veux dire. Vous pourriez reprendre la mère, ensuite ?

Il la regarda comme s'il tâchait de trouver une logique à sa question.

— Ça serait envisageable, oui, sauf que Rilla comptait la mettre à la retraite après cette dernière portée. Ce n'est pas l'usine, ici. Nous n'épuisons pas nos reproductrices, et nous lui aurions sûrement trouvé un foyer dès que les chiots auraient été sevrés. Vous avez…

— De l'expérience ?

Charlotte secoua la tête.

— Dans l'élevage de chiots, pas la moindre, je vous le dis franchement, mais j'ai grandi dans une ferme, par-delà Doggett Mountain, et je connais les bêtes par cœur. J'ai l'argent pour payer les soins et les conseils du vétérinaire, et aussi pas mal de ressources…

— Et puis elle m'a, moi, coupa Harmony. Je sais m'y prendre avec les chiens. Ils me font confiance et nous sommes capables d'apprendre très vite tout ce qu'il nous faut savoir.

— Pourquoi feriez-vous ça ?

Charlotte admira cet homme. Au moins, il n'y allait pas par quatre chemins…

— Parce que ma petite-fille souffre d'épilepsie et qu'un jour, dans un proche avenir, j'aimerais qu'elle ait un chien de ce genre. Si ces chiots présentent un potentiel particulièrement élevé dans le domaine de la détection des crises, on ne devrait pas sacrifier cette portée. Et, avec un peu de chance, nous pourrions même adopter l'un de ces chiots. Je sais bien qu'il vous est impossible de nous en donner la garantie — c'est une décision qui revient sans doute à l'organisme qui s'occupe de leur éducation —, mais peut-être pourriez-vous glisser un mot en notre faveur.

L'homme émergeait peu à peu. Depuis l'accident de sa femme, sans doute avait-il dû passer ses journées à prendre des décisions et à tout réorganiser. Le sommeil n'avait pas été sa priorité.

— Quelqu'un peut se porter garant de vous ? demanda-t-il.

Elle ouvrit son sac et en sortit sa carte professionnelle.

— C'est moi. Dans un premier temps, vous pouvez appeler mon bureau. On vous donnera une longue liste de tous les notables d'Asheville qui pourront vous assurer que les chiots seront entre de bonnes mains.

Il resta songeur un moment.

— Vous avez un endroit où les mettre ?

Harmony répondit à la place de son amie.

— Vous devriez voir la maison de Charlotte ! Chacun des chiots pourrait avoir sa chambre à lui avec salle de bains privée. Bien sûr, ça ne sera pas le cas. Et pour la mère, ça ira ? Elle acceptera de vivre à l'intérieur ? Avec des personnes inconnues ?

— Velvet vit aussi bien dehors que dans notre maison, ce n'est pas un problème.

Charlotte comprenait le dilemme de cet homme. La proposition semblait trop belle pour être honnête, mais, si c'était du solide, cela représentait la solution à bon nombre de ses problèmes.

Elle ajouta en prime :

— Et, si l'expérience échoue, nous vous contacterons pour vous ramener la chienne et sa portée. Ou nous les apporterons chez ce vétérinaire de Johnson City, s'il n'y a pas d'autre possibilité. Mais, au pire, cela vous laissera un peu de temps pour vous retourner. Quand les chiots doivent-ils naître ?

— Au cours de la semaine prochaine.

— Nous serons prêtes. Nous prendrons bien soin de Velvet.

— J'ai une amie, Glenda, qui travaille comme assistante chez un véto d'East Asheville, précisa Harmony, comme si cela venait de lui revenir. Je parie qu'elle acceptera de venir dormir chez nous, pour être là à la naissance des chiots.

Ce dernier élément sembla emporter la décision, pour Brad.

— Ça vous dérange si je passe quelques coups de fil avant de vous confier la chienne ?

— Pas du tout. Pourrions-nous voir Velvet, pendant ce temps ?

— Bien sûr. Elle me tenait compagnie tout à l'heure. Elle doit être en train de ronfler dans la niche du fond.

Il désigna le local.

Charlotte emboîta le pas à Harmony, qui était partie la première. L'espace était divisé en six box. Il n'y avait qu'un seul chien en vue, un retriever au pelage ambré, endormi sur une litière propre, à l'intérieur d'une niche à la porte ouverte. Charlotte n'aurait pas été surprise d'apprendre que Brad était en train de dormir à côté de sa chienne, sur la paille, quand elles avaient frappé à la porte.

— C'est ça, un goldendoodle ? demanda Harmony.

— Non, Velvet m'a l'air d'être un golden retriever, c'est donc que le père des chiots doit être un caniche. D'après leur site internet, la première génération d'un croisement de races est censée être la meilleure. Elle est belle, non ?

La chienne leva sa tête altière et les dévisagea sans se donner toutefois la peine de se lever.

— Bon sang, qu'est-ce que je la comprends !

Harmony s'accroupit près de la chienne et lui tendit sa main à flairer. Puis, une fois acceptée, elle se mit à caresser le cou de Velvet.

— C'est une vraie beauté.

Charlotte s'accroupit elle aussi près de Harmony, tendant la main à la chienne comme l'avait fait la jeune femme.

— Je ne pense pas que nous monterons jusqu'en haut de la montagne aujourd'hui, finalement.

— Pourquoi, où devions-nous aller ?

— A un endroit qui s'appelle la vieille ferme Sawyer. Velvet se plairait là-bas, mais cela devra attendre une autre fois. Nous devons la ramener à la maison et l'installer. A condition que Brad nous estime suffisamment dignes de confiance.

— Que vont dire les personnes que tu as choisies comme

références quand il leur demandera si tu es assez saine d'esprit pour t'occuper de la chienne ?

— Elles vont croire à une plaisanterie. Ensuite, elles penseront que j'ai perdu la tête.

— C'est peut-être vrai !

Charlotte caressa les oreilles de Velvet.

— Dans ce cas, je ne suis pas près d'avoir envie de la retrouver.

18

A table, Harmony adorait picorer dans tous les plats, aussi professait-elle une prédilection toute particulière pour les tapas et le Zambra. Elle espérait que Davis et elle pourraient manger dans le patio, avec ses rangées parallèles de tables sur fond de murs en stuc caramel. Elle aimait l'embrasure en forme de trou de serrure qui laissait passer l'air frais et les bribes de conversation des promeneurs. Manifestement, Davis n'entendait pas regarder à la dépense pour la remettre dans son lit et devant ses fourneaux.

Il était loin de se douter que ce repas lui coûterait bien moins cher que la pension alimentaire que le juge lui ordonnerait certainement de payer dès l'année prochaine.

Elle songea, un moment, à ne pas faire d'effets de toilette. Asheville était une ville sans chichis, et, parmi les clients du Zambra, il y aurait autant de jeans et de bermudas que de dos nus à fleurs et de chemises habillées. Sa garde-robe était des plus sommaires, mais son choix se porta finalement sur une jupe à volants vert tilleul qui lui arrivait presque aux genoux, et sur un débardeur d'un vert plus pâle. Elle couvrit le haut d'une ample chemise blanche, dénichée chez Goodwill au rayon homme, dont elle retroussa les manches jusqu'aux coudes. Un sautoir, des créoles… Elle lâcha ses cheveux et se mit en route.

— Tu es sûre que tu t'en sortiras, avec Velvet ? demanda-t-elle à Charlotte.

— Oui, nous sommes déjà amies, toutes les deux.

Allongée dans le canapé du salon, Charlotte lisait un livre, la grosse chienne golden retriever pelotonnée par terre, tout près d'elle. Sur un oreiller, remarqua Harmony. Et même peut-être deux, en provenance de la chambre qu'elle avait occupée la première nuit.

— Je ne rentrerai pas tard, promit-elle. C'est juste un dîner.

— Tu as la clé. Amuse-toi bien.

Harmony se demandait où dormirait Velvet, cette nuit. Charlotte et elle lui avaient installé une couche faite de couvertures pliées dans la buanderie, mais son petit doigt lui disait que la chienne n'y passerait guère de temps.

Une fois dehors, elle fit faire demi-tour à sa voiture dans l'allée et partit en direction de la ville. Après avoir contourné le pâté de maisons où se trouvait le Zambra, elle élargit son rayon de recherche et trouva à se garer deux rues plus loin. Elle se ressentait de la fatigue de la journée, et la perspective d'une bonne nuit de sommeil était encore lointaine. Elle était également affamée, du moins était-ce le message que semblait vouloir lui transmettre son estomac agité.

Tandis qu'elle s'habillait, elle s'était demandé si elle devait parler de l'enfant à Davis dès ce soir. Tout en envisageant cette possibilité, elle l'avait très vite écartée. Evidemment, même si elle menait cette grossesse à terme, il lui restait encore des options. Si elle décidait de confier l'enfant à un organisme d'adoption, elle avait appris qu'elle pourrait choisir les parents, les rencontrer, visiter leur maison et même communiquer régulièrement avec eux et retrouver son enfant dans l'avenir.

A la bibliothèque, elle était tombée sur un site internet montrant des photos de couples souriants qui n'attendaient que d'adjoindre un enfant à leur foyer. Malgré l'estime qu'elle portait à leur combat et à leur désir de parentalité, ce site l'avait mise mal à l'aise, comme si ces gens souriants étaient autant de vautours prêts à la dépouiller de la chair de sa chair. Elle n'avait qu'à dire oui, choisir le couple doté du bec le plus acéré et de l'envergure la plus large, et son bébé lui serait arraché.

Non, décidément, choisir les parents adoptifs de son enfant sur un site Web n'était pas non plus la bonne solution.

Quant à Davis, il ne lui serait d'aucune aide. Il était tout sauf pratique, et un enfant conçu hors mariage représentait un faux pas, dans la carrière de l'étoile montante d'un cabinet comptable à la morale conservatrice. Il dégainerait sa calculatrice et entrerait des chiffres en marmonnant des choses comme « école privée », « lait maternisé », « couches-culottes » — « tu connais le prix des couches, Harmony » ? Puis il lui montrerait la somme obtenue, un chiffre astronomique dépassant même les ressources d'un cheik saoudien et secouerait tristement la tête.

Non, pas question d'en parler à Davis ce soir.

Quand elle arriva au restaurant, il l'attendait sur le trottoir. Il ne regarda même pas sa montre — ce qui valait mieux, car elle avait cinq minutes de retard, chose qui avait toujours le don de le mettre à cran. Il portait une veste sport gris anthracite sur une chemise blanche décontractée, mais de coupe élégante, et un jean de créateur. C'était Davis essayant de se la jouer *cool*.

Et, de fait, il avait réussi à l'être. Parvenant un instant à dépasser la colère que lui inspirait son infidélité, elle le considéra au-delà de ses défauts — impatience et perfectionnisme — et vit simplement l'homme dont elle avait été folle amoureuse un jour.

— Tu es très en beauté, lui dit-il en se penchant pour l'embrasser.

Elle détourna la tête, de sorte qu'il dut se contenter de sa joue.

— Tu n'es pas mal non plus, répliqua-t-elle, regrettant que ce soit la vérité.

— J'ai réservé une table dehors. J'espère que ça te va. Il fait si bon, ce soir…

Il l'avait fait pour elle, elle le savait. Davis détestait courir après les serviettes en papier qui s'envolaient. Mentalement, elle lui rendit justice : il y mettait vraiment de la bonne volonté.

Une fois à l'intérieur du restaurant, l'hôtesse les mena au patio. Harmony remarqua qu'on les conduisait à la table où ils avaient fêté son vingt et unième anniversaire. Ce jour-là, elle avait demandé une table à l'extérieur, et Davis avait passé toute la soirée à se tortiller nerveusement sur sa chaise et à balayer de la main d'imaginaires particules de poussière. Mais, ce soir, il lui avança sa chaise avant de s'asseoir en face d'elle.

— Tu penses qu'il fait assez chaud pour une sangria ? lui demanda-t-il. Ou bien est-ce une boisson d'été ?

Il suggérait également de la sangria pour lui faire plaisir. Sauf qu'elle ne buvait plus en ce moment, même pas un alcool allongé de jus de fruits et d'eau gazeuse.

— Je ne suis pas franchement d'humeur pour une sangria, ce soir, dit-elle. En revanche, j'ai soif ! Je prendrai peut-être une eau pétillante au citron vert.

Elle espérait que ce genre de boisson apaiserait son estomac, qui avait apparemment choisi le dîner de ce soir pour faire des siennes.

— Tu ne veux pas que je commande une bouteille ? proposa Davis. Ils ont une carte des vins remarquable, ici.

— La semaine a été fatigante, tu sais ? Tu ne voudrais tout de même pas que je m'endorme !

— Pas ici, non, répliqua-t-il en haussant les sourcils d'un air polisson.

— Oh ! ne va pas te faire des idées… Après le repas, je rentre tout droit chez moi. Un dîner ne peut pas effacer tout ce que tu m'as fait subir, Davis. Pas même un dîner au Zambra.

Il lui prit la main.

— Je suis prêt à tout pour me faire pardonner, Harmony. Tu peux me croire.

Même à payer une pension alimentaire pendant les dix-huit années à venir ? Elle retira doucement sa main de la sienne et prit son menu.

— Alors, que se passe-t-il pour que tu sois si fatiguée ?

Il se passait qu'un spermatozoïde avait rencontré un ovule, s'était attiré ses faveurs en effectuant une petite danse autour de lui, et qu'il s'y était niché bien au chaud pour les neuf prochains mois. Et ce petit duo lui avait demandé de l'héberger…

Mais, cela, elle ne pouvait pas le lui dire. Alors, elle lui parla de son travail, puis de sa visite aux Canins compétents.

Leur serveuse arriva et se présenta. Elle était à peine un peu plus âgée que Harmony, mais plus plantureuse, avec des cheveux noirs, artistement dégradés, qui suivirent le mouvement de son visage rond quand elle prit appui contre la table. Harmony regardait Davis, mais il semblait ne pas remarquer la serveuse. Il commanda une eau pétillante pour elle, un verre de pinot noir pour lui, et attendit le départ de la jeune femme.

— Alors comme ça, ton amie Charlotte a embarqué cette chienne et l'a ramenée chez elle ?

— Après avoir vérifié ses références, le propriétaire lui a dit O.K. Il nous a donné deux kilos et demi de nourriture pour chien et le nom de son véto. C'est vraiment une adorable petite ferme, tu sais ? Le gars nous a fait visiter pendant qu'on revenait à la voiture. Ils ont un grand jardin, deux chevaux, des poulets... Leurs enfants de deux et quatre ans sont en Caroline du Sud pour le moment, le temps que leur mère se remette de son accident. Ils attendent que les compagnies d'assurances arrêtent leurs chicaneries et qu'elles leur allongent l'argent afin de pouvoir s'organiser pour la suite. Mais, avant toute chose, sa femme doit sortir de l'hôpital.

Elle s'aperçut que Davis ne l'écoutait pas. Forcément. Elle lui parlait de gens qu'il ne connaissait pas, cela n'avait aucun intérêt pour lui.

— Toute cette histoire est étrange, dit-il. Cette femme vit à Biltmore Forest, mais elle veut prendre une chienne sur le point de mettre bas, régler les factures du vétérinaire et nettoyer les saletés que feront les chiots ?

— Elle a ses raisons.

Harmony n'avait pas l'intention d'entrer dans les détails. Charlotte lui avait parlé de sa petite-fille épileptique en toute confidentialité.

— Je ne sais pas s'il s'agit d'un endroit convenable pour toi.

Penché sur le menu, il étudiait les formules du soir.

— Cette bonne femme m'a l'air complètement toquée. Tu as vérifié qui elle est ?

Harmony se tut jusqu'à ce que Davis remarque son silence et lève les yeux.

— Je t'interdis de critiquer mes conditions de vie. Pigé ?

— Je m'inquiète pour toi, c'est tout.

— Tu t'inquiètes que je vive dans une suite privée à Biltmore Forest, chez une femme qui m'a tendu la main quand j'avais besoin d'aide et qui ne me demande strictement rien en échange de son hospitalité ? C'est ça qui t'inquiète ? Tu ne t'es pourtant pas trop *inquiété* de me briser le cœur en couchant avec la fille qui te détartre les dents ?

— Tu vas sans arrêt me ressortir cette histoire, n'est-ce pas ?

— Ce souvenir me procure tellement de plaisir, chaque fois !

— Harmony, j'essaie de me faire pardonner. Tu as remarqué ? Et qu'y a-t-il de mal à ce que j'exprime mon inquiétude ? Je tiens simplement à ce que tu sois heureuse et en sécurité.

— Dans ce cas, tu peux t'estimer comblé.

Elle leva son menu à hauteur de ses yeux afin qu'il ne puisse plus voir son visage.

La serveuse leur apporta les boissons avec un charmant sourire, et Davis demanda à Harmony ce qui la tentait pour le repas. Hélas, à vrai dire, rien ne la tentait, ce soir. Ils avaient déjà décidé de commander plusieurs tapas, mais elle avait du mal à choisir quelque chose qui ne lui soulève pas le cœur. Elle opta pour un plat à base d'œufs qu'elle pensait pouvoir tolérer, et pour un mélange de champignons qui, dans des circonstances plus agréables, l'aurait fait saliver d'avance. Se souvenant qu'elle avait bien aimé leur tofu frit la dernière fois, elle conclut sa commande là-dessus.

Davis, lui, commanda des ris de veau, du poulpe grillé et un taco à l'agneau. Son repas ressemblait à la menace qu'aurait pu brandir un tortionnaire devant la gentille petite végétarienne qu'elle était si jamais elle refusait de coopérer. Il n'y avait pas un seul secret qu'elle n'aurait pas avoué pour s'éviter un tel supplice.

Après le départ de la serveuse, Davis leva son verre et, à contrecœur, elle l'effleura du sien.

— A des jours meilleurs. Parle-moi encore de ton travail.

— Rien de neuf, la routine. Ray va me donner quelques heures en cuisine. J'aimerais bien apprendre certaines de ses techniques et de ses recettes. Je serai cantonnée aux tâches de commis, du moins au début mais, ensuite, il m'a promis de m'apprendre au fur et à mesure.

L'expression qui se peignit sur le visage de Davis était dénuée de toute ambiguïté : de son point de vue, l'idée était mauvaise.

— J'aimerais que tu me laisses t'aider à trouver un vrai job. Combien vas-tu gagner en cuisine ? Le Smic ?

— Je travaille dur en échange d'une rémunération. Ce n'est pas ta définition d'un *vrai* job ?

— Mon agent d'assurances m'a dit qu'il allait peut-être embaucher quelqu'un à son cabinet. Pour faire de l'archivage, de l'accueil téléphonique… Tu pourrais sûrement apprendre le métier sur le tas.

Pour Harmony, cette suggestion était au-delà de l'horreur. Non seulement Davis essayait de la caser dans un emploi plus prestigieux — du moins aux yeux des gens qu'il espérait impressionner — mais, en plus, l'idée trimballait à elle seule davantage de bagages personnels qu'un vol à destination de l'Australie.

Elle se pencha en avant de manière à ce qu'il ne perde pas une once du sens de ses paroles.

— Mon père vend des assurances. Tu crois vraiment que j'ai envie de suivre ses traces ?

— Ton père vend des assurances aux routiers, c'est ça ? Ce que je te propose n'a vraiment rien à voir. Je te parle d'un emploi de bureau. Tu ne ferais pas la tournée des restoroutes à écluser des bières en compagnie de gros balèzes.

— Mon père a un bureau, Davis, et sa propre secrétaire. Et il ne boit pas, ne fume pas, ne se drogue pas. Il ne marque même pas les fêtes. C'est un homme rigide et odieux, qui s'amuse à tabasser les femmes au foyer sous prétexte de les aider à se maintenir dans le droit chemin. Et figure-toi que la maladie qui lui pourrit l'âme n'a aucun rapport avec le fait de vendre des assurances, mais, en faisant un petit effort, tu dois bien être capable de comprendre pourquoi je n'ai pas très envie d'embrasser la même carrière que lui !

Si Davis perçut l'émotion qui teintait sa tirade, il n'en montra rien.

— Je trouve quand même que tu dramatises. En tout cas, ce qu'il faut que tu fasses, c'est reprendre tes études. Il suffit de t'entendre parler, Harmony, d'écouter la façon dont tu tournes tes phrases ! Tu es très brillante. Si tu te réinstalles chez moi, tu pourras aller à l'AB Tech et faire deux ans de plus. Avec ton salaire, tu peux te le permettre, du moment que tu n'as pas à payer le gîte et le couvert. Je t'aiderai. Ça ne me déplairait pas, je t'assure.

Harmony n'était pas emballée par la proposition de Davis. *Lui*, en effet, serait ravi par cette version-là de son existence. A partir du moment où il se retrouverait en position de subvenir plus ou moins à ses besoins, cette situation ne renforcerait-il pas son emprise sur elle ?

Et d'ailleurs, tout cela, c'étaient des propos en l'air. La réalité, c'est qu'il y avait un bébé en route et que tout était voué à changer.

Leur serveuse arriva, lui épargnant la corvée de répondre. La jolie brune déposa l'assiette de champignons devant Harmony et celle de poulpe devant Davis. Harmony se concentra sur son assiette et se mit à manger. Les champignons étaient délicieux et subtilement épicés. Elle piocha dans la corbeille de pain que Davis avait commandée pour deux et mangea lentement, prudemment. Son estomac se calma.

— Et ton travail ? lui demanda-t-elle.

— Mes patrons sont contents de moi. Je pense m'être montré au-delà de toutes leurs attentes. J'obtiendrai de l'avancement dès qu'ils auront l'assurance que je compte rester chez eux et m'investir dans la communauté.

— Qu'est-ce que ça veut dire ?

— Je n'en sais trop rien. A mon avis, nous sommes deux à être dans leur ligne de mire. Ils vérifient que nous n'avons pas le projet d'accepter de meilleures offres d'emplois ailleurs, dans des villes plus importantes.

— Mais, justement, pourquoi tu n'acceptes pas un meilleur poste ailleurs ?

Il sourit d'un air charmeur.

— Parce que toi, tu es ici.

— Evidemment, dit-elle sans conviction. Mais à part ça ?

— J'ai fait mon trou, ici. Le climat est agréable. Le marché de l'immobilier n'est plus aussi hors de prix qu'avant, et je vais bientôt pouvoir faire l'acquisition d'une maison. Je préférerais être patron d'un cabinet à Asheville plutôt que de végéter dans un emploi subalterne à Atlanta ou Chicago. Ici, il y a de bonnes écoles, de beaux paysages… D'excellents restaurants. Mais, surtout, j'y ai une situation. Pourquoi tenter le diable ailleurs quand ce que j'ai ici me satisfait ?

Harmony avait retenu une expression dans son discours.

— Qu'est-ce que les bonnes écoles ont à voir là-dedans ?

— Les entreprises ne s'implantent pas dans des villes où leurs employés n'ont pas envie d'habiter. Si les établissements scolaires laissent à désirer, ils vont voir ailleurs. De mauvaises écoles égalent une économie en berne. Les instances régionales devraient le comprendre.

L'espace d'un instant, elle avait eu de l'espoir…

La serveuse arriva avec la suite de leur menu. Elle déposa les assiettes sur la table et leur promit de revenir dans quelques minutes.

Harmony prit l'assiette la plus proche d'elle, le plat à base d'œufs qui ressemblait moins à une omelette qu'à des œufs brouillés en sauce, accompagnés d'un assortiment d'herbes et de légumes. Elle en prit une bouchée. C'était très différent de ce à quoi elle s'était attendue, mais pas vraiment déplaisant. Différent, voilà tout.

— Je croyais que tu ne mangeais pas de veau, fit remarquer Davis en levant les yeux. Tu n'es plus végétarienne ? Tu défends la cause animale, non ? Je n'en reviens pas que tu manges des ris de veau ! Ce truc-là entre tout !

Harmony mit un moment avant de comprendre le sens de ses paroles. Puis elle baissa les yeux sur son assiette avec horreur et la repoussa vers lui, son estomac entrant en éruption tel un volcan jusque-là en repos.

— J'ai cru que…

Soudain, elle ne pensa plus qu'à une chose. Elle bondit de sa chaise et fonça vers l'embrasure qui conduisait au restaurant.

Dix minutes plus tard, pâle et tremblante, elle se frayait un chemin jusqu'à leur table, sans trop savoir dans quelle humeur elle trouverait Davis. Mais il n'avait pas bougé de sa chaise, même si les assiettes semblaient intactes. Toutefois, le verre de vin était plein. Or, Davis avait déjà bien entamé son premier avant qu'elle ne parte précipitamment aux toilettes. En était-il à son deuxième ou à son troisième ?

— Oh ! ne t'excuse pas, surtout, dit-il tandis qu'elle se rasseyait. Pas d'avoir été malade, en tout cas. Mais peut-être de ne pas m'avoir dit que tu étais enceinte.

Elle ne chercha pas à nier l'évidence.

— Tu allais me le dire, hein ?

Il gardait un ton calme mais froid, comme celui qu'il aurait employé pour questionner un de ses clients qui aurait trafiqué sa déclaration de revenus.

Elle se sentit se recroqueviller intérieurement, comme elle le faisait dans son enfance, quand son père se mettait en colère — chose qui finissait toujours mal. Elle s'efforça de paraître forte. Après tout, elle n'avait rien fait de répréhensible. Mais elle se sentait en position de faiblesse et de culpabilité.

— Quand le moment m'aurait paru propice, oui.

— Depuis quand le sais-tu ? Qu'un moment est propice ou non, je veux dire ?

— J'aurais d'abord attendu de savoir ce que je comptais faire au sujet de l'enfant. Ensuite, ce que je comptais faire à ton sujet.

— Tu as des tas de possibilités, Harmony, mais quand même pas en ce qui concerne mon rôle dans l'affaire…

Elle inclina la tête d'un air altier, comme si, venant de lui, cette réaction ne la surprenait pas.

— Car je suppose que l'enfant est de moi ? demanda-t-il.

— Pourquoi, il y avait quelqu'un d'autre dans notre lit ? En dehors de la femme qui t'a découvert une carie à la molaire supérieure gauche ?

— Je n'en sais rien. J'ignore ce que tu faisais quand j'étais au bureau. Tu t'envoyais peut-être en l'air avec le *dentiste.*

Vu que le dentiste en question frôlait les soixante-dix ans, cette attaque n'était que pure méchanceté de sa part. Une brusque colère s'empara d'elle. Cette fois, elle s'appliqua à garder un ton calme, mais pour une tout autre raison.

— Dans ce cas, Davis, permets-moi de te tranquilliser l'esprit. Durant le peu de loisirs que me laissait mon travail au Cuppa, je te faisais la cuisine, je récurais ton appartement, j'emmenais tes vêtements au pressing et ta voiture au garage pour la vidange. Alors, à moins qu'une de ces activités ne conduisent à une grossesse, nous pouvons supposer qu'en effet il s'agit bien de ton enfant. Chose qu'un test de paternité pourra prouver sans difficulté.

— Si tu parles de faire un test, c'est que tu n'envisages pas d'avorter ?

Elle saisit sa pochette brodée de perles, achetée pour un dollar dans un vide-greniers, et se leva.

— Je ne vais pas avorter, Davis, je vais avoir un *bébé.* Je ne suis peut-être qu'une jeune bécasse, cette aventure le prouve de manière irréfutable, mais je ne suis pas assez bête pour renoncer à ma pension alimentaire. L'enfant y a droit. Alors, je te conseille d'ores et déjà de l'intégrer à ton budget, en même temps que ton papier toilette et ton forfait internet. Le reste de ta contribution, je m'en fiche, mais je peux te garantir que cet enfant ne manquera de rien !

Comme il restait interdit, elle fit volte-face et sortit précipitamment du restaurant. Une fois à sa voiture, elle se retrouva secouée de haut-le-cœur. Mais ce n'était pas grave. Hormis sa colère, il ne lui restait plus rien à évacuer.

19

Velvet avait la truffe fraîche et le cœur tendre. A sa place, la plupart des chiens se seraient postés à la porte, attendant avec impatience le moment de rentrer chez eux. Mais Velvet, elle, était plus fine que cela. Elle avait immédiatement fait le point sur sa nouvelle situation et compris qu'elle avait deux femmes à sa botte, prêtes à lui passer ses moindres caprices. Quand on lui avait présenté ses nouveaux quartiers dans la buanderie, elle avait délicatement foulé les couvertures, puis levé les yeux comme pour dire : « Bon, c'est très joli tout ça, mais je pense que vous pouvez faire mieux. »

Elle n'avait ensuite que très modérément apprécié sa couche faite d'un coûteux plaid en daim, installée dans l'office, même si cela la rapprochait un peu du théâtre des événements. Une semaine plus tard, elle obtenait enfin satisfaction, son lit étant désormais aménagé dans la chambre de Charlotte.

La suite principale comportait un dressing pour « Monsieur » et « Madame », et Velvet occupait désormais à elle seule le côté de « Monsieur ». Les quelques affaires que Charlotte y entreposait avaient été transférées dans une chambre d'amis. Velvet disposait d'un bol d'eau dans la salle de bains attenante et d'un bol de croquettes, en cas de petit creux. Mais, pour tout dire, la nuit, elle dormait sur l'inestimable tapis Flokati, près du lit de Charlotte. En fait, cette dernière était persuadée que si la chienne n'avait pas été sur le point de mettre bas, elle aurait été ravie de bondir sur ses draps en coton d'Egypte pour s'y creuser un nid douillet.

Le samedi matin, Charlotte descendit pour le petit déjeuner, précédée par Velvet. Harmony était en train de préparer des pancakes à la farine complète, couronnés de fruits frais. Charlotte aurait pu protester devant tout le mal qu'elle se donnait, mais la jeune fille prenait un réel plaisir à cuisiner. Elle adorait cette cuisine remplie de tous ces gadgets et ces ustensiles, et elle aimait vraiment faire plaisir. Une véritable bénédiction…

Arrivée à la moitié du seul et unique pancake qu'elle pourrait avaler, Charlotte reposa sa fourchette.

— T'ai-je dit qu'avec mon forfait téléphonique, tous les appels d'ici étaient gratuits ? A moins que tu ne téléphones à Pékin ou au pôle Nord, je ne paie rien.

Harmony leva les yeux de son troisième pancake.

— Merci. Mais je n'ai personne à appeler.

Charlotte médita quelques secondes. Entre aider trop et pas assez, il y a une limite qui n'est jamais facile à déterminer. Harmony ne s'était plus confiée à elle depuis le samedi précédent, jour où elles avaient ramené Velvet à la maison. Néanmoins, son silence indiquait clairement qu'elle réfléchissait à sa situation ou qu'elle percevait le poids de son nouveau fardeau.

— Très bien, dit-elle après une brève hésitation. Mais, si cela change, tu sais maintenant que tu es libre d'appeler qui tu veux sans problème.

— Tu penses que je devrais appeler ma mère, c'est ça ?

— Ce n'est pas à moi d'en décider, simplement je tenais à ce que tu saches que tu as la possibilité de le faire.

— Qu'est-ce qu'il faudrait que je lui dise, d'après toi ? « Salut, maman ! Je suis enceinte et pas mariée. Je peux rentrer à la maison ? »

Harmony n'avait pas prononcé ces paroles sur le ton de la colère, mais comme si elle s'interrogeait réellement sur ce qu'elle pourrait dire à sa mère.

— D'après tout ce que tu m'as raconté, je ne pense pas que tu puisses envisager de rentrer chez tes parents, répliqua Charlotte avec prudence. Mais je me doute aussi que ta mère doit te manquer.

— Ce qui me fait souffrir, c'est qu'elle soit encore avec *lui*.

Ce qui me fait souffrir, c'est qu'elle ne sache pas qu'elle va être grand-mère.

— C'est toi qui sauras ce qui est le mieux pour toi et ton enfant. Et c'est aussi toi qui sais comment la nouvelle risque d'être accueillie. Simplement, je ne voulais pas que ce soit l'argent qui t'arrête.

— C'est important d'avoir de l'argent, hein ?

Charlotte n'ignorait pas que tout, dans sa maison, témoignait de la place qu'elle avait jusqu'ici accordée à l'argent.

— En avoir suffisamment pour ne pas être obligé de compter sou à sou, c'est important, oui. Je me souviens de ce que c'est, de ne pas en avoir. Je me souviens de toutes ces années durant lesquelles un appel longue distance m'était aussi inaccessible qu'un manteau de vison.

— Et ça va devenir encore plus important pour moi avec un enfant, c'est clair…

— Il y a tant de choses à prendre en considération, n'est-ce pas ?

— Oh, oui !

Harmony sourit, mais comme si elle avait dû aller pêcher son sourire au plus profond de son âme.

— J'y travaille.

— Et tu vas y arriver, je t'assure.

Harmony contempla son assiette comme si elle pouvait y lire les secrets de l'univers.

— Et… tu as des projets pour aujourd'hui ?

Charlotte savait reconnaître un changement de sujet quand elle en entendait un.

— Je pensais me rendre à l'animalerie pour acheter des croquettes, et aussi ces friandises en peau de buffle dont Velvet raffole.

— Décidément, tu adores ce magasin !

Charlotte appréciait aussi le fait que l'animalerie était proche du parc où Maddie allait jouer. Elle espérait de tout son cœur que l'état de santé de la petite s'était assez amélioré pour qu'elle puisse y retourner. Si Maddie y était aujourd'hui, elle ne resterait pas pour la regarder, mais il fallait qu'elle sache.

— Je serai de retour dans une heure ou deux, dit-elle à Harmony. Tu n'es pas obligée de rester si tu as des choses à faire. Nell va venir un petit moment ce matin, et elle m'appellera si jamais Velvet semble sur le point de mettre bas.

Nell était sa femme de ménage à temps partiel et, par chance, elle adorait les chiens.

— Vu que sa voiture est HS, Glenda fait tout à vélo, le temps de pouvoir payer les réparations. Je lui ai dit que je viendrais chercher ses affaires et que je les lui apporterais ici pendant ses heures de bureau. Elle emménage ce soir et elle restera avec nous jusqu'à la naissance des chiots, au cas où.

Dans la semaine, Harmony avait amené Glenda à la maison, afin qu'elle puisse faire connaissance avec Velvet. La jeune fille avait la boule à zéro, des cheveux d'un bleu incongru et des tatouages de serpents qui s'enroulaient autour de ses bras, mais elle s'exprimait poliment d'une voix douce et, derrière les verres octogonaux de ses lunettes rouge rubis, ses yeux pétillaient d'humour. Cerise sur le gâteau, Velvet l'avait adorée au premier coup de truffe.

Alors que Charlotte se levait de table pour emporter son assiette dans la cuisine, elle félicita Harmony pour le petit déjeuner.

Cette dernière eut l'air sceptique.

— Tu ne manges presque rien. Tu n'essaies pas de maigrir, quand même ? Tu es déjà plutôt mince.

En réalité, Charlotte n'osait pas monter sur la balance. Ses médecins lui avaient ordonné de prendre du poids, mais la chimio lui avait fait perdre l'appétit et elle ne l'avait toujours pas recouvré.

— Je ne fais aucun régime, affirma-t-elle. Et je suis sûre que, grâce à toi, je vais me remplumer. Simplement, je ne mange pas de grosses rations par repas.

— Ces trucs sont très bons réchauffés, mais tu devrais éviter de te servir du micro-ondes. Mets-les plutôt sur le feu. Inutile de remplir la maison de radiations mortelles.

Charlotte s'efforça d'avoir l'air concernée.

— Tu as tout à fait raison.

— Non, je suis sérieuse ! J'ai lu un article là-dessus, à moins que quelqu'un m'en ait parlé, je ne sais plus. Moi, je ne me sers jamais de ton micro-ondes. Je préfère ne pas prendre de risques.

— Tu es suffisamment bonne cuisinière pour réaliser de délicieux petits plats sans avoir recours au micro-ondes.

Charlotte se déplaçait plus lentement que d'habitude. Elle n'avait pas bien dormi, la nuit dernière. Ces deux derniers jours, elle avait souffert jusque dans ses os et le froid ne la quittait pas. Elle espérait que le temps qui se réchauffait lui serait bénéfique. Elle s'allongerait près de la piscine et prendrait le soleil jusqu'à ce qu'elle se sente redevenue elle-même.

Harmony reprit :

— Je prépare une poêlée de légumes bio pour ce soir. Si tu as faim et que je ne suis pas rentrée, tu n'as qu'à faire réchauffer le riz dans une casserole et les légumes dans une autre, c'est tout.

— Mais pas au micro-ondes.

— T'as tout pigé !

Un quart d'heure après, faisant route vers le parc, Charlotte réfléchissait à tous les poisons qui s'étaient écoulés dans son corps durant le mois de chimio intensive. Harmony aurait été horrifiée d'apprendre qu'elle considérait les produits chimiques et les radiations mortelles comme des moyens de prolonger sa vie, même si l'expérience avait bien failli lui être fatale. D'autres séances de chimio l'attendaient mais, d'ici là, Harmony serait forcément au courant.

Elle se gara contre un trottoir, dans une large rue, sans autres voitures à proximité et sans avoir à manœuvrer. Le parc n'était qu'à deux pâtés de maisons, mais elle marchait lentement, comme elle s'était imaginée marcher un jour, à quatre-vingts ans. Pour elle qui avait vécu sa vie à cent à l'heure, ralentir le rythme, profiter de l'instant présent, étaient des cadeaux que la leucémie lui avait imposés de force.

Mais, des cadeaux, il y en avait eu d'autres. Sa voisine de lit dans le service des soins intensifs lui avait prodigué sa leçon de vie la plus importante à ce jour. Sur le moment, Charlotte avait été ulcérée de devoir partager sa chambre ; son sentiment d'injustice, à devoir renoncer ainsi à son intimité, le disputait à l'humiliation de voir une inconnue assister à son combat contre la mort. Mais Gwen l'avait sauvée. Gwen et ses manières calmes et résolues, ses paroles consolatrices, ses questions — uniquement des questions, jamais de réponses.

Gwen, dont le lit avait été emporté une nuit, pendant que Charlotte dormait, et qui n'était plus jamais revenue. Gwen, dont elle n'avait jamais appris le sort, car elle avait été trop lâche pour s'en enquérir.

Une fois au parc, elle traversa le chemin menant aux courts de tennis et s'engagea dans la descente, ralentissant encore le pas. Elle ne voulait pas trop s'approcher, juste assez pour voir la petite.

Elle s'arrêta sous un bosquet. Au début, elle ne repéra pas Maddie parmi les autres enfants, puis la fillette déboula de derrière le stand de friandises et fila vers le dôme d'escalade, Edna à côté d'elle.

Ainsi, Maddie se sentait suffisamment bien pour être venue ! C'était en soi un autre cadeau, un cadeau qui lui fit monter les larmes aux yeux. La fillette restait à la hauteur d'Edna, même si ses jambes étaient loin d'être aussi longues. Elle balançait les bras avec abandon, comme si chaque mouvement la propulsait plus vite vers son but. Edna aurait pu aisément la distancer, mais elle s'en gardait bien. Charlotte se demanda si Samantha avait déjà songé à écrire un manuel d'éducation…

Les petites filles atteignirent le dôme en même temps et, aussitôt, elles entreprirent de l'escalader. Samantha était assise juste derrière, dans un coin, mais Charlotte la vit lever les yeux et évaluer la situation avant de se replonger dans son livre.

Bien. Elle pouvait s'en aller, à présent. Elle avait appris ce qu'elle voulait savoir. Maddie était suffisamment en forme pour venir au parc, courir comme les autres enfants et faire la course jusqu'en haut du dôme avec son amie Edna.

Tandis qu'elle s'accordait quelques minutes de plus en compagnie de sa petite-fille, celle-ci se dressa sans se tenir près du sommet, les poings brandis en signe de victoire.

— Vas-y, ma puce, montre-leur, murmura Charlotte. Quoi qu'il en soit, tu es une gagnante.

On aurait dit que Maddie l'avait entendue car elle se raidit et sa tête se tourna en direction de sa grand-mère. Puis, à la grande horreur de Charlotte, tout son corps se cambra, ses pieds se prirent entre les échelons et elle dégringola la tête la première, se cognant la tête aux barreaux durant sa chute, pour atterrir finalement en tas informe, agité de secousses incontrôlables.

Avant de savoir ce qu'elle faisait, Charlotte s'élança vers sa petite-fille. Elle fut auprès d'elle bien après Samantha, qui tentait déjà sans succès de placer un sweater plié sous sa tête pour l'empêcher de se faire mal. Epouvantée, Charlotte vit que le vêtement était déjà rouge du sang de Maddie, qui s'écoulait à l'arrière de son crâne.

— Appelez le Samu ! cria une femme sur le côté.

Une autre répliqua que c'était déjà fait.

Charlotte s'agenouilla à côté de Samantha, dans le mulch répandu au pied du dôme.

— Qu'est-ce que je peux faire ?

Samantha ne leva pas les yeux.

— Faites-les reculer.

Charlotte se releva. La plupart des badauds étaient des enfants, ainsi qu'elle l'aurait remarqué si elle avait eu une seconde pour réfléchir. Elle commença par un côté de l'arc de cercle qui s'était formé, et les écarta doucement.

— Vous ne pouvez rien faire, nous avons besoin d'intimité.

Edna se tenait non loin de sa mère, l'air accablé. Spontanément, Charlotte lui passa un bras autour des épaules.

— Tu n'y es pour rien. Elle s'amusait comme une folle avec toi.

— Mais on courait !

— Ce genre de crise est imprévisible, ma puce. Ce n'est vraiment pas ta faute, je t'assure. Bon, est-ce que tu pourrais faire reculer les autres enfants ?

Charlotte finit par jeter un coup d'œil à Samantha et à Maddie, certaine qu'Edna accomplirait sa tâche, ou du moins qu'elle s'y efforcerait.

Une des mamans rejoignit Edna et l'aida à canaliser les enfants vers une autre section du parc. Une autre s'avança vers Charlotte.

— Comment peut-on laisser un enfant qui a ce genre de problème courir sans surveillance sur une aire de jeux comme celle-là ?

Elle avait dans les trente-cinq ans, ses cheveux étaient impeccablement retenus par un fin serre-tête doré, et sa tenue rose et blanche était en tout point idéale pour assister à un pique-nique de bienfaisance.

Charlotte sentit la colère monter en elle.

— Une mère sait à quel point il est important que sa petite fille mène une vie normale.

— Ma foi, le résultat n'est guère concluant. En plus, cette histoire a complètement gâché la journée des autres enfants.

Elle s'éloigna à grands pas, comme si Maddie n'avait fait une crise que pour la contrarier.

Mais Charlotte était déjà retournée au côté de sa petite-fille. Son état semblait s'améliorer. Ce n'était pas la première fois qu'elle était témoin d'une telle scène. Hearty aussi avait des crises quand il était en manque. Un jour qu'il était dans une mauvaise passe, il avait tenté de boire de l'alcool dénaturé, ce qui avait eu des conséquences désastreuses.

Vue de près, il était clair que cette crise était grave, mais le plus effrayant, c'était la tache qui s'assombrissait sur le sweater de Samantha.

— D'où vient ce sang ?

— Je ne sais pas encore.

Maddie ne bougeait plus. Samantha lui tourna doucement la tête sur le côté, glissant le sweater sous sa joue.

— Vous avez quelque chose dont je pourrais me servir pour stopper l'hémorragie ? lui demanda-t-elle.

Charlotte avait déjà ôté le cardigan qu'elle portait sur un bustier sans manches. Elle le plia et le tendit à Samantha, qui le pressa contre l'arrière de la tête de Maddie.

— Essayez de rappeler les secours. Demandez-leur dans combien de temps l'ambulance sera là.

Les mains tremblantes, Charlotte sortit son téléphone portable et appuya sur les touches. Elle déclina son identité et expliqua ce qui s'était passé.

— Il s'agit de ma petite-fille. Je vous en prie, nous avons besoin de quelqu'un tout de suite.

Elle répondit aux questions de la régulatrice, puis posa le téléphone sur ses genoux.

— Elle dit que nous devrions entendre les sirènes dans un instant… Les secours sont tout près.

Samantha soupira.

— Elle ne reprend pas connaissance. C'est une mauvaise chute.

— Elle allait mieux, pourtant ?

— Elle piaffait d'impatience de retourner au parc. Taylor a fini par céder. D'habitude, Maddie sent venir une crise au moins quelques secondes avant qu'elle ne se produise et elle arrive à se protéger un peu. Mais cette fois…

— Elle s'amusait tellement bien…

Charlotte s'aperçut qu'elle pleurait. Elle écarta la frange de Maddie — c'était la première fois qu'elle était assez près pour pouvoir la toucher.

— Taylor donne un cours.

— Est-ce qu'elle a un téléphone portable ?

Samantha lui donna un numéro et Charlotte le composa. Elle comptait tendre immédiatement l'appareil à Samantha, mais elle n'obtint rien, pas même une boîte vocale.

— Pas de réponse, dit-elle.

— Elle est sûrement avec une élève. Vous avez le numéro d'Ethan ?

Charlotte ne l'avait pas, mais elle appela les renseignements et obtint le numéro de son domicile, puis patienta le temps qu'on la mette en relation.

Elle n'eut pas de réponse non plus du côté d'Ethan mais, cette fois, une boîte vocale se déclencha. Elle lui laissa un bref message, expliquant ce qui s'était passé, et qu'une ambulance était en route. Avant de raccrocher, elle lui donna son numéro.

On entendait à présent le hurlement des sirènes.

— Dieu merci ! soupira Samantha.

Charlotte croisa les doigts pour avoir une raison encore meilleure de remercier le ciel. Elle pria pour que sa petite-fille ne soit pas grièvement blessée.

En quelques minutes, l'ambulance s'était garée aussi près que possible et, déjà, l'équipe du Samu effectuait une évaluation initiale de l'état de Maddie tout en essayant de stabiliser l'hémorragie. Une femme notait le bref compte rendu que lui faisait Samantha des circonstances de l'accident tandis qu'un homme finissait d'examiner Maddie.

— Nous allons l'évacuer vers Mission, déclara la femme, après s'être concertée un moment avec son collègue et avoir appelé l'hôpital. Vous pourrez nous rejoindre là-bas.

— Non, je tiens à vous accompagner avec ma fille, répliqua Samantha. Cette petite est sous ma surveillance.

— Je suis navrée, mais c'est impossible, sauf si vous êtes parente avec elle, expliqua la jeune femme, non sans une certaine empathie.

— Moi, je suis sa *grand-mère*, dit Charlotte.

— Dans ce cas, vous pouvez monter dans l'ambulance.

Charlotte regarda Samantha, qui acquiesça d'un hochement de la tête.

— Je vais chercher Edna. On vous retrouvera là-bas.

— Je suis désolée. Je ne cherche pas à vous court-circuiter, mais je ne veux pas qu'elle…

— Allez-y. C'est une bonne chose.

Charlotte recula, le temps que les deux ambulanciers préparent Maddie pour le transport avec des gestes rapides de professionnels. Elle savait que son intervention était mensongère, incorrecte mais, pour le moment, c'était le cadet de ses soucis. Elle ne voulait pas que sa petite-fille se réveille dans l'ambulance, entourée de visages inconnus. Car même si elle aussi était une inconnue à ses yeux, elle était une inconnue qui l'aimait.

Pour Ethan, son atelier, c'était son petit coin de paradis. Il représentait également un élément non négligeable de sa joie de vivre. Après avoir divorcé de Charlotte et coupé les ponts avec Falconview, il avait acheté une petite maison dotée d'une grande dépendance qu'il avait reconvertie en bureau et lieu de travail où, présentement, il achevait de fabriquer des éléments de cuisine à partir de planchers en acajou recyclé.

Les placards formaient l'une des touches finales des six lofts conçus pour remplir l'espace d'une ancienne fabrique de bouteilles. Martin Architectural Design se composait d'Ethan, d'un chef de projet à temps partiel et d'un architecte qui travaillait à temps complet quand c'était nécessaire. Ce petit cabinet d'architectes, spécialisé dans la durabilité et le recyclage des matériaux, avait recours, en cas de besoin, à d'autres professionnels. Ethan pouvait se permettre de garder une dimension modeste et de travailler uniquement sur des projets qui l'intéressaient, grâce à la somme que lui avait versée Falconview à la suite de son départ de la société, ainsi qu'à un train de vie résolument frugal.

Petit, il avait toujours aimé travailler de ses mains, mais ce n'était qu'après son divorce qu'il s'était remis à la menuiserie. Il s'était rendu compte qu'en donnant une seconde vie à de vieux matériaux hors d'usage, il s'offrait une seconde vie à lui-même. Il mettait un point d'honneur à se charger personnellement des touches finales, un plus en période de crise économique, alors que le temps était l'unique chose dont il ne manquait pas. Il lui incombait de reconvertir à sa façon la fabrique de bouteilles, mais le marché de l'immobilier tournait au ralenti, et il espérait qu'un de ses lofts se vendrait bientôt, afin de pouvoir commencer à travailler sur le dernier, où il comptait lui-même s'installer.

Une maison, c'est fait pour abriter une famille. La dernière unité de l'ancienne fabrique de bouteilles était conçue pour un célibataire las de faire des efforts de jardinage et de ménage que personne n'était là pour apprécier. L'appartement qu'il se réservait était le plus simple des six, avec une petite chambre pour Maddie, quand elle passerait la nuit chez lui, et une plus grande pour lui. Le reste de l'espace serait ouvert et aéré, dépouillé à l'extrême, ne laissant la place qu'à des matériaux recyclés avec amour et à des surfaces qu'il pourrait essuyer en un tournemain.

Il entendit la sonnerie du téléphone au moment où il arrêtait sa ponceuse électrique, mais, quand il décrocha, seule la tonalité résonna à son oreille. Il vérifia l'identité de son correspondant ; ce numéro ne lui disait rien. Intrigué, car l'appel avait été adressé à son fixe, il attendit quelques minutes et décrocha le combiné pour voir si la personne qui avait voulu le joindre avait laissé un message. Un instant plus tard, il était en route pour le studio de yoga Moon and Stars.

Taylor achevait un cours quand il entra dans la longue salle aux murs recouverts de miroirs. Il avait suffisamment de connaissances en yoga pour reconnaître la posture de ses élèves. Il s'agissait de Savasana, posture de relaxation dite « du cadavre », et qui marquait la fin du cours. Quand Taylor l'aperçut dans l'embrasure, elle se figea, puis donna les dernières consignes à ses élèves avant de se hâter vers lui.

— Maddie ? l'interrogea-t-elle à voix basse.

— Elle a eu une crise à l'aire de jeux, elle est tombée du dôme d'escalade. Elle est à l'hôpital. Sam est à ses côtés.

Il hésita, mais sa fille le connaissait trop bien.

— Quoi d'autre ?

— Ta mère est là-bas, elle aussi. Il se trouve qu'elle était là au moment de l'accident. C'est elle qui m'a appelé.

— Qu'est-ce que tu racontes ?

Elle semblait sincèrement déroutée.

— Ta mère était au parc quand Maddie est tombée. C'est elle qui m'a appelé. Sam a essayé de te joindre sur ton portable, mais elle n'a pas pu t'avoir.

— Charlotte était au parc ?

Taylor leva les mains.

— Non, tais-toi ! reprit-elle aussitôt. Je m'en fous ! Maddie, est-ce qu'elle est gravement blessée ?

— Je n'en sais rien, ma chérie. Je n'ai pas décroché assez vite. Je n'ai eu que le message et, quand j'ai essayé de rappeler ta mère, je suis tombé sur sa boîte vocale.

— Laisse-moi le temps d'aller chercher mes affaires.

Une fois dans sa voiture, Ethan tendit son portable à Taylor.

— Essaie de rappeler ta mère. J'ai mis son numéro dans la mémoire avant de partir. C'est le numéro quatre. Vois si tu peux apprendre ce qui s'est passé.

Taylor ne prit pas le téléphone que lui tendait son père. Elle sortit le sien et pianota sur plusieurs touches.

— Sam m'a appelée. Son numéro figure au journal des appels. Mais il n'y a pas de message parce que ma boîte vocale est hors service. Il faut une éternité à mon opérateur pour réparer quoi que ce soit. Pourtant, ce n'est pas faute d'avoir essayé ! Je donnerais cher pour savoir ce qui se passe, pas toi ?

Arrêté à un feu rouge, Ethan rongeait son frein.

— Savoir, ce n'est pas ça qui va nous aider. Ce qu'il faut, c'est arriver là-bas.

— Et puis, d'abord, qu'est-ce que Charlotte fichait au parc, hein ? On y avait organisé un match de tennis au profit d'une œuvre de bienfaisance ? Non, ça m'étonnerait. Est-ce qu'elle espionne Maddie ?

— J'ignore ce que ta mère faisait là-bas aujourd'hui. Je ne lui ai pas parlé au téléphone.

Mille idées tourbillonnaient dans sa tête, mais toutes commençaient et finissaient par la vérité. Il ne pouvait pas faire semblant. Il prit une profonde inspiration, bien conscient de la scène qui allait suivre.

— Je l'ai vue de loin, au parc, un jour où j'étais venu chercher Maddie. Je suis allé la voir chez elle, quelques jours après, et je lui ai posé la même question que toi. Elle ne s'est jamais approchée de Maddie et elle ne lui a jamais dit qui elle était. En revanche, elle y va de temps en temps pour la voir.

— Bon sang !

Taylor frappa le tableau de bord du plat de la main.

— Elle n'a pas le droit !

— C'est sa grand-mère.

— Non, c'est faux ! Elle a renoncé à son droit d'être *quoi que ce soit* pour ma fille.

— Ecoute, Taylor, nous en discuterons plus tard. Je ne peux pas me concentrer sur ma conduite en parlant de ça.

Taylor se mit alors à pleurer, malgré ses efforts pour se retenir. Ethan lui jeta un bref coup d'œil et vit sur le visage de sa fille les larmes mêlées à la fureur. Tout en lui se noua.

— Si ta mère n'avait pas été là, dit-il — car il fallait que quelqu'un le fasse —, si elle n'avait pas eu la présence d'esprit de m'appeler et de me demander de te joindre, nous ne saurions même pas ce qui s'est passé.

A côté de lui, Taylor pleurait sans bruit.

Le trajet jusqu'à l'hôpital parut interminable à Charlotte, mais il ne dura sans doute que quelques minutes. A l'entrée des urgences, les ambulanciers transportèrent rapidement Maddie à l'intérieur. Elle n'avait toujours pas repris connaissance. Pas une seconde, elle ne s'était rendu compte que sa grand-mère qu'elle ne connaissait pas lui avait tenu la main durant tout le trajet, assise à côté d'elle dans l'ambulance.

Arrivée à l'hôpital, Charlotte évita volontairement de se mettre en avant. Bien qu'on l'ait priée d'éteindre son téléphone portable dans l'ambulance, Ethan avait peut-être déjà eu son message, et il se pouvait qu'il soit en route pour l'hôpital en compagnie de leur fille. La dernière chose dont Taylor avait besoin en arrivant, c'était de voir sa mère conférant avec le personnel hospitalier au sujet du traitement de Maddie.

Les soignants emportèrent Maddie à toute vitesse afin de l'examiner hors de sa présence, lui épargnant de donner une quelconque explication. Quelques minutes plus tard, alors que ses jambes menaçaient de lui manquer à force de faire les cent pas, elle vit une infirmière revenir vers elle pour l'informer que le médecin de service avait ordonné un scanner immédiat. Maddie n'ayant toujours pas repris conscience, l'infirmière recommanda à Charlotte de s'asseoir dans la salle d'attente des urgences jusqu'à ce qu'on ait besoin d'elle.

Elle prit place dans une rangée de chaises vides et fit reposer son front entre ses mains. Une partie d'elle-même savait qu'elle ferait mieux de s'en aller maintenant, avant l'arrivée de Taylor.

Une autre partie pensait qu'il lui fallait rester, afin de pouvoir expliquer au premier arrivé les circonstances exactes de l'accident, et les soins qu'on prodiguait à Maddie. Bouleversée, elle ne parvenait pas à prendre une décision, et son état d'épuisement la faisait douter de sa capacité à sortir de l'hôpital pour rallumer son portable et appeler un taxi.

Avant qu'elle ait pu se résoudre à agir, elle leva les yeux et vit Taylor franchir précipitamment le seuil des urgences et se diriger droit vers l'accueil, à six mètres à peine de l'endroit où elle était assise.

— Laissez-moi vérifier, dit l'agent d'accueil à Taylor après que celle-ci eut expliqué la raison de sa présence. Vous êtes sa mère ? Vous avez des papiers d'identité ?

— Vous avez besoin de preuves ? s'emporta Taylor. Dans un moment comme ça ?

Elle fouilla son sac et se mit à poser rageusement des cartes sur le comptoir.

Charlotte vit qu'Ethan avait suivi leur fille à l'intérieur et qu'il posait la main sur son épaule.

— Je vous prie de l'excuser, dit-il à la réceptionniste. Nous sommes inquiets et bouleversés. Je suis le grand-père de Maddie.

La femme ignora Taylor.

— Votre femme était avec elle, mais je pense qu'on a emmené votre petite-fille au scanner. Le médecin viendra vous voir dès qu'il aura quelque chose à vous dire. Vous devrez présenter votre carte de mutuelle et remplir le formulaire là-bas.

Elle désigna un guichet juste après l'accueil.

— Je veux voir ma fille, ordonna Taylor en détachant chacun de ses mots. Tout de suite !

L'employée la dévisagea, puis son regard s'adoucit.

— Je vais voir ce que je peux faire. Que diriez-vous d'aller vous asseoir là-bas, le temps que je trouve quelqu'un pour vous renseigner ?

Elle lui indiqua la rangée de chaises vides d'où Charlotte venait de se lever. Jusque-là, celle-ci s'était dit que la situation ne pouvait pas être pire mais, à la vue du regard furieux de Taylor, elle comprit qu'elle se trompait.

Ethan prit le bras de sa fille et l'éloigna doucement du bureau d'accueil. On aurait dit qu'il tentait de la raisonner à voix basse, mais Taylor dégagea sa main de celle de son père. Son regard se posa sur Charlotte, debout à l'extrémité de la rangée de chaises, et, l'espace d'une seconde, elle parut accablée. Puis, avant qu'Ethan ait pu ajouter un mot et que Charlotte ait pu s'avancer, Taylor marcha droit sur elle.

— Pourquoi ? tonna-t-elle, une fois en face de sa mère. Pourquoi observais-tu ma fille ? Qu'est-ce que tu faisais *là-bas* ?

— Je savais qu'elle avait eu des problèmes de santé, Taylor, répondit Charlotte d'un ton calme. Je voulais simplement voir comment elle allait. J'ai pensé que…

— Tu as *pensé* ? Tu n'as *aucun droit* de penser quoi que soit concernant Maddie ! Qu'est-ce qui t'en donne le droit ? Tu ne voulais pas d'elle ou, plutôt, tu ne voulais pas que *moi*, je l'aie. Tu voulais que je me fasse avorter, ou du moins que je l'abandonne. Et, quand j'ai refusé, tu m'as mise à la porte ! J'avais seize ans, j'étais enceinte, et tu m'as ordonné de quitter la maison si je ne t'obéissais pas !

Les yeux de Charlotte s'emplirent de larmes qui roulèrent sur ses joues. Elle répondit la seule chose qu'il lui était possible de dire.

— Je donnerais n'importe quoi pour retirer les paroles que j'ai prononcées ce jour-là, Taylor. Tu n'imagines pas à quel point je regrette.

— Et, surtout, je m'en fous ! Parce que j'ai accouché prématurément, tu m'as dit que si j'avais suivi ton conseil ma pauvre fille imparfaite, ma courageuse petite fille qui luttait pour rester en vie, ne serait jamais venue au monde ! Un monde qui s'en serait mieux porté, n'est-ce pas, *maman* ? Un enfant imparfait en moins !

Ethan posa les mains sur les épaules de sa fille.

— Arrête, Taylor. Ce n'est ni le lieu ni le moment.

— Il n'y a aucun moment qui convienne. Aucun lieu non plus.

Charlotte avait l'impression qu'on lui avait vidé l'air des poumons.

Elle avait du mal à respirer. Quand elle put enfin prendre une goulée d'air, elle fit face à Ethan et parvint à s'exprimer.

— Tu lui as dit ce que je t'avais confié cette nuit-là ? Tu as dit à Taylor ce que je t'avais confié, à toi seul, devant la pouponnière des soins intensifs, la nuit où est née Maddie ?

Taylor eut un petit rire amer.

— Personne ne m'a rien dit ! Je t'ai entendue. J'étais là. Je m'étais levée pour aller la voir, mais vous ne m'aviez pas vue.

Ethan avait l'air au bord de la nausée mais, avant qu'il ait pu dire un mot, Charlotte prit la parole :

— Taylor, j'étais anéantie. La petite souffrait. Tout ce qui m'est venu à l'esprit, c'est que…

— Arrête !

Taylor se dégagea de l'emprise de son père.

— Fous le camp, O.K. ? Je vais voir si je peux obtenir des renseignements. A mon retour, je ne veux pas te trouver là. Je veux que tu aies disparu, comme tu as disparu de la vie de ma fille ! Comme tu as presque toujours été absente de la mienne !

Elle fit volte-face et partit à grands pas vers l'accueil. Charlotte ferma les yeux et vacilla.

Ethan la rattrapa.

— Assieds-toi !

Elle tenta de se dégager de son étreinte.

— Non, je ferais mieux de partir. Je vais appeler quelqu'un pour venir me chercher.

Ethan semblait penser qu'elle n'était capable ni de l'un ni de l'autre. Elle savait que ses joues étaient livides et, de la façon dont il lui tenait fermement les bras, il avait dû se rendre compte de sa maigreur.

Il la lâcha enfin et recula d'un pas.

— Tu voudras bien me tenir au courant…

Elle n'acheva pas sa phrase.

Il acquiesça d'un hochement de tête. Ils savaient pourtant tous deux que Taylor serait furieuse, si elle apprenait qu'il avait repris contact avec sa mère.

— Je ne serai le pion de personne, déclara-t-il. Ni le tien ni celui de notre fille. Mais je te tiendrai au courant. Tu y as droit.

Elle passa la main derrière elle à la recherche de son sac.

— Maddie n'a pas ouvert les yeux dans l'ambulance. Je lui ai tenu la main, mais à aucun moment elle n'a vu mon visage.

— Je t'appellerai.

Elle s'éloigna, encore faible sur ses jambes. Elle évita le bureau d'accueil, où Taylor s'emportait de nouveau contre l'employée, et disparut derrière les portes coulissantes.

Une fois dehors, elle s'appuya contre un pilier et s'appliqua à respirer lentement. Elle avait fait tout ce qui était en son pouvoir pour Maddie, et elle avait eu raison de l'accompagner dans l'ambulance. Mais ce profond sentiment de perte lui était bien trop familier. C'était le même qu'elle avait éprouvé le jour où Ethan et Taylor s'étaient détournés d'elle à tout jamais.

20

Journal du Premier Jour : 14 mai

Lorsqu'on se penche sur le passé, il n'est pas facile de déterminer à quel moment exact les problèmes ont commencé à se poser et les solutions à capoter. Pourtant, à l'époque, je croyais que les schémas se mettaient en place indépendamment de moi. J'étais là, telle une comédienne répétant son texte, mais à aucun moment je ne me suis rendu compte que j'étais également l'auteur de la pièce.

Je me replonge dans le passé.

Taylor n'est pas un bébé facile. Après notre semaine de séparation, je tente de l'allaiter, mais elle hurle, jamais rassasiée, et le lait maternisé ne lui convient pas. La nuit, nous faisons les cent pas toutes les deux, mais même entre deux crises de coliques et d'otites elle semble insatisfaite, comme si elle me tenait pour responsable de mon incapacité à la réconforter comme le ferait une bonne mère.

Mes années d'expérience avec les petits King ne trouvent aucun écho chez ma fille. Elle préfère Ethan, qui ne se soucie pas autant que moi de lui plaire. Dans ses bras, elle dort, alors que, dans les miens, elle se raidit et se met à hurler.

Me sentant totalement dépassée à la maison, je retourne en fac à l'automne et m'inscris à tout un tas de cours. L'épouse d'un de mes professeurs propose un service de crèche et Taylor adore aller là-bas. Personne à part moi ne trouve son comportement décourageant. Pleines d'expérience et de décontraction, les employées savent distraire Taylor et la rendre heureuse, et parfois, quand je la récupère à la fin de la journée, elle pleure pour rester avec elles.

Je finis mes cours le jour du premier anniversaire de Taylor. Ma petite fille adore les cadeaux que nous lui avons choisis et mon gâteau fait maison se dissout sur sa chaise haute en une mare de miettes et de bave. Pour une fois, je remplis mon rôle de mère exactement comme je suis censée le faire, ce qui m'encourage. Comme cadeau de fin d'études, Ethan achète des billets d'avion pour Hawaii. Ses parents acceptent de garder la petite pendant la semaine que durera notre absence.

Ce voyage est une seconde lune de miel. Loin de la fac, du travail et de notre fille, nous voilà redevenus des amants et des amis. Depuis le début, Ethan me soutient sans faille dans mes efforts pour apprendre à être une bonne mère. Lui semble doué d'un instinct paternel inné.

Nous parlons de l'avenir. Je suis partagée entre l'idée de passer l'année qui vient à la maison et celle de faire mon trou dans le monde du travail. J'ai mon diplôme et mes études, mais ni l'un ni l'autre n'arrive à la cheville de mon ambition. J'ai une nouvelle raison de vouloir réussir. Je veux à tout prix donner à Taylor ce qui m'a manqué dans mon enfance, dans l'espoir, sans doute, de compenser par là mon absence de fibre maternelle.

Ethan se demande comment nous allons nous en sortir, entre un petit bébé et deux agendas professionnels surchargés. Il réfléchit à son propre avenir et recherche un emploi. A ma grande déception, son intérêt se limite à la région des Blue Ridge, bien décidé qu'il est à demeurer dans ces montagnes si chères à son cœur. Le cabinet d'architectes où il a effectué son stage souhaite le garder mais, pour ma part, je pense que sa carrière s'épanouira davantage dans une structure plus grande, où il pourra faire son trou et continuer à dessiner les bâtiments qu'il préfère. Il est d'accord avec moi, mais me rappelle que nous pourrions être obligés de nous exiler aussi loin que dans le Tennessee. A quoi bon commencer ma carrière à Asheville, me demande-t-il, si c'est pour en partir ? Pourquoi ne pas commencer, une fois que nous serons installés quelque part ?

J'aime être avec lui et je commence à me détendre. Maintenant qu'elle ne souffre plus de coliques, Taylor est plus facile à materner, et Ethan semble s'épanouir dans mon amour. Je peux peut-être me contenter d'une vie plus simple.

A notre retour, nous découvrons que la mère d'Ethan a entièrement réorganisé notre maison et les horaires de Taylor. Elle s'en excuse d'un air adorable, évidemment, mais laisse entendre que, au vu de mon peu d'expérience en tant que mère et maîtresse de maison, elle me fait bénéficier gratuitement de son éducation supérieure et de son savoir. Ethan, furieux, lui indique que nous n'apprécions pas les changements, mais le message de ma belle-mère reste on ne peut plus clair. Je ne suis pas assez bien pour être l'épouse de son fils, ni pour être la mère de sa petite-fille, et elle a été forcée de remettre d'aplomb notre petit monde minable, bien que cela l'ait chagriné.

Quand elle repart, la paix et la sérénité de Hawaii sont déjà loin et je me retrouve, une fois de plus, déstabilisée et vulnérable. Un incident terrifiant fait voler en éclats ma maigre confiance en moi.

Ethan s'en va passer un entretien d'embauche à Knoxville et, durant trois jours, je reste seule avec Taylor. Celle-ci se montre anormalement grognon, mais au début je ne m'en préoccupe pas outre mesure. Je suppose qu'elle se languit de son père, qui sait mieux que moi l'apaiser. Quand je suis seule le soir pour la coucher, elle reste inconsolable. Cette nuit-là, elle se réveille à deux reprises et, la seconde fois, je la laisse pleurnicher. Le lendemain matin, elle dort plus tard que d'habitude. Je suppose que ses pleurs l'ont épuisée et qu'elle rattrape son sommeil en retard.

A 9 heures, comme elle n'est toujours pas réveillée, je vais la voir et m'aperçois qu'elle est fiévreuse. Le cabinet du pédiatre déborde d'enfants et, au téléphone, on me répond qu'il y a un virus qui traîne actuellement. On me suggère de garder ma fille à la maison, à l'écart des autres enfants, et on m'explique la conduite à tenir ainsi que les symptômes à guetter.

L'entretien d'embauche auquel s'est rendu Ethan compte énormément pour lui, c'est pourquoi je décide de ne pas l'avertir, et encore moins d'appeler sa mère, qui sous-entendrait clairement que j'ai manqué à mes devoirs en laissant ma fille attraper une maladie. Je passe la journée à donner des bains froids à Taylor ainsi que des médicaments en vente libre, achetés sur les conseils de l'infirmière pédiatrique. En soirée, elle semble aller mieux, ce qui me met du baume au cœur, bien que ses exigences de malade m'épuisent.

Cette nuit-là, Taylor dort d'un sommeil agité, mais son état ne semble pas s'aggraver. Le jour suivant se déroule de façon quasi similaire. On est alors vendredi et Ethan doit rentrer dans l'après-midi du lendemain. Aussi, quand il me téléphone, je lui raconte les derniers événements, mais en l'assurant que nous nous en sortons très bien. Je couche Taylor de bonne heure car elle s'endort sur sa chaise haute. Elle est calme et me paraît moins chaude.

Je ne sais pas ce qui me réveille à minuit. Ses pleurs ou tout simplement mon instinct maternel, toujours est-il que, quand je vais la voir, je la trouve brûlante de fièvre et sans réaction. Je laisse un message sur la ligne d'urgence du pédiatre. J'appelle Ethan, le réveille à son hôtel et lui dis que j'emmène Taylor à l'hôpital. Il me promet de rentrer en catastrophe tout en me rappelant que le trajet va lui prendre plusieurs heures. Cahin-caha, j'arrive à nous habiller toutes les deux et j'installe le corps flasque de ma fille dans le siège auto. Nous fonçons aux urgences.

La salle d'attente est presque bondée, j'ai de la chance de trouver une chaise. Il y a eu un accident de voiture aux abords de la ville, et on s'occupe des blessés en priorité. Je passe une heure à faire les cent pas avant qu'une infirmière me fasse entrer dans un box afin de consigner les symptômes de Taylor.

Cette femme me rappelle quelqu'un, bien que je ne fasse guère attention à elle. Elle note le tableau clinique de Taylor en branlant du chef d'un air réprobateur, puis l'examine rapidement avant de nous laisser seules. Elle revient accompagnée d'un interne qui effectue son propre examen. Ils me soumettent à un interrogatoire serré — « Pourquoi ai-je autant attendu ? » « Que m'a-t-on dit au cabinet du pédiatre ? » — mais écartent mes réponses de la main. Ma fille est très malade, j'aurais dû m'en rendre compte, et il faut l'hospitaliser sur-le-champ.

Le médecin me laisse alors effectuer l'admission de Taylor et je me retrouve face à face avec l'infirmière. C'est à ce moment-là que je la reconnais enfin. Cette femme n'est autre que Sally Klaver, adulte et instruite. Elle me demande si j'ai bu. Aussitôt, je comprends que, m'ayant elle aussi reconnue, elle part du principe que j'ai suivi les traces de Hearty. Je lui réplique que je n'ai pas bu, non, bien sûr que non ! et que je m'occupe de Taylor depuis le premier signe de sa maladie.

— Un enfant n'arrive pas à ce stade-là si rapidement, rétorque-t-elle. Vous avez fait preuve de négligence.

Elle poursuit en me signalant qu'elle va appeler les services sociaux pour qu'ils vérifient que Taylor n'est pas en danger avec moi.

Je suis assommée, puis mortifiée. Sally ne sait rien de moi, hormis le milieu d'où je viens. Ce soir, j'ai attrapé la première chose que j'ai trouvée à me mettre sur le dos, à savoir une chemise froissée et un jean. A ses yeux, je suis toujours une pauvre petite paumée.

A l'étage, personne ne me tient informée de ce qui se passe. On me demande plusieurs fois d'attendre au fond du couloir et, au bout de plusieurs heures, l'interne vient enfin me voir. Il s'est entretenu avec mon pédiatre, qui est en route pour examiner Taylor. L'interne me présente ses excuses, sans grande conviction. Le pédiatre lui a confirmé que Taylor était l'une de ses patientes, que ses parents sont des individus instruits et responsables, qu'ils le consultent fréquemment et se montrent très concernés par le bien-être et la santé de leur petite fille.

Ethan arrive alors que le jeune homme commence à me débiter ses excuses, et quand il conclut en me disant que les services sociaux ne seront pas alertés, mon mari explose. Je n'ai jamais vu Ethan dans une telle colère. Il exige de savoir ce qui a bien pu les conduire à penser qu'une telle procédure était nécessaire, et l'interne reconnaît que l'infirmière et lui ont commis une erreur de jugement.

Je suis la seule à savoir pourquoi.

Taylor se rétablit. Elle n'est pas le seul enfant dont l'état a très vite empiré à cause du même virus, et le service de pédiatrie a rapidement été débordé. Je ne revois pas Sally Klaver durant le séjour de Taylor à l'hôpital mais, des années plus tard, je participe à un jury d'entretien censé attribuer le poste fort convoité de cadre de santé d'une maison de retraite haut de gamme. Sally est la candidate la mieux placée jusqu'à ce qu'un membre respecté du conseil d'administration — moi — arrive pour interroger minutieusement les finalistes. Au cours de cet entretien, si elle me reconnaît, elle n'en souffle mot.

Sally Klaver ne décroche pas le poste.

Je ressors changée de ces incidents avec la mère d'Ethan et avec le personnel de l'hôpital, à moins qu'ils ne représentent que les prétextes nécessaires. Envolées, les perspectives d'une existence plus tranquille et d'une ascension professionnelle menée à un rythme plus calme. Je me jure de ne plus jamais laisser personne me regarder de haut. Ni les parents d'Ethan ni mes anciennes connaissances. Je veux qu'on me fasse des courbettes. Je veux le pouvoir, le contrôle, un statut, toutes ces choses qui distingueront notre petite famille et la proté-

geront et, puisque Ethan ne s'intéresse à aucune d'elles, il est clair que c'est à moi de jouer.

La guérison de Taylor prendra des semaines. La mienne, des années.

21

A l'hôpital, Ethan avait attendu avec Taylor que Maddie reprenne connaissance. Le Dr Hilliard, arrivé très vite sur les lieux, leur assura qu'il n'y avait aucune raison de s'inquiéter. Maddie souffrait d'une commotion et d'une entaille à la tête qui avait été suturée. Elle s'était également cassé la clavicule et luxé une épaule, ce qui, par chance, ne nécessiterait pas d'intervention chirurgicale. On lui faisait encore passer quelques examens mais, jusque-là, aucun n'avait indiqué de blessure plus grave. On la garderait au moins un jour ou deux en observation à l'hôpital, par simple mesure de sécurité.

Bouleversée, Taylor traversa cette épreuve sans desserrer les mâchoires, la mine sinistre. Et quand Ethan tenta de lui expliquer pourquoi il ne lui avait pas parlé de la présence de Charlotte au parc, quelques semaines auparavant, elle leva la main pour l'interrompre.

— Je suis incapable de gérer ça !

Et Ethan comprit que c'était la vérité.

Taylor était une mère admirable, un merveilleux professeur de yoga et un être humain doué de multiples talents mais, dès qu'il s'agissait de Charlotte, elle redevenait une enfant.

— Tu veux que je reste avec toi ? lui demanda-t-il après avoir été autorisé à faire un petit coucou à une Maddie complètement groggy.

— On va m'installer un lit dans sa chambre. Nous y serons très bien. Les médecins veulent qu'elle se repose le plus possible.

— Appelle-moi si jamais tu as besoin de quoi que ce soit.

Elle le serra dans ses bras, mais son corps restait crispé, comme si, déjà, elle refusait de s'abandonner totalement à son étreinte. Jusque-là, il n'avait pas mesuré à quel point il avait été important pour Taylor de le considérer comme un allié, engagé corps et âme auprès d'elle dans la bataille qu'elle livrait contre sa mère. A présent, sa fille doutait de sa loyauté. Dans quelle mesure avait-il alimenté ce sentiment ?

Il avait promis à Charlotte de lui passer un coup de fil, mais il lui devait plus que cela. Non contente d'avoir été présente pour leur petite-fille dans une situation d'urgence, elle avait enduré la fureur de Taylor sans se rebiffer. Du reste, ces deux efforts lui avaient coûté. Il avait remarqué son extrême pâleur et, pour la première fois, à quel point elle semblait fragile. Pourtant, elle avait fait face à l'accident de Maddie et à la rage de sa fille sans s'effondrer.

Ne serait-ce que pour cela, elle méritait un compte rendu complet.

Sans l'avertir par téléphone, il se mit en route pour la maison de Biltmore Forest. Il n'avait pas déjeuné, et c'était l'heure du dîner. Il était éreinté, affamé, et aurait donné n'importe quoi pour jouir de quelques heures de solitude. Mais il y avait plus important que cela.

Il se gara au même endroit que la dernière fois et frappa à la porte. La même jeune femme — impossible de se souvenir de son nom — lui ouvrit. Cette fois, elle n'alla pas prévenir Charlotte. Elle ouvrit la porte en grand et le fit entrer.

— Ecoutez, je ne sais pas ce qui s'est passé aujourd'hui, dit-elle à mi-voix, mais Charlotte a l'air d'avoir rencontré un rouleau compresseur. Alors, si vous êtes venu jeter de l'huile sur le feu, je vous prie de vous abstenir, d'accord ?

Au moins, elle n'y allait pas par quatre chemins, pensa Ethan, admiratif.

— Je suis venu la rassurer au sujet d'une affaire.

— Dans ce cas, elle est au bord de la piscine. Je dois m'absenter pour une course dans quelques minutes. Je ne pense pas qu'elle ait déjeuné et je sais qu'elle ne va pas prendre de repas ce soir, sauf si quelqu'un l'y force. Vous voulez bien rester dîner avec elle ? Les plats sont au frigo, tout prêts. Il n'y a qu'à les faire réchauffer.

En dépit de tout, l'estomac d'Ethan gargouillait. Il acquiesça d'un hochement de tête.

— Pas de problème, je m'en charge.

— Génial ! La chienne est sur le point de mettre bas, et je dois aider une amie à emménager ici afin qu'elle soit présente à la naissance. Elle est assistante vétérinaire.

— Une chienne ?

— Oui, on s'occupe de la chienne de quelqu'un, pour lui rendre service. C'est Charlotte qui s'est proposée.

Ethan n'en croyait pas ses oreilles. Durant leur mariage, chaque fois qu'ils avaient parlé d'avoir un chien, la discussion avait abouti à une impasse. Les chiens étaient sales, imprévisibles, et prenaient du temps. En plus, toujours d'après Charlotte, Taylor n'était pas assez grande pour en être responsable. Le temps qu'elle le soit devenue, Taylor ne s'intéressait plus aux chiens…

— Je trouverai mon chemin jusqu'à la piscine, affirma-t-il.

— Parfait. Je m'en vais dans quelques minutes.

Il déambula dans la maison et trouva la sortie par un itinéraire légèrement plus direct que la dernière fois. Charlotte ne se retourna pas en entendant la porte se refermer derrière lui. Elle portait un chapeau à large bord assez grand pour protéger son cou et ses épaules, bien que le soleil eût amorcé sa descente vers l'horizon. Elle avait sur les genoux ce qui ressemblait à un cahier et, à côté d'elle, un téléphone. Sans doute attendait-elle anxieusement son appel.

Ce ne fut que lorsqu'il prononça son prénom qu'elle se retourna, l'air sur ses gardes, comme si elle se blindait en prévision des nouvelles qui allaient suivre, et ferma le cahier.

— Elle va bien, dit-il, lorsqu'il fut à portée de voix. Les médecins la gardent, sûrement deux jours, mais elle s'en tirera sans aucun dommage.

Il vit le soulagement envahir son visage, et tout son corps parut se détendre, se rapetissant sous ses yeux.

— Dieu soit loué, soupira-t-elle.

A présent, il était assez proche pour voir ses yeux se remplir de larmes.

Sans y avoir été prié, il prit place dans le fauteuil voisin du sien.

— On m'a laissé la voir. Elle a repris connaissance, mais elle est assez léthargique. Ils la surveillent de près.

Il lui résuma les diverses blessures de Maddie.

— Avec un peu de chance, elle s'en remettra très vite.

— Elle a fait une chute terrible. Elle venait d'arriver au sommet et elle brandissait les poings en signe de victoire. Et puis…

Charlotte secoua la tête.

— J'étais trop loin pour pouvoir intervenir. C'est l'histoire de ma vie, en quelque sorte…

— Je regrette que Taylor se soit montrée si brutale envers toi.

— Taylor n'a jamais fait mystère de ses sentiments. Depuis le début. Souviens-toi de l'année de ses trois ans, nous lui avions acheté un…

Elle eut un petit rire, mais quelque peu forcé.

— Maintenant, je ne me rappelle plus ce que c'était, mais elle nous avait fait part sans détour de sa déception. Elle nous avait expliqué ce qu'elle voulait et nous l'avions déçue. Je crois qu'elle l'avait formulé ainsi.

— Elle a gagné en tact au cours de ces dix dernières années, mais pas assez, apparemment.

— Taylor a tous les droits d'être furieuse contre moi. Et voilà que, maintenant, j'épie sa fille en douce. Du moins est-ce ainsi qu'elle voit la chose, j'en suis sûre.

Elle se tourna vers lui.

— Je suis contente que ce ne soit pas toi qui lui aies rapporté ce que je t'avais confié cette nuit-là, à la maternité. Je regrette infiniment qu'elle ait surpris notre conversation, infiniment, mais je suis contente que ce ne soit pas toi.

— Crois-tu que j'aurais voulu peiner davantage ma fille, alors que la vie de son propre enfant ne tenait qu'à un fil ?

— Non, en y réfléchissant, non. Tu n'as jamais été cruel.

Ethan ne formula pas sa pensée à voix haute, car, justement, il n'était pas cruel — du moins essayait-il de ne pas l'être.

Charlotte détourna la tête.

— Je sais, j'ai dû paraître sans cœur, cette nuit-là. Je ne cherche pas à me défendre. Comment le pourrais-je ? Mais je regardais ce pauvre petit bébé prématuré, relié à tous ces tuyaux, qui respirait grâce à une machine, et dont le pronostic vital était si sombre que c'en était horrifiant. Je ne pensais qu'à la souffrance de ce tout petit être, à la terrible introduction à la vie que c'était, et au misérable avenir qui l'attendait si jamais il parvenait à survivre. Alors, c'est vrai, j'ai déploré tout haut que Taylor n'ait pas suivi mon conseil, qu'elle n'ait pas rapidement mis un terme à sa grossesse, afin que Maddie n'ait pas à souffrir ainsi. J'avais l'impression que chacun de ces tuyaux aspirait la vie hors de son petit corps innocent. Et je savais que si j'avais été une meilleure mère, une mère à qui Taylor aurait pu se confier avant de coucher avec Jeremy Larsen, nous n'en aurions pas été là. Nous aurions cherché des universités, nous nous serions fait faire une pédicure ou nous aurions fait une virée shopping en vue de son voyage de terminale.

C'était un long discours pour une femme qui avait toujours pesé ses mots avec précision, mais il en disait beaucoup. Les événements évoqués étaient bien ceux dont Ethan avait été témoin, il n'y avait donc aucun moyen de les modifier. En revanche, l'angle de vue était très différent.

— Ce n'est pas ainsi que Taylor l'a compris, dit-il au bout d'un moment. Elle a entendu « Je te l'avais bien dit ». Elle l'avait déjà entendu auparavant mais, cette fois-là, la vie de sa petite fille était en jeu.

— J'ai beaucoup réfléchi à tout ça ces derniers temps. Nous sommes partis du mauvais pied, Taylor et moi, et ce dès sa naissance. Et j'ai aggravé la situation en m'échinant à lui donner l'enfance que je n'avais pas eue. Si tu résumes notre relation, du moins de mon point de vue, les choses se ramènent à ça. Mais, à l'époque, je n'ai rien compris. Quand je l'ai menacée de la mettre à la porte si elle ne faisait pas ce que je savais être bon pour elle, je ne faisais qu'amener notre longue histoire vers sa conclusion logique. Je voulais le meilleur pour elle, et j'étais bien décidée à tout faire pour que cela se produise. J'étais absolument convaincue qu'elle allait gâcher sa vie.

— Ta vie, pas la sienne. Celle que toi, tu voulais pour elle.

— Exact.

Il attendait des récriminations de sa part. N'était-ce pas le moment pour elle de souligner que, durant leurs années de vie commune, il n'avait rien fait pour arrondir les angles ? Que, très vite, il s'était allié à Taylor et avait lentement exclu Charlotte de leur relation ? Qu'il n'avait pas fait suffisamment d'efforts pour ouvrir les yeux de sa femme sur ce qui se passait ou pour proposer qu'ils consultent un thérapeute ? Qu'il n'avait pas tenu tête à sa fille — ni à sa femme — quand les circonstances l'exigeaient ?

Mais les récriminations ne venaient pas.

— Moi aussi, j'ai commis des erreurs, finit-il par admettre.

— C'est stupéfiant, tu ne trouves pas ? Que deux individus qui ne demandent qu'à faire le bonheur de leur enfant puissent si facilement se fourvoyer ? Et, maintenant, regarde où cela nous a menés ! A mon avis, la seule chose que je puisse faire, c'est de m'éclipser pour de bon. Je ne veux pas aggraver mes erreurs ni ajouter au chagrin de Taylor. Si j'essaie de lui faire entendre mes vues, elle ne fera que crier plus fort que moi.

— Alors, écris-lui une lettre.

Cette fois, elle tourna sa chaise vers lui pour le regarder bien en face.

— Crois-tu vraiment qu'elle la lirait ?

— Elle la lirait *peut-être*. En temps normal, elle est plus raisonnable que ce qu'elle t'a montré aujourd'hui. Je lui demanderai de la garder le temps qu'elle se sente prête à retrouver un terrain d'entente avec toi.

— Cela semble si lâche…

— Non, il s'agit d'une première étape. Si vous vous revoyez face à face, Taylor ne se gênera pas pour te livrer le fond de sa pensée et sa vision des événements. Ça ne sera pas une partie de plaisir. Mais une lettre peut t'amener à cette rencontre.

— Laisse-moi y réfléchir. Je ne veux pas commettre une nouvelle erreur.

— Nous avons des années devant nous, Charlotte. Tu as tout le temps de rectifier le tir.

L'ombre du chapeau lui cachait le visage, mais elle parut s'attrister davantage à ces mots. Pour une femme comme Charlotte, qui avait l'habitude que les choses s'accomplissent sur un claquement de doigts, devoir attendre des mois, voire des années pour obtenir un résultat devait être particulièrement difficile à vivre, supposa Ethan.

— C'est gentil à toi d'être venu, dit-elle, mais pas de son ton de châtelaine.

Elle semblait sincère, comme si elle mesurait à leur juste valeur les efforts que cette démarche lui avait coûtés.

— Et j'apprécie tes conseils, Ethan. Laisse-moi simplement réfléchir à ce que je veux dire à Taylor et à la façon de le tourner.

— La jeune femme qui habite ici… J'ai oublié son nom.

— Harmony.

— Elle m'a proposé de rester dîner ; or, il se trouve que je n'ai rien avalé depuis le petit déjeuner. D'après elle, il y en a assez pour deux dans le frigo.

— Tu veux rester dîner ?

Elle paraissait surprise.

— Tu dois être complètement épuisé.

— En fait, je suis plus affamé qu'épuisé. Que dirais-tu que nous organisions un petit repas ?

Elle posa le bout des doigts sur son bras.

— Ethan… Tu es vraiment fait pour t'occuper des autres. Tu as passé la journée à prendre soin de ta fille et de ta petite-fille, et, maintenant, tu te fais du souci pour moi ?

— Pas spécialement. Je suis simplement curieux de savoir quel genre de dîner t'a concocté Harmony.

Charlotte avait l'air exténuée, son teint était blême, mais un sourire illumina son visage.

— Elle est végétarienne. Je suis en train de le devenir moi aussi par défaut, mais c'est une excellente cuisinière.

— Taylor est végétarienne, elle aussi. Je pars toujours de chez elle avec l'estomac plein et une folle envie de porc braisé.

— Que ça me fait plaisir de te l'entendre dire ! Moi aussi, je rêve de manger du porc braisé.

Ethan se mit à rire et Charlotte sourit.

Il s'exhorta mentalement à la prudence.

Si Charlotte avait su qu'Ethan passerait la voir, elle se serait coiffée, aurait changé de chemisier, fait quelque chose à son visage. Au lieu de quoi, elle ôta son chapeau et fit bouffer ses cheveux du bout des doigts. Mais peut-être était-ce l'un des avantages méconnus du divorce. Ethan et elle avaient déjà prouvé qu'ils étaient mal assortis. A quoi bon faire des efforts ? Ce n'était pas une touche de rouge à lèvres qui allait changer quoi que ce soit entre eux.

Elle sortit les plats du réfrigérateur et les tendit à Ethan. Frigo différent, même homme, même rituel. Au tout début de leur mariage, ils tâchaient ensemble ou à tour de rôle de préparer des ragoûts de ceci ou de cela le week-end, afin de tirer parti des restes jusqu'en milieu de semaine. Avant que Taylor ne devienne ingérable, à l'adolescence, elle traînait souvent dans la cuisine pour profiter de leur compagnie, maniait le couteau Econome et la poêle à frire. Charlotte lui avait transmis certaines des spécialités de sa grand-mère, mais, si Taylor était devenue végétarienne, il était fort improbable qu'elle prépare du poulet aux quenelles ou de la *red-eye gravy*[1].

De toute façon, qui espérait-elle leurrer ? Les derniers temps de leur mariage, les seules fois qu'elle pénétrait dans la cuisine, c'était pour se rendre ailleurs, à un endroit plus important.

— Tu te souviens de ton pain de gibier ? lui demanda Ethan.

Elle se redressa, ayant posé la dernière boîte hermétique sur le comptoir.

— Tu te souviens de ça !

— C'est moi qui t'avais mise au défi d'en faire un !

— Pour une raison qui m'échappe, tu n'as jamais compris que

1. *Red-eye gravy* : jus de cuisson de jambon frit, déglacé au café noir, typique de la cuisine du sud des Etats-Unis.

j'avais grandi dans une région de chasseurs. En temps normal, mon père était trop ivre pour tenir un fusil, mais quiconque souhaitait chasser sur notre propriété devait partager le produit de sa chasse.

— C'est le meilleur pâté de viande que j'aie jamais mangé.

Charlotte ne savait que dire. Une vingtaine d'années auparavant, Ethan avait rapporté à la maison des morceaux de gibier bien emballés que lui avait donnés un ami chasseur à son cabinet d'architectes, et, pour une raison mystérieuse, il s'était attendu à ce que Charlotte rechigne à les préparer. Au lieu de quoi, ils avaient mangé comme des rois jusqu'à la fin du mois.

Elle s'affairait à ôter les couvercles des boîtes hermétiques.

— Harmony veut faire pousser un potager. Je n'ai pas ramassé de tomates ou de haricots verts depuis mon départ de la ferme. Il est peut-être temps que je m'y remette !

— Parle-moi d'elle.

— Que veux-tu savoir ?

— Qui est-elle, au juste ?

— Simplement une jeune femme qui avait besoin d'un toit et d'une amie. Nos chemins se sont croisés et, maintenant, elle habite ici.

— Pourquoi ?

— J'ai des chambres, et elle met de la gaieté dans la maison.

— Je sais bien que la crise économique fait des ravages, mais tu n'es pas du genre à prendre des pensionnaires…

— Ah, non ?

Maintenant qu'il en parlait, elle trouvait l'idée charmante.

— Je vais peut-être m'y mettre, à l'avenir. J'ai suffisamment de chambres, c'est certain. Harmony pourrait s'occuper de la cuisine et du jardin pendant que moi, je me contenterais de profiter de tous ces nouveaux visages à ma table.

— Elle est très protectrice envers toi. Elle m'a demandé de rester pour veiller à ce que tu prennes un repas.

Charlotte en éprouva un ridicule pincement de déception.

— C'est donc pour ça que tu manges ici ce soir. Je pensais que c'était la faim qui te faisait rester.

— Oh ! elle n'a pas eu besoin de me forcer la main... Pas du tout, même, ajouta-t-il plus bas.

Elle était trop fine pour demander pourquoi et risquer une autre gifle. Il lui suffisait d'espérer qu'Ethan avait pris cette décision par envie de rester en sa compagnie, du moins en partie.

— C'est étrange, je sais, dit-elle. Se retrouver tous les deux, en train d'agir comme avant, du temps de notre mariage. En plus, c'est tout nouveau, du moins pour *moi*.

— Mais pas pour moi, parce que je me suis remarié entre-temps, c'est ce que tu veux dire ?

— Ce n'est sans doute pas un sujet à aborder de ma part.

— Quoi, mon record abyssal ? Ce n'est pas si douloureux. J'ai épousé Judy sous le coup de la déception, et elle a fait de même de son côté. Nous étions d'excellents amis qui se sont mariés parce que c'était commode, du moins jusqu'à ce qu'elle décide de retourner à Chicago. Aujourd'hui, nous sommes des amis éloignés qui ne sont plus mariés.

— Je m'attendais à ce que tu épouses une femme plus jeune, pressée d'avoir des enfants, afin de fonder une seconde famille.

— Et moi, je m'attendais à ce que tu mettes le grappin sur un magnat du pétrole pour qu'il puisse te donner tout ce que je n'ai pas réussi à t'apporter.

Elle posa les boîtes devant lui. En dépit de la mise en garde de Harmony, le four à micro-ondes était sur le point de servir.

— Jusqu'ici, nous nous en sortons plutôt pas mal, tu ne trouves pas, Ethan ? Même sans beaucoup d'entraînement. Nous ne nous hurlons pas dessus, nous ne nous faisons aucun reproche, nous ne nous réjouissons pas des déboires de l'autre. Je suis désolée que ton union avec Judy n'ait pas marché. Je souhaitais sincèrement que tu sois heureux, même à l'époque.

— Vraiment ?

Il haussa un sourcil, ce qui donna à son visage un charme diabolique dont elle se souvenait très bien.

— Bon, peut-être pas tant que ça…

Elle lui tendit une assiette et lui désigna les boîtes hermétiques.

— Pas tout de suite. Mais plus tard. Et peut-être pas « heureux », mais je voulais que tu trouves les choses que j'avais été incapable de te donner. Je pensais que tu méritais bien ça.

— Mes pensées à ton endroit n'étaient pas aussi pures.

— Ah, non ?

— Je voulais que tu aies tout ce dont tu avais toujours rêvé pour que tu te rendes compte, finalement, qu'aucune n'avait d'importance.

Ce dernier aveu l'atteignit de plein fouet. S'étant ressaisie, elle déclara :

— Tu as toujours été très fort pour exprimer tes sentiments.

— Je te demande pardon.

— Non, c'est parfois douloureux à entendre, mais cela m'a manqué. Je vis dans un monde où les gens disent une chose et en pensent une autre. Avant, je trouvais cela sophistiqué mais, maintenant, je sais qu'il ne s'agit que d'une manière de se mettre à distance. Obliger tout le monde à deviner. Je n'ai jamais eu à jouer aux devinettes avec toi.

— Il me semble que nous nous rapprochons dangereusement du terrain des récriminations ; or, tu en as déjà eu ton compte pour aujourd'hui.

Charlotte entreprit de servir le repas. Elle examina le contenu des boîtes d'un œil évaluateur et remplit une assiette qu'elle tendit à Ethan. Il baissa les yeux dessus.

— Je vois que tu as fait l'impasse sur les patates douces.

— Tu ne les aimes pas.

Elle marqua une pause.

— Du moins, avant, tu ne les aimais pas.

— Et toi, tu vas vouloir boire du vin blanc parce qu'il fait vingt-quatre degrés ce soir. S'il avait fait vingt-trois degrés, tu aurais pris du rouge.

Elle sourit. Malgré sa peine, elle y parvenait encore.

— Pendant que nous dînons, tu me parleras de Martin Architectural Design ?

— A condition que tu promettes de m'épargner ton sermon sur la diversification de mes activités, qui me permettrait de prospérer davantage.

— Je te le promets. Cette idée ne me traversera même pas l'esprit.

22

Mardi. Les chiots n'étaient toujours pas nés. Dans la matinée, Charlotte, Harmony et Velvet se rendirent chez le vétérinaire, qui leur déclara que la chienne se portait comme un charme et que les chiots étaient prêts pour leur grand voyage. Elles le harcelèrent encore de questions, à la mesure de leur anxiété qui s'était considérablement accrue. Après avoir prédit que leur attente prendrait fin dans la semaine, il les renvoya dans leurs foyers.

Harmony ne voulait pas manquer le grand événement, mais elle ne voulait pas non plus perdre sa place. Aussi, en fin d'après-midi, elle gara sa voiture et fila au pas de course au Cuppa, entre les premières gouttes annonciatrices d'un orage imminent. Stella, sa patronne âgée d'une quarantaine d'années, la salua, un œil sur sa montre et une main s'emparant déjà d'un paquet de serviettes en papier.

— Tu as déjà entendu parler du parapluie ?

Stella, grassouillette et terre-à-terre, était toujours un peu stressée et très maternelle, comme la mère de trois enfants qu'elle était.

Harmony sourit et se tamponna les joues.

— Au moins, je me suis souvenue de mettre mon T-shirt Cuppa dans mon sac. Je me changerai dans les toilettes.

— Prends ton temps, tu es en avance. Bois d'abord une tasse de quelque chose pour te réchauffer.

— En fait…

Stella patienta tandis que Harmony tâtonnait à la recherche des mots adéquats.

— Je… Il faut que je téléphone à quelqu'un, mais c'est un

appel longue distance. Est-ce que je peux me servir du téléphone du bureau ? Tu pourras déduire le coût de l'appel de ma paie.

— Pas de problème. Du moment que tu restes à l'intérieur des frontières, ça ne nous coûte rien. Vas-y, passe ton coup de fil, mais emporte une tasse de café.

Quelques minutes plus tard, une tasse de chocolat brûlant à la main, Harmony fixait le téléphone. En fait de bureau, il s'agissait simplement d'une réserve où régnait l'odeur des grains de café entassés dans des sacs, dans un coin de la pièce. Contre un mur se trouvait un bureau métallique très abîmé, dont le plateau était jonché de papiers maintenus en place par une photo des fils préadolescents de Stella, une agrafeuse de taille industrielle et un téléphone doté d'un Interphone et de deux lignes extérieures. Harmony s'assit sur une chaise de secrétaire tout aussi mal en point que le bureau et réfléchit. Que faire ?

Tous les mardis soir, son père jouait au bowling au sein de la Ligue de la chambre de commerce. Pour l'occasion, il revêtait un polo bleu roi arborant en lettres jaune et rouge vif le nom de son cabinet d'assurances. Une fois, il avait expédié sa femme à terre d'un coup de poing pour ne pas avoir remarqué qu'un bouton manquait alors qu'elle avait soigneusement repassé le polo le matin même.

Janice Stoddard n'allait jamais voir son mari jouer au bowling — il prétendait que sa présence le rendait nerveux. En outre, les épouses de ses équipiers auraient été d'une mauvaise influence sur elle. Elles buvaient de la bière, se maquillaient trop, et toutes prenaient leur mari pour cible de leurs plaisanteries. Quant à la célibataire de l'équipe, elle était encore pire, même si on ne connaissait pas ses torts précis. Harmony soupçonnait que cette femme, agent d'assurances elle aussi, devait tenir tête aux hommes, attitude qui aurait pu dérouter sa mère, voire pis, l'encourager à suivre son exemple.

A l'époque où elle vivait chez ses parents, son père ne passait jamais par la maison avant d'aller jouer. Il se changeait toujours à son bureau et se rendait directement au bowling, s'arrêtant au passage pour prendre Buddy, le frère de Harmony, après son entraînement de football, du temps où Buddy était encore au lycée. Pour Harmony, le mardi soir était le moment fort de la semaine. Libérées du regard de son père et de son frère, sa mère et elle préparaient ce qui leur faisait plaisir pour le dîner et regardaient ce qu'elles voulaient à la télévision.

Elle ignorait si son père était resté fidèle à cette routine, même si elle savait avec certitude, pour avoir mené des recherches sur internet, qu'il continuait à jouer au bowling au sein de la Ligue de la chambre de commerce. Même si Buddy n'était plus là pour l'encourager, il était fort peu probable que son père propose à sa mère de venir le voir jouer. Et d'ailleurs, si sa mère n'était pas chez elle, quel mal y aurait-il à laisser la sonnerie du téléphone troubler le silence de la maison ?

Le tic-tac bruyant de la pendule murale lui rappelait avec insistance que son service allait commencer. Elle souleva le combiné et composa le numéro. Le téléphone sonnait dans une banlieue de Topeka, dans une maison si scintillante et aseptisée que rien, ni microbe ni être humain, ne pouvait y vivre heureux.

Il y eut trois sonneries avant qu'une voix qu'elle connaissait bien lui réponde timidement.

Harmony serra le combiné comme elle se serait cramponnée à une bouée de sauvetage dans une mer déchaînée.

— Maman ? C'est Harmony.

— Harmony ?

— Comment vas-tu ? Tu es seule ?

— Pas pour longtemps, répondit sa mère, comme si elle se préparait à être interrompue d'un instant à l'autre.

— Papa n'est pas au bowling, ce soir ?

— C'est que… Il rentre… se changer, maintenant. A son travail, les toilettes…

Sa voix se perdit.

Harmony devina le reste toute seule. Les toilettes n'étaient pas assez propres, ou bien il y avait un miroir qui lui renvoyait trop nettement l'image de sa brioche de plus en plus présente ou de son front de plus en plus dégarni. Quelle qu'en soit la raison, c'était bien le cadet de ses soucis.

— Alors, je ferais mieux de me dépêcher, maman. Je voulais te dire que… Je…

Elle ferma les yeux de toutes ses forces.

— J'attends un enfant. Tu vas être grand-mère.

A l'autre bout du fil, l'annonce fut accueillie par un silence.

— Je ne suis pas mariée, reprit-elle, s'empressant de se débarrasser du pire. J'ai rompu avec le père de l'enfant. Mais je le garde, et je vais être une bonne mère pour lui. Tu pourrais venir habiter ici, maman, avec nous. Sans rire. Tu pourrais m'aider à garder le bébé, et moi, je m'occuperais de vous deux. On pourrait louer un petit appartement…

— Oh ! Harmony, qu'as-tu fait ?

Harmony ravala un sanglot ; aucune réponse ne lui venait à l'esprit, à part la plus évidente.

— Ton père… ton père ne te pardonnera jamais.

— Je m'en fous ! Pourquoi ça devrait m'atteindre ? Il est méchant, maman. Tu le sais. Au plus profond de toi, tu le sens bien, j'en suis sûre. Je suis partie de la maison pour échapper à cette vie, et tu peux faire pareil, toi aussi !

Sa mère poursuivit comme si elle n'avait rien entendu de ses arguments.

— Tu ne peux pas venir maintenant…

Sur ce, elle se mit à pleurer.

— Je ne comptais pas venir, maman. Je ne remettrai jamais les pieds à la maison. Ce que je veux, c'est que toi, tu viennes habiter à Asheville. Ici, tu seras en sécurité, il ne pourra plus continuer à te frapper.

Mais Janice Stoddard semblait sourde à la voix de sa fille.

— Ton père… jamais il n'admettra une telle chose. Tu ne peux pas venir à la maison, Harmony. Tu ne le comprends donc pas ? Et si ton père découvre la vérité, si jamais il apprend que tu as appelé… Tu ne dois plus téléphoner. Il me demande tous les soirs si j'ai de tes nouvelles, et chaque fois je suis forcée de lui mentir. Si jamais il s'en aperçoit…

Harmony ignorait lequel de ses péchés ferait le plus enrager son père. Qu'elle ait osé appeler sa mère ? Qu'elle attende un enfant en dehors des liens du mariage ? Qu'elle ait tenté de convaincre sa mère de quitter le Kansas ? Qu'elle le haïsse au point de le tuer si elle le revoyait lever la main sur elle ?

— Tu ne dois plus téléphoner, conclut sa mère.

Harmony raccrocha doucement le combiné, enfouit son visage dans ses mains tremblantes et laissa la réalité de sa solitude l'envelopper tel un linceul.

Harmony termina son service au Cuppa sur les genoux. Le mercredi n'était pas un jour d'affluence particulière, mais plusieurs groupes tapageurs étaient entrés au même moment et, à la dernière minute, une serveuse s'était fait porter pâle. Harmony et un jeune de dix-huit ans prénommé Matt, encore en formation, avaient dû s'occuper de toutes les tables à eux deux. Aussi traînaient-ils les pieds quand les dernières assiettes eurent été débarrassées.

— Il pleut à verse !

Sur le pas de la porte, Matt cligna des yeux dans l'obscurité. Quelques clients étaient entrés boire un dernier cappuccino ou un smoothie, mais la cuisine était maintenant fermée et on ne servait plus qu'au bar. Ils avaient fini leur journée, et les pourboires étaient glissés dans leur poche.

— Stella m'a prêté un parapluie. Tu veux que je t'abrite jusqu'à ta voiture ?

— Non, merci. Un ami vient me chercher, répondit Matt. On peut te déposer devant la tienne, si tu veux.

Harmony réfléchit. Le parapluie de Stella était petit et fragile, et, vu la façon dont soufflait le vent, elle doutait qu'il tienne jusqu'à la rue où elle s'était garée.

Puis une rafale fit entrer quelqu'un qu'elle ne s'attendait pas à croiser ce soir.

La découvrant plantée là, Davis lui barra l'accès à la porte, comme s'il craignait de la voir filer sous la pluie, juste pour l'éviter.

— Il faut qu'on parle, dit-il.

— Vas-y, dit Harmony à Matt. Ça ira.

Matt, qui faisait bien vingt-cinq kilos de moins que Davis, le détailla de la tête aux pieds, comme s'il évaluait les risques d'en découdre avec lui. Puis il hocha la tête.

— Comme tu veux.

— Tu as fait du superboulot ce soir, dit-elle, touchée par son inquiétude visible. A demain !

Elle attendit qu'il soit parti avant de redresser les épaules en regardant Davis droit dans les yeux.

— On ferme dans quinze minutes, heure à laquelle je rentre chez moi.

— Alors, dépêchons-nous de trouver une table. Je peux t'offrir quelque chose ?

Une meilleure compréhension de la gent masculine ? Une enfance différente ? Imitant Matt, elle haussa les épaules avec la même absence de conviction.

— Non, rien du tout.

Ils choisirent une table proche de la devanture, débarrassée de tous condiments et encore humide de la lavette que Harmony venait de passer elle-même. Elle renversa la chaise sur ses pieds arrière afin de soulager son dos douloureux.

— Plus que quatorze minutes.

— Je ne suis pas venu pour te persuader d'avorter. Tu te conduis comme si j'étais une espèce de connard égoïste.

Elle se borna à hausser un sourcil et attendit la suite.

— Je reconnais que, comme petit ami, j'ai été en dessous de tout.

— Ah, oui, tu trouves ?

— Je me suis mis avec toi pour de mauvaises raisons. Je pensais que c'était temporaire, sympa pour tous les deux, mais pas durable.

Harmony se demanda si, au début de leur relation, elle avait seulement *réfléchi* à sa raison d'être. Davis était plus âgé qu'elle, il avait un bon boulot, stable, et pour elle, cela devait signifier qu'il était également sage et mature. Elle avait été si flattée qu'il s'intéresse à elle qu'elle lui était tombée dans les bras sans songer à l'avenir. Elle avait vécu au jour le jour. Hélas, de ce côté-là, rien n'avait changé !

— J'ai dû penser la même chose, répliqua-t-elle, s'efforçant de se montrer équitable.

— Je n'avais pas compris que tu étais une véritable perle. Il a fallu que tu me quittes pour que je m'en rende enfin compte.

Personne ne lui avait encore jamais dit qu'elle était une perle et, l'espace d'un instant, elle laissa la flatterie de Davis produire son effet magique. Mais elle revint rapidement sur terre.

— Si tu entends par là que je t'ai servi comme une esclave, j'étais un diamant de cinq carats.

— Ce n'est pas ce que je veux dire, Harmony. Ce que je veux dire, c'est que tu es unique. Tu es drôle et intelligente, même si tu n'as pas encore fait d'études supérieures, et tu es aussi pleine de bonté envers les autres, même s'ils ne le méritent pas. Et je n'ai pas su voir toutes tes qualités assez clairement. Je devais croire que, toi et moi, ce n'était pas pour la vie, juste une phase de transition, et que rien de ce que je faisais ne pouvait nous blesser l'un ou l'autre.

Elle se demanda à quel point elle était blessée. Etait-elle meurtrie, en colère ou simplement effrayée de se retrouver seule ? Vraiment seule, comme sa mère, sans doute. Et puis il y avait l'enfant.

— Bon, où tout cela nous mène-t-il ? lui demanda-t-elle. Parce que le Cuppa va fermer.

— Décidément, tu ne fais rien pour me faciliter les choses.

Il ne la grondait pas, non, pas vraiment, bien que l'expression normale de Davis fût un mélange d'agacement et de cynisme. Présentement, il s'agissait plus du premier que du second.

D'un mouvement de la tête, Harmony expédia sa tresse par-dessus son épaule et en attrapa l'extrémité, qu'elle promena sur le dos de sa main.

— De toute évidence, ce point-là me passait au-dessus de la tête à l'époque où on vivait ensemble, mais mon rôle n'est *pas* de te faciliter la vie.

— Je veux faire ce qu'il faut, c'est tout.

— Et c'est quoi, d'après toi ?

— Je pense que tu devrais revenir vivre avec moi. Je pense que nous devrions nous marier.

Stupéfaite, elle lâcha sa tresse.

— Quoi ?

— C'est *la* chose à faire, Harmony. Tu n'as pas à affronter cette situation seule, et moi, je dois assumer mes responsabilités. Tu n'es pas tombée enceinte par l'opération du Saint-Esprit. Je suis aussi impliqué que toi dans cette affaire, et l'enfant est de moi. C'est le meilleur scénario pour vous deux. J'ai vérifié mon contrat de mutuelle. Tu bénéficieras de ma couverture maladie. Tu auras un logement tranquille et agréable. Nous te trouverons une meilleure voiture, plus fiable, et quand l'enfant sera plus grand tu pourras reprendre tes études et décrocher un diplôme dans le commercial. Tu ne veux tout de même pas bosser toute ta vie au Cuppa, si ?

Harmony songea à Stella, mère de trois enfants, qui s'en trouvait fort bien, même si elle ne roulait pas sur l'or, tant s'en fallait.

Bizarrement, elle n'arrivait pas à penser à autre chose. Elle n'arrivait à se concentrer sur aucune des paroles de Davis. Il souhaitait l'épouser ? Elle était jeune et romantique, mais jamais, même durant leur période dorée, elle n'avait vraiment envisagé de sauter le pas avec lui. Ce n'était pas le genre de rêverie qu'elle s'était accordée. En tout cas, elle n'avait pas orchestré sa grossesse pour en faire un moyen de pression sur lui.

— Le mariage ? dit-elle enfin.

— Oui, c'est de ça que je te parle.

Le visage de Davis s'éclaira.

— Je pensais marquer l'événement par une bague. Puis je me suis dit que tu préférerais peut-être qu'on la choisisse ensemble et, de toute façon, je n'étais pas sûr que tu me laisses le temps d'en sortir une de ma poche, ce soir.

— Davis, d'abord tu es furieux que dame Nature et moi-même ayons collaboré pour arriver à ce résultat et, l'instant d'après, tu me proposes de t'épouser ?

— Pas tout à fait l'instant d'après. Tu m'as pris de court, Harmony. Nous mangions tranquillement au restaurant et, brusquement, tu as filé aux toilettes. Je n'ai pas vraiment eu le temps de réfléchir à tout ça, au Zambra. Et, regardons les choses en face, tu ne m'en avais même pas parlé. Pas de façon détaillée. J'avais du mal à analyser la situation. Mais, depuis, j'ai eu plus d'une semaine pour y réfléchir. Il me semble que c'est la chose à faire, tu ne crois pas ? Garder l'enfant, fonder une famille.

— Tu n'aimes pas les enfants, tu me l'as dit toi-même.

— Je n'aime pas les enfants des autres, c'est vrai. Mais le mien, c'est différent.

Harmony songea à son père, qui n'avait jamais toléré le bruit ou l'agitation dans sa maison. Même son cher Buddy marchait sur la pointe des pieds les jours où il était particulièrement mal luné. Pour le meilleur ou pour le pire, Davis était le père de son bébé, mais concevoir un enfant et vivre avec lui étaient deux choses très différentes.

— On ne peut pas dire que tu sautes de joie.

Il s'était de nouveau rembruni.

— Je pensais que tu serais contente d'entendre ce que j'avais à te dire.

— Ça fait beaucoup à envisager d'un coup.

Cela, au moins, c'était vrai.

— Il va me falloir du temps pour décider de la meilleure décision à prendre pour l'enfant et moi.

— Et moi, alors ?

Il aurait pu dire cela de bien des façons. En plaisantant. Avec tendresse. Mais, sous les mots, elle percevait une infime plainte. *Et moi, alors ?* Serait-ce la question essentielle de leur union ? *Si jamais* elle se mariait avec lui ?

— Tu es un grand garçon. Tu sais, parfois il faut juste lâcher prise et laisser les choses s'accomplir d'elles-mêmes.

— Alors quoi ? Tu vas te faire tirer les cartes, c'est ça ?

— Réfléchis bien, Davis. Tu risques de t'exposer à toute une vie de ce genre de raisonnements de ma part. Ça pourrait bien te rendre dingue.

Il l'étonna par son sourire. Puis il se pencha vers elle, lui prit la main et mêla ses doigts aux siens.

— Si c'est ça, le pire, je peux très bien l'assumer. Simplement, pense un peu à moi quand tu battras les cartes. Souviens-toi de tous nos bons moments. C'est pendant l'un de ceux-là que nous avons conçu l'enfant qui grandit en toi. Et nous nous sommes bien amusés à le faire. N'oublie pas *ça* quand tu étaleras ton tirage. Je ne suis que le type qui veut s'occuper de toi et de notre enfant.

Depuis que Maddie était hospitalisée, Ethan lui apportait un cadeau tous les jours. Un nouveau jeu de Scrabble électronique. Des barrettes de toutes les couleurs. Des tongs à sequins. Aujourd'hui, coup de chance, en passant à sa librairie préférée, spécialisée dans les livres rares, il avait déniché un exemplaire dédicacé de *Winn-Dixie*, roman qu'adorait Maddie. La fillette rentrait à la maison ce matin, mais il lui faudrait se reposer quelque temps ; aussi la relecture de son livre préféré s'imposait-elle.

Maddie était encore presque aussi pâle que sa taie d'oreiller, et ses taches de rousseur semblaient danser follement sur ses joues quand elle parlait. Elle le remercia pour le livre qu'elle serra contre sa poitrine et sourit, sachant que c'était ce qu'on attendait d'elle, mais ses yeux bleus restaient tristes.

— C'est génial, papy ! Je vais le relire en entier.

— Tu sors dans la matinée. Il te tarde ?

— Tout le monde est gentil, ici, mais mon lit me manque.

— Ça ne m'étonne pas. Et l'école ? Elle te manque aussi ?

— Oui… Je peux rattraper les leçons. J'ai déjà commencé. Maman m'en a apporté tout un paquet hier soir.

Ethan aurait cru qu'elle serait plus excitée que cela à l'idée de reprendre le cours normal de sa vie.

— N'oublie pas, tu vas être en pleine forme !

— Je n'ai jamais été en pleine forme.

Inutile de lui demander ce qu'elle entendait par là.

— Ecoute, Maddie, je sais que ces crises sont difficiles à vivre pour toi, surtout après ce que tu as enduré. Mais tu as un nouveau traitement, il paraît, et ton médecin est optimiste quant à ses effets.

— C'est pas la première fois qu'il le dit.

Elle avait l'air très adulte, comme si elle était la seule à avoir besoin de ramener la réalité dans la conversation.

— Il espère toujours que les médicaments vont m'aider, mais ça ne marche pas vraiment.

— Il faut du temps pour ajuster le traitement.

Elle opina, comme si elle ne voulait pas l'inquiéter.

— Qu'est-ce que tu as hâte de faire ? lui demanda-t-il pour changer de sujet. A part retourner à l'école ?

— Aller à Nashville.

Avec cette dernière crise, Ethan avait presque oublié que Jeremy envisageait de prendre Maddie chez lui, à Nashville, pour qu'elle y passe une partie de l'été. Il se rendait compte à présent de l'importance de ce séjour pour la petite. Les enfants de parents divorcés — chose qui de nos jours était presque la norme — rendaient régulièrement visite à celui des parents qui n'avait pas leur garde. C'était non seulement l'occasion pour Maddie de passer du temps avec son père, mais en plus de faire comme les autres enfants. Quitter Asheville. Aller ailleurs. Découvrir ce qui l'attendait là-bas.

— Tu crois qu'il t'emmènera au Grand Ole Opry[1] ?

— Bien sûr ! Il m'a promis.

— Tu vas emporter ta guitare pour qu'il t'enseigne de nouveaux accords ?

— S'il y a assez de place dans la voiture. Il va venir me chercher et me conduire jusque dans le Tennessee.

Ethan se garda bien de s'éterniser. Il se leva, et se pencha pour l'embrasser sur le front, content de la laisser sur une note plus optimiste.

— Je reviendrai te voir demain, quand tu seras rentrée à la maison. Dors bien.

— Il me tarde de montrer mon livre à maman !

Il lui ébouriffa les cheveux, puis sortit de la chambre et s'engagea dans le couloir. Il n'avait pas vu Taylor, partie manger

1. Grand Ole Opry : scène mythique de la musique country.

un sandwich, mais voici qu'elle venait vers lui. Quand ils se rencontrèrent, il la serra brièvement dans ses bras. Elle avait l'air fatigué mais résolu. Elle paraissait aussi beaucoup plus âgée que ses vingt-sept ans.

— Je viens de quitter Maddie.

Il lui parla du livre.

— C'est le cadeau idéal, fit-elle remarquer.

Elle jeta un coup d'œil à sa montre.

— Et qui tombe à pic. L'heure des visites est presque terminée.

— Maddie m'a paru un peu déprimée, mais son moral est remonté quand elle s'est mise à me parler de son voyage à Nashville.

Taylor secoua la tête.

— Pourquoi ? Tu lui en as parlé ?

— Je l'ai interrogée sur ce qu'elle avait hâte de faire, et elle m'a répondu : ce voyage. Elle s'est tout de suite illuminée.

— J'aurais préféré que tu n'abordes pas le sujet avec elle.

Ethan s'écarta pour laisser passer une aide-soignante qui poussait un lit. Il décida de ne pas relever, puis changea d'avis.

— Pourquoi ? Rêver de ce voyage lui donne l'impression d'être une petite fille comme les autres. Tous les enfants partent en vacances.

— Parce qu'elle ne peut pas partir. Je n'arrive pas à croire que tu ne le comprennes pas, papa ! Elle est à l'hôpital parce qu'elle s'est blessée au cours d'une crise. Gravement blessée. Tu crois peut-être Jeremy capable d'assumer une situation de ce genre ? C'est à peine s'il connaît sa fille, et ça m'étonnerait qu'il sache gérer une urgence.

— Aucun d'entre nous ne l'a *gérée*, Taylor. Ce sont les ambulanciers qui l'ont prise en charge. Jeremy est tout aussi capable qu'un autre d'appeler le Samu.

Taylor recula d'un pas, soit par surprise, soit pour le dévisager, il n'aurait su le dire.

— Et, quand elle a repris connaissance, j'étais là, répliqua-t-elle. Tu étais là. Maddie nous aime et nous fait confiance. Il est hors de question que je laisse ma fille échouer entre les mains de personnes qu'elle connaît à peine.

Jeremy était le père de Maddie. Il prenait part à sa vie depuis le début, et sa fille était loin de le connaître « à peine », comme le prétendait Taylor. Mais, tandis que cette dernière le fixait d'un regard insistant, Ethan comprit qu'il ne pouvait exprimer ses pensées à voix haute. Taylor était persuadée d'avoir raison et, dès le départ, elle avait clairement établi que Maddie était sa fille et sous son entière responsabilité. Taylor adorait son père, et elle avait besoin de son soutien. Mais elle ne voulait pas de ses conseils.

— Ma foi, je te souhaite bonne chance quand il va falloir le lui expliquer, dit-il enfin. Maddie compte vraiment sur ces vacances avec son père, Taylor.

— Je ne vais rien lui dire tant qu'elle ne sera pas rétablie, alors, s'il te plaît, n'y fais pas allusion de ton côté, d'accord ? J'espère que Jeremy viendra passer un vrai long séjour ici. Ça atténuera la déception de Maddie.

Ethan hocha la tête, même s'il ne se sentait pas d'humeur à acquiescer.

— Tu auras besoin d'aide pour la ramener à la maison, demain ?

— Non, ça ira.

Il l'embrassa sur la joue.

— Préviens-moi quand elle sera rentrée, je passerai la voir demain en sortant du bureau. Ça te va si j'apporte des glaces ?

— Maddie sera ravie.

Ils bavardèrent encore un peu, puis se dirent au revoir, et Taylor repartit vers la chambre, laissant Ethan en proie à un dilemme intérieur. S'il remettait sérieusement en question la décision de sa fille, celle-ci l'exclurait-elle de son existence, de la même façon qu'elle avait banni sa mère et le père de Maddie ?

C'était un aspect de la personnalité de sa fille qu'il regrettait d'avoir vu à l'œuvre. Ou, plutôt, c'était un aspect de la personnalité de sa fille qu'il regrettait de ne pas avoir remarqué avant.

23

Journal du Premier Jour : 23 mai

Taylor a presque deux ans lorsque mon père, incapable de retrouver son chemin dans la neige, meurt d'hypothermie dans la cour de la ferme de ma grand-mère. A cette époque, je continue péniblement à payer les impôts fonciers de la propriété, par le biais d'une boîte postale, afin d'éviter que Hearty ne débarque chez moi. Deux semaines après son décès, je trouve dans la boîte aux lettres un message de Bill Johnston, notre bienveillant voisin, qui a retrouvé ma trace par l'intermédiaire d'un employé de la préfecture. Je ne peux que pleurer l'homme que mon père n'a jamais été, et lorsque Ethan insiste pour m'accompagner, le jour où je vais récupérer les cendres de Hearty, j'accepte.

C'est une tante que je n'ai vue qu'une seule fois qui a pris toutes les dispositions concernant la crémation — les autorités n'ont trouvé que son adresse. A sa décharge, elle nettoie la maison avant notre arrivée, organisant les affaires de Hearty en piles bien nettes afin que je puisse les trier. Elle m'explique qu'elle regrette de ne pas mieux me connaître mais que, pour la famille, tout contact avec Hearty s'apparentait à un plongeon dans des sables mouvants.

Je ne la comprends que trop bien.

Vu qu'Ethan et Taylor sont avec moi, je vois ma maison familiale d'un œil neuf. La ferme tombe en ruine, mais Ethan s'extasie sur les rondins en châtaignier, l'âtre en pierre des champs et le cadre pittoresque avec sa vue sur les lointaines montagnes. Il déclare que la maison a été construite par de vrais artisans du coin, et pense qu'elle peut et doit être sauvée.

Comme, dans la région, les biens immobiliers s'achètent pour une bouchée de pain, Ethan me suggère de trouver un locataire doué de talents de menuisier qui pourra se charger des travaux sous sa houlette. Ces conditions ne manqueront certainement pas d'attirer les volontaires, vu que les seize hectares entourant la maison n'attendent qu'une personne énergique et enthousiaste pour être remis en mode productif.

Par un chaud après-midi, Ethan cale Taylor sur son dos, sanglée dans un porte-bébé, et nous partons tous trois disperser les cendres de mon père sur le terrain montagneux où il bûcheronnait. Il est hors de question pour moi qu'elles soient enterrées dans le cimetière familial des Sawyer. Entre-temps, ma tante est partie, me laissant les adresses de parents qui sont et resteront à jamais des inconnus pour moi. Tout en comprenant leur désir de couper les ponts avec Hearty, leur attitude ne me porte pas à les aimer.

Nous effectuons la majeure partie du trajet en voiture, puis nous marchons jusqu'à une piste forestière. Le terrain me paraît très différent. Beaucoup des vieux arbres au port majestueux ont disparu, et ce qui était une forêt impénétrable s'ouvre désormais sur l'un des plus beaux panoramas que j'aie jamais vus. Je suis éberluée. Si l'on pense aux promoteurs qui commencent à construire des lotissements de luxe dans cette zone de montagne encore vierge, Hearty était assis sur une mine d'or. Le compagnon de beuverie à qui il a légué ces hectares de terre ne manquera pas d'en déceler le potentiel immobilier.

Ethan adore cette nature et la faune sauvage que nous apercevons, dont un faucon pèlerin, espèce rare, qui fait sa réapparition ici après avoir pratiquement disparu du paysage. La présence de ce faucon lui apparaît comme un heureux présage : un jour, cette terre aussi renaîtra à la vie, à condition qu'on la gère correctement.

Une surprise plus grande encore nous attend à la préfecture du comté, où nous nous rendons pour nous renseigner sur la division de la ferme. Il n'y a pas de testament. Mon père n'en a pas fait, contrairement à ses menaces. Au bout du compte, il m'a laissé les deux propriétés, par défaut. J'aime à penser qu'il s'agit de sa part de la manifestation d'un vague sens des responsabilités ou d'une bonté inexprimée, mais, hélas, j'ai la quasi-certitude de ne devoir cet héritage qu'à son inertie.

Bill Johnston, dont la ferme voisine n'a cessé de prospérer, nous signale que son frère, menuisier de talent, pourrait être intéressé par la location de la ferme, et nous concluons le marché.

Pour l'instant, je ne suis pas prête à considérer la question du terrain de la montagne.

Mais, déjà, un projet prend forme dans mon esprit.

24

La sonnerie du téléphone retentit à l'instant où Charlotte plongeait la main dans son sac à la recherche de ses clés de voiture. Harmony et Glenda se trouvaient dans le dressing, en admiration devant les cinq magnifiques chiots que Velvet avait mis au monde sans incident, vingt-quatre heures plus tôt. Charlotte, qui devait se rendre à Doggett Mountain, avait proposé aux deux jeunes femmes de l'accompagner, mais toutes deux avaient décliné l'invitation, subjuguées par la scène maternelle qui se déroulait sous leurs yeux.

Charlotte, qui, quelques instants plus tôt, avait pris l'appel d'un membre du directoire de Falconview, avait déjà prévu de passer à son bureau ce soir, afin de faire le point sur les dossiers en cours. Il lui fallait maintenant se dépêcher de prendre la route avant que quelqu'un d'autre n'accapare encore son temps.

Elle s'empara du combiné sans cesser de fourrager à l'intérieur de son sac.

— Charlotte ?

C'était la voix d'Analiese.

— Tiens, révérende Ana…

Après le traditionnel échange de plaisanteries, Analiese lui dévoila le motif de son appel.

— Je me demandais si vous étiez libre à déjeuner.

Charlotte voyait clair dans le jeu du pasteur. Maintenant qu'elle lui avait révélé sa maladie, Analiese ne pouvait plus l'ignorer trop longtemps sans se donner mauvaise conscience. Elle devait s'être attendue que Charlotte lui fasse de nouveau des confidences et, face à son silence radio, elle l'invitait à déjeuner en guise d'encouragement.

— J'étais sur le point de sortir. Je vais à la campagne.

Charlotte leva de nouveau les yeux vers la pendule et fit le calcul. Elle avait indiqué à ses locataires qu'elle serait à la ferme aux alentours de midi pour récupérer les clés et faire l'état des lieux avant de leur restituer la caution. Le couple avait déjà emménagé à Mars Hill et il était grand temps de régler les derniers détails.

Analiese insista :

— Avec ce beau temps, j'espérais vous convaincre de déjeuner dehors avec moi.

— Et que diriez-vous d'un pique-nique à la campagne ?

Les mots échappèrent à Charlotte avant qu'elle ait mesuré les difficultés que pourrait occasionner une telle invitation à son pasteur.

— Mais en toute simplicité, je vous en prie. Je sais que vos journées sont plus que chargées ; il s'agirait d'une virée tout en haut d'une montagne.

— Je dois être rentrée à 16 heures. C'est trop juste pour vous ?

Charlotte analysa l'intonation d'Analiese. La révérende avait l'air de consentir de bon cœur à l'excursion.

— Pas du tout. Et tenue décontractée obligatoire — vous allez avoir un choc en me voyant ! Je m'occupe de réunir quelques bricoles pour le pique-nique. Puis-je passer vous chercher dans… disons… une demi-heure ?

Quelques minutes plus tard, elle raccrochait avec, à son grand étonnement, un sourire aux lèvres.

Le presbytère, une bâtisse Tudor des années vingt située dans le quartier éclectique de Kenilworth, n'était guère éloigné de la demeure de Charlotte. A son arrivée, Analiese l'attendait, assise sous la véranda, vêtue d'un corsaire, d'un T-shirt à fleurs et de chaussures de marche. Avec ses cheveux rassemblés en queue-de-cheval et son absence de bijoux, elle ressemblait encore moins à un pasteur que d'habitude.

— Vous n'imaginez pas combien je me réjouis de cette petite escapade à la campagne !

Analiese monta dans la Jeep Cherokee de Charlotte et attacha sa ceinture de sécurité.

— Figurez-vous que je viens de recevoir une invitation de dernière minute à un buffet-conférence organisé par les paroissiennes de l'église méthodiste. La conférencière va présenter un diaporama de son récent voyage en Ukraine, suivi d'une initiation aux chants traditionnels ukrainiens. Au menu, bortsch et chou farci.

— J'aurais très bien pu y aller à votre place. Je raffole du chou farci.

— Parfait ! Quand vous me déposerez, au retour, je vous donnerai la part qu'elles ont promis de me laisser au secrétariat paroissial. Personnellement, je l'aime trop. Et le bortsch ?

— Ce n'est pas aussi bon.

— Moi, à partir du moment où j'ajoute une dose suffisante de crème fraîche, j'aime tout.

Charlotte lui jeta un coup d'œil. Analiese n'avait pas cinq cents grammes de graisse en trop.

— A quand remonte votre dernière dose de crème fraîche, exactement ?

— Au lancement de la version à zéro pour cent ! Dans mon enthousiasme, je m'en suis constitué toute une provision. Je dois surveiller tout ce que je mange sous peine d'enfler comme une montgolfière, et je n'exagère pas. Petite, j'étais si grosse qu'on me surnommait Bouboule. Cuisiner est le seul plaisir de ma mère, et elle me gavait de nourriture pour avoir la paix. Vous auriez dû voir mon père : cent cinquante kilos ! Et il aurait atteint les deux cents, s'il n'était pas mort avant d'une overdose de chaussons aux pommes.

C'était un aspect de la personnalité d'Analiese que Charlotte découvrait. Son pasteur n'était pas du genre à s'embarrasser de manières, mais cette femme d'une totale franchise était la version renforcée de celle qui délivrait ses sermons le dimanche : elle était exquise.

— Si j'ai bien compris, votre ennemie, c'est la nourriture. Eh bien, dans un petit moment, vous allez faire connaissance avec mon ennemie à moi.

— C'est-à-dire ?

— La maison de mon enfance. La propriété où j'ai grandi. Le village où je n'étais que la fille d'un poivrot fainéant et dont les habitants s'attendaient à ce que je suive les traces.

— Ça explique pas mal de choses sur vous, n'est-ce pas ?

Charlotte épargna à son pasteur un regard amusé.

— N'est-ce pas, hein ? J'ai passé ma vie à essayer de prouver aux quelques personnes qui m'ont regardée de haut qu'elles avaient eu tort de le faire. En fait, j'ai passé ma vie à essayer de prouver à l'unique personne qui m'a *vraiment* regardée de haut qu'elle avait tort.

— Cette personne, c'est *vous-même*, c'est ça ? Logique. Nous sommes tous enclins à oublier le onzième commandement : « Tu ne seras pas ton pire ennemi. »

— Vous auriez dû être sur le mont Sinaï avec Moïse…

— Moi ? Oh ! je serais restée en bas avec le veau d'or… surtout que c'était là qu'on trouvait à boire et à manger. Ainsi, nous nous rendons à la maison de votre enfance ?

— Quelque part entre Trust et Luck[1].

— Comment ça ?

— C'est le nom de deux communes du coin. Notre ferme se situe juste entre les deux. J'ignore à quel niveau intervient la confiance, mais j'ai toujours pensé que la chance avait joué un rôle essentiel dans ma réussite.

Charlotte s'engagea sur Leicester Highway, route qui les mènerait au sommet de Doggett Mountain, par-delà les chenils où, accompagnée de Harmony, elle était venue à la rescousse de Velvet. La voiture entama la lente montée, qui allait se faire de plus en plus escarpée, de plus en plus étroite, pour finir en une série de virages en épingle à cheveux.

Sans trop savoir pourquoi, Charlotte entreprit d'évoquer sa

1. *Trust et Luck* : Confiance et Chance.

grand-mère, ses parents et le milieu misérable dont elle était issue. Ses gentils voisins, aussi, sans oublier les moqueries à l'école, où les autres élèves se délectaient des bouffonneries notoires de son père, leur sujet de prédilection.

— En réalité, conclut-elle, rares étaient ceux qui avaient de l'argent. Même les habitants les plus à l'aise selon les critères locaux étaient pauvres pour certains. C'étaient de vieux poulets, ligués contre le poussin le plus chétif et le plus triste de la basse-cour, une manière pour eux de pouvoir se sentir au moins supérieurs à quelqu'un avant de finir sur la planche à découper...

— Ce genre d'ostracisme se produit également dans les meilleures écoles privées. L'enfant dont le père n'a pas de jet privé... Celui dont la mère ne peut pas se targuer d'avoir des amies parmi les célébrités...

— Vous avez grandi dans ce milieu-là ?

— Moi ? Pas du tout mais, du temps où je travaillais au JT, j'avais fait un sujet sur un gamin qui s'était suicidé parce que ses parents lui avaient acheté pour ses seize ans une Lexus d'occasion et non une voiture neuve. Les plongeons de la Bourse avaient réduit les dépenses discrétionnaires de la famille... Je me souviens aussi de cette expression, « dépenses discrétionnaires ». C'était sa mère qui l'employait, comme si la mort de son fils n'était qu'un élément à inscrire aux profits et pertes de la vie. Dans quelle catégorie le rangeait-elle, je n'aurais su le dire.

— C'est bien triste.

— Oui, n'est-ce pas ? Personnellement, j'ai effectué toute ma scolarité dans le public, mais j'ai passé les quatre premières années de primaire en butte à des railleries sans merci. Alors, je peux comprendre. Et quand, grâce aux efforts conjugués de ma tante et de mon pédiatre, j'ai réussi à perdre mes kilos en trop, j'ai décidé en conscience de ne plus jamais être la cible des moqueries de quiconque.

— Objectif atteint, me semble-t-il.

La route commençait à grimper. Tandis qu'elles bavardaient agréablement, Charlotte dépassait des fermes et des habitations, négociant prudemment les virages. Une fois seulement, elle se rangea sur le bas-côté afin qu'elles puissent contempler le panorama qui s'étendait en contrebas.

— Vous ne m'avez pas dit ce qui vous amenait là-haut ? lui fit remarquer Analiese alors que la route s'aplanissait pour entamer une descente graduelle.

— A la mort de mon père, j'ai hérité de la propriété familiale. A l'époque, j'avais choisi de ne pas la vendre car elle ne valait pas un clou. Au fil des ans, j'y ai fait faire quelques travaux par-ci par-là et elle a toujours été louée. Mais, le dernier couple de locataires ayant accédé à la propriété, je suis venue récupérer les clés. Il me reste à décider de ce que je vais faire de la ferme.

— Depuis combien de temps est-elle dans votre famille ?

— Elle me vient du côté de ma mère et je dois représenter la sixième génération, à tout le moins.

— Un authentique berceau familial.

— Ma grand-mère en vénérait chaque herbe, chaque arbre, chaque poutre. Cette ferme, c'était tout ce que lui avait laissé mon grand-père à sa mort, et elle aurait fait n'importe quoi pour la conserver.

— Ce qui rend sa vente difficile pour vous, n'est-ce pas ?

— Certes, et pourtant il n'y a aucune raison pour que je la lègue à ma fille — elle-même serait la première à la vendre. Taylor n'entretient aucun lien d'affection avec le domaine.

Elle n'ajouta pas « ni avec moi », car c'était inutile. Analiese l'entendait bien ainsi.

— Vous semblez malgré tout décidée à vendre ?

— Bah, j'ai loupé le coche il y a quelques années. Comme tout le monde, j'espérais que la valeur des biens ruraux allait continuer à grimper. Et maintenant je ne sais pas quoi faire de cette ferme. Ce que je voudrais, c'est…

Au bout d'un long moment, Analiese enchaîna.

— Vous avez d'autres idées ?

— Pas une idée, non, davantage un sentiment. Je voudrais faire quelque chose à la mémoire de Gran. Mais je ne sais pas quoi, exactement… Il faut dire que cette ferme est au beau milieu de nulle part. Tous les ans, je donne une certaine somme à la

Fondation contre l'arthrite. Il serait plus pertinent d'augmenter le montant de mes dons, mais c'est ici que ma grand-mère a vécu et qu'elle est morte, et cette ferme était tout pour elle.

Elle poursuivit d'un ton volontairement léger, afin que ses paroles suivantes ne soient pas prises en mauvaise part.

— De plus, une personne que je respecte m'a fait toucher du doigt la différence entre donner de l'argent pour une cause et donner de soi-même. J'ai pris son explication très à cœur.

— Je n'étais pas dans un très bon jour, cet après-midi-là...

— Peut-être que si, au contraire. Et, à ce propos, vous ai-je parlé du chenil que j'ai aménagé dans mon dressing ?

Le récit de l'histoire de Velvet et de ses chiots les amena au-delà de Trust — aujourd'hui, rien de plus qu'un point sur la carte — avec son pimpant magasin d'alimentation générale, réputé pour servir des menus gastronomiques à midi, sa chapelle sur le côté, dédiée à saint Jude, et, bien sûr, son pont couvert et sa route qui donnaient traditionnellement lieu aux plaisanteries des touristes sur « le pont couvert de la route de Madison », bien éloigné de ceux immortalisés par le cinéma, qui jalonnaient une route du même nom, mais dans un autre Etat.

Charlotte ralentit et pointa un doigt sur sa gauche.

— Notre église était de ce côté. Elle a entièrement été détruite par un incendie il y a quinze ans, et on ne l'a jamais reconstruite.

Elle s'engagea sur une route qu'elle connaissait bien ; elle conduisait lentement, avec prudence. La conversation s'interrompit. Les deux femmes étaient trop occupées à regarder la route étroite et à se cramponner, secouées par les cahots de la pente abrupte.

Charlotte se gara enfin au pied d'un énorme chêne et coupa le moteur.

— La rudesse des hivers et les pluies torrentielles au printemps n'arrangent pas une route comme celle-ci. Elle aura besoin d'être aplanie et recouverte de gravier, si quelqu'un doit revenir habiter la maison.

— C'est vraiment un coin splendide !

Charlotte avait presque l'impression que le compliment lui

était adressé. Ethan aussi n'avait pas manqué de voir la beauté du site, mais, à elle, il avait fallu du temps et de l'éloignement avant de commencer à apprécier ce qu'elle avait espéré laisser derrière elle à jamais.

Elles contemplèrent un moment le paysage à travers le pare-brise. La maison en rondins se dressait au sommet d'une butte ; de part et d'autre, le terrain avait été terrassé au moyen d'imposants blocs de roche qui retenaient la terre rapportée en surface, sans doute amenée là par chariot. Comment pareille entreprise avait-elle été accomplie ? Ses ancêtres avaient-ils arraché ces rochers aux forêts et aux champs à l'aide de mules ? Les avaient-ils traînés jusqu'ici afin de mettre à niveau le terrain entourant la maison, de manière à ce qu'on puisse y planter des arbres et des fleurs ? Ces gens avaient-ils trouvé le temps d'amener un peu de beauté dans leur quotidien accablé par la pauvreté et le labeur continu ?

Le long d'une terrasse fleurissaient des pivoines, adossées à des lilas et des forsythias. Charlotte se souvint que sa grand-mère surnommait les pivoines « les fleurs du siècle », car, une fois plantées, elles ne nécessitaient presque aucun entretien pour continuer à fleurir. Au printemps, Gran en mettait toujours des bouquets dans la maison afin que l'air embaume leur doux parfum citronné. Et depuis tout ce temps ces pivoines continuaient à fleurir, hochant doucement leurs têtes — rose pâle ou blanc crémeux — dans la chaude brise printanière.

— Chaque fois que je viens ici, je vois la ferme d'un œil neuf, dit-elle.

— Et, aujourd'hui, comment vous apparaît-elle ?

La question plut à Charlotte.

— Pour des générations de Sawyer — la famille de ma mère —, cette maison était chargée de bons souvenirs, je m'en rends compte maintenant. Gran m'a transmis le plus d'anecdotes possible sur cet endroit, mais c'est mon grand-père qui y avait grandi, elle ne connaissait pas toute l'histoire. J'y ai moi aussi de bons souvenirs avec ma grand-mère. Quand mon père n'était pas là, nous travaillions dur, mais nous nous amusions également.

— J'en suis heureuse pour vous.

— Ma grand-mère m'a appris à cuisiner et à coudre, même si j'ai tout oublié, et à jardiner aussi, vu que nous mangions grâce au potager. Ses pieds de tomates montaient si haut qu'il fallait presque un escabeau pour en faire la récolte — elle les appelait ses « arbres à tomates » —, et chacun portait assez de fruits pour nourrir une famille de dix personnes. Chaque année, Gran en mettait des graines de côté. S'il y avait eu le feu à la maison, elle ne serait pas partie sans sa petite-fille et ses graines de tomates. J'ai toujours regretté de ne pas en avoir conservé. La variété doit s'être perdue à jamais…

— Vous deviez avoir bien d'autres soucis en tête, à l'époque…

— Survivre, par exemple. Il n'empêche, j'aurais bien aimé trouver une façon de perpétuer la tradition.

Charlotte ouvrit sa portière et descendit de voiture. L'air lui parut immédiatement familier, plus piquant que celui de la ville, et, bien sûr, plus frais. Elle sortit de l'ombre du chêne et se laissa envahir par la chaleur du soleil.

— En attendant l'arrivée de mes ex-locataires, je vais vous faire visiter la maison.

Elles gravirent les marches de pierre solidement ancrées au sol. Empruntant ce chemin qu'enfant elle parcourait dix fois par jour dans les deux sens, Charlotte se sentit gagnée par l'angoisse. Tout était en meilleur état qu'à l'époque. Elle avait eu la chance d'avoir une succession de bons locataires qui, tous, avaient décidé de faire des travaux en contrepartie d'un loyer réduit. Au cours de leur mariage, Ethan avait émis des suggestions, effectué des inspections et sympathisé avec chacun d'eux. Pour sa part, elle n'y avait pas mis autant de bonne volonté ; en échange, elle avait obtenu des loyers plus élevés, mais moins d'améliorations de l'habitat. Cela dit, le dernier couple à avoir habité la maison l'avait bien entretenue. Elle n'avait pas lieu de se plaindre, du moins vu de l'extérieur, constata-t-elle avec soulagement.

— Charlotte, c'est magnifique ! lança Analiese, qui s'extasiait. Ce cadre, cette maison…

Elle désigna du menton le côté droit.

— Ces dépendances… On dirait une carte postale des Blue Ridge !

— Je me rappelle avoir été jalouse d'une famille du coin qui s'était fait livrer une maison en kit. Et, durant tout ce temps, je n'ai pas su voir la splendeur de ce site.

Elles atteignirent la large véranda qui abritait une vieille balancelle en métal, pourvue d'une assise en vinyle vert et blanc et de coussins dépareillés. Contre le mur étaient alignés des rocking-chairs ; Charlotte reconnut l'un d'eux.

— Celui-là, c'est mon grand-père qui l'a fait.

En guise de test, elle lui imprima un balancement de la main.

— Et bien fait, apparemment, puisqu'il est toujours là.

Elle resta pensive un moment, puis sourit.

— Dans l'arbre à lutrin.

— L'arbre à lutrin ?

— Oui, mon grand-père avait réalisé le lutrin de notre église, de loin son plus bel ornement. Et ce fauteuil provient du même arbre. Je devrais encore pouvoir retrouver la souche dans les bois. J'avais oublié…

Elles entrèrent dans une salle de séjour, passèrent devant l'escalier menant au premier étage. Les larges lames du parquet en pin avaient été revitrifiées l'année précédente, et dans l'âtre en pierre des champs il ne restait plus aucune trace de fumée ni de cendres. Quelques meubles s'adossaient aux murs, tous inconnus de Charlotte à l'exception d'un banc. C'était celui que sa grand-mère poussait au pied de son lit pour retenir les courtepointes en patchwork, l'hiver.

Elles déambulèrent dans le reste du rez-de-chaussée. La cuisine rustique avait été grandement modernisée par rapport à celle qu'avait connue Charlotte, mais Ethan avait veillé à ce que toutes les nouvelles boiseries soient en harmonie avec le caractère de la maison. Des étagères ouvertes supportaient des assiettes et des verres ; près de la cuisinière, poêles et casseroles étaient accrochées à un portant en fer suspendu au plafond. Les appareils électroménagers étaient en Inox, selon le choix de Charlotte, qui avait récupéré les éléments en trop obtenus par Falconview lors d'un achat en gros. Les derniers locataires avaient recouvert les murs d'un jaune crémeux, à présent marqué de zones plus sombres aux endroits où calendriers et tableaux avaient protégé la peinture de la lumière du soleil.

— On peut faire asseoir dix personnes sans problème dans cette cuisine ! s'exclama Analiese. Cette table, c'est quelque chose !

Ce n'étaient que des planches cirées, posées sur de robustes pieds ronds, mais la longue table possédait un cachet que nulle foire-exposition de meubles n'aurait pu proposer. Elle se trouvait déjà là durant l'enfance de Charlotte, et sa grand-mère prétendait qu'elle s'y trouvait du temps où son mari était encore petit garçon.

— Et en haut qu'est-ce qu'il y a ? s'enquit Analiese.

Elles montèrent l'escalier et parcoururent le couloir, jetant un bref regard aux trois chambres avant d'aboutir à la plus vaste, éclairée par de grandes fenêtres orientées à l'est et donnant sur une autre montagne.

— Celle-là, c'était la chambre de ma grand-mère.

Charlotte entra dans la pièce qui ne contenait plus aucun meuble. Le lit-bateau d'époque avait disparu. Elle savait par Bill Johnston que Hearty l'avait débité en bois de chauffage lors d'un mois de février particulièrement rude. Qu'il n'ait pas tout détruit tenait du miracle.

Analiese la rejoignit à la fenêtre.

— Elle devait adorer cette vue.

— Sur la fin, Gran restait couchée toute la journée, les yeux rivés à cette fenêtre. Un jour, je lui ai demandé ce qu'elle regardait. Elle m'a répondu que nous avions tous des montagnes à franchir dans l'existence et que, derrière la toute dernière, la mort nous attendait. D'après elle, elle n'était plus qu'à une montagne de la fin.

— Et quelle était cette ultime montagne, à votre avis ?

— Moi. Gran tenait à ce que j'aie mon bac. L'instruction, c'était tout ce qu'elle avait les moyens de m'offrir, ça et le modeste pécule qu'elle avait réussi à mettre à l'abri de Hearty. C'est ce qui la faisait tenir, je crois, mais pour elle la mort n'était pas une ennemie. Elle avait hâte de franchir cette ultime montagne, de retrouver mon grand-père et toute sa famille.

— Sa foi a dû avoir une très grande influence sur vous.

— Pas autant que la manière dont elle a vécu sa vie.

Dehors, une voiture arrivait.

— Allons accueillir mes locataires.

Tandis qu'Analiese parcourait le domaine, Charlotte bavarda avec les jeunes gens, visiblement très excités d'avoir fait l'acquisition de leur première maison. Elle leur restitua la caution et, de leur côté, ils lui rendirent les clés ainsi qu'une brève liste de travaux à effectuer, nécessitant les compétences d'un professionnel.

Après leur départ, elle aperçut Analiese sur la colline, en lisière du cimetière familial, et la rejoignit là-haut.

— Certains membres de ma famille reposent ici, y compris ma mère et mes grands-parents.

Elle hésita avant d'ajouter :

— A ma mort, j'aimerais bien qu'on y dépose mes cendres, auprès des leurs.

— Vous avez laissé des instructions en ce sens ?

— Pas encore, mais je vais m'en occuper sous peu.

— C'est une chose que tout le monde devrait faire, de toute façon.

— Lors de la première matinée que j'ai passée à l'hôpital, dans le cadre de ma chimio, l'assistante sociale m'a donné de la documentation concernant les sujets auxquels je devais réfléchir. C'est à ce moment-là que j'ai compris que ma survie n'était pas acquise. Jusque-là, la leucémie n'était pour moi qu'un fâcheux défi de plus à relever, histoire de pouvoir continuer à travailler encore plus dur. Mais cette révélation a marqué ma journée d'une pierre noire. Dans l'après-midi, j'ai fait une grave réaction à l'un des médicaments du traitement et j'ai failli mourir. On m'a transférée d'urgence dans le service des soins intensifs, où je suis restée une semaine, mais j'en garde peu de souvenirs, hormis le fait que ma vie a basculé d'un coup.

— Je m'en doute.

— Je ne regrette rien, vous savez ?

— Rien du tout ?

— Ma foi, si on me donnait le choix, je préférerais avoir trente ans de moins, une santé de fer et la sagesse que j'ai acquise. Mais, vu que c'est impossible, je prendrai la personne que je suis plutôt que celle que j'étais à l'hôpital.

— Qu'adviendra-t-il du cimetière si vous vendez le domaine ?

— Je pense que les propriétaires sont tenus par la loi de le laisser en l'état, mais la question ne se posera pas.

— Autrement dit, vous n'allez pas vendre ?

— Si vous voulez bien, je vous montrerai quelque chose sur le trajet du retour. C'est la meilleure explication qui me vienne à l'esprit, quelque chose que j'ai vendu pour de mauvaises raisons. Je ne veux pas réitérer mon erreur.

Pour leur pique-nique, elles dégustèrent les portions préparées achetées par Charlotte dans une épicerie fine avant leur départ d'Asheville. Puis, après avoir inspecté les dépendances et admiré les vestiges du florissant potager de l'an passé, elles prirent le chemin du retour. Leurs relations s'étaient détendues. Analiese avait visiblement eu un coup de cœur pour la ferme Sawyer, et pas seulement pour la maison, mais pour la propriété tout autour. Elle bavardait, l'interrogeant à l'occasion sur le domaine.

Mais Charlotte ne s'y trompait pas, il ne s'agissait pas de questions en l'air.

— Vous avez une idée de reconversion pour la propriété ?

— L'inspiration vient de la connaissance. Pour l'instant, je me contente de mettre de l'ordre dans mes pensées.

Pour le retour, Charlotte n'emprunta pas l'itinéraire direct. Rien ne les pressait, et elle appréciait la compagnie d'Analiese. Aussi avait-elle eu le temps de se préparer à d'autres retrouvailles avec le passé lorsqu'elle s'engagea sur une route pavée, bordée de rhododendrons soigneusement espacés qui fleurissaient avec exubérance dans un feu d'artifice de fuchsia et de violet.

Elles arrivèrent au niveau d'une guérite de sécurité automatique et d'un grand panneau annonçant qu'elles pénétraient dans le domaine de Falcon View. Charlotte continuait de rouler, franchissant des collines familières, dépassant des habitations luxueuses sans être ostentatoires, et un terrain encore richement fourni en arbres et fourrés indigènes.

Elle s'arrêta enfin, au sommet d'une colline avec un point de vue panoramique, qui offrait un aperçu d'Asheville dans le lointain.

Elle descendit de voiture et, sans poser de question, Analiese l'imita. Toutes deux s'adossèrent au capot du Cherokee, et Charlotte croisa les bras.

— C'est une très longue histoire. Vous souhaitez l'entendre ?

— Bien sûr.

— Cette terre appartenait à mon père. A sa mort, je me suis rendu compte qu'elle pouvait valoir une fortune. Je savais que, en la vendant dans l'état où elle était, je m'en trouverais un peu plus riche, mais que quelqu'un d'autre que moi le serait bien davantage après avoir bâti dessus. Aussi, j'ai passé quelques mois à échafauder un projet — à l'insu de mon mari, qui, pour de multiples raisons, ne m'aurait pas approuvée.

« Un jour, je me suis rendue à pied aux bureaux de Whitestone Development Properties, et j'ai demandé à voir le fondateur et président de l'entreprise, George Whitestone. J'ai donné à l'agent d'accueil un carton à dessins contenant le projet que j'avais concocté, qui comprenait des photos ainsi qu'une description de chaque mètre carré du terrain. Altitude, sources, coûts, retranscription d'entretiens menés avec les sociétés de services aux collectivités de la région… Les habitants de Charlotte et d'Atlanta étaient très demandeurs de résidences secondaires à la montagne pour les week-ends et les vacances d'été. Je me disais que le moment était venu d'agir. »

— Vous aviez de l'expérience dans ce domaine ?

— Cela faisait des années que j'observais les agissements des promoteurs immobiliers, et puis je possédais un diplôme de gestion commerciale. J'en savais donc beaucoup, mais pas assez pour me lancer toute seule. La chance devait être de mon côté. J'étais juste assez informée pour intriguer George et pas suffisamment pour l'effrayer. Une fois installés dans son bureau, il a examiné le contenu de mon carton à dessins. Puis j'ai tiré de mon sac une chemise que je lui ai tendue. Elle rassemblait toutes les recherches que j'avais menées au sujet de Whitestone Development et d'autres entreprises similaires, des courbes, des listes, et pour finir mon analyse, qui montrait qu'ils étaient les candidats les mieux placés pour promouvoir mon terrain.

— C'est extraordinaire ! Qu'est-ce qu'il a dit ?

Charlotte s'écarta de la voiture et se mit à marcher. Analiese la suivit.

— J'étais morte de peur. Je me souviens d'avoir mis les mains dans mes poches pour qu'il ne voie pas qu'elles tremblaient. Je lui ai donné mon estimation de la valeur du terrain et ce qu'il vaudrait dans deux ou trois ans, une fois construit. Je lui ai dit que je savais que Whitestone Development travaillait actuellement sur plusieurs projets d'envergure et que, si mes renseignements étaient corrects, l'entreprise s'était agrandie au maximum de ses possibilités financières.

« Alors, je lui ai fait ma proposition. Je lui ai dit que mon vœu le plus cher était de décrocher un job, bien plus que de vendre mon terrain. Que mon ambition était de travailler dans la promotion immobilière, que je voulais apprendre toutes les ficelles du métier. Que Whitestone Development tirerait profit d'employer une nouvelle tête, une fille motivée, énergique, désireuse de s'élever dans la hiérarchie. Mon intention n'était pas de commencer tout en haut de l'échelle. J'étais d'accord pour débuter tout en bas, du moment qu'il était bien entendu pour tout le monde que mon ascension dans l'entreprise serait régulière.

« Le moment venu, quand Whitestone serait prêt à bâtir mon terrain, je le vendrais à la société à un prix préférentiel, à condition qu'on m'implique dans chaque étape du projet de construction. Et à condition aussi que mon mari, jeune architecte bourré de talent, figure parmi les candidats prioritaires pour la conception du chantier. »

De là, la vue était encore meilleure, et elles s'arrêtèrent pour l'admirer.

— Ce M. Whitestone a dû être impressionné, admit Analiese. Pas seulement par vous, mais par ce domaine.

— En fin de compte, il a accepté de réfléchir à ma proposition, et je lui ai laissé tous mes documents afin qu'il puisse examiner mon offre en détail avec son équipe.

Charlotte fit face à Analiese avec un petit sourire.

— Quand je suis revenue à ma voiture, mes genoux s'entrechoquaient si violemment que j'ai dû m'asseoir et inspirer profondément pendant dix minutes avant de m'estimer en état de reprendre le volant.

— Et votre mari, comment a-t-il réagi ? Vous ne l'aviez pas du tout mis au courant de votre initiative ?

— Ethan était opposé aux lotissements résidentiels, et sa position ne doit pas avoir varié depuis. D'après lui, la densité de population y est généralement trop élevée, le respect de l'environnement de pure forme, l'architecture standardisée et la volonté d'intégrer les constructions au paysage inexistante. Lorsque nous avions parlé ensemble du terrain de mon père, Ethan avait envisagé de le diviser en quatre parcelles maximum, chacune bâtie d'une maison conçue pour se fondre à flanc de montagne, une habitation autosuffisante qui ne menacerait pas le fragile écosystème déjà endommagé par mon père.

— Autrement dit, il l'a mal pris. A vous entendre, il n'a pas dû être facile de l'amener à voir les choses de votre point de vue.

— J'ai attendu d'abord d'avoir revu George Whitestone. De nouveau, il a tenté de me convaincre de vendre simplement le terrain, en réalisant un joli petit bénéfice au passage, mais moi, je savais ce que je voulais : un métier. Il a fini par accepter. Avec réticence, mais il a accepté. Ce n'est qu'alors que j'ai avoué à Ethan ce que je tramais depuis des mois. Le ciel lui est tombé sur la tête. Il n'arrivait pas à comprendre que mon but, c'était d'être Dieu, de transformer la ville et la campagne environnante pour l'adapter à mes propres desseins. Il était hors de question que je redevienne une pauvre petite péquenaude soumise.

Charlotte avait l'impression d'avoir mis son cœur à nu, mais son instinct lui disait qu'elle l'avait fait devant la bonne personne. Et elle ne se trompait pas.

— J'ignore ce qui est le plus intéressant dans tout ce que vous me racontez là, dit Analiese. Que vous ayez travaillé aussi dur pour atteindre votre but, ou que vos motivations vous apparaissent aussi clairement aujourd'hui.

— Mes motivations étaient plus sombres que ce que je viens de vous confier…

Charlotte contempla cette vue — le legs de son père.

— J'espérais être crainte par les gens d'ici. Entre-temps, j'avais abandonné tout espoir qu'ils m'aiment un jour. D'ailleurs, en quoi étais-je particulièrement aimable, après tout ? Aussi ai-je vendu le terrain, et moi avec, pour parvenir à mes fins. Et, à partir de ce moment-là, ma vie n'a plus jamais été la même.

25

Le téléphone sonna juste au moment où Taylor mettait la dernière main à l'ourlet de la jupe que Maddie tenait à mettre ce matin-là. Elle effectuait son grand retour à l'école et Taylor comprenait son désir de paraître à son avantage, quoiqu'elle eût nettement préféré que sa fille n'ait pas sorti *tous* ses vêtements de sa penderie. Et, bien entendu, la jupe qu'il lui fallait absolument mettre aujourd'hui était la seule qui avait besoin de quelques points de raccommodage.

Maddie saisit le combiné de sa main gauche — qu'elle portait encore en écharpe — et l'œuvre de sa mère de la main droite.

— Papa !

Taylor regarda sa fille enfiler la jupe en se tortillant, le combiné coincé au creux de son épaule. Depuis son réveil de bonne heure, Maddie s'était montrée grognon et anxieuse, grignotant ses toasts du bout des dents. A présent, en dépit de ses contorsions, un sourire illuminait enfin son visage.

— Je pars à l'école dans cinq minutes, expliquait-elle au téléphone. C'est Sam qui vient me chercher. Maman a cours dans un petit moment.

Sam et Taylor avaient soigneusement organisé le retour de Maddie à l'école. En réalité, Taylor avait tout le temps de l'y conduire, mais Sam et elle avaient décidé qu'arriver en compagnie d'Edna atténuerait l'anxiété de Maddie. La fillette appréhendait d'affronter les enfants qui avaient été témoins de sa crise au parc, et même la carte avec les vœux de prompt rétablissement envoyée par toute sa classe n'avait pas contribué à la réconforter. Edna, populaire et diplomate, l'aiderait à faire sa rentrée.

— Qu'est-ce qu'il me tarde de te voir ! s'écria Maddie. Je t'aime, papa !

Un sourire flottait encore sur ses lèvres quand Taylor raccrocha le téléphone à sa place.

— Papa dit que Willow a un ami qui a des chevaux, et que je pourrai les monter, quand je serai là-bas.

Le cœur de Taylor s'arrêta momentanément de battre.

— Ah, oui ?

— Il me tarde d'aller à Nashville !

Maddie marqua une pause, comme brusquement consciente de la portée de sa phrase.

— Tu me manqueras, bien sûr.

Taylor plaqua un sourire forcé sur son visage et hocha la tête.

— Bien sûr.

Un coup d'avertisseur annonça l'arrivée de Sam.

— Allons, dépêche-toi ! dit-elle à sa fille d'un ton qui se voulait détendu. Ou plutôt, non, vas-y calmement, en marchant.

Elle ne voulait surtout pas donner l'impression à sa fille qu'aller à l'école était un événement extraordinaire.

— Je serai là à ton retour. Et, ce soir, c'est papy qui apporte le repas. Nous faisons une petite fête.

Maddie heurta son poing contre celui de sa mère en guise d'assentiment, s'empara de son sac de classe de son bras valide et sortit de la maison. Sur le pas de la porte, Taylor lui fit au revoir de la main. Une fois la Volkswagen de Sam hors de sa vue, elle décrocha le combiné du téléphone et appuya sur une touche mémoire.

Jeremy répondit à la première tonalité.

— Maddie ?

— Non, ici la mère de Maddie, répliqua-t-elle d'un ton cérémonieux. La petite est partie à l'école.

— Elle avait l'air tout excitée par sa rentrée.

— Non, pas du tout, elle avait les nerfs en boule, ce matin.

Taylor se retint d'ajouter : « Mais comment pourrais-tu le savoir ? » même si le ressentiment perçait dans sa voix.

— Ecoute, ajouta-t-elle. Il faut qu'on parle, toi et moi. Je crois savoir ce qui t'a empêché d'aller voir ta fille à l'hôpital.

— J'ai téléphoné à Maddie deux fois par jour, Taylor. Tu sais bien que Black Balsam est en tournée. Encore un dernier concert et nous nous arrêtons pour deux mois. Maddie sait que nous serons bientôt ensemble.

— Il n'en est pas question ! rétorqua Taylor, qui avait pourtant prévu d'en arriver là de façon plus subtile.

— Pardon ?

— Ecoute, Jeremy, Maddie se remet à peine d'un accident. Il faut qu'elle reste ici, à Asheville, là où se trouvent son médecin et son dossier médical. On ignore encore les effets du nouveau traitement médicamenteux. Son épaule est en voie de guérison, mais elle a encore le bras en écharpe et…

— Et, d'après ce qu'on m'a dit, on la lui enlève au début des grandes vacances, pas vrai ?

— Mais elle n'est pas encore remise de sa chute ! Tu t'imagines vraiment qu'elle est en état de monter à cheval ?

— Ah, parce que c'est ça, le problème ? Bon sang, mais lâche-moi un peu, Taylor ! Je vais lui faire faire le tour du paddock sur un vieux canasson qui serait incapable d'aller au trot, quand bien même il aurait le diable aux trousses. Maddie est en droit de mener une vie aussi normale que possible.

— Tu crois peut-être me l'apprendre ? C'est moi qui y veille à longueur d'année, je te signale !

— Et, pourtant, c'est toi qui essaies de me mettre des bâtons dans les roues quand je veux t'aider, non ?

Taylor ravala sa colère. Ne pas oublier qu'il s'agissait de Maddie.

— Ecoute, le problème, ce n'est pas le cheval, et ça n'est pas non plus une soudaine lubie de ma part. Je sais que tu veux qu'elle vienne chez toi. L'été prochain, peut-être…

— L'été prochain, ce sera parfait aussi. Mais Maddie va venir cet été, exactement comme prévu, exactement comme nous en avons déjà parlé, toi et moi, accident ou non. La petite s'en fait une joie et il est hors de question que je la déçoive. Je veux qu'elle apprenne à connaître Willow, et elle a besoin de passer du temps avec son père.

Il se tut quelques secondes. Lorsqu'il reprit, sa voix était plus calme, mais comme au prix d'un énorme effort.

— Je sais que c'est dur pour toi, Taylor. Mais l'épilepsie est une affection imprévisible, nous le savons tous les deux. Si j'attends d'avoir l'assurance écrite que Maddie ne risque pas d'avoir de crise, je peux poireauter longtemps ! Je suis fin prêt à la recevoir chez moi. Et crois-le ou pas, mais nous avons aussi des médecins et des hôpitaux dans le Tennessee, au cas où.

— Non.

Elle ne voyait pas de meilleure façon de mettre un terme à cette conversation.

— Je suis désolée, Jeremy, mais c'est non. Je ne peux pas laisser Maddie partir d'ici l'esprit tranquille après ce qu'elle vient de subir. Je…

Il ne la laissa pas terminer.

— Qu'est-ce qui est pire pour Maddie ? Aller chez son père, dans un environnement parfaitement sûr, où on s'occupera d'elle avec amour ? Ou rester à Asheville pendant que ses parents se disputent son avenir au tribunal ? Parce que, cette fois, il n'est pas question que je reste les bras croisés à te regarder décider de tout. Maddie va venir à Nashville, sinon, je prends un avocat.

— *Cette fois* ?

— Oh ! ne joue pas à ce petit jeu avec moi, Taylor, je t'en prie !

— Je ne fais que répéter tes propres paroles.

— D'accord… Tu as toujours essayé de me tenir à l'écart, Taylor, mais cette fois, c'est la dernière. J'ai bien pigé que tu aimais Maddie. J'ai bien pigé que tu avais besoin d'elle. Mais moi, j'ai aussi pigé qu'elle avait besoin de *son père*. Conclusion, elle vient à Nashville. Et, par pitié, ne lui montre pas que tu es opposée à ce séjour. Fais-lui la grâce d'un départ dans la joie et la bonne humeur, d'accord ?

Taylor raccrocha le combiné sur sa base — sans brutalité. Il ne fallait pas lui en demander davantage.

***

Harmony adorait observer Velvet et ses chiots. Elle n'aurait pas cru qu'à deux jours leurs différences seraient déjà aussi marquées entre eux. Leurs yeux n'étaient pas encore ouverts que chacun affichait déjà sa personnalité.

Sans surprise, le plus gros — un mâle — était aussi le plus agressif. Les autres chiots le laissaient se trémousser jusqu'à une tétine sans protester, comme conscients de ne pas avoir le choix. En réaction, Harmony le baptisa Villain. Villain avait un pelage d'or pâle, tandis que l'autre mâle de la portée, Valentino, presque aussi gros que son frère, avait le poil plus foncé, ce qui permettait de les distinguer facilement. Valentino était moins agressif que Villain, mais Harmony le trouvait plus débrouillard. Pour arriver à ses fins, il n'avait pas recours à la force brute. Il attendait le moment propice et réfléchissait à l'itinéraire idéal pour atteindre son but. Velveteen, l'une des femelles, était presque aussi grosse que ses frères. C'était la plus foncée de la portée, elle avait presque exactement la couleur de sa mère, d'où son nom. Violin était elle aussi de belle taille, et sa fourrure dorée ondulait nettement, comme si elle tenait plus de son père caniche que de Velvet. C'était aussi la plus bruyante de tous. Quand on la contrariait, elle poussait des jappements aigus, semblables aux grincements d'un violon malmené par de petites mains malhabiles.

Et, enfin, il y avait la petite dernière de la portée, née presque après coup. C'était celle qui avait le pelage le plus clair, aussi Harmony l'avait-elle nommée Vanilla. Vanilla faisait de son mieux pour se frayer un chemin jusqu'au buffet-restaurant de sa mère, mais elle se faisait souvent écarter par ses frères et sœurs. Elle laissait Villain, en particulier, la repousser. La jugeant trop soumise, Harmony avait pris l'habitude d'écarter Villain des tétines de sa mère pour insérer Vanilla à sa place. Néanmoins, n'était-ce pas une façon de préparer la petite chienne à l'échec ?

La vie, après tout, est une foire d'empoigne. Une vie de chien, quoi.

Au milieu de toute cette agitation, Velvet était exemplaire

dans son rôle de mère. Elle nourrissait ses chiots, leur faisait la toilette et ne s'arrêtait que pour manger, boire ou aller faire ses besoins dehors. Le seul fait de la regarder épuisait Harmony, qui s'interrogeait parfois sur sa propre capacité physique à en faire autant.

Comment parviendrait-elle à tout mener de front, sans revenu correct et sans système de garde d'enfant ? Les chiots, eux, seraient partis dans quelques mois, mais, un enfant, c'était un engagement à vie.

— Velvet semble savoir exactement quoi faire, dit-elle à Charlotte, tandis qu'elles se rendaient à sa première consultation prénatale.

Après maintes recherches, elle avait appris qu'elle avait droit à un suivi médical à Moutain Medical, un dispensaire abritant une PMI. Charlotte s'était proposée pour l'accompagner, ce dont Harmony lui avait su gré.

— Pour les humains, ce n'est pas aussi simple, fit valoir Charlotte tout en s'appropriant un emplacement assez grand pour y garer un char d'assaut.

Harmony attendit, pour répliquer, que Charlotte ait manœuvré à plusieurs reprises en marche avant et marche arrière, le tout pour finir garée à cinquante centimètres du trottoir, mais, par chance, hors du flot de la circulation.

— C'est l'instinct maternel qui se manifeste ? s'enquit-elle. Et si le mien ne se manifestait pas ? Et si je ne sais pas quoi faire quand mon bébé pleure ?

— On essaie ceci ou cela, on tâtonne et, au bout du compte, il s'épuise tellement qu'il finit par s'endormir malgré toi. Pour autant, je ne vais pas te raconter d'histoires. C'est du boulot.

Aujourd'hui, c'était Charlotte qui semblait avoir beaucoup donné d'elle-même. Son regard s'était creusé de nouveaux cernes et son teint était couleur de craie. Elle s'était absentée toute la matinée, sans dire à Harmony où elle allait. Cette dernière se demandait si cette mystérieuse virée ne concernait pas sa fille et sa petite-fille, et si elle ne s'était pas mal passée.

Plus Harmony examinait son visage, et plus son inquiétude augmentait.

— Tu es sûre que tu es assez en forme pour venir avec moi ? Franchement, tu as l'air d'avoir besoin d'une bonne sieste, plutôt que de ronger ton frein durant des heures dans une salle d'attente. C'est un dispensaire, pas un cabinet médical, et on m'a prévenue que je risquais de poireauter une éternité.

— Ne t'inquiète pas, j'ai emporté un livre et quelques documents que je dois étudier. J'ai hâte d'être assise.

En fait, Charlotte était là en remplacement. Après avoir tourné et retourné le dilemme dans sa tête, Harmony avait proposé à Davis d'assister à sa première consultation prénatale. Peut-être aurait-il des questions à poser au médecin. Mais Davis avait paru surpris qu'elle ait pu croire qu'il aurait envie de venir. Pour justifier son refus, il avait invoqué un emploi du temps surchargé ce jour-là, même si elle avait décelé dans sa voix un certain soulagement d'avoir pu avancer un bon prétexte pour se défiler.

Une fois descendue de voiture, elle attendit que Charlotte la rejoigne sur le trottoir.

— Tu es venue parce que je t'ai dit que Davis était trop occupé pour m'accompagner, n'est-ce pas ?

— C'est une consultation exaltante. Je voulais simplement la vivre avec toi.

Harmony n'était pas dupe. La consultation était de stricte routine, sans doute remplie de paperasse et de questions de pure forme. Charlotte était venue parce qu'elle ne voulait pas qu'elle se sente seule ou déçue de n'avoir personne avec qui partager l'événement. Ni le père de l'enfant ni sa propre mère.

— Je me disais simplement que… Eh bien, que tu n'avais pas l'air très en forme. Tu devrais peut-être te reposer.

— Je resterai assise bien sagement.

Charlotte lui sourit avec tendresse.

— J'ai vu mon médecin ce matin, tu vois que tu n'as pas à t'inquiéter.

— Tu vas bien, alors ?

— Il m'a fait passer quelques examens de routine. C'est ce

qu'ils font le mieux, tu sais ? Et il m'a renvoyée chez moi nantie d'une ordonnance, autre passion chez eux. Autrement dit, tout est sous contrôle.

Mais qu'est-ce qui était sous contrôle, au juste ? se demanda Harmony. En même temps, elle n'ignorait pas qu'il n'était pas toujours très plaisant de discuter de certaines fonctions du corps humain.

Elles marchèrent jusqu'à une allée en brique récemment balayée mais qui aurait eu besoin de réparations. Mountain Medical était un étroit immeuble d'un étage. De la route, elle avait remarqué qu'il s'enfonçait profondément à l'arrière, flanqué par deux allées menant à d'autres entrées.

A l'intérieur, elle prit place derrière une petite file de personnes pour s'inscrire au guichet d'accueil. La secrétaire, qui semblait déjà surmenée, réunit tout un paquet de formulaires à remplir, même si Harmony en avait déjà renvoyé toute une liasse par courrier.

La femme lui tendit un porte-bloc.

— Quand vous aurez terminé, nous saurons tout sur vous à l'exception de votre avis sur le réchauffement climatique ! Mais ça vous occupera en attendant votre tour. Parce que vous allez attendre ! Notre directrice est absente pour la journée, et il nous manque deux autres membres du personnel, ce matin. J'espère que vous avez apporté quelque chose à faire.

— Merci de me prévenir.

Harmony prit les documents et céda sa place au guichet à la femme derrière elle.

Charlotte et elle s'installèrent dans un coin. La salle se remplissait rapidement, et il ne restait pas beaucoup de chaises libres. Harmony s'excusa auprès de Charlotte, qui protesta :

— C'est moi qui ai proposé de t'accompagner, Harmony. Alors, remplis tes formulaires pendant que je lis.

Charlotte ouvrit un roman sur la couverture duquel s'étalait une longue étendue de plage dominée par un phare. Harmony se serait plutôt attendue à la voir lire un rapport sur l'immobilier ou la mondialisation économique, ponctué de notes griffonnées dans la marge.

— Il est bien, ce bouquin ?

— Il me fait regretter de ne pas avoir passé ces vingt dernières années à lire pour le plaisir.

Sans trop savoir ce que Charlotte entendait par là, Harmony se réjouissait que son amie ait quelque chose pour s'occuper.

Elle s'attaqua aux formulaires, répondit à toutes les questions posées et cocha la dernière case. Ouf ! Elle ramena le porte-bloc au guichet et l'y laissa. Quand elle revint dans la salle d'attente, il ne restait plus que sa chaise de libre. Elle posa son sac à dos en jean par terre et se rassit.

Quelqu'un s'était efforcé de rendre le local aussi agréable que possible à grand renfort de couleur et de stickers géants. Un mur était peint en bleu clair, celui d'à côté en vert d'eau. Un autre était jaune et le dernier pêche. Les stickers représentaient des bébés humoristiques, souriant, jouant ensemble et endormis. Partout étaient accrochés des panneaux d'affichage portant des renseignements qu'elle aurait sans doute eu tout intérêt à consulter, mais qu'elle ne pouvait pas aller lire, sous peine de perdre sa place.

Deux douzaines d'adultes au bas mot s'entassaient dans la salle d'attente, accompagnés d'une douzaine d'enfants mourant d'ennui. Harmony décida qu'au pis elle avait là l'occasion de glaner quelques trucs de maman. Certaines avaient emporté des activités pour occuper leurs enfants, ce qui permettait de leur faire passer le temps, mais d'autres se contentaient d'ignorer leur progéniture qui grimpait sur les tables ou courait en tous sens. D'autres mères, enfin, réprimandaient leurs bambins au moindre pleur ou battement de cils.

Harmony prenait note mentalement. Toujours emporter quelque chose à faire pour son fils ou sa fille, car de longues heures les attendaient à la PMI du dispensaire. Ne pas s'énerver contre un enfant qui s'ennuie. Jouer aux devinettes pour l'occuper. Le complimenter quand il est sage.

Bien sûr, maintenant, elle faisait comme si l'enfant était un garçon. Davis préférerait-il cela ? Se trouverait-il davantage de points communs avec un fils ? Serait-il plus enclin à s'investir dans son éducation ? Chez elle, Buddy avait été de loin le préféré, mais Davis ne serait pas un père abusif, contrairement à celui de Harmony. A part ça, en y réfléchissant, elle ne pouvait s'empêcher de noter leurs similitudes. Davis aimait lui aussi régenter les choses et les gens, et il aimait qu'on s'occupe de lui. Il détestait le bruit et les complications. S'il était venu aujourd'hui, il aurait sans doute refusé d'attendre.

Mais évidemment, si elle avait été mariée avec Davis, elle ne se trouverait pas dans un dispensaire en ce moment. Elle serait dans la salle d'attente d'un cabinet médical pourvu de fauteuils confortables, avec musique douce en fond sonore. L'attente serait minime, médecins et infirmières la connaîtraient par son nom. Les renseignements dont elle avait besoin ne seraient pas punaisés sur des panneaux d'affichage.

Harmony ne voulait pas se montrer critique. Elle s'estimait heureuse d'avoir une place dans un endroit où on suivrait sa grossesse et où on s'occuperait d'elle. Mais c'était difficile de ne pas comparer.

On appela deux femmes, l'une après l'autre, et deux chaises se libérèrent. Un jeune couple asiatique venu avec un adorable bambin y prit place aussitôt. Le papa était le second homme présent. Il prit tout de suite son fils sur ses genoux, l'entoura de ses bras et lui chuchota quelque chose à l'oreille. Sa femme était visiblement enceinte, mais encore à plusieurs mois du terme. Le petit garçon se mit à rire, et sa mère l'imita. Les parents commencèrent à jouer avec leur fils, un jeu qui exigeait qu'on tape des mains en chantant une comptine. Le père et la mère se passionnaient pour les réactions de leur petit garçon, ils l'encourageaient, manifestement enchantés par ses moindres faits et gestes.

La mère avec sa longue chevelure noire et son enfant avec son adorable coupe hérisson, formaient un charmant spectacle, mais Harmony n'avait d'yeux que pour le père. Vêtu d'une tenue décontractée soigneusement repassée, il était là, avec sa petite famille, prêt à endurer une longue attente, mais ne paraissait pas mécontent de son sort. Peut-être avait-il pris un jour de congé pour venir, pour surveiller son fils pendant que sa femme se faisait examiner. Ou bien, étant sans emploi, il avait fait une pause dans ses recherches. A moins que, étant installé à son compte, il ne gagne sa vie que lorsqu'il était à son travail. En tout cas, quelle que soit sa situation professionnelle, il profitait de son temps libre pour être avec son fils.

Tout en le regardant, Harmony se rendit compte que, quelque décision qu'elle ait prise, son fils ou sa fille ne bénéficierait jamais de ce qu'avait ce petit garçon, à savoir deux parents qui le couvaient comme la huitième merveille du monde. Ses parents devaient être pauvres, comme elle, sans quoi ils ne se trouveraient pas ici. Mais leurs enfants, ce petit garçon et celui que portait sa mère, seraient parmi les plus fortunés du monde.

Charlotte se préparait à attendre encore longtemps. Dix minutes plus tôt, Harmony avait été installée dans un box situé dans le dédale de pièces partant de la salle d'attente. Ayant terminé son chapitre, elle avait sorti à contrecœur quelques documents qu'il lui fallait examiner, mais son regard était attiré par l'activité qui régnait dans le local.

Samantha Ferguson travaillait ici ; en fait, il se pouvait même qu'elle soit cette fameuse directrice, absente pour la journée. Charlotte la voyait très bien dans ce décor et l'imaginait aussi effectuer quelques changements. Mais avec quel genre de budget le dispensaire devait-il tourner ? Le genre réduit, sans doute, en ces temps où tout le monde, du gouvernement à la population, était fauché.

Le plus gros problème, c'étaient les enfants. Un bon nombre des mamans qui venaient à Mountain Medical disposaient à coup sûr de peu de ressources. Peut-être étaient-elles mères célibataires. Peut-être vivaient-elles loin de leur famille, ou avaient-elles coupé les ponts avec celles-ci. Quelle que soit leur histoire, elles avaient été forcées d'emmener leurs autres enfants car, à la maison, il n'y avait personne pour les garder. Et, pour le personnel du dispensaire, la situation n'était pas facile non plus. Comment les soignants pouvaient-ils examiner correctement les patientes en présence de leur progéniture ? Une infirmière surveillait-elle les enfants d'une patiente tout en essayant de faire son travail ?

Son téléphone portable se mit soudain à vibrer. Elle le tira de sa poche et consulta le numéro qui s'affichait à l'écran. Etonnée, elle s'empara de son sac et alla dehors pour répondre ; dans la salle d'attente, plusieurs pancartes interdisaient l'usage du portable.

— Charlotte ?

— Phil.

Phil, également connu sous le nom de Dr Granger, était un de ses amis du Country Club et, aujourd'hui, il avait la voix de l'oncologiste qu'il était.

— Vous avez cinq minutes ?

C'était le ton qu'il prenait pour annoncer une mauvaise nouvelle, Charlotte le savait d'expérience, et elle se mordit les doigts d'avoir pris l'appel.

— J'ai cinq minutes, oui, mais ne les employez pas à me dorer la pilule. Allez droit au but.

— Nous avons les résultats préliminaires de vos analyses sanguines.

Elle resta stupéfaite.

— Déjà ?

Son rythme cardiaque s'accéléra et elle regretta à présent de ne pas être assise.

— Vos numérations ne me plaisent pas. En fait, elles m'inquiètent. Je veux que vous reveniez pour une transfusion cet après-midi. Et, à mon avis, il va vous en falloir plus d'une avant que nous puissions déterminer la prochaine étape de votre traitement. Nous pouvons effectuer les transfusions en ambulatoire…

— Oui, c'est ce que nous ferons, déclara-t-elle avec fermeté, osant faire l'impensable : l'interrompre. Vous savez que je ne veux pas être hospitalisée ici.

— Vous allez devoir mettre votre entourage au courant de votre état, Charlotte.

— Je le ferai quand ce sera nécessaire.

Le médecin reprit d'un ton radouci.

— Vous devriez vous demander pourquoi vous attachez autant d'importance à cacher votre maladie, Charlotte. Qu'est-ce que ça peut faire ?

— Oh ! je me le suis demandé… Je vous assure.

Des gens passaient devant elle, faisaient ronfler le moteur de leur voiture sur le parking. Le moment était peut-être mal choisi pour cette conversation, mais, si sa maladie lui avait enseigné une chose, c'était bien qu'il lui fallait tirer parti de *tous* les instants.

— Charlotte, vous continuez d'écrire votre journal thérapeutique ?

Elle fut étonnée qu'il s'en souvienne. Elle lui avait parlé de cet exercice d'écriture suggéré par la psychologue. L'idée avait plu à Phil, qui avait envisagé de se renseigner pour ses autres patients.

— Oui, je continue. Je mets à jour mon passé.

Il se tut quelques instants, puis reprit d'une voix encore plus douce :

— Je crois qu'il est temps pour vous d'écrire sur votre leucémie, vous n'êtes pas de cet avis ?

Elle se tenait au soleil mais se sentait glacée à l'intérieur.

— Je le ferai quand j'en aurai besoin.

— Vous en avez besoin maintenant. Ne serait-ce que pour ne plus prétendre être capable de traverser seule cette épreuve.

Charlotte referma son téléphone, mais de longues minutes s'écoulèrent avant qu'elle ne retourne à l'intérieur du dispensaire.

26

Journal du Premier Jour : 29 mai

Quand Taylor vient au monde, je n'ai foi ni en moi ni en ma fille. Quand mon mariage commence à battre de l'aile, je suis persuadée que, en contrôlant toutes les facettes de notre vie, je pourrai nous tirer de cette mauvaise passe. Quand Taylor tombe enceinte, je suis convaincue qu'elle va se ranger à la raison une fois que nous lui aurons refusé notre soutien.

Dans tous les cas, je me trompe lourdement.

Durant les années qui suivent mon divorce, l'amour ne tient plus aucune place dans ma vie. Je me voue corps et âme à faire de Falconview et de moi-même deux piliers inébranlables de la communauté d'Asheville. Quand je ne travaille pas, je siège au sein de conseils d'administration, persuadée de savoir ce qui est le mieux pour tout le monde — bien que je sois environnée de preuves de mon erreur.

Un matin d'automne, je n'entends pas le réveil. L'inventaire des semaines passées m'en dévoile la raison. J'ai travaillé tard tous les soirs. La crise économique m'a tenue sur la brèche et me donne encore plus l'occasion de régenter mon petit monde. Dicter leur vie aux autres m'a poussée au bord de la mienne.

Je décide qu'un long week-end loin d'Asheville me sera bénéfique. Je réserve dans un spa afin de bénéficier de repas diététiques, de massages et de sommeil. Après ce court intermède, ma fatigue n'a pas disparu, mais je fais aller. Je m'octroie davantage de congés, et le vide de mon existence m'apparaît alors d'autant plus clairement. Je réagis en restant encore plus tard au bureau.

Les semaines passent, et sortir de mon lit le matin devient de plus en plus pénible. J'ai un sommeil haché, perturbé par des sueurs nocturnes. Mon appétit disparaît, et je me dis que la ménopause me joue des tours. J'ignore les ecchymoses qui apparaissent sur ma peau, songeant simplement qu'il me faut faire plus attention. Au début de l'hiver, j'attrape un rhume tenace, dont je n'arrive pas à me débarrasser ; je serre les dents et continue à fermer les yeux.

Ma secrétaire me prend rendez-vous pour mon check-up annuel, mais je suis trop occupée pour m'y rendre. Enfin, presque dix-huit mois après mon dernier bilan, je vais voir mon médecin qui me demande pourquoi je fais un régime et m'exprime son inquiétude à propos de mes ganglions lymphatiques enflés. Il me prescrit les analyses sanguines d'usage et, après un petit sermon, me conseille de ralentir le rythme.

Deux jours après, il me convoque à son cabinet et m'annonce qu'il veut me faire subir une biopsie de la moelle osseuse. Le nombre de mes globules blancs est beaucoup trop élevé. Je lui affirme que je vais bien. Il réplique que je pourrais bien me tromper.

Une semaine après, je dégage un créneau dans mon emploi du temps. Jusqu'à cet instant, j'ai réussi à repousser l'inquiétude. Mais alors que j'attends que l'anesthésie locale fasse son effet, tandis que l'hématologue m'explique ce qui m'attend, je suis bien obligée d'affronter la réalité : on ne me fait pas subir cet examen sans raison.

La semaine suivante, je retourne au cabinet de mon médecin. Son visage est grave et, pour la première fois, je crains le pire. Il m'annonce que j'ai une leucémie, une leucémie myéloïde aiguë, et qu'il va falloir me faire passer davantage d'examens pour déterminer la meilleure façon de la traiter. Il me parle de chromosomes, d'analyses molé-

culaires et de frottis sanguins. J'entends « leucémie » et pas grand-chose d'autre.

Lorsqu'il me suggère le nom d'un hématologue local, je lui réplique que je vais m'adresser à Phil Granger, oncologue réputé que je côtoie au Country Club. Mon médecin acquiesce — le Dr Granger est aussi un excellent praticien — et me souhaite bonne chance. Comme il me dit au revoir, je prends conscience qu'il croit que c'est peut-être la dernière fois qu'il me voit.

Le lendemain, quand j'arrive à mon rendez-vous en urgence, Phil a étudié tout mon dossier. Il rejoint le diagnostic de mon médecin traitant, et je suis déçue qu'il ait été influencé. Je lui promets de prendre rendez-vous pour d'autres examens mais, au lieu de cela, je prends mes dispositions pour me rendre au Duke et refaire tous les examens préliminaires. Je me dis que j'ai de la chance de pouvoir m'offrir les meilleurs soins, que toutes les heures de travail que j'ai données à Falconview vont finalement porter leurs fruits. Mais je ne peux chasser de mon esprit les petites voix qui me tracassent.

Si je n'avais pas autant travaillé, serais-je aujourd'hui entourée d'amis et de parents ? Ethan et Taylor seraient-ils à mon côté pour m'aider à me préparer à l'inéluctable ? Car, même si je m'entête à prendre des rendez-vous et à faire des réservations, je sais ce que vont me dire les médecins du Duke.

27

Le téléphone sonnait. Abandonnant l'équeutage des framboises et les muffins cuisant au four, Harmony alla répondre. Même si Charlotte était réveillée, elle était encore dans sa chambre et ignorerait sans doute l'appel. Harmony savait qu'elle tenait un journal, et le matin semblait être son moment de prédilection pour s'adonner à l'écriture.

Cette idée de journal plaisait bien à Harmony, mais qu'y consignerait-elle, si jamais il lui prenait l'envie d'en tenir un ?

29 mai : La semaine dernière, le médecin m'a annoncé que mon terme était pour la mi-décembre, et qu'à ma prochaine consultation je pourrais entendre le cœur du bébé. J'avais plus de questions qu'il n'avait de temps pour y répondre. Quand j'en ai parlé à Davis, il m'a répondu que ce serait mon sort si je ne l'épousais pas.

La femme, à l'autre bout du fil, semblait presque du même âge que Harmony.

— Est-ce que j'ai fait le bon numéro ? demanda-t-elle après lui avoir dit bonjour. Suis-je bien au domicile de Charlotte Hale ? C'est vous, Charlotte ?

Harmony lui expliqua la situation.

— Ici, Marilla Reynolds. Mais vous pouvez m'appeler Rilla. Je pense que Charlotte et vous devez avoir ma chienne. Velvet ?

— Oh ! oui, bien sûr !

Harmony se lança dans l'histoire de Velvet et de ses cinq adorables chiots en concluant par :

— Nous avons laissé un message à votre mari, au chenil, mais nous n'étions pas au courant de votre retour. Vous allez bien ?

— En fait, je me remets plus vite que prévu. Je fais de la rééducation chez moi trois fois par semaine et, au prix de quelques efforts, j'arrive me déplacer jusque dans la cuisine et à la salle de bains. Brad est retourné à son cabinet.

— Son cabinet ? Je croyais qu'il gagnait sa vie en étant éleveur.

— C'est moi, l'éleveur. Brad, lui, est avocat.

— Très pratique si jamais l'un de vos poulets décide de vous faire un procès.

Rilla eut un rire mélodieux qui la rendit aussitôt sympathique à Harmony.

— Si Brad fait un procès à quelqu'un, ce sera à la compagnie d'assurances de l'autre conducteur. Donc les chiots ne vous embêtent pas trop ?

— Ils sont surtout très amusants.

— Je ne sais pas comment vous remercier de ce que vous avez fait pour nous. C'est très réconfortant de savoir que Velvet ne croupit pas dans une cage chez le vétérinaire. Elle mérite mieux que ça.

— J'ai complètement craqué pour elle, et aussi pour les chiots.

— Comme je regrette de ne pas pouvoir les voir !

La question pesait à Harmony et, pourtant, il fallait qu'elle la pose.

— Vous voulez les récupérer ? Maintenant que vous êtes rentrée chez vous, je veux dire ?

— Les récupérer ? Je n'y songe même pas ! J'ai encore beaucoup de progrès à faire. En fait, les enfants sont toujours chez ma mère. Elle les conduit ici pendant ses jours de congé et m'aide à entretenir la maison, mais il faudra des mois avant que je sois vraiment capable de me rendre utile.

Harmony était partagée entre soulagement et tristesse. Elle rechignait à l'idée de se séparer de Velvet et des chiots, mais elle n'aimait pas non plus entendre cette charmante femme lui annoncer qu'elle avait encore un long chemin de rééducation à parcourir.

— Je pourrais vous apporter des photos, dit-elle avant d'avoir vraiment réfléchi à la portée de sa proposition. Des chiots, je veux dire. J'en ai pris toute une pellicule sur un appareil jetable. Ils sont trop mignons !

— Ça fait loin pour venir me montrer des photos, non ?

Les photos n'étaient qu'un prétexte. Harmony aimait l'idée d'aller passer quelques heures à la campagne ; et puis Rilla devait trouver le temps long, seule à la ferme toute la journée.

— Un bon bol d'air pur ne me fera pas de mal, répliqua-t-elle. Et puis vous n'habitez pas si loin que ça. Je ne resterai pas longtemps et je ne vous fatiguerai pas.

— Vous n'imaginez pas à quel point j'ai envie d'avoir un peu de compagnie ! Tout le monde est formidable avec moi, mais la plupart de mes amies travaillent, ou bien elles sont prises par leurs enfants. Cela dit, je m'estime heureuse d'être en vie et d'avoir une mère qui puisse me donner un coup de main, le temps que je sois en état de prendre le relais.

Cela devait être bien agréable, songea Harmony, de bénéficier d'un soutien maternel. Puis elle pensa à Charlotte. Sa mère ne pouvait pas l'aider, mais une inconnue avait pris sa place. Dans le genre lot de consolation, Charlotte était merveilleuse.

— Je peux être chez vous d'ici une heure, peut-être un peu plus, dit-elle à Rilla.

— Je vous attends avec impatience !

Une fois Harmony partie pour les Canins compétents, munie d'une pochette de photos et d'un pain à la courgette, Charlotte considéra la journée qui s'étendait devant elle. Debout depuis l'aube, elle s'était attelée à son journal ainsi qu'à un projet plus ardu encore, la lettre qu'elle voulait faire parvenir à Taylor. Il n'était pas encore 10 heures et elle se sentait déjà lessivée. Depuis sa conversation téléphonique avec le Dr Granger, elle avait subi deux transfusions, et si son état s'était amélioré, le second projet d'écriture de la matinée s'était révélé déchirant. A présent, elle voulait boucler sa démarche et, pour ce faire, il n'y avait qu'un seul moyen : remettre la lettre à Ethan.

Elle prit une douche et s'habilla avec soin, quoique indécise quant à sa tenue. Un jean ? Trop décontracté, et puis ça n'était pas son genre — comme si elle avait voulu se faire passer pour quelqu'un d'autre, ces derniers temps. Vu que la journée s'annonçait chaude, elle opta pour des sandales et un dos nu vert anis, qu'elle recouvrirait quand même d'une fine veste en coton rose corail.

Sous la douche, elle réfléchit à la meilleure manière d'aborder Ethan. Devait-elle lui téléphoner ou aller frapper à sa porte ? Après la scène qui s'était produite à l'hôpital, elle ne tenait pas à tomber sur sa fille ou sa petite-fille, et encore moins sur une inconnue qui pouvait passer la journée chez Ethan. D'un autre côté, elle ne voulait pas lui donner la possibilité de refuser sa visite. Elle ne s'éterniserait pas et n'exigerait rien d'autre de lui.

Après le déjeuner, elle prit enfin sa décision. Elle appela Ethan depuis son téléphone portable, mais seulement une fois rendue à un kilomètre et demi de l'adresse à laquelle elle l'avait trouvé. Quand il répondit, à la troisième sonnerie, elle s'éclaircit la voix.

— Ethan, c'est Charlotte. Tu as cinq minutes ?

Il hésita, comme méfiant.

— Qu'est-ce qui se passe ?

— J'ai quelque chose à te donner et il se trouve que je suis dans le quartier. Est-ce que cela t'ennuie si je passe chez toi maintenant ? Si ma visite te dérange…

— Elle ne me dérange pas, elle me surprend.

— Je sais.

Elle soupira.

— Je craignais un refus de ta part, c'est pourquoi que je ne t'ai pas appelé de chez moi.

— C'était ta méthode, avant. Tu aimais prendre les gens au dépourvu, mais tu leur laissais quand même un peu de temps pour se préparer.

Il n'avait pas l'air fâché, et elle se sentit vaguement sourire.

— J'ai changé, Ethan. Tu as bien… quatre, voire cinq bonnes *minutes* devant toi. Cela dépendra de la facilité pour se garer près de chez toi.

— Tu n'as donc jamais appris à faire un créneau ?

— Je sais garer une voiture, mais pas selon tes critères.

— Tu veux dire à l'intérieur des lignes de marquage ? Assez près du trottoir pour y accéder d'un pas ?

— Tu as toujours placé la barre trop haut.

— Allez, viens. Je prépare du café ?

Charlotte s'étonna de sa question. Elle n'avait pas compté s'attarder aussi longtemps chez lui — elle ne s'était pas attendue à ce qu'il l'y invite.

— Volontiers.

— Tu peux te garer dans l'allée. Simplement, fais attention à ne pas écraser mes saules crevettes.

Il raccrocha.

Les saules crevettes — feuillage rose, vert et blanc sur tiges gracieuses — formaient une haie délimitant l'allée. La maison, jadis un simple ranch, avait de toute évidence été rénovée par Ethan. Au lieu des habituelles rambardes en fer forgé et des minces poteaux soutenant le toit de la véranda, il avait installé de splendides piliers de bois foncé éclairés par des touches d'Inox. Le bardage extérieur était peint en gris ardoise très frais, et d'étroites fenêtres dépouillées s'élevaient presque du sol au plafond. Le jardin, d'inspiration asiatique, possédait une allée incurvée en pierre blanche écrasée, soulignée par une large bordure de galets de rivière et ponctuée de massifs de graminées ornementales.

L'effet produit était sobre et masculin, mais sans excès. Ethan s'était montré prévenant envers ses voisins et le résultat était innovant, sans être écrasant.

Très Ethan, en somme.

Elle allait atteindre la véranda quand il ouvrit la porte, comme s'il avait guetté son arrivée.

— Tu ne prends pas le risque de faire une marche arrière, hein ?

Malgré tout le temps qui s'était écoulé, il la connaissait encore bien. Elle n'avait pas engagé sa voiture de plus d'un mètre dans l'allée, de peur de renverser une boîte aux lettres ou d'atterrir dans un fossé de tout-à-l'égout en repartant.

— Et je parie que tu as sorti la crème mais pas le sucre. Bonjour, Ethan. Merci de m'accueillir chez toi.

— Le café est en train de passer.

Il s'effaça pour la laisser entrer.

La maison était organisée en loft, même si, à l'origine, elle devait avoir eu des cloisons. Charlotte entra directement dans le séjour. La cuisine apparaissait juste en face, séparée par un simple comptoir en granit. Les parquets, brillants d'un beau reflet verni, étaient en vieux cerisier, et les éléments de cuisine, montant jusqu'au plafond et flanqués d'appareils électroménagers en Inox, semblaient être de la même essence. La crédence de l'évier, en carrelage, évoquait des touches de piano.

— Je parie que la maison ne ressemblait pas à ça, quand tu t'y es installé, dit-elle.

— Elle ne ressemblait pas non plus à ce que tu vois, du temps de Judy. J'ai tout transformé après son départ pour Chicago. Ça m'a permis de m'occuper.

Le cœur de Charlotte se serra, comme la dernière fois qu'il avait fait allusion à sa seconde ex-femme.

— Et cela t'a aussi permis de t'approprier les lieux, répliqua-t-elle d'un ton léger.

— Tu veux visiter ?

La maison était étonnamment spacieuse. Quatre petites chambres avaient été converties en trois, manifestement, la suite parentale agrandie s'étendant sur presque tout l'arrière. Les murs, peints dans des tons de terre, ne comportaient pour la plupart aucun ornement. Le mobilier, aux lignes magnifiques, était basique et fonctionnel. Certaines fenêtres ouvraient sur de petits jardins, l'un d'eux agrémenté d'une minuscule cascade, ou sur des bouquets d'arbres élancés qui dissimulaient le jardin des voisins. Plusieurs fenêtres faisaient face à l'arrière et à une grande dépendance.

Revenue au séjour, elle le complimenta.

— C'est splendide. Simple sans être austère. Et je parie que Maddie adore la petite chambre qui donne sur la cascade.

— C'est elle ma plus grande fan ! Je vais te chercher un café.

Elle le suivit dans la cuisine et prit le mug qu'il lui tendit.

— De quoi s'agit-il, à l'arrière ? Je suis étonnée par tout l'espace dont tu disposes à l'extérieur.

— Mon atelier, qui me sert aussi de bureau.

Il parut réfléchir.

— Tu veux le voir, lui aussi ?

— Je peux emporter mon mug ?

Ethan prit aussi le sien et, tandis qu'ils traversaient le jardin, il décrivit à Charlotte le projet sur lequel il travaillait.

— J'ai acheté la fabrique de bouteilles à une vente aux enchères — elle a bien failli me passer sous le nez ! Après coup, je m'en suis mordu les doigts, car je me suis rendu compte de l'entreprise dans laquelle je m'étais engagé. C'était il y a trois ans.

— Trois ans ?

Elle avait fait construire une résidence de cinquante appartements en moins de temps que cela…

— Oui, je sais. Mais la meilleure manière de promouvoir la propriété est de ne pas brûler les étapes. Nous carburons à l'huile de coude et aux matériaux de récupération, beaucoup issus de la fabrique elle-même. En fin de compte, nous nous retrouverons à la tête de six unités, la plus grande comportant quatre chambres. Le plus petit loft — le mien — en aura deux. J'en ai par-dessus la tête de faire le ménage et d'entretenir un jardin. Mais le bâtiment sera entouré de jardins tout simples, de sorte qu'il y aura beaucoup d'espaces verts.

— Et quelqu'un d'autre que toi s'en occupera. Ça me paraît très sympathique.

— La brique sera laissée en façade et les plafonds ont été ouverts jusqu'aux poutres. Un artiste soudeur crée pour nous des rampes d'escalier à partir d'anciens tuyaux de plomberie, et un artisan verrier se charge de faire des inclusions dans le béton des plans de travail, à partir des vitres de la fabrique et des anciens vitraux d'une église du quartier qui a été démolie. J'ai des dessins, si ça t'intéresse, et des photos.

— J'adorerais voir ça. J'aimerais aussi beaucoup savoir si ce projet immobilier s'avérera rentable pour toi, compte tenu de tout le travail de ces artisans et artistes.

— C'est très Charlotte, comme question…

Comme il ne semblait pas agacé, elle ne s'en excusa pas.

— Mais cela n'a rien d'une mise en accusation à la Charlotte. Je suis sincèrement curieuse. S'il y a moyen d'avoir les deux, il faut le faire savoir au monde et œuvrer dans ce sens.

— Tu penses à une fabrication en série, c'est ça ?

Elle réfléchit.

— Non. Mais peut-être est-il temps de se mettre à penser à plus petite échelle et de trouver la manière de le faire sans se ruiner.

— Ce genre de discours ne te ressemble pas.

— Tu ignores le genre de discours que je tiens aujourd'hui, je te signale. Nous sommes divorcés depuis presque aussi longtemps que nous avons été mariés.

— C'est faux.

Elle s'aperçut qu'il la dévisageait.

— Je ne suis plus la femme dont tu te souviens, Ethan.

Il sourit. Tristement.

— Tu ne l'as jamais été, Lulu.

Ethan pensait avoir vraiment impressionné Charlotte avec son ancienne fabrique divisée en lofts. Elle lui posait des questions pertinentes, examinait les plans avec grand intérêt et lui indiquait ce qui lui plaisait le plus dans chaque unité. Elle fit le tour de l'atelier, effleura des doigts le hickory récemment poncé et les tas de tuyaux en cuivre attendant d'être emportés par le soudeur. Elle resta assez longtemps pour que les mugs de café cèdent la place à des verres de vin qu'ils sirotèrent dans le séjour.

Dans les premiers temps de leur mariage, leur complicité s'était renforcée au-dessus des plans et des matériaux de construction, lui d'un point de vue d'artiste, elle de celui d'un promoteur. A long terme, la fascination qu'ils éprouvaient l'un pour l'autre avait à la fois soudé leur couple et hâté leur séparation. Au début, les conversations concernant l'architecture, la communauté et la promotion immobilière écoresponsable, semblables à celle qu'ils menaient depuis plusieurs heures, avaient attisé la flamme de leur amour. A la fin, leurs divergences d'opinions l'avaient étouffé.

— Je regrette, dit-elle, de ne pas avoir mieux su apprécier ton talent, à l'époque. Je passais trop de temps à essayer de te convaincre d'adopter mon point de vue...

Il remplit le verre de Charlotte des dernières gouttes de l'excellent cabernet.

— Certaines de tes idées étaient valables. Moi, j'étais le rêveur, toi, tu œuvrais dans le concret. J'avais besoin qu'on me bouscule.

— Et moi, qu'on me mette une muselière.

Elle lui adressa ce sourire qu'il se rappelait si bien de leurs premières années de mariage, et qui s'était fait de plus en plus rare sur la fin.

— Mais tu as permis à ton talent de s'épanouir pleinement. Tu le galvaudais à Falconview, en dessinant des habitations dans lesquelles tu ne pouvais pas mettre ton âme. Ces lofts vont être extraordinaires !

— Te connaissant, je m'attends maintenant à ce que tu me proposes d'accompagner mon projet. Falconview financerait les travaux restants, de manière à en accélérer le rythme. Ensuite, tu pourrais vendre les unités, en prenant juste un *minuscule* pourcentage au passage, en guise de commission.

Elle se mit à rire.

— Oh ! tu peux attendre longtemps ! J'ai perdu mon instinct carnassier. Je préfère me cantonner au rôle d'observatrice et te souhaiter bonne chance.

— Les temps sont durs. Nous nous en sortons grâce aux rêves et aux heures supplémentaires, mais nous nous en sortons. Quand la fabrique sera terminée, je passerai sans doute à quelque chose de totalement différent.

— C'est ainsi que tu t'épanouis. Tu as besoin de diversité.

Il médita sur ce fait étrange : jamais il n'aurait cru avoir de nouveau une conversation avec Charlotte, et encore moins une conversation dans laquelle elle respecterait sa personnalité et approuverait ses démarches. Cette attitude le séduisait de la façon la plus élémentaire, comme si un désir longuement entretenu venait enfin d'être réalisé. L'étrange envie lui venait de lui donner quelque chose en échange, et il se surprit à souhaiter être assis à côté d'elle, au lieu d'en être séparé par la petite distance entre le fauteuil et le sofa.

Certains souhaits gagnent à ne pas être exaucés.

— As-tu réellement autant changé ? s'enquit-il. Ou est-ce que tu mijotes quelque chose ?

Elle parut étonnée et, l'espace d'une seconde, il vit une lueur de colère vaciller dans son regard gris-bleu. Puis elle poussa un soupir.

— Je l'ai bien cherché, je suppose. Mais je t'assure, Ethan, j'ai vraiment changé.

— Comment l'expliques-tu ?

Elle ne répondit pas tout de suite, comme si elle réfléchissait à la réponse à lui donner, puis haussa les épaules.

— Bah, c'est la vie qui nous fait changer.

Il ne comprenait pas ce qu'elle entendait par là et ne voulait pas le savoir. Il n'ignorait pas que Charlotte voulait se réconcilier avec leur fille. Qu'elle voulait approcher leur petite-fille. Mais son objectif était-il aussi de renouer avec lui ? Si c'était le cas, elle semblait avoir déjà mis un pied dans la porte. Elle était assise chez lui, en train de terminer son second verre de vin. Lui-même se sentait agréablement éméché, et cependant une sonnette d'alarme retentissait dans les confins de son esprit.

— Pourquoi es-tu passée me voir, Charlotte ? Il semblerait que nous ayons oublié le véritable motif de ta visite.

— J'ai écrit une lettre à Taylor. Je te l'ai apportée.

— Pour que je la lise et que j'en fasse la critique ?

— Non. J'aimerais que tu la lui remettes, si tu es d'accord. Je ne veux pas compliquer votre relation, mais, en faisant transiter ma lettre par toi, j'ai l'espoir que Taylor sera moins portée à la déchirer dès qu'elle l'aura entre les mains.

Ethan réfléchit à cette idée, à la contrainte que cela représentait pour lui, à la façon dont cette initiative allait élargir la fissure apparue dans ses rapports avec Taylor, sitôt qu'il lui avait avoué avoir été en communication avec sa mère.

Mais il se retint d'exprimer tout cela à voix haute, et donna à Charlotte l'autre versant de la vérité.

— Notre fille t'en veut énormément, mais tu n'es pas la seule à subir ses foudres. Elle en veut aussi à Jeremy. Et sa rancœur s'est accentuée parce qu'elle s'imagine que je prends ta défense.

D'une main levée, il arrêta net les excuses de Charlotte.

— Non, le problème de Taylor, c'est qu'elle a du mal à pardonner, et je n'ai pas réussi à lui faire toucher son défaut du doigt. Il faut dire que je n'ai jamais été doué pour la confronter à la réalité. Je m'en déchargeais toujours sur toi.

— En effet, dit-elle, mais sans satisfaction apparente.

— Taylor part du principe que tous ses proches doivent rester neutres. Si jamais elle a l'impression qu'une personne qu'elle aime lui est déloyale, elle la bannit de sa vie. Comme elle ne peut faire autrement que d'agir en concertation avec Jeremy, elle se venge de lui de façon plus subtile. Elle essaie de le tenir à l'écart de Maddie. Elle ne lui reconnaît aucun mérite, aucune qualité. Elle sait, à un certain niveau, qu'ils doivent coopérer dans l'intérêt de Maddie, mais, au plus profond d'elle-même, cette idée la révolte.

— Je trouverai un autre moyen de lui faire parvenir cette lettre.

— Non, je la lui donnerai. Et j'en profiterai pour lui tenir ce même discours. Taylor doit apprendre à pardonner. Porter ce genre de rancœur en elle depuis si longtemps va la plomber et l'empêcher d'avancer dans la vie. La situation serait tout autre si tu n'essayais pas de reprendre ta place dans sa vie mais, justement, il se trouve que c'est le cas. A présent, c'est son tour de trouver un moyen de l'accepter.

Les yeux de Charlotte étaient brillants de larmes.

— Crois-le ou non, Ethan, mais je la comprends. Taylor ressent profondément les choses. Elle a toujours été ainsi, même petite fille. Alors, elle repousse ceux qui lui font du mal, de manière à ne plus s'exposer à souffrir. Je ne pense pas qu'il s'agisse de colère, mais bien plutôt de chagrin.

Ils parlaient de Taylor, mais Ethan se fit la réflexion que le discours de Charlotte valait aussi pour elle-même. Telle mère, telle fille… Il avait déjà remarqué leurs similitudes de caractère et avait espéré se tromper. A présent, il était convaincu d'avoir vu juste.

Charlotte jeta un regard à sa montre, puis leva les yeux sur lui, battant des paupières pour refouler ses larmes.

— Je ferais mieux de m'en aller.

Elle avait raison, songea-t-il. Cette intimité entre eux devenait inconfortable. Et séduisante, tout comme les compliments que lui avait adressés Charlotte un peu plus tôt.

Elle se leva et il fit de même.

— Tu es en état de conduire ? lui demanda-t-il.

— Oui, ça va.

Toutefois, elle ne bougeait pas. Elle lui effleura le bras, avec la légèreté d'une plume.

— Sais-tu ce que je regrette, Ethan ?

— Beaucoup de choses, apparemment.

— Je songeais à une en particulier. Notre parcelle à Falconview. La parcelle que nous n'avons jamais fait bâtir.

— Le terrain que tu t'es hâtée de vendre tout de suite après notre divorce.

— La parcelle que j'ai rachetée il y a trois ans, après que les nouveaux propriétaires ont finalement renoncé à construire.

C'était la seule partie du domaine de son père qu'elle n'avait pas vendue à la mort de ce dernier, une parcelle qu'elle leur réservait à tous deux.

Il ignorait qu'elle l'avait rachetée.

— Tu as sûrement fait une affaire.

Elle secoua lentement la tête.

— Je regrette que nous n'ayons pas fait construire la maison que tu imaginais là-bas. Chaque fois que je vois le terrain, je repense à cette maison.

— Celle qui ne te plaisait pas ? La maison de nos rêves qui avait le tort d'être mon idée et non la tienne ?

— Si nous avions travaillé ensemble sur les plans de cette maison, nous aurions pu trouver une façon d'en faire la nôtre. Je regrette que nous ne l'ayons pas fait. Le résultat aurait été un chef-d'œuvre.

Après tout ce qu'Ethan s'était attendu à entendre de la part de Charlotte, sa surprise était totale.

— Il y a beaucoup de choses que nous aurions dû faire et que nous n'avons pas faites, dit-il.

Elle eut un petit sourire.

— Merci de me le dire.

— De rien.

Elle le regarda, comme sur le point d'ajouter quelque chose, puis s'avança vers la porte d'entrée, récupérant son sac au passage. Elle en sortit une enveloppe qu'elle posa sur la console de l'entrée, puis ouvrit la porte, se retourna et leva la main en signe d'au revoir.

Quand elle eut refermé derrière elle, Ethan resta immobile jusqu'à ce que le bruit du moteur se soit complètement estompé.

28

Taylor écumait de rage. Le yoga avait beau l'aider à appréhender l'interdépendance entre corps et esprit, elle regrettait parfois de ne pouvoir tout simplement écumer de rage. Sans cesser de préparer les dernières affaires de Maddie en vue de son séjour à Nashville, elle s'imagina au cœur d'une forêt ombreuse, près d'un torrent. L'eau clapotait contre les rochers du bord et, quelque part au loin, lui parvenait le ruissellement d'une cascade. Dans un arbre tout proche, un chant d'oiseau…

Crétin d'oiseau !

D'un geste sec, elle replia les manches d'un T-shirt rayé et le roula en une espèce de boudin, avant de le fourrer dans un coin de la valise à roulettes Disney Princess Wishes qu'à coup sûr Maddie répudierait l'année prochaine, quand elle serait devenue une grande fille de onze ans.

La porte d'entrée s'ouvrit, se referma bruyamment, et Maddie lui cria qu'elle était rentrée.

— Sans blague ? marmonna Taylor avant de lancer : Je suis dans ta chambre, ma chérie !

Maddie entra et se laissa tomber sur son couvre-lit en maille chenille lavande, que Taylor lui avait déniché au marché aux puces.

— L'école, c'est nul mais, heureusement, c'est fini jusqu'à l'année prochaine !

Taylor heurta ses poings à ceux de sa fille.

— Youpi !

— Mais qu'est-ce que tu fais, maman ? J'avais déjà fait ma valise !

— Un maillot de bain, deux jeans et quatre shorts. Je me suis dit que tu aimerais peut-être mettre quelques T-shirts avec, et des sous-vêtements, aussi. Au cas où il te faudrait changer la culotte que tu portes aujourd'hui…

— Il y a des magasins à Nashville, non ?

Question rhétorique, comprit Taylor.

— Tu as pensé à prendre toutes tes autres affaires ? Tes jouets ? Tes livres ? Tes jeux ?

— J'ai mis Josefina dans mon sac à dos avec tous les habits que mamie m'a fabriqués pour elle. Tu comprends, si mamie vient nous voir à Nashville, je ne veux pas qu'elle soit vexée. Et j'ai aussi pris trois livres, mais je me rappelle plus lesquels.

Josefina était la poupée American Girl de Maddie et, avec tous les vêtements que lui avait confectionnés la mère de Jeremy, la poupée était pourvue pour des années. Taylor savait qu'en fait Maddie l'emportait en guise de doudou, pour se réconforter.

— Pourquoi est-ce que tu ne prends pas des feutres magiques, du papier et des stylos ? J'ai glissé dans ta valise deux enveloppes timbrées et libellées à notre adresse, pour que tu puisses m'écrire.

— Je t'enverrai un mail sur l'ordinateur de papa, ou bien je t'appellerai.

— Je préférerais recevoir une vraie lettre.

Maddie leva les yeux au ciel, mais ne discuta pas.

On frappa à la porte d'entrée et, avant que Taylor ait pu réagir, Maddie traversa la maison à fond de train. Taylor s'exhorta mentalement au calme. Après le coup de téléphone reçu dix jours plus tôt, au cours duquel Jeremy avait dicté sa loi, elle avait contacté son avocate, qui lui avait répondu que la seule solution, pour elle, était de laisser Jeremy emmener Maddie à Nashville. Si jamais elle s'opposait à ce que la petite séjourne chez son père et que celui-ci la traîne en justice, les conséquences risquaient d'être bien pires que deux semaines de séparation.

Elle entendit les cris de joie de Maddie, la voix grave à l'accent traînant de Jeremy, et tenta d'en faire abstraction. Etait-il accoutré en Black Balsam Drifters — jean et chemise western noirs —, ou avait-il mis son image de mauvais garçon en veilleuse ? Pour sa part, elle trouvait que la salopette délavée et la chique auraient été plus en adéquation avec un homme issu des montagnes de Caroline du Nord, mais le père de Jeremy était banquier, et sa mère, titulaire d'un doctorat en commerce international. Le Jeremy qu'elle avait connu adolescente ne s'intéressait même pas au chemin de randonnée menant au Black Balsam Knob.

Elle inspira profondément quand les bruits de pas se rapprochèrent, et leva les yeux lorsqu'ils s'arrêtèrent devant la porte.

— Jeremy, dit-elle, le plus aimablement possible. Nous avons presque terminé sa valise.

Jeremy Larsen lui apparaissait chaque fois plus séduisant. Au lycée, il était presque trop maigre, mais, depuis, ses épaules s'étaient étoffées et ses jambes s'étaient allongées. Il avait des cheveux sable et des yeux bleus qui ressortaient sur sa peau bronzée. Chaque fois qu'elle devait lui faire face, sa ressemblance avec Maddie lui sautait aux yeux, et elle n'ignorait pas que ce physique jouerait en faveur de leur fille, à l'adolescence.

— Willow a emprunté une camionnette, nous avons plein de place.

Taylor songea amèrement qu'une camionnette aurait sans doute suffi à contenir toute sa maison, mais elle hocha la tête.

— J'espérais pouvoir faire sa connaissance…

— Elle est seulement partie faire le plein. Elle sera de retour dans quelques minutes.

Taylor hocha de nouveau la tête, son regard s'égarant vers Maddie, qui semblait inquiète. Elle prit une inspiration et sourit.

— Tu dois être claqué, Jeremy. Et tu comptes reprendre la route tout de suite ? Tu veux un café, ou quelque chose de plus consistant ?

— Je te remercie, mais on a mangé un morceau il y a une heure. Et puis j'aimerais rentrer avant la nuit, histoire qu'on puisse installer Maddie avant l'heure du coucher.

— Oui, ça se comprend.

Taylor s'aperçut qu'elle serrait dans ses mains le dernier des T-shirts roulés façon boudin, exactement comme elle aurait voulu serrer le cou de Jeremy. Elle glissa le T-shirt dans la valise, dont elle tira la fermeture Eclair.

— Bon, je crois qu'on y est. Et, si jamais nous avions oublié quelque chose, Maddie m'a affirmé que vous aviez des magasins, à Nashville.

— Dis donc, Maddie, si tu allais te chercher quelque chose à grignoter dans la cuisine ? suggéra Jeremy. On s'arrêtera pour manger, mais tu auras peut-être envie d'un en-cas pendant le voyage.

Le regard de Maddie alla de son père à sa mère, puis la fillette parut estimer qu'elle pouvait les laisser seuls sans danger et fila.

— Je t'ai mis son dossier médical et tout le nécessaire en cas de besoin. Son traitement et son alarme à médicaments.

Taylor désigna du doigt un sac à dos bleu.

— Tout est là, y compris quelques conseils sur ce que tu ne dois pas lui laisser faire.

— Genre saut en parachute ou escalade, c'est ça que tu veux dire ?

Elle soupira.

— O.K., j'ai du mal. Tu le sais, je le sais… Pourtant, je t'assure que je fais des efforts.

— Et j'apprécie. Je te promets que tu n'as pas à te faire de souci, Taylor. Nous serons très prudents.

— Maddie est tellement excitée… Ça n'est pas toujours une bonne chose.

— Elle a eu beaucoup de crises depuis sa sortie de l'hôpital ?

Taylor savait que Jeremy avait potassé toute la littérature médicale concernant l'épilepsie et qu'il avait déjà assisté à des crises de Maddie.

— Pas des crises complexes, non. Les dosages ont été ajustés. On est peut-être sur une piste.

— Willow a fait deux ans de fac de médecine avant de tout plaquer pour bosser dans le show-biz. Elle m'aidera.

— Elle a abandonné la fac de médecine pour devenir promoteur de concerts ?

— Elle préfère la musique à la dissection de cadavre.

Taylor fit la grimace.

— Je peux la comprendre.

— Je l'espère. J'aimerais bien qu'on s'entende, tous les quatre, et Willow est vraiment la femme de ma vie. Quand Maddie aura appris à la connaître, je lui annoncerai que nous sommes fiancés.

Taylor n'ayant jamais été le grand amour de Jeremy — et *vice versa* —, elle n'éprouvait aucune jalousie. Mais une pointe de colère, à l'idée de devoir partager la prunelle de ses yeux avec une inconnue.

— Je vais faire de mon mieux, répliqua-t-elle avec mauvaise grâce.

On frappa de nouveau et Jeremy alla voir à la porte d'entrée.

— Ça doit être Willow. A moins que ça ne soit ton père, qui passe dire au revoir à Maddie ?

— Non, il est venu hier soir.

Taylor ôta la valise du lit, s'empara du sac à dos bleu et apporta le tout dans le séjour, tandis que Jeremy faisait entrer une femme blonde presque aussi grande que lui. Ses cheveux mi-longs étaient méchés de différentes nuances dorées et son visage disparaissait sous une couche de maquillage correspondant à la quantité de fard que se mettait Taylor en un mois, même si le résultat était réussi. Visiblement, elle vouait un culte au bleu turquoise : tout ce qu'elle portait, de ses sandales à ses boucles d'oreilles, était du même bleu-vert que ses yeux — comme par hasard.

Quand Maddie revint, munie d'un sachet de noix et d'abricots secs que Taylor lui avait déjà préparé, Jeremy lui passa un bras autour des épaules.

— Maddie, je te présente Willow. Willow, voici Maddie, ma petite fille.

Il hocha la tête en direction de Taylor et refit les présentations.

Willow s'accroupit au niveau de la fillette de façon à pouvoir la regarder dans les yeux.

— Je suis très contente de faire ta connaissance, Maddie.

Elle avait une voix douce, presque en décalage avec son apparence de blonde clinquante. Mais, lorsqu'elle sourit, ses yeux se plissèrent d'un plaisir sincère, et Taylor comprit ce que Jeremy lui trouvait.

Apparemment, Maddie y fut également sensible, car elle lui rendit son sourire.

— Moi aussi.

Willow se releva et tendit la main à Taylor.

— Je comprends que la petite va te manquer, mais je te promets que nous allons très bien nous occuper d'elle.

— Me manquer ? A moi ? Tu veux rire !

Taylor se força à sourire.

— Pendant son absence, je vais m'affaler en peignoir sur le canapé et regarder des combats de catch en me gavant de glaces et de pizzas.

— Maman !

Taylor donna une bourrade dans l'épaule de sa fille.

— Allez, ma puce. Je crois que ton père est pressé ; il veut être à Nashville avant la nuit pour pouvoir installer toutes tes affaires. Fais-moi un gros bisou et appelle-moi quand tu seras arrivée, d'accord ?

Maddie se jeta dans les bras de sa mère ; puis, dans un tourbillon d'au revoir et de bagages, ils partirent.

Au bout de quelques minutes, le téléphone sonna et Taylor se rendit compte qu'elle était restée plantée au même endroit depuis leur départ. Elle alla répondre.

— Alors, ça y est, elle est partie ?

Taylor s'appuya contre le comptoir, heureuse de parler à Sam.

— Il y a quelques minutes.

— Maman me garde Edna, ce soir. Elle fête son dernier jour de classe. Si on allait sur la voie express pour regarder le soleil se coucher ?

Taylor raccrocha après qu'elles eurent tout organisé. Sur le moment, elle avait été extrêmement contente de parler à Sam, même si son coup de fil ne l'avait pas étonnée outre mesure. La seule autre personne qui aurait pu l'appeler cet après-midi, c'était son père.

Entre le souci que lui donnait Maddie et ses efforts pour joindre les deux bouts, elle n'avait pas le temps de se faire des amis. Et voici qu'elle allait passer deux semaines sans sa fille.

A quoi allait-elle les consacrer ?

Le vendredi soir, il y avait toujours foule au Cuppa ; Harmony pouvait escompter récolter les plus gros pourboires de la semaine. Sauf qu'aujourd'hui le restaurant était fermé au public, la salle abritant un banquet de noces. Comme elle n'aurait pas de service à assurer, elle avait passé le plus clair de la journée à dresser les tables et à préparer le buffet, mais Stella avait veillé à ce qu'elle soit bien rémunérée. Elle avait désormais quartier libre mais, apparemment, il était dit qu'elle ne passerait pas la soirée seule.

Lorsqu'elle sortit des toilettes pour dames, Davis l'attendait à la porte avec impatience. Stella devait lui avoir dit où la trouver.

Une fois dehors, il lui prit son sac à dos en jean et le coinça sous son bras.

— Ça ne te fera pas de mal de dîner avec moi, dit-il. Rien ne nous oblige à parler de l'avenir. Nous allons simplement manger un morceau et nous raconter chacun notre semaine.

Harmony savait exactement ce que Davis entendait par là. Il lui raconterait la sienne en détail, puis son regard se perdrait dans le vide pendant qu'elle lui parlerait de ses deux visites aux Canins compétents — la première pour montrer à Rilla les photos des chiots, la seconde pour y apporter une cassolette de légumes et un gâteau aux pommes, afin que Brad n'ait pas de repas à préparer après sa journée au cabinet. Néanmoins, elle accepta.

— D'accord, pourquoi pas ?

Charlotte participait à un dîner de travail, ce soir, et rentrer dans l'immense maison vide ne l'enchantait guère.

— Mais, d'abord, j'ai quelque chose à te montrer, dit-il. Il te reste assez d'énergie pour une petite virée en voiture ? Ce n'est pas loin d'ici.

Harmony avait épuisé tout son capital énergie pour la journée, mais se faire conduire était assez tentant.

— J'ai les pieds en compote, Davis. J'espère que tu n'as pas prévu de balade.

— Non, non. Pas de marche à pied.

Elle ôta ses chaussures dès qu'elle fut installée dans son Acura — achetée neuve l'année précédente et presque déjà remboursée. De toute évidence, Davis travaillait au bon endroit. D'un point de vue fiscal, il était conservateur, ce qui cadrait bien avec la philosophie de ses employeurs. Il n'avait aucune objection au port du costume-cravate, était attentif à mettre de l'argent de côté, et investissait avec sagesse. Mais, surtout, il consentait à faire des heures supplémentaires et à se prêter aux petites comédies requises devant ses patrons. L'un dans l'autre, il était fait pour être comptable. S'il n'avait pas étourdiment fait un enfant à la jolie serveuse blonde qu'il sautait, il aurait été trop parfait pour être vrai.

Harmony se fit la réflexion qu'elle l'avait empêché d'avoir soixante-cinq ans avant d'en avoir trente.

— La journée a été dure ? s'enquit-il tout en insérant la voiture dans la circulation.

— Mais sympa, quand même. Pendant les deux premières heures, j'ai confectionné des amuse-bouches. Des champignons dans des feuilles de filo — ce truc est démentiel à travailler, mais je crois avoir finalement trouvé le coup. Des *bruschetta* à l'artichaut et au fromage de chèvre... De l'houmous de soja... Et j'étais responsable de la décoration. La salle était jolie, tu ne trouves pas ?

— Je n'ai pas vraiment remarqué.

Il s'interrompit, conscient d'avoir peut-être gaffé.

— J'aurais fait plus attention si j'avais su que c'était toi qui t'en étais occupée.

— Pas grave. Après tout, ce n'était pas *mon* banquet de noces.

— Ce serait sympa comme endroit pour une réception.

— Moui...

— Au fait, j'ai été augmenté.

— Ah, oui ?

Elle se tourna vers lui.

— Autant que ce que tu voulais ?

— Ça, c'est impossible !

Ils se mirent à rire tous les deux.

Davis ralentit et s'engagea dans un quartier tranquille, non loin de Grove Park Inn. L'hôtel, dans le style chalet, comptait parmi les hauts lieux d'Asheville depuis le début du XXe siècle. Construit à partir d'énormes blocs de granit arrachés à la montagne qu'il surplombait, il avait accueilli au fil des ans certains des citoyens les plus célèbres des Etats-Unis. Davis l'y avait emmenée un jour boire un verre et admirer la vue.

Mais, ce soir, il continua tout droit, avant de tourner dans une petite rue qu'il suivit presque jusqu'au bout avant de bifurquer de nouveau. La route s'incurvait à flanc de montagne, et Harmony se réjouit qu'il s'arrête devant une maison contemporaine au bardage gris pâle, dotée d'un garage en saillie sur la route. La maison lui plut au premier coup d'œil. Elle était mitoyenne sur un côté. Harmony aima ses volets noirs et son toit d'un gris plus pâle, le grand arbre qui se dressait dans le petit jardin de devant, et le voisinage calme et coquet composé en majorité d'appartements en copropriété.

Elle remarqua une voiture dans l'allée.

— On va chez des amis ou tu es venu déposer quelque chose chez un client ?

— Non, non. On peut entrer. J'ai les clés.

— Comment se fait-il que tu aies les clés ?

Davis ne répondit pas. Il descendit de voiture et, après avoir renfilé ses chaussures à regret, Harmony l'imita et le suivit jusqu'à la porte.

— C'est comme ça qu'un comptable s'introduit chez les gens ? En costume, les clés à la main et sa plaque d'immatriculation exposée à la vue de tout le monde ?

— Tu vas voir, la maison va te plaire.

Il ouvrit la porte et s'effaça pour la laisser entrer. En dépit de la voiture garée dans l'allée, la maison ne contenait aucun meuble et semblait avoir être repeinte récemment. Harmony pénétra dans le vestibule en ardoise, et tendit le cou vers une bande de tapis pâle qui aboutissait à des portes-fenêtres ouvrant sur une vaste terrasse.

Elle se tourna vers Davis.

— Ça me fait un drôle d'effet d'être ici.

— Tu as tort. Les propriétaires m'ont confié les clés et ce sont eux qui m'ont proposé de la visiter. Ils déménagent à Sacramento ; la maison sera mise en vente la semaine prochaine. Ce quartier est très recherché. Ils n'auront aucun mal à la vendre.

— Tu songes à l'acheter ?

— Ça dépend.

Il posa les mains sur ses épaules.

— Tu ne penses pas que nous serions heureux, ici ? Dans notre première maison ? Il y a trois chambres : une suite parentale au rez-de-chaussée et deux petites chambres en bas. Une pour le bébé, une pour faire un bureau. Allons voir.

— Mais je ne t'ai pas dit que j'allais t'épouser !

— On ne fait que visiter, ça n'engage à rien.

— Tu essaies de m'acheter.

Il sourit, et quand Davis y mettait du sien, son sourire pouvait être incroyablement ravageur.

— Et ça marche ?

Lorsqu'il lui prit la main, elle n'opposa pas de résistance. Ils déambulèrent dans la maison. Sans mobilier, les pièces paraissaient spacieuses, mais elles étaient sans doute de taille moyenne. La disposition des pièces n'était guère originale mais pleine de bon sens, et elle fut conquise par le vaste office communiquant avec une cuisine équipée d'appareils électroménagers flambant neufs, ainsi que par le niveau inférieur, pas vraiment un entresol, seulement cinq marches plus bas. La plus petite chambre, qui plaisait à Davis pour le bébé, était aussi la plus proche des marches, à la fois à l'écart des pièces de jour et facilement accessible dès que l'enfant serait assez grand pour dormir dans un vrai lit. Au-delà de la confortable salle de séjour se trouvait une buanderie.

Il fallait reconnaître que c'était la maison idéale pour un jeune ménage, juste assez grande pour donner à chacun suffisamment d'espace, et juste assez petite pour être facile d'entretien.

La visite terminée, Davis désigna l'extérieur, le doigt pointé sur la baie vitrée.

Il la fit coulisser et ils passèrent dehors. La terrasse venait d'être refaite, ou bien elle n'avait jamais servi. La maison était la dernière d'une rangée de quatre, et la vue ne donnait pas sur les barbecues des voisins mais sur un espace vert au-dessous d'eux, ponctué d'arbres et de tables à pique-nique. La terrasse la plus grande, côté séjour, projetait son ombre sur un côté, ce qui, en été, devait procurer une fraîcheur bienvenue.

— Assez grande pour y installer des chaises longues et assez large pour qu'un enfant puisse y jouer plus tard, déclara Davis.

— L'endroit idéal pour faire faire la sieste à un bébé, renchérit Harmony.

— Ça te plaît ?

C'était bien plus beau que tout ce qu'elle aurait pu espérer. Passer de l'angoisse d'un studio minable à *ça* ? Elle ne pourrait pas rester éternellement chez Charlotte, elle le savait. Très vite, il lui faudrait se prendre en main, mais jamais, dans ses rêves les plus fous, elle n'aurait cru emménager un jour dans un endroit comme celui-ci. Elle s'imagina élevant son enfant ici. Il aurait sa chambre à lui. Des endroits où il pourrait jouer en sécurité. De bons repas mitonnés dans une cuisine merveilleuse.

— Pourquoi ? lui demanda-t-elle. Une maison, ça fait quand même très cher, comme pot-de-vin…

— C'est une bonne affaire et, avec mon augmentation, il va falloir que je fasse davantage de déductions fiscales sur mon revenu — c'est le côté pratique de la chose. Mais surtout parce que, quand j'y ai réfléchi, je nous ai vus ici. Toi, moi et le bébé. Mon appartement est trop petit, nous serions les uns sur les autres. Je n'aurai pas de place pour travailler, si je transforme mon bureau en chambre d'enfant. Du coup, il faudrait que je passe mes soirées au bureau, surtout en période de bilan. On se croiserait à peine.

Harmony s'étonnait que Davis s'inquiète à l'idée de ne pas la voir assez. Pourtant, les mots avaient glissé de sa bouche si naturellement qu'elle avait du mal à les mettre en doute.

— Tu vas acheter cette maison, que je t'épouse ou non ?

— J'espère ne pas avoir à me poser cette question. Je veux vivre ici avec toi, Harmony. Je me suis conduit comme le dernier des ânes, je le sais, et je me le reprocherai jusqu'à la fin de ma vie. Mais, quand tu es partie, je me suis rendu compte de ce que j'avais perdu et, depuis, j'essaie de rattraper le coup. Il y a un bébé en route, nous devons penser en priorité à son intérêt — à lui ou à elle. Il me semble que cette maison conviendrait à merveille, pas toi ?

— Et les écoles, elles sont comment ?

Elle se dérobait, mais elle était sous influence — pas de l'alcool, mais de l'espoir d'un avenir, et cette idée-là l'effrayait.

Davis haussa les épaules.

— Les écoles ? Aucune idée.

— Il faudrait se renseigner.

— Je doute qu'on y reste assez longtemps pour que ça devienne un problème. Il ne s'agit que d'une première maison. Ensuite, nous aurons envie de passer à quelque chose de plus grand. Et puis, si les écoles n'ont pas bonne réputation, nous l'enverrons, lui ou elle, dans un établissement privé. Il doit y en avoir de bons.

Il ne pensait pas encore comme un père, songea Harmony, sinon, il se serait déjà renseigné. Mais, après tout, combien de temps avait-il eu pour se faire à sa paternité ? Pourtant, il était là, s'efforçant d'agir au mieux pour eux trois. Qu'il ait pensé ou non aux écoles était sans doute un point de détail.

— Je commence à avoir faim, dit-elle. Allons manger quelque chose, d'accord ?

Davis parut déçu, mais il acquiesça.

— Qu'est-ce qui te fait envie ?

Elle fut touchée par sa sollicitude. La plupart du temps, il ne lui posait pas la question.

— Je mangerais bien une pizza.

— Alors, dis-moi où tu veux aller.

Ils rentrèrent dans la maison, mais sans se tenir la main, cette fois. Elle s'appliquait à ne pas avoir l'air de tout vérifier, mais elle ne put s'empêcher de remarquer des détails qui lui avaient échappé quelques instants plus tôt. Le motif subtil de la moquette camel, les poignées argentées des éléments de cuisine, le distributeur d'eau et de glaçons dans la porte du réfrigérateur.

Une fois dehors, Davis s'arrêta près de la voiture garée dans l'allée.

— Les propriétaires ont dû laisser leur voiture pour donner l'impression que la maison était encore habitée, dit Harmony, consciente de parler pour meubler le silence.

— Ce ne sont pas eux qui l'ont laissée là. C'est moi.

Elle inclina la tête sur le côté d'un air interrogateur.

— Toi ? Comment ça ?

— Elle te plaît ?

Et comment ne lui aurait-elle pas plu ? C'était un SUV vert pâle, un modèle qui devait se conduire aisément dans les collines, mais assez petit pour rester facile à manœuvrer en agglomération, idéal pour Asheville. Le véhicule n'était pas neuf, mais récent et, semblait-il, en excellent état.

— Tu as besoin de changer de voiture ? demanda-t-elle à Davis. L'Acura a un problème ?

— Pas du tout. C'est toi qui as besoin d'une voiture. Je l'ai achetée pour toi et pour notre enfant. Elle appartenait aux propriétaires de la maison ; ils ne voulaient emporter qu'un seul véhicule dans le déménagement.

— Tu l'as *achetée* ?

— Elle a passé le contrôle technique et elle est en excellent état. J'ai sauté sur l'occasion sans t'en parler, mais j'étais sûr qu'elle te plairait.

— Mais, Davis, je ne t'ai jamais dit que j'allais t'épouser !

Elle cria si fort que les voisins auraient pu l'entendre.

Etrangement, Davis ne se mit pas en colère. Il lui prit délicatement le visage entre ses mains.

— Tu n'es pas *obligée* de m'épouser, Harmony. La voiture t'appartient. La tienne va bientôt rendre l'âme et je veux que vous soyez en sécurité, le bébé et toi, quelle que soit la décision que tu prennes. Je te dois bien ça, tu ne crois pas ? Ça ne t'engage à rien.

— Oh ! Davis…

Les yeux de Harmony se remplirent de larmes.

— Je ne peux pas accepter un cadeau pareil !

— Bien sûr que si. Et il ne s'agit pas d'un cadeau. C'est pour te remercier de prendre soin de mon fils ou de ma fille, de poireauter dans la salle d'attente d'un dispensaire pourri et d'exercer un boulot éreintant pour gagner ta vie. Tu as quand même droit à certains avantages de la vie, non ? En voilà un que je suis en mesure de t'offrir.

Les larmes débordèrent des yeux de Harmony. Davis se pencha sur elle et les chassa d'un baiser avant de l'envelopper de ses bras.

— Je veux te faciliter la vie, ma chérie. Pourquoi ne pas me laisser faire ?

Elle glissa ses bras autour de sa taille. C'était si bon de le sentir contre elle ; tout semblait s'organiser de façon si parfaite… Peut-être ses regrets étaient-ils sincères. Peut-être avait-il réellement changé. Pour preuve, ce qu'il avait fait, rien que pour elle.

— Epouse-moi, Harmony. Laisse-moi continuer à te rendre la vie plus douce, tu veux bien ?

Comment aurait-elle pu lui dire non ?

29

Le samedi, Taylor donna un cours de yoga supplémentaire et la journée passa relativement vite. Le dimanche, elle mit la maison sens dessus dessous, fit le ménage à fond et le tri dans ses papiers. Et comme elle avait encore du temps à tuer avant le repas du soir, elle fit des cartons de vieux livres de poche destinés à la bibliothèque, et aussi de vêtements de Maddie devenus trop petits, dont elle ferait don à Goodwill.

Lorsque Maddie lui téléphona pour lui raconter sa joie d'être à Nashville, elle connut le meilleur et le pire moment de sa journée. La maison de Willow se complétait apparemment de deux chiens, d'un trio de chats de gouttière et d'une mare fréquentée par des canards et des oies. La chambre de Maddie donnait sur un champ de fleurs sauvages où toute la bande des Black Balsam était invitée mardi à un barbecue. Willow préparerait sa sauce secrète pour les ribs — Maddie affirma qu'elle essaierait de bien se tenir.

Le lundi, Taylor donna des cours de pilates le matin et de yoga l'après-midi, au Moon and Stars. L'enseignement lui plaisait, mais elle ne se voyait pas passer le reste de sa vie à dispenser les mêmes cours et à expliquer les mêmes postures. Bien entendu, le yoga était un mode de vie, pas une série d'exercices. Certaines de ses amies consacraient chaque instant de leur journée à purifier leur corps et leur esprit. Malheureusement, entre leurs renoncements volontaires et leurs nouvelles habitudes, l'existence de ces femmes recélait sans doute moins d'attrait pour Taylor.

Au fil de la journée, sa capacité d'attention diminua. Elle avait bien consciente de son insatisfaction croissante, mais rien de ce qu'elle avait appris de ses maîtres de yoga ne semblait pouvoir l'apaiser. Ce fut avec un certain soulagement qu'elle regarda ses élèves rouler les tapis de gym et récupérer leurs chaussures à la fin de l'après-midi. Aussi, quand deux femmes s'approchèrent d'elle pour lui parler, ne put-elle se défendre d'un sentiment d'accablement.

— Ça y est ? Ta petite fille est dans le Tennessee ?

Marilee, qui semblait assurer la fonction de porte-parole, affichait à peine quelques années de plus que Taylor au compteur, et elle aussi était mère célibataire. L'espace de quelques secondes, Taylor se demanda comment son élève pouvait être au courant, pour Maddie, puis elle se souvint d'avoir mentionné le départ imminent de sa fille. Maddie était la chouchoute, ici, une sorte de mascotte.

— Elle est partie, oui.

Elle s'efforça de ne pas avoir l'air déprimé.

— Ma foi, comme tu es libre et que mon fils passe le week-end chez son père, on se demandait si ça te dirait de sortir entre filles, ce soir. Oh ! rien de bien olé olé ! Peut-être aller quelque part, boire quelques verres et écouter de la musique. Puisque tu n'as pas besoin de faire garder ta fille…

Taylor dévisagea son autre élève, dont la lisse blondeur indiquait un degré de soin à sa personne qu'elle-même n'avait jamais tenté d'atteindre depuis le lycée. A la réflexion, elle n'avait pas non plus tenté quelque chose d'aussi frivole que d'aller dans un bar pour voir quel genre de mâle était en chasse ces temps-ci.

Elle songea à sa maison d'une propreté immaculée, au silence bien trop pesant. Des images d'elle-même lui traversèrent l'esprit. Elle se revit, arpentant la chambre, un nourrisson malade dans les bras, tandis que ses copines de lycée sortaient le soir. Occupée à jongler entre ses études et son bébé, elle n'était jamais allée à des concerts ni à des soirées. Elle avait même été absente à sa remise de diplôme. A ses deux remises de diplômes, même : au lycée, mais aussi en fac.

— Oh ! c'est-à-dire que… Je suis complètement hors du coup, tu sais ? Il ne me vient jamais à l'idée de sortir de chez moi.

— Alors, prends un cours de remise à niveau !

Taylor pouvait difficilement refuser. C'étaient ses élèves, et elle les aimait toutes sans exception. Marilee avait l'humour vache et, même si elle assistait aux cours pour garder une silhouette harmonieuse, elle acceptait de bonne grâce le reste du forfait yoga.

— A quelle heure ? demanda-t-elle.

Marilee consulta les autres et, d'un commun accord, toutes décidèrent de se retrouver aux alentours de 19 heures, dans un bar du centre-ville que Taylor connaissait. Elle leur sourit avec gratitude et promit d'y être.

Ce n'est que de retour chez elle que le choc la frappa de plein fouet. Elle promena son regard sur la maison. Un mobilier sur lequel Maddie pouvait s'avachir sans crainte… Un DVD de Harry Potter près de la télévision… Des goûters pour enfant dans la cuisine…

Pour une fois, elle disposait de deux semaines entières pour ne penser qu'à elle. Elle pouvait avoir vingt-sept ans sans mauvaise conscience. Rire de blagues cochonnes et en raconter elle-même. Manger ce qu'elle voulait, boire autant d'alcool que possible, jauger les hommes qui se retournaient sur elle, et même débattre de leurs mérites respectifs en compagnie d'autres femmes.

Si l'envie la prenait, elle pouvait même finir la nuit dans le lit d'un inconnu.

Ses joues furent mouillées avant qu'elle s'aperçoive qu'elle pleurait. Plantée au milieu de son séjour, elle se mit à sangloter, sans savoir sur qui ou sur quoi elle versait des larmes. Sur Taylor Elizabeth Martin, cette fille devenue mère beaucoup trop jeune ? Sur Maddie Martin Larsen, cette enfant venue au monde beaucoup trop tôt ? Ou sur l'existence qu'elle s'était organisée avec sa fille, une existence désormais menacée par un ado devenu homme, bien résolu à jouer son rôle de père ?

***

Analiese se demanda si Charlotte n'était pas retombée dans ses vieux travers. Ce matin-là, elle avait reçu une demande d'entretien ressemblant fort à une mise en demeure. Bien entendu, la chose n'avait pas été présentée ainsi. Charlotte avait fait précéder sa requête par maintes protestations — elle n'ignorait pas à quel point Analiese était occupée, et comprendrait fort bien qu'elle ne puisse trouver le temps de lui accorder un moment si tard dans l'après-midi. Mais Charlotte enchaînait avec de tels arguments de vente qu'un refus aurait semblé mesquin et désobligeant de sa part.

Et puis comment dire non à une femme qui risquait de ne pas voir l'année prochaine ?

Ce qui expliquait sa présence en fin d'après-midi dans le bureau de l'église, attendant la visite de son ancienne bête noire. Analiese récapitula les autres entretiens de la journée — elle n'avait pas assez de ses dix doigts pour les compter. Restait à espérer que celui-ci se passerait mieux que le dernier, avec la remplaçante de l'organiste. Celle-ci lui avait confessé sa liaison avec un homme marié qui, Dieu merci, n'appartenait pas à sa congrégation.

Elle se mit à arpenter son bureau, qui avait été lambrissé de pin noueux à l'époque où c'était encore à la mode, puis décapé et blanchi pour coller à la tendance suivante. A présent, les lambris étaient peints d'un bleu apaisant, et les rayonnages qui occupaient tout un mur croulaient sous les livres et les souvenirs, sans oublier le prix de l'Associated Press qui lui avait été décerné pour son reportage sur un refuge surpeuplé de sans-abri.

Elle s'arrêta devant les fenêtres, et contempla le cloître. C'était l'un de ses lieux favoris du presbytère. Fermé sur trois côtés par les murs de l'église, sa fontaine se déversait paisiblement dans une mare parsemée de feuilles de nénuphar. Les yeux fixés dessus, elle se rendit compte qu'elle n'avait pas mis le nez dehors de toute la journée. Aussi, quand Charlotte arriva, elle sauta sur l'occasion.

— Allons plutôt nous asseoir dans le cloître. J'ai passé toute la journée confinée dans ce bureau. Je n'en peux plus d'être à l'intérieur ! Nos jonquilles sont encore en fleur, vous avez remarqué ? Ce n'est pas trop tard pour les jonquilles ?

— Je faisais partie du comité chargé des espaces verts, l'année où nous avons choisi ces bulbes. Nous avions opté pour un échelonnement de variétés hâtives et tardives. Quelqu'un a dû y adjoindre des jonquilles *très* tardives. En tout cas, je suis enchantée qu'elles aient si bien pris.

Elle sourit comme si son contentement était sincère.

— J'aimerais beaucoup les admirer de plus près.

Dehors, il faisait plus chaud qu'Analiese ne l'aurait soupçonné. Charlotte, l'air fatigué mais serein, était habillée pour la saison, en corsaire et haut en crochet, alors qu'avec son pantalon et son blazer Analiese avait l'impression d'être plutôt engoncée.

— Comment vous sentez-vous ? lui demanda-t-elle en ôtant son blazer et en retroussant les manches de son chemisier.

— Heureuse d'être en vie.

Analiese avait déjà remarqué que, dès qu'on abordait le sujet de sa santé, Charlotte noyait le poisson. Elle prit sur elle d'insister.

— Allez-vous bientôt entamer les nouvelles séances de chimio ?

Charlotte resta silencieuse, puis écarta les mains en signe de capitulation.

— Les médecins s'efforcent de faire remonter mes numérations, donc oui, je peux les entreprendre. Je suis un cas difficile.

— Ça, c'est bien vrai !

— Vous dites cela avec affection.

— Je vous aime bien, vous savez ?

— Vous aimez la nouvelle Charlotte.

— Oui, et peut-être même l'ancienne aussi. Ou, du moins, il y a certaines choses qui me plaisaient chez cette Charlotte-là. Son énergie, par exemple, et aussi sa détermination à ce que tout fonctionne comme une mécanique bien huilée.

Elles s'installèrent sur l'un des bancs qui bordaient la fontaine. Charlotte se laissa aller contre le dossier, les yeux fermés, le visage tourné vers le soleil.

— J'espère que mon nouveau projet vous plaira. Connaissez-vous Mountain Medical ?

Analiese l'écouta lui décrire le dispensaire que dirigeait Samantha Ferguson. Elle n'ignorait pas que la mère de Samantha avait exercé les fonctions de proviseur à l'académie de l'Alliance, et qu'apparemment Charlotte ne la portait pas dans son cœur. Le bruit courait même que c'était elle qui avait été à l'origine de son renvoi.

— Je me doute que les dispensaires sont pris d'assaut, par les temps qui courent, dit-elle. Le clergé local essaie toujours de trouver des solutions, mais il y a tant de personnes dans le besoin !

— Une société qui ne protège pas ses jeunes mères et leurs enfants ne mérite pas de porter ce nom. Mountain Medical fonctionne avec un budget minimal. Le dispensaire a besoin d'aide, et j'espère que nous pourrons lui en apporter. Je sais que l'église s'occupe déjà de beaucoup d'autres choses, mais le Cercle des femmes est la recherche d'un nouveau projet à soutenir. Et celui que j'ai en tête est très concret, comme vous les aimez.

Charlotte rouvrit les yeux, apparemment au prix d'un gros effort, et poursuivit :

— Voilà l'idée. Je me trouvais à ce dispensaire en compagnie de Harmony, la jeune femme que je loge pour quelque temps, quand j'ai remarqué à quel point le personnel de la PMI perdait du temps à s'occuper des enfants. Beaucoup de patientes enceintes étaient venues accompagnées de leur progéniture.

Analiese se représentait aisément la scène.

— Et donc que proposez-vous ?

— A mon avis, le dispensaire dispose de plus d'espace que d'employés. J'ai fait le tour des locaux, l'autre jour. Samantha m'en a donné l'autorisation. L'une des infirmières m'a fait visiter le dispensaire et il m'a semblé que nous — c'est-à-dire le Cercle des femmes — pourrions créer une salle de jeux à l'emplacement actuel des archives. Le local est quasiment vide, et je suis persuadée qu'on pourrait déplacer vers l'accueil les dossiers archivés à l'arrière. En outre, ils y seraient plus en sécurité.

— Mais les mamans ne pourraient quand même pas laisser leurs enfants livrés à eux-mêmes dans une salle de jeux pendant qu'elles se feraient examiner, n'est-ce pas ? Ce projet soulagerait certes la salle d'attente, mais pas le personnel soignant.

— Et c'est ici que nous intervenons *concrètement*. J'ai pensé que nous pourrions faire appel à des bénévoles pour surveiller la salle de jeux. Le Cercle des femmes pourrait parrainer l'action, mais nous pourrions également solliciter des bénévoles au sein de notre congrégation. Bien entendu, cela exigerait de les sélectionner et de les former, mais le personnel petite enfance de l'académie sera peut-être d'accord pour suivre la formation. Qui plus est, je ne pense pas que nous aurions besoin d'une autorisation particulière. Le personnel infirmier est sur place, ainsi que les mamans. Au premier signe de problème, un professionnel ou un parent pourrait prendre le relais. Nos bénévoles se contenteraient de surveiller les enfants, de désinfecter les jouets et de les distribuer, de jouer avec les petits ou de leur lire des histoires, mais surtout de veiller au grain.

L'idée plaisait à Analiese. Et puis Charlotte avait raison : c'était du concret, le genre de projet qu'elle préférait, car il était conçu pour faire évoluer tout le monde dans le bon sens. Si cela marchait, les bénévoles créeraient des liens avec les parents et pourraient les aider dans d'autres domaines.

— Suis-je le premier maillon de la chaîne ? s'enquit-elle. Ou le dernier ?

— Il ne rimait à rien de vous parler de ce projet si Mountain Medical avait refusé d'y participer, c'est pourquoi j'en ai d'abord parlé à Samantha. Elle a trouvé l'idée formidable. Le dispensaire a toujours voulu avoir une salle de jeux, mais, sans surveillance bénévole, cela posait trop de problèmes. En résumé, elle est d'accord. Et j'ai aussi parlé à deux membres du bureau du Cercle des femmes, afin de m'assurer qu'elles n'avaient pas d'autres projets en chantier qui auraient pu avoir priorité sur le mien. Mais vous êtes la première personne que je sollicite officiellement.

— Je vous suis à cent pour cent.

Charlotte parut enchantée.

— Je vous promets que je ne prends pas votre participation pour acquise. Voulez-vous présenter le projet au Cercle des femmes ? Il se réunit jeudi.

— J'en serais ravie. Et, entre-temps, vous pourrez peut-être obtenir un engagement ferme de la part de Samantha. Il ne faudrait pas que nous commencions à défricher le terrain et qu'on nous annonce ensuite qu'elle a changé d'avis.

— J'ai quelques idées pour équiper la salle de jeux, mais la décision reviendra au personnel du dispensaire et au Cercle.

— Et l'argent pour la financer ?

— Voyons si le Cercle des femmes souhaite y consacrer une part de sa trésorerie. Ce serait vraiment *leur* salle de jeux si elles la finançaient elles-mêmes ; de plus, elles seraient davantage motivées pour l'action bénévole. Il nous faut des pots de peinture, éventuellement des tables et des chaises, et des jouets en plastique, faciles à laver. Je suis certaine que nous pourrons dénicher du mobilier d'occasion.

Analiese regardait les rayons de soleil se muer en arcs-en-ciel en traversant la brume qui s'élevait de la fontaine. La fin d'après-midi était chaude mais pas humide ; un couple de cardinaux s'appelait depuis les branches d'un sycomore, juste au-delà de la petite mare.

Les cardinaux s'accouplent pour la vie, et Analiese se demanda si ceux-là discutaient de ce qu'ils allaient manger ce soir. « Quelques vers, chéri, ou des coléoptères[1] ? »

Son propre estomac gargouillait, et elle s'avisa qu'entre toutes ces réunions elle n'avait mangé qu'une demi-pomme à midi. Il était temps pour elle de rentrer se faire réchauffer un plat surgelé, mais pas tout à fait encore. Car il y avait autre chose derrière le discours de Charlotte — c'était bien dans le caractère de celle-ci, et on ne peut plus frustrant.

— Pourquoi ce projet ? lui demanda-t-elle. Il y a huit millions d'histoires dans *La Cité sans voiles* ?

— Vous êtes trop jeune pour vous rappeler ce film. Moi-même, je ne m'en souviens que grâce aux rediffusions de fin de soirée.

— Mon mari le regardait chaque fois qu'il repassait sur une chaîne du câble. Il était capable d'en réciter toutes les répliques en imitant parfaitement le narrateur.

1. Réplique tirée de *La Cité sans voiles*, film réalisé en 1948 par Jules Dassin.

— J'avais oublié que vous étiez mariée.

Analiese *avait été mariée*, nuance — et malheureuse en ménage.

— Vous êtes-vous déjà fait la réflexion que les événements de la vie sont comme des briques qui nous construisent ? Moi, par exemple, j'ai fait l'expérience du mariage. Aussi, après la mort de Greg, j'ai pris soin de rester en dehors du marché. Et puis vous. Vous avez manqué l'occasion d'accompagner votre fille durant sa grossesse et, maintenant, vous veillez à ce que d'autres jeunes femmes en aient la meilleure expérience possible.

— Avoir abandonné Taylor alors qu'elle avait vraiment besoin de moi, c'est mon plus grand regret.

— Et c'est aussi ce qui explique vous ayez pris Harmony sous votre aile.

Charlotte sourit.

— C'est fou, non ? Chaque fois que j'essaie d'agir afin de racheter une erreur commise dans mon passé, j'en retire un bénéfice. Franchement, j'ignore ce que je ferais sans Harmony. C'est un véritable rayon de soleil dans ma vie.

— Et ces chiots dont personne ne pouvait s'occuper ? C'est un hommage à Minnie ?

— Ils sont tellement mignons ! Il faut absolument que vous veniez les voir. Et, à l'occasion, prenez un maillot, nous nous baignerons dans la piscine.

— Je ne vais pas vous laisser vous en tirer comme ça, Charlotte. Quelque chose motive ce tourbillon de bonne volonté, quelque chose que vous n'avez pas encore intégré ?

Charlotte regarda la fontaine, mais Analiese voyait qu'elle n'éludait pas la question. Elle y réfléchissait. Enfin, elle répondit :

— C'est difficile à dire.

— Je m'en doute.

— J'ai essayé d'écrire là-dessus dans mon journal — j'en tiens un. Je me replonge dans le passé, j'avance à une vitesse d'escargot vers le cancer. Il semblerait que je n'arrive pas à écrire sur…

Elle jeta un coup d'œil à Analiese.

— Mais la journée a été longue et vous devez avoir faim.

Analiese s'installa plus confortablement, car, quoi que Charlotte eût à lui dire, c'était plus important que son prochain repas.

— Je vous écoute, Charlotte. Cela restera entre vous, moi et mes borborygmes.

Charlotte ne s'était pas rendu compte qu'elle était venue voir Analiese pour se décharger d'un poids. Elle était venue, pensait-elle, dans le seul dessein de lui parler de la salle de jeux. Mais, depuis le début de sa maladie, elle avait appris qu'une grande partie de ses actes était motivée par des forces sur lesquelles elle ne s'était jamais interrogée. C'était le cas aujourd'hui encore. Elle avait besoin de se confier, mais son histoire n'était pas facile à raconter. Alors, elle l'avait reléguée au dernier rang.

Elle commença lentement, avançant à tâtons.

— Vous vous souvenez ? Je vous ai dit qu'à l'annonce de ma leucémie j'avais compris qu'il me fallait faire amende honorable pour certaines de mes pires erreurs.

— Une variante de la traditionnelle liste des derniers souhaits, et une excellente idée. Vous progressez, on dirait.

— En fait, cela ne correspond pas tout à fait à ce que je vous avais dit. C'était la version abrégée. Ma leucémie a été dépistée ici, à Asheville, mais, comme à mon habitude, j'étais bien trop occupée pour mourir, et convaincue qu'on me donnerait un meilleur diagnostic dans un centre hospitalier de premier plan. Alors j'ai pris rendez-vous au CHU de Duke et, ma foi, disons que les médecins ont été accablés par ma sottise. Même si, bien sûr, ils ne l'ont pas formulé ainsi. Ils m'ont dit que, si je voulais vivre, il me fallait commencer le traitement sur-le-champ. Je ne pouvais toujours pas envisager le pire. Je pensais peut-être aller au M.D. Anderson de Houston, ou à Sloan-Kettering. Si je frappais à toutes les portes, quelqu'un finirait bien par me dire que les autres se trompaient, et qu'il me fallait simplement du repos et des antibiotiques.

Analiese avait l'air de comprendre.

— Il y avait là-dedans une part de déni, mais pas seulement, n'est-ce pas ?

— Je suis finalement revenue à Asheville et, pendant deux jours, mon état a empiré, jusqu'à ce que je comprenne enfin que je n'avais pas le choix. Je devais retourner au Duke, où j'avais plus de chances de garder le secret sur ma maladie. Et donc j'ai annoncé à tous mes collaborateurs de Falconview que je partais à l'étranger avec des investisseurs potentiels, et que j'enchaînerais en m'envolant pour des vacances bien méritées. Evidemment, cette annonce les a stupéfiés — d'ailleurs, ils n'en sont toujours pas revenus — mais, à ce stade, j'étais déjà trop malade pour m'en préoccuper. Je suis entrée au Duke avec un cartable bourré de travail et la conviction que cette maladie n'était qu'une montagne de plus à franchir sur ma route.

— Ça a dû être un moment terriblement difficile à vivre pour vous.

Charlotte savait qu'elle portait la réponse inscrite sur son visage.

— Les médecins ont décidé d'employer trois médicaments différents, tous assez typiques de ce genre de leucémie. Le but était bien sûr de me faire entrer en rémission. Ensuite, ils m'auraient laissé le temps de me remettre et auraient enchaîné sur un second protocole de chimio accompagné d'une greffe de moelle osseuse. Ils en pratiquent de plusieurs sortes, mais la plus efficace n'était apparemment pas envisageable. Il aurait fallu que j'aie des frères et sœurs ou qu'on trouve un donneur compatible, ce qui, jusqu'ici, ne s'était hélas pas trouvé. Malgré tout, les médecins estimaient que si la seconde chimio donnait de bons résultats je pourrais être candidate à l'autre sorte de greffe, à base de mes propres cellules congelées, qu'on me transplanterait un peu plus tard.

— Simplement ?

— Une chose aussi complexe n'est jamais aussi simple. Mon état n'a pas évolué aussi bien que nous l'espérions. Pour l'instant, à moins que ma numération globulaire ne s'améliore, une greffe est exclue.

Elle se tut et Analiese n'insista pas. Charlotte ne savait pas s'il lui fallait continuer et, le cas échéant, comment s'y prendre pour raconter l'histoire. Finalement, elle reprit son récit, mais à un endroit différent.

— Vous n'allez peut-être pas me croire, mais j'aime beaucoup les histoires que vous racontez aux enfants le dimanche matin. Même si, au début, j'ai protesté en prétendant que vous faisiez fuir les adultes qui n'avaient pas envie de rester une heure assis à écouter des contes.

— Ah, oui ? Je ne m'en souviens pas.

— Ça n'était qu'un de nos désaccords parmi tant d'autres.

— Ceci explique sans doute cela…

Analiese serra brièvement les doigts de Charlotte. Si elle était surprise de l'entendre passer du coq à l'âne, elle ne le montra pas.

Charlotte réfléchit à l'importance du contact humain, à la façon dont la chaleur d'une main peut faciliter l'épanchement de l'âme.

— Il y a autre chose dont je me suis plainte à votre sujet, dit-elle. Vous êtes très bisous-câlins.

— C'est vrai, j'avoue !

— Eh bien, je vous en remercie. Sur ce point au moins, je me trompais complètement.

— Sur ce point au moins…

Charlotte chercha ses mots pour aborder la suite de son récit.

— Vous vous demandez sans doute quel rapport cela peut avoir avec mon séjour à l'hôpital ?

— Vous allez y venir, je suppose, même si c'est par des chemins détournés.

— Pas si détournés que ça.

— Bien, récapitulons. Nous avons atteint le passage où vous vous régaliez d'écouter mes histoires du dimanche matin, bien qu'au départ vous ayez été contre.

Charlotte sourit.

— Les seules connaissances que j'ai concernant les autres religions, c'est vous qui me les avez apprises. On ne m'enseignait pas ça, à l'Independent Baptist Church de Trust ! Parfois, de retour chez moi, je repensais à vos contes, et je m'évertuais en vain à saisir le message que vous cherchiez à nous faire passer.

Puis, au milieu de la semaine, je finissais par comprendre, ou du moins à entrevoir un début d'explication.

— Ah, je fais donc bien mon boulot ! Ça fait plaisir à entendre.

— Vous souvenez-vous de l'histoire de Kuan Yin ? Vous souvenez-vous des détails ?

— C'est l'une de mes préférées. Le bodhisattva de la Compassion, divinité très puissante chez les bouddhistes et les taoïstes, connue à travers l'Asie sous différents noms et diverses représentations.

— Vous nous aviez expliqué que, jusqu'au XIIe siècle, elle avait été représentée sous les traits d'un homme ou quelque chose comme ça...

— Puis quelqu'un s'est dit que, puisque ce boddhisattva représentait la bonté et la miséricorde, ce devait être une femme. Car ce sont des qualités traditionnellement féminines. Et c'est ainsi qu'elle est devenue une déesse.

— C'est ce passage qui a vraiment trouvé écho en moi. Vous nous avez dit qu'après sa mort, alors qu'elle voyageait vers le paradis, elle a entendu les voix de ceux qui continuaient à souffrir sur terre. Alors, elle a demandé à y retourner et à y demeurer jusqu'à ce que toute souffrance ait disparu.

— J'ai toujours beaucoup aimé cette divinité. En un sens, les bodhisattvas ressemblent à nos saints chrétiens, voire au Messie. Ils se sacrifient sans relâche pour le bien d'autrui. Et l'itinéraire de Kuan Yin nous montre comment ouvrir notre cœur en direction de nos compagnons de voyage, et comment éprouver leur peine afin de pouvoir leur tendre la main.

— C'est une très belle histoire. Et vous nous l'avez racontée juste avant que je ne parte faire ma chimio.

— Ah...

Charlotte comprit que pour Analiese une pièce du puzzle se mettait en place.

— Quand nous en avons parlé la première fois, je vous ai dit que j'avais mal réagi à l'un des médicaments qu'on m'administrait et que j'avais failli en mourir. On m'a transférée d'urgence en soins intensifs, où je suis restée une semaine, le temps de m'éloigner des portes de la mort.

— Comment aurais-je pu oublier ça…

— Mais je ne vous ai pas parlé de ma voisine de lit.

— Je revois tous les services de soins intensifs que j'ai visités… N'est-ce pas inhabituel de partager sa chambre avec quelqu'un ? Surtout dans un état comme le vôtre, où votre système immunitaire risquait d'être affaibli ?

— Laissez-moi aller jusqu'au bout de mon récit. Ensuite, vous me direz ce que vous en pensez. Votre opinion m'intéresse énormément.

Analiese hocha la tête et attendit la suite.

— Je ne me souviens pas d'avoir été transférée en soins intensifs. J'étais assise dans un fauteuil, essayant de travailler pendant qu'une infirmière réglait mon goutte-à-goutte. J'avais déjà renvoyé l'assistante sociale et la psychologue, et j'avais bien fait comprendre aux infirmières que, dans la mesure du possible, je ne voulais pas être dérangée. Je m'imaginais que, en me débarrassant de toute cette histoire de chimio, je pourrais retourner au bureau avant d'entamer la prochaine session.

Elle hésita.

— Quand on n'a que le travail dans sa vie, on se rabat dessus, de la même façon que les autres se rabattent sur leurs proches.

Analiese n'émit aucun murmure de sympathie, consciente qu'ils auraient retardé l'histoire. Elle se borna à hocher la tête d'un air pensif.

— Et, dans la seconde suivante — plus précisément quelques jours après —, j'ai ouvert les yeux et vu des ombres penchées sur moi. J'entendais le ronron et les bips des machines, mais je n'avais pas la force de tourner la tête. Je suis restée immobile sur le lit en me demandant ce qui pouvait bien se passer. J'avais l'impression de flotter. Mais je n'avais pas peur, pas vraiment. Je ne cessais de me dire que je devrais peut-être m'asseoir dans le lit et chercher les documents sur lesquels je travaillais. Mais même penser me coûtait des efforts, et je me suis rendormie.

— C'est terrifiant.

Charlotte leva les yeux vers le soleil, reconnaissante d'être encore en vie pour en profiter. Elle absorba sa chaleur, espérant que cela l'aiderait à raconter la suite de son histoire.

— Ce n'était pas aussi terrifiant que vous pourriez le penser. J'étais trop mal en point pour m'inquiéter, et mon esprit était trop embrumé pour analyser clairement les faits. A mon réveil suivant, il y avait une femme penchée au-dessus de mon lit. Elle était âgée, plus âgée que moi, de combien d'années, je ne sais pas, et j'avais l'impression qu'elle était d'origine asiatique, de Chine peut-être, même si j'avais du mal à la distinguer. Elle m'a dit que j'avais appelé et qu'elle se demandait si elle pouvait m'aider. Je lui ai répondu que je n'avais pas le temps d'être malade. Je me souviens de ça très clairement. Il m'a fallu un long moment avant de pouvoir prononcer ces mots.

« Elle a répliqué qu'elle comprenait, que la vie était très courte et qu'il y avait beaucoup de choses importantes à accomplir, beaucoup de souffrances à apaiser. J'étais étonnée qu'elle se soit à ce point méprise sur le sens de mes paroles. Je lui ai demandé son nom et elle m'a répondu qu'elle s'appelait Gwen, du moins c'est ce qu'il m'a semblé entendre. Je lui ai demandé la raison de sa présence ici, et elle m'a dit qu'elle était toujours dans cette chambre. J'en ai déduit que, chaque fois qu'elle finissait à l'hôpital, on la mettait dans la même chambre du service de soins intensifs. Elle me faisait de la peine, et je me suis demandé de quoi elle souffrait pour être si souvent ici. Je me suis rendormie en me posant la question. »

Charlotte laissa passer quelques secondes et Analiese n'interrompit pas le cours de ses pensées.

Enfin, Charlotte reprit.

— Après cet épisode, Gwen se trouvait auprès de moi presque à chacun de mes réveils, mais jamais en présence des médecins ni des infirmières. Je pensais qu'ils lui ordonnaient de retourner se coucher lorsqu'ils entraient dans ma chambre. Je n'arrivais pas à comprendre comment elle pouvait être assez en forme pour se lever et venir me voir, et pourtant assez atteinte pour séjourner dans ce service. Mais quand le personnel soignant finissait enfin de me faire subir toutes ces horreurs qu'on vous inflige à l'hôpital, et désertait ma chambre, Gwen revenait. J'étais tellement mal qu'il m'arrivait de la prendre pour ma grand-mère ; à d'autres moments, je voyais bien que je me trompais. Elle me tenait la main et me parlait de moi. Qu'il fallait que je sois forte car j'étais dans le vrai : je devais accomplir certaines choses, il fallait que je retrouve certaines personnes.

Analiese lui prit la main, exactement comme Gwen dans son récit.

— Et elle avait raison.

Charlotte lui serra les doigts avec émotion.

— C'est si difficile à dire…

— J'imagine, oui.

— Le cinquième jour — c'est ce qu'on m'a dit plus tard —, à mon réveil, la lumière était allumée. La chambre n'était plus un tableau d'ombres. Le brouillard s'était dissipé et, pour la première fois, j'ai pris réellement conscience de l'endroit où je me trouvais et de ce qui se passait. Une infirmière était à mon chevet, elle me posait des questions : comment je m'appelais, pourquoi j'étais à l'hôpital… Elle semblait ravie de voir que je connaissais les réponses. Il était clair que j'avais survécu à quelque chose de très grave. Elle s'apprêtait à sortir de la chambre quand j'ai réussi à sortir une main et à lui prendre le bras. Je lui ai demandé où était Gwen, et elle a eu l'air perplexe. Gwen, ai-je dit, la femme du lit d'à côté. Mais elle s'est contentée de secouer la tête avant de s'en aller.

— D'après vous, quel était le sens de tout cela, Charlotte ?

— Je n'ai jamais eu le courage d'aborder de nouveau le sujet. Si Gwen se trouvait réellement là, si elle était morte et qu'on avait emporté son lit avec elle, je ne voulais pas le savoir. Et si Gwen n'avait jamais été là ?

Elle secoua la tête.

— Vous savez bien qu'il peut y avoir diverses explications, n'est-ce pas ?

— Oui, je le sais.

Charlotte se tourna vers Analiese, qui continuait à lui tenir la main. Elle n'aurait pu la retirer, même si Analiese le lui avait ordonné.

Elle déglutit car, à présent, sa gorge était sèche.

— Voici l'explication que je privilégie. Quelqu'un ou quelque chose est venu m'aider à affronter le vide de mon existence. Peut-être s'agissait-il d'une autre patiente, de l'aumônier ou d'un membre du personnel soignant prénommé Gwen. Peut-être était-ce un effet de mon imagination, influencée par votre histoire sur Kuan Yin, la déesse de la Compassion.

— Une déesse anonyme, dit Analiese. Ce sont les meilleures. Celles qui viennent à votre chevet quand vous êtes à l'hôpital, sans révéler leur identité. Celle que vous vous efforcez de devenir vous-même.

Charlotte déglutit encore, mais, cette fois, pour ravaler ses larmes.

— Je ne le saurai jamais avec certitude. Peut-être s'agissait-il de ma mauvaise conscience. Des médicaments qu'on me donnait, du fait de tutoyer la mort, à moins que ça n'ait été une façon de rentrer en moi-même durant cette épouvantable épreuve. Peut-être étais-je prête à voir pour la première fois en face la personne que j'étais devenue. Mais, quoi qu'il me soit arrivé pendant cette semaine, Gwen est le plus beau cadeau qu'on m'ait jamais fait.

30

Harmony avait trouvé une amie en la personne de Marilla Reynolds. Rilla avait dix ans de plus qu'elle, deux beaux petits garçons, mais elle la traitait sur un pied d'égalité. Et puis c'était une battante, qualité que Harmony admirait et enviait, vu que l'essentiel de sa combativité lui avait été ôté durant son enfance.

Marilla n'était pas encore en état de faire grand-chose, mais elle ne se plaignait jamais, et travaillait si dur à sa rééducation que son kinésithérapeute s'était vu obligé de lui imposer des limites, afin que son zèle ne compromette pas son rétablissement. Elle avait obtenu les services d'une aide-soignante qui passait le matin ; l'après-midi, elle se débrouillait seule, sauf quand ses amies venaient la voir.

Et ses amies venaient la voir souvent.

Ce jour-là, elle et Harmony étaient absorbées par les étapes préliminaires à la confection de confitures, dans la vaste cuisine rustique de la ferme. Harmony, qui avait cueilli et lavé la dernière production de fraises du potager abandonné, tendait des passoires pleines à Rilla, qui, confortablement installée à la table, les équeutait tout en ôtant les parties touchées. Une voisine devait passer tout à l'heure pour l'aider à préparer la confiture et à la mettre en pots.

« Pleine de vie » : de l'avis de Harmony, c'était l'expression qui qualifiait le mieux sa nouvelle amie. Rilla avait un visage carré, un nez court, le plus souvent froncé, et une large bouche qui souriait la plupart du temps. Son corps robuste, large d'épaules et de hanches, était fait pour porter le jean et les bottes. Ses moindres pensées se reflétaient sur son visage et, si ce n'était pas assez clair ainsi, ses paroles finissaient d'ôter la moindre ambiguïté. Rilla était gaie et positive, même dans ces circonstances difficiles, mais elle était aussi d'une franchise absolue, comme si chaque mot devait être pesé avant d'être exprimé.

— Je n'arrive pas à croire que je n'ai pas fait de jardin, cette année, dit-elle.

Ses cheveux bruns bouclaient autour de ses oreilles et sur son col ; elle repoussa une frisette de son front moite. Même équeuter les fraises lui coûtait un effort.

— Tu en plantes un chaque année ?

— Plus d'un ! J'ai mon potager à demeure — c'est là que je cultive mes planches de fraisiers —, et puis il y a les asperges, la rhubarbe, et aussi les framboises. Ensuite, au tout début du printemps, j'installe les petits pois, les pommes de terre, les oignons, les brocolis et les salades dans mon potager annuel, et je continue à planter jusqu'à la mi-automne. J'avais aussi des plants d'oignons et des semences de pommes de terre prêts à être mis en terre. Je parie que Brad les a donnés à manger aux chèvres.

— Aux chèvres ?

— Ce sont des toggenburgs. Elles sont tellement belles ! Et douces. Comme des bébés. Quand elles reviendront à la ferme, elles te feront craquer.

— Je ne sais pas comment tu arrives à tout gérer, même quand tu es patraque. Les enfants, les chèvres, le potager, les poules, sans compter le chenil ! Je ne me vois déjà pas m'en sortir avec un bébé, alors avec tout ça, encore moins.

— Tu oublies les chevaux…

— Misère !

Rilla lui tapota la main.

— Tu verras, tu vas t'en sortir comme un chef. Tu as l'énergie, la volonté, et tu es une vraie mère poule. En plus, ton mari sera là pour t'aider.

Harmony tenta de se représenter la scène, sans succès. Peut-être jugeait-elle Davis un peu vite, mais elle n'arrivait pas à se l'imaginer en train de changer un bébé ou de le bercer pour l'endormir.

— Comment as-tu su que tu voulais tout ça ? demanda-t-elle à Rilla. Tu t'es coulée là-dedans petit à petit ?

Elle-même ne pouvait envisager son avenir qu'au jour le jour.

— Avec Brad, nous parlions de l'avenir alors qu'il était encore étudiant en fac. Il adore le droit et il adore la ferme. Moi, je n'aimais que la ferme. On en a conclu qu'il pouvait être avocat la semaine et fermier le dimanche, et que, le reste du temps, ce serait moi qui m'occuperais de la ferme. Ça représente beaucoup de boulot, mais nous adorons cette vie-là et les garçons aussi.

— J'aime beaucoup être ici. C'est si paisible…

Harmony s'installa à la table et entreprit d'équeuter la dernière passoire de fraises.

— Il y a une différence entre le calme tel que celui-ci et le calme qui régnait chez moi, quand j'étais petite. C'était un calme diplomatique, le silence qui se fait quand on craint de faire du bruit, de peur que se produise une catastrophe. Tandis qu'ici, c'est un calme qui incite à s'arrêter pour tendre l'oreille. Je m'y ferais sans problème.

— Pourquoi est-ce que tu ne reviendrais pas demain ? Les garçons seront de retour, tu pourras enfin faire leur connaissance. Ma mère apporte le repas, ce n'est pas quelqu'un de plus qui va la déranger. Après, nous pourrons nous installer sous la véranda, tu verras le boucan qu'il peut y avoir, le soir, entre les grenouilles et les grillons ! Mais ça reste paisible.

— Ça me plairait beaucoup, mais mon…

Harmony n'arrivait toujours pas à dire « fiancé ». Elle n'arrivait toujours pas à croire que Davis et elle s'apprêtaient à organiser leur mariage.

— … mon copain et moi, on a prévu d'aller voir des bagues. Sa boîte donne un repas au Country Club d'Asheville et il aimerait annoncer nos fiançailles là-bas.

— Tu dois être tout excitée !

Non, Harmony ne l'était pas du tout, sans qu'elle sache vraiment pourquoi. Davis s'était mis en quatre pour lui prouver le sérieux de son engagement. Aujourd'hui, elle était venue chez Rilla dans son nouveau SUV, et l'essai s'était révélé plus que concluant.

Toutes ses inquiétudes étaient désormais sans fondement. Elle et son enfant ne seraient pas seuls au monde. Dès qu'elle pourrait laisser le bébé quelques heures par jour, Davis lui avait même proposé de reprendre des études, un BTS par exemple.

— Brad pourra peut-être me conseiller, dit-elle pour changer de sujet. J'aimerais bien devenir assistante juridique. En fait, mon véritable souhait serait d'être avocate, mais c'est sans doute trop demander.

— Pourquoi donc ?

— Ça m'étonnerait que Davis apprécie ce genre de compétition.

Elle ne savait trop d'où lui venait cette idée-là, mais Rilla se contenta de hocher la tête.

— Il aime être le boss à la maison ?

Harmony le craignait.

— Et Brad ? Il est comme ça, lui aussi ?

— Pas vraiment, non.

— C'est une bonne chose, non ?

— Tu sais, chaque couple est différent.

Harmony s'interrogeait. Chaque fois qu'elle pensait avoir pris la bonne décision en acceptant d'épouser Davis, elle n'en était plus si sûre la minute suivante. Davis voulait que le mariage ait lieu rapidement, avant que sa grossesse ne devienne trop visible. Les gens n'auraient qu'à faire le calcul pour découvrir la vérité, mais seuls les plus conservateurs s'en soucieraient.

— Et pourquoi le droit ? s'enquit Rilla.

— Ma foi, disons qu'à mon modeste niveau j'aimerais protéger les femmes. De la violence, des personnes qui abusent d'elles, tu vois… Peut-être changer les lois de façon à ce qu'elles aient davantage de recours.

Rilla, qui était au courant de l'enfance qu'avait connue Harmony, ne s'en étonna pas outre mesure.

— Et travailler dans le social ?

— Non. La loi peut être un instrument puissant entre les mains d'une femme puissante.

— Waouh…

Harmony leva les yeux et sourit d'un air contrit.

— Non que je puisse en devenir une. De femme puissante. Mais ce serait mon but, en tout cas. Si je pouvais mener ce genre de vie, je veux dire…

— Si tu veux mon avis, on mène la vie qu'on choisit de mener.

— Peut-être.

— Evidemment, je n'ai pas choisi ce qui m'arrive, admit Rilla. Je n'ai jamais eu l'intention de rester couchée sur un lit d'hôpital. Mais, à partir de maintenant, il va me falloir trouver une voie différente pour arriver à mes fins.

— C'est-à-dire ?

— En premier lieu, je veux récupérer mes enfants, bien sûr. Et je veux aussi retrouver mes animaux. Et mes potagers. Et ma vie !

Elle inspira profondément, puis vida ses poumons.

— Mais le tout en temps voulu. Je sais que ça va arriver. Je dois simplement garder l'œil fixé sur mon objectif.

Quelques heures plus tard, Harmony réfléchissait aux paroles de Rilla en roulant vers la ville et le Cuppa. Son objectif le plus immédiat était de veiller au bien-être de son enfant ; une fois qu'elle serait la femme de Davis, ce point-là serait assuré. Mais se pouvait-il qu'elle se sous-estime ? Qu'elle sous-estime Davis ? Si elle lui faisait part de son envie de s'inscrire en fac de droit, la surprendrait-il par sa réaction ?

Quand elle prit son service au Cuppa, l'établissement commençait à se remplir. Ray avait mis au point un menu spécial amuse-bouches qui avait augmenté l'affluence à l'heure de l'apéritif, au même titre que sa bière et sa carte des vins.

— Occupe-toi de la six, d'accord ? lui demanda Stella. Je prends la relève de Rolfe. Il est débordé, le pauvre. Si ça continue, il va peut-être falloir que tu viennes une demi-heure plus tôt.

Harmony espérait bien que non. La *happy hour* n'engendrait guère de pourboires. Elle se lava les mains, puis se dirigea vers la table de quatre personnes, au milieu de la salle. Elle se présenta et expliqua aux clientes qu'elle s'occuperait désormais d'elles. Le groupe était composé de jeunes femmes, plus âgées qu'elle, mais pas trop. Elle prit une nouvelle commande de boissons et leur promit de revenir avec une corbeille de minicrêpes fourrées, spécialité de Ray. L'une des jeunes femmes lui disait vaguement quelque chose, mais ce ne fut qu'une demi-heure plus tard, quand la foule de la *happy hour* se fut clairsemée et que Harmony se préparait pour le coup de feu du dîner, que celle-ci s'approcha d'elle.

— Anne Sanders, dit-elle en lui tendant la main.

Elle était menue, brune et sûre d'elle.

— Je me demandais d'où je te connaissais. Tu es la copine de Davis Austin, n'est-ce pas ?

Harmony se souvint alors de l'endroit où elle avait croisé cette femme.

— Et ton copain travaille dans la même boîte que lui. Mais j'ai oublié son nom.

— Ricky. Ricky Brown.

Harmony lui serra la main, même si le geste paraissait un peu cérémonieux au vu des circonstances.

— Enchantée de te revoir.

— Je ne savais pas que tu étais serveuse ici. J'adore le Cuppa.

— C'est un endroit sympa pour travailler.

— Tu assisteras au dîner chicos organisé au Country Club, à la fin du mois ?

Anne lui posa la question avec une grimace, ne faisant pas mystère de son opinion.

— Je pense que nous irons, oui.

— Oui, hein, on ferait mieux d'y aller ? Ton Davis s'est fait chapitrer là-dessus comme mon Ricky.

Harmony opina, faisant mine de comprendre.

— Tu veux dire qu'il leur faut se montrer aux manifestations parrainées par le cabinet comptable ?

— Ma foi, voilà qui est formulé avec tact ! C'est surtout pour que les patrons puissent nous examiner à la loupe, oui !

Harmony aurait bien aimé savoir où Anne voulait en venir, mais la meilleure façon de l'apprendre n'était sans doute pas de le lui demander bille en tête. Parfois, faire semblant d'être dans la confidence est le meilleur moyen d'obtenir des renseignements.

— Ah, toi aussi, tu as cette impression ?

— Ma foi, Ricky me rapporte chacun des sermons qu'il se prend…

Anne imita la voix grave d'un des associés.

— « La réputation du cabinet au sein de la communauté… » « Le genre de jeunes femmes et de jeunes hommes par qui nous voulons être représentés… » « Les valeurs qui importent à notre cabinet… » « Les valeurs qui importent à nos clients… »

— Ça fout la trouille, hein ? dit Harmony.

Anna reprit sa voix normale.

— Pour moi, c'est le seul but de ce dîner. Les patrons du cabinet comptable représentent les habitants les plus conservateurs de la ville, ils vivent dans la peur que quelqu'un puisse arborer un tatouage, porter des sandales au boulot ou avoir une liaison extraconjugale. Si tu veux mon avis, ils cherchent à faire le tri dans le cheptel.

— Le cheptel ?

— D'après Ricky, ils doivent resserrer les boulons et licencier quelques personnes par-ci par-là. C'est pourquoi ils essaient de découvrir ceux qui collent à la mentalité de la boîte et ceux qui risquent de poser problème à l'avenir.

Elle baissa la voix.

— Il se demande même s'ils n'ont pas engagé un professionnel pour mener leur petite enquête.

— Non, sans blague ?

— Réfléchis. S'ils engagent une brebis galeuse ou s'ils en gardent une parmi eux, et qu'ils s'en rendent compte trop tard, soit c'est leur réputation qui trinque, soit ils se retrouveront avec un procès sur les bras quand ils essaieront de se débarrasser de lui. Et je dis bien de « lui », parce que, si tu regardes bien, les femmes n'ont pas beaucoup d'avancement, dans ce cabinet.

— Tu as raison, répliqua Harmony, même si elle n'avait pas pris garde à tout cela lors des quelques événements auxquels elle avait assisté. Et Ricky, il se sent à l'abri ?

— Ricky est du genre électron libre.

Harmony avait l'impression que cette expression signifiait deux choses. La première, que Ricky était déjà à la recherche d'un emploi dans lequel il s'épanouirait davantage ; la seconde, que s'il ne s'attelait pas lui-même à cette tâche, alors qu'il était encore confortablement salarié, il devrait peut-être s'y mettre une fois qu'il aurait été remercié. Sans doute dans un proche avenir.

Davis, lui, venait d'obtenir une augmentation…

— Davis se plaît bien au sein du cabinet, avoua-t-elle.

Anne parut soucieuse.

— Je vois. Tu ne lui diras rien de notre conversation, hein ?

Harmony songea qu'Anne en avait déjà trop dit, surtout si Ricky souhaitait conserver son job, mais elle la rassura :

— Ni à lui ni à personne. Motus et bouche cousue.

— Davis me donne l'impression d'être assez conventionnel, comme type.

Anne laissa passer quelques secondes, le temps de détailler Harmony.

— Je n'aurais pas cru que tu l'étais, toi aussi.

— Apparemment, Davis me croit capable de m'adapter à ce milieu.

Elle acheva sa phrase mentalement.

Surtout une fois que nous serons mariés et que notre enfant portera le nom de son père.

— Eh bien, souhaitons-nous bonne chance ! conclut Anne. Au moins, on pourra se revoir au dîner.

Elle la salua d'un petit geste de la main et repartit vers l'entrée où l'attendaient ses amies.

Davis accepterait-il d'être vu en compagnie d'Anne et de Ricky au Country Club, ou les éviterait-il en public, se sachant épié par des instances supérieures aux aguets du moindre faux pas ?

Davis… qui voulait annoncer leurs fiançailles au cours du repas.

Se pouvait-il qu'après leur mariage l'enfant qu'il avait conçu par inadvertance puisse représenter un avantage pour sa carrière ? Une preuve de son installation dans la communauté ?

Et puis il y avait le scénario opposé. Davis, devenu père hors des liens du mariage, payant une pension alimentaire à la suite d'une aventure sans importance — toutes choses sans doute faciles à découvrir au moyen d'une enquête de routine… Davis, élément indésirable dans un cabinet comptable à la morale conservatrice.

Pour la première fois depuis des semaines, les odeurs familières du Cuppa lui retournèrent l'estomac.

Ethan eut la sagesse d'attendre le moment propice pour donner à Taylor la lettre de Charlotte. L'absence de Maddie déchirait le cœur de sa fille, il le savait. L'épilepsie de Maddie et l'âge auquel Taylor était devenue mère les avaient rapprochées, tous les deux, même si le contraire aurait tout aussi bien pu se passer, n'eût été la détermination de Taylor à être une mère parfaite.

En l'occurrence, le monde de Taylor était axé autour de sa fille, et Ethan voulait lui laisser le temps de s'habituer à son absence avant d'aborder le sujet de sa mère. Une semaine après le départ de Maddie, il l'invita à manger des tacos, son plat préféré quand elle était petite. Il fit mijoter une casserole de haricots noirs relevés d'ail et d'oignon pendant qu'il composait une salade de laitue, de tomates et d'avocat, et posa le tout sur un plateau. Il avait déjà préparé du *pico de gallo* et émietté de l'authentique *queso fresco.* Les tortillas provenaient de chez un traiteur de Patton Avenue qui ne les vendait qu'au kilo, mais Ethan ne dédaignait pas à l'occasion de graisser la patte à un inconnu pour arriver à ses fins.

Taylor arriva les dents en avant, chargée d'un pack de six Negra Modelo. Ils dressèrent la petite table qui donnait sur le cerisier du Japon dont la floraison était encore spectaculaire le mois précédent.

Taylor achevait de lui raconter sa sortie en ville avec ses élèves du cours de yoga.

— J'étais là, essayant de m'intégrer à la bande, et je n'avais pas la moindre idée de ce qu'il me fallait faire. J'étais la plus jeune du groupe, mais j'avais l'impression d'être leur grand-mère. Un type a voulu m'offrir un verre et je n'ai même pas réussi à dire oui, parce que je ne sais pas trop ce que ça implique, de nos jours.

— Ma foi, c'est bien le seul domaine où je suis incapable de te conseiller !

Elle eut une grimace ironique.

— Je devrais peut-être demander à Jeremy. Il doit être au courant, lui…

— Ça t'ennuie qu'il se marie ?

— Non, ce qui m'ennuie, c'est que Willow devienne la belle-mère de Maddie. Je n'ai strictement rien contre elle, hormis le fait que c'est une espèce de Dolly Parton en devenir, mais c'est sans doute que je ne veux pas partager ma fille.

Elle parvint à lui adresser un faible sourire.

— Maddie est le seul enfant que j'aurai jamais, à moins qu'entre-temps je ne sois arrivée à laisser un type me payer une bière.

— Ecoute, Taylor, je vais te dire quelque chose, et puis je changerai de sujet parce que ce n'est pas à un papa de parler de ces choses-là à sa fille. Il y a de meilleurs endroits qu'un bar pour rencontrer des hommes mais, pour en trouver, tu dois d'abord penser à toi, pour changer.

— Je pourrais me mettre à la randonnée. C'est comme ça que tu as rencontré Judy.

— Et regarde comment ça s'est terminé…

— Elle me téléphone encore de temps en temps.

— A moi aussi. Amis pour la vie !

Il se demanda si Taylor amenait insensiblement la conversation sur sa *première* femme et croisa les doigts pour que ce soit vrai.

— J'aime bien Judy, dit-elle comme si elle exprimait sa pensée à voix haute. Quand Maddie était petite, elle était là chaque fois que j'avais besoin d'elle. Mais elle a vraiment tout bousillé en décidant de retourner à Chicago. Elle a quitté l'homme le plus merveilleux du monde, uniquement parce que le Midwest lui manquait ! C'est dur à avaler.

Ethan sortit une tortilla de son emballage en aluminium et entreprit de la recouvrir des différentes garnitures.

— Je crois que tu te fais une drôle d'opinion de moi, Taylor. Je n'avais rien du mari idéal. Je ne l'ai jamais été. Avec Judy, nous avions nos problèmes, et avec ta mère aussi. Judy s'est rendu compte qu'elle avait besoin d'une grande ville et d'une autre stimulation que celle qu'elle avait ici. Je n'étais pas d'accord pour déménager, et elle n'était pas d'accord pour rester. Ça en dit long sur chacun de nous, tu ne crois pas ?

— C'est *ici* qu'elle t'a rencontré. Tu avais toutes les raisons de penser qu'elle voulait y vivre. Pour moi, c'est la preuve que les torts étaient de son côté.

— Rien n'est jamais aussi simple, dans la vie.

— Est-ce que tu essaies de me dire que tu n'as rien fait pour que ça marche ?

— Je n'y ai peut-être pas mis suffisamment du mien, en effet.

— Ma foi, tu as fait beaucoup d'efforts avec ma mère. J'étais là, je te signale ! Tu as fait des compromis, renoncé à tout un tas de tes envies, et tout ça pour quoi ?

Il leva la tête de son taco et planta son regard dans celui de sa fille.

— Taylor, ça ne s'est *pas du tout* passé comme ça. Tu étais jeune, à l'époque, et aujourd'hui tu considères mon union avec ta mère d'un œil désabusé. Mais je l'ai aimée à la première seconde où je l'ai vue, et tout ce que j'ai fait, tout ce à quoi j'ai renoncé, comptait moins à mes yeux que sa personne. C'est ça, l'amour.

— Je crois que nous devrions changer de sujet.

— Je sais que ça n'est pas facile pour toi, dit-il avec prudence, mais peut-être est-il temps que nous parlions de cette époque. Parce que nous avons eu des bons moments, ma chérie. Peut-être pas parfaits, peut-être pas faciles, mais bons.

— Je peux te dire de quoi je me souviens. Ma mère essayant par tous les moyens de nous changer, tous les deux. Elle n'était jamais contente de ce que nous étions. Elle voulait qu'on soit différents, qu'on soit à la hauteur de ses critères pour pouvoir tirer fierté de nous. Mais c'était perdu d'avance, parce qu'elle plaçait la barre trop haut !

Ethan s'assura qu'elle avait fini sa diatribe avant de répondre.

— Si tu veux mon avis, elle serait la première à te donner raison. Ce que tu dis n'est pas entièrement vrai, mais, par endroits, si. Le fait est que ta maman essayait de tout réussir, pas seulement pour elle, mais aussi pour nous. Son enfance avait été très difficile, et elle s'en était échappée en s'élevant dans la société par la seule force de sa volonté. Elle ne supportait pas l'idée que tu puisses vivre ce genre d'épreuve, jamais. C'est ainsi que nombre de ses actions étaient dictées par cette peur.

Taylor resta silencieuse un moment avant de hausser les épaules.

— Je m'en fous.

— Je ne te crois pas. C'est ta mère, Taylor. Elle t'a tenue sur ses genoux, t'a lu des histoires et a arpenté la maison en te berçant quand tu étais malade. Pour ton quatorzième anniversaire, elle t'a emmenée à New York voir *La Belle et la Bête* — une virée entre mère et fille, parce que tu voulais à tout prix voir Broadway, Central Park et la statue de la Liberté. Tu n'as parlé que de ça pendant des mois. Et elle t'a acheté ces magnifiques boucles d'oreilles en diamant chez Tiffany, tu te souviens ? Elle t'avait dit que ces diamants étaient comme notre amour pour toi, purs et étincelants, un de ma part, l'autre de la sienne, et que nous serions avec toi chaque fois que tu les porterais.

Taylor leva les yeux au plafond.

— Je ne sais pas bien pourquoi tu prends sa défense. Oui, tu as raison, elle ne me battait pas. Elle ne m'enfermait pas à double tour dans un placard sombre. Mais, même durant ce week-end à New York, j'ai dû porter les vêtements qu'elle voulait que je porte, faire du shopping dans les boutiques où elle voulait qu'on aille, manger le menu qui lui semblait le meilleur à elle. J'avais quatorze ans, j'étais folle de joie de passer tout un week-end avec elle mais, au bout du compte, il me tardait de rentrer, juste pour pouvoir m'éloigner d'elle.

— Attitude typique d'une adolescente de quatorze ans. Mais ce n'est pas ainsi que tu as parlé de ce week-end, Taylor. Jamais. Tu es sûre de ne pas déformer la réalité, maintenant, afin que ça ne soit plus pour toi un souvenir douloureux ?

A sa décharge, sa fille ne répliqua pas tout de suite. Enfin, elle secoua la tête.

— Je ne vois pas où tu veux en venir.

— Je ne voulais pas l'amener ainsi, chérie. Mais la conversation s'est orientée sur ta mère et nous nous retrouvons à discuter du passé. Je pense donc que le moment est bien choisi pour te dire que nous nous sommes parlé deux fois, elle et moi, depuis la chute de Maddie. Elle a changé, Taylor. Radicalement. Elle est consciente des erreurs qu'elle a commises. La plus grosse, évidemment, a été d'user de contraintes envers toi quand elle a appris que tu étais enceinte. Mais j'ai fini par comprendre qu'elle était paniquée, si inquiète des conséquences de cette grossesse sur ton avenir qu'elle aurait fait n'importe quoi pour te protéger.

— Me protéger ? De mon propre enfant ?

— Tu vas peut-être me dire que devenir mère à dix-sept ans a été la meilleure chose que tu aies faite ? Que c'était le bon moment pour ton enfant et toi ? Que ça n'a pas influencé chaque minute de ta vie depuis ? Bien entendu, Maddie est un don du ciel et tu es une mère formidable. Mais essaie de te mettre à la place de ta mère. Et si Maddie t'annonçait à seize ans qu'elle est enceinte ? Tu serais emballée par l'idée qu'elle veuille garder l'enfant et l'élever ? Si elle quittait le lycée ? Si tous tes rêves et tes espoirs pour elle étaient soudain pulvérisés ?

— Je peux te dire que *jamais* je n'aurais regretté la naissance de son enfant !

— Il s'agit d'un malentendu. Nous avons compris de travers, tous les deux. Ta mère regardait avec désespoir Maddie reliée à tous ces tuyaux, à toutes ces machines qui bipaient et injectaient de l'air dans ses petits poumons. Tout ce qu'elle voulait dire, c'est que Maddie n'aurait pas dû souffrir autant, que c'était trop lourd pour un si petit bébé.

— Ça, c'est ce qu'elle dit !

Taylor posa enfin la fourchette qu'elle tenait en l'air.

— Donc, si j'ai bien compris, ma mère et toi, vous vous adressez de nouveau la parole.

— Elle a essayé de te parler *à toi aussi*, à l'hôpital.

— Où elle n'aurait jamais dû se trouver…

— Et elle essaie de nouveau.

Ethan se leva, alla à son bureau et sortit la lettre de Charlotte d'un tiroir. Revenu à table, il la tendit à Taylor.

— Elle m'a confié ceci. Je lui ai dit que ce serait plus facile pour toi de lire ce qu'elle avait à te dire. Que tu aurais peut-être besoin de temps pour y réfléchir, avant que vous n'en discutiez toutes les deux.

Taylor ne prit pas l'enveloppe.

— Il est hors de question qu'on se parle.

— Tu lui manques. Elle t'aime. Elle veut que Maddie et toi fassiez de nouveau partie de sa vie. A tes conditions.

— A mes conditions ? A *aucune* condition ! La situation est très bien telle qu'elle est.

— Non, c'est faux, répliqua Ethan en posant la lettre sur la table, à côté de Taylor. Tu as coupé les ponts avec ta mère. Maddie ne connaît pas sa grand-mère maternelle. Il est temps de guérir cette blessure.

— On se retrouve dans la même situation qu'à l'époque où vous étiez encore ensemble. Charlotte parlait, et toi, tu l'écoutais et tu lui obéissais en tout. Tu as *toujours* été bouche bée devant elle. Tu l'as toujours portée au pinacle — à tort.

Ethan ne se souvenait pas d'avoir vraiment été en colère contre sa fille. Certes, il avait été contrarié par ses bêtises d'enfant et extrêmement malheureux d'apprendre sa grossesse, mais le sentiment qui le submergeait maintenant était tout autre. Il attendit que la première vague se retire, puis parla lentement, en pesant chacun de ses mots.

— C'est peut-être *toi* que j'ai eu tort de porter au pinacle, Taylor. Parce que, jusqu'à maintenant, je pensais que tu avais suffisamment bon cœur et suffisamment de maturité pour être objective quand la situation l'exigeait.

— Alors, là, je n'en crois pas mes oreilles !

— Eh bien, écoute-moi, alors. La vie m'a appris que tout le monde a droit à une seconde chance. Tu as eu la tienne à la naissance de Maddie. On t'a donné la chance de grandir et de devenir la maman d'une merveilleuse petite fille, bien que tu aies commis une énorme erreur en tombant enceinte.

— Parce que, pour toi, Maddie est une erreur ?

— Je pense que cette *grossesse* était une erreur, oui. Une grossesse que tu aurais pu éviter si tu n'avais pas été si obnubilée par ton désir d'en remontrer à ta mère. A l'époque, je t'ai soutenue par tous les moyens, malgré l'énormité de la situation, et j'ai abandonné ta mère pour cela. Je ne le regrette pas mais, à présent, c'est à ton tour de faire un pas vers elle.

Taylor semblait abasourdie.

— Mais qu'est-ce qu'elle t'a raconté *exactement* ? Parce que ce discours ne te ressemble pas.

— Pourtant, je te prie de croire qu'il est de moi. A cent pour cent.

— Et voilà ! A peine resurgit-elle dans notre vie qu'on se dispute. Ça ne te frappe pas, ça ?

— Elle resurgit dans notre vie, et aujourd'hui, pour la première fois, je vois clairement toutes les erreurs que nous avons commises, Taylor.

Elle se leva et s'appuya contre la table.

— Je ferais peut-être mieux de rentrer chez moi.

Il ne chercha pas à l'en dissuader.

— Peut-être, oui. Mais ne pars pas sans cette lettre, parce qu'elle t'appartient. Tu peux en faire ce que tu veux, c'est ton affaire, mais je refuse d'être plus longtemps au centre de ce conflit familial. Dorénavant, ça se jouera entre ta mère et toi. J'espère que vous trouverez un moyen de résoudre votre différend. Et, franchement, j'espère que tu trouveras le courage et la bonté de la laisser réintégrer ta vie. Parce que c'est sa place.

Taylor s'écarta de la table, condescendit à prendre la lettre et la fourra dans la poche de son jean. Puis elle lui adressa un bref salut de la tête en passant devant lui. Ethan ne se tourna pas pour la regarder s'en aller mais, lorsque la porte se referma sur elle, ses épaules s'affaissèrent.

— Oh ! Charlotte…, murmura-t-il. Quand est-ce que nous en verrons la fin ?

31

Journal du Premier Jour : 11 juin

Après la première biopsie de moelle osseuse, j'ai su que je ne pourrais pas éternellement dissimuler ma leucémie. Aujourd'hui, au moment d'entamer ma seconde chimio, je prends conscience que je dois annoncer ma maladie à mes amis et à mes collègues, afin qu'ils puissent se préparer à ce qui va advenir. Je ne sais pas comment m'y prendre.

La dernière fois que je l'ai vue, la révérende Ana a mentionné ma liste de souhaits à réaliser avant de mourir. Pour moi, pas d'expédition en Antarctique, de balade au-dessus de la canopée de Bornéo, de peinture de couchers de soleil sur la mer. Je veux trouver le moyen de continuer à vivre après ma mort. Je veux contempler avec le sourire l'héritage que je laisse derrière moi.

Je suis contente d'avoir parlé de Gwen à Analiese. Ainsi que je le pensais, elle a compris, mais je ne lui ai pas tout dit. Je ne lui ai pas parlé de mes réveils en pleine nuit pendant lesquels je perçois une présence dans ma chambre. Peut-être s'agit-il de ma certitude grandissante de ne pas être seule dans cette épreuve, que des mains m'assistent et me consolent au cours de ce voyage. Je souris toute seule : je suis une chrétienne qui perçoit dans son cœur et dans sa vie la présence d'une déesse bouddhiste. Je m'émerveille devant les limites de notre compréhension, et devant la fragilité des murs que nous érigeons pour nous séparer des gens et de la sagesse universelle.

Tant de choses demeurent inaccessibles à notre esprit ! Mais il y en a au moins une que je comprends : tout cela n'a aucune espèce d'importance.

32

Charlotte s'étonnait encore de voir avec quelle rapidité la situation pouvait évoluer, même lorsqu'elle ne faisait pas le forcing pour donner forme à ses projets. Moins d'une semaine s'était écoulée depuis qu'elle avait parlé à Analiese de son idée de salle de jeux pour le dispensaire, et voilà qu'avec Samantha elles regardaient l'équipe de déménageurs bénévoles faire rouler la dernière des armoires à dossiers vers une pièce au fond du hall, de façon à ce que le local puisse être nettoyé avant la venue des peintres — également bénévoles — prévue pour le lendemain.

Elle s'écarta de manière à ne pas gêner le passage.

— Je n'arrive toujours pas à croire que le Cercle des femmes ait appuyé le projet si rapidement. Pour être franche, je pense qu'elles étaient en bisbille. Elles avaient deux projets à l'étude, dont aucun n'emballait personne. Mais vous savez comment sont les choses... Un groupe s'est rangé au premier projet, l'autre au second. Là-dessus, la révérende Ana est arrivée avec un troisième projet sous le bras, et personne n'a perdu la face.

Samantha ramassa les documents qui avaient glissé sous l'une des armoires, les parcourut rapidement et les jeta dans la corbeille à papier qui n'avait pas encore été emportée.

— Quoi qu'il en soit, c'est formidable. Et ces dames n'ont rien trouvé à redire au vert pomme choisi par le personnel ? Le rose est censé être la couleur la plus apaisante — quelqu'un a vérifié —, mais nous avons eu peur que les petits garçons ne veuillent pas aller dans une salle de jeux rose.

— Ce sera très bien. Nous pourrons peindre les meubles de

couleurs vives, en turquoise et violet, par exemple. A mon avis, l'équipe qui vient demain ne fera pas grand-chose, à part appliquer un apprêt sur les murs, mais ce sera un début. Ça ne vous ennuie pas si je reste ici pour superviser les travaux ?

Samantha lui lança un de ses sourires de top-modèle.

— Franchement ? Je suis loin d'être ravie à l'idée de passer mon week-end au dispensaire ; en revanche, je vais *adorer* ce qui va en résulter. Ça facilitera la vie à tout le monde et m'aidera à faire face.

Charlotte regrettait que Samantha doive renoncer à son congé de fin de semaine mais, en tant que directrice, elle ne pouvait autoriser la présence des bénévoles au dispensaire sans surveillance, même si toutes les portes du couloir étaient fermées à clé.

— Si vous avez à faire, Samantha, je peux très bien me charger de nettoyer le local toute seule, proposa Charlotte. J'ai apporté des chiffons et du phosphate trisodique — c'est un produit censé dégraisser les murs afin que l'apprêt s'étale plus facilement.

— Oh ! ça ne me dérange pas de me salir les mains. Et plus tôt nous aurons fini, plus vite nous pourrons regagner nos pénates. Vous avez remarqué la chaleur qui règne ici ? Le week-end, nous baissons le thermostat pour faire des économies. Et ouvrir les fenêtres ne sert à rien.

Charlotte se réjouit d'entendre cela. Elle ne souffrait donc pas d'une bouffée de chaleur anormale. La météo prévoyait pour Asheville une journée exceptionnellement chaude pour la saison. Les températures étaient censées dépasser les vingt-six degrés dans l'après-midi, sans le moindre rafraîchissement en vue avant la semaine prochaine.

— Dès que les hommes auront fini, je m'attaque au lessivage des murs, annonça-t-elle.

— J'étais en train de penser que chez moi m'attendaient une délicieuse douche bien fraîche et un grand verre de thé glacé…

— Sans oublier la clim !

Samantha fit la grimace.

— Ah, non, pas la clim ! Je l'ai branchée la semaine dernière — elle s'est mise à pousser des miaulements de chatte en chaleur et couic, rideau ! J'ai fait venir le propriétaire, le propriétaire a fait venir des réparateurs, les réparateurs ont fait venir un vendeur et le propriétaire a sorti son portefeuille. On m'en installe une toute neuve, mais pas avant la semaine prochaine.

— Je sais comment arranger ça.

— Je ne demanderais pas mieux, Charlotte, mais il n'y a pas moyen de réparer cette saleté. D'après le vendeur, c'est une pièce de musée.

— Oui, mais moi, je peux au moins arranger votre soirée. Venez chez moi avec Edna. Vous pourrez profiter de la piscine. 17 heures, ça vous va ? Nous ferons des grillades au barbecue. Cela me ferait très plaisir de vous avoir.

— Ça sonne comme un ordre…

— Pour moi, ça sonne comme une soirée piscine. C'est le jour de repos de Harmony, et si je l'appelle maintenant, elle invitera des amies et fera les courses pour le repas. Peut-être que la révérende Ana se joindra à nous. Je lui passerai un coup de fil, à elle aussi.

— Ma foi, Edna va sauter de joie.

— Dites-lui donc d'amener une amie, elle s'amusera encore plus.

— Vous êtes bien sûre, Charlotte ?

— Sûre et certaine.

Une fois la dernière armoire à dossiers évacuée du local, elles examinèrent ce qu'il restait. Des moutons de poussière, des ombres graisseuses aux murs, des trous dans les plaques de plâtre.

— Il y a du boulot, fit remarquer Samantha.

— A vos marques, prêts…

Une heure après le départ des déménageurs, la poussière avait elle aussi disparu, et deux murs avaient été lessivés. Charlotte avait besoin d'une pause. Avant sa maladie, elle était infatigable. A présent, il lui fallait s'arrêter toutes les cinq minutes pour se reposer. Samantha, perchée sur un escabeau, nettoyait la partie haute, tandis que Charlotte se déplaçait à genoux le long du mur pour lessiver le bas. Elles avaient pris un bon rythme, mais le travail avançait lentement.

Samantha descendit de l'escabeau pour faire elle aussi une pause.

— Ma mère va venir déposer Edna dans quelques minutes. Elle pourra nous donner un coup de main.

— Votre mère ?

— Non, Edna. Maman a un entretien d'embauche, c'est pour ça qu'elle ne pouvait pas garder la petite toute la journée.

Charlotte se demanda si Georgia Ferguson savait que c'était *elle* qui aidait sa fille. Elle passa rapidement en revue toutes les réactions possibles pour trouver la bonne.

— Il y a bien longtemps que je n'ai pas vu votre mère.

— Je lui ai parlé de la salle de jeux. Elle sait que vous êtes là aujourd'hui.

— Je ferais peut-être mieux de m'en aller avant qu'elle arrive, alors.

— Il n'y a pas de raison. Maman n'est certes pas votre plus grande fan, mais elle ne va pas non plus vous faire de scène.

— C'est que je ne voudrais pas…, commença à dire Charlotte.

Mais que ne voulait-elle pas, au juste ? Elle n'en savait rien. Pour finir, elle haussa les épaules et Samantha enchaîna :

— Maman m'apporte des sacs de magazines pour la salle d'attente, ce sont ses élèves qui les ont collectés pour nous. Il se peut qu'elle ait besoin d'un coup de main pour les transporter, et moi, je ne peux pas laisser le dispensaire. Ça pourrait vous donner l'occasion de bavarder quelques minutes ?

Charlotte n'ignorait pas qu'il était grand temps d'avoir une conversation avec Georgia, mais celle-ci y consentirait-elle ?

Quelqu'un tambourina à la porte principale et Samantha alla ouvrir. Charlotte se releva. Elle brossait de la main la poussière qui s'était accumulée aux genoux de son pantalon le plus élimé quand Edna déboula dans la pièce pour voir l'avancement des travaux. La fillette se jeta dans ses bras pour l'embrasser. Depuis qu'elle avait été là pour proposer son aide lors de la chute de Maddie, Edna considérait Charlotte comme son amie. Toutefois, elle n'avait pas encore compris que Charlotte était la grand-mère de Maddie, et c'était tant mieux.

— Berk, c'est dégueu ici ! s'exclama la petite en s'écartant. Je suis contente que vous nettoyiez tout ça.

— Oui, moi aussi. Et il paraît que tu vas nous aider à lessiver les murs ?

— En en mettant un coup, on aura vite fini. Qu'est-ce qu'il fait chaud, ici !

— Beaucoup trop chaud, admit Charlotte.

Edna fila dans le hall pour voir où étaient passées les armoires à dossiers, et Samantha, suivie par sa mère, entra dans la salle de jeux.

Georgia Ferguson avait une fine frange et des cheveux couleur cannelle qui lui arrivaient aux épaules. Elle ne devait pas avoir pris un seul gramme depuis la dernière fois que Charlotte l'avait vue, une douzaine d'années auparavant, et ses membres étaient bronzés et musclés. Visiblement, d'elles deux, c'était Georgia qui supportait le mieux les outrages du temps.

— Bonjour, Georgia. Je suis bien contente de vous revoir.

Georgia haussa un sourcil, l'air sceptique, mais hocha la tête.

— Sam m'a dit que l'église de l'Alliance aménageait une salle de jeux ici.

— Le Cercle des femmes, plus exactement. Elles viennent passer la sous-couche demain.

— C'est que m'a dit ma fille, oui. Mais je ne voudrais pas vous déranger dans votre travail…

Elle consulta sa montre pour bien leur faire comprendre qu'elle ne comptait pas rester.

— Charlotte serait ravie de t'aider à transporter le reste des magazines, assura Samantha.

— Oh ! Mais je ne…

— Ça me fait plaisir, coupa Charlotte. Vous permettez ?

L'hésitation de Georgia fut quasiment imperceptible, mais assez visible pour que Charlotte comprenne l'effort que lui coûtait le signe d'assentiment qu'elle lui adressa.

— Nous revenons dans une minute, dit Georgia à sa fille. Nous pourrons tout transporter en un seul voyage.

Charlotte la suivit sur le parking. Georgia portait un tailleur en jersey vert sauge avec un chemisier de soie. De toute évidence, cet entretien d'embauche comptait beaucoup pour elle. Elle se comportait comme une femme qui n'a pas de temps à perdre.

— Ce sont donc vos élèves qui ont collecté ces magazines ?

— Oui, ça leur fait gagner des points.

— C'est le meilleur moyen de faire du recyclage.

Elles arrivèrent à hauteur d'une berline Honda et Georgia sortir sa clé pour ouvrir le coffre.

— Les deux sacs sur la droite sont pour Mountain Medical. Le reste va à une maison de retraite.

— Georgia…

Charlotte posa la main sur son bras avant que celle-ci ait commencé à sortir les sacs du coffre.

— C'est Samantha qui a orchestré tout cela afin que nous puissions avoir une petite conversation, vous et moi.

Georgia lui fit face, les bras croisés sur la poitrine.

— Ça ne m'étonne pas. Elle aime que l'harmonie règne dans son entourage.

Dans sa volonté que ses paroles viennent du cœur, Charlotte n'avait pas répété de discours. A présent, elle regrettait de ne pas avoir mémorisé quelques phrases.

— Flûte ! dit-elle enfin. Il y a tant de choses dont je voudrais m'excuser auprès de vous, et je n'ai pas la moindre idée de la manière de m'y prendre…

— Franchement, je n'ai pas besoin que vous me disiez quoi que ce soit.

— Je sais que vous avez tourné la page, Georgia. Mais j'espère quand même que vous me laisserez vous dire certaines choses, dans notre intérêt à toutes les deux. En fait, cela peut se résumer ainsi : j'ai bien conscience d'avoir agi de façon extrêmement injuste, dans le temps, et je souhaiterais trouver un moyen de me racheter auprès de vous. J'ai joué un rôle décisif dans votre renvoi de l'académie de l'Alliance.

— Vous n'avez pas été la seule, Charlotte. Ne vous donnez pas trop d'importance.

Georgia avait prononcé ces mots sans animosité particulière et, pourtant, ils atteignirent Charlotte en plein cœur.

— Je sais, mais j'aurais pu prendre votre défense ; au lieu de quoi, je vous ai *enfoncée*, et sans ménagement. Je souhaitais votre départ de l'école. Je voulais pour ma fille une éducation sûre, conformiste et bien-pensante afin que sa vie soit à cette image. Mais le pire dans l'histoire, c'est que…

Le pire avait du mal à sortir, comme si, depuis tout ce temps, il lui était resté comme une arête en travers du gosier.

— Taylor était heureuse à l'école, à l'époque où vous faisiez en sorte qu'elle soit stimulée par des défis. Vous l'estimiez à sa juste valeur. Personnellement, je n'ai pas réussi à en faire autant. Après votre départ, nous avons engagé quelqu'un aux méthodes plus conventionnelles. Résultat ? Taylor n'a plus jamais voulu retourner au lycée.

— Ma foi, nous commettons tous des erreurs.

Georgia se retourna vers le coffre de la voiture et en sortit le premier sac de magazines.

— J'aimerais en être certaine, voyez-vous. Parfois, quand je regarde les autres, j'ai l'impression que leur vie est facile.

Georgia se redressa et lui tendit le sac.

— Vous croyez ? C'est que vous n'allez pas creuser très profondément, alors.

— Tout n'a pas été rose pour vous, je le sais. Vous avez eu du mal à retrouver du travail après votre licenciement.

Georgia se retourna.

— Charlotte, je vous le répète : vous vous accordez trop d'importance. Vous n'avez pas gâché ma vie. Il y a belle lurette que j'ai appris à ne pas laisser *qui que ce soit* me la gâcher. Il se trouve simplement que vous siégiez au conseil d'administration de l'académie l'année où on m'a renvoyée pour mes méthodes trop subversives. Après ça, je me suis relevée et j'ai finalement trouvé un poste d'enseignante auprès d'élèves en difficulté. Je gagne ma vie. Je continue à travailler avec des enfants. Parfois, même, il m'arrive de bousculer les idées préconçues de leurs parents, en souvenir du bon vieux temps. Mais mes élèves décrochent leur diplôme et entrent dans la vie active, où ils ne doivent leur réussite qu'à eux-mêmes. Peut-être qu'un jour mes résultats me vaudront un certain crédit et une autre occasion de mettre en œuvre mes prétendues méthodes anticonformistes, mais sinon…

Elle leva sa paume vers le ciel pour bien marquer l'indifférence que ce sujet lui inspirait.

Charlotte la crut de bout en bout, sauf sur ce dernier geste.

— Je ne peux pas revenir sur le tort qui vous a été fait, je le sais. Du reste, je me rends bien compte qu'il s'agit plus de moi et de mes besoins que des vôtres. Mais je veux quand même que vous sachiez que je regrette.

— Franchement, ça me fait une belle jambe, aujourd'hui.

Charlotte ne s'était pas attendue à une autre réaction.

— Mon amitié pour Sam et Edna va-t-elle vous poser un problème ? Parce que, dans ce cas, je me retirerai. Je ne veux plus causer de rancœur dans nos relations.

— C'est pour me prouver quelque chose que vous les fréquentez ?

La stupéfaction qui se peignit sur le visage de Charlotte fournit sa réponse à Georgia.

— Je crois pouvoir vous dire ce que ma fille a derrière la tête. En essayant de nous faire adopter son comportement d'adulte, elle espère nous faire gagner en maturité.

Mais se pouvait-il que Samantha espère également inciter son amie Taylor à prendre exemple sur elle ? Voilà la question que se posait Charlotte.

— Ma foi, peut-être y parviendrons-nous, admit-elle.

Georgia empoigna le second sac et referma le coffre.

Tandis qu'il patientait au bout du fil, le temps que Harmony fasse venir Charlotte, Ethan entendait des rires dans le lointain. Aussi, lorsqu'elle répondit enfin, en était-il à douter de l'opportunité de son appel.

— Je vois que le moment est mal choisi.

— Pas du tout, répliqua-t-elle. Au contraire, j'espérais bien que tu téléphonerais.

Ethan savait que, en annonçant à Charlotte que leur fille n'avait pas accepté sa lettre de bonne grâce, il ferait disparaître la gaieté que contenait sa voix. La colère de Taylor n'était pas quelque chose qu'on pouvait expliquer par téléphone.

— Est-ce que je pourrais passer te voir un de ces jours ? demanda-t-il. Il faudrait qu'on parle de Taylor.

De nouveau, il y eut un silence à l'autre bout du fil, comme si Charlotte assimilait toute la portée de sa question.

— Tu es occupé là, tout de suite ?

— Mais, Charlotte… tu n'as pas de la compagnie ?

— Personne que tu puisses déranger. En fait, tu seras le bienvenu. Apporte un maillot de bain !

Il allait décliner l'invitation quand sa curiosité prit le dessus.

— Tu donnes une fête et tu m'invites, *moi* ?

— Rien de formel, je t'assure. C'est parce qu'il fait très chaud, aujourd'hui. Allez, viens, je t'en prie.

Elle laissa passer une seconde.

— Pour me faire plaisir.

Le système d'alarme d'Ethan fonctionnait à merveille : tous les signaux se mirent à clignoter dans son esprit. Depuis l'après-midi qu'ils avaient passé ensemble dans son jardin, il s'était surpris à penser trop souvent à Charlotte. Les remparts qu'il avait édifiés s'écroulaient les uns après les autres, et les souvenirs des temps heureux en assaillaient les ruines, telles de vigoureuses plantes grimpantes. Il ne savait trop lesquels étaient les plus à redouter : les bons souvenirs ou les mauvais.

— Ecoute, Ethan, reprit Charlotte. Je comprends très bien que ça puisse te paraître étrange. Et, si cela te paraît vraiment *trop* étrange, n'y pense plus. Mais, sinon, pourquoi ne pas mettre le passé entre parenthèses le temps d'un après-midi, nous baigner dans la piscine et nous régaler de steaks ? Quand je me serai remise de ma journée de lessivage des murs, tu pourras me raconter la réaction de Taylor à ma lettre.

Ethan raccrocha. Comment était-il possible de faire abstraction du passé, alors qu'il ne cessait de les hanter tous les deux ?

Une heure plus tard, il pénétrait dans le hall d'entrée. La

porte avait été laissée entrebâillée, et de l'arrière de la maison lui parvenaient des rires et des claquements de placards que l'on ferme. Il se dirigea vers la cuisine, où il fut accueilli par Samantha Ferguson.

— Vu votre tête, vous ne vous attendiez pas à me voir ici ! dit-elle avec un grand sourire. Avec Charlotte, nous avons passé la journée à lessiver les murs du dispensaire. Et, maintenant, Edna et moi recueillons le fruit de notre labeur en profitant de sa piscine. Rendez-vous là-bas !

Elle brandit un verre de thé glacé en guise de salut et partit dehors.

Harmony ainsi qu'une jeune femme aux bras tatoués de serpents étaient aux fourneaux. Harmony, vêtue d'une robe paréo, coiffée de tresses africaines, remuait un plat qui sentait divinement bon.

— Je vous présente Glenda, dit-elle, elle fait un riz aux haricots rouges à tomber par terre. Elle me montre comment le préparer. Si vous mangez de la viande, il y a aussi des steaks hachés. Glenda, je te présente Ethan.

Glenda, dont le crâne s'ornait d'une courte touffe de cheveux bleus qui n'étaient pas sans rappeler les poils d'une brosse à dents, le salua d'un bref hochement de la tête et se remit à hacher des oignons.

— Charlotte ? demanda-t-il.

— Elle doit être au bord de la piscine avec Rilla et les chiots. Maintenant qu'ils ont ouvert les yeux, ils sont bien fichus de tomber à l'eau si on ne les surveille pas comme le lait sur le feu. Vous voulez boire quelque chose ? Nous avons des sodas au réfrigérateur et, dehors, il y a du vin blanc et de la bière.

Faisant demi-tour, il se retrouva nez à nez avec une femme en short noir et T-shirt rouge vif.

— Bonjour, je m'appelle Analiese Wagner. Je suis le pasteur de Charlotte.

Vu qu'il n'avait pas mis les pieds à l'église depuis une bonne douzaine d'années, Ethan se présenta, puis laissa la révérende en compagnie de Harmony et partit en quête de son ex-femme.

Il la trouva installée au bord de la piscine, en train de bavarder avec une femme en fauteuil roulant, qui tenait sur ses genoux une remuante boule de poils dorés. Charlotte leva la tête et lui fit signe de se joindre à elles.

— Ethan, je te présente Rilla Reynolds, l'éleveuse des chiots. Et voici Violin, sur ses genoux.

Ethan s'accroupit pour admirer le chiot et dire bonjour à Rilla.

— Elle est craquante, non ? dit Rilla. Toute la portée est adorable.

— Où sont les autres ? s'enquit-il.

D'un mouvement de la tête, Charlotte lui indiqua le coin de la terrasse où Edna et une petite fille qu'Ethan ne connaissait pas avaient aménagé une sorte d'enclos au moyen de sièges pliants. Les deux fillettes étaient assises à l'intérieur en compagnie d'une chienne golden retriever. Celle-ci ne semblait pas du tout pressée de récupérer sa progéniture.

— Rilla élève des chiots pour en faire des chiens de travail, expliqua Charlotte.

Après une hésitation, elle poursuivit.

— Certains d'entre eux peuvent devenir des chiens détecteurs de crise d'épilepsie.

Ethan commençait à comprendre.

— Tu pensais à Maddie ?

— C'est comme ça que j'ai fait la connaissance de Rilla.

Cette dernière expliqua à quel sort Velvet et ses chiots avaient échappé.

— C'est alors que Charlotte et Harmony ont proposé de la prendre, et d'élever ses chiots jusqu'à ce qu'ils soient sevrés et puissent être placés dans des familles d'accueil.

Ethan avait décidé de ne plus chercher à comparer la Charlotte qu'il avait épousée à la femme mystérieuse qui se tenait à côté de lui.

— Et comment ça marche ? demanda-t-il sans commenter l'étrangeté de la situation.

Rilla parut enchantée de continuer son explication.

— A l'âge de neuf ou dix semaines, les chiots sont séparés et chacun est envoyé dans une famille. Là, ils sont socialisés, éduqués à l'obéissance et préparés au champ d'activités pour lequel ils montrent le plus d'aptitudes.

Charlotte prit le relais.

— Rilla me disait justement que les chiots sont testés tout au long du parcours. On évalue leur niveau de confiance en eux, leurs réactions aux bruits violents, leur sens de l'adaptation et leur degré de sociabilité.

— Ça peut sembler contraire à toute logique, dit Rilla, mais, bien souvent, les chiots les plus dominateurs ne font pas de bons chiens de travail — ils veulent toujours tout contrôler. En revanche, si nous ne pouvons pas leur trouver un domaine d'application qui leur convienne, ils sont placés définitivement comme animaux de compagnie chez des familles qui acceptent de leur faire faire beaucoup d'exercice. D'un autre côté, les chiens calmes et craintifs ne font pas l'affaire non plus. Les chiots sont évalués à leur quarante-neuvième jour en foyer. A ce moment-là, ils ont atteint un développement complet, mais sont encore assez jeunes pour être malléables.

— Et est-ce qu'un de ces chiens pourrait vraiment être utile à notre petite-fille ? s'enquit Ethan.

— De tout un tas de façons, répliqua Rilla. Nous ne savons pas vraiment pourquoi certains chiens perçoivent l'imminence d'une crise. Certains bâtards des plus ordinaires en sont parfois capables tout seuls. Nous ne sommes pas réellement en mesure de les éduquer à la détection de crise, mais les chiens de la lignée de Velvet ont obtenu un taux de réussite assez élevé dans ce domaine. Pour autant, le résultat n'est pas garanti à cent pour cent.

— Je ne sais pas si Taylor me laisserait acheter un de ces chiens à Maddie, dit Charlotte. Je suis simplement allée aux Canins compétents pour me faire une opinion.

— Et regardez ce qui s'est passé ! s'exclama Rilla. A propos, je parierais gros sur cette petite Violin. C'est tout à fait le genre de chiot que nous recherchons. Villain, en revanche… Et la toute petite, comment s'appelle-t-elle ?

— Vanilla, répondit Charlotte.

— Le temps nous le dira mais, à première vue, ces deux-là finiront comme animaux de compagnie.

Ethan alla voir l'enclos et Charlotte lui emboîta le pas.

— Son mari et leurs fils vont arriver dans un petit moment. Je ne connais pas encore les garçons. Ils ne peuvent pas rester avec leur mère durant le week-end, tant qu'elle n'a pas récupéré davantage de mobilité.

— Et donc tu as décidé de la soulager en lui prenant les chiots ?

— C'était mon plan au départ. Sauf que c'est un bonheur de les avoir ici. Si bien qu'en fin de compte je ne sais plus trop bien qui aide qui.

Plantés devant l'enclos, ils regardaient les chiots s'amuser avec les fillettes. Edna affichait une préférence marquée pour Villain ; elle tentait de lui enseigner les bonnes manières en l'écartant de ses frères et sœurs chaque fois qu'il se montrait trop agressif. Son amie Katie, adorable blondinette, vérifiait la capacité de chaque chiot à se laisser câliner. Vanilla gagna le concours haut la main en s'endormant presque aussitôt sur le genou de Katie.

— Tu viens te baigner ? demanda Charlotte à Ethan au bout d'une minute.

— Si tu y vas, oui.

Au bord de la piscine, Charlotte se débattait avec la fermeture Eclair de sa robe bain de soleil. Spontanément, Ethan s'avança pour l'aider.

— La force de l'habitude, affirma-t-il en s'apercevant de son geste.

Elle eut un rire de gorge.

— Je me demande si l'habitude de faire la vaisselle perdure aussi longtemps chez les hommes…

— Je dois dire que, ces derniers temps, c'est un art que je pratique beaucoup plus que le reste…

— Je ne veux pas le savoir.

Charlotte enjamba sa robe tombée à terre et la replia sur son bras. Elle portait un maillot deux pièces agrémenté d'une minuscule jupette qui recouvrait le haut de ses cuisses, bien loin des affriolants Bikini qu'elle arborait dans le passé, songea Ethan.

Mais le maillot lui allait bien, exhibant juste assez de son corps pour lui remémorer une époque révolue.

— Tu as un vilain bleu sur la cuisse, fit-il remarquer. C'est toi qui te charges des réparations sur ta voiture, aujourd'hui ? Et tu en as un plus petit au niveau du poignet.

Il posa le doigt juste au-dessus du pli de son coude.

— Et un autre ici.

Charlotte se figea, puis regarda autour d'elle avant de baisser les yeux.

— Ah, je ne sais pas… Je ne m'en étais pas aperçue.

— Tu dois t'être sacrément cognée, pourtant.

— Sans doute. Peut-être en nettoyant le dispensaire, aujourd'hui.

— Oh ! non. Ces bleus m'ont l'air anciens.

— Bon, on se jette à l'eau ou on y entre progressivement ? demanda-t-elle.

— Tu plaisantes, j'espère ? Moi, je saute, et toi, tu entres petit à petit. On a toujours fait comme ça. A l'époque, Taylor te chronométrait, tu te souviens ? J'étais déjà prêt à sortir que tu ne t'étais pas encore entièrement mouillée.

— J'ai changé d'avis. La vie est trop courte.

Charlotte marcha jusqu'à la piscine, s'assit sur le rebord et se laissa glisser dans l'eau. Ethan eut un petit sifflement admiratif et la rejoignit.

Quelqu'un brancha les enceintes extérieures auxquelles Glenda avait connecté son iPod. Sa *playlist,* aussi longue qu'éclectique, surprit tout le monde. Il faut dire que Glenda n'avait pas franchement la tête de quelqu'un qui mélange Tony Bennett et Rosemary Clooney avec Lady Gaga et Mindless Behavior.

Le buffet était tout aussi éclectique que la musique. Tout le monde mit la main à la pâte pour aller chercher les plats dans la cuisine. Les haricots rouges étaient divins, de même que les steaks hachés et les buns à la farine complète. Analiese avait apporté une salade de pommes de terre, Rilla, des baies rouges de son jardin, Samantha et Edna, plusieurs sortes de chips accompagnées de sauces froides, et Harmony avait confectionné une salade verte décorée de pépins de courge et de graines de tournesol grillées.

Le temps s'écoulait paresseusement. Puis les ombres s'intensifièrent et tout le monde s'apprêta à partir. D'abord Analiese, qui devait préparer son sermon du dimanche. Ensuite Rilla et sa petite famille, car les garçons piquaient du nez. Glenda rempocha son iPod et partit assister à un combat de catch féminin. Enfin, Samantha et Edna rentrèrent chez elles. Quand Harmony commença à rapporter les chiots dans le dressing de Charlotte pour la nuit, Ethan comprit que, pour lui aussi, il était temps de partir.

Charlotte, qu'une serviette-cabine de mousseline blanche recouvrait de la tête aux pieds, le raccompagna jusqu'à la porte.

— Tu as organisé une soirée formidable, dit-il.

— Hein, tu as vu ça ? Sans faire d'histoires, sans mettre les petits plats dans les grands. Moi qui croyais qu'il fallait trimer pendant des jours ou payer des sommes astronomiques à des traiteurs. Alors qu'il suffisait de lancer des invitations et de laisser les choses s'organiser d'elles-mêmes.

— En tout cas, je me suis bien amusé.

— C'est ainsi que ça doit être, tu sais ? Des divertissements sans prétention. Des rires. De la musique. De la nourriture simple, mais bonne. Des amis.

Ethan savait que Charlotte ne parlait pas au présent, mais au passé. Elle faisait allusion à leurs années de vie commune, qui n'avaient pas très souvent ressemblé à cela.

— Ma foi, on peut dire que tu as pris le coup.

— N'est-ce pas ?

Ils s'arrêtèrent à la porte.

— Parle-moi de Taylor, dit-elle, lui facilitant la transition.

— Elle est en colère. Nous nous sommes disputés. Elle a ta lettre, mais je ne lui ai pas reparlé depuis le jour où je la lui ai remise. J'ignore dans quel état d'esprit elle se trouve actuellement.

— Je ne cherchais pas à m'immiscer entre vous, Ethan…

Il posa la main sur la porte et s'appuya contre le battant, face à elle.

— Tu n'es pas la seule à avoir des regrets, Charlotte. Je vois les choses plus clairement, maintenant. J'ai trop souvent pris le parti de Taylor contre toi. C'était plus confortable pour moi de laisser les choses se faire, et parfois, même, il se trouve que c'était la bonne attitude. Mais, à d'autres moments, c'était de la paresse de ma part, ou pire, le besoin d'être le parent sur lequel Taylor pouvait compter. Je t'ai laissée te débrouiller seule. Nous sommes entrés dans un cercle vicieux et, aujourd'hui, je regrette le rôle que j'ai joué là-dedans.

— Ethan…

Elle eut un petit sourire, puis effleura sa joue.

— Merci.

Elle laissa tomber sa main très vite, mais il éprouvait encore la sensation de ses doigts sur sa peau.

— J'ai mis Taylor face à ses contradictions, dit-il. Elle en a besoin et, malheureusement pour moi, tu n'es plus là pour le faire à ma place. Alors, cette fois, j'ai dû relever le défi.

— Taylor a un caractère de cochon.

— Oui, on se demande bien de qui elle le tient…

— Je voulais simplement…

Charlotte secoua la tête.

— Même si elle est encore furieuse, j'espère qu'elle acceptera de me parler.

— Moi, je n'espère rien, Lulu, mais la balle est dans son camp. Il ne nous reste plus qu'à attendre.

— Merci encore.

Elle l'embrassa sur la joue, là où ses doigts s'étaient posés quelques secondes plus tôt.

— Pour tout.

Epuisée, à bout de forces, Charlotte ne pouvait pourtant pas s'empêcher de sourire. La journée avait été positive à tant d'égards… La route était encore longue, mais peut-être pouvait-elle avoir la satisfaction d'avancer. Quant à cette soirée passée avec les enfants et les chiots dans les jambes, entourée de nouveaux amis et d'un ancien mari…

Elle sourit en évoquant Ethan.

Quelque part au fond des poches de sa serviette-cabine, son téléphone portable se mit à sonner. Elle ne vérifia même pas le numéro qui s'affichait, bercée par l'espoir ridicule que c'était Ethan qui l'appelait. Elle ouvrit le portable d'un geste sec et le colla à son oreille.

— Charlotte Hale à l'appareil.

— Charlotte ? Ici Phil.

Inutile de préciser, elle savait de quel Phil il s'agissait. De Phil Granger, dont la voix ne trahissait pas la moindre gaieté. Elle faillit le prier de la rappeler le lendemain, afin de pouvoir dissocier cette journée de l'annonce qu'il s'apprêtait à lui faire. Afin que l'ambiance de cordialité persiste jusqu'au bout.

Mais le déni était toxique, elle l'avait appris.

Elle fit vingt mètres et s'enfonça dans un sofa avant de répondre.

— Vu que nous sommes samedi, j'imagine qu'il ne peut pas s'agir d'une bonne nouvelle.

— Je regrette de faire ça par téléphone, Charlotte, mais chaque minute compte. Nous avons envoyé vos derniers prélèvements en urgence au labo et, cet après-midi, j'ai pris connaissance des résultats des analyses. Nous devons immédiatement recommencer une session de chimio. Je viens de téléphoner à votre médecin au Duke, il est d'accord. Nous pouvons procéder ici et continuer à le consulter parallèlement, comme vous l'avez demandé, mais... Si vous faites la chimio à l'hôpital, Charlotte, votre secret sera rapidement éventé. Je n'arrive pas à croire que vous ayez réussi à dissimuler votre leucémie jusqu'ici mais, à présent, il vous faut préparer votre famille et vos amis.

— Je sais, Phil.

— C'est vrai ? Vous le comprenez ? Ça peut bien se passer, mais je ne peux pas vous le garantir. Votre cas n'est pas simple, Charlotte, si tant est que cela existe. Nous naviguons un peu à vue.

Ce fut plus fort qu'elle. Elle ferma les yeux et serra très fort les paupières, mais sa voix tremblait.

— J'ai compris. Inutile de continuer à me mettre en garde. Je sais quelles sont mes chances de m'en sortir, et mon testament est déjà rédigé. Contentez-vous de faire de votre mieux, d'accord ? Je ne suis pas encore prête à mourir.

— Faites-nous confiance pour faire tout notre possible, Charlotte, et surtout continuez à vous battre. Ça peut faire toute la différence, vous savez ?

— « Ne baissez pas les bras cinq minutes avant le miracle »...

— Je vous demande pardon ?

Elle songeait à Samantha.

— Quelqu'un de plus jeune et de plus sage que moi m'a dit un jour cette phrase. Pour moi, la bataille n'est pas finie. J'ai encore certaines choses à accomplir ici-bas.

Elle referma son portable et le plaqua contre sa poitrine. Puis elle remercia le ciel de lui avoir accordé une journée quasi parfaite avant l'orage qui menaçait.

33

Taylor n'était pas du genre à s'apitoyer sur son sort. Ni à se congratuler. Mais, pendant longtemps, elle s'était secrètement félicitée pour la façon dont elle avait chaque fois triomphé de l'adversité.

Elle se rendait compte, à présent, qu'elle s'était largement surestimée. Si elle avait eu la force de se battre et de tenir bon dans la tempête, c'était uniquement grâce au soutien indéfectible de son père. Dès le départ, il avait été à son côté. Et, qui plus est, il ne lui avait jamais reproché une seule fois le fardeau dont elle l'avait accablé.

Sauf qu'à présent son père n'était plus là, et qu'elle ne pouvait s'en prendre qu'à elle-même.

Une semaine s'était écoulée depuis leur dispute. Les premiers jours, elle s'était cramponnée à sa conviction que leur différend était, lui aussi, imputable à sa mère. Puis, sa colère retombant à mesure que se rapprochait le retour de Maddie, la vérité s'était peu à peu imposée à elle.

Elle avait fait montre d'un manque de respect stupéfiant à l'égard de l'homme qui l'avait élevée et soutenue. Elle l'avait accusé d'être un pantin entre les mains de sa mère, et avait même éprouvé un frisson de fierté en voyant que ses flèches décochées sans souci de blesser faisaient mouche.

Du reste, qui était-elle ?

Sans Maddie pour combler les manques de son existence, elle se sentait amputée d'une moitié d'elle-même. Et maintenant, sans Ethan, elle avait l'impression d'être un fantôme, une entité sans forme ni substance qui traversait les pièces en laissant dans son sillage une crainte glaciale.

L'ennui, c'est qu'elle ne savait pas comment rectifier le tir sans consentir à lire la lettre de sa mère. Or, cette lettre, toujours cachetée, gisait dans un carton, au fond de sa penderie, où elle l'oublierait sans doute jusqu'à ce que le papier tombe en poussière.

Ce fut un coup de téléphone de Maddie, juste avant le coucher, qui emporta sa décision. La fillette, qui serait rentrée d'ici dimanche soir, voulut savoir au bout de dix secondes si son papy viendrait manger à la maison pour fêter son retour de Nashville. Comment, se demanda Taylor en raccrochant, pourrait-elle expliquer à sa fille le récent rafraîchissement des relations avec son grand-père ?

Le lendemain matin, de bonne heure, plantée sur le seuil de la maison de son père, elle ne savait toujours pas ce qu'elle allait lui dire. Elle s'était arrêtée en chemin pour acheter des bagels, du fromage frais et du café brûlant dans un bar réputé pour la qualité de ses moutures. Comme offrande de paix, la combinaison des trois n'était pas mauvaise, mais Taylor n'était pas dupe pour autant. Ce seraient les paroles qu'elle devrait prononcer qui donneraient tout son sens à ce petit déjeuner.

Lorsque son père ouvrit, vêtu d'un short et d'un T-shirt Laughing Seed, son restaurant végétarien préféré, elle lui fourra les bagels dans les mains.

— Maddie rentre dimanche après-midi et je suis désolée.

Il avait l'air encore à moitié endormi et, pis, complètement dérouté.

— Tu es désolée qu'elle rentre à la maison ?

— Non. Maddie rentre dimanche, et moi, je suis désolée de t'avoir tenu des propos déplacés la semaine dernière.

— Rien que des bonnes nouvelles, alors ! Entre.

Elle le suivit à l'intérieur et déposa le café sur le comptoir qui séparait la pièce salle de séjour de la cuisine.

— Je n'aurais jamais dû te dire que tu étais incapable de tenir tête à ma mère. Votre couple, c'était votre affaire, et je ne saurai jamais ce qui se passait entre vous quand je n'étais pas là.

Petite, bien sûr, j'ai toujours voulu t'avoir de mon côté, mais c'est le mode de raisonnement d'un enfant. Je suis sûre que Maddie aussi souhaite que je sois toujours d'accord avec elle.

Son père hocha la tête, comme s'il prenait le temps d'assimiler ses paroles.

— A ce moment-là, Taylor, je suppose que tu es également à même de comprendre que ton regard sur ta mère n'était pas aussi objectif que ce que tu imagines. Sa lettre t'a peut-être aidée à la voir sous un jour un peu différent…

— Je n'ai pas lu sa lettre, et j'espère que tu étais sincère, l'autre jour, quand tu m'as dit que cette affaire se jouait désormais entre ma mère et moi, que tu ne voulais plus jouer les médiateurs ?

— Je pensais tout ce que je t'ai dit ce jour-là, Taylor. Et cela concerne aussi mon espoir que tu sois un jour capable de pardon.

Il leva la main pour l'empêcher de l'interrompre.

— Mais je ne veux pas d'une autre dispute entre nous. Je t'ai exprimé mes sentiments, tu m'as exprimé les tiens. La seule personne qui n'a pas eu l'occasion d'être entendue, c'est ta mère, et j'espère qu'un jour elle pourra elle aussi prendre part à cette discussion. Néanmoins, là aussi, la balle est dans ton camp.

— C'est forcé. J'espère simplement que…

Elle s'interrompit, puis décida d'aller au bout de sa phrase.

— J'espère seulement qu'elle ne va pas s'immiscer entre nous. Parce que je me sens manipulée, papa. Elle te donne cette lettre *à toi…*

— Une lettre que je lui ai moi-même suggéré d'écrire, Taylor. Et me la confier ne recouvrait rien d'autre que l'espoir que je te la remettrais au moment le plus propice. La poste n'est pas très douée pour ça. Un bon timing, ça ne s'achète pas avec un timbre.

Taylor se garda bien de poursuivre. Elle avait appris quelque chose de nouveau au sujet de son père. Parce qu'il avait été si bon pour elle durant tout ce temps, elle avait cru que son amour et sa patience étaient infinis. Mais elle s'était trompée. Son père avait des limites, comme tout le monde, et il les avait atteintes.

Et, si elle suivait ce raisonnement jusqu'à sa conclusion logique, son père n'avait peut-être pas été manipulé par sa mère, tout compte fait. Peut-être avait-il simplement choisi de fermer les yeux sur les aspects négatifs de son mariage parce qu'il en appréciait les aspects positifs.

Cette idée ne pouvait être écartée.

— Ecoute, papa, je ne sais plus quoi penser de tout ça. En revanche, je sais que je t'aime et que je ne veux plus jamais me disputer avec toi.

Il ne la serra pas dans ses bras, contrairement à ce qu'elle avait un peu escompté.

— J'espère qu'il y a du café avec les bagels, dit-il avec un petit sourire.

— Il y en a, oui. Préparé comme tu l'aimes.

— Bon. Et, maintenant, parle-moi de Maddie.

Harmony aimait la façon dont sa nouvelle tunique blanche froufroutait sur ses cuisses gainées de leggings. Elle aimait ses pans ouverts et son encolure dégagée, et aussi le fait que, en lui recouvrant les hanches, elle masquait son petit ventre rond. Cette tunique était une folie, pas une folie achetée dans une boutique de Biltmore Village, mais une folie de friperie, bien plus coûteuse que ses trouvailles habituelles chez Goodwill. Ce soir, il lui semblait approprié de porter une tenue plus élégante que d'ordinaire, puisque Davis l'invitait au restaurant. En outre, elle était prête à parier qu'il allait lui offrir la bague qu'ils avaient choisie ensemble la semaine précédente.

Normalement, elle aurait dû être de service au Cuppa, mais elle avait permuté sa soirée avec une autre des serveuses car, le lendemain, Davis était pris. Il avait rejoint une équipe de base-ball amateur composée d'autres jeunes cadres, et prétendait que manquer le pot du samedi soir, à base de bière, était mauvais pour ses affaires. Il espérait bien que certains de ses nouveaux copains deviendraient un jour ses clients au cabinet.

Le moment était venu de présenter Davis à Charlotte. Avant leurs fiançailles, Harmony le retrouvait toujours à l'extérieur. Bien sûr, maintenant qu'elle était sur le point de l'épouser, elle comprenait que Charlotte ait envie de faire sa connaissance, et pourtant cette idée la mettait mal à l'aise. Elle n'aurait su dire pourquoi, du moins pas précisément. Mais un pressentiment insidieux lui soufflait que son nouveau domicile risquait de faire très forte impression sur Davis, qui pourrait alors se mettre en tête de faire les yeux doux à Charlotte. Après tout, il se pouvait que celle-ci ait un jour besoin de changer de comptable ?

Cette seule pensée lui donnait des frissons.

Quelques minutes avant l'heure à laquelle il était censé passer la chercher, elle partit en quête de Charlotte, qu'elle trouva dans le dressing, en train de jouer avec les chiots. Velvet, visiblement soulagée de voir sa progéniture s'intéresser à quelqu'un d'autre qu'à elle, passa devant Harmony en franchissant le seuil de la chambre, avec l'air de vouloir aller faire un petit tour dans le jardin. Harmony prit note mentalement de penser à faire sortir la chienne avant de partir avec Davis.

— Je crains que le moment ne soit venu de les transférer ailleurs, dit Charlotte. Ils ont besoin de plus d'espace, et puis ils font tellement de bruit, la nuit, qu'ils m'empêchent de dormir. Peut-être dans la salle de séjour. Je peux y installer deux portillons, qu'est-ce que tu en penses ?

— J'en pense que tu as raison. Et ce sera plus facile de faire circuler Velvet, sans parler des chiots.

Charlotte se releva lentement et épousseta son pantalon.

— Nous pourrions peut-être effectuer le déménagement demain.

— Ne t'en fais pas. Je m'en occuperai.

Charlotte sortit la première de la chambre, plaçant le portillon qu'elles avaient déjà installé devant l'embrasure pour empêcher les chiots d'aller vadrouiller partout dans la maison. Ceux-ci se mirent à protester avec force jappements.

— Je laisserai Velvet dehors et je la ferai rentrer si elle veut reprendre ses devoirs de mère, dit Harmony. Davis ne devrait plus tarder.

— Tu sais où il t'emmène dîner ?

— Aux dernières nouvelles, il se sentait d'humeur pour un restau-grill.

Charlotte ne put masquer sa surprise.

— Mais que peux-tu bien manger, toi, dans un grill ?

— Du coleslaw. Des haricots, à condition qu'il n'y ait pas de porc dedans. Du tempeh grillé, avec un peu de chance.

Charlotte n'avait pas besoin d'ajouter quoi que ce soit à sa remarque. Harmony avait immédiatement été contrariée par le choix de Davis, mais, puisqu'il payait, elle ne se sentait pas vraiment en droit d'émettre une objection. Après tout, on était à Asheville, où les végétariens étaient aussi nombreux que les azalées, et elle pourrait toujours dénicher sur la carte un plat compatible avec son régime alimentaire.

Harmony trouva Velvet et la fit sortir.

— Allez, courage ! Tes petits ne seront pas toujours là, dit-elle à la chienne. Et, quand ils seront partis, tu verras qu'ils te manqueront !

Qu'adviendrait-il de Velvet lorsque les chiots seraient placés dans des familles d'accueil ? Charlotte avait déclaré qu'elle aurait bien aimé la garder, mais que c'était impossible. Sans plus d'explications. Harmony, elle, avait bien envie de garder Velvet mais, lorsqu'elle avait évoqué cette éventualité avec Davis, celui-ci avait refusé tout net. N'avaient-ils pas déjà suffisamment de tracas ? N'allaient-ils pas avoir suffisamment de nouvelles dépenses et d'ajustements, dans leur nouvelle vie ?

Certes, Marilla trouverait un bon foyer à la chienne, mais son cœur se serrait à l'idée que la douce et belle Velvet allait partir vivre chez des inconnus.

De retour à l'intérieur, elle abandonna Velvet dans le dressing, où celle-ci fut accueillie par des couinements de joie. Quand elle revint, Davis se garait dans l'allée.

Elle le fit entrer avant qu'il ait frappé à la porte. Il poussa un petit sifflement admiratif, pas à la vue de sa tenue — qui la mettait pourtant en valeur —, mais à celle de la maison. Son regard parut embrasser le moindre détail. L'escalier menant au premier, la salle à manger sur la droite et le salon de musique juste en face où trônait un piano quart de queue dont personne ne jouait. Il admira les peintures aux murs, et même les tentures en velours qui évoquaient Scarlett O'Hara et la robe qu'elle s'était faite pour impressionner Rhett Butler en prison.

— Eh bien, dis donc ! On peut dire que tu as atterri dans une sacrée baraque ! Mes félicitations !

Harmony se sentit envahie par une bouffée d'agacement.

— Je ne me doutais absolument pas que Charlotte vivait dans un endroit pareil quand j'ai accepté son hospitalité, le premier soir.

Davis parut prendre conscience de son impair.

— Non, je ne voulais pas dire ça… Mais, enfin, reconnais que c'est une baraque extraordinaire !

— Viens donc faire la connaissance de Charlotte, ensuite nous pourrons y aller.

Elle ne put s'empêcher de lui signaler :

— Et elle a *déjà* un comptable, peut-être même plus d'un.

— Qu'est-ce que c'est censé vouloir dire ?

— Que tu peux lui faire ton numéro de charme sans aucune arrière-pensée, simplement pour lui montrer ton excellente éducation.

Avant qu'il ait pu répliquer, Charlotte fit son entrée dans le hall. Elle lui tendit la main pendant que Harmony faisait les présentations.

— Si j'ai bien compris, Harmony et vous allez fixer une date pour votre mariage ?

Davis lui adressa son sourire le plus agréable.

— J'espère le faire ce soir, oui.

Harmony aurait préféré : « J'espère que *nous* le ferons ce soir », mais elle s'aperçut qu'elle prenait ombrage des moindres paroles et agissements de Davis. Il fallait qu'elle se contienne.

Davis et Charlotte bavardaient. Elle lui apprit qu'elle connaissait les principaux associés de son cabinet comptable, qui s'occupaient de certaines des affaires de Falconview. Il lui avoua que le peu qu'il voyait de sa demeure lui plaisait énormément. Elle lui proposa de la visiter, mais il refusa, affirmant qu'il serait ravi de le faire une autre fois.

Quelques minutes plus tard, Harmony était assise à côté de lui dans l'Acura qui faisait route vers la ville. Les nuages se rapprochaient, et elle se félicita qu'ils soient partis de chez Charlotte à temps, histoire de prendre de vitesse l'orage qui menaçait.

— J'étais persuadée que tu accepterais de visiter la maison…

— Oh ! je savais tout ce que j'avais besoin de savoir en arrivant. Cette baraque vaut un million au bas mot, plus vraisemblablement deux. Et certains de ces meubles et objets d'époque ont une valeur inestimable.

Harmony leur trouvait aussi une valeur inestimable, mais parce qu'ils appartenaient à la femme qu'elle s'était mise à aimer comme une mère.

— Tu raisonnes en comptable, Davis. Je parie que tu calculais mentalement le montant des impôts que paie Charlotte.

— Pour ça, j'aurais besoin de quelques renseignements supplémentaires.

Il lui jeta un coup d'œil.

— Tu es resplendissante, au fait. Nouvelle tenue ?

— Nouvelle pour moi.

Ils bavardèrent jusqu'à leur arrivée au restaurant. Celui-ci, qui se signalait par une avancée d'un violet vif, était situé non loin de la maison de Charlotte.

L'endroit était sans prétention mais confortable, avec un bar à sauces rempli de choix intéressants, une télévision à écran large et une carte comprenant une section entière de plats végétariens. Harmony commença à se détendre.

— Ils ont une bière délicieuse. Qu'est-ce que tu prendras ? lui demanda Davis.

S'il l'avait accompagnée à ses deux rendez-vous au dispensaire, il aurait déjà su la réponse.

— De l'eau avec une rondelle de citron. Je porte ton enfant, tu te rappelles ?

Une seconde passa avant qu'il n'enregistre l'info.

— Mais bien sûr ! Où ai-je la tête ?

Il commanda une bière de la région pour lui et de l'eau pour elle, puis ils s'absorbèrent dans la lecture du menu.

— Les ribs sont succulents, ici, dit-il.

Il leva les yeux et lui sourit largement.

— Mais je sais que tu n'en prendras pas. Ces trucs végétariens n'ont pas l'air mauvais. J'avais téléphoné, avant de venir, pour m'assurer qu'ils avaient le choix.

Elle lui sourit — c'était déjà une bonne chose qu'il y ait pensé. Quand leurs boissons arrivèrent, ils passèrent commande. Elle demanda un po'boy végétarien accompagné d'une salade, et Davis prit des ribs.

— Je suis allé chercher quelque chose aujourd'hui, dit-il après le départ de la serveuse.

— Quoi donc ? Le pain ? Le courrier ?

— Une certaine bague…

Il tapota sa poche.

Harmony craignait presque de voir la bague en question. Elle aurait préféré quelque chose de plus singulier pour célébrer leurs fiançailles. Certainement pas un diamant, en tout cas. Sans être aussi politisée que certaines de ses amies, elle n'ignorait pas dans quelles conditions révoltantes étaient extraits les diamants, et le mot était faible. Elle avait espéré porter une pierre extraite ici, dans son Etat d'adoption. Un rubis, peut-être, ou même un grenat. Mais sur ce point Davis s'était montré intraitable : pour des fiançailles, le diamant était de rigueur. En définitive, il avait trouvé un compromis en demandant un diamant « responsable ». Le bijoutier avait accepté, tout en objectant que la pierre serait plus petite et plus chère.

Même munie de cette garantie, Harmony n'était pas pressée de porter cette bague.

— Eh bien, tu me l'offres ? demanda-t-elle.

— Quoi, ici ? Pas question. Ce n'est pas le genre d'endroit où on offre à une femme le diamant qu'elle va porter toute sa vie.

Quelque chose dans son discours fit froid dans le dos à Harmony.

— Ma foi, je te rappelle que c'est toi qui as tenu à manger ici, Davis. Pourquoi avoir choisi un restau-grill, alors ?

— Je te l'ai dit, je veux annoncer nos fiançailles lors du repas organisé au Country Club.

— Les annoncer, d'accord, mais je ne savais pas que tu comptais aussi m'offrir la bague là-bas.

— Ce n'est pas plus mal, tu ne crois pas ? C'est aussi romantique qu'ailleurs, comme endroit.

— Romantique ? Au milieu de tes collègues ? Sous le regard de tes patrons ?

— Chandeliers en cristal, musique douce, homard…

— Je ne mange pas de homard !

— Eh bien, tu n'en mangeras pas, peu importe. Je trouve simplement que c'est le soir et l'endroit idéals pour officialiser nos fiançailles.

Elle s'appuya contre le dossier de son siège, en proie à un tourbillon d'émotions et, malgré son intention de se contenir, elle ne put s'empêcher d'exploser.

— Eh bien, tu sais quoi ? Je ne suis pas de cet avis. Si tes intentions sont sérieuses, passe-moi la bague au doigt sur-le-champ ! A moins que tu ne t'intéresses qu'au côté grand spectacle et aux gens qui y assisteront !

Le regard de Davis s'étrécit.

— Qu'est-ce que ça veut dire ?

— Ça veut dire que je commence à me demander si ces fiançailles ne sont pas uniquement pour la galerie, Davis ! Il se pourrait fort que la principale raison qui te pousse à m'épouser, ce soit l'envie d'impressionner tes patrons et tes collègues, de leur prouver quel citoyen modèle tu es. Une épouse, une maison, une voiture quasiment remboursée… Le candidat idéal pour grimper les échelons !

Davis resta longtemps silencieux. Elle n'aurait su dire s'il réfléchissait à ses propos ou s'il attendait que sa colère retombe.

— Je me mets en quatre pour toi, Harmony, dit-il enfin. Ni toi ni moi n'avions prévu cet enfant. Nous utilisions un contraceptif, mais tu es quand même tombée enceinte. Alors, j'essaie de me conduire correctement. C'est si grave que je veuille annoncer nos fiançailles au Country Club, entouré par les gens que j'aime ? Effectivement, me marier ne nuira pas à ma carrière. Mais en quoi est-ce que mon avancement professionnel pourrait être une mauvaise chose ? Notre vie sera plus facile si nous avons de l'argent. Tu dois sûrement t'en être rendu compte à partir de ta propre expérience ?

— Je ne veux pas d'une vie facile, Davis. Je veux une vie *heureuse*. Je veux épouser un homme que j'aime, un homme si exalté à l'idée de se marier avec moi qu'il ait hâte de me passer la bague au doigt !

— Tes hormones te brouillent l'esprit.

Elle n'en croyait pas ses oreilles.

— Mes *quoi* ?

Il fit machine arrière.

— Tu vois des complots là où il n'y en a pas, Harmony. Ça peut se comprendre. Toute cette histoire est énorme pour toi, et je te demande pardon si j'ai manqué de sensibilité.

Elle attendit qu'il porte la main à sa poche et en tire la bague, mais non. Il se contentait de lui sourire avec tendresse, escomptant sans doute que cela suffirait.

— Je veux devenir avocate, lâcha-t-elle. Je sais que j'ai un long chemin à parcourir. Un master, la fac de droit, le tout en élevant un enfant. Mais je pense en être capable.

Ce passage du coq à l'âne le désarçonna complètement.

— Quoi ?

— Quel effet ça te ferait d'être marié à une femme exerçant une profession libérale, Davis ? Une femme qui a des ambitions de carrière ? Une femme qui ne cède pas chaque fois qu'il faut prendre une décision ? Une femme qui travaille, et qui attend de toi que tu partages avec elle les tâches ménagères et l'éducation des enfants ?

— Je ne vois pas pourquoi nous discutons de ça maintenant. Ça n'est pas pour demain.

— Ça te ferait quoi ? insista-t-elle.

— Ecoute, Harmony, nous avons les moyens de mener une vie très agréable ensemble, mais je ne nous imagine pas chacun poursuivant une carrière, d'accord ? Du moins pas dans le secteur libéral. Je vais avoir besoin de soutien pour atteindre mon but, d'une épouse qui peut assumer le quotidien pour nous deux.

Et puis tu n'as rien d'une carriériste. Tu aimes faire la cuisine, t'occuper des autres et réaliser des choses de tes mains. Comment tout cela te conduirait-il à faire carrière dans le droit ?

— Tu n'arrêtes pas de me dire que je suis intelligente.

— Il y a toutes sortes d'intelligences.

Message reçu. Elle avait obtenu de bons résultats au lycée, même durant ses premiers stages. Malgré l'enfer qu'elle vivait à la maison, elle avait réussi à se classer parmi les meilleurs élèves d'une classe de terminale surchargée. Le conseiller d'orientation avait tenté de la pousser à faire des études, mais, pour cela, il aurait fallu que son père lui octroie une aide financière. Au bout du compte, elle n'avait pensé qu'à fuir.

Rien de tout cela ne la menait nulle part, aujourd'hui. Aujourd'hui, elle n'était que Harmony Stoddard, hippie à tatouages et cheveux longs, serveuse, et enceinte par accident.

— Tu as eu peur que tes patrons ne découvrent que tu n'avais pas assumé tes responsabilités alors que tu m'avais fait un enfant, c'est ça ? lui demanda-t-elle d'une voix douce. C'est pour ça que tu as décidé de m'épouser. Et, à la réflexion, tu t'es dit que c'était un choix positif sur toute la ligne. Parce que je suis jeune, sans autre diplôme que le bac, un peu bébête en ce qui concerne le monde et facilement influençable.

— Oh ! pour l'amour du ciel !

Davis fourra la main dans sa poche et en tira un écrin.

— Tiens, la voilà, ta bague ! Allons-y ! Faisons de cette soirée un événement mémorable ! Je vais me mettre à genoux devant toi, ici, par terre, et te la passer au doigt, si ça doit te rendre heureuse !

Harmony le dévisagea et sut, sans l'ombre d'un doute, que jamais Davis ne pourrait la rendre heureuse. Elle se leva, arrêta la serveuse au passage, la pria d'annuler sa commande et quitta le restaurant.

Charlotte s'assit sur le sofa, le plus près possible de Harmony, qui semblait avoir besoin de réconfort.

— J'étais pratiquement à la maison quand il s'est mis à pleuvoir, affirma cette dernière.

Dès qu'elle avait vu la jeune femme dégoulinante de pluie dans le hall, Charlotte était allée chercher des serviettes de toilette. A présent, Harmony se frottait les cheveux pendant que Charlotte lui étendait un châle sur les genoux.

— Je suis outrée que cet homme t'ait laissée revenir à pied toute seule !

— Mais pas du tout. Il m'a rattrapée, c'est moi qui lui ai dit que j'avais besoin de marcher pour m'éclaircir les idées. Il m'a même suivie un peu en voiture, mais au bout d'un moment il a continué sa route. Ce n'est pas aussi terrible que c'en a l'air, tu sais ? Le restaurant n'est pas très loin d'ici.

— Tu dois mourir de faim.

— Je mangerai les restes du dîner.

Harmony inclina la tête sur le côté.

— Et toi, tu as mangé quelque chose ? Je t'avais laissé une poêlée de légumes et une salade.

— Non, pas encore.

— Tu ne manges presque rien, ces derniers temps. C'est ma cuisine qui te déplaît ?

Charlotte posa la main sur l'épaule de la jeune femme.

— Certainement pas. Tu es un véritable cordon-bleu.

— Pendant quelque temps, j'ai pensé que ça pourrait me suffire, tu sais ? De cuisiner pour Davis. De faire son ménage. D'élever notre enfant. Ça pourrait peut-être marcher, d'ailleurs, mais si ça ne me satisfait pas ? Si je décide que j'attends autre chose de la vie ? C'est ce que ma mère n'a jamais eu le droit de faire. Davis n'est pas mon père, mais il n'aime rien tant que tout régenter, exactement comme mon père. Combien de temps lui faudra-t-il pour se mettre à me rudoyer, pour la simple raison que j'y prête le flanc ?

— Autrement dit, tu ne vas pas l'épouser ?

Harmony secoua lentement la tête.

— Je vais peut-être le regretter mais, tu sais, je préfère être pauvre plutôt que me brader au premier venu. L'enfant n'en souffrira pas. Davis devra me verser une pension alimentaire et je m'y entends pour tirer le maximum du moindre dollar. Il voudra peut-être même avoir un droit de visite. Je l'espère. Mais c'est le seul rapport que je veux avoir avec lui. Je ne pense pas l'avoir jamais aimé. En tout cas, je sais que je ne l'aime plus.

Charlotte sentit une vague de soulagement l'envahir. Harmony n'était pas heureuse, depuis le jour où elle avait accepté d'épouser le père de son enfant. Ses yeux étaient remplis de questions.

— Tu sais que tu seras toujours la bienvenue ici.

Charlotte comprit que le temps était venu de jouer cartes sur table, mais elle buta sur les mots suivants :

— Harmony, tu seras… tu seras plus que la bienvenue.

Elle s'interrompit et déglutit.

— Je pense que tu vas m'être *nécessaire*. Je pense que je vais avoir besoin de ton aide.

— Tu as une telle façon de retourner la situation qu'à t'entendre c'est toi qui devrais m'être redevable !

Charlotte laissa glisser sa main de l'épaule de la jeune femme.

— Non, cette fois, je crains que ce ne soit l'absolue vérité. Je… je suis malade, Harmony. Je le sais déjà depuis quelque temps.

Elle lui livra une version abrégée de tous les événements qui s'étaient déroulés jusque-là — le diagnostic, la chimio et, pour finir, le pronostic.

— Je ne réagis pas aussi bien que les médecins l'espéraient. Il va me falloir subir une autre chimio, mais à Asheville, cette fois. Et il se peut que le traitement échoue.

Les yeux de Harmony s'étaient agrandis sous le choc.

— Une leucémie ?

— Hélas, oui.

— Mais on arrive à vaincre la leucémie, de nos jours ! J'ai vu des reportages à la télé sur des enfants qu'on avait guéris !

— Les enfants sont plus faciles à traiter. La médecine a accompli des progrès formidables. Mais je vais sur mes cinquante-trois ans. Mon corps n'est pas particulièrement résistant, et il s'agit d'une leucémie aiguë qui évolue rapidement. La première chimio n'a pas eu l'effet escompté, mais elle m'a procuré ces quelques semaines de répit à la maison. Les médecins tentent de renforcer mon organisme en vue d'un second protocole.

— Alors la semaine dernière, quand tu m'as dit que tu partais pour deux jours en déplacement professionnel… ?

— On me faisait passer des examens et on mettait au point le mode d'administration de la chimio. Nous avons opté pour un traitement que je pourrai faire en ambulatoire. Mais, quand ma numération globulaire chutera encore, ce qu'elle ne manquera pas de faire, il me faudra rester à l'écart de la foule, éloignée des virus et des bactéries.

— Les chiots ?

— Je ne pourrai plus les garder dans ma chambre, non. Et Nell et toi devrez veiller à tout nettoyer derrière eux encore plus soigneusement que d'habitude. Arrivée à un certain stade, je ne pourrai plus les approcher du tout, mais nous verrons ça en temps voulu.

Elle prit les mains de Harmony.

— J'ai dit aux médecins que je voulais rester auprès des gens que j'aimais. Et je t'aime, toi, ma chérie. Tu m'es chère à tous points de vue, et je ne me réjouirai jamais assez que tu sois entrée dans ma vie. Quelle que soit l'issue de ma maladie, tu pourras rester ici, dans cette maison, aussi longtemps qu'il le faudra. J'ai pris les dispositions nécessaires.

— Je refuse d'y penser, Charlotte !

— J'espère que ma maladie ne sera pas trop lourde à porter pour toi, mais t'avoir ici pendant mon traitement pourrait bien être ma planche de salut. Ne serait-ce que le simple fait d'avoir quelqu'un tout près, au cas où mon état empirerait. Tu pourras faire ça pour moi ?

Les yeux de Harmony s'embuèrent et les larmes roulèrent sur ses joues.

— Ce n'est pas juste. Je ne veux pas que tu sois malade. Je ne veux pas que tu…

— Moi non plus.

— Tu sais bien que je resterai auprès de toi. Je ferai tout ce dont tu auras besoin.

Elle se jeta au cou de Charlotte et la serra de toutes ses forces. Charlotte songea au bien-être que lui procurait cette manifestation d'affection. Cela faisait bien longtemps que personne ne l'avait étreinte avec tant de force. Elle passa les bras autour de la taille de Harmony, et elles demeurèrent ainsi toutes les deux en silence.

34

Journal du Premier Jour : 18 juin

Durant mon enfance, ma grand-mère joue pour moi un rôle prépondérant et multiple. Pour autant, elle n'est pas d'un naturel très démonstratif. Il est rare que nous nous embrassions ou que nous nous serrions dans les bras, sauf pour les fêtes de fin d'année ou dans les moments de grande tristesse. Je me demande si l'idée de s'abandonner à des bras aimants ne lui fait pas craindre de ne plus pouvoir se lever, le lendemain, pour affronter la journée qui l'attend. Lorsque je prends place à son chevet, tandis qu'elle vit ses derniers jours, elle me laisse lui prendre la main. Mais, même dans ces instants-là, alors que son besoin de réconfort est immense, elle n'accepte rien de plus de quiconque.

Quand Ethan fait son entrée dans ma vie, il n'est pas le premier homme à me toucher, mais il est le premier dont les caresses me procurent un réel plaisir. Dans ses bras, j'apprends les joies de l'amour physique, mais aussi le simple bonheur du contact des peaux, d'une joue rugueuse frottée le matin contre une joue veloutée, d'une main posée sur mes seins alors qu'il repose, endormi, à mes côtés.

Après le départ d'Ethan, je deviens ma grand-mère. Je ne laisse personne me toucher, sauf de la manière la plus désinvolte. J'érige un rempart autour de mon corps comme une nonne cloîtrée dans son couvent. Je comprends enfin que, à la mort de mon grand-père, ma grand-mère n'a plus pu supporter le souvenir de la tendre complicité qui l'unissait à son défunt mari. C'est pourquoi elle a veillé à ce que plus jamais rien ne la lui rappelle.

Le divorce est porteur de nombreux chagrins, mais aucun ne surpasse celui-là.

35

Charlotte se préparait à l'inéluctable. Jusque-là, elle avait survécu à tous ses traitements, et toutes les chances étaient réunies pour que cette prochaine étape du processus lui procure un nouveau répit.

Phil et les médecins qui la suivaient au Duke avaient opté pour un programme moins intensif qu'elle pourrait effectuer en mode ambulatoire. L'hôpital était tout proche, et si elle ne se sentait pas assez bien pour prendre le volant, Nell ou Harmony pourraient l'emmener, ou bien encore elle pourrait s'y faire conduire en taxi.

Le traitement n'était pas optimal, la molécule était le plus souvent employée dans le cas de patients plus âgés, mais l'option d'une chimio plus agressive à l'hôpital était considérée trop dangereuse au vu de son récent passé médical. Toujours à cause de ses antécédents, une greffe était désormais hors de question.

Les choix étaient de moins en moins nombreux et de moins en moins porteurs d'espoir, mais la recherche faisait constamment des découvertes et mettait au point de nouveaux traitements. Si elle parvenait à tenir le coup assez longtemps, elle pourrait être retenue pour participer à un essai clinique approprié.

L'optimisme était tout autre chose que le déni. Même sans le rappel à l'ordre de Phil, elle avait déjà compris qu'il était temps de jouer franc-jeu au sujet de sa santé. A présent, Harmony connaissait la vérité, ainsi que Nell, qui s'était proposée pour effectuer des heures supplémentaires si nécessaire. Analiese était au courant depuis déjà quelque temps, et la prochaine fois qu'elle verrait Sam, elle lui annoncerait, à elle aussi, sa maladie. Elle ne pourrait plus se permettre de fréquenter le dispensaire avec les autres bénévoles du Cercle des femmes quand son immunité serait gravement compromise. Elle aurait besoin de toutes ses forces pour livrer son combat.

Elle avait aussi fini par révéler la vérité à ses collègues. Ce matin-là, elle avait convoqué d'urgence le directoire de Falconview, ses collaborateurs qui, ces derniers mois, avaient dû se démener pour combler les manques causés par son absence. Au fil des jours, elle avait bien vu qu'ils accueillaient ses justifications avec un scepticisme croissant et, bien souvent, les conversations s'interrompaient à son entrée dans une pièce, quand il lui arrivait encore de faire une apparition au bureau.

Son annonce avait été accueillie par un silence. Elle l'avait fait suivre d'explications rassurantes. Si elle s'était tue jusque-là, c'était pour que les employés ne s'empressent pas de chercher un emploi ailleurs ou de répandre la nouvelle de sa maladie. La crise économique ayant déjà causé suffisamment de dégâts à l'entreprise, elle avait cru pouvoir surmonter cette épreuve sans ajouter aux problèmes que connaissait actuellement Falconview.

Ses explications avaient également été accueillies par un silence, du moins le temps d'une minute. Puis le concert de récriminations avait débuté. Le directoire s'était plaint d'avoir été sous-estimé depuis le début, ce qui était vrai. Ensuite, ses membres avaient voulu savoir ce qu'il adviendrait de sa part de la société, sa part majoritaire, si jamais l'issue de la chimio n'était pas favorable.

Elle avait admis n'être encore sûre de rien, mais, quoi qu'il advienne, les employés de la société garderaient leur emploi. A cela, au moins, elle n'avait pas manqué de veiller.

Sa réponse n'avait sans doute pas fait grand-chose pour alléger leur stress, mais c'était tout ce qu'elle pouvait leur apporter comme certitude.

La réunion enfin terminée, une autre ayant été programmée pour informer le reste du personnel, elle avait fait un saut chez son notaire pour y signer des documents et, enfin, elle avait pu rentrer s'allonger chez elle, dans son bureau, sur son extravagant canapé en cuir italien. Tout habillée — en robe et blazer — elle n'avait même pas ôté ses escarpins. L'épreuve l'avait laissée dans un état quasi comateux.

Si pénible qu'ait été le programme de la journée, son pire entretien était encore à venir. Plus que tout, elle redoutait d'annoncer la vérité à Ethan, qui devrait ensuite transmettre la nouvelle à Taylor. Elle craignait que tous deux ne se rangent à ses côtés en raison de sa maladie et non par volonté de tirer un trait sur le passé. Cette pensée l'empêchait de fermer les yeux et de se reposer.

Harmony rentra quelque temps après et surprit Charlotte, abîmée dans la contemplation du plafond.

— Je me suis plus ou moins engagée à me rendre un peu plus tôt que d'habitude au Cuppa. Nous offrons des amuse-bouches à toutes les personnes qui apportent trois kilos de provisions pour la banque alimentaire — mes patrons sont sûrs d'être débordés. Je leur ai promis que je les aiderais à tout installer, mais si tu as besoin de moi…

— Ne t'en fais pas, je vais bien. Ce n'est que la fatigue consécutive à la réunion.

— Les chiots sont installés dans la salle de séjour, et tu peux laisser Velvet aller et venir sans problème. J'y ai mis des tonnes de journaux et je nettoierai dès mon retour. Ne touche à rien.

— Nous nous en sortirons très bien. Je vais juste faire une petite sieste.

— Ici ?

— Pourquoi pas ? C'est aussi bien qu'ailleurs.

Ses yeux se fermaient enfin. Elle lutta pour les garder ouverts encore un peu. Harmony ôta un plaid en laine d'un fauteuil et le déposa sur elle en guise de couverture.

— Je t'ai noté le numéro du Cuppa.

Elle posa un bout de papier sur la table basse, coincé sous le téléphone sans fil pour éviter qu'il ne s'envole.

— S'il y a quoi que soit, téléphone, on me passera immédiatement ton appel.

Harmony n'était pas sortie de la pièce que, déjà, Charlotte fermait les yeux. Elle n'avait pas besoin du rapport détaillé de Phil sur ses plaquettes et ses globules blancs pour savoir qu'il était temps d'intervenir. Sa peau marquait si facilement, maintenant, qu'elle était obligée de porter des manches longues pour cacher ses bras — en particulier les endroits de ses récentes prises de sang — et ses cuisses étaient couvertes de bleus et douloureuses au toucher. On lui avait prescrit des antidouleurs, mais elle craignait, si elle les prenait, de ne plus jamais pouvoir se lever.

La sonnerie du téléphone la réveilla. Elle se dressa sur son séant, tenta de se remémorer l'endroit où elle était et où pouvait bien se trouver le téléphone. Au bout de trois sonneries, elle le vit sur la table basse et le porta à son oreille.

— Charlotte ? C'est Ethan.

Elle cligna les yeux. L'espace d'un instant, elle retrouva ses vingt ans. Elle attendait qu'Ethan rentre du bureau et vienne compléter leur petite famille. Puis elle se souvint. Elle s'éclaircit la voix.

— Salut. Quelle heure est-il ?

— 17 heures. Tu dormais ?

— Je suis contente que tu m'aies réveillée. J'ai assisté à une longue réunion et je me suis écroulée en rentrant. Si je ne me lève pas maintenant, je ne fermerai pas l'œil de la nuit.

— Je suis dans le coin. Tu as un peu de temps ?

— Toute la soirée, même. Que se passe-t-il ?

— J'ai quelque chose pour toi.

Elle sourit à l'idée d'une surprise. Pendant une fraction de seconde, elle espéra que ce « quelque chose » était sa fille, ou du moins une lettre. Puis elle comprit que si tel avait été le cas, Ethan le lui aurait dit tout de suite.

— Je laisserai la porte ouverte. Si je suis sous la douche, tu n'as qu'à entrer.

Une demi-heure plus tard, douchée et en tenue plus décontractée, elle le découvrit dans la salle de séjour, en train de caresser Velvet.

— Ah, je comprends mieux le but de ta visite ! Tu ne peux pas résister à mes chiots.

— Je n'arrive pas à croire que tu les aies accueillis chez toi.

— Ils sont adorables, non ?

— Absolument craquants.

Il se releva.

— Je suis désolé de t'avoir tirée de ton sommeil.

— Pas moi. Tu peux rester un peu ?

— J'espérais pouvoir m'inviter à dîner. J'ai apporté quelques victuailles.

— C'était donc ça, la surprise…

Elle réfléchit un instant.

— J'ai bien une idée de ce que c'est, mais si je me trompe tu auras l'impression d'avoir commis une erreur.

— Effilochée de porc braisé avec son accompagnement de garnitures.

Elle tapa joyeusement dans ses mains.

— Exactement ce que j'espérais !

— Tu m'avais dit que la viande te manquait, je m'en suis souvenu. Je suis sûr que nos végétariennes sont en meilleure santé que nous, mais pas forcément plus heureuses.

— Tu as toujours su rebondir à merveille sur les remarques des autres. En tout cas, je suis vraiment enchantée que tu aies rebondi sur la mienne.

— Est-ce que tu as déjà faim ?

Charlotte réfléchit. Il y avait bien longtemps qu'elle n'éprouvait plus vraiment de sensation de faim. Ce soir, pourtant, ce serait peut-être différent.

— Buvons d'abord un verre, suggéra-t-elle. Nous pouvons aller nous asseoir au bord de la piscine. A moins que tu ne trouves qu'il fait trop chaud dans le jardin ?

— On voit que tu n'as pas mis le nez dehors depuis que tu es rentrée ! Il y a eu un orage, tout à l'heure, ça a rafraîchi l'air. Si les fauteuils ne sont pas trop mouillés, ça devrait être agréable.

— Bah, on peut toujours les sécher si nécessaire. Et puis Velvet doit sortir faire un petit tour.

Ils fourragèrent dans le bar. Ethan n'avait jamais apprécié les alcools forts et Charlotte ne pouvait plus supporter son cher gin-tonic. Il dénicha une bouteille de bière brune à l'avoine de Highland, et elle se servit un petit verre de vin blanc. Elle disposa un assortiment de fromages et de crackers sur une assiette, se munit de serviettes, et ils emportèrent le tout au bord de la piscine, sans oublier la chienne.

— Tu as ton maillot ? lui demanda-t-elle. Sinon, je peux sûrement te trouver quelque chose qui t'ira.

Soudain consciente de l'interprétation qu'on pouvait donner à ses paroles, elle se sentit étrangement obligée de corriger cette fausse impression.

— Quand j'ai emménagé ici, j'ai acheté des maillots de bain de toutes tailles afin d'en avoir toujours sous la main pour d'éventuels invités. Certains doivent encore avoir leur étiquette.

— Je préfère m'asseoir au bord de l'eau.

Les sièges étaient secs. Ils les rapprochèrent de la piscine, où le soleil couchant dansait sur les ondes qui ridaient la surface de l'eau. L'air était frais et propre, l'ozone apporté par l'orage lui conférant une touche de vigueur bienvenue.

— La maison ne m'a pas paru aussi grande le week-end dernier, quand elle était remplie de monde, fit remarquer Ethan.

— Elle est assez vaste pour abriter tout un régiment ! Je la vendrais bien s'il n'y avait pas…

Elle s'interrompit.

Elle ne se sentait pas prête à lui parler de sa maladie. Ce soir, elle voulait simplement jouir de sa compagnie, sans qu'autre chose vienne s'y mêler.

— La crise ? acheva-t-il à sa place.

— Disons que ce n'est vraiment pas le moment de vendre une maison, même si les plus nantis semblent encore avoir de l'argent.

— Je suis certain que la crise a affecté Falconview.

— De mille et une façons.

— La moitié des projets immobiliers qui avaient été activement lancés m'ont tout l'air d'avoir été tués dans l'œuf.

— Plus de la moitié, même. Tu as été bien avisé de ne pas t'agrandir. Il y a toujours un marché pour l'artisanat d'art et le design écoresponsable.

— Sans doute. J'ai vendu ma première unité de la fabrique cette semaine, et c'était la plus grande. Donc j'ai maintenant l'argent pour terminer mon loft. Nous avons eu suffisamment de visites, ce mois-ci, pour que je puisse compter sur d'autres ventes très bientôt.

— Alors, ça se fête !

Charlotte leva son verre.

Ils trinquèrent, bouteille contre verre. Elle aimait cette ambiance familière.

— Que comptes-tu faire de ta maison quand tu emménageras dans ton loft ?

— Je songe à la louer. Peut-être à Taylor, si ça l'intéresse. Elle est plus grande que la sienne et située dans un quartier plus agréable, avec davantage de terrain. Et puis je continuerai peut-être à me servir de l'atelier.

— En plus, Taylor aurait un propriétaire sympa.

Il sourit.

— Si elle décide de rester où elle est, j'ai pensé proposer la maison à Sam. Il me faut quelqu'un qui ne se formalisera pas de mes allées et venues.

— Sam est devenue une jeune femme exceptionnelle.

Ethan étant au courant du projet de salle de jeux au dispensaire, elle ne s'étendit pas là-dessus.

— Son entrée dans ma vie a été une merveilleuse surprise.

— Sam n'a pas eu la vie facile, mais elle a réussi à surmonter tous ses problèmes.

— Je suis sûre que sa mère y est pour beaucoup. Je l'ai vue la semaine dernière, au dispensaire.

— Rencontre pénible ?

Charlotte but une gorgée de son vin.

— Ma foi, j'ai peut-être abusé de mon influence, une fois de plus. Il se peut que je sois intervenue alors que personne ne me le demandait.

— Ah bon ?

Voyant qu'il ne semblait pas trop sur ses gardes, elle poursuivit :

— La semaine dernière, Sam a mentionné le fait que sa mère avait un entretien d'embauche, et quand j'ai discuté avec Georgia, elle m'a confié qu'elle espérait un jour pouvoir réintégrer l'administration scolaire. Ça m'a rappelé quelque chose et j'ai passé un coup de fil. Je sais que le conseil scolaire est à la recherche de candidats pour le poste de principal de la nouvelle école, qui va s'ouvrir en septembre. Il se trouve que leur choix a capoté à la fin du printemps. J'ai eu vent de toute l'histoire par…

Elle s'interrompit. Elle avait eu vent de toute l'histoire par Phil Granger, dont la femme siégeait au comité d'embauche, mais elle ne voulait pas qu'Ethan fasse le rapprochement.

— … par un ami, acheva-t-elle. Le conseil est pour ainsi dire dans le pétrin, aussi ont-ils repris leurs recherches. Le fait est que Georgia conviendrait parfaitement pour le poste. Il s'agit d'un lycée-collège pour enfants en difficulté au sens large. Des enfants qui n'arrivent pas à s'intégrer dans une structure, des enfants qui ont besoin d'une seconde chance et d'une expérience d'éducation spécialisée. L'établissement va être petit, intensif, et il a besoin d'un regard neuf sur l'enseignement, pas d'un principal qui retombe dans les anciennes méthodes. C'est pourquoi j'ai…

Elle haussa les épaules.

— J'ai rédigé une lettre de recommandation en faveur de la mère de Sam.

— Elle t'en avait demandé une ?

— Pour être franche, je suis sûre qu'elle serait horrifiée si elle venait à apprendre mon initiative. Mais je sais que c'était à ce poste-là qu'elle se présentait parce que… Eh bien, parce que je le sais, voilà tout.

— Tu as des oreilles dans toute la ville, hein ?

Comme c'était vrai, elle ne pouvait le nier.

— Je connais quelqu'un, au comité, qui s'occupe des entretiens préliminaires. Je lui ai simplement demandé s'il serait utile que j'écrive une lettre en faveur d'une personne qui pourrait se porter candidate au poste et, quand j'ai mentionné le nom de Georgia, elle ne m'a pas dissuadée.

— Tu ne crois pas que tu aurais dû consulter Georgia au préalable ?

— Je lui ai exprimé mes regrets pour tout ce qui s'est passé, autrefois. Elle a été on ne peut plus polie, mais je sais qu'elle ne veut pas de mon aide. Elle s'imagine sans doute qu'elle devrait m'en être redevable.

— Ça ne serait pas le cas ?

Charlotte le regarda, les sourcils froncés.

— En aucune manière.

— Et que peux-tu dire en sa faveur ? C'était il y a longtemps.

— Il y a longtemps, oui, mais son licenciement continue de la poursuivre professionnellement, cela ne fait aucun doute. J'ai déclaré que Georgia était un formidable proviseur, et que son seul tort avait été d'être en avance sur son temps. J'ai également dit que je ne m'en étais pas rendu compte à l'époque, mais qu'il ne se passait pas un jour sans que je ne me maudisse de ne pas avoir tenté de la garder à l'académie de l'Alliance, au lieu de m'être évertuée à provoquer son départ.

— Bon, tout ça me semble assez inoffensif.

— C'est que je ne me suis pas arrêtée là, en fait…

— Oh ! je me souviens de ce ton-là…

Il l'imita.

— « Au fait, Ethan, je n'ai pas fait que ça, aujourd'hui. J'ai aussi acheté une parcelle de deux hectares à Weaverville. Je suis persuadée qu'on va en faire une zone commerciale et que sa valeur va tripler. »

Elle se mit à rire — qu'aurait-elle pu faire d'autre ?

— Ma foi, si ce n'était pas moi qui avais amené le sujet sur le tapis, je te répondrais que tout cela ne te regarde pas.

— Mais c'est toi qui en as parlé. Alors, qu'as-tu fait d'autre ?

— J'ai appelé certaines personnes dont les enfants avaient été scolarisés à l'académie à l'époque des faits, et je leur ai demandé d'écrire, eux aussi, des lettres en faveur de Georgia.

— En ayant soin de sélectionner des personnes partageant ton point de vue sur elle, je suppose…

— Il n'aurait pas servi à grand-chose que je choisisse des personnes opposées à ses méthodes, si ?

— Tu aimes toujours autant jouer de ton influence.

— J'espère qu'elle aura le poste.

Ethan prit son verre vide et le leva.

— Amen ! Allons nous servir quelque chose à manger.

Ils s'activèrent de concert, remplissant des assiettes de porc, de macaronis au fromage et de haricots qu'ils firent réchauffer au four à micro-ondes. Pendant qu'ils patientaient, Charlotte mit de la musique et tripota les boutons de réglage jusqu'à ce qu'elle trouve précisément ce qu'elle voulait.

Lorsqu'elle revint, Ethan souriait.

— Alison Kraus & Union Station ?

— J'ai tous leurs enregistrements, mais ne le dis à personne !

— Tu connais bien mes goûts, hein ? Ils sont passés en concert à Asheville, tu sais ? Vu que tu es fan, nous irons les applaudir la prochaine fois.

Charlotte se garda bien de répondre.

Ils bavardèrent. Ethan lui parla de ses projets d'aménagement pour la cuisine de son appartement, et elle lui parla d'un meuble de cuisine pivotant, édité en Nouvelle-Zélande, qu'elle avait repéré dans une exposition consacrée au design.

— Il présente un faible encombrement au sol mais contient presque l'essentiel requis dans une cuisine, y compris l'évier. J'ai pensé à toi en le voyant. Utilitaire au plus haut point, mais convivial et séduisant, aussi. Je te voyais l'incorporant à l'un de tes plans.

— Le plus dur dans un divorce, ce n'est pas de faire sortir quelqu'un de son lit, c'est de le faire sortir de sa tête.

— Personnellement, je n'y suis jamais arrivée.

Elle se retourna.

— Si tu as eu plus de réussite dans ce domaine, ne me le dis pas. Laisse-moi quelques illusions.

— Je me suis remarié. Ça m'a aidé quelque temps.

Il ne poursuivit pas.

A son corps défendant, Charlotte se sentit encouragée par ce « quelque temps ».

— Je t'en voulais tellement au début, Ethan… Si je ne t'en avais pas autant voulu, peut-être aurions-nous pu trouver une meilleure solution que celle que nous avons choisie.

— Quelle solution aurais-tu préférée ?

— A l'époque ? T'infliger le supplice de la roue, ça ne m'aurait pas déplu. Mais ensuite…

Elle ne put continuer.

Il le fit à sa place.

— Parfois, quand on laisse la situation se détériorer, on ne peut plus revenir en arrière. Nous avons laissé notre mariage toucher le fond. Si nous avions tenté de le maintenir à flot quand nous le pouvions encore, les choses auraient peut-être tourné différemment.

— Je n'aurais jamais accepté de m'engager dans une thérapie de couple ; et pourtant c'est ce qu'il nous aurait fallu.

— Pourquoi aurais-tu refusé ? Tu étais donc si sûre d'avoir raison ?

Elle rouvrit le four à micro-ondes, y plaça une assiette, le referma et se retourna vers Ethan.

— Non, ce n'était pas vraiment ça. Je craignais qu'en me dévoilant trop tu ne finisses par comprendre qui j'étais vraiment, par voir à quel point je me sentais inférieure, et que tu ne veuilles plus de moi.

— Lulu…

Il secoua la tête.

— Je savais très bien que tu étais vulnérable. Simplement, je me disais que, en t'aimant suffisamment, j'effacerais tes complexes et qu'un beau jour tu t'apercevrais que tout ce qu'on disait sur toi à Doggett Mountain, y compris sur ton bon à rien de père, n'avait aucune importance.

Elle n'avait pas voulu le perdre et, sans en avoir conscience, elle avait tout fait pour que cela arrive… Pendant un moment, le souvenir l'oppressa si intensément qu'elle en oublia de respirer.

— Quel dommage que nous ayons compris tout cela trop tard, n'est-ce pas ?

Ethan ne répondit pas, et elle comprit qu'il était temps de changer de sujet.

— On va manger dehors ?

— Allons-y. N'oublie pas le coleslaw.

Il prit une autre bière tandis qu'elle optait pour de l'eau. Son petit verre de vin avait suffi à l'étourdir. Elle se sentait comme une femme en train de se noyer, nageant à contre-courant vers le rivage. Les effets de sa sieste s'estompaient, son bon sens la désertait. Elle disait des choses qu'elle n'aurait pas dû dire, s'approchant trop près de l'époque où des soirées telles que celle-ci étaient monnaie courante entre eux.

Elle était prête à alléger l'atmosphère quand Ethan revint sur le sujet, l'abordant sous un autre angle.

— Taylor est venue me présenter ses excuses. Maddie rentre demain du Tennessee — elle ne devait pas vouloir que la petite sache que nous nous étions querellés.

Charlotte attendit la suite, espérant qu'il allait lui dire que Taylor consentait à faire le premier pas vers une réconciliation, mais il secoua la tête.

— Je regrette, mais elle n'a toujours pas lu ta lettre.

Charlotte se demanda combien de temps il lui restait avant qu'il ne soit trop tard pour que sa fille revienne sur sa position.

— Elle le fera quand elle se sentira prête, dit-elle.

Ils mangeaient en silence, et elle s'étonna de trouver un goût délicieux à la nourriture. Peut-être était-ce le fait de dîner dehors ou de retrouver les saveurs familières du passé — à moins que son regain d'appétit ne fût à mettre au compte de la compagnie d'Ethan. Toujours est-il qu'elle ne laissa pas une seule miette.

— C'était un régal !

Elle posa son assiette sur la table.

— Je n'avais pas autant mangé depuis des lustres.

— C'est vrai que tu es plus mince que dans mon souvenir. Peut-être trop.

— Manger n'est pas ma priorité, répliqua-t-elle.

Du reste, c'était la vérité.

— Je sais combien il est facile de ne plus se préparer de repas quand on est seul.

Un bluegrass rythmé céda la place à une mélodie douce, lente et triste. Charlotte reconnut la chanson. C'était *Ghost In This House* dont les paroles évoquaient une femme solitaire, abandonnée par son amant.

— Je me souviens de cet air, dit Ethan. Quelqu'un d'autre l'interprétait, à l'origine, un groupe de country.

Charlotte s'en souvenait très bien, elle aussi, même s'il y avait bien longtemps qu'elle n'avait pas entendu cette version-là. Et, brusquement, elle pouvait presque sentir les bras d'Ethan autour de sa taille, entendre le nasillement d'une Dobro. Des enseignes au néon clignotaient à la devanture et l'air était saturé de fumée de cigarette.

— Nous avons dansé là-dessus, dit-elle. Dans un bar, quelque part à Roanoke, la toute première fois que nous avons été rendre visite à tes parents.

— Je me rappelle. J'ai dû t'arracher à eux pour t'avoir à moi tout seul.

Puis, sans leur laisser le temps de penser, il lui prit la main et l'aida à se lever.

— En souvenir du bon vieux temps.

Charlotte n'hésita pas une seule seconde. Elle retrouva sa place entre les bras d'Ethan comme si elle ne les avait jamais quittés. Il appuya sa joue contre ses cheveux et se mit à se mouvoir lentement d'avant en arrière. Elle sentait la douceur de son jean tout propre frotter contre ses jambes nues, la chaleur de son torse contre ses seins. Leurs corps s'étaient toujours parfaitement accordés, et ils continuaient. Elle était submergée par l'émotion, passé et présent confondus par le rythme alangui du slow, et par l'étreinte familière du seul homme qu'elle avait jamais aimé.

Ethan se mit à fredonner la mélodie et ses bras se resserrèrent autour d'elle. Charlotte ne pouvait se méprendre sur ce qui leur arrivait, ni prétendre que c'était fortuit. Soudain, tous ses désirs enfouis déferlaient en elle. Elle avait envie de pleurer, mais surtout elle avait envie de rire. Ils n'avaient pas abouti là par hasard. Ils avaient lentement dérivé l'un vers l'autre depuis le jour où Ethan était venu lui demander pourquoi elle épiait leur petite-fille. Elle avait tenté d'ignorer ses sentiments, mais Ethan, lui, n'avait pas été aussi aveugle.

La chanson prit fin. Il s'arrêta de danser, mais ne relâcha pas son étreinte. Elle leva les yeux vers lui et attendit.

— On a accompli un sacré parcours, Lulu. D'abord, il y a eu l'amour, ensuite la colère et, maintenant, quelque chose que je définirais presque comme de l'amitié.

Elle traça une ligne sinueuse sur sa joue.

— Sauf qu'il ne s'agit pas tout à fait d'amitié, n'est-ce pas ? Je n'ai jamais pu oublier nos moments heureux, Ethan. Ils me hantent.

— Je ferais peut-être mieux de m'en aller.

Il ne s'écarta pas d'elle.

Il pencha son visage vers le sien et déposa un léger baiser sur ses lèvres. Elle noua ses bras autour de son cou et leur baiser se fit plus profond. Un doux gémissement s'échappa de sa gorge. Son corps martyrisé et à bout de forces revenait à la vie, et c'était une sensation exquise.

Son cœur cognait presque douloureusement dans sa poitrine, comme s'il réapprenait à battre. Le sang circulait dans ses membres meurtris d'ecchymoses. Puis les mains d'Ethan descendirent le long de ses cuisses pour l'attirer à lui, et elle se raidit de douleur tandis que sa main se posait innocemment à l'endroit d'une ecchymose qui s'étendait chaque jour davantage depuis sa dernière biopsie de moelle osseuse.

— Excuse-moi, dit-il, sans comprendre comment il avait pu lui faire mal.

Elle fit glisser sa main vers un endroit moins sensible.

— Mais non. C'est… J'ai un bleu, à cet endroit.

Il s'écarta un peu.

— Encore ? Depuis l'autre jour ?

— J'ai toujours marqué facilement, tu te rappelles ?

Il sembla réfléchir — elle pouvait presque voir les rouages de son cerveau cliqueter tandis qu'il passait en revue ses souvenirs.

— Et celui que tu avais au bras, l'autre jour ? Tu l'as encore ?

Ses bras disparaissaient à présent sous un triste patchwork de bleus causés par les prises de sang, les transfusions et les effets de la maladie. Charlotte s'efforça de sourire.

— Tu ne me feras pas mal, je t'assure.

Ethan semblait vouloir la croire, mais ils en avaient trop vu ensemble pour qu'il soit dupe. Aujourd'hui encore, il connaissait précisément le sens d'un tel sourire et savait comment l'interpréter.

— Pourquoi est-ce que tu ne me dis pas tout, Charlotte ?

— Il n'y a rien que je veuille te dire maintenant.

Mais le charme était rompu, elle sentait le changement d'atmosphère autour d'eux. Le crépuscule n'était plus leur allié, et le doux murmure de la fontaine n'était rien d'autre qu'une intrusion dans leur silence. Elle chercha désespérément le moyen de revenir en arrière, ne serait-ce que quelques instants, mais c'était impossible.

— Et si tu m'en parlais quand même ?

Il s'écarta afin de mieux la dévisager.

Elle entendit le bruit d'un avion, très haut dans le ciel, et regretta de ne pas être à bord, en route pour n'importe où, loin de la réalité. Elle aurait souhaité qu'Ethan soit du voyage, qu'ils puissent laisser derrière eux leur passé commun et son avenir à elle, pour vivre à jamais au présent. C'était l'espoir qu'elle avait nourri quand il l'avait embrassée, même si, à présent, elle était bien incapable de se souvenir de la façon dont elle aurait pu arrêter le temps.

Elle ne savait pas par où commencer. Ethan, son regard toujours planté dans le sien, tira sur les manches longues de la tunique qu'elle portait sur un débardeur et elle se retrouva les bras nus, son vêtement sur les hanches. Le regard d'Ethan suivit les ecchymoses qui montaient de ses poignets jusqu'à ses bras, puis ses yeux se plantèrent dans les siens.

— Si je ne te connaissais pas aussi bien, Lulu, je me demanderais presque si ces marques d'aiguille n'indiquent pas une quelconque dépendance à la drogue. Mais tu ne choisirais pas ce genre d'échappatoire. Alors, si tu me disais ce qui se passe ?

Elle n'avait plus d'autre choix que de lui dire la vérité, mais ne savait toujours pas comment s'y prendre.

— Je crains que ce ne soit aussi grave que c'en a l'air.

— Et je devine que ça ne t'est pas arrivé subitement, du moins que ça ne date pas de ces derniers jours ?

Elle croisa son regard.

— Au printemps, on m'a découvert une leucémie. J'ai été hospitalisée pour un traitement d'un mois. J'entame mon second protocole de chimio la semaine prochaine.

Les paroles suivantes se coincèrent dans sa gorge et elle secoua la tête avant de pouvoir poursuivre.

— Je commence à peine à en informer tout le monde. Je voulais passer cette soirée sans que ma maladie s'interpose entre nous.

Ethan semblait avoir reçu un coup de massue. Assommé, blessé, la colère l'envahissait lentement.

— Tout le monde, hein ? Alors, pour toi, je suis *tout le monde* ? A combien d'autres personnes l'as-tu annoncé ?

— A quelques-unes, à peine. La révérende Ana est au courant depuis un moment. Je viens de l'apprendre à Harmony et au directoire de Falconview, afin que ses membres puissent commencer à se préparer au pire, s'il doit advenir. Mais je ne le leur ai annoncé que ce matin.

— Tu en as parlé à notre fille dans la lettre que tu lui as écrite ?

— Non, surtout pas ! Je refuse de mêler ma maladie à nos problèmes. Je veux que Taylor fasse un pas vers moi parce qu'elle comprend que j'ai changé et qu'elle souhaite que nous formions de nouveau une famille.

— Ah, voilà qui est intéressant ! As-tu *réellement* changé, Charlotte ? Parce que faire des cachotteries, c'était un pan très représentatif de ta personnalité, à l'époque. Manœuvrer en coulisses. Manipuler les gens. Contrôler tout et tout le monde.

Les larmes jaillirent des yeux de Charlotte.

— Ethan, je t'en prie, je n'essaie pas de contrôler qui que ce soit, et surtout pas toi. Je voulais simplement… Non, j'avais *besoin* d'être avec toi sans parler de ma maladie. Je n'ai rien orchestré de ce qui s'est passé ce soir, et ce n'était pas quand j'étais dans tes bras, il y a encore un instant, que j'allais jeter cette bombe entre nous.

Il rétorqua en détachant les syllabes :

— Tu avais tout le temps de me le dire, Charlotte !

— Je n'ai pas pu. Je t'en prie, Ethan, comprends-moi. Je voulais juste être heureuse quelques instants encore. Sans me demander si on me plaignait, ou si les gens s'efforçaient d'être aimables envers moi pour que ma mort ne revienne pas hanter leur conscience. De grâce, tu ne peux donc pas comprendre ça ?

Du bout des doigts, elle essuya les larmes qui coulaient sur ses joues, mais Ethan secoua la tête.

— Je comprends que j'ai donné tête baissée dans ton stratagème. J'ai vraiment cru que tu avais changé et, pourtant, voilà que tu recommences à décider pour nous tous. Tu n'as donc jamais envisagé que je pouvais valoir mieux que ça ? Que j'étais capable de faire la distinction entre la pitié et l'amour ? Que je pouvais me montrer gentil envers toi simplement parce que tu en vaux la peine, et non parce que tu es en train de mourir ?

Charlotte était à court d'arguments. En désespoir de cause, elle répondit la seule chose qui lui vint à l'esprit.

— Je ne voulais pas penser à la mort. Je voulais être en vie. Pleinement en vie, sans ces ombres planant au-dessus de moi. Au moins le temps que nous étions ensemble.

— Je regrette, mais ça me dépasse complètement. Moi, je vois ça beaucoup plus simplement. Tu m'as joué la comédie chaque fois que nous nous sommes revus. Et je suis tombé dans le panneau parce que j'avais recommencé à te faire confiance !

Il tourna les talons et retraversa la maison en sens inverse. Charlotte aurait voulu le rappeler, trouver la formule magique qui lui ferait comprendre son attitude. Mais il n'y en avait aucune. Même après avoir entendu la porte d'entrée se refermer derrière lui, elle resta figée au même endroit, dans l'espoir que les mots justes lui viendraient à l'esprit.

Mais si ces mots-là avaient jamais existé, ils avaient, tel Ethan, disparu à jamais.

36

Taylor faisait trop grand cas de l'arrivée imminente de sa fille, elle le savait. Mais Maddie lui avait terriblement manqué et elle se faisait une fête de son retour, même si, en définitive, son désarroi face à l'absence de sa fille l'avait éclairée sur elle-même.

En cette fin d'après-midi, alors que leur camionnette de location s'engageait sur l'I-240, Maddie lui avait téléphoné du portable de son père, afin qu'elle se tienne prête à les accueillir avec de la citronnade fraîche et des cookies tout juste sortis du four. Les occupants du véhicule descendirent tous en même temps et Taylor, debout sous la véranda, ne put se défendre d'une pointe de déplaisir en découvrant la présence de Willow parmi eux. Il fallait vraiment qu'elle se défasse de cette attitude, mais, de toute évidence, ce n'était pas le bon jour pour s'y mettre.

Maddie se précipita dans ses bras tendus.

— Tu m'as manqué, maman ! dit la fillette en se serrant contre elle de toutes ses forces.

Taylor lui rendit son étreinte, puis lui caressa les cheveux en arrière.

— La maison était affreusement calme, sans toi, ma puce.

— J'ai des tonnes de trucs à te raconter !

Là-dessus, les sentiments de Taylor étaient plutôt partagés. D'un côté, elle souhaitait connaître tous les détails du séjour de sa fille à Nashville et, d'un autre, elle n'y tenait que très modérément. Si, comme il fallait s'y attendre, le récit de Maddie se résumait à une série d'exclamations extasiées sur la vie qu'elle avait menée là-bas, il n'allait pas être aisé de feindre l'enthousiasme. Taylor avait beau faire, elle ne parvenait toujours pas à dominer sa jalousie. Pas vis-à-vis du couple que formaient Jeremy et Willow, mais vis-à-vis de Jeremy, Willow *et* Maddie.

— Nous aurons toute la soirée pour ça, dit-elle à sa fille avant de la serrer de nouveau dans ses bras.

Puis Maddie se dégagea de son étreinte et fonça dans la maison, sans doute pour s'assurer que rien n'avait bougé depuis le jour de son départ.

— Sam nous a apporté un sac de vêtements trop petits pour Edna ! lui lança-t-elle. Je l'ai mis sur ton lit.

— Willow aussi m'a acheté tout un tas de fringues ! cria Maddie depuis la cuisine.

Taylor prit sur elle-même, mais ne réussit qu'à adresser un sourire figé à la fiancée de Jeremy.

— C'est très gentil, il ne fallait pas…

— Je n'ai pas pu résister ! Ma sœur possède une boutique dans la CoolSprings Galleria — elle m'a fait une ristourne sur le tout. Ça ne t'ennuie pas, j'espère ?

Willow — en look vert chartreuse, cette fois, chignon haut retenu par une barrette en strass — semblait sincèrement soucieuse de sa réaction.

— Maddie est très agréable à habiller, se borna à répliquer Taylor.

Il ne fallait pas lui en demander davantage.

— Tout à fait d'accord !

Jeremy passa sous la véranda, chargé de la valise de Maddie ainsi que d'une autre, flambant neuve, qui devait contenir la garde-robe tout aussi neuve de leur fille.

— On pensait que Maddie pourrait peut-être montrer à Willow le parc où elle va jouer. Elle n'a pas arrêté de nous en parler.

Une sonnette d'alarme se déclencha dans la tête de Taylor.

— Pourquoi seulement à Willow ?

— J'aimerais te parler, si tu n'y vois pas d'inconvénient. Et je préférerais que Maddie ne soit pas là.

Taylor ravala bon nombre de répliques cinglantes, toutes plus ou moins proches de : « J'ai le téléphone, tu n'as qu'à t'en servir pour m'appeler. »

— Très bien. Mais j'avais préparé une citronnade et des cookies…

— C'est gentil, mais nous avons mangé un morceau il n'y a pas très longtemps, quand je me suis arrêté pour faire le plein. Maddie n'aura pas faim avant leur retour du parc. A moins que ça te pose un problème ?

Taylor perçut une provocation derrière la question. Mais, plutôt que d'y répondre, elle préféra laisser filer, afin que Jeremy et Willow puissent filer tout court — et le plus tôt serait le mieux.

— Non, aucun.

— Demi-portion !

— Tu appelles Maddie demi-portion ? s'étonna-t-elle.

— Elle est accro aux rediffusions de *La Petite Maison dans la prairie.* Je lui ai promis qu'on l'emmènerait dans le Missouri l'été prochain, histoire de visiter la maison de Laura Ingalls Wilder, si c'est toujours sa passion. Elle m'a dit qu'elle avait tous ses livres ?

— En effet, oui.

Il baissa la voix.

— Pour Noël, nous allons essayer de lui trouver une poupée qui ressemble à Laura. Willow voudrait lui fabriquer des vêtements d'époque pour qu'elle ait une garde-robe *Petite Maison dans la prairie.*

Taylor, sûre que Maddie ne manquerait pas d'être enthousiasmée par cette idée, se demanda amèrement ce qu'elle pourrait bien lui offrir à côté d'un tel cadeau.

Il fallait qu'elle cesse d'établir des comparaisons.

Maddie arriva en courant et s'arrêta devant eux en dérapage contrôlé. Manifestement, son tour d'inspection avait été satisfaisant.

— Willow voudrait voir le parc, lui dit Jeremy. Tu veux bien l'emmener là-bas ?

Le regard de Maddie alla de sa mère à son père.

— Vas-y, chérie. A votre retour, il y aura des cookies et de la citronnade.

— Je peux ?

Taylor savait qu'elle devait soutenir Jeremy devant leur fille.

— Si ton père dit que oui, il n'y a aucun problème.

Maddie parut soulagée.

— Tu viens, Willow ?

Jeremy attendit que leurs voix se soient éloignées pour parler.

— Entrons nous asseoir.

— Je n'aime pas ce ton…

— N'anticipe pas avant de savoir. Je ne compte pas kidnapper Maddie, mais il y a effectivement quelque chose dont nous devons discuter tous les deux.

A l'intérieur, elle lui fit signe de s'installer sur le sofa. Ils s'assirent en veillant à laisser un grand espace entre eux. Si l'on exceptait son père, se demanda Taylor, quel était le dernier homme à s'être assis là ? Un effort de mémoire lui apporta la réponse sous forme d'une prise de conscience peu agréable : son propriétaire, âgé de soixante-neuf ans.

— Vu que nous n'avons pas beaucoup de temps, je ne vais pas tourner autour du pot, déclara Jeremy. Pendant que Maddie était chez nous, je l'ai emmenée au Vanderbilt pour faire évaluer son traitement contre l'épilepsie. J'avais réussi à obtenir un rendez-vous, il y a deux mois.

Brusquement, ce fut le vide dans l'esprit de Taylor. Seule résonnait encore dans sa tête la dernière phrase prononcée par Jeremy.

— Comment ça, il y a deux mois ? Et tu ne m'en as rien dit ?

— Le Vanderbilt possède un service entier consacré à l'épilepsie pédiatrique, Taylor. Crois-le ou non, mais les soignants font leur maximum pour dédramatiser l'électroencéphalogramme de sommeil. Les médecins avaient tout le dossier médical de Maddie. Ils ne l'ont gardée que deux jours, et je suis resté à son chevet vingt-quatre heures sur vingt-quatre.

Maddie n'avait soufflé mot de son séjour à l'hôpital, et Taylor savait très bien pourquoi.

— Tu as interdit à la petite de m'en parler, n'est-ce pas ?

— Je lui ai dit que c'était à moi de te l'apprendre. Et je pense que tu seras d'accord avec moi pour estimer que c'était la manière de faire la plus raisonnable.

Les paroles de Jeremy explosaient comme autant de bombes dans la tête de Taylor. Assourdie par l'écho de leurs détonations, elle vit rouge.

— Ce qui n'était pas raisonnable, c'était d'organiser ce bilan à mon insu ! Pour qui te prends-tu de…

— Pour son *père*, Taylor, et si quelqu'un n'a jamais eu son mot à dire en ce qui concerne le traitement de Maddie, c'est bien moi.

— Faux ! Je t'ai toujours tenu informé !

— Tu entends la différence ? Tu m'as *tenu informé*. Tu ne m'as jamais *consulté*. Il fallait que je sois sûr que *notre* fille bénéficiait du meilleur traitement pour la maladie qui affecte son quotidien.

— Pourquoi, Jeremy ? Tu n'es pas capable de l'aimer telle qu'elle est, c'est ça ? Il vous faut une petite fille parfaite, à Willow et à toi, pour parader devant vos amis ?

Il y eut un silence terrible. Jeremy faisait des efforts pour se contenir et Taylor, à son corps défendant, se sentit vaguement coupable.

— Je te demande pardon, dit-elle enfin, mais comment as-tu pu faire ça sans me demander mon avis ?

— Si je t'en avais parlé, tu aurais refusé.

Elle tâcha de réfléchir à la meilleure conduite à adopter. Soit ils continuaient à se quereller sur leurs droits respectifs, soit ils faisaient avancer la discussion. La discussion n'était pas close, mais il y avait fort à craindre que Jeremy n'en soit qu'au tout début de ses révélations.

— Très bien, dit-elle d'une voix aussi calme que possible. Qu'ont dit les médecins ?

— Contrairement à ce que tu imagines, je ne voulais pas aller au-delà d'un simple bilan sans te consulter. L'étape suivante, ce sera la chirurgie, afin d'implanter dans le cerveau de Maddie une grille d'électrodes qui permettra aux médecins de déterminer le point de départ exact de ses crises. Après ça, ils pourront décider de la suite à donner à son traitement.

Il continuait à parler, ignorant ses tentatives pour l'interrompre.

— Je t'en prie, Taylor… Je comprends l'effet que ça doit te faire, mais ne commence pas à paniquer. Jusqu'ici, c'est une nouvelle vraiment positive. L'équipe de neurologues préconise plutôt la solution chirurgicale. Et, s'ils ne parviennent pas à corriger le problème, ils pourront au moins en diminuer l'impact, de façon que son épilepsie puisse être contrôlée par traitement médicamenteux. Maddie pourrait être complètement débarrassée de ses crises ! Ils en sauront plus après la prochaine étape, mais…

— La prochaine étape ? Tu veux dire ouvrir le crâne de Maddie pour farfouiller dedans ?

Il se tut de nouveau.

— Maddie n'est pas une poupée déglinguée, Jeremy ! C'est un être humain et tu parles de détruire une partie de son cerveau ! Et si ça ne marche pas ? Et si son état empire lorsqu'ils auront fini de faire leurs expérimentations sur elle ?

C'en était trop pour Jeremy, qui explosa :

— Pour l'amour du ciel, Taylor, il ne s'agit pas *d'expérimentations* ! C'est pour ça que les examens préliminaires sont si exhaustifs ! Tout acte chirurgical comporte des risques, c'est évident, même une appendicectomie, mais tu crois que je te proposerais d'aller plus loin dans cette voie, si la santé de Maddie devait en pâtir ?

— Si la chirurgie était une solution, je le saurais ! Je le saurais, tu ne penses pas ? Parce que je te rappelle que, jusqu'à présent, c'est moi qui ai assumé toute la partie médicale !

— Ce que je pense, c'est que ton neurologue est dépassé et excessivement prudent. Que la science fait des progrès tous les jours, et qu'il ne se tient pas au courant de l'évolution des traitements. Alors qu'au Vanderbilt les équipes médicales qui se consacrent à soigner des enfants comme Maddie se tiennent informées des moindres avancées dans le domaine de l'épilepsie. Leurs médecins sont immédiatement au courant des nouveaux traitements, et ils savent dans quels cas les employer sans risque.

— Non. C'est trop dangereux. Le cas de Maddie est loin d'être simple. J'ai lu que…

— Oui, mais tu n'es pas médecin ! Et moi non plus ! Nous devons laisser le corps médical nous donner toutes les possibilités de traitement, pour que nous puissions les évaluer avec eux et prendre la meilleure décision.

Affolé de terreur, l'esprit de Taylor ne pouvait concevoir d'autre réponse que « non ». Aussi réitéra-t-elle son refus. Plus fort, cette fois.

Jeremy la dévisagea fixement, puis secoua la tête.

— Voilà ce qui arrive quand des enfants ont des enfants.

— Je pense qu'il est temps de t'en aller, Jeremy.

Il ignora sa remarque.

— A la naissance de Maddie, ni toi ni moi n'avions le privilège de l'âge ou de la sagesse. Après coup, on peut dire que nous nous sommes plutôt bien débrouillés mais, aujourd'hui, nous ne sommes plus des ados. Il faut ouvrir la porte à la sagesse, Taylor. Chaque once de sagesse que je possède, une sagesse acquise à la dure, me dit que nous *devons* aller de l'avant.

— Il est hors de question que je te donne mon autorisation.

— Dans ce cas, nous nous reverrons devant un juge.

Elle se leva.

— Tu n'oserais quand même pas !

— Oh, que si ! Si nous ne parvenons pas à un accord, il faudra demander à la justice de nommer un tuteur pour étudier le cas de Maddie et prendre la décision à notre place, parce qu'il n'est pas question que je recule sur ce point.

— J'en ai par-dessus la tête de tes menaces, Jeremy !

— Et moi, j'en ai par-dessus la tête de devoir recourir aux menaces pour te faire entendre raison. Tu sais ce que tu es devenue ?

Sans lui laisser le temps de répondre, il se leva, lui aussi.

— Ta mère.

— Qu'est-ce que tu veux dire par là ?

— Tu ne te souviens pas ? Tu te plaignais en permanence de la façon dont ta mère essayait de régenter ta vie. Tu me disais qu'elle s'inquiétait pour tout, qu'elle t'empêchait toujours de faire de ce que tu voulais. Tu souffrais de la façon dont elle te couvait, mais aujourd'hui *qui* est une mère possessive, hein ? Finalement, ça t'arrange peut-être d'avoir une fille épileptique. Ça te fournit un prétexte génial, pas vrai ? Pour contrôler l'existence de Maddie et la garder près de toi, tout ça parce que tu es perdue sans elle ! Parce que, à part ta fille, qui d'autre as-tu dans la vie ?

Taylor resta interdite, incapable de formuler une réplique. De toute façon, c'était inutile — Jeremy se dirigeait déjà vers la porte. Il lança sans se retourner :

— Je vais attendre Willow et Maddie. On se dira au revoir dehors. Quant à notre problème, nous en reparlerons quand tu auras finalement entendu raison — à condition que tu y parviennes. Sinon, je le répète, nous réglerons la question devant un juge.

Assise à la fenêtre de sa chambre, Charlotte contemplait l'horizon. Elle ne distinguait pas les montagnes, contrairement à sa grand-mère qui pouvait les voir de sa fenêtre à elle. Elle apercevait son jardin d'ombres et, plus loin, le bord du garage de son voisin. Les arbres formaient une voûte de verdure, au-dessus de l'allée en brique menant aux marches d'une terrasse extérieure rarement utilisée. Elle aurait bien voulu pouvoir s'y téléporter, tant l'idée de s'y rendre lui paraissait fastidieuse et épuisante. Avant la maladie, pourtant, cette perspective ne l'aurait pas découragée.

Maddie était-elle rentrée de Nashville cet après-midi, ainsi qu'Ethan le lui avait annoncé ? Elle tenta d'imaginer une vie dans laquelle elle n'aurait qu'à décrocher le téléphone, appeler sa fille et lui poser la question. Elles se réjouiraient toutes deux avec des rires du retour de Maddie, et Taylor lui raconterait que la petite avait bronzé ou qu'elle s'était fait percer les oreilles. Après s'être fait passer sa petite-fille, elle raccrocherait, non sans lui avoir promis d'aller la voir, afin d'entendre par le menu le récit de son séjour chez son père. Elle arriverait là-bas avec une babiole, du genre de ces bracelets extensibles qu'elle avait vus au poignet de fillettes de son âge.

La banquette, malgré un coussin en peluche, était dure comme de l'acier sous ses jambes. Elle avait passé la journée à faire la sieste ou à contempler l'extérieur depuis sa fenêtre. Ethan n'avait pas appelé et ne le ferait sans doute jamais plus. Cent fois, elle s'était demandé si elle avait eu tort de ne pas lui avoir parlé plus tôt de sa maladie. Et si oui, à quelle occasion aurait-il mieux valu le faire ? Dans son atelier, pendant qu'il lui montrait ses plans pour la fabrique de bouteilles ? Au bord de la piscine, entre les jappements des chiots et les cris des enfants qui jouaient à s'asperger ?

Hier soir, juste avant qu'il ne la prenne dans ses bras ?

De toute évidence, elle avait eu tort. Pourtant, elle ne voyait pas quel moment aurait convenu, ce moment idéal qu'elle avait manifestement raté.

Demain, elle se rendrait à l'hôpital de jour, afin que lui soit administrée sa première perfusion, et que les médecins observent la réaction de son organisme au nouveau protocole de chimio. Si tout se passait bien, elle pourrait rentrer à la maison et revenir tous les jours à l'hôpital pendant une semaine. Mais c'était sans garantie aucune. Il y avait encore des gens qui ignoraient qu'elle était malade, et il y avait encore des choses à faire pour les préparer à cette annonce. Elle tentait d'échafauder un plan d'action quand on frappa à sa porte.

Harmony apparut.

— Sam Ferguson est là.

Samantha, justement. L'amie de Taylor arrivait en tête de sa liste concernant les affaires en suspens. Se pouvait-il qu'Ethan l'ait mise au courant de son état, et que la jeune femme soit venue lui témoigner sa sympathie ? Charlotte écarta cette idée. Ethan serait bien la dernière personne à faire le sale boulot à sa place. Non, il était beaucoup plus probable que Samantha soit passée voir pourquoi elle ne s'était pas rendue au dispensaire aujourd'hui. La peinture des murs étant à présent terminée, les bénévoles avaient prévu d'apporter les tables et les chaises dont ne se servait plus la maternelle de l'académie de l'Alliance. Charlotte savait que Samantha comptait sur elle pour aider ces dames à les disposer, et voir ce qui manquait encore à la salle de jeux.

— J'arrive tout de suite, dit-elle à Harmony.

— Tu es sûre ? Sinon, je peux la conduire ici.

— Non, ça va. J'arrive.

Harmony la regarda d'un air sceptique, mais elle sortit de la chambre. Charlotte enfila des chaussures, se donna un coup de peigne et alla trouver Sam.

Cette dernière se trouvait dans la salle de séjour, avec les chiots, mais Edna ne l'avait pas accompagnée. Pour une fois, Charlotte se réjouit de l'absence de la fillette. Elle pourrait ainsi annoncer sa maladie à Samantha en toute intimité.

— J'espère que ma visite ne vous dérange pas, dit celle-ci.

— Bien au contraire. Je suis absolument ravie que vous soyez passée me voir. Voulez-vous boire quelque chose ?

— Non, je vous remercie. Les bénévoles avaient apporté une bonbonne d'eau glacée de vingt litres ! Je me sens gonflée comme une barrique. Vous nous avez manqué, Charlotte.

Samantha caressait un chiot — Velveteen, apparemment — qu'elle posa pour se relever.

— Je suis navrée de ne pas avoir pu venir comme prévu, Sam.

— Il y a un problème, n'est-ce pas ?

Charlotte se demanda si, au lycée, quelqu'un avait réussi à entrevoir chez l'adolescente perturbée la femme perspicace et pleine de sollicitude que Samantha allait devenir. Georgia, sans doute, en avait eu l'intuition. En conséquence elle avait fait tout son possible pour que sa fille émerge de sa chrysalide. Georgia, qui devait avoir été anéantie par les choix de Sam, à l'époque, tout comme elle par ceux de Taylor.

La différence, c'était que Georgia avait soutenu sa fille, *elle*.

— Oui, en effet, il y a un problème.

— Vous n'allez pas bien. Je m'en doutais.

— Asseyons-nous.

Samantha vint la rejoindre sur le canapé, le plus confortable de toute la maison. Charlotte disposa quelques coussins dans son dos, qui semblait la faire souffrir, quoi qu'elle fasse. Bribes par bribes, elle avoua toute la vérité à Samantha. Ce qu'on lui avait annoncé, à quel moment, ce qu'elle avait fait à ce sujet, pourquoi elle avait choisi de ne rien dire.

— Je voulais me donner du temps afin que l'ombre de la maladie ne plane pas sur tout ce que je faisais, conclut-elle. Je voulais me donner un peu de temps pour remettre de l'ordre dans ma vie — dans la mesure du possible — sans que mon entourage se sente contraint de modifier son comportement à cause de l'éventualité de ma mort.

Elle marqua une pause. Cette même explication était tombée à plat avec Ethan.

— Mais je devine que c'est difficile à comprendre…

— Difficile ? Pas du tout, répliqua Samantha. Je trouve ça très courageux de votre part, Charlotte. Parfois, face à une épreuve comme celle-là, les gens se montrent sous leur pire jour. Ils plongent en eux-mêmes et ne refont jamais surface. Alors que vous, vous vous êtes servie de votre maladie pour tendre la main aux autres. J'espère pouvoir agir de même si jamais je me retrouve dans une situation similaire.

Charlotte sentit les larmes couler sur ses joues.

— Je vous remercie. Tout le monde n'a pas compris ma démarche, vous savez…

— C'est une hypothèse de ma part, mais je dirais qu'il y a deux catégories de personnes qui ne doivent pas la comprendre. D'un côté, celles qui ne s'intéressent absolument pas à vous et, de l'autre, celles qui vous aiment tellement qu'elles refusent d'affronter l'éventualité d'une issue fatale.

— Vous êtes l'incarnation de la sagesse, Samantha.

— Oh ! j'ai payé assez cher pour ça, croyez-moi !

La jeune femme lui prit la main.

— Vous vous souvenez que je suis infirmière de formation ? L'hématologie n'est pas ma spécialité, mais vous pourrez toujours compter sur moi pour vous soutenir, Charlotte. Vous m'appellerez, si jamais vous avez besoin d'aide ?

— Je n'y manquerai pas. Vous savez, je suis vraiment navrée de ne plus pouvoir vous prêter main-forte au dispensaire. Mon intention n'était pas de commencer quelque chose que je ne pourrais pas finir.

— Vous ne pouvez pas aller là-bas ! C'est un véritable nid à microbes.

Elle entremêla ses doigts à ceux de Charlotte.

— Vous voulez que je l'annonce à Taylor ? Parce que je le ferai si vous estimez qu'il vaut mieux qu'elle sache.

— Son père est déjà au courant. Il a dû lui en parler. En revanche, pourriez-vous faire quelque chose pour moi ?

— Tout ce qui est en mon pouvoir.

— Si jamais je devais mourir sans que Taylor ait renoué avec moi, vous voudrez bien lui dire que je comprends sincèrement son attitude ? Que c'est ma faute s'il n'y a plus de passerelle entre nous, et que, quoi qu'il ait pu se passer, je l'ai toujours aimée.

Samantha parut bouleversée.

— Ouf, c'est…

— Vous le ferez ?

— Je le ferai, oui. Bien sûr.

Après ce moment d'émotion, Charlotte tenta d'insuffler un peu de légèreté à la discussion.

— Evidemment, il se peut aussi que je m'en sorte haut la main. Qui sait ? Je vais peut-être faire figure de miracle de la science…

— Ne baissez pas les bras cinq minutes avant le miracle de la science, dit Samantha.

Charlotte parvint à rire. Puis elle se déplaça sur le canapé et serra la jeune femme dans ses bras.

— Vous et Edna, vous représentez pour moi un cadeau inespéré. Je suis heureuse de vous connaître, toutes les deux.

Samantha lui rendit son étreinte.

— Tenez bon, d'accord ? La partie n'est pas encore finie, Charlotte, et vous avez derrière vous toute une tribune de supporteurs. Ne l'oubliez pas.

37

Journal du Premier Jour : 21 juin

Le soleil se lève à peine, processus qu'il accomplit avec lenteur partout où l'horizon est cerné de montagnes, mais les oiseaux, eux, ne s'y trompent pas. Ils entament leur conversation du matin bien avant l'aube et se communiquent les dernières nouvelles.

Gran était convaincue que les oiseaux sont les créatures les plus intelligentes de l'univers, car, dès le tout début, ils sont capables de voler. Nul être humain n'est capable de déployer ses ailes et de s'élever au-dessus des arbres, simplement parce que le moment est venu de le faire. C'est une chose étrange que d'apprendre l'humilité par l'observation des oiseaux mais, ce matin, le chant des cardinaux et des geais bleus me la remet à la mémoire.

Le lundi matin, c'est jour de repos pour Nell, aussi l'odeur bienvenue du café est-elle absente. J'ignore ce que fait Nell les matins où elle ne vient pas chez moi. Quand elle ne regarde pas le soleil se lever à la fenêtre de sa cuisine, est-ce que son mari lui apporte le petit déjeuner au lit ? Gravit-il sans bruit l'escalier, un plateau orné d'une rose coincé contre sa poitrine, ou tenant par l'anse un simple mug de café brûlant qu'elle n'a pas été obligée de préparer elle-même ? Peut-être la laisse-t-il dormir, sachant qu'elle a en priorité besoin de sommeil ?

Du temps où Ethan et moi vivions ensemble, c'était toujours moi qui m'occupais de faire le café et de préparer

Taylor pour aller à l'école. Lui, il s'activait aux fourneaux. Les talents culinaires d'Ethan s'évanouissaient à midi, mais ses petits déjeuners étaient sensationnels. Je regrette aujourd'hui de ne pas en avoir profité davantage, de m'être trop souciée de ma ligne et de mon emploi du temps pour m'être régalée avec lui de ses omelettes et de ses gaufres. D'avoir privilégié la coiffure de Taylor et la bonne répartition de ses cahiers dans son sac de classe, au lieu d'avoir exprimé ma gratitude à son père.

Je regrette à présent d'avoir si souvent oublié de leur dire à quel point je les aimais, avant que nous ne partions entamer la journée chacun de notre côté.

Aujourd'hui, j'attaque un nouveau stade de mon combat avec mes deux premières injections de chimio. J'ai appris que je ne perdrais pas davantage de cheveux et que je n'aurais pas besoin d'un cathéter intraveineux. Une semaine d'injections et, ensuite, j'aurai droit à quatre glorieuses semaines de vacances avant la prochaine cure.

D'après Phil, ce protocole a permis à certains de ses patients partageant mon passé médical, mon patrimoine génétique et mon métabolisme, d'entrer en rémission, mais je sais également que beaucoup ne s'en sont pas sortis. Me lever de bonne heure pour voir le soleil apparaître sur les lointaines montagnes me paraît être la meilleure tactique dans le combat que je mène. Tant de matins de ma vie sont passés sans que je n'en remarque rien, obnubilée par l'emploi du temps de ma journée.

Quelle que soit l'issue de cette épreuve, jamais plus je ne commettrai une telle erreur.

38

Analiese avait attendu la fin de l'après-midi pour rendre visite à Charlotte. Sachant que cette journée marquait le début d'un nouveau protocole de chimio, elle avait beaucoup réfléchi avant de passer la voir. En fin de compte, elle avait décidé de faire coïncider l'heure de sa visite avec le départ de Harmony pour le Cuppa, afin de prendre le relais de celle-ci auprès de Charlotte.

Son timing se révéla parfait. Elle arriva au moment où Harmony sortait de la maison, ce qui leur permit d'échanger quelques mots sur le pas de la porte.

— Comment va Charlotte ? s'enquit-elle.

— Elle est fatiguée. Pour l'instant, elle est dans son bureau, elle se repose sur le canapé. On lui a prescrit un nouveau médicament contre les nausées. Ça l'a soulagée, mais c'est loin d'être l'idéal. J'ai préparé une soupe de légumes. J'espère qu'elle en mangera.

— Je réussirai peut-être à la convaincre d'y goûter.

— Je ne m'absente pas pour longtemps. Je ne travaille pas ce soir, au cas où Charlotte aurait besoin de moi. C'est elle qui m'a demandé d'aller au chenil pour acheter des croquettes spéciales chiots. Elle m'a assuré qu'elle s'en sortirait très bien toute seule.

De toute évidence, Harmony n'était pas convaincue. Elle se faisait du souci.

— Ne vous inquiétez pas, dit Analiese. Je resterai avec elle jusqu'à votre retour — ou jusqu'à ce qu'elle me flanque à la porte !

Harmony semblait toujours mal à l'aise.

— Si le pasteur de mes parents venait voir Charlotte, il lui infligerait tout un sermon sur le cancer et les maladies cardiovasculaires en lui disant que c'est Dieu qui nous les envoie — pour nous punir de nos péchés, vous voyez ? Alors, si vous avez l'intention de lui tenir ce genre de discours, s'il vous plaît, abstenez-vous.

Avant qu'Analiese ait pu songer à répliquer, Harmony inclina la tête sur le côté d'un air interrogateur.

— Mais j'ai l'impression que vous n'êtes pas comme ça. Je me trompe ?

— Ma foi, il… Je suppose qu'il s'agit d'un homme ?

Harmony acquiesça.

— Disons que votre pasteur et moi avons en commun de vivre sur la même planète… Sinon, pas grand-chose d'autre.

— Tant mieux. Parce que je ne veux pas qu'on la démoralise encore plus.

Analiese, impressionnée par le dévouement de la jeune femme, prit soudain conscience que cet attachement risquait de lui coûter cher. Le pronostic vital de Charlotte n'était pas favorable. Qu'allait devenir cette fille, si sa bienfaitrice disparaissait ? Impossible de lui poser la question directement. Après tout, elle n'était pas son pasteur, et elle ne voulait pas jeter une note négative dans la conversation.

— Je ne pense pas que Dieu existe pour nous saper le moral, dit-elle. Personnellement, j'estime que mon rôle de pasteur consiste à faire passer un message d'espoir et de réconfort.

Elle sourit pour ne pas avoir l'air de délivrer un laïus trop pompeux.

— Si jamais vous avez besoin de l'un ou de l'autre, n'hésitez pas à me le faire savoir, d'accord ?

Pour toute réponse, Harmony se contenta d'un sourire.

A l'intérieur, Analiese appela Charlotte jusqu'à ce qu'elle trouve le chemin de son bureau. Charlotte se redressa, mais avec lenteur, et repoussa un châle en laine.

— J'ai connu des jours meilleurs, dit-elle. Mais merci quand même de vous en enquérir.

Analiese approcha un fauteuil, de crainte d'augmenter le mal au cœur de Charlotte en faisant tressauter le canapé.

— Dans mon premier job à la télé, je tenais la rubrique santé, et je me souviens encore de quelques trucs pour contrôler les nausées. L'un d'eux est de rester bien hydraté. Vous voulez que je vous apporte quelque chose à boire ?

— J'ai déjà un verre d'eau, merci.

Charlotte agita la main en direction de la table.

— Le mieux, c'est de morceler les repas en petites collations. Je vais aller dans la cuisine.

— Existe-t-il un seul sujet au monde sur lequel vous ne sachiez pas *quelque chose,* révérende Ana ?

— Ma foi, je ne sais pas ce que ça fait d'être à votre place. A ce propos, vous en êtes où, en ce moment ?

Charlotte inclina la tête en arrière, le regard rivé au plafond.

— Je le vis plutôt mal. Honnêtement, ce traitement est une sinécure comparé à celui que j'ai enduré au Duke — de la « chimio *light* », pourrait-on dire. Mais j'ai été trop bien habituée, avec ces quelques semaines agréables passées à la maison. J'espérais en avoir davantage…

— Vous êtes une battante, Charlotte. Vous n'allez pas baisser les bras.

— Non.

Charlotte redressa la tête.

— Non ?

— Non ! répéta Analiese en secouant la tête pour bien marquer sa conviction.

— J'ai consacré ces derniers jours à annoncer à mon entourage que je risquais fort de passer l'arme à gauche. Evidemment, je ne l'ai pas formulé ainsi, mais ils ont compris le message.

— Je me doute que ça n'a pas dû être facile.

— Ethan l'a très mal pris.

Charlotte inclina de nouveau la tête en arrière, contre le dossier du canapé, comme si le fait de la tenir droite lui demandait trop d'efforts.

— Il m'en veut de ne pas lui en avoir parlé dès le début. Il croit que je l'ai manipulé. J'ignore si je le reverrai jamais. Et Taylor n'a même pas ouvert la lettre que je lui ai écrite. Je me demande comment j'ai pu commettre autant d'erreurs…

Analiese était au courant, pour la lettre, car elles en avaient discuté lors d'une conversation passée. Elle regrettait profondément que Taylor refuse d'en prendre connaissance.

— Ecoutez, Charlotte, tout le monde commet des erreurs... Vous êtes humaine, non ?

— Je n'ai jamais voulu l'être.

— Hélas, je crains que, sur ce point, nous n'ayons pas le choix...

— Ce matin, je me suis réveillée prête à faire face à ce traitement, et voici que, maintenant, je ne sais plus trop ce que je souhaite. A quoi bon, après tout ? J'ai essayé de remettre de l'ordre dans ma vie mais, quand je regarde les semaines écoulées, je n'ai pas l'impression d'avoir accompli grand-chose.

— Bien sûr que si. En revanche, si vous vous attendiez à pouvoir tout accomplir, c'est que vous retombez dans votre travers habituel, non ? Vous placez la barre trop haut pour vous et pour votre entourage, Charlotte. Vous ne pouvez pas contrôler les réactions des autres vis-à-vis de votre maladie ni la façon dont *vous* avez choisi d'y faire face. Au moment où vous avez appris votre maladie, aucune règle ne vous obligeait à l'annoncer à tout le monde. Mais, maintenant que vos proches sont au courant, aucune règle non plus ne leur interdit d'être bouleversés.

— Ça, je le sais. Simplement...

— Simplement, il est plus facile d'être positif et plein de bon sens quand on ne lutte pas contre l'envie de vomir.

— Je m'en souviendrai.

— Je ne suis pas seulement passée pour vous faire profiter de mon infinie sagesse, Charlotte. Figurez-vous qu'il m'est venu une idée que j'aimerais vous soumettre. Vous vous sentez suffisamment d'attaque pour m'aider à y voir clair ?

— Quoi, vous venez me consulter le premier jour de ma chimio ?

Malgré sa réaction, Analiese vit qu'elle avait piqué sa curiosité.

— Je ne vous en parlerai que si vous me promettez d'abord de manger un peu de la soupe que vous a préparée Harmony.

— Je vous imagine dans votre dernière vie antérieure... Vous

vous souvenez, quand vous faisiez trimer ces pauvres esclaves hébreux qui bâtissaient les pyramides ? C'était bien vous qui teniez le fouet ?

— Et c'était bien vous, le pharaon qui donnait les ordres ?

— Ne me faites pas rire. Ça ne m'aide pas.

— La soupe vous fera du bien, elle.

— Quelle est cette idée, alors ? Celle sur laquelle vous souhaitez avoir mon avis ?

— Votre maison, là-haut, dans les montagnes. Je suppose qu'il n'y aucune chance pour que vous vouliez y monter cette semaine…

— Je vous donnerai la clé, si vous voulez vous y rendre.

Charlotte hésita, mais la curiosité finit par l'emporter.

— Bon… d'accord. Mais un petit bol, alors, et quand je dis petit, c'est petit. Vous m'expliquerez votre projet, ensuite ?

— Seulement si vous finissez votre soupe.

— Alors ? J'attends de voir la bague ! dit Rilla après avoir gratifié Harmony d'une bise sur les deux joues.

Venue lui ouvrir la porte appuyée sur son déambulateur, elle semblait toute contente d'avoir fait ce chemin-là toute seule.

— Il n'y a pas de bague, répliqua Harmony.

Elles passèrent à pas lents dans la salle de séjour qui portait bien son nom — visiblement, c'était là que la famille se tenait le plus clair du temps. Tout y était conçu pour le confort. De larges sofas, assez moelleux pour y faire la sieste, des fauteuils inclinables, des rocking-chairs et une cheminée en brique à l'âtre si vaste qu'en cas de coupure de courant on pouvait sûrement y faire la cuisine et chauffer toute la maison.

Rilla s'installa avec précaution dans un rocking-chair.

— L'absence de bague peut signifier deux choses, j'imagine. a) elle n'était pas prête quand il est allé la chercher chez le bijoutier, b) il compte te la donner plus tard.

— c) J'ai décidé de ne pas l'épouser. C'est la case à cocher si tu veux décrocher le gros lot.

Harmony se laissa choir sur le sofa, en face de son amie.

— Mais ça va, ne t'en fais pas… Ça s'est passé de façon plutôt moche. A partir de maintenant, je pense que Davis et moi ne nous parlerons plus que par l'intermédiaire de nos avocats. Il sait qu'il va devoir payer une pension alimentaire pour l'enfant. Il ne nous reste plus qu'à en définir les modalités. Je garde la voiture, puisqu'il a déjà revendu ma vieille titine.

— Je suis navrée pour toi, Harmony.

— Pas la peine. Tu vois, je me faisais tellement de souci pour notre avenir — enfin, pour le mien et celui du bébé — que j'ai fermé les yeux sur tout le reste. A vrai dire, je ne suis même pas sûre de trouver ce mec sympathique, encore moins de l'aimer. Ce mariage n'aurait été positif pour personne.

Tout en hochant la tête, Rilla écouta Harmony lui expliquer sa théorie selon laquelle Davis ne l'avait demandée en mariage qu'afin de ne pas entacher son CV de la mention « Célibataire, un enfant ».

— Et donc, qu'est-ce que tu comptes faire, maintenant ? lui demanda-t-elle.

— Je ne sais pas trop. Pour le moment, Charlotte a besoin de moi, mais…

Harmony n'arrivait pas à formuler sa crainte que, très vite, Charlotte n'ait plus besoin de personne.

— Tu vas garder ton job au Cuppa ?

— Franchement, je ne vois pas comment je pourrais faire. Je ne gagnerais pas suffisamment en assurant le service de midi, et à moins d'avoir la chance de tomber sur une merveilleuse baby-sitter qui accepterait de garder mon bébé à un tarif raisonnable le soir, je ne peux pas me permettre de continuer à travailler là-bas.

— Le boulot va te manquer ?

— C'était sympa, mais je suis prête à chercher autre chose.

Harmony était également prête à changer de sujet — son avenir comportait trop d'éléments inconnus pour qu'il serve à quelque chose d'en parler.

— C'est génial de te voir te déplacer sur tes jambes ! Tu as l'air contente de pouvoir de nouveau répondre à la porte.

— Oh ! Ce n'est pas ça qui me rend heureuse !

— Ça y est, tes fils rentrent à la maison pour de bon ?

— Tout juste ! Et nous avons reçu hier soir une nouvelle qui devrait te ravir, toi aussi.

Harmony ne voyait pas du tout où Rilla voulait en venir.

— Comment ça ?

— Nous avons obtenu le règlement des dommages et intérêts concernant mon accident. La compagnie d'assurances de la partie adverse a enfin cessé de contester le paiement. Conclusion, nous pouvons maintenant engager une aide à temps complet.

— Jusqu'à ce que tu sois totalement rétablie ?

— Et même après. Brad et moi, ça faisait un bout de temps qu'on ne s'en sortait plus. Entre le chenil, les cultures, tous les animaux *et* les enfants… Sans compter mon projet de vendre des herbes aromatiques et des fromages de chèvre au marché agricole l'été prochain ! Bref, c'était devenu trop pour nous tout seuls. Alors, pendant son temps libre, Brad a retapé l'appartement au-dessus du garage. Comme il était plutôt décrépit, on ne s'en servait jamais, même pas pour y loger des invités.

— Je n'avais pas compris qu'il y avait un appartement là-haut. Je croyais que c'était une réserve.

— Il a des tonnes de potentiel. Brad a déjà effectué la plupart des travaux, il ne manque plus qu'à rénover la salle de bains et la cuisine. Depuis mon accident, il n'a plus assez de temps pour continuer mais, maintenant, nous allons enfin pouvoir embaucher quelqu'un pour finir les travaux ! A partir de là, notre nouvelle employée pourra y loger contre une partie de son salaire. Et tu sais quoi ? Je suis en train de penser que cette personne, ça serait bien que ce soit toi.

Le discours de Rilla, délivré en quelques secondes, contenait toutefois beaucoup de choses à assimiler d'un coup.

— Moi ? s'exclama Harmony.

— Oui, toi ! Premièrement, je te trouve vraiment très sympathique. En plus, tu as déjà prouvé que tu savais t'occuper des animaux et que tu étais dure à la tâche. Regarde comme tu t'es passionnée pour l'élevage de ces chiots. Et regarde aussi à quel point tu m'as aidée, tout ça par pure gentillesse. Deuxièmement, je parie que tu aimes aussi faire pousser des choses, et les connaissances qui te manquent, je peux te les donner. Troisièmement, tu es marrante, comme fille. Quand le chèque de l'assurance est arrivé, j'ai tout de suite pensé à toi, mais tu étais sur le point de convoler. Maintenant, j'ai l'impression que c'était écrit, tu vois ? Un joli petit appartement, avec toute l'intimité que tu peux souhaiter, et plus besoin de payer une crèche, parce que ton enfant pourra grandir avec les miens, auprès de toi. Des tas de bons fruits et légumes du jardin… Ça ne te paraît pas faisable ?

— Faisable ?

Rilla parut déroutée par la réaction de son amie.

— Non ?

— « Faisable », ce n'est vraiment pas le mot ! Enfin, bonté divine, Rilla ! Tu envisagerais vraiment de m'engager ?

— Je n'envisage rien. Je *veux* que ça arrive.

Durant quelques instants, Harmony se laissa aller à la joie d'une telle perspective, s'imaginant ici, aux Canins compétents, accomplissant toutes les tâches qu'elle adorait, élevant son enfant dans un environnement quasi idyllique et non à Asheville, dans une baraque vétuste divisée en petits meublés pourris. Elevant son enfant auprès de Rilla, qui pourrait la faire bénéficier de son expérience de maman, ce dont elle aurait grand besoin !

Puis elle se souvint de Charlotte.

— Je ne peux pas la quitter maintenant, Rilla. Elle a encore plus besoin de moi que Brad et toi.

Apprenant la maladie dont souffrait Charlotte, Rilla eut une réaction de sincère compassion.

— Oh ! je suis vraiment navrée pour elle ! Moi qui avais hâte de mieux la connaître… J'espère de tout cœur qu'elle va s'en sortir.

— Oui, moi aussi.

— Mais ta place est auprès d'elle, c'est évident. Je sais que c'est important pour toi, et puis, de toute façon, il nous faut d'abord achever l'appartement. Les travaux prendront sans doute encore quelques semaines, voire un mois — Brad commence à peine à demander des devis. Pour l'instant, ma priorité, c'est de récupérer les garçons, pas les chevaux ni les chèvres. En plus, il est trop tard pour faire un potager, cette année. Autrement dit, pour le moment, je peux très bien me débrouiller avec une aide temporaire dans la journée, une personne qui me fera un peu de ménage dans la maison, et qui veillera à ce que les garçons ne fassent pas trop de bêtises. Brad a déjà commencé à chercher quelqu'un.

— Mais, tu sais, j'ignore avant combien de temps je pourrai venir habiter ici…

— Alors, on naviguera à vue aussi longtemps qu'on pourra. Du moment que la proposition t'intéresse.

— Et comment !

Harmony songea tout à coup à une chose.

— Je pourrai garder Velvet ? Je veux dire, comme ma chienne à moi ? Tu sais, je peux te la racheter, petit à petit. Et elle pourrait vivre dans l'appartement avec moi.

Rilla s'épanouit.

— Je n'ai jamais songé à vendre Velvet. J'allais la faire stériliser et lui trouver un bon foyer. Ma foi, on dirait bien que c'est chose faite !

Ethan ne savait trop comment il avait atterri devant la maison natale de Charlotte. Bien décidé à aller marcher — sa bonne vieille méthode pour éliminer le stress —, il avait roulé en direction de Hot Springs, puis au-delà, en quête d'un sentier de randonnée sympathique. Et, sans s'en apercevoir, il s'était retrouvé cahotant sur la route gravillonnée menant à la ferme où son ex-femme avait grandi, la maison dont il avait été le propriétaire et le gardien jusqu'à leur divorce.

Il n'était pas retourné à la maison en rondins depuis plus de dix ans, même si, étrangement, il en avait gardé un morceau auprès de lui. Durant la rénovation de la vaste cuisine campagnarde, il avait ôté une porte de placard pour la revernir chez lui, où il l'avait oubliée, ayant décidé entre-temps de transformer le placard en question en étagères ouvertes.

Au moment du divorce, la porte de placard — en aulne naturel sous trois couches de peinture — avait été emballée avec le reste de ses outils et matériaux de menuiserie. Ce n'était que récemment qu'il l'avait découverte dans sa réserve, en cherchant du bois pour terminer un projet.

La porte ayant été presque entièrement décapée, mais jamais finie, Ethan l'avait poncée et vernie de la nuance la plus claire possible, avant de la peaufiner à l'huile de bois de Chine, pour en faire ressortir le grain. Pour finir, il l'avait mise dans le coffre de sa voiture, afin de la montrer à Charlotte, lorsqu'il était passé chez elle, le samedi précédent, s'attendant à la voir rire de sa manie de ne jamais rien jeter. Mais il n'avait pas trouvé le temps de sortir la porte de la voiture et, bien évidemment, leur soirée s'était achevée de manière bien différente de ce qu'il avait imaginé.

Résultat : la porte, qui n'avait pas quitté son coffre, lui servait à présent de prétexte. Il ignorait si la maison en rondins était louée. Si personne ne l'habitait, il se contenterait de laisser la porte sous la véranda. Charlotte ou ses locataires pourraient ensuite décider de son sort.

A condition que Charlotte demeure en état de décider de quelque chose.

Il se sentait fatigué, et la randonnée n'y était pour rien, puisqu'il n'était pas encore descendu de voiture. Il dormait mal depuis la scène de l'autre soir, chez Charlotte, et doutait de passer une meilleure nuit après s'être replongé dans le passé. Pourtant, il lui semblait logique d'être ici, dans ce lieu qui avait fait de son ex-épouse la femme qu'elle était devenue. Il n'était pas à la recherche d'indices — il avait tout compris de Charlotte. Peut-être souhaitait-il tout simplement dire adieu à des souvenirs tenaces.

Il était presque arrivé à la maison lorsqu'il remarqua une vieille Toyota garée sous le grand chêne, au pied du perron. Il avait espéré faire sa randonnée ici, mais sans trop y compter non plus. Il attendit qu'un chien lui inflige un accueil dans les règles, puis, comme rien ne se passait, il se gara contre la Toyota et descendit de voiture.

La porte d'entrée était ouverte ; il gravit les marches menant à la véranda et passa la tête à l'intérieur.

— Il y a quelqu'un ?

— Une minute !

La voix appartenait à une femme. Il retourna à sa voiture et sortit du coffre la porte de placard. Il gravissait les marches ainsi chargé lorsque Analiese Wagner apparut sur le seuil.

— Ethan ?

Analiese était bien la dernière personne qu'il s'attendait à trouver là.

— Charlotte est ici ? s'enquit-il aussitôt d'un ton méfiant.

— Non, je suis seule.

— J'étais venu déposer ça. C'est une longue histoire mais, pour faire bref, cette porte appartient à la maison.

— Entrez, je vous en prie, vous la poserez à l'intérieur. Je suis ici pour visiter. Le lundi, c'est mon jour de repos.

Ethan réfléchit en transportant la porte jusque dans la cuisine. Effectivement, un pasteur avait besoin de loisirs comme tout le monde, peut-être même davantage que la plupart des gens. Malgré tout, c'était un endroit étrange pour passer sa journée de congé…

Quand il ressortit de la maison, Analiese s'était installée sur une balancelle en métal qu'il se souvenait avoir vue lors de précédentes visites. L'un des locataires — il ne se rappelait plus lequel — l'avait récupérée dans le rebut d'un voisin, poncée, repeinte et agrémentée de coussins. Ethan se congratula intérieurement : il avait toujours choisi des locataires hors pair.

— Vous venez me rejoindre ? lui demanda la révérende.

Il s'assit lourdement à côté d'elle.

— Vous ne m'avez pas vraiment dit ce que vous étiez venue faire ici.

— C'est Charlotte qui m'y a emmenée, il y a un mois environ, pour me montrer la maison et le terrain. Elle voulait faire quelque chose de la propriété, une œuvre à but charitable, par exemple. Je ne pense pas qu'elle veuille vendre.

— Je me demande bien pourquoi. Elle a des tas de mauvais souvenirs liés à cette ferme.

— La maison est dans sa famille depuis longtemps, ses grands-parents y étaient très attachés. Vous pensez que votre fille pourrait être intéressée ?

— Je ne sais même pas si Taylor se souvient d'être jamais venue ici. D'ordinaire, la maison était louée et, du reste, tout ce qui vient du côté de sa mère lui rappellerait ses propres mauvais souvenirs.

Analiese resta silencieuse un moment, puis se tourna vers lui. De nouveau, il remarqua à quel point elle était séduisante. Elle ne jouait pas de sa beauté, cependant, comme d'autres femmes auraient pu le faire à sa place. Bien habillée, elle prenait visiblement soin de sa personne, mais se gardait bien de projeter quoi que ce soit d'autre qu'un strict détachement professionnel, certes mêlé d'intérêt.

— Vous en voulez énormément à Charlotte, n'est-ce pas ?

— C'est elle qui vous l'a dit ?

— J'étais chez elle, il y a encore quelques heures. Elle a commencé un nouveau cycle de chimio ce matin, et elle n'a pas trop le moral.

Ethan se demanda s'il lui arriverait un jour d'entendre parler de Charlotte sans que cela ne déclenche en lui une brusque montée d'émotion. Penserait-il un jour froidement : « Ah, oui… je comprends… », avant de retourner à ses préoccupations du moment ?

— Elle se sent au-dessous de tout, poursuivit Analiese. Et je ne pense pas être en mesure de la faire changer d'avis. Mais je suis sûre qu'elle vous a dit la même chose…

— Effectivement.

— J'ai l'impression, ajouta-t-elle prudemment, que vous lui en voulez de ne pas vous avoir parlé immédiatement de sa maladie. Que vous lui en voulez d'avoir souhaité passer un peu de temps avec vous sans que la maladie ne vienne brouiller les cartes.

— Brouiller les cartes ? Quelle manière délicate d'exprimer la situation !

Il percevait la colère dans sa propre voix, une colère que, malgré tous ses efforts, il ne parvenait pas à maîtriser.

— Oublier de me dire qu'elle a embouti l'aile de la voiture, c'est une goutte d'eau dans la mer ! Mais me cacher une maladie qui risque de lui être fatale, ça ressemble davantage à un tsunami, vous ne pensez pas ?

— Ce que j'en pense, moi ?

Elle parut réfléchir à la question.

— J'en pense que mes propres cartes sont brouillées, parce que j'ai de l'affection pour elle. Ce n'était pas le cas auparavant, c'est pourquoi je sais à quel point Charlotte peut être exaspérante. Mais, aujourd'hui que j'assiste à son combat contre la maladie, j'éprouve une immense admiration vis-à-vis de la franchise avec laquelle elle fait le bilan de son existence, et aussi vis-à-vis de ses efforts pour l'achever dignement.

— L'achever ?

— Malgré mon col ecclésiastique, je ne suis pas en communication directe avec le Tout-Puissant, mais il se trouve que j'ai effectué quelques recherches. Charlotte souffre d'une forme aiguë de leucémie, et je doute qu'elle succombe à autre chose dans un avenir lointain. Du reste, elle en doute, elle aussi. Pour l'instant, je pense que son ultime objectif est de faire quelque chose de bien avant de mourir, et de quitter un monde un peu plus humain parce qu'elle y aura apporté sa pierre.

Ethan songea que la vision d'Analiese sur le sujet était, comme il fallait s'y attendre, excessivement positive. Mais son métier n'était-il pas de donner de l'espoir ? En même temps que la foi en Dieu et en son prochain ?

Il s'efforça de paraître rationnel.

— Elle essaie peut-être de grappiller quelques points de bonus auprès du Tout-Puissant, que vous venez de mentionner…

— Vraiment ? C'est ce que vous pensez ? Charlotte vous paraît donc être une femme si effrayée par l'au-delà qu'elle s'efforce de couvrir ses arrières ?

C'était dit d'un ton léger, mais la rebuffade était malgré tout perceptible, et Ethan savait qu'il ne l'avait pas volé.

— Elle m'a manipulé.

— Ce n'est pas la première fois, j'imagine. Et je comprends que, sur le moment, vous ayez trouvé que c'était la goutte qui fait déborder le vase, surtout si vous commenciez à baisser la garde avec elle.

— Comment pouvez-vous savoir que je baisse la garde ou non ?

— Ethan… J'étais à la soirée piscine, moi aussi. J'ai vu votre attitude avec elle. Mes yeux ne m'ont pas trompée.

La gorge d'Ethan menaçait de se nouer. Il pressa les mains sur son front et regretta de ne pas être resté chez lui.

— C'est très difficile à admettre, reprit Analiese d'une voix douce. C'est très difficile d'admettre que quelqu'un qu'on aime est en train de mourir.

Il aurait voulu réfuter cette affirmation pour l'empêcher de planer entre eux, mais rien ne lui venait à l'esprit. De plus, il craignait qu'en essayant de parler des larmes ne sortent à la place des mots.

Il sentit la main d'Analiese lui effleurer brièvement le bras.

— Quand vous aurez envie de parler, Ethan, je serai toujours là pour vous écouter.

Il ne releva pas la tête après avoir entendu sa voiture s'éloigner. Il resta assis là, le visage enfoui entre les mains, à écouter le profond silence qui l'entourait.

39

Vendredi après-midi. Le téléphone sonnait quand Ethan rentra chez lui. Parti de bonne heure, il s'était entretenu toute la matinée avec l'entrepreneur de la fabrique de bouteilles qui commencerait les travaux du loft qu'il se réservait le lundi. Parallèlement, il en terminait un autre qui venait de trouver acquéreur.

Cette vente avait été le grand événement d'une semaine qui avait mal débuté, mais même cela n'avait pas réussi à lui redonner le moral. En se hâtant vers le téléphone, il se demandait quelles mauvaises nouvelles ce coup de fil allait lui annoncer. La bataille entre Taylor et Jeremy s'était-elle envenimée ? Maddie s'était-elle encore fait mal ?

L'état de Charlotte avait-il empiré ?

Evidemment, il ignorait ce que cette dernière éventualité pouvait signifier exactement, vu le peu d'informations qu'il possédait sur la maladie de Charlotte et sur son traitement.

Il décrocha le téléphone et lança un « bonjour ».

— Ethan, c'est toi ?

Il se détendit un peu. Judy ne l'avait pas appelé depuis le début du printemps, lui non plus, d'ailleurs, mais la voix de son ex-femme n'était pas de celles qu'un homme peut oublier.

— Comment vas-tu ? lui demanda-t-il. Ça fait un bail !

— Apparemment, je suis aussi occupée que toi. Nous n'avons pas tellement de temps à perdre en papotages, n'est-ce pas ?

Il lui demanda de ses nouvelles, et elle fit de même de son côté. Il lui parla de sa fabrique de bouteilles et elle lui parla des affaires juridiques qu'elle traitait pour des associations caritatives, en plus de ses propres dossiers à son cabinet d'avocats. Il y eut un silence embarrassant, puis elle enchaîna :

— Je ne t'appelle pas seulement pour te donner de mes nouvelles, Ethan. Voici : je vais me remarier. Je voulais que tu l'apprennes de ma bouche.

Comment un homme peut-il savoir qu'une histoire est véritablement terminée ? Quand il n'éprouve plus aucun pincement de regret. Sur le moment, la seule chose qui lui vint à l'esprit fut qu'il était bien agréable qu'une de ses ex-femmes au moins sache faire preuve de franchise à son égard.

— Ah, mais c'est formidable ! Et qui est l'heureux veinard ?

— Quelqu'un que j'ai rencontré au ski, l'hiver dernier.

— J'espère qu'il vit à Chicago.

Ethan avait prononcé ces mots sans réfléchir. Trop tard, car il se rendit compte qu'ils sonnaient comme une accusation.

— Par chance, c'est le cas. Faire la navette d'un bout à l'autre du pays serait assez pénible.

Si sa mémoire était bonne, Judy avait pourtant mis un terme à leur mariage sous prétexte que « faire la navette d'un bout à l'autre du pays » était *impossible*, mais il se garda bien de le lui faire remarquer.

— J'espère pour toi que c'est le bon, cette fois.

Elle répliqua d'un ton léger :

— Il y a intérêt ! Jamais deux sans trois, comme on dit. Heureusement, j'ai appris une ou deux bricoles de mes deux précédentes unions. Nous serons très heureux.

Il ne put s'empêcher de s'enquérir :

— Et qu'est-ce que tu as appris, très exactement ?

— Tu veux que je te fasse bâiller d'ennui ?

S'avisant qu'il secouait la tête, il traduisit son geste en paroles :

— Ça pourrait peut-être m'aider, si je convole une prochaine fois.

— Je ne suis pas sûre que ça soit possible.

— Tu ne crois pas qu'il existe une seule femme sur terre qui puisse être intéressée ?

— Bien sûr que si, Ethan, ce n'est pas ce que j'ai voulu dire.

— Eclaire ma lanterne, alors.

Elle laissa passer une dizaine de secondes.

— Tu es bien sûr de vouloir entendre mes révélations, Ethan ?

Il fronça les sourcils, doutant d'apprécier la tournure qu'avait prise la conversation.

— Je ne sais pas, mais tentons le coup.

— Alors, écoute… Voici la leçon que j'ai apprise : ne jamais épouser un homme encore amoureux d'une autre femme. Ce n'est pas le cas de Jay. En fait, son discours est en parfait accord avec son cœur : il ne peut plus voir son ex en peinture.

Ethan s'assit dans le fauteuil le plus proche.

— Tu veux bien être plus claire ?

— Tu ne t'es jamais rendu compte que quelqu'un dormait entre nous dans le lit, Ethan ? Je sais que tu étais furieux contre Charlotte. Je sais que tu ne voulais plus la voir. Mais, après mon départ, est-ce que tu ne t'es pas aperçu que tu l'aimais encore ?

— Je me demande bien où tu es allée pêcher une idée pareille !

— Certaines personnes sont programmées pour n'aimer qu'une seule fois et pour la vie, même si leur histoire se solde par une rupture. Au pire, ils se transforment en harceleurs. Et, dans le meilleur des cas, ils se remarient et s'efforcent le plus sincèrement du monde de tomber amoureux de leur nouveau conjoint, sauf que ça ne marche pas vraiment. Au fond de leur cœur, ils soupirent toujours après la personne qu'ils ont perdue.

— Je n'arrive pas à croire que tu appliques cette théorie à moi ! Ce n'est pas vrai !

— Si, ça l'est. Pour moi, c'était différent. Quand je me suis séparée de mon premier mari, je me suis sentie soulagée, purement et simplement. Ensuite, je t'ai épousé, et quand nous nous sommes séparés…

— J'ai hâte d'entendre ce que tu vas dire…

— Quand nous nous sommes séparés, répéta-t-elle patiemment, je me suis de nouveau sentie soulagée parce que, entre-temps, j'avais compris que je ne pouvais rien faire pour me faire aimer de toi. Je ne dis pas que tu n'étais pas un peu amoureux de moi, non. Mais tu ne t'es jamais vraiment investi dans notre relation, Ethan, pas de la façon dont moi, je voulais m'investir avec toi.

— Allons, Judy… J'ai appris à mes dépens à ne plus *jamais* m'investir avec quelqu'un, tu le sais bien. Je pensais que c'était pareil pour toi.

— Tu te sers de cet argument pour réfuter mes propos ? Parce que cela revient à reconnaître que j'ai raison, je te signale…

Elle raisonnait en avocate qu'elle était — Ethan commençait à bouillir.

— Ça ne signifie pas que je regrettais Charlotte pendant que j'étais marié avec toi !

— Tu n'as pas cessé de regretter ta vie avec Charlotte. Tu ne l'as jamais oubliée, pas plus que les moments de bonheur que vous avez partagés, avant votre rupture.

En l'espace d'une phrase, l'agacement d'Ethan se mua en un sentiment plus sombre, un sentiment que, jusqu'à cette semaine, il n'avait même pas eu conscience de porter en lui.

— Ma foi, dit-il, j'ai une nouvelle qui va sans doute te faire plaisir. Charlotte est mourante. Pour le coup, ça va peut-être réussir à me la sortir de la tête une bonne fois pour toutes. Tu crois qu'il faut au moins ça ?

Il réprima d'autres paroles rageuses, tandis que, de son côté, Judy gardait le silence.

Enfin, elle murmura :

— Je suis vraiment désolée, Ethan. Si j'avais su…

— Quoi ? Si tu avais su, tu ne m'aurais pas dit des choses que tu n'as pas eu le courage de me dire à l'époque où c'était encore important ? A l'époque où nous avions encore une chance d'éclaircir les malentendus et de sauver notre mariage ?

A présent, elle aussi était en colère.

— Bonté divine, Ethan, mais écoute-toi un peu ! Tu crois peut-être que nous avions la moindre chance d'être heureux, tous les deux ? Pose-toi seulement une question : serais-tu à ce point déchiré, si c'était moi qui t'avais annoncé ma mort prochaine ?

Il fit appel à tout son sang-froid pour ne pas lui raccrocher au nez.

— Je t'adresse tous mes vœux de bonheur, Judy, et je suis sincère. Si tu as trouvé la solution pour réussir ta prochaine union, tant mieux, j'en suis ravi pour toi. Mais permets-moi tout de même de te donner un petit conseil. Cette fois, si tu penses que quelque chose ou quelqu'un interfère dans ton bonheur, veille à en parler à ton mari tant que vous êtes encore mariés. N'attends pas que ton troisième divorce soit prononcé.

Il reposa le combiné avec soin. Puis shoota avec une telle violence dans le meuble à téléphone que l'appareil, ébranlé, tomba par terre avec fracas.

Cinquième séance de chimio, et encore deux autres à suivre. Revenue de l'hôpital dans la matinée, Charlotte avait passé le reste de la journée à se convaincre qu'elle viendrait à bout de cette épreuve. Deux jours, ce n'était rien. Phil avait augmenté les doses du médicament antinausées et, jusque-là, les seuls autres effets secondaires de la chimio se limitaient à une fatigue intense et à un œdème douloureux à l'endroit où on lui injectait le traitement. Les médecins surveillaient de près l'évolution de son état, si bien qu'examens et analyses faisaient partie de son quotidien. Si jamais les résultats de l'un d'eux avaient été particulièrement inquiétants, Phil l'aurait appelée.

Elle était seule à la maison. Harmony n'avait pas voulu aller au Cuppa, ce soir, inquiète qu'elle ait pu avoir besoin d'une présence, mais Charlotte l'avait obligée à partir. Le silence régnait dans la maison, à peine troublé par les jappements et divers couinements en provenance de la salle de séjour.

Aujourd'hui, la fatigue était presque insoutenable. Charlotte pouvait appliquer des compresses chaudes à l'endroit où on la piquait, et du moment qu'elle prenait ses médicaments à temps, buvait et s'alimentait en petites quantités, elle parvenait à contrôler ses nausées. Mais la fatigue était insidieuse. Charlotte se sentait comme un ballon percé d'un minuscule coup d'épingle. L'air qui l'avait élevée au niveau des oiseaux s'échappait lentement, et, à moins que quelqu'un ne repère le trou et n'y applique une Rustine sans tarder, elle s'avachirait par terre, réduite à un tas informe. Ou, avec un peu de chance, à une flaque colorée, gracieusement disposée, mais à une flaque quand même.

Elle avait sommeillé en continu. Chaque fois qu'elle avait tenté d'écrire quelques lignes dans son journal, ses paupières s'étaient insensiblement fermées, preuve, supposait-elle, qu'elle n'avait plus rien d'intéressant à dire. Ensuite, elle était allée dans la salle de télévision, dans l'espoir de se distraire devant une émission. Elle avait passé si peu de temps devant la télé qu'elle ne savait pas quoi regarder. Elle se faisait l'effet d'un voyeur épiant par la lucarne des gens qu'elle ne connaissait pas. Même les émissions de jeux lui étaient étrangères. Elle n'avait pas trouvé une seule énigme de la Roue de la fortune, et la plupart des thèmes de Jeopardy ! lui faisaient d'autant plus regretter de ne pas avoir passé davantage de temps à lire pour son plaisir.

Lorsque le carillon de l'entrée retentit, elle douta de l'avoir réellement entendu. Le téléphone avait sonné plusieurs fois au cours de la journée ; sans jamais décrocher, elle avait écouté tous les messages de réconfort laissés sur son répondeur. Le bruit s'était visiblement répandu qu'elle était malade, sans doute par l'intermédiaire d'un de ses collaborateurs à Falconview. Tandis que ses correspondants remplissaient les trente secondes qui leur étaient allouées, elle s'était demandé s'ils l'appelaient par sympathie ou par devoir.

Ces questions l'avaient aidée à passer le temps, mais la réflexion requise avait également accru son épuisement.

Le carillon retentit de nouveau. Clairement, cette fois. Elle se représenta le livreur d'UPS, chargé d'un colis qu'elle ne voulait pas. Ou un voisin mécontent qu'elle ait fait tailler la haie de séparation trop court — ou pas assez. Les yeux rivés au plafond, ainsi qu'elle avait passé le plus clair de la journée, elle en était venue à regretter toutes les interactions mesquines qui remplissaient sa vie. Mais les carillons de porte, voilà bien une chose qui ne lui manquerait pas si jamais la nouvelle chimio se soldait par un échec.

On aurait dit que le monde avait été conçu à l'envers. Affronter la fin aurait dû venir en premier. Ensuite, après avoir peu à peu apprivoisé la mort et appris à reconnaître les véritables priorités de l'existence, chaque individu pourrait commencer à vivre. Tout doucement, bien sûr, en gagnant en énergie à proportion que le corps rajeunissait et devenait plus résistant. Jusqu'à ce que…

A cet endroit, son raisonnement butait encore, mais cette théorie avait au moins l'avantage de lui avoir donné du grain à moudre.

Le carillon égrena une fois de plus sa mélodie. Elle se leva difficilement du canapé et traversa la maison jusqu'à la porte d'entrée. Elle ne prit même pas la peine de regarder par l'œilleton. Si des hommes cagoulés l'attendaient sur le seuil, armés de fusils d'assaut, il lui restait toujours la solution de les inviter à entrer, histoire d'en finir tout de suite, une bonne fois pour toutes.

Elle ouvrit la porte.

Les mains dans les poches, Ethan était là, en jean et polo sombre. Affronter les hommes masqués aurait été moins difficile…

— Taylor va bien ? s'enquit-elle aussitôt, pleine d'inquiétude.

— Oui, elle…

— Et Maddie ?

Il opina.

— Dans ce cas, nous n'avons plus rien à nous dire.

Elle amorça le geste de refermer la porte, mais il glissa un pied dans l'entrebâillement.

— J'espère que c'est faux, gronda-t-il d'une voix rauque par-dessus le chant des grillons.

Dehors, l'air embaumait l'été ; les églantines fleurissaient au bois, le chèvrefeuille commençait son règne parfumé. L'espace d'un instant, Charlotte se contenta d'inhaler les odeurs, à la recherche des mots adéquats.

— Je ne pense pas avoir l'énergie suffisante pour endurer d'autres accusations relatives à mon caractère. Je vais te dire, Ethan…

Elle inspira profondément et relâcha lentement sa respiration.

— Mets-moi noir sur blanc tout ce que tu méprises chez moi. Il se peut même que je lise ta lettre avant que Taylor ne lise *la mienne.*

Elle regarda la chaussure d'Ethan qui continuait de bloquer la porte, puis releva le regard sur lui.

— Et, si agréable que soit l'air du soir, je pense que nous devrions en rester là.

— Comment te sens-tu ?

— En colère.

— Je peux entrer ?

— Le moment est mal choisi.

Elle réfléchit.

— Et je ne pense pas qu'il y en aura jamais un bon.

— Je te demande pardon, Charlotte. Je regrette horriblement.

Charlotte soupira. Il ne lui restait plus guère d'esprit combatif. C'était l'une des choses que lui avait ôtées la chimio — sans lui demander son avis. Si le traitement arrivait à lui ôter avec le même succès les blastes qui lui encombraient le sang, elle vivrait peut-être encore dix ans.

— J'apprécie tes excuses.

De nouveau, elle baissa les yeux sur le pied d'Ethan.

— Ecoute, si c'est tout ce que tu voulais me dire, je pense que c'est fait.

— Je ne veux pas que tu meures.

Une bouffée de rage envahit Charlotte. Elle ne voulait pas de sa pitié ! Elle ne voulait pas de ses excuses dictées par sa mauvaise conscience !

— Dans ce cas, voici une pensée qui va te réconforter, Ethan. Dix ans se sont écoulés depuis notre divorce, et en dix ans nous ne nous sommes adressé la parole qu'une seule fois. Finalement, ma disparition ne changera pas grand-chose à ta vie, tu ne crois pas ?

— Je préférerais poursuivre cette conversation à l'intérieur.

Charlotte était trop exténuée pour discuter. Elle le laissa décider de la suite et repartit en direction de la salle de télévision. Après avoir éteint le poste, elle s'installa dans un coin du canapé, les pieds posés sur un coussin.

Ethan lui emboîta le pas. Elle le regarda embrasser du regard le châle glissé à terre, les flacons de médicaments, le verre d'eau et l'assiette de fruits frais que Harmony lui avait laissés à grignoter, et qui maintenant attirait les mouches. Les bananes et les pommes avaient viré au marron, et la sauce au yaourt s'était dissoute en une couche aqueuse.

— Tu as mangé quelque chose, ce soir ? lui demanda-t-il.

— Ne t'inquiète pas pour ça.

— Je peux te faire une omelette, si tu veux.

Charlotte sentit son estomac se révulser, de dégoût ou de faim, elle n'aurait su le dire.

— Non, merci, Ethan.

— Avant, tu adorais mes omelettes…

— Ecoute, je ne suis pas d'humeur à me replonger dans le passé. Tu as accompli ton devoir. Tu m'as présenté tes excuses, de sorte que si je dois mourir bientôt, tu n'auras pas à avoir de remords de ne pas t'être montré plus gentil envers moi. Je comprends ce réflexe, je t'assure. Bien sûr, je le considère d'un angle différent, mais ça fait partie d'un même tout.

Il s'assit avec précaution sur le canapé, à une place d'elle, mais encore assez près pour la toucher.

— Comment se passe le traitement ?

— Pas trop mal, pour une chimio. Je n'ai pas été admise en soins intensifs. Je n'ai pas eu d'étranges hallucinations à mon chevet. Je me sens simplement comme une loque. Et j'ai besoin de multiplier les petites siestes, à partir de maintenant.

— Tu as déjà été hospitalisée un mois, au printemps ? C'est ce que tu m'as dit l'autre jour.

Elle ne répondit pas.

— J'imagine l'épreuve que ça a dû être pour toi. Et tu n'avais mis personne au courant ?

— Sur le moment, cela m'avait paru la manière de procéder la plus raisonnable.

— Tu ne prenais pas ta maladie au sérieux, n'est-ce pas ? Je me souviens… Chaque fois que tu attrapais un rhume ou la grippe, tu te contentais de faire aller. J'ai dû te traîner à l'hôpital pour que tu mettes Taylor au monde. Si je t'avais laissée faire, je pense que tu aurais accouché au bureau.

Elle le dévisagea sans mot dire.

— Tu as cru que, en n'en parlant à personne, tu pourrais te contenter de l'ignorer ?

— Tu comptes m'infliger un sermon sur la manière d'affronter une maladie mortelle, Ethan ? Tu as donc toi-même tant d'expérience en la matière ?

— J'essaie simplement de comprendre.

— Il ne s'agissait pas d'un calcul de ma part. Je voulais être moi. Pas celle qui a une leucémie. Je savais bien qu'un jour ou l'autre je devrais l'annoncer à tout le monde. Je te l'aurais appris en temps voulu.

— Juste avant d'aller te choisir un cercueil sur Merrimon Avenue ?

— Là, tu es cruel, Ethan.

— Quand j'ai découvert la vérité, tu sais quelle est la seule chose qui m'a traversé l'esprit ?

— Que je t'avais tendu un piège ? Que je te menais en bateau ? Que je te manipulais ?

Il lui prit un pied, nu, et qui, hélas aurait bien eu besoin d'une pédicure. Malgré sa résistance, il parvint à le poser sur ses genoux et entreprit de lui masser lentement le cou-de-pied des deux pouces.

— Non, j'ai pensé que je t'avais enfin retrouvée et que, avant d'avoir pu en être sûr, je t'avais perdue pour la dernière fois.

Les mains d'Ethan étaient chaudes sur sa peau, la pression de ses pouces parfaites. Mais cela n'avait rien d'étonnant : il s'était très souvent livré à ce genre de massage, jadis.

Elle tenta de retirer son pied.

— Ce n'est pas ce que tu m'as dit. Et puis arrête de me masser !

Il l'ignora et continua son massage.

— Je sais très bien ce que je t'ai dit, Lulu. D'ailleurs, peut-être que le reste aussi était vrai. Nous n'avons pas toujours joué franc-jeu, l'un envers l'autre. Mais je vais te livrer un scoop, un scoop que je me suis efforcé des années de ne pas voir. Tu n'es pas la seule à ne pas avoir été honnête, et ce depuis le début. Quand j'ai vu que notre mariage battait de l'aile, qu'est-ce que j'ai fait ? J'ai fermé les yeux. Comme je souhaitais réussir notre union, j'ai refusé de voir qu'elle n'était pas heureuse. Et j'ai attendu jusqu'à l'explosion finale. Ensuite, je t'ai quittée, toi, et tout ce que nous avions construit ensemble. Exactement comme quand je t'ai quittée l'autre soir. Si ce que je vois me déplaît, je m'éclipse.

Venant de la part d'Ethan, cette déclaration était si inattendue que Charlotte ne savait comment y répondre. Et, quand les larmes comblèrent lentement le silence, elle comprit qu'elle était trop lasse pour maîtriser ses émotions.

— Je m'en veux tellement, si tu savais…, dit-il doucement.

Ses mains s'étaient immobilisées.

— Pour toutes ces années pendant lesquelles je n'ai rien fait pour redresser la barre. Pour être parti avec Taylor au lieu de chercher un moyen de rester ensemble. Pour t'avoir quittée samedi dernier en apprenant la gravité de ton état. Pour ça, plus que pour toute autre chose.

— Tu ne me dois rien, Ethan… Tout cela…

Elle déglutit vainement, ses larmes continuaient de tomber.

— C'était il y a longtemps.

— Le temps, c'est une chose. L'amour, c'en est une autre.

— L'amour ?

— Apparemment, j'ai la manie de disparaître, mais mes sentiments, eux, n'ont pas disparu. Ce soir, quelqu'un m'a dit que je n'avais jamais cessé de t'aimer, que j'étais l'homme d'une seule femme. Et j'avais beau être furieux, j'avais beau me convaincre que cette personne délirait, à quoi est-ce que je pensais, en réalité ? A toi, seule dans cette grande maison, et que je pourrais être à tes côtés si seulement j'acceptais de laisser tomber le masque.

— Je ne veux pas de ta pitié, Ethan !

— Je suis sincèrement anéanti de te savoir malade — comment pourrait-il en être autrement ? Mais ce n'est qu'une petite partie de ce que je ressens pour toi.

— Rien ne t'oblige à faire ça. Tu n'es pas forcé d'être gentil avec moi. Je m'en suis très bien sortie sans toi, jusqu'ici.

— Pas si bien que ça, non.

Il se déplaça vers elle, jusqu'à ce qu'ils se retrouvent face à face. Il lui effleura la joue, puis glissa une mèche de ses cheveux derrière son oreille.

— Je t'aime, Charlotte. Je veux que tu vives éternellement, mais si ça n'est pas possible… alors, laisse-moi passer le plus de temps possible à tes côtés.

Charlotte cherchait des raisons autres que celles qu'il avait invoquées pour expliquer sa visite. Elle s'efforçait de repousser ses propres sentiments ; elle n'était pas en état d'affronter une déception de plus, surtout maintenant que sa vie ne tenait plus qu'à un fil.

— Et toi aussi, tu m'aimes, dit-il avec douceur.

— Je n'ai jamais trop su ce que ces mots voulaient dire…

— Oh ! si, tu le sais…

Il lui prit la main et la posa sur son cœur.

— Tu as toujours eu peur de l'avouer, mais tu m'as bel et bien aimé, et tu ne l'as jamais oublié.

Charlotte se sentait faiblir.

— Je ne supporterai pas que tu disparaisses une fois de plus de ma vie, Ethan, alors, assure-toi d'abord que tu sais ce qui t'attend. Je n'ai plus la force de… de me relever et de continuer.

— Si tu n'as plus la force de continuer, Lulu, laisse-moi te porter. Le temps que ton état s'améliore.

— Je ne sais pas si mon état va s'améliorer, Ethan.

Elle s'essuya le visage du revers de sa manche, puis le regarda droit dans les yeux.

— Les statistiques ne sont pas bonnes. Il faut bien que tu comprennes dans quoi tu t'engages.

Il exhala un long soupir, et un sentiment proche du désespoir envahit son regard. Il l'enlaça et l'attira tout contre lui. Elle appuya sa joue contre sa poitrine et glissa les bras autour de sa taille.

— Alors, pars en me tenant la main, murmura-t-il dans ses cheveux. Parce qu'il est hors de question que je lâche la tienne, Charlotte. Plus jamais.

40

Lorsque Taylor et Maddie passèrent voir Ethan, le dimanche, elles trouvèrent porte close. Une voisine leur apprit qu'elle n'avait pas vu sa voiture de tout le week-end. Comme il n'avait pas mentionné de voyage, Taylor en conçut un peu d'inquiétude. Son père aimait partir en randonnée, et parfois il emportait une tente igloo et quelques provisions de base, au cas où il découvrirait un coin particulièrement beau pour y passer la nuit. Adolescente, elle l'avait souvent accompagné dans ses excursions. Aujourd'hui, elle aurait bien aimé le suivre avec Maddie, mais si jamais celle-ci faisait une crise, elle risquait de se blesser sur le sentier de randonnée. Pas question de tenter le diable.

Elle essaya de joindre son père sur son portable mais, lorsqu'elle tomba sur la boîte vocale, elle raccrocha sans laisser de message et roula jusque chez Samantha.

Il faisait une journée magnifique, et elle espérait que Maddie et Edna pourraient aller jouer au parc pendant que Samantha et elle bavarderaient sur un banc. En dehors de sa courte balade en compagnie de Willow, Maddie n'était pas revenue au parc depuis sa chute. Il était temps qu'elle y retourne, qu'elle montre aux autres enfants qu'elle n'avait pas peur d'y aller.

La Volkswagen de Samantha stationnait dans son allée circulaire. Taylor se gara derrière, et Maddie se précipita pour aller sonner à la porte.

Samantha, vêtue d'un débardeur noir côtelé et d'un jean délavé, les fit entrer et envoya Maddie chercher Edna.

Taylor suivit sa fille à l'intérieur.

— Ça te dit d'emmener les Hobbits au parc ? Tant qu'elles sont encore assez petites pour ne pas avoir honte d'être vues avec leur mère ?

— Je meurs d'envie de mettre le nez dehors ! Je voulais juste régler quelques factures et remplacer deux ampoules avant de sortir. J'ai pris du retard sur tout.

Taylor avait oublié que son amie s'était affairée au dispensaire avec un groupe de bénévoles, pendant ces derniers week-ends.

— Ton projet avance ?

Samantha cria à Edna de se donner un coup de peigne et de mettre ses chaussures avant de répondre.

— A pas de géant. Dès que nous aurons formé les premières bénévoles, on pourra commencer. Ça ne devrait plus tarder.

— Des bénévoles ?

— Des membres du Cercle des femmes de l'Alliance.

— Parce que l'Alliance est dans le coup ?

Cette nouvelle ne manqua pas d'étonner Taylor, qui n'ignorait pas que la mère de Samantha avait été renvoyée de l'académie.

— Un groupe sympa, en plus.

Samantha laissa passer quelques secondes, juste assez pour montrer qu'elle avait réfléchi à la phrase qu'elle s'apprêtait à prononcer, puis haussa les épaules.

— L'idée vient de ta mère.

Taylor tenta de reformater l'information, exactement comme elle aurait reformaté un vieux fichier informatique incompatible avec son nouveau système d'exploitation.

Samantha perçut l'embarras de son amie.

— Elle accompagnait au dispensaire la jeune femme qu'elle héberge, quand elle s'est aperçue que beaucoup de mamans étaient obligées d'emmener leurs enfants, lors des consultations prénatales. Alors, l'idée lui est venue de créer une salle de jeux et d'associer l'Alliance au projet.

Le reformatage de Taylor ne fonctionnait toujours pas.

— Ma mère est venue à ton dispensaire ?

— Harmony — c'est la femme qu'elle héberge — attend un enfant.

— Ma mère héberge une femme enceinte ?

— Jeune, en plus, et plutôt désargentée. Elle s'appelle Harmony et c'est un amour. Elle m'a raconté qu'elle cherchait un logement et que Charlotte lui avait ouvert sa porte.

Les filles sortirent en trombe de la chambre d'Edna, empêchant Taylor de questionner davantage Samantha. En chemin, Taylor observa sa fille, qui faisait des allers-retours en courant avec Edna. A l'approche du parc, Maddie ralentit, puis régla son pas sur le leur, malgré les exhortations d'Edna. Une fois là-bas, Samantha jeta un regard à Maddie, lui prit la main, escalada le dôme jusqu'au sommet et la fit monter. Arrivées là-haut, elles s'assirent en tailleur toutes les deux. Samantha se mit à rire en désignant du doigt des enfants qui faisaient des bêtises, le temps qu'Edna les rejoigne. Au bout d'un moment, Samantha redescendit toute seule.

Taylor lui fit de la place sur le banc où elle était assise.

— Tu es vraiment une amie, Sam. Merci.

— De rien.

— Tu crois que Maddie devrait remonter sur ce truc ?

— C'est à toi de me le dire.

— Avant, j'avais les réponses. Maintenant, tout me paraît de plus en plus compliqué à comprendre.

— J'imagine.

— Avant, j'étais sûre d'avoir raison en laissant Maddie jouer ici. Elle a le droit d'avoir les mêmes activités que celles d'un enfant non épileptique. Bien sûr, il faut ruser, mais j'ai toujours pensé que le parc n'était pas trop dangereux et qu'on pouvait tenter le coup. Et puis regarde ce qui s'est passé…

— Mais Maddie s'est très bien remise de sa chute, car le dôme n'est pas si haut que ça — un facteur que tu avais intégré à ton équation.

— Tout fait l'objet d'une décision… Quels médicaments lui donner. L'opportunité de la faire retourner ou non en classe après une mauvaise crise. De la laisser ou non prendre des cours de patinage sur glace après l'école, l'année prochaine. Et la gym ? Hier, quelqu'un m'a demandé pourquoi je ne lui faisais pas porter un casque, de façon à ce qu'elle se fasse moins mal si jamais elle tombe.

— Et pourquoi est-ce que tu ne lui en fais pas porter un ?

— Parce qu'elle ne tombe pas assez souvent pour en avoir besoin.

— Voilà donc une décision qui n'est plus à prendre.

Taylor voyait où Sam essayait d'en venir, mais toutes les décisions étaient loin d'être aussi simples à traiter.

Elle énuméra celles dont elle était sûre.

— Non au patin à glace. Non à la gym. Non à Jeremy.

— Tiens ! Jeremy s'est insinué dans la conversation. Depuis Nashville…

Samantha était au courant de la démarche de Jeremy. Elle avait posé les bonnes questions sans lui donner aucune réponse. Comme souvent, elle s'était contentée d'écouter.

— Je crois que je vais aller voir un avocat, dit Taylor. J'ai pris rendez-vous avec le Dr Hilliard. Enfin, d'abord, j'ai veillé à ce qu'on lui transmette les dossiers du Vanderbilt. Il a tout examiné, et il maintient que la meilleure solution pour Maddie, c'est le traitement médicamenteux, pas la chirurgie.

— Ma foi, ça, tu le savais dès le départ…

— Oui, mais il y avait ces nouveaux éléments à prendre en compte.

Samantha ne répliqua pas.

Taylor poursuivit :

— D'après lui, il y a toutes sortes d'effets secondaires possibles, après la chirurgie. Comment veux-tu que je prenne ce genre de risques ? C'est du cerveau de ma fille qu'on parle !

— Autrement dit, tu as pris ta décision.

Taylor s'était attendue à ce que Samantha l'approuve.

— Je pense, oui.

Elle se tourna vers son amie pour jauger l'expression de son visage.

— Tu penses que j'ai tort ?

— Hou là, je ne m'engage pas là-dedans !

— Si, j'y tiens, au contraire. Pas en tant qu'amie, mais en ta qualité d'infirmière. J'aimerais avoir ton opinion professionnelle.

Samantha considéra la question suffisamment longtemps pour que Taylor soit gagnée par l'angoisse.

— C'est quoi, le problème ? finit-elle par demander, quand le silence lui parut avoir duré trop longtemps. Tu ne veux pas me donner ton avis ?

— C'est quelque chose que tu n'apprécies guère…

— Quoi donc ?

— L'opinion des autres, du moins pas quand ta décision est prise. Comment vas-tu réagir si je ne suis pas d'accord avec toi ?

— Qu'est-ce que tu veux dire ?

— Que tu n'aimes pas écouter les autres du moment qu'ils ne partagent pas tes vues, Taylor. Bon, je ne te parle pas de bricoles, mais sur des sujets importants tu peux être agressive. Avec toi, c'est « qui m'aime me suive ». Et je ne suis pas d'humeur à me faire jeter.

Taylor était très étonnée.

— Je n'en reviens pas que tu penses ça de moi !

— Tu prétends peut-être ne pas avoir d'opinions bien tranchées et être toujours prête à reconsidérer tes décisions ?

Blessée par le ton acerbe de la question, Taylor s'efforça de trouver une réplique qui le soit tout autant. Elle chercha un exemple de situation où elle avait consenti à changer d'avis sur un sujet qui lui tenait vraiment à cœur. Rien ne lui venant spontanément à l'esprit, elle s'empressa de revenir au point de départ de la conversation.

— J'aimerais que tu sois franche avec moi, Sam. Je te promets de t'écouter.

— A tes risques et périls, alors !

— Samantha !

— Eh bien, si tu veux savoir, je trouve le Dr Hilliard dépassé et bon pour la retraite. Attention, certains de mes médecins préférés possèdent aussi la seconde caractéristique, mais jamais la première. Ils se tiennent au courant de tout, gardent l'esprit ouvert et ne se rabattent pas sur des théories qui étaient valables il y a des années, sauf si c'est tout ce qu'ils ont à proposer. Hilliard n'est pas comme eux. Il a la sincérité et le côté humain des toubibs de *Grey's Anatomy*, d'accord, mais il est également encroûté dans ses certitudes.

Taylor regrettait amèrement d'avoir posé la question à son amie.

— Je ne le vois pas comme ça, moi.

— Je sais bien.

— Il me parle toujours de *nouveaux* médicaments.

— Les médicaments, c'est son fonds de commerce.

— Mais, dès le début, nous avons parlé d'une intervention chirurgicale et, d'après lui, Maddie n'est pas la candidate idéale pour ça.

— C'était il y a combien de temps ?

L'option chirurgicale n'avait pas été évoquée depuis des années, Taylor était bien obligée de le reconnaître.

Samantha enfonça le clou :

— La recherche a fait d'énormes progrès depuis la naissance de Maddie. La technologie a explosé. On sait désormais établir une cartographie du cerveau et repérer très précisément les infos nécessaires. Le taux de réussite pour les cas dans lesquels on préconise la chirurgie est très élevé.

— Et les cas où elle échoue ?

— L'épilepsie n'est pas ma spécialité mais, d'après ce que j'ai vu récemment, je dirais que Maddie ne risque rien à essayer. Jeremy ne t'a pas dit qu'à Nashville les médecins estimaient que, entre les médicaments et la chirurgie, les crises de Maddie pourraient pratiquement être réduites à zéro, même si pour cela elle doit rester sous médication à vie ?

— L'opération pourrait affecter sa mémoire, sa personnalité ! Est-ce que tu laisserais quelqu'un opérer Edna ? Lui enlever une partie du cerveau ?

— Pas si je pensais que l'opération pourrait lui nuire, non. Mais si je pensais le contraire, que cela pourrait lui donner une chance de vivre une existence moins protégée, j'accepterais *illico*.

— Mais comment est-ce que je peux le savoir ?

Samantha attendit que Taylor se soit calmée avant de répondre.

— Coopère avec Jeremy et consens à reconnaître que lui aussi aime Maddie. Rends-toi à Nashville ou, si tu préfères, dans un endroit neutre. Et pose des milliers de questions. Evalue le programme de soins, fais-toi ton opinion sur les médecins, documente-toi un maximum sur leur taux de réussite... Alors, tu pourras prendre une décision en toute connaissance de cause. Ne t'arrête pas à l'avis d'un seul médecin qui n'adresse que rarement, voire jamais, ses patients à un neurochirurgien.

— Comment est-ce que tu le sais ?

— Parce que je me suis renseignée, et que Hilliard a cette réputation.

Taylor prit le temps d'assimiler cette réponse.

— Et pourquoi ne m'as-tu rien dit plus tôt ?

— J'ai essayé. Tu ne m'écoutais pas.

En y repensant, Taylor se souvint qu'au cours de ces dernières années Samantha lui avait effectivement proposé de prendre d'autres avis que celui du Dr Hilliard, de faire passer des bilans à Maddie au Children's Hospital de Boston ou de Chicago, ou même à la Cleveland Clinic. Mais Taylor avait toujours été persuadée que Maddie bénéficiait du meilleur traitement existant.

— Il faut que j'en parle à mon père.

Le regard de Taylor se posa sur Maddie, qui, Dieu merci, était redescendue du dôme d'escalade et jouait à présent avec deux enfants et un ballon de plage bariolé.

— C'est une bonne idée.

Quelque chose dans le ton de son amie mit la puce à l'oreille de Taylor. Elle tâta le terrain.

— Malheureusement, ça risque d'être difficile... Maddie est moi sommes passées chez lui, ce matin, mais il n'était pas là. Une voisine m'a dit qu'elle ne se rappelait pas avoir vu la voiture de papa dans l'allée de tout le week-end.

— Ton père a des voisins bien indiscrets...

— Non, c'est un bon quartier, au contraire. Les habitants veillent les uns sur les autres.

Taylor attendit quelques secondes, puis demanda sans détour :

— Saurais-tu par hasard où il se trouve ?

— Décidément, toute cette conversation est aussi amusante qu'une pose de prothèse de genou…

— Comment se fait-il que tu sembles en savoir plus sur ma vie et mes choix que moi-même ?

En un sens, ce n'était pas faux. Samantha, que ses propres erreurs de parcours avaient meurtrie, possédait sans doute l'oreille la plus compatissante d'Asheville. Les gens abusaient toujours de sa gentillesse. Exactement comme Taylor était sur le point de le faire.

— Où est mon père, Sam ?

— Je dirais qu'il est chez ta mère.

Taylor ne s'attendait pas à cela. Elle reçut l'information comme un coup à l'estomac.

— Il a passé tout le week-end avec elle ?

— Ce n'est pas ce que tu crois.

Samantha marqua une pause.

— A moins que si. Ecoute, je ne veux pas m'engager dans cette voie.

— Qu'est-ce que tu racontes ? Tu prétends que mon père et ma mère sont…

Elle ne put se résoudre à prononcer le mot.

— Il y a beaucoup de choses que tu ignores, Taylor, mais ce n'est pas mon rôle de te les apprendre.

— Pourquoi est-ce que personne d'autre ne m'en parle, alors ?

— Pourquoi ? Parce que tu as bien fait comprendre à tout le monde que tu ne voulais plus rien avoir à faire avec ta mère, et que tu ne voulais pas non plus que ton père fasse office de médiateur. De cette façon, tu contrôles les relations avec Charlotte et ton père t'obéit comme un toutou.

— Et sa relation avec *elle*, alors ?

— Tu n'as qu'à lui poser directement la question.

— Mais puisque je t'ai dit qu'il était introuvable !

Taylor posa la main sur le genou de son amie, sûre que celle-ci était sur le point de s'en aller.

— Sam, qu'est-ce qui se passe entre eux ?

— Je ne peux pas te donner de détails. Tout ce que je sais,

c'est que quand j'ai appelé ta mère, ce matin, pour prendre de ses nouvelles, c'est ton père qui m'a répondu au téléphone.

Toutes les répliques qui venaient aux lèvres de Taylor étaient de nature blasphématoire. Mais elle était dans une aire de jeux, entourée d'enfants qui couraient en tous sens, et se garda bien de laisser un seul juron s'échapper de sa bouche.

— D'accord, c'est bon, dit Samantha. Ecoute, toute cette histoire me fatigue. Tu n'as qu'à appeler ton père toi-même et lui demander de quoi il retourne.

Taylor ignora le conseil.

— Pourquoi voulais-tu prendre des nouvelles de ma mère ?

Samantha ne répondit pas.

— Ecoute, j'ai quand même le droit de savoir !

— Tu crois ? Pourquoi ?

Taylor ne pouvait lui donner la réponse qui s'imposait, à savoir que Charlotte était sa mère, car cette réalité n'avait plus influencé aucune de ses actions depuis qu'elle avait quitté la maison.

— Parce que tout ce qu'elle fait m'affecte d'une façon ou d'une autre.

— Intéressant…

— Sam, je t'en prie, tu as fait vœu de silence ou quoi ?

— C'est Charlotte qui devrait t'en parler elle-même.

— Quelles sont les chances pour que ça se produise ?

Samantha réfléchit, puis secoua la tête.

— Ta mère est malade, Taylor. Malade du genre de maladie dont il arrive qu'on ne guérisse pas. Et, d'après moi, ton père a décidé qu'il avait envie de rester à ses côtés durant le traitement.

— Ma mère, malade ?

— Elle a une leucémie.

Pour Taylor, ce fut comme un coup de massue. Plusieurs secondes s'écoulèrent avant qu'elle puisse de nouveau respirer normalement.

— Pourquoi est-ce que personne ne m'a rien dit ?

— Ecoute, on en a déjà discuté. Et, comme je suis franche avec toi, je vais te dire le fond de ma pensée. J'ai beaucoup d'affection pour ta mère. Je sais reconnaître un compagnon de route quand j'en vois un. Je sais ce que c'est, de vouloir arranger les choses quand tout est allé de travers. Charlotte a commis des erreurs. Nous le savons toutes les deux, ça nous touche de très près, bien que tu en connaisses mieux les raisons que moi. Pour ma part, je sais simplement qu'elle fait tout son possible pour s'amender.

— Je n'arrive pas à y croire.

— Il le faudra bien.

— Tu penses que je devrais me précipiter à son chevet pour la seule raison qu'elle est malade ?

— Non, au contraire, je pense que c'est la dernière chose qu'elle souhaite. Mais, si tu veux te précipiter à son chevet parce que tu l'aimes, ça serait une bonne chose.

Taylor n'arrivait pas à organiser sa pensée de façon cohérente. Maddie… Sa mère… Son père et sa mère de nouveau réunis…

— Ma foi, elle a mon père, après tout. Apparemment, lui, il est à ses côtés.

Puis elle repensa aux paroles de Sam. Son père était-il auprès de Charlotte parce qu'elle était malade ? Ou parce que, si impossible que la chose paraisse, il l'aimait encore ?

Elle se leva.

— On va rentrer, Maddie et moi.

— D'accord. Je pense qu'Edna et moi, on va rester encore un moment.

Taylor n'ignorait pas qu'elle était redevable à son amie pour sa franchise, même si, pour l'instant, elle ne savait pas trop de quoi exactement.

— On en reparlera, dit-elle.

C'était le maximum qu'elle puisse faire pour le moment.

— Ce n'est pas à moi qu'il faut que tu parles, Taylor. De ce côté-là, je pense que les choses sont claires, non ?

Taylor préféra se taire. L'esprit en proie au doute, elle alla annoncer à Maddie que leur petit tour au parc était terminé.

*
* *

Depuis deux matins, Charlotte se réveillait dans les bras d'Ethan. Ils n'avaient pas partagé le même lit depuis plus de dix ans, et pourtant sa présence à ses côtés lui paraissait naturelle.

Quand il avait insisté pour s'installer chez elle et reprendre sa place dans sa vie, il lui avait proposé de dormir ailleurs, soulignant qu'elle se reposerait mieux sans lui. Mais ni elle ni lui ne le souhaitaient vraiment.

Devant son refus, il s'était glissé entre les draps et l'avait attirée à lui tendrement. Si elle n'avait pas été aussi malade, ils n'en seraient pas restés là, Charlotte en était convaincue. Malgré cela, elle prenait grand plaisir à savoir qu'il était venu vers elle non parce qu'elle était un objet de pitié, mais parce qu'il était aussi désireux qu'elle de retrouver l'intimité de jadis. Ils dormaient simplement blottis l'un contre l'autre, en petites cuillères ; Ethan avait la main posée sur son ventre, son coude à elle frôlait son bras, chacun se frayant un chemin dans les rêves de l'autre.

Le samedi matin, tandis qu'il se douchait, elle alla trouver Harmony pour l'avertir que son ex-mari avait pris ses quartiers à la maison. Harmony, les yeux agrandis de stupéfaction, avait aussitôt proposé de déménager sans délai, ce dont Charlotte l'avait rapidement dissuadée, arguant qu'elle ne pouvait rien faire sans son aide. La jeune femme avait été conquise par Ethan et ses talents de cuisinier, et, une fois le petit déjeuner terminé, Charlotte avait compris que la présence d'Ethan faciliterait la vie à Harmony, qui ressentait le poids de la maladie plus profondément qu'elle ne l'aurait cru.

Dans l'après-midi du dimanche, après les dernières injections de chimio, Ethan la borda dans son lit pour qu'elle fasse la sieste et lui dit qu'il serait de retour dans deux heures.

— Tu dois avoir des millions de choses à faire…

Les paupières de Charlotte se fermaient ; ses propres paroles lui paraissaient résonner de très loin.

Ethan acquiesça.

— Il me faut aller chercher des vêtements de rechange, plus quelques projets sur lesquels je suis en train de travailler.

Il se pencha au-dessus du lit pour l'embrasser.

— Tu veux que je rapporte de la marchandise en douce pour le dîner ?

— A ta place, je m'arrêterais chez un traiteur, si tu as envie de manger autre chose que des légumes bio. Harmony a exhumé une vieille centrifugeuse de l'office. Elle est persuadée qu'elle va me guérir à coup de jus de fruits et de légumes.

— Je peux lui parler, si tu veux.

— Surtout pas ! De toute façon, je ne mange pas grand-chose. Alors, que ce soit du jus de céleri ou des côtelettes… ça m'est bien égal.

Elle ferma les yeux.

Un peu plus tard, on frappa doucement à la porte de sa chambre. Elle se dressa lentement sur son séant, évitant les mouvements rapides, qui aggravaient ses nausées. Elle grignota un cracker après avoir lancé :

— Entrez !

— Il y a une dame qui veut te voir, dit Harmony. Je ne t'aurais pas dérangée, mais elle prétend être la mère de Samantha.

Charlotte avala les dernières miettes de son cracker avant de répondre.

— Grande, cheveux auburn ?

Harmony opina.

— D'après toi, je suis en état de m'enfuir discrètement par la fenêtre ?

— Ne t'inquiète pas, Charlotte, je vais lui dire que tu dors.

— Non, je vais la recevoir. Merci de m'avoir avertie.

Charlotte ne se changea pas. Elle se contenta de défroisser du plat de la main le pantalon en jersey avec lequel elle s'était couchée, et rajusta son T-shirt. Puis, après s'être passé un peigne dans les cheveux, elle décida qu'il ne servait à rien de perdre du temps et de l'énergie en efforts de toilette. Ce qu'il lui aurait fallu, c'était un lifting facial. Sa mine était pire que sa fatigue réelle, ce qui en disait long sur son état.

Elle trouva Georgia dans la salle de séjour, perchée tout au bord du canapé comme si elle s'apprêtait à piquer un sprint.

— Je déteste cette pièce, dit Charlotte.

— Est-ce qu'on vous l'a imposée ?

— C'est censé être une salle de séjour, mais comment peut-on séjourner sur un canapé recouvert de soie ? J'aimerais qu'on m'explique.

— Pour ça, vous vous adressez à la mauvaise personne.

— Passons plutôt dans mon bureau. Ou non. Allons dehors nous asseoir au bord de la piscine. Un peu d'air frais…

Il était inutile de s'embarquer dans une discussion sur les apparents bienfaits de l'air frais sur ses nausées.

— … c'est toujours agréable.

— Certainement.

— Voulez-vous boire quelque chose ?

— Comme vous.

Charlotte fit halte dans la cuisine pour se munir de deux petites bouteilles d'eau gazeuse. Elle les avait posées sur le bar et cherchait des verres quand Georgia posa sa main sur son bras.

— Nous pouvons très bien boire à la bouteille. De grâce, ne vous sentez pas obligée de me recevoir dans les formes.

Charlotte ferma les yeux un bref instant.

— Votre fille vous a parlé, n'est-ce pas ?

— Installons-nous ici, tout simplement.

Georgia tira un tabouret jusqu'à l'îlot central et lui fit signe de s'asseoir.

Reconnaissante, Charlotte s'y écroula.

Georgia revint avec les bouteilles ainsi que deux verres qu'elle avait trouvés dans un placard. Elle ouvrit une bouteille, remplit le verre de Charlotte et fit de même pour elle.

— Sam s'est souvenue que vous terminiez la première cure de votre chimio aujourd'hui.

Charlotte hocha lentement la tête, ce qui suffit largement à faire tourner la pièce autour d'elle.

— J'avais pourtant dit à la jeune femme qui m'a ouvert de ne pas vous faire sortir du lit. J'allais vous laisser un mot.

— Je suis contente qu'elle ne vous ait pas écoutée.

— Pourquoi ? Pour que vous puissiez affronter une ennemie de longue date alors que vous vous sentez posséder autant d'énergie qu'une serpillière ?

— A mon avis, ce vieil adage qui dit de ne pas frapper quelqu'un à terre est complètement absurde. C'est vrai, si quelqu'un est déjà à terre, il faut l'achever. Quoi de plus cruel que d'attendre qu'il aille mieux pour lui mettre une raclée ?

— Etre malade vous donne tout le temps de réfléchir à ce genre de choses, n'est-ce pas ?

— Plus que je ne le voudrais.

— Vous n'allez peut-être pas me croire, mais je suis sincèrement navrée de l'épreuve qui vous frappe.

Charlotte médita sur ces mots.

— C'est gentil à vous. Ça me fait plaisir.

Georgia sourit. Cela faisait bien longtemps que Charlotte n'avait pas vu un sourire sincère sur ses lèvres. Il lui rappela la jeune femme motivée, impatiente de prendre son poste de proviseur. Une femme débordant d'idées novatrices et d'un enthousiasme qui lui avait permis de toutes les mettre en œuvre.

— Ma visite n'est pas uniquement dictée par la courtoisie, reprit Georgia. Il fallait que je vous remercie, personnellement.

Charlotte laissa échapper un soupir ; elle ne s'était pas aperçue qu'elle retenait son souffle. Georgia savait, pour les lettres de recommandation.

— Vous ne m'en voulez pas ?

— Je vous en ai voulu, au début.

Charlotte ne chercha pas à s'épargner.

— Si je vous avais posé la question, vous m'auriez dit de m'occuper de mes affaires. Et, comme je m'efforce de changer d'attitude, j'aurais dû m'incliner.

— C'est pourquoi vous avez contourné l'obstacle…

— Je n'ai sans doute pas autant appris que je le pensais, car, sur le moment, j'étais convaincue du bien-fondé de mon intervention. Pourtant, je m'étais déjà fait le même raisonnement quand j'ai tenté de vous faire renvoyer de votre poste de proviseur.

— Avec succès.

— Je suis très persuasive, hélas.

— Intrusive, aussi.

— Dans ce domaine, je mérite la médaille d'or. Je pourrais même donner des cours.

— On m'a montré les lettres. A mon second entretien.

Charlotte se pencha en avant si brusquement qu'elle faillit renverser son verre.

— A votre *second* entretien ?

— Oui, je suis en course pour le poste. Le comité m'a cependant clairement fait savoir que je n'aurais pas été aussi loin si vous n'étiez pas intervenue en ma faveur. L'épisode a beau remonter à un certain temps, mon renvoi fait encore tache sur mon CV. Aujourd'hui, ils ont l'air de considérer que j'étais peut-être en avance sur mon temps, pas que j'étais une incapable.

— Ça me fait tellement plaisir pour vous, Georgia ! J'espère que vous décrocherez le poste. Vraiment.

— Mais, à partir de maintenant, vous ne vous en mêlerez plus.

Ce n'était pas une question.

— Vraiment, vous êtes sûre ? J'envisageais le chantage comme prochaine étape...

Georgia la regarda d'un air pensif.

— Vous vous êtes mise à nu dans votre lettre, Charlotte. Ça n'a pas dû être facile pour vous. Et je ne vois pas d'explication à votre démarche, si ce n'est celle d'avoir voulu réparer un ancien tort.

Charlotte sourit.

— Et je suis pourtant prête à parier que vous vous êtes creusé la tête.

— Au point de ne pas en fermer l'œil de la nuit !

Georgia prit une gorgée de son eau gazeuse, puis se leva.

— Retournez vous coucher. Il faut vous reposer et prendre soin de vous.

Charlotte se leva, elle aussi.

— Pour le moment, je ne suis bonne qu'à cela.

Après une brève hésitation, Georgia la serra dans ses bras. Une accolade ferme, rapide. Puis elle recula d'un pas.

— Je prie pour vous, Charlotte.

— C'est encore mieux qu'une lettre de recommandation.

— Et tout aussi efficace, je l'espère.

Sur un dernier sourire sincère, Georgia s'en alla.

La porte d'entrée se referma, et Charlotte songea qu'une de ses prières venait d'être exaucée.

41

Journal du Premier Jour : 2 juillet

Ma grand-mère m'a dit un jour que deux choses me seraient nécessaires pour réussir ma vie. La première, c'est le courage, et la seconde, la peur. A présent, je vois que les deux me seront également nécessaires pour réussir ma mort. Le courage d'affronter la fin, en prenant conscience que ma disparition permettra à de nouvelles graines d'être semées à ma place. La peur, qui m'incite à organiser ma vie en vue de la récolte.

J'aurais bien aimé serrer ma petite-fille dans mes bras, juste une fois, et lui dire que je ne n'ai jamais cessé de l'aimer depuis le jour où j'ai regretté qu'elle ait à endurer de si grandes souffrances. C'était il y a dix ans, dans un couloir d'hôpital.

42

Dès le début du traitement, Charlotte avait exigé de Phil Granger qu'il lui épargne les platitudes d'usage. Celui-ci n'avait pas discuté. Tous deux se connaissaient suffisamment bien pour savoir que c'était inutile. Et, lorsqu'il lui avait conseillé d'entreprendre ce tout dernier protocole de chimio, il ne lui avait pas caché la vérité. Il faudrait des mois avant d'évaluer l'efficacité du traitement. Mais le temps qui lui restait à vivre ne se comptait peut-être pas en mois.

Aujourd'hui, presque une semaine après la fin de la première cure, un certain mieux commençait à se faire sentir. Objectivement, cette amélioration s'expliquait sans doute par la diminution progressive des effets secondaires, en particulier des nausées. On l'avait prévenue que, la semaine prochaine, son nombre de globules blancs risquait de chuter à son point le plus bas mais, pour l'instant, elle profitait au maximum du répit qui lui était offert.

Elle sortait de son lit quand Ethan entra dans la chambre, pour voir si elle n'avait pas besoin de quelque chose avant qu'il ne s'habille pour aller chez lui. Un peu plus tôt, avant de prendre son propre petit déjeuner, il lui avait apporté son thé et ses toasts, qu'elle avait réussi à finir. Puis il s'était assis au bord du lit tandis qu'elle buvait sa tasse à petites gorgées, et s'était interrogé à voix haute sur l'opportunité d'installer un atelier provisoire sur la terrasse ou dans le garage. Elle avait insisté pour qu'il continue à travailler dans son véritable atelier, chez lui — en cas de besoin, elle pourrait toujours l'appeler —, mais Ethan avait refusé.

— Ce qui me plaît, c'est d'être avec toi, Lulu.

Il lui avait soulevé le menton, comme il le faisait lorsqu'ils étaient bien plus jeunes, et l'avait embrassée tendrement.

— Je veux profiter de chaque instant.

Voyant qu'elle le regardait, il se leva, s'étira en rejetant en arrière ses larges épaules et lui sourit.

— Je viens juste de raccrocher le téléphone. Nous avons un acheteur potentiel pour une autre unité de la fabrique.

— Fantastique ! J'ai hâte de voir ce que tu as réalisé de tes mains, tu sais ?

— Dès que tu te sentiras d'attaque pour une sortie éducative.

— Tu as une minute ?

Il se rassit sur le lit.

— Pour quoi faire ?

Elle noua les bras autour de son cou et l'attira à elle pour lui donner un baiser.

— En fait, l'idée à laquelle je pense risque de nous prendre plus d'une minute…

Il repoussa les petites mèches qui lui tombaient sur le front et plongea son regard dans le sien. Il y lut une invite.

— Tu ne te sens quand même pas si bien que ça, si ?

— Je me sens comme une femme amoureuse, mais…

Elle soupira.

— Honnêtement, Ethan, on ne peut pas dire que je sois une bonne affaire. Je me suis vue dans le miroir…

Elle avait le visage hâve et les traits tirés, et, sans les soins de son coiffeur, ses cheveux ne pouvaient plus prétendre à un semblant de volume. On lui voyait le cuir chevelu et des cernes foncés marquaient ses yeux.

Ethan frotta sa joue contre la sienne.

— Pour moi, Lulu, tu es toujours la plus belle, mais je ne veux pas te faire mal.

— Il me semble que nous avons fini de nous faire du mal, non ?

— Tu te souviens de la fois où nous avons fait l'amour, juste une semaine avant la naissance de Taylor ?

— Qu'est-ce que tu racontes, nous n'avons jamais fait une chose pareille...

Elle inclina la tête sur le côté.

— Si ?

— Ce n'était pas très malin de notre part. Il nous a fallu déployer une certaine imagination. Des trésors d'imagination, même. Tu étais grosse comme une baleine !

Elle eut un petit rire.

— Ah, oui, ça me revient, maintenant...

Elle se déplaça afin qu'il puisse s'allonger près d'elle. Il se tourna sur le côté, et sa main effleura le premier bouton de sa chemise de nuit.

— Je me souviens de t'avoir dit que tu pourrais me demander d'arrêter à tout moment. Si je te faisais mal, si tu changeais d'avis...

— Ou si le travail commençait...

— Ça aussi.

Il défit lentement le premier bouton, puis le suivant.

— Que tu n'avais qu'à dire stop et que je...

— Je ne me souviens pas de te l'avoir dit.

Il se pencha sur son visage et l'embrassa, lentement, tendrement. Pleinement.

— Je te refais la même promesse aujourd'hui, dit-il.

— Avec un résultat identique.

En cette fin de matinée, Charlotte était allongée sur une chaise longue, au bord de la piscine. Comme elle était censée éviter toute exposition au soleil, Ethan avait tiré le siège de jardin à l'ombre et l'y avait installée avant de s'en aller, une heure plus tôt. Elle était sur le point de s'assoupir dans la chaude brise aux parfums de fleurs, lorsque Harmony sortit de la maison, suivie de près par Analiese.

— Révérende Ana...

Charlotte amorça le mouvement de se lever, mais Analiese lui fit signe de rester allongée.

Harmony mit sa main en visière et regarda en direction du

soleil, comme pour évaluer l'heure qu'il devait être. En réalité, elle se demandait sans doute s'il ne valait pas mieux laisser Charlotte en tête à tête avec le pasteur, par politesse.

— Je ferais peut-être bien d'aller faire quelques courses, si ça ne te dérange pas ?

— Non, pas du tout. La révérende Ana va me tenir compagnie, et puis Ethan va revenir dans un petit moment.

— Ethan ? s'étonna Analiese après le départ de Harmony.

Charlotte sourit.

— Il s'est installé ici.

— Eh bien !

— Voilà qui est parler en vraie théologienne !

— L'appréciation des mystères de la vie fait partie de toute théologie qui se respecte…

— Et c'est tant mieux.

Charlotte lui fit signe de s'asseoir.

— Il y a des boissons et des bricoles à grignoter dans la glacière posée sur la table. Harmony et Ethan sont bien décidés à me faire engraisser. Ce matin, Harmony a confectionné un cocktail très spécial à base de jus de betterave, de carotte, de chou frisé et d'herbe de blé — du diable si je sais ce que c'est. Une telle mixture ne peut que me guérir, à condition qu'elle ne me tue pas avant… Si vous voulez goûter, allez-y, surtout, ne vous gênez pas ! En fait, c'est moi qui vous supplie de m'en débarrasser.

Avant de s'asseoir, Analiese inspecta le contenu de la glacière ; son visage se plissa de dégoût.

— Hélas, j'ai pris mon déjeuner très tôt, ce matin…

— Dommage pour nous deux !

Analiese ôta ses sandales du bout de l'orteil. Elle portait quelque chose que Charlotte avait d'abord pris pour un sac à main en paille, mais qui, de plus près, ressemblait davantage à un panier à provisions à fond plat et sans couvercle.

Charlotte ferma les yeux.

— Ce temps est idéal, n'est-ce pas ? Je pourrais passer toute la journée sur cette chaise longue.

— Vous semblez heureuse, Charlotte.

— Il m'a été donné une chose rarissime.

— Une maladie grave ? Ça n'est pas si rare que ça, malheureusement.

— Une seconde chance.

Analiese comprit qu'il s'agissait d'Ethan.

— Il m'a dit que vous vous étiez parlé, tous les deux. Sur la montagne.

Analiese ne souriait plus.

— L'annonce de votre maladie lui a donné un rude coup, Charlotte. Et s'apercevoir qu'il tenait encore à vous a été plus déstabilisant encore.

— Merci de l'avoir aidé, Analiese. Merci de m'avoir aidée, moi.

— Eh bien, dans le même esprit…

Tirant le panier à elle, Analiese en sortit des profondeurs un pot en plastique vert. Du terreau sombre s'élevait une tige duveteuse aux feuilles lobées que Charlotte crut reconnaître.

— … voici pour vous.

Charlotte n'avait guère fait usage de ses talents de jardinière depuis son départ de la ferme, mais elle n'avait quand même pas oublié tout son savoir.

— Un pied de tomate ?

— Pas n'importe quel pied de tomate. Un miracle !

Analiese se leva, plaça le pot dans les mains de Charlotte et enserra les deux de ses propres mains.

— Le jour où j'ai rencontré Ethan, là-haut, à votre ancienne ferme, j'étais arrivée la première. J'avais décidé de visiter les environs avant d'entrer dans la maison. Or, pendant que je me baladais, une voiture est arrivée. Il se trouve qu'il s'agissait du couple qui louait la maison jusqu'ici. Vous savez, ces jeunes qui venaient de déménager quand vous m'avez montré l'endroit…

— Que faisaient-ils là ?

— Lors de leur installation, le précédent locataire les avait prévenus de guetter, à la fin du printemps, la sortie de pieds de tomate à l'endroit où il en avait planté l'an passé. Il leur a conseillé de déterrer les pousses les plus vigoureuses et de les repiquer en rang. Vous serez bien étonnés, leur a-t-il dit, de voir ce que vous aurez récolté à la fin de l'été. Ils ont suivi ses conseils et obtenu des pieds de tomate si hauts qu'ils ont eu toutes les peines du monde à les tuteurer. Une année, ils ont même eu recours à des escabeaux séparés par des tiges de bambou !

— Les arbres à tomates de ma grand-mère... Je n'arrive pas à croire qu'ils...

Charlotte secoua la tête. Assaillie de souvenirs, elle demeura quelques instants sans oser parler. Sa grand-mère faisant ployer les tiges vers elle pour attraper les tomates les plus hautes... Puis dans sa cuisine, devant le fourneau à bois, stérilisant des bocaux dans de l'eau bouillante pour en faire des conserves de tomates. Des souvenirs de cette femme qui l'avait toujours considérée comme la prunelle de ses yeux et qui lui avait voué un amour sans faille.

— Moi non plus, je n'en reviens pas, reconnut Analiese, mais le jeune homme m'a donné l'explication. Apparemment, il ne s'agit pas de plantes hybrides, c'est pour ça que ces pieds présentent une vigueur exceptionnelle et que leur variété se transmet de génération en génération sans subir la moindre modification. Quand vous êtes partie de la ferme, votre père en a peut-être fait pousser quelques pieds pour avoir quelque chose à manger, à moins qu'un voisin ne soit venu en chercher quelques plants et qu'il en ait offert une nouvelle génération à vos tout premiers locataires, à l'occasion de leur pendaison de crémaillère.

Charlotte imaginait la façon dont les événements s'étaient déroulés. Quand elle était petite, on s'échangeait toujours des plants entre voisins. Nul doute que sa grand-mère avait donné des arbres à tomates aux uns et aux autres, en échange d'un service ou en cadeau. Et la première personne à qui Ethan avait loué la ferme, après le décès de Hearty, avait été le frère de leur voisin, Bill Johnston. Bill avait sans doute partagé ses semis avec son frère...

— Et ainsi de suite de locataire en locataire, conclut-elle.

— Les derniers en avaient emporté quelques pieds en partant, mais ils ont eu tellement à faire avec leur déménagement, entre les cartons à déballer et leur nouvelle maison à arranger, qu'ils ne les ont pas plantés à temps, et les pieds ont séché. Ils sont donc revenus sur la montagne avec l'espoir d'en trouver d'autres dans le potager. Quand ils sont repartis avec deux pieds, j'ai veillé à repiquer une douzaine des plants qui restaient pour former une belle rangée dans le jardin, histoire de perpétuer la tradition.

— Et voici l'un d'eux.

Charlotte caressa le pot avec tendresse.

— Moi qui croyais que ces tomates étaient perdues. De telles merveilles, disparues à jamais…

— Leurs graines sont restées. Et je parie que ce pied et tout ce qu'il représente continuera à se transmettre durant encore des générations.

— Parce que quelqu'un a pris soin de ces graines et les a préservées.

— Comme nous préservons le souvenir des gens qui ont vécu avant nous. Le bien qu'ils ont fait sur terre, c'est comme les graines de tomate de votre grand-mère, ça ne meurt jamais. Cela se transmet de main en main. Cela vit sous d'autres formes, dans d'autres lieux, mais sans que l'essence originelle en soit modifiée.

— Vous êtes incapable de raconter une histoire sans lui donner une moralité, n'est-ce pas ?

— Autrement, je perdrais mon job !

Charlotte serra le pied de tomate contre sa poitrine et prit la main d'Analiese.

— Pas si j'ai mon mot à dire là-dessus.

La voiture de son père était garée dans l'allée quand Taylor s'arrêta chez lui, au retour de son cours de yoga du matin. Maddie, boudeuse, était affalée dans le siège passager. Par son attitude, sa fille lui faisait clairement savoir qu'elle n'avait pas apprécié d'être tirée du lit si tôt pour l'accompagner à l'atelier. Ce fut elle qui repéra la voiture de son grand-père et qui demanda à sa mère de s'arrêter.

Lorsque la porte d'entrée s'ouvrit et que son père parut sur le seuil, Taylor comprit qu'elle n'avait plus le choix. Il avait dû apercevoir sa voiture, et déjà Maddie baissait sa vitre pour l'appeler. Taylor se mordit les doigts de ne pas avoir emprunté un autre itinéraire.

Elle se gara contre le trottoir et attendit que Maddie ait bondi hors de la voiture pour saluer son grand-père avant d'ouvrir la portière et de descendre à son tour.

Maddie déroulait déjà un cortège de récriminations où il était question de l'endroit d'où elles venaient et de ce qu'elles y avaient fait. Ethan écoutait patiemment.

— Je n'ai même pas eu le temps de manger une pomme pour le petit déjeuner, déclara-t-elle. Et je meurs de faim !

— Parce que tu n'as pas voulu te lever du lit quand je t'ai appelée, répliqua Taylor.

Elle se tourna vers son père.

— Nous avons tout un tas de courses à faire cet après-midi, alors je passe d'abord à la maison pour la faire déjeuner.

Maddie faisait la tête.

— On aurait pu manger au restaurant…

— C'est toi qui comptes payer l'addition, peut-être ? ironisa Taylor. Sur ta pension alimentaire ?

— Tu as laissé des affaires à toi, la dernière fois que tu es venue, dit Ethan à sa petite-fille. Si tu allais voir ce que c'est, dans la penderie de ta chambre ? Je ne me souviens même pas de ce que j'ai fourré là-dedans.

— Je peux avoir un verre de jus d'orange avant de m'évanouir ?

— S'il te plaît, répliqua Taylor.

Les yeux de Maddie s'étrécirent.

— Pourquoi, t'en veux un, toi aussi ?

— Allez, file ! dit Ethan. Et vérifie bien que tu prends tout.

Il attendit que la petite soit partie.

— On peut dire qu'elle est de mauvais poil, aujourd'hui !

— On lui a chamboulé ses horaires, à Nashville. Jeremy et Willow veillent tard et ils font la grasse matinée. Maddie ne veut pas y renoncer et elle râle parce que je la force à se lever.

Elle attendit puis, face au silence de son père, enchaîna sur une vraie nouvelle.

— J'ai appelé Jeremy hier soir, nous avons eu une longue conversation.

Taylor avait l'habitude que son père soit suspendu à ses lèvres — ou presque — mais, cette fois, son esprit semblait ailleurs.

Les illuminations se produisent à des moments étranges. Le yoga est une voie vers la connaissance spirituelle, mais, quelle que soit l'activité dans laquelle on est engagé, l'être spirituel supérieur fait partie intégrante de la personne. Taylor ne l'ignorait pas. Et, parfois, il entre en action, qu'on y soit préparé ou non.

Dans un éclair de lucidité, elle saisit l'importance que l'approbation — *l'adoration* — de son père avait prise pour elle au fil des ans. Ils formaient une équipe, tous les deux, depuis le jour où elle avait quitté le foyer parental. Elle avait compté sur ses conseils, sur sa force, sur sa compagnie. Mais il était le seul membre du duo à donner ; de son côté, elle avait toujours pris sans vergogne. Et elle ne s'était jamais souciée du déséquilibre de cette relation ni des conséquences qu'il pouvait entraîner dans leurs rapports.

Elle s'était séparée de sa mère, pas à la façon normale d'une adolescente — en douceur, petit à petit —, mais en créant une faille irréparable.

Avec son père, elle n'avait jamais coupé le cordon.

— Papa… Je sais que tu vis chez ma mère.

— Quand as-tu cessé d'appeler Charlotte « maman » ? J'essaie de me souvenir.

— Quand elle a cessé *d'être* maman.

— Elle n'a jamais cessé de l'être, Taylor. Ce n'était pas la maman dont tu rêvais, ni peut-être celle dont tu avais besoin à l'époque, mais elle n'a jamais cessé d'être ta maman.

— Ecoute, je sais qu'elle est malade.

Son père accueillit sa remarque d'un bref hochement de tête.

— C'est…

Elle tenta de faire un pas vers lui, pour changer, de lui tendre la main, histoire de lui montrer qu'elle comprenait, ne serait-ce qu'un peu.

— C'est bien que tu sois là-bas pour l'aider.

Elle s'efforçait de croire à ses propres paroles.

— Je ne suis pas là-bas pour l'aider, Taylor.

Ethan martelait ses paroles.

— Je suis là-bas parce que je l'aime. Je l'ai aimée dès la première seconde où je l'ai vue et je me rends compte aujourd'hui que je n'ai jamais cessé d'aimer cette femme. Cette femme que tu as réinventée à ta manière.

— Je regrette, mais c'est quand même moi qu'elle a flanquée à la porte.

— Ce jour-là, il s'est dit beaucoup de choses dans le feu de la colère. Il est temps de t'interroger sur ce qui s'est réellement passé.

Taylor se mit instantanément sur la défensive.

— J'y étais, je te signale ! Je sais très bien ce qui s'est passé !

— Pourquoi es-tu tombée enceinte, Taylor ? T'es-tu déjà posé la question ? Tu n'étais pourtant pas ignorante en matière de contraception. T'es-tu jamais demandé si tu n'essayais pas de te venger de ta mère ? Ou si tu n'essayais pas de te débarrasser de la personne qui avait le contrôle sur ta vie ? Tu n'étais pas amoureuse de Jeremy. C'est à peine si tu as versé une larme quand il est passé à une autre fille. Et, dès que tu as appris que tu étais enceinte, tu nous as mis au pied du mur, sans un pleur ni un sourire, mais avec un regard que je n'oublierai jamais. Tu attendais quelque chose, tu attendais que se déroule la scène exacte que tu avais toi-même programmée.

C'était la première fois que son père abordait le sujet sous cet angle. D'ailleurs, jusque-là, elle n'aurait jamais imaginé que de telles questions puissent lui avoir traversé l'esprit. Prise au dépourvu, elle ne pouvait opposer aucune réaction à ses sous-entendus. Y avait-il du vrai dans les paroles de son père ? En voulait-elle à sa mère au point d'avoir fait fi de toute précaution, pour lui prouver qu'elle était libre d'agir à sa guise ? De fréquenter le garçon de son choix ? Voire de devenir mère à seize ans, si cela lui chantait ?

Bien entendu, ce n'était pas la première fois qu'elle se posait ces questions-là, mais c'était la première fois que son père les lui adressait.

— On récolte ce qu'on a semé, dit-il, alors qu'elle ne répondait rien. Ce jour-là, chacun de nous était coupable de quelque chose, et nous en avons tous payé le prix. Personnellement, je crois avoir payé ma part, aussi j'arrête les frais. Tout ce que je souhaite, c'est de me retrouver avec ta mère pour le temps qu'il nous reste à vivre.

— Sam dit qu'elle a une leucémie.

Il acquiesça silencieusement.

De nouveau, elle tendit la main vers lui, au maximum de ses possibilités.

— Je ne la déteste pas, papa. Je ne souhaite pas sa mort.

Il ne répliqua pas, se contentant de se passer les mains dans les cheveux, geste qui, chez lui, indiquait un indéniable désarroi.

— Tu me parlais de Jeremy, tout à l'heure...

Elle se réjouit de pouvoir annoncer à son père une nouvelle qui la replacerait dans son statut d'adulte, après cette pénible incursion dans son adolescence.

— Nous avons discuté pratiquement jusqu'à minuit. J'ai décidé de ramener Maddie à Nashville à la fin du mois de juillet. Je veux rencontrer les médecins du Vanderbilt et me faire une idée de l'endroit. Nous pourrons les consulter ensemble, Jeremy et moi. Et, si je ne suis pas convaincue, il est d'accord pour rechercher un troisième avis, et pour qu'on arrête notre décision à partir de là.

— C'est une excellente nouvelle.

— J'espérais bien que tu approuverais.

— Je sais que c'est difficile pour toi de changer d'avis, et tout aussi dur de partager l'éducation de Maddie avec Jeremy.

Taylor avait suffisamment réfléchi, depuis sa conversation avec Samantha, pour se rendre compte de la justesse de la remarque de son père. La preuve, c'est qu'elle n'avait toujours pas pris sa décision...

— Tu sais, Taylor, tu ressembles plus à ta mère que tu ne l'imagines.

Jeremy lui avait dit quelque chose de similaire, mais elle n'était pas encore prête à l'accepter.

— J'espère que non.

La porte d'entrée s'ouvrit, laissant passage à Maddie. Taylor s'attendait à ce que son père abrège aussitôt la conversation, mais il ajouta un dernier commentaire.

— Et moi, j'espère que si, au contraire. Tu as la force et la détermination de ta mère, Taylor. J'espère que ces deux qualités te seront aussi utiles dans la vie qu'elles lui sont utiles à la fin de la sienne.

Charlotte aurait préféré attendre de se sentir un peu mieux pour mettre de l'ordre dans ses affaires, mais le temps lui était compté, elle le savait. Après le départ d'Analiese, elle se redressa et parvint à mener une brève conférence téléphonique avec le directoire de Falconview, avant de s'étendre de nouveau sur sa chaise longue. Comme prévu, ses collaborateurs n'avaient pas été ravis d'apprendre ses projets pour la société, mais, au moins, ce ne serait pas une surprise pour eux.

Ethan revint en apportant de quoi déjeuner et posa le tout sur la table à côté d'elle. Elle fut touchée de voir qu'après tout ce temps il se souvenait encore de sa passion pour la salade Cobb. Il en avait aussi pris une barquette pour Harmony et, se rappelant qu'elle était végétarienne, avait demandé qu'on la lui confectionne sans bacon, avec du tofu grillé à la place du poulet.

Harmony s'extasia sur la salade ainsi que sur l'histoire du pied de tomate, et promit de déguster sa part dès son retour du marché.

Tandis que Charlotte et Ethan se restauraient, il lui détailla tout ce qu'il avait rapporté de chez lui : des tiroirs pour éléments de cuisine à poncer et à vernir, des marches d'escalier à enduire de plusieurs couches de polyuréthane, et une porte à galandage pour la chambre de son petit loft.

— Je viens de m'entretenir au téléphone avec le directoire de Falconview, dit-elle quand ce fut son tour de lui donner des nouvelles.

— Je suppose que c'est mieux que de te sangler dans un tailleur-pantalon et de débouler par la grande porte ?

— Si tu veux mon avis, les employés sont en train de mettre leur CV à jour…

— Quoi, ils te laisseraient tomber comme ça, après tout ce que vous avez accompli ensemble ?

— La loyauté est un sentiment que je n'ai jamais encouragé au sein de ma société. J'ai fait de Falconview mon entreprise exclusive, et je n'ai jamais donné à quiconque beaucoup de raisons de se montrer loyal envers moi. Mes collaborateurs se savaient constamment surveillés et jugés. Maintenant que je ne suis plus sur leur dos, ils s'entre-déchirent comme des pitbulls, ils cherchent à savoir qui va être le futur chien de meute. Après tout, je n'ai qu'à m'en prendre à moi-même.

— Ça n'a pas l'air de t'inquiéter outre mesure.

— Falconview s'en sortira. La société prendra même une tout autre orientation après mon départ. Quelle que soit ma destination.

— Tu as pris des dispositions en ce sens ?

— J'ai fait les meilleurs choix possibles. Je suis confiante, tout ira bien.

Ethan parut réfléchir à ce qu'il allait dire.

— Taylor est passée chez moi au moment où je partais. Avec Maddie.

Charlotte savait qu'en cas de bonne nouvelle Ethan n'aurait pas tourné autour du pot.

— Elle est au courant, pour ta maladie. Sam lui a tout raconté.

Voyant qu'il en restait là, elle comprit qu'il n'avait rien de plus à dire.

— Comment va Maddie ?

— De ce côté-là, bonne nouvelle. Taylor consent à la ramener à Nashville le mois prochain et à s'entretenir avec les médecins qui préconisent une opération. Après, Jeremy et elle décideront ensemble de ce qui devra être entrepris.

Charlotte imaginait à quel point cette décision devait peser lourd sur les épaules de sa fille, et quelles affres elle avait dû endurer pour s'y résoudre. Si seulement sa fille avait pu se trouver là, elle l'aurait serrée de toutes ses forces dans ses bras…

— Je suis sûre qu'ils opteront pour la meilleure solution, dit-elle.

— Tu as l'air fatigué, Lulu. Et si tu te reposais un peu ?

— Bonne idée. Après un tel festin, j'ai besoin de faire une petite sieste. Mes mâchoires sont lasses d'avoir autant mastiqué !

Il se mit à rire et l'embrassa.

— Tu as mangé, quoi ? Six bouchées en tout ? Je laisse la salade ici, au cas où tu te sentirais capable de pousser l'effort jusqu'à une septième bouchée.

Ethan partit en direction du garage pour décharger et mettre en ordre les matériaux qu'il était allé chercher dans son atelier. Charlotte sommeilla environ une heure. Puis, écœurée d'être aussi oisive alors que les pires effets de la chimio s'étaient estompés, elle décida d'aller voir ce que faisait Ethan.

En se levant, elle fut prise d'un vertige, mais elle était restée allongée une grande partie de la journée — trop longtemps, à l'évidence, si sa tête pouvait faire office de baromètre en la matière. Justement, bouger un peu lui ferait du bien. Elle passa par la cuisine pour jeter les restes de son déjeuner à la poubelle et mettre les assiettes sales au lave-vaisselle. Puis elle traversa la maison en direction de la porte de communication menant au garage.

Arrivée au milieu du hall, elle s'aperçut qu'elle aurait mieux fait de rester tranquille. Elle avait les jambes en coton et son cœur battait à tout rompre. Elle se maudit intérieurement. Elle n'aurait jamais dû se lever si vite ! Il lui aurait fallu prendre exemple sur Velvet, et s'étirer à la manière de celle-ci, lorsqu'elle se levait pour aller faire un tour dehors. Elle aurait dû attendre d'avoir l'esprit parfaitement clair avant même d'essayer de se mettre debout…

Elle s'adossa contre le mur, tandis que le hall s'obscurcissait peu à peu. Elle se sentait désorientée, comme si on avait changé la disposition des pièces. Etait-elle encore dans la bonne direction ? Où se trouvait la porte la plus proche ? Sans s'éloigner du mur, elle se mit à le longer centimètre par centimètre, tâtonnant à la recherche d'une embrasure de porte et, si possible, d'un siège où s'asseoir mais, quand le mur céda la place au vide, elle fut prise au dépourvu.

Elle battit des bras, tentant de se retenir à quelque chose, puis ses jambes se dérobèrent juste avant que le hall ne devienne d'un noir d'encre.

43

Charlotte s'éveilla au bruit des bips émis par intermittence. Elle tenta de redresser la tête, mais elle était trop faible. Lentement, trop lentement, sa vision se fit moins floue. Des voix lui parvenaient, mais elle n'arrivait pas à distinguer les paroles. De l'endroit où elle était, elles ne formaient qu'un chapelet de sons monotones.

— Charlotte ?

Quelqu'un lui prit la main. Cette voix, elle la reconnaissait.

— Ethan ?

Elle s'obligea à focaliser ses yeux sur son visage.

— Où… ?

Il lui serra les doigts pour lui montrer qu'il comprenait.

— Tu es à l'hôpital. Tu as été transportée aux urgences et, maintenant, tu te trouves dans le service des soins intensifs.

Elle devait traverser un épais brouillard pour atteindre Ethan. Il lui semblait à des kilomètres, et elle ne parvenait pas à se concentrer suffisamment pour lui poser une autre question.

— Le Dr Granger est ici. Je vais le laisser te parler, mais je ne m'en vais pas.

Phil flotta dans son champ de vision — cheveux argentés, front sillonné de rides profondes. Il était plus âgé qu'Ethan, il allait prendre sa retraite, se souvenait-elle. L'année prochaine ?

— Comment vous sentez-vous ? lui demanda-t-il.

En réalité, elle n'en savait rien.

— Bizarre…

Elle ne parvint pas à associer les paroles qu'il prononça ensuite de manière à leur donner un sens, comme son cerveau aurait dû normalement le faire. Elle saisit seulement « transfusion », « blastes » et quelque chose qui ressemblait à « rechute ».

Elle assembla ces quelques bribes comme elle put et en tira ce qui semblait une conclusion logique.

— Je suis… en train de mourir.

Cette fois, les paroles de Phil Granger lui parvinrent clairement.

— Je crains que vous ne soyez très faible, Charlotte.

— Les transfusions… Pourquoi ?

— Nous essayons de vous stabiliser le temps de décider de la suite à donner au traitement.

Le brouillard se levait, à présent. Elle entendait et comprenait les mots. Leur message sous-jacent, aussi.

— Vous essayez…

Elle s'éclaircit la voix.

— Mais vous ne… sûrement pas ?

Il ne répondit pas directement.

— Nous avons deux options. Soit nous parvenons à vous remettre sur pied et nous vous renvoyons chez vous dans un jour ou deux, en espérant que votre état s'améliorera suffisamment pour entamer une autre cure de chimio le mois prochain. Après ça, nous verrons où nous en serons. Soit nous vous gardons ici pour tenter un traitement beaucoup plus agressif. Mais je ne vais pas vous mentir, Charlotte : si vous choisissez cette dernière option, les chances que vous surviviez à la première séance du traitement sont minimes. En fait, je ne sais même pas si nous pourrons obtenir l'accord de votre compagnie d'assurances.

La voix d'Ethan lui parvint.

— Qu'est-ce qui vous fait penser qu'elle est à même de prendre une telle décision, dans l'état où elle est ?

La voix de Phil s'estompa, comme s'il s'était déplacé vers un autre endroit de la pièce. Charlotte félicita silencieusement Ethan de se faire son avocat mais, lorsqu'il revint à son côté et lui prit la main, elle répondit elle-même à sa question.

— Phil et moi avons discuté…

Elle soupira. Si seulement les choses étaient plus faciles…

— Il sait.

Ethan lui serra les doigts.

— Qu'est-ce qu'il sait ?

— Je veux… rentrer chez moi. Je veux passer le temps qu'il…

Elle ne put achever.

Phil dit quelque chose, Ethan lui répondit, puis il se retourna vers elle.

— Tu es une battante, Lulu ! Tu es bien sûre que c'est ce que tu veux ?

Lentement, elle entrelaça ses doigts dans les siens.

— Je sais choisir… mes combats.

Le visage d'Ethan lui apparaissait clairement, à présent : il était empreint de chagrin. Elle vit aussi qu'il comprenait son choix, même s'il n'était pas prêt à lâcher prise.

— Nous venons à peine de nous retrouver, Charlotte…, murmura-t-il, si bas qu'elle eut du mal à le comprendre.

Elle lui offrit le seul réconfort qu'elle était en mesure de lui donner.

— C'est une chance, non ?

Ethan entra dans la salle d'attente, vidé par les émotions. Harmony bondit de sa chaise.

— Alors ?

Il la dévisagea et secoua la tête.

— Elle est consciente, mais il n'y a plus grand-chose à faire, hormis stabiliser son état quelque temps. La seule autre option risque de se retourner contre elle, et il y a peu de chances pour que ça marche. De toute façon, elle refuse de s'engager dans cette voie.

Ethan lut sur le visage de Harmony que ces histoires de « refus de s'engager » et de « voies » la dépassaient. Elle était très jeune et ne s'était pas doutée que les choses iraient si vite.

Il comprenait son désarroi. Ce matin encore, Charlotte affirmait se sentir mieux. Ils avaient fait l'amour, tendrement, avec précaution, mais avec toute la tendresse du monde. Elle avait mangé, s'était habillée et avait passé la journée allongée au bord de la piscine. Après le petit déjeuner, elle avait même joué avec les chiots. Elle s'était sentie mieux, elle avait paru plus en forme, et cela ne les avait pas aidés à se préparer à la suite des événements.

Harmony fondit en larmes, et il la prit dans ses bras.

— Nous allons la ramener à la maison, ma puce. Nous pourrons lui dire au revoir le moment venu. Mais je ne veux pas qu'elle meure ici.

— On ne me laissera pas la voir ! Je ne suis pas de sa famille…

— Je vais parler au médecin quand il sortira mais, pour l'instant, rentre à la maison et mange quelque chose, d'accord ? Il ne faut pas que tu tombes malade. Tu dois penser à ton enfant.

Il l'étreignit et la relâcha.

— Tu me promets, hein ? Je ne peux pas me faire aussi du souci pour toi en ce moment.

Elle parvint à hocher la tête, les yeux pleins de larmes.

— Je reviendrai tout à l'heure.

— Et moi, je veillerai à ce qu'on t'inscrive sur la liste des visiteurs autorisés.

S'avisant qu'il se passait la main dans les cheveux, il se força à interrompre son geste.

— Tu veux bien me rendre un service ? L'usage des portables est interdit à cet étage. En rentrant à la maison, tu voudras bien appeler la révérende Ana de ma part et lui expliquer la situation ? Et peut-être aussi Sam ?

Harmony attendait, manifestement persuadée qu'il allait citer une troisième personne, mais il ne fit aucune mention de Taylor. Il n'avait pas l'intention de lui laisser la pénible corvée d'appeler sa fille. Il ne savait même pas s'il allait le faire lui-même. Que pouvait-il encore dire qu'il n'avait pas déjà dit ? A part exiger de Taylor qu'elle passe voir sa mère, il était à court d'options.

Lorsque la jeune femme comprit qu'il n'ajouterait aucun nom à sa liste, elle hocha la tête de nouveau.

— Tu veux que je te rapporte quelque chose de la maison, Ethan ? Je peux faire des sandwichs et prendre quelques fruits…

— Je ne suis autorisé à la voir que quelques minutes à la fois.

J'ai le temps de filer à la cafétéria entre deux visites. C'est plus facile de manger là-bas qu'ici. Ça ira comme ça.

Harmony aurait visiblement donné n'importe quoi pour pouvoir faire quelque chose, mais, à partir de maintenant, il allait devoir se borner à enchaîner les actions l'une après l'autre, en pilotage automatique, son cœur et son corps comme déconnectés l'un de l'autre. Personne ne pouvait plus rien pour Charlotte.

— Nous allons la ramener à la maison, répéta-t-il. Il faut nous concentrer là-dessus. Son médecin m'a promis de faire le maximum pour hâter sa sortie de l'hôpital. A un certain stade, on aura fait tout ce qui pouvait être tenté médicalement.

Devant lui, Harmony semblait vouloir se raccrocher à quelque chose.

— Je crois aux miracles, Ethan, pas toi ?

Il lui donna la seule réponse possible à ses yeux.

— Si, mais je sais aussi que, parfois, nous sommes témoins de miracles sans en être conscients. Charlotte et moi, nous nous sommes retrouvés. Charlotte et toi, vous vous êtes trouvées. Combien de miracles sommes-nous encore en droit de solliciter ?

De retour chez Charlotte, Harmony fit sortir Velvet et nettoya derrière les chiots. Elle leur donna de l'eau fraîche et des croquettes, puis les câlina l'un après l'autre. Ils étaient devenus de plus en plus turbulents et adoraient jouer. A l'intérieur de la maison, ils avaient des jouets à mordiller et d'autres pour tirer dessus, mais ils étaient toujours ravis de jouer sur l'herbe, dégringolant les uns sur les autres.

Harmony les aimait tous tendrement, mais sa préférence allait aux deux qui ne deviendraient sans doute jamais des chiens de travail. Pour elle, Vanilla était la plus mignonne de la portée ; elle espérait qu'on lui trouverait un foyer où on saurait apprécier sa douceur de caractère. Villain, charmant dans le genre brutal, aurait besoin de beaucoup de leçons d'obéissance s'il ne voulait pas finir chien de garde. Mais son énergie et son enthousiasme avaient conquis son cœur.

Lorsqu'elle se releva, elle s'était remise à pleurer. Charlotte adorait les chiots. Jusqu'à ce qu'elle devienne trop malade pour s'en occuper, c'était elle qui avait assuré la plupart des soins. Après sa disparition, Harmony devrait emmener les chiots chez Marilla, et s'en occuper jusqu'au moment où ils seraient confiés à des familles d'accueil.

Elle n'avait pas parlé à Charlotte de la proposition d'emploi de Marilla, ni de son offre de logement. Charlotte aurait insisté pour qu'elle profite immédiatement de l'occasion avant qu'elle ne lui file sous le nez. Les travaux au-dessus du garage étaient déjà bien avancés et l'appartement allait être adorable. Deux chambres minuscules, mais c'était largement suffisant pour elle. Beaucoup d'espaces de rangement et de plans de travail dans la cuisine, de la place pour un sofa et une paire de fauteuils dans le salon.

Brad l'avait consultée pour la couleur des peintures et du stratifié du plan de travail. Il s'était également enquis de sa préférence pour une douche ou pour une baignoire, mais s'était bouché les oreilles lorsqu'elle lui avait répondu que ses goûts ne devaient pas entrer en ligne de compte, vu qu'ils seraient peut-être obligés d'engager quelqu'un d'autre.

A présent, plus que tout, elle souhaitait que Charlotte ait besoin d'elle pendant des mois et des mois encore. Elle aurait voulu lui parler de la proposition et pouvoir en rire avec elle — Charlotte aurait alors compris qu'il lui restait encore des années à vivre.

Mais ce n'était pas ce qu'Ethan avait tenté de lui annoncer.

Elle se lava les mains dans la cuisine, puis ouvrit le réfrigérateur pour en sortir la barquette de salade qu'Ethan lui avait rapportée. En rentrant de faire les courses, elle était tombée sur l'ambulance stationnée dans l'allée et, depuis, n'avait pas eu une minute à elle.

La preuve de son ridicule optimisme éclatait sur toutes les clayettes du réfrigérateur. Il était bourré de provisions achetées lors de ses virées au marché : fruits et légumes bio à presser, tous les fruits et légumes susceptibles de combattre le cancer, d'après ses recherches sur internet. Elle avait sillonné la ville, acheté ici et là, sans cesser d'espérer. En fait, elle avait essayé de colmater un trou dans une digue avec son doigt, comme dans l'histoire que lui racontait sa mère sur le petit Hollandais qui avait essayé ainsi de sauver son village des eaux. Mais sa volonté d'agir était si forte !

Elle se remplit une assiette de salade et glissa le croissant qui l'accompagnait sous le gril du four. Charlotte aimait la taquiner sur son aversion pour le four à micro-ondes, mais Harmony ne voyait pas de raison de prendre des risques pour sa santé. Par ailleurs, sa crainte des ondes électromagnétiques était peut-être assimilable à cette supercherie de jus de fruits ! Pas de micro-ondes égale pas de cancer…

Elle était pourtant bien placée pour savoir que, parfois, on est impuissant à sauver les gens qu'on aime. Elle n'avait pas réussi à convaincre sa mère de quitter son père, et elle n'avait pas été capable de guérir Charlotte.

Mais peut-être, ainsi qu'Ethan avait tenté de lui dire, avait-elle placé la barre trop haut.

Elle regarda par la fenêtre, se mit à réfléchir… remit la salade au réfrigérateur, éteignit le gril et alla chercher ses clés de voiture.

Taylor travaillait dehors, sur la terrasse qu'elle et Maddie avaient construite de leurs mains après avoir emménagé dans cette maison. Les dalles, elles les avaient découvertes à deux rues de là, le long du trottoir, prêtes à être emmenées à la décharge. Péniblement, elle avait chargé chaque paquet dans le coffre de sa voiture et, une fois le tout rapporté à la maison, son dos l'avait fait souffrir durant toute une semaine.

Son projet avait occupé le plus clair de son été. Délimiter le périmètre avec une ficelle. Oter quelques centimètres de terre à la pelle. Arroser et tasser le sol. Ajouter du sable et tasser encore. Et, pour finir, la joie de disposer les dalles comme les éléments d'un puzzle, de les tourner et retourner dans tous les sens jusqu'à entière satisfaction. Maddie et elle avaient contemplé leur terrasse achevée, le cœur gonflé de fierté. Au début de l'automne, Taylor s'était offert le luxe d'acheter quatre grosses jardinières en terre cuite — une pour chaque angle —, et, depuis, elle veillait à ce qu'elles soient constamment remplies de fleurs. Des bulbes et des pensées au printemps, des pétunias retombants ou toute autre fleur qui lui tapait dans l'œil en été, des chrysanthèmes en automne et des feuillages persistants à décorer de pop-corn et de canneberges à Noël.

Elle attendait toujours que les plantes soient en promotion et choisissait alors les plus robustes. Aujourd'hui, les pensées et les tulipes fanées cédaient la place à l'herbe aux écouvillons, aux patates douces, aux verveines et aux pâquerettes. Maddie, qui n'avait pas tardé à se désintéresser des opérations, lisait dans sa chambre.

Perdue dans ses pensées, Taylor n'entendit approcher que lorsque des pas firent crisser le gravier de l'allée. Elle leva les yeux : une grande fille blonde s'avançait vers elle, chargée d'une plante dans un pot en plastique.

— Vous devez vous être trompée de maison, dit-elle en se relevant.

— Taylor Martin ?

Taylor hocha la tête et attendit la suite.

— Alors, je suis à la bonne adresse. Mon nom est Harmony Stoddard.

La jeune femme marqua une pause.

— Je suis une amie de ta mère.

Taylor ôta lentement ses gants de jardin tout en examinant l'inconnue d'un œil méfiant. Harmony Stoddard... Ce nom lui disait quelque chose : Sam l'avait mentionné dans la conversation l'autre jour, au parc. C'était la mystérieuse pensionnaire, la femme enceinte qu'hébergeait Charlotte. Elle ne correspondait pas du tout à l'image qu'elle s'en était faite. Pour commencer, elle était plus jeune que prévu et affichait des fantaisies corporelles que Charlotte n'aurait jamais approuvées chez sa fille adolescente. Un anneau dans le nez, et un tatouage qui s'étalait au niveau de sa taille, sous l'ourlet du débardeur. Sa grossesse pouvait encore passer inaperçue, mais Taylor estima qu'elle devait en être au deuxième trimestre.

— C'est ma mère qui t'a demandé de venir me voir ?

— Non.

— Mais tu es venue quand même.

— Il m'est venu une idée.

Harmony lui tendit le pot qu'elle portait.

— Tu vois ce pied de tomate ? Il est issu des graines que ton arrière-grand-mère mettait de côté d'une année sur l'autre pour en replanter dans son potager. D'après Charlotte, ces pieds poussaient si haut et donnaient tellement de tomates qu'il fallait des semaines pour les mettre toutes en conserve. Ton arrière-grand-mère les appelait ses « arbres à tomates » et, après son départ pour Asheville, Charlotte les a crus perdus à jamais.

Taylor trouvait cette conversation totalement surréaliste, mais résista à l'envie de prier cette fille d'aller droit au but.

— Or, il s'avère, poursuivit celle-ci, que d'autres personnes ont conservé quelques-unes de ces graines, à moins qu'un ou deux pieds se soient ressemés tout seuls dans l'ancien potager, produisant des tomates qui, à leur tour, ont répandu leurs graines jusqu'à ce que quelqu'un arrive et sauve l'espèce. Mais tout ça, Charlotte l'ignorait, du moins jusqu'à ce matin, quand quelqu'un lui a apporté le pied que tu vois là.

Harmony s'éclaircit la voix.

— Ça lui a fait un plaisir immense.

— Je ne vois pas le rapport avec moi, objecta Taylor.

— Ta mère ne vivra pas assez longtemps pour voir ce pied porter des tomates. Au départ, je pensais le planter là où je vais emménager après… après sa mort.

Elle s'interrompit et se racla la gorge de nouveau.

— Et puis, à la réflexion, j'ai changé d'avis. Je ne suis pas la fille de Charlotte et, crois-moi, je le regrette. Ce pied de tomate appartient à sa famille, c'est pourquoi je te l'ai apporté. Si tu en prends soin et qu'il donne des tomates, tu pourras récupérer les graines et en faire des semis d'une année sur l'autre, comme le faisait ton arrière-grand-mère. Et qui sait ? Ta propre fille pourra peut-être en faire pousser à son tour, elle aussi.

Taylor ne savait pas quoi dire. Cette fille était si grave, si convaincue qu'elle-même saurait reconnaître la valeur de ce plant de tomate… Elle haussa finalement les épaules.

— Ce n'est pas assez ensoleillé, ici. Pourquoi est-ce que tu ne le gardes pas ?

Harmony posa le pot par terre.

— Tu veux que je t'aide à trouver un endroit où le planter ? Peut-être dans un coin auquel tu n'as pas pensé. Ou peut-être devant ? Ça m'a l'air assez ensoleillé, de ce côté-là…

— Tu as fait tout ce chemin pour me voir, tu as déniché mon adresse — ce qui n'a pas dû être facile —, tout ça pour un simple pied de tomate ?

Harmony lui adressa un sourire fugace, mais son regard restait empreint de tristesse.

— Je crois qu'il s'agit d'une question de racines, Taylor. Du passé qui parvient malgré tout à porter des fruits, même s'il a fallu beaucoup d'efforts pour en arriver là. A la manière de ces tomates qui ont lutté pour se perpétuer. A la manière de ta mère qui a lutté, elle aussi, pour s'en sortir.

— Elle n'est pas la seule dans ce cas.

— Je sais.

Taylor prit enfin conscience de certaines paroles prononcées plus tôt par Harmony.

— Tu as dit que… qu'elle ne vivrait pas assez longtemps pour voir ces tomates sur pied ? Ou quelque chose comme ça ? Est-ce qu'elle…

— Elle est à l'hôpital.

Taylor résista à l'envie de se laisser tomber sur le banc pour réfléchir à tout cela.

— Je suis navrée de l'apprendre.

— Tu as dit que ta mère n'était pas la seule à avoir dû lutter pour s'en sortir… Je suppose que tu as dû en passer par là, toi aussi. Je sais que tout n'a pas toujours été rose pour toi…

Taylor leva la main. Elle ne voulait pas entendre l'histoire de sa vie réinterprétée par une inconnue, mais Harmony opta pour une tactique différente.

— J'en ai bavé, moi aussi. Mon père est un type violent, un

homme méchant. Ma mère, elle, est très gentille, un vrai cœur d'or, mais il s'est acharné à lui ôter progressivement toute sa confiance en elle, ses convictions, son courage. Ensuite, il a tenté de faire pareil avec moi. J'ai été forcée d'abandonner ma mère pour pouvoir m'éloigner de lui. J'ai débarqué ici, à Asheville, où j'ai essayé de me recréer un semblant de vie, mais il m'a fallu du temps avant de me sentir assez forte pour le faire.

— Ecoute, je…

Cette fois, ce fut Harmony qui l'interrompit de sa main levée.

— Si je me sens assez forte aujourd'hui pour tourner la page, c'est grâce à ta mère. Elle ne me connaissait ni d'Eve ni d'Adam, mais elle a compris que j'avais des ennuis. Elle m'a ouvert sa porte et m'a soutenue. Elle m'a donné du temps et du recul, mais aussi et surtout, elle m'a rendu foi en l'avenir et en moi-même. Je lui dois tout.

— L'ironie, c'est qu'elle ait pu faire ça pour toi, une parfaite inconnue, alors qu'elle n'a pas été capable d'en faire autant pour moi, sa fille.

— Mais tu ne comprends donc pas ? Si elle m'a tendu la main, c'est par rapport à *toi*. Elle est consciente d'avoir commis une terrible erreur qu'elle n'a pas su réparer. Avec toi. Alors, quand s'est présentée l'occasion de m'aider, elle n'a pas hésité une seule seconde.

— Ça me fait plaisir pour toi.

— Mais ce n'est pas assez. Tu lui manques terriblement, Taylor. Elle a dans sa cuisine des dessins que tu as faits, petite fille. Des photos de toi dans sa chambre. Dans la chambre où je dors actuellement, il y a un rayonnage entier des livres que tu aimais jeune fille et, dans un placard de son bureau, les rubans et les trophées sportifs que tu as remportés.

Taylor était totalement désarçonnée par ces révélations. Elle tenta de s'imaginer intégrée à la décoration de Charlotte, mais en vain. Ses dessins ornaient-ils les murs de la maison où elle avait grandi ? Sa mère exposait-elle ses trophées et ses rubans, à l'époque ? Elle était incapable de s'en souvenir.

Soudain, cet effort de mémoire lui parut revêtir une importance cruciale. Mais il y avait plus grave encore. Comment avait-elle pu refouler si complètement tous ses souvenirs ? Maintenant que son esprit ne leur faisait plus barrage, les images se bousculaient devant ses yeux, de plus en plus vite, de plus en plus nombreuses.

Oui, ses dessins étaient bien exposés aux murs. Oui, ils avaient recouvert des pans entiers du vestibule, encadrés avec fierté et placés bien en évidence, jusqu'à ce qu'une Taylor adolescente, gênée par leur présence, ait obligé Charlotte à les enlever. Tous ses bulletins scolaires avaient été affichés sur le réfrigérateur, toutes ses photos d'école… Il était parfois arrivé que Charlotte soit trop prise pour aller la voir prendre part à une pièce de théâtre, à un concours hippique ou à une rencontre de natation, mais elle avait toujours pris le temps d'en écouter le compte rendu détaillé. Et elle s'était toujours efforcée de l'emmener manger une pizza ou une glace pour fêter l'événement. Même quand son équipe ne gagnait pas ou qu'elle n'avait pas obtenu le premier rôle.

Enfin… jusqu'au jour où elle avait décidé qu'elle était trop grande pour sortir avec sa mère. Après leur voyage à Manhattan, leurs rapports avaient changé. D'agaçante, la certitude de Charlotte d'avoir raison en tout et sur tout était devenue insupportable. Taylor avait l'impression d'étouffer, d'être ligotée, de ne pas pouvoir penser par elle-même. En réaction, elle était devenue une adolescente rebelle, butée et opposée à tous les principes. Plus sa mère essayait de la faire marcher droit, plus elle ruait dans les brancards.

Au bout du compte, elle avait fini par ignorer totalement Charlotte. Et, à partir de là, elle avait commencé à faire le mur pour retrouver le garçon qui était devenu le père de Maddie.

Harmony se racla la gorge.

— Quant à ces chiots qu'elle élève, c'est aussi en lien avec toi, ou plutôt avec ta fille. Ta mère avait l'espoir que tu la laisserais peut-être en offrir un à Maddie. Ces chiots sont destinés à devenir des chiens détecteurs de crises d'épilepsie. Charlotte pensait que…

— Des chiens détecteurs de crises ?

Taylor avait fait des recherches là-dessus, mais le coût financier de l'entreprise l'avait rapidement fait renoncer à cette idée.

— Je vais devenir mère beaucoup trop jeune, lui confia Harmony. Ma propre mère m'a demandé de ne plus lui téléphoner, sous prétexte que c'est dangereux pour nous deux. Mais, chaque jour qui passe, je regrette de ne pas pouvoir le faire, je regrette que ma mère n'arrive pas à trouver la force de se libérer de l'emprise de mon père pour venir me rejoindre. Si elle le faisait, je pourrais tout lui pardonner, même de ne pas s'être opposée à mon père, ne serait-ce que pour l'avoir de nouveau auprès de moi.

— Tu ne lui pardonnerais peut-être pas. Tu lui en voudrais peut-être tellement, de t'avoir traitée comme ça, que tu en serais incapable.

Harmony s'approcha d'elle et, avant que Taylor ait eu le temps de réagir, elle lui prit la main et la posa doucement sur le renflement à peine perceptible de son ventre, au niveau de la ceinture de son jean.

— Je vais devenir maman, que je l'aie voulu ou non. Toi, tu l'es déjà, que tu l'aies voulu ou non. Alors, si tu es une mère parfaite, surtout ne me le dis pas, parce que je sais que je ne serai jamais à la hauteur.

Taylor reprit sa main et Harmony lui sourit tristement.

— Je vais commettre beaucoup d'erreurs, Taylor. Tu sais, j'ai perdu la foi le jour où notre pasteur s'est levé pour nous dire qu'il est du devoir de chaque homme de discipliner son épouse. Eh bien, ça ne m'empêche pas de prier chaque soir pour qu'un Dieu meilleur que celui-là me vienne en aide. Car je vais me retrouver bien démunie dans de nombreuses circonstances, et je vais me tromper à de nombreuses reprises, même si je me rends compte de mes torts. J'espère simplement que mon enfant saura me pardonner.

— Il y a erreur et erreur…

— Peut-être, oui, mais durant ces dernières semaines j'ai été à bonne école. J'espère ressembler à ta mère en étant capable de reconnaître mes torts. Si c'est une fille, je l'appellerai Charlotte, en espérant qu'elle se montrera digne de ce prénom.

Comme Taylor ne répondait pas, Harmony fit demi-tour pour s'en aller.

— Je ne sais pas pourquoi elle a laissé cette incompréhension subsister si longtemps entre vous, pourquoi elle n'a pas tenté de régler la situation avant aujourd'hui. C'était peut-être trop douloureux pour elle. Elle ne savait peut-être pas comment s'y prendre.

Taylor répliqua avant même de se rendre compte qu'elle se sentait obligée de prendre la défense de Charlotte.

— Non, c'est faux, elle m'a appelée. Même après m'avoir mise à la porte, ma mère m'a appelée chaque année pour mon anniversaire.

Harmony se retourna vers elle.

— Elle t'a parlé ?

— Je filtrais ses appels et je n'ai jamais écouté les messages qu'elle me laissait. Je n'ai jamais parlé à personne de ses coups de téléphone, pas même à mon père.

Taylor alla à la table de jardin et se laissa choir sur le banc.

— Je n'essaie pas de te juger, affirma Harmony. Je n'étais pas là quand la situation s'est détériorée entre vous.

Taylor se demanda si la Taylor de dix-sept ans, celle qui était là, ce soir fatidique, n'avait pas entendu uniquement ce qu'elle voulait entendre.

C'était si loin, tout ça… Mais, après tout, peut-être avait-elle *réellement* cherché un moyen de punir sa mère pour ce qui lui était apparu comme de l'interventionnisme à outrance. Peut-être même, comme l'avait suggéré son père, avait-elle eu des rapports non protégés avec Jeremy parce qu'elle savait à quel point Charlotte en serait contrariée…

— Ma mère a toujours régenté ma vie, dit-elle à voix haute. Elle n'a jamais tenu compte de mon opinion. Finalement, c'est à ça que se résume notre relation.

— Charlotte avait *peur* pour toi. Très peur que tu aies une vie aussi dure que la sienne. Elle n'a pas eu besoin de me faire un dessin, c'est ce que je crains déjà pour mon enfant. Je sais que c'est ce qu'elle a dû éprouver.

Taylor ne comprenait que trop bien cette attitude, elle aussi. N'avait-elle pas décidé de ce qui était le mieux pour Maddie par peur, sans tenir compte de l'avis des autres, jusqu'à ce que Jeremy la menace de saisir la justice ?

N'était-ce pas *elle* qui avait refusé d'écouter ?

Exactement comme sa mère.

— Nous avons tous des choses à apprendre de l'exemple de nos parents, dit Harmony. Aujourd'hui que tu as quelque chose d'important, de thérapeutique à apprendre, je t'en prie, n'en exclus pas ta mère de nouveau.

— Laisse-moi le pied de tomate.

Taylor était trop émue pour en dire plus.

— Ton père espère pouvoir ramener ta mère à la maison. Dès demain, peut-être. Il ne veut pas qu'elle meure à l'hôpital.

Taylor ferma les yeux.

Lorsqu'elle les rouvrit, Harmony était partie, et le pied de tomate était posé sur le banc, à côté d'elle.

Elle resta assise un temps indéfini avant de se résoudre enfin à rentrer dans la maison. Maddie dormait à poings fermés sur son lit ; Taylor passa devant la chambre de sa fille à pas de loup avant de s'enfermer dans la sienne. Dans la penderie, elle se mit sur la pointe des pieds, tâtonna à la recherche d'une boîte à chaussures rangée tout au fond, et la déplaça peu à peu vers elle jusqu'à ce qu'elle puisse la descendre de son étagère.

Elle s'assit par terre en tailleur et souleva le couvercle. La lettre de Charlotte n'était pas seule à l'intérieur. S'y trouvaient également des photos de famille que Maddie n'avait encore jamais vues, des douzaines de clichés montrant Taylor à divers âges — et Charlotte était présente sur chacun d'eux.

Charlotte, radieuse devant le gâteau d'anniversaire qu'elle avait confectionné de ses mains pour les quatre ans de sa fille. Charlotte construisant avec elle un château de sable sur la plage. Charlotte et une petite Taylor âgée de cinq ans, se rendant ensemble à l'église en robes assorties. Charlotte emmenant sa fille déguisée en princesse de conte de fées rançonner les voisins pour Halloween.

Elle n'avait jamais pu se résoudre à jeter ces photos, bien qu'elle ait tenté plus d'une fois de le faire, les récupérant au tout dernier moment avant le ramassage des ordures. Pour justifier son manque de courage à ses propres yeux, elle s'était dit qu'elle n'avait pas à jeter son enfance à la poubelle pour la seule raison que sa mère l'avait vécue à ses côtés. Elle avait alors trouvé un compromis en remisant la boîte à chaussures et les souvenirs qu'elle contenait hors de sa vue, tout en haut de sa penderie.

Elle avait passé tant d'années avec la certitude d'avoir raison, persuadée que tout ce qui s'était produit onze ans auparavant était la faute de Charlotte, persuadée qu'une femme qui bannit sa fille enceinte est au-delà de la rédemption. Cette conviction, elle l'avait portée comme une armure, repoussant tout ce qui aurait pu la transpercer.

Mais quel genre de personne était-elle pour ériger un rempart autour de son cœur ? Quel genre de personne était-elle pour se protéger de l'amour ?

Profondément honteuse, elle décacheta l'enveloppe, en sortit la lettre de sa mère et commença à lire.

« Taylor, ma chérie,

« La première fois que j'ai vu ton petit visage, j'ai su que ta naissance marquait un tournant radical dans ma vie. Submergée par l'amour, je n'osais plus respirer, de peur de briser la perfection de cet instant. Hélas, dans la seconde qui a suivi, je me suis retrouvée paralysée par la peur. Pour toi, j'aurais voulu décrocher la lune, mais je ne savais pas comment m'y prendre pour te l'offrir. Je me suis juré alors que je te donnerais tout ce à quoi tu avais droit, et bien plus encore. Tu ne manquerais jamais de rien, et durant toutes les années que nous avons ensuite passées ensemble, je me suis appliquée à ce qu'il en soit ainsi.

« Ce que je n'ai compris que trop tard, c'est que tu étais née pourvue de toutes les aptitudes requises pour mener ta vie de façon autonome. Tout ce que j'avais à faire, c'était de t'aimer suffisamment pour te laisser voler de tes propres ailes.

« Aujourd'hui, mes regrets sont si nombreux que je ne peux espérer les expier tous… »

La vision de Taylor se brouilla, l'empêchant de poursuivre sa lecture. Comme venait de le lui rappeler Harmony, elle aussi était mère, comme Charlotte. Comment aurait-elle pu ne pas comprendre ?

Elle plaqua la lettre contre sa poitrine et la baptisa de ses larmes.

44

Chaque fois qu'elle se réveillait, Charlotte devait faire un effort de concentration pour se souvenir de l'endroit où elle se trouvait. Mais elle n'avait pas peur. C'était un peu comme lorsqu'elle jouait à cache-cache dans la clarté des soirs d'été, avec les enfants des gens qui venaient rendre visite à sa grand-mère. Elle se souvenait des lucioles qui clignotaient comme des étoiles et des cris : « Trouvée ! Vous pouvez sortir ! » Le ciel s'obscurcissait au point qu'elle n'était plus certaine de retrouver le chemin de la maison.

Mais, au bout du compte, elle y arrivait toujours.

Cette fois, à son réveil, elle vit qu'elle était dans sa chambre, chez elle, et que des fleurs des champs jaillissaient d'un vase de verre transparent, posé à côté de son lit. La main de Harmony ne devait pas être étrangère à ce bouquet, ainsi que, peut-être, les champs qui s'étendaient au-delà des Canins compétents. Elle se sentit sourire.

— Ah, vous êtes réveillée…

Elle tourna un peu la tête. Analiese était assise à son chevet. Cette fois, elle fut certaine de sourire.

— Comment vous sentez-vous, Charlotte ?

Elle n'en savait rien. Elle fit le point avant de répondre.

— Vivante. Encore parmi vous.

— Bien vu. Et nous en sommes tous très heureux.

— Je ne souffre pas… beaucoup.

— Mais il n'y a aucune raison pour que vous souffriez. Vous avez un bon médecin qui veillera à ce que ça ne se produise pas.

— Il a appelé… les soins palliatifs.

Elle semblait s'en souvenir.

Analiese lui prit la main.

— Vous êtes d'accord avec cette initiative ?

— Oui.

Charlotte n'ignorait pas ce que cela signifiait : désormais, on se préoccupait davantage de rendre sa mort confortable que de prolonger sa vie. Elle savait aussi que le moment était venu. Chaque fois qu'elle ouvrait les yeux, le monde lui paraissait un peu plus lointain.

— Que puis-je faire pour vous, maintenant ?

— Ressusciter les morts ?

— Je ne pense pas que cette clause figure dans mon contrat…

Charlotte lui serra les doigts avec affection.

— Merci, Analiese. Pour votre soutien. Votre franchise. Votre… écoute.

— Charlotte, c'est moi qui me réjouis d'avoir eu la chance d'apprendre à vous connaître. C'est un privilège.

Analiese se pencha en avant, comme pour éviter d'être entendue.

— Est-ce que Gwen est revenue vous voir ? demanda-t-elle.

Charlotte hocha lentement la tête.

— Elle devient… insistante.

— C'est comme ça, les déesses.

— Je les ai vues en action… sans toujours en avoir conscience. Je vous compte parmi elles, vous savez ?

— Autorisez-vous, alors, une déesse bien ordinaire à prier avec vous ?

— Ce serait pour moi… un immense honneur.

Elle se réveilla encore à trois reprises, habituée maintenant à se retrouver dans sa chambre, à la maison. La première fois, Ethan était à ses côtés, mais elle retomba dans le sommeil avant d'avoir pu lui parler. La deuxième fois, il y avait une femme vêtue d'une pimpante blouse bouton-d'or, qui se présenta comme étant l'infirmière qui allait s'occuper d'elle.

La troisième fois qu'elle émergea du sommeil, elle avait l'esprit plus clair et les murs de la chambre ne tournaient plus. Elle se redressa un peu contre l'oreiller et, malgré son extrême faiblesse, parvint à se déplacer suffisamment pour embrasser son environnement du regard.

Ethan sortit de l'ombre, se matérialisant comme par magie.

— Tu veux que je t'aide à t'asseoir, Lulu ?

Elle s'humecta les lèvres.

— J'aimerais bien, oui.

Il l'aida à se redresser. Ses bras étaient chauds et solides, comme si le corps d'Ethan était réel, et le sien, une imitation.

— Tu vois maintenant dans quoi tu t'es… fourré ? dit-elle, une fois calée contre les oreillers.

— Je suis exactement là où j'ai envie d'être. Tu penses pouvoir avaler un peu d'eau ?

Elle prit quelques gorgées du verre qu'il porta à ses lèvres, fière de ne pas en faire couler une seule goutte sur son menton.

— Quelle heure est-il ?

— L'heure du dîner. Harmony a fait de la soupe. Ça te dit d'en prendre un peu ?

Dire qu'elle s'efforçait de quitter ce monde et qu'ils lui donnaient de l'eau et de la nourriture, comme si cela pouvait repousser l'inéluctable… Elle faillit en sourire.

— Quelques cuillerées, oui.

— Ça ferait plaisir à Harmony.

— Mais pas tout de suite.

Elle tapota le matelas et il s'assit au bord du lit.

— Tu souffres ? demanda-t-il en lui caressant les cheveux en arrière.

— Je dirais plutôt que mon corps se sent… à des années-lumière d'ici.

— Il faut que tu nous tiennes au courant de ce que tu ressens. Cela dit, les médecins ne veulent pas te donner plus de médicaments que nécessaire.

Elle savait assez ce qui l'attendait pour comprendre que, la fin approchant, l'infirmière ou quelqu'un d'autre l'aiderait à soulager ses souffrances. Mais, pour l'instant, elle se réjouissait d'avoir l'esprit plus clair qu'auparavant.

— Harmony a pensé que tu aimerais avoir la visite d'un chiot.

Elle se représenta mentalement l'un des petits goldendoodles se trémoussant sur son lit, et cette pensée la fit sourire.

— Oui. Peut-être… Vanilla ?

— Je le lui dirai.

Il se pencha pour l'embrasser, puis se leva et disparut de son champ de vision. Elle ferma les yeux.

Lorsqu'elle les rouvrit, un peu plus tard, elle entendit des jappements aigus. Harmony se tenait près du lit, Vanilla serrée contre sa poitrine.

— Oh…

Charlotte sourit.

— Assieds-toi… et laisse-moi voir ce que tu as là.

— Tu es sûre ?

— Oui.

Harmony s'assit au bord du lit et Vanilla, qui remuait la queue si fort qu'elle en dérangeait le drap de dessus, s'élança sur Charlotte et se mit à lui donner des coups de langue sur le visage.

Harmony empoigna la petite chienne sous le ventre.

— Désolée, elle est très sociable. Et puis elle t'a toujours adorée.

— C'est une chienne à câlins… si d'aventure elle ne peut pas faire une chienne de travail.

— Quoi qu'il arrive, Charlotte, je veillerai à ce qu'elle trouve un foyer qui lui convienne. Promis.

— Et toi ?

— Eh bien, j'ai trouvé un foyer qui me convient, moi aussi.

Charlotte l'écouta lui expliquer son projet de travailler aux Canins compétents tout en étant logée sur place.

— Et puis, surtout, je vais pouvoir garder Velvet ! conclut Harmony. Pour elle, fini les portées ! Ce sera mon amie et celle du bébé.

Charlotte sentit les larmes glisser sur ses joues.

— Je suis si heureuse pour toi… J'avais pris mes dispositions afin que tu puisses rester ici… aussi longtemps que nécessaire. C'est stipulé dans mes papiers, mais ça… ce sera mieux.

D'un bond, Vanilla s'échappa des bras de Harmony et retourna lécher le visage de Charlotte. Celle-ci se mit à rire et parvint à entourer le chiot de ses bras, même si elle était étonnée de les sentir sans réaction et lourds comme du plomb, tandis que la petite chienne gigotait joyeusement.

Harmony arrangea la couverture.

— Charlotte, si j'ai une fille, j'ai décidé de l'appeler comme toi.

— Lottie Lou ?

La jeune femme se mit à rire.

— Non, Charlotte Louise, mais je l'appellerai Lottie. Ça me plaît vraiment, comme diminutif !

Ethan apparut, et Charlotte vit sur son visage une expression qu'elle ne parvint pas à identifier. Ses yeux étaient remplis de larmes, mais il souriait.

— Tu as encore de la visite, dit-il.

— Nous aurons le temps d'en reparler tout à l'heure, dit Charlotte à Harmony. Je veux que tu m'en dises… plus.

Harmony fit le geste de reprendre le chiot, mais Ethan l'arrêta d'une main posée sur son épaule.

— Laisse donc Vanilla ici un petit moment, d'accord ?

La jeune femme se leva.

— Pas de problème, mais…

Elle se tourna vers la porte et ce qu'elle vit la dissuada de poursuivre. Elle alla se poster au pied du lit et attendit.

Charlotte ne comprit qu'en voyant une petite fille brune s'avancer vers le lit, ses yeux bleus brillants de joie.

— Oh ! qu'il est mignon !

— C'est une petite chienne. J'ai pensé qu'elle te plairait, dit Ethan. Et ta grand-mère est du même avis que moi.

Maddie s'arrêta près du lit et tendit la main :

— Je peux la caresser ?

Ethan regarda Charlotte.

— Qu'est-ce que tu en penses ?

— J'en pense que tu… devrais sans doute t'asseoir sur le lit.

Charlotte se déplaça un peu vers le milieu du lit pour faire de la place à sa petite-fille.

— Elle s'appelle Vanilla.

Maddie tira la petite chienne à elle et celle-ci, transférant aussitôt son affection sur la fillette, lui donna des coups de langue sur tout le visage. Maddie poussait des cris de ravissement.

— C'est vrai que tu es ma grand-mère ? J'en ai deux, alors ?

— Je… Oui, c'est vrai.

— Où tu étais ?

— J'attendais… je t'attendais, mon cœur.

Maddie la dévisagea avec attention.

— Tu as peut-être attendu trop longtemps.

— C'est certain.

Charlotte porta le regard au-delà de Maddie, qui se passionnait de nouveau pour la chienne, et vit Taylor avancer à son chevet.

Sans un mot, Ethan souleva Maddie chargée du chiot et laissa la place à sa fille.

Taylor s'effondra sur le lit, noua les bras autour du cou de sa mère et se mit à pleurer.

— Je te demande pardon, maman ! Je m'en veux tellement, tellement !

Charlotte serra sa fille dans ses bras et leurs larmes se mêlèrent.

Une demi-heure plus tard, Taylor repoussait les mèches de cheveux qui tombaient sur le front de sa mère. Maddie et Ethan étaient allés voir les chiots dans la salle de séjour afin de leur ménager un petit moment d'intimité.

— Tu te souviens, quand j'avais douze ans ? Je suis tombée de vélo en allant à l'école. Je m'étais égratigné les coudes, les genoux et tout le reste. Tu es restée à la maison alors que tu avais une réunion importante au bureau et, après le déjeuner, on s'est allongées sur le canapé et on a passé l'après-midi à regarder des feuilletons en mangeant des glaces. Tu m'as fait promettre de garder le secret, en me disant que tu nierais tout en bloc si jamais j'en parlais à qui que ce soit.

Charlotte rit doucement. C'était si bon de pouvoir rire…

— Je te libère de ta promesse.

Taylor sourit, et Charlotte sentit la beauté du sourire de sa fille s'épanouir en elle.

— Je repense souvent à cet après-midi, dit Taylor. Même quand je voulais le chasser de mon esprit, il était toujours là.

Elle posa la main sur son cœur.

— Lui et tous les autres bons moments. Il y en a eu tellement…

— Maddie et toi… vous avez tant de moments comme celui-là devant vous…

— Et toi et moi, nous en avons tellement raté, ces dernières années…

Charlotte prit la main de sa fille et l'embrassa.

— Oublions les regrets une bonne fois pour toutes. La leçon aura été… amère, mais nous nous sommes retrouvées, c'est l'essentiel. Certaines personnes… n'ont pas cette chance. Je suis tellement reconnaissante de t'avoir eue comme fille…

Elle marqua une pause. Parler devenait de plus en plus pénible, et elle se sentait exténuée.

— Je suis si reconnaissante de connaître… Maddie. Elle est exactement comme je me l'étais imaginée… mais en mieux.

— Tu es fatiguée, maman. Toutes ces émotions t'ont épuisée et tu dois économiser tes forces. Je ferais mieux de partir, maintenant, mais nous reviendrons demain matin, Maddie et moi. Je t'apporterai son album photo. Et nous t'installerons notre cadre numérique sur ta table de chevet pour que tu puisses la regarder grandir en accéléré.

— Décidément… c'est formidable… le progrès technologique !

Taylor se mit à rire, puis elle se pencha et embrassa sa mère sur le front, la gratifiant en prime d'un baiser sur chaque joue avant de la serrer dans ses bras.

En sortant, elle fit halte sur le seuil de la porte. Quelque part dans la maison, Charlotte entendait le rire aigu de Maddie et le grondement sourd de la voix d'Ethan. Un des chiots jappait d'excitation. Les bruits d'une famille.

Sa famille.

— Maddie adore Vanilla, dit Taylor. Tu es sûre de vouloir lui donner ce chiot ?

— Je veux vous le donner… à toutes les deux. Mais seulement si tu…

Taylor sourit.

— C'est Vanilla, ta préférée, maman ?

— De loin.

— Dans ce cas, je pense que nous aurons besoin d'elle.

Elle sourit, mais ses yeux étaient brillants de larmes.

— Je t'aime, maman. Je t'ai toujours aimée, même quand je m'en défendais. Et je t'aimerai toujours.

Après le départ de Taylor, Charlotte s'endormit, les joues humides de larmes.

Plus tard, à son réveil, elle s'aperçut qu'Ethan s'était glissé dans le lit et qu'il la tenait dans ses bras. Un air apaisant de musique classique les enveloppait, ainsi que l'odeur aromatique du minestrone confectionné par Harmony.

Ethan lut dans ses pensées.

— Elles reviendront demain en tout début de matinée, dit-il. Aucune force au monde ne pourrait les retenir loin d'ici.

— Elles sont si belles… toutes les deux.

— Ta petite-fille s'est prise de passion pour Vanilla et c'est réciproque. Cette petite chienne lui conviendra parfaitement. Si l'opération réussit, Maddie n'aura peut-être pas besoin d'un chien détecteur de crises, mais elle aura toujours besoin d'une amie à quatre pattes.

Charlotte pensait sincèrement ce qu'elle avait dit à sa fille. Le temps était venu d'oublier toutes les erreurs qu'elle avait pu commettre. Elle n'avait plus besoin d'elles pour se maintenir en vie. Elle avait Taylor, Maddie et Ethan pour l'ancrer sur terre. Le temps que Dieu lui accorderait.

— Ce sera plus facile pour moi… de partir, maintenant.

— Vous vous êtes dit tout ce que vous aviez à vous dire, Taylor et toi ?

— Tout, c'est impossible, mais nous nous sommes mutuellement… pardonné. Et aussi pardonné à nous-mêmes.

— Taylor n'a jamais cessé de t'aimer, tu sais ?

— C'est ce qu'elle m'a dit, oui.

— Et elle n'est pas la seule.

Il lui embrassa les cheveux.

— Ethan, moi non plus je n'ai jamais cessé…

— De m'aimer ? De nous aimer ? acheva-t-il de dire pour elle.

— Je t'ai toujours aimé.

Quelque chose d'autre lui titillait la mémoire. Elle sourit de nouveau.

— Et je n'ai pas baissé les bras… cinq minutes avant mon miracle.

— Fais-moi une faveur, Lulu. Ne baisse pas encore les bras, même si toi, tu as déjà eu ton miracle.

— Je vais prendre tout mon temps… et tous les miracles qui se présenteront.

Elle sombra de nouveau dans le sommeil, entre les bras d'Ethan, la chaude empreinte de sa fille et de sa petite-fille bien à l'abri dans son cœur.

Elle rêva de Gwen, qui levait la main et se dissolvait lentement dans l'obscurité. Là-bas, il n'y avait plus de chagrins à consoler, plus de souffrances à soulager. Mourir, lui promettait-elle, ne serait qu'une formalité.

45

Elles avaient eu juste assez de temps pour se dire l'essentiel, mais pas suffisamment pour tout se dire.

Douze jours après leurs retrouvailles, Taylor regardait son père déposer les cendres de sa mère dans la fosse creusée à côté de la tombe de son arrière-grand-mère.

En face d'elle, Georgia et Samantha Ferguson se tenaient côte à côte, Edna debout entre les deux. Harmony, les yeux rougis, était à la gauche de Georgia.

La révérende Analiese Wagner, en tenue ecclésiastique, une étole verte brodée de fleurs de lotus sur les épaules, récitait l'ultime prière. Puis, au lieu de disperser les personnes présentes, elle termina sur une note personnelle.

— Charlotte Hale était mon amie, ainsi qu'une de mes fidèles. Je n'ai jamais vu quelqu'un affronter la mort avec plus de courage, ni vivre le temps qui lui était imparti avec davantage d'amour dans son cœur. Elle repose à présent au cœur de ces montagnes qui l'inspiraient, auprès de sa grand-mère qui l'avait élevée et des générations de parents qui l'ont aidée à devenir la femme qu'elle a été. A la fin de sa vie, Charlotte n'avait pas peur de mourir, mais elle était triste de laisser chacun de vous. Réjouissons-nous devant cette vie bien vécue, devant ce cœur qui débordait d'amour et qui faisait honneur à sa communauté, à sa famille et à ses amis, et devant une âme qui a désormais trouvé la paix.

Maddie, qui avait versé des larmes silencieuses en apprenant le décès de sa grand-mère, s'était conduite avec solennité tout au long de la cérémonie. Mais, une fois le discours du pasteur terminé, elle saisit la main de son amie Edna et toutes deux s'élancèrent vers la maison, où, sous la véranda, un buffet avait été dressé.

Taylor s'essuya les yeux. Puis elle prit la main de son père et ils restèrent quelques minutes sans parler près de la tombe. Les autres suivirent Edna et Maddie afin de les laisser dans l'intimité.

— Dire que maman s'était donné tant de mal pour quitter cet endroit et que nous l'y avons ramenée pour toujours…, dit-elle enfin.

Ethan avait l'air fatigué mais calme. Avec Taylor et Harmony, ils étaient restés auprès de Charlotte jusqu'à son dernier soupir, bien après qu'elle eut perdu conscience de leur présence. Mais il n'avait jamais cessé de croire que, quelque part dans son esprit, Charlotte savait qu'ils étaient là, et ce n'est que lorsque son corps avait été enlevé par les pompes funèbres qu'il avait accepté de quitter la maison.

Une maison qui lui appartenait désormais. Cela aussi, songea Taylor, n'était pas sans ironie.

— Sur la fin, ta mère s'était réconciliée avec elle-même et avec ses origines, lui dit son père. La révérende Ana a raison. Elle repose en paix, maintenant, et c'est un endroit paisible.

Ils se mirent en route vers la maison.

— Je me souviens très bien d'être venue ici avec toi, dit Taylor. Il y avait des poulets et une chèvre.

— Certains des plus beaux sites de ce comté comptent parmi les plus pauvres. Si les paysages de montagne suffisaient à eux seuls à se forger de bons souvenirs, ta mère ne serait sans doute jamais partie d'ici.

— J'espère qu'elle a fait quelque chose de bien pour la ferme.

— Je pense que la révérende Ana va nous en parler aujourd'hui.

— Tu as surmonté le choc d'être devenu associé majoritaire de Falconview ?

Ethan n'avait appris que deux jours plus tôt qu'à l'exception de dons à des associations caritatives et d'un legs en espèces à Harmony et à sa femme de ménage — accompagné d'un service en porcelaine pour chacune —, tous les biens de Charlotte — hormis la ferme — lui revenaient.

Il adressa un bref sourire à sa fille.

— Ta mère était une femme pleine de surprises.

— D'accord, mais tu avoueras que celle-là est de taille !

— Elle savait qu'entre mes mains Falconview prendrait une orientation totalement différente, et je crois que c'était son souhait. Me laisser les rênes de Falconview, c'était sa façon à elle de s'assurer que la société se resserre sur elle-même, et se soucie davantage de préserver la nature intacte des sites de montagne comme celui-ci. J'ignore encore si je réussirai dans mon entreprise, mais cette idée pourrait se révéler amusante.

Taylor songea que sa mère avait fait preuve de sagesse dans son choix.

Ethan lui serra les doigts avant de lâcher sa main.

— Tu sais, n'est-ce pas, qu'en réalité tout ce qu'elle m'a laissé, y compris Falconview, vous est destiné, à toi et à Maddie ? Son notaire m'a appris qu'ils avaient rédigé un fidéicommis parce que ta mère craignait que tu ne refuses certains de ses capitaux s'ils te revenaient directement.

— C'était bien de maman, hein ? Elle tenait à nous mettre à l'abri du besoin, Maddie et moi, même si je refusais de la laisser faire.

— Quand je vendrai sa maison, l'argent de la vente sera directement viré sur ton compte. Je sais que c'est ce qu'elle souhaitait.

— Je n'en mérite pas tant.

Ethan lui pressa les doigts avec émotion.

— Ce n'était pas son avis.

— Je me demande bien pourquoi les enseignements essentiels de la vie sont si ardus à assimiler…

— Parce que, une fois que nous l'avons fait, ils sont à nous pour toujours.

Taylor ne se pardonnerait jamais d'avoir attendu si longtemps pour se réconcilier avec sa mère, mais elle savait que celle-ci lui avait pardonné. Et elle n'ignorait pas non plus la valeur que prendrait pour elle ce pardon, dans les années à venir.

Elle s'aperçut qu'Analiese attendait qu'ils la rejoignent. Tout à l'heure, son père reviendrait combler la tombe, sa façon à lui de dire un dernier adieu à la femme qu'il avait aimée.

Ana passa un bras autour de la taille de Taylor et l'étreignit brièvement. Durant les derniers jours de Charlotte, les deux femmes étaient devenues proches, et Taylor, qui jusque-là n'aurait jamais cru avoir quoi que ce soit à faire avec l'église de l'Alliance, songeait désormais à y inscrire Maddie à l'école du dimanche.

— Taylor, j'aimerais dire quelque chose au groupe après la collation. Tu n'y vois pas d'inconvénients ?

— Sam va encore rester un moment, je suppose. Maddie et Edna peuvent jouer ensemble.

Ethan et Taylor avaient prévu un service commémoratif plus traditionnel dans deux semaines, où chacun pourrait venir rendre un dernier hommage à Charlotte. Analiese les avait prévenus que l'assemblée risquait d'être nombreuse, car son décès avait suscité un réel chagrin au sein de la paroisse et ailleurs. Charlotte, avait-elle dit, aurait été agréablement surprise. Si, à la fin de sa vie, elle avait su reconnaître ses fautes, les points forts de son caractère et l'impact de son action sur la communauté lui avaient échappé.

En outre, Charlotte avait demandé expressément d'être inhumée dans l'intimité de la montagne, entourée seulement de quelques proches. Et, comme à son habitude, elle n'avait pas manqué de fournir une liste de ceux-ci…

Sous la véranda, tout le monde remplissait des assiettes. Harmony et Taylor, qui avaient mis la main à la pâte, s'étaient aperçues qu'outre leur amour pour Charlotte elles partageaient d'autres points communs — leur régime végétarien, pour commencer. Harmony déménagerait de la maison de Charlotte dans huit jours et, quelques semaines après, Taylor et Maddie viendraient la voir aux Canins compétents pour adopter Vanilla de façon définitive.

Harmony avait préparé trois sortes de salades, et Taylor avait fait le gâteau au chocolat que sa mère lui confectionnait toujours pour son anniversaire, quand elle était petite. Elles avaient acheté un plateau de pains et de fromages pour faire des sandwichs, ainsi que des légumes à tremper dans des sauces froides.

Une fois les assiettes remplies, tout le monde s'installa de manière à pouvoir se faire face. Ethan lança une liste des chansons préférées de Charlotte, et la collation se déroula de manière amicale, avec Alison Krauss et Gillian Welch en fond sonore. Le soleil du milieu de l'été chauffait agréablement, et des papillons voletaient autour d'eux.

Taylor découpa le gâteau et en donna une part à chacun pendant que Harmony servait le café qu'elle avait préparé dans la cuisine. Samantha débarrassa la table des assiettes et des couverts sales. Georgia s'employa à distraire Maddie et Edna en leur montrant comment ramasser de la « paille à balai » dans le jardin et le champ le plus proche pour fabriquer leurs propres balais dans le style des Appalaches.

A un moment, Ethan s'excusa et repartit vers la colline, afin de combler la tombe et de se recueillir seul avec ses pensées et ses souvenirs.

Munie de sa part de gâteau et de sa tasse de café, Taylor alla s'asseoir sur les marches, adossée à un pilier, et regarda les fillettes se courir après tout en cherchant de la paille à balai avec force gloussements de rire.

— Il a dû y avoir des moments heureux sous cette véranda. C'est si paisible d'être assis là, à contempler les montagnes, bercé par le chant des oiseaux... Si seulement on pouvait emporter un peu de ce calme avec soi...

Analiese, qui se tenait appuyée au mur, la tasse et la soucoupe à la main, acquiesça.

— C'est vrai que c'est un endroit apaisant.

— C'est pour ça, je pense, que maman tenait à ce que nous nous réunissions ici.

— C'est tout à fait ça, oui. Et je pense que le moment est venu de vous dire aussi la suite.

— On ne devrait pas attendre papa ?

— Ethan est déjà presque au courant de tout. Nous lui apprendrons le reste, mais cette partie-là nous concerne, nous.

Intéressant, songea Taylor. Tout à coup, elles étaient devenues « nous », et elle aimait cette sensation. Longtemps, elle avait été proche de Samantha et même de la mère de celle-ci mais, grâce à Charlotte, elle avait rapidement sympathisé avec Harmony ainsi qu'avec Analiese. La vie a sa manière bien à elle de séparer les gens, de s'imposer brutalement dans les relations humaines en excluant l'amitié. Harmony et Analiese s'éloigneraient de nouveau d'elle, maintenant que sa mère était partie ? Elle espérait bien que non.

Analiese posa sa tasse de café sur la table.

— Sur la fin de sa vie, Charlotte s'était elle aussi rendu compte du caractère exceptionnel de cette ferme. Il lui a fallu du temps et du recul, mais elle s'y est cramponnée malgré tout. Des années après son départ d'ici, alors qu'elle avait à peine de quoi vivre, elle avait réussi à grappiller assez d'argent de-ci de-là pour en payer les impôts fonciers. Elle devait savoir, au plus profond de son cœur, qu'il était important de garder la ferme pour les générations à venir.

Taylor n'ignorait pas qu'Analiese parlait de Maddie et d'elle-même, les maillons vivants de la chaîne des Sawyer. Pourtant, si belles que soient la maison et la propriété, elle savait que jamais elles ne viendraient vivre là. La ferme était une oasis de paix dans un monde compliqué, mais leur place était au sein de ce monde-là.

— Charlotte avait beaucoup réfléchi à ce qu'elle comptait faire, poursuivit Analiese. Elle m'avait amenée ici pour me faire voir la ferme et, au bout du compte, il nous est venu une idée. Le principe, c'est qu'elle implique chacune d'entre vous. Ce projet ne peut voir le jour sans vous toutes.

— Nous ? s'étonna Georgia. Mais que pouvons-nous faire ?

— Pour saisir l'idée, vous devez comprendre ce qu'avait découvert Charlotte. Elle m'avait confié avoir appris que la seule façon d'aider quelqu'un, c'est de l'accompagner dans son parcours, pas pour le juger, pas pour le conseiller, mais simplement pour le soutenir. Selon elle, les femmes savent depuis toujours que l'essentiel, c'est d'offrir à autrui du réconfort ou une oreille attentive. Que l'important, ça n'est pas la somme d'argent avec laquelle on s'attaque au problème — quoique l'argent puisse être utile. Ce qui compte, c'est d'être là.

Taylor ne voyait pas trop où Analiese voulait en venir. Et elle voyait que Georgia ne comprenait pas, elle non plus, bien qu'elle eût l'air intéressée.

— Charlotte ne souhaitait pas créer une autre association de bienfaisance, et elle ne voulait pas non plus d'un mémorial. Elle ne voulait pas donner ce domaine à une œuvre caritative déjà existante. Elle voulait que ce projet se développe de lui-même, et qu'ensuite nous le façonnions ensemble, à notre idée. Elle souhaitait que cette maison et ce domaine deviennent un lieu de rassemblement pour les femmes. Toutes les deux, nous parlions souvent des déesses anonymes, ces femmes qui sont toujours avec nous, derrière nous, devant nous, mais qu'on remarque rarement. A la fin, elle rêvait que cet endroit puisse voir s'épanouir de semblables déesses.

— Mais comment ? s'enquit Harmony.

— Charlotte a laissé la ferme sous forme d'un trust dont nous avons chacune été nommée administratrice. Si nous voulons prendre part à ce projet — le choix est laissé à chacune —, nous aurons notre mot à dire concernant la définition de l'objectif poursuivi : les moyens de l'atteindre, l'emploi à donner à cette terre et à cette maison afin d'aider les femmes dans le besoin. Celles d'entre nous qui ne souhaitent pas participer à l'entreprise n'y sont pas obligées. Nous pouvons ajouter des femmes à notre petit groupe ou en retrancher celles qui ne peuvent plus y participer. Charlotte a pris soin dans son testament de doter la ferme, si bien que nous n'avons pas à nous soucier des réparations ni des impôts. Elle nous a simplement demandé de donner chacune un peu de notre temps, de mettre en commun nos compétences individuelles pour trouver des moyens de venir en aide aux autres, puis de nous servir de ces ressources pour apporter notre pierre à la société. Nous pourrions utiliser la maison comme lieu de retraite. Nous pourrions héberger des femmes en danger ou en situation précaire. Nous pourrions créer une coopérative, cultiver des fleurs ou des herbes aromatiques de manière à procurer un revenu aux femmes dans le besoin.

— Une maison des Déesses anonymes, dit Georgia.

Analiese sourit.

— Ça me plaît bien.

— Qu'espérait maman, exactement ? demanda Taylor. Combien de femmes pouvons-nous aider ainsi ?

— Peut-être seulement une seule à la fois. Mais, souvenez-vous, nous sommes cinq. Ça fait dix mains à tendre. Avec ça, on peut changer des vies. Nos vies à nous, mais aussi celles des femmes à qui nous viendrons en aide. Imaginez que ces femmes pourront tendre la main à d'autres femmes dès qu'elles seront en mesure de le faire, créant ainsi toute une chaîne de solidarité. Nous nous contenterons de faire ce que les femmes ont toujours fait au fil des siècles, mais en plus ciblé. Et, comme ressources, nous disposerons de la ferme et de chacune d'entre nous.

— Pourquoi Charlotte nous a-t-elle choisies ? demanda Harmony.

— Parce que nous possédons chacune des compétences et des aptitudes différentes. Mais principalement parce qu'elle nous faisait confiance.

Pour Taylor, la vérité crevait les yeux. Sa mère avait voulu laisser derrière elle quelque chose de plus important qu'un simple mémorial. Elle avait voulu agir au-delà d'une simple aide aux femmes en difficulté, même si c'était en grande partie la vocation de l'entreprise.

— Elle voulait nous laisser quelque chose à *nous*, dit-elle. Elle nous faisait confiance, d'accord, mais au-delà de ça, elle voulait que nous nous serrions les coudes toutes les cinq. Nous, les femmes qu'elle aimait et qu'elle admirait le plus au monde. Elle voulait organiser cette solidarité entre nous, parce qu'elle ne serait plus en mesure de nous aider elle-même.

Toutes méditèrent là-dessus en silence, puis Harmony se leva.

— Ça va peut-être vous paraître impulsif, mais je n'ai pas besoin d'y réfléchir. Je sais déjà que je veux prendre part à cette aventure.

A son tour, Samantha se leva.

— Moi aussi, je suis complètement emballée par cette idée. Je suis partante !

— L'idée me paraît très intéressante, dit Georgia en se mettant debout.

— Quant à moi, j'en suis déjà, dit Analiese.

Taylor se rendit compte que personne ne la regardait, mais que toutes attendaient qu'elle prenne la parole. Elle se leva en se raclant la gorge, mais ce fut d'une voix rauque qu'elle déclara :

— Je suis très fière de maman.

Elle n'aurait su dire laquelle prit l'initiative des embrassades qui suivirent, mais, tandis que l'ombre des montagnes s'intensifiait, elles se réconfortèrent l'une l'autre en écoutant le chant des oiseaux.

Cinq femmes — sans oublier la sixième, qui demeurerait à jamais auprès d'elles.

Ethan jeta l'ultime pelletée de terre sur l'urne contenant les cendres de Charlotte et tassa le sol. Plus tard, Taylor et lui feraient ériger une stèle à son nom mais, pour l'instant, il se contenta de déposer un bouquet de roses sur la tombe.

Et, lorsqu'il s'exprima, ses paroles étouffées résonnèrent comme une prière.

— Nous voici arrivés au moment le plus pénible, Lulu. Le moment où je m'éloigne de toi pour la dernière fois. Mais, puisque nous nous sommes déjà trouvés deux fois, peut-être nous retrouverons-nous une troisième. Et, avec un peu de chance, ce sera la dernière.

Il se recueillit une minute, la tête inclinée, puis tourna lentement les talons et redescendit vers les rires de Maddie et d'Edna qui s'élevaient dans le champ en contrebas de la colline.

Remerciements

Mille mercis à mon groupe de brainstorming : Casey Daniels, Karen Young, Jasmine Cresswell et Diane Mott Davidson, pour leurs retours et leurs suggestions tout au long de mon travail d'écriture.

Encore plus de remerciements que d'habitude à mon agent Steve Axelrod et à mon éditrice Leslie Wainger pour leur enthousiasme, leur lecture attentive ainsi que pour leurs recommandations au début de ce projet.

J'adresse des remerciements tout particuliers à Amy Challgren, qui a assuré la relecture des passages concernant l'épilepsie de Maddie, afin de garantir l'exactitude de la terminologie et des détails médicaux, ainsi qu'à mon amie et consœur Diane Chamberlain, qui nous a présentées. Merci également aux forums de la Leukemia and Lymphoma Society sur lesquels les patients et leur famille peuvent parler de leur parcours difficile. Il va sans dire que si certaines erreurs ont échappé à la correction, j'en porte comme toujours l'entière responsabilité.

Pour finir, j'adresse toute ma reconnaissance à Michael McGee, qui m'a écoutée avec patience quand j'avais besoin de me confier, m'a aidée dans ma réflexion durant nos longues balades en compagnie des beagles, et qui a ri et pleuré aux passages requis.

Je me rends souvent à Asheville, en Caroline du Nord. La grande diversité et la beauté pittoresque de cette ville en font un cadre idéal pour la série des Déesses anonymes. Pour autant, la fiction n'est pas la réalité, et certains lieux décrits dans ce roman n'existent pas, ou du moins pas sous la forme que je leur ai donnée. Le Zambra existe vraiment et on y mange délicieusement bien. Le Cuppa n'existe que dans mon imagination, mais j'aimerais tout de même goûter sa fameuse pizza aubergines-provolone. Alors, si vous habitez Asheville ou si vous connaissez bien la ville, installez-vous confortablement et plongez-vous avec plaisir dans cette lecture. Cela vous permettra de découvrir des paysages inconnus ou légèrement modifiés.

CHEZ MOSAÏC

Par ordre alphabétique d'auteur

LAURA CALDWELL	*La coupable parfaite*
PAMELA CALLOW	*Indéfendable*
PAMELA CALLOW	*Tatouée*
ANDREA ELLISON	*L'automne meurtrier*
LORI FOSTER	*La peur à fleur de peau*
LORI FOSTER	*Le passé dans la peau*
HEATHER GUDENKAUF	*L'écho des silences*
KRISTAN HIGGINS	*L'Amour et tout ce qui va avec*
KRISTAN HIGGINS	*Tout sauf le grand Amour*
LISA JACKSON	*Le couvent des ombres*
LISA JACKSON	*Ce que cachent les murs*
LISA JACKSON	*Passé à vif*
ANDREA KANE	*La petite fille qui disparut deux fois*
ALEX KAVA	*Effroi*
BRENDA NOVAK	*Kidnappée*
BRENDA NOVAK	*Tu seras à moi*
TIFFANY REISZ	*Sans limites*
EMILIE RICHARDS	*Le parfum du thé glacé*
EMILIE RICHARDS	*Le bleu de l'été*
NORA ROBERTS	*La fierté des O'Hurley*
NORA ROBERTS	*La saga des O'Hurley*
NORA ROBERTS	*Par une nuit d'hiver*
NORA ROBERTS	*Retour au Maryland*
ROSEMARY ROGERS	*Une passion russe*
ROSEMARY ROGERS	*La belle du Mississippi*
ROSEMARY ROGERS	*Retour dans le Mississippi*
KAREN ROSE	*Elles étaient jeunes et belles*
ERICA SPINDLER	*Les anges de verre*
SUSAN WIGGS	*Là où la vie nous emporte*

Composé et édité par les

éditions HARLEQUIN

Achevé d'imprimer en Allemagne
par GGP Media GmbH, Pößneck
en avril 2013

Dépôt légal en mai 2013